LA CHUTE

SHARI LOW
ET ROSS KING

Traduit de l'anglais
par Justine Aerts

City
Roman

Retrouvez tous les titres City Editions :

www.city-editions.com

Publié pour la première fois au Royaume-Uni
sous le titre *The Rise* par Bolwood Books Ltd.
Droits de traduction arrangés par Vicki Satlow de The Agency srl.
Couverture : Shutterstock/Studio City

ISBN : 978-2-8246-2642-0
Code Hachette : 61 7296 5

Collection dirigée par Christian English & Frédéric Thibaud
Catalogues et manuscrits : city-editions.com

Dépôt légal : Janvier 2026

*De Ross. – À David Johnston King et à Isabel King,
mes héros, mes copains et mes « Pops et Wee Bella ».
À tout jamais dans mon cœur. Et à la meilleure sœur
du monde, Elaine, et à ma famille, Jim, Hollie et Euan.*

*De Shari. – À mon amour, John, et à notre famille,
qui sont tout pour moi, pour toujours.*

*Et, de notre part à tous les deux, à notre toute
première lectrice, l'incomparable et regrettée Jackie
Collins, avec amour et gratitude pour l'inspiration et
l'encouragement qu'elle nous a donnés à chaque étape.*

On dit que les stars de cinéma
sont comme nous.
C'est vrai.
Elles se lèvent le matin, vont aux toilettes,
enfilent leur pantalon une jambe à la fois...
mais après ça, tout est différent.

Prologue

65e cérémonie des Oscars, Dorothy Chandler Pavilion, Los Angeles
29 mars 1993

Lumières.

La chaleur des projecteurs était aussi oppressante que l'épais manteau d'insécurité et de désespoir qui enveloppait le public.

Billy Crystal monta sur le podium, son sourire laconique tel un reproche narquois et doux adressé à une assemblée d'ego au bord de l'explosion.

Pour la quatrième fois dans ce rôle, Crystal accueillit la présentatrice de la catégorie suivante avec une aisance née de la confiance et de l'habitude. La reine de la comédie romantique, Lana Delasso, se glissa sur scène, sa chevelure blonde rendant hommage à son homonyme et idole, Lana Turner. Sa nomination dans la catégorie Meilleure actrice dans un second rôle serait décidée plus tard. Elle avait tout fait pour gagner. Tout. À présent qu'elle était quinquagénaire, les meilleurs chirurgiens s'étaient assurés qu'elle n'ait pas l'air d'avoir plus de trente-cinq ans. Sa robe Versace blanche, aussi fine qu'une toile d'araignée, défiait la règle qui voulait qu'on ne dévoile jamais sa poitrine et ses jambes en même temps. Les réactions physiques dans le public furent instantanées et viscérales, les sourires crispés d'envie sur le visage de femmes parées de bijoux coïncidant avec les érections féroces sous certains smokings à mille dollars assis à côté d'elles.

Ses paroles ne furent rien de plus qu'un bruit blanc jusqu'à ce qu'elles atteignent leur but :

— ... Meilleur scénario original.

Derrière elle, les nominations défilèrent sur un écran de dix mètres de large.

Maris et Femmes, *de Woody Allen. Quelques timides applaudissements, des hésitations alimentées par le désir de se ranger du bon côté du jugement moral sur la liaison d'Allen avec la fille de Mia Farrow. À Hollywood, choisir un camp n'avait pas grand-chose à voir avec les principes et tout à voir avec l'amélioration de sa carrière.*

Lorenzo, *de George Miller et Nick Enright. Plus d'applaudissements. La caméra zooma sur une rangée où les costumes étaient éclipsés par la beauté hors du commun de Susan Sarandon.*

Passion Fish, *de John Sayles. Un film qui n'était sorti que dans deux cinémas, rapportant à peine un peu plus de trente-six mille dollars avant sa nomination.*

Impitoyable, *de David Peoples. Un film qui plaisait au public. Dirigé et produit par Clint Eastwood, il fut accueilli par l'assemblée de stars avec une admiration réservée aux œuvres qui avaient été touchées par une divinité.*

Brutal Circle, *de Davie Johnston, Zander Leith et Mirren McLean. Un outsider. La douloureuse histoire d'une vie née dans la violence, vécue dans la violence, écourtée par la violence.*

Le grand écran montra plusieurs rangées du public, mais tous les regards étaient rivés sur la silhouette exubérante du producteur Wes Lomax, directeur légendaire de Lomax Films, le studio qui avait produit plus de films ayant rapporté des millions de dollars la dernière décennie que tous les autres.

L'image revint sur Lana Delasso, qui savoura son moment de gloire. Les doigts qui caressaient un magnat du cinéma marié une heure plus tôt glissaient maintenant délicatement le long des plis de l'enveloppe dorée.

— Et le gagnant est...

Pause.

— Brutal Circle *de...*

Des acclamations obséquieuses couvrirent les noms ; les stars se mirent debout, déterminées à faire en sorte que Wes Lomax les voie saluer son triomphe lorsqu'il regarderait la rediffusion.

Dans le chaos, le réalisateur en régie mit une fraction de seconde de trop à basculer l'image sur les trois silhouettes qui avançaient vers la scène, toutes ou presque aussi méconnaissables que les figurants engagés pour remplir les sièges laissés vacants par les stars parties aux toilettes – soit pour répondre à un besoin naturel, soit pour sniffer une ligne sur le rebord d'une cuvette. Lorsque le zoom de la caméra 5 rattrapa enfin les lauréats, ils étaient déjà en train de monter les marches menant à la scène.

Davie Johnston, qui, du haut de ses vingt-deux ans, était le plus jeune à remporter un prix dans cette catégorie dans l'histoire de l'Académie des Oscars, avançait d'un pas assuré, les yeux rivés sur sa destination : le feu des projecteurs d'un gagnant de la statuette dorée et l'adhésion à l'un des clubs les plus prestigieux et exclusifs au monde.

Derrière lui, Mirren McLean, vêtue de l'unique robe haute couture qu'elle ait touchée de sa vie, sa chevelure sauvage aux boucles blond vénitien apprivoisée pour s'harmoniser avec l'élégance de sa robe Dior bleu nuit. Peu habituée aux talons hauts, elle marchait avec prudence, le visage empreint à la fois de concentration et d'incrédulité. Enfin, avec une allure qui suggérait une certaine réticence, Zander Leith. Pour toutes les femmes qui avaient tenté d'ignorer l'intérêt sexuel éveillé chez leur partenaire par

Lana Delasso, il se présentait comme une revanche d'un mètre quatre-vingt-huit. Les épaules larges et sa mâchoire carrée crispée dans une grimace maussade, il aurait tout aussi bien pu se rendre à des funérailles plutôt qu'à une remise de prix en tant que vainqueur.

Lorsqu'il ne resta plus que quelques mètres entre eux, le regard de Lana croisa le sien et elle tressaillit instinctivement quand il répondit au battement de cils séducteur de la jeune femme par un dédain presque viscéral, à peine masqué par ses propres cils épais et noirs. Rejetée.

Si, extérieurement, elle resta une déesse du cinéma, intérieurement, elle était redevenue une adolescente de douze ans : l'enfant étrange de l'école que même les gamins abandonnés du parc des gens du voyage évitaient. Celle qui était devenue la plus belle femme d'Hollywood, mais qui s'était quand même sentie obligée de répondre à la convocation de Wes Lomax sur son yacht et à assouvir ses désirs sexuels et son ego pour obtenir son soutien pour sa propre nomination.

Davie Johnston prit l'Oscar et s'avança vers le micro.

— Je voudrais remercier…

Encore des applaudissements. La plupart des spectateurs avaient entendu parler de ce trio, même s'ils sortaient à peine de l'adolescence. Wes Lomax s'était assuré que leur histoire fasse la une de la presse ces derniers mois. Ils étaient tous les trois crédités comme scénaristes, mais Mirren avait dirigé l'histoire en coulisses, alors que les deux garçons avaient joué les rôles principaux dans un film qui avait fait un tabac au box-office. Son succès était dû, en partie, à une campagne publicitaire d'une ampleur habituellement réservée aux sorties très attendues et en partie au fait qu'il s'agissait d'un sacré bon film. Deux heures de menace urbaine trash et hardcore qui avaient poussé toute une génération d'adolescents américains à faire la queue pour leur dose de thriller du samedi soir. Dès le premier mois, il avait rapporté quinze millions, puis le bouche-à-oreille l'avait propulsé au sommet. Il était désormais en bonne voie pour atteindre l'objectif de cent millions de dollars fixé par Lomax.

C'était le genre de rêve américain, de triomphe des outsiders, de découverte de merveilles que cette ville adorait. Trois amis d'enfance venus d'Écosse, des copains issus d'un quartier défavorisé qui étaient restés soudés dans la pauvreté et les défaillances, avant de devenir les talents créatifs à l'origine d'un scénario exceptionnel découvert par Was Lomax lors de son voyage annuel au Royaume-Uni pour jouer au golf. C'était déjà surprenant que ces jeunes aient réussi à présenter leur travail à Lomax, mais encore plus qu'il ait mis ses coucheries avec des escort-girls de luxe dans les suites présidentielles des meilleurs hôtels britanniques en pause pour prendre le temps de le lire.

Les spectateurs dans leur siège en velours rouge fronçaient à présent les sourcils, essayant de déchiffrer l'accent de Davie Johnston. Il n'avait rien des intonations roulantes écossaises de Sean Connery et ne ressemblait pas non plus à ce qu'ils avaient entendu dans le film de la part de Davie et Zander. Celui-ci était plus dur. Plus guttural. Comme les balles crachées par un fusil dans une scène de Reservoir Dogs, *le grand succès de Tarantino de l'année précédente.*

— Merci à l'Académie. Merci à vous tous de nous laisser faire partie de ce monde incroyable. Et surtout, merci au brillant Wes Lomax. Nous lui devons tout.

La caméra 3 zooma sur Lomax et des millions de personnes le regardèrent hocher la tête, une lueur dans les yeux, comme un parrain accueillant la gratitude de la famille qu'il s'était choisie.

Davie salua pour signaler la fin de son discours, puis brandit l'Oscar en l'air. Ni Mirren ni Zander ne s'avan-

cèrent. Remise de l'affront que lui avait infligé Zander avec son refus, Lana les entraîna hors de la scène, dans le chaos des assistants, techniciens, coursiers et maquilleurs agitant leurs gros pinceaux devant des stars fébriles.

Ils furent propulsés dans une salle de presse, sous les flashs des appareils photo et dans le feu des questions que criaient les journalistes, auxquelles ils répondirent avec une honnêteté naïve. À peine quelques années plus tôt, ils traînaient dans les cafés, mettant leur argent en commun pour s'acheter des chips. Aujourd'hui, ils étaient sur les plus grandes scènes d'Hollywood et Davie Johnston ne comptait pas prétendre une seconde qu'il n'adorait pas ça.

Que pensent-ils d'Hollywood ? C'est bien. Super. Ouais, c'est, euh, incroyable.

Comptent-ils rester ? On n'sait pas encore. Ça dépend. Rien n'a été décidé.

Leur prochain projet est-il déjà en cours ? Pas encore de plan. Rien de concret. Juste des idées.

Davie se chargea de répondre à la majorité des questions, avec quelques interventions occasionnelles de Mirren.

Lou Cole, une jeune journaliste pétillante du LA Times*, changea de registre.*

— Alors, Zander, ça fait quoi d'être appelé la nouvelle coqueluche d'Hollywood ?

Ses lèvres s'incurvèrent en un sourire automatique qui cachait le fait que, pour la deuxième fois de la soirée, ses yeux brillaient de pur mépris.

— Je crois que Tom Cruise peut dormir sur ses deux oreilles.

Ignorant le sentiment sous-jacent, les journalistes rirent tandis que Paula Leno, l'intransigeante publiciste en chef de Lomax Film, mettait fin à la séance photo avec douceur mais fermeté, déterminée à minimiser le risque de fiasco et bien consciente que les prochains lauréats s'apprêtaient à arriver sur le tapis roulant du succès.

Enfin seuls, ils marquèrent une pause durant laquelle chacun absorba les dix dernières minutes incroyables de leur vie. Davie fut le premier à réagir, jetant ses bras autour de Mirren pour la serrer contre lui.

— On l'a fait. Bordel, j'y crois pas.

Comme toujours, son enthousiasme débordait de tous ses pores. Ç'avait toujours été comme ça, toute leur vie. Davie était la force vitale, le déterminé, le fonceur. Mirren, quant à elle, était la voix de la raison, celle qui avait l'intelligence émotionnelle, celle qui prêtait toujours attention à ce que ressentaient les autres. Et elle savait qu'il y avait un problème.

Par-dessus l'épaule de Davie, son regard croisa celui de Zander, dissipant toute idée de célébration. Elle perçut que la tempête qui couvait depuis trop longtemps était sur le point d'éclater. Davie ne s'en rendit pas compte. Une fois sa première vague d'excitation passée, il se tourna vers la nouvelle coqueluche d'Hollywood. Son ami de toujours, à qui il était lié depuis l'enfance par la conviction que tout le monde se fichait de tout, leur duo symbiotique ignorant totalement la réalité – à savoir que dans le patrimoine génétique de la vie, Zander avait hérité de la taille et de la perfection physique, tandis que Davie avait reçu le genre de charme inoffensif qui poussait les femmes à ébouriffer ses cheveux et à lui raconter leur dernier chagrin d'amour.

— Allez, mec, c'était incroyable ! Tu les as entendus ? C'était pour nous ! Ça valait la peine, non ? Allez, mec...

Le caractère désespéré de sa répétition n'échappa à aucun d'entre eux. Mirren serra les dents et redressa la tête en signe de défi. Elle savait que c'était inutile de chercher une solution et un rapprochement avec Zander, et elle refusait de montrer sa faiblesse en essayant.

Son instinct ne la trompa pas.

Pour la dernière photo, on avait demandé à Zander de tenir l'Oscar pour donner aux journalistes un choix d'images variées. Il le lança à Davie comme s'il s'agissait d'une canette de bière sortie du frigo pour accompagner un hamburger.

— Prends-le.

Les réflexes de Davie étaient suffisamment rapides pour l'empêcher de tomber par terre.

— Vous avez eu ce que vous vouliez, lança Zander, ses mots à peine plus forts qu'un murmure, mais couvrant tout de même tous les autres sons. Maintenant, allez tous les deux vous faire foutre et, si je vous recroise un jour, passez votre chemin.

1

« Young Americans »

David Bowie

Vingt ans plus tard
Beverly Wilshire Hotel, 2013

Au bord de la piscine du Beverly Wilshire Hotel, rendu célèbre par un film à la *Cendrillon* sur une prostituée sauvée par un homme riche, Davie Johnston avait pris trois cabines : une pour lui et une de part et d'autre pour ne pas être entendu ni interrompu. Il portait un pantalon et une chemise en lin, ouverte juste assez pour révéler chaque contour parfait de son torse sculpté au laser. Des vêtements bleu pâle. Chaque fois qu'il en portait, quelqu'un mentionnait que ça faisait ressortir la couleur de ses yeux. Et chaque fois, il répondait la même chose : « Ah bon ? Je ne m'en étais pas rendu compte. » Ensuite, il rentrait chez lui et commandait dix autres chemises de la même teinte.

Comme à son habitude, il mêlait business et plaisir, enchaînant les réunions pour dénicher la prochaine grande émission de téléréalité. Il était déjà le producteur de trois des cinq émissions les plus regardées. Il avait choisi le Beverly Wilshire pour faire d'une pierre deux coups. Si une réunion se passait exceptionnellement bien, il n'était qu'à un ascenseur d'un lit king size californien.

Un couple s'assit pour le créneau de quinze heures. C'était le premier entretien après la pause-déjeuner et il s'était enfilé deux verres de pinot noir. Dans ce quartier, ça suffisait pour qu'on l'oriente vers les Alcooliques anonymes. Elle était top-modèle ; lui, une rock star vieillissante dont les meilleurs tubes étaient derrière lui. Ils lui présentèrent leur émission. Caméras sur le vif. *Beauty and the Beats*. Chouette concept, titre pourri. Ils expliquèrent à Davie que toutes les chaînes étaient intéressées par leur projet, mais qu'ils voulaient que ce soit lui qui le produise car il était « l'homme de la situation ». Ils ne mentaient pas sur ce dernier point.

La réunion se passa bien, comme toutes les autres dans ce milieu. Chaque parti flatta l'autre. Chaque parti fit part de son intérêt. Dans quatre-vingt-dix-neuf pour cent des cas, l'un des deux camps refuserait de donner suite.

Davie écouta. Il perçut clairement un potentiel. Il leur serra la main et leur dit qu'il les recontacterait. Sa secrétaire appellerait lundi pour fixer un deuxième rendez-vous. Juste pour la top-modèle. Chambre 567. Dans le lit king size californien.

Au rez-de-chaussée de l'hôtel, dans le restaurant CUT de Wolfgang, Mirren McLean ignorait la présence de son ami d'enfance à l'étage. Elle était assise à sa table habituelle, accompagnée de son mari depuis dix-neuf ans, le producteur et réalisateur Jack Gore, et de leurs adolescents, Chloe et Logan. Si quelqu'un s'amusait à calculer la valeur des clients dans la pièce, la somme atteindrait plusieurs milliards. Ici, personne n'hésitait à payer cent cinquante dollars pour un steak japonais cent pour cent wagyu car cet endroit était considéré comme le meilleur. Et à Beverly Hills, seul le meilleur comptait.

Jack avait été en tournage pendant quelques semaines et Mirren était ravie de le retrouver. Elle était encore plus heureuse que ses deux enfants soient là. C'était ça, la vie : la famille. En ce moment, elle était une mère et une épouse, et c'était tout ce qu'elle voulait être. Juste une mère et une épouse. Paul Bonetti, le producteur légendaire, s'approcha de leur table. Ils se serrèrent la main. Elle était polie, car elle avait des bonnes manières, mais elle voulait qu'il parte pour qu'elle puisse retourner à sa famille. Elle aimait séparer les deux, mais dans cette ville, c'était impossible de mettre les affaires de côté.

Bonetti sourit, comme s'il était son meilleur ami.

— Je suis vraiment ravi pour toi. Toujours numéro un au box-office après trois semaines, dit-il en essayant à la fois d'être jovial et sincère mais laissant plutôt transparaître une fureur contenue et une jalousie paralysante.

Ses acteurs principaux savaient jouer, lui, non.

— J'espère me retrouver face à toi la prochaine fois, ajouta-t-il, pour qu'on ait un vrai combat équitable.

— Oh, je suis certaine que tu prendras la première place la prochaine fois. Ton tour doit arriver, répondit-elle avec un large sourire, tandis que les mots « Plutôt mourir » explosaient dans sa tête.

Elle se promit d'avancer la date de sortie du prochain film *Clansman* pour qu'il tombe pile en même temps que le film d'action sanglant qu'il préparait. Il était temps de le remettre à sa place. S'il voulait jouer à ce jeu, elle était prête à relever le défi.

Et elle gagnerait. Parce qu'elle était l'une des joueuses les meilleures et les plus audacieuses d'Hollywood.

Et tous ceux qui étaient présents ici le savaient.

***

Au septième étage, chambre 731, Zander Leith était assis dans un fauteuil à haut dossier en acajou massif. Il avait déjà refusé le fauteuil typique de directeur laissé par la société qui avait organisé la conférence de presse, car celui-ci l'obligeait à se tenir droit. Tout était une question d'angles.

Son dernier film, le sixième de la franchise *Dunhill*, dans lequel il incarnait un homme suave, un mélange mortel entre un Bond et un Reacher, sortirait dans les salles d'ici trois semaines. Cela faisait maintenant sept heures qu'il était dans cette pièce étouffante, répondant aux mêmes questions posées par des journalistes de télévision et de presse écrite qui avaient tous l'air différents mais agissaient de manière tout aussi stupide. Les jolies jeunes femmes tentaient de le séduire. Les novices voulaient devenir ses meilleures amies ; les plus expérimentées, blasées, essayaient de le piéger et de déformer ses propos.

Très occasionnellement, quelqu'un avait bien fait ses recherches et lui posait des questions qui le faisaient réellement réfléchir – c'étaient les seules qui parvenaient à mettre en pause l'érosion de sa volonté de vivre.

Dans la chambre à côté, son équipe de coiffeurs et de maquilleurs, son agent publicitaire ainsi que son manager étaient prêts à intervenir dès qu'on leur demanderait.

L'un d'eux était sollicité maintenant. La journaliste en face de lui, vêtue d'une jupe ultra-ultra-courte, lui offrit un aperçu de sa lingerie Victoria's Secret. Zander reconnut la marque car il avait couché avec une mannequin qui la portait pour un défilé seulement un mois plus tôt.

L'interview touchait à sa fin. Autrefois, il aurait demandé à quelqu'un de faire le travail à sa place. Maintenant, il allait droit au but. C'était du speed dating, le b.a.-ba des stars de cinéma. Il se pencha vers elle :

— Suite Warren-Beatty. Dix-neuf heures ?

Ils connaissaient tous les deux la réponse à cette question.

Elle partit, satisfaite d'avoir obtenu tout ce qu'elle était venue chercher. Son agent publicitaire entra dans la pièce et se tourna vers le technicien du son.

— Faites en sorte que cette dernière partie de la conversation soit supprimée.

Il acquiesça.

Bien sûr.

Parce que personne ne dit jamais non à Hollywood.

2

« Got To Give It Up »

Marvin Gaye

Quelques mois plus tard...
Bel Air, Los Angeles, 2013

Jamais il ne serait venu à l'esprit de Davie Johnston de se demander à quel moment il avait cessé de se sentir chanceux.

La vie qu'il s'était construite n'avait rien à voir avec la chance, mais tout à voir avec l'intelligence. Les compétences. Le talent. Elle n'était pas parfaite, mais alors qu'il conduisait sa Bugatti Veyron à travers les jardins paysagers jusqu'au portail de son manoir baroque d'une valeur de quarante millions de dollars dans l'enclave exclusive de Bel Air, il savait qu'il n'en était pas loin.

Drego, son jardinier ukrainien, nettoyait au jet d'eau les équipements de jeux spécialement conçus pour les jumeaux Johnston, Bella et Bray, âgés de sept ans. Dans cette ville, ses jumeaux aux cheveux roux et à la peau claire étaient une rareté, ce qui leur avait bien réussi. Depuis l'âge de trois ans, ils faisaient partie du casting de la sitcom à succès *Family Three*. Il ne se passait pas une semaine sans qu'un magazine people lui demande une séance photo en famille et, de temps en temps, il la leur accordait.

Non pas que lui ou ses enfants aient besoin de publicité. Davie en avait suffisamment avec la présentation d'*American Stars*. L'émission était toujours numéro un des audiences, devant *America's Got Talent*, *American Idol* et toutes les autres émissions qui ne pouvaient tout simplement pas le battre.

Il signerait son contrat de renouvellement pour cette saison d'*American Stars* d'un jour à l'autre, ce qui remettrait une fois de plus Ryan Seacrest à sa place. Cette dernière décennie, ils s'étaient défiés pour la suprématie, une bataille que Davie était en train de gagner. Les trente millions de dollars de son dernier contrat avec *American Stars* lui avaient assuré la victoire, sans mentionner le succès des téléréalités qu'il produisait. Les bénéfices qu'il avait tirés de tout ça l'avaient hissé au sommet d'une fortune telle qu'il n'avait plus de comptes à rendre à personne. Il ne devait jamais demander le prix de quoi que ce soit. Mais il le faisait quand même. Non pas pour accréditer le mythe ridicule selon lequel les Écossais étaient avares – d'après son expérience, la générosité faisait partie de leur ADN culturel – mais parce qu'il était intelligent. Les Écossais avaient inventé le téléphone, la télévision et les machines à vapeur. Davie avait inventé les émissions les plus regardées de la planète.

Il avait *American Stars*. Il avait *The Dream Machine*, une émission à l'eau de rose qui faisait des rêves des réalités et ne laissait personne indifférent. Et son autre bébé, *Liking Lana*, une série documentaire catastrophe mettant en scène la vie bousillée et la famille de Lana Delasso, une ancienne star déchue, avait enfin surpassé la dernière saison du bébé de Seacrest, *L'Incroyable Famille Kardashian*.

Il regarda sa montre Panerai Kampfschwimmer en édition limitée, dont le boîtier avait été conçu et fabriqué par Panerai et le mouvement signé Rolex. On ne faisait pas mieux en matière de montres, mais elle lui avait coûté quand même un million de dollars. Quatorze heures. Les enfants ne rentreraient pas du tournage avant une heure.

Juste le temps de prendre une douche et de passer deux ou trois coups de fil sur la côte est.

La deuxième saison de *New York Nixons*, sa dernière téléréalité scénarisée à succès, mettant en scène la famille élargie de la légende du rock Jax Nixon, devait être diffusée pour la première fois la semaine suivante, et Sky, la fille rebelle de Rainbow, la première femme de Jax, devait simuler une overdose dans les jours à venir. Cela allait provoquer le choc, l'indignation, la sympathie et plus de gros titres gratuits que même un publicitaire de génie n'en pourrait en créer en une semaine.

C'était le talent de Davie. Il savait s'adapter. Il repérait les opportunités et les saisissait. Il élaborait des stratégies pour réussir. Quand les rôles d'acteur avaient commencé à se faire rares quelques années après avoir remporté l'Oscar du Meilleur scénario original pour *Brutal Circle*, le film qui avait révélé Mirren en tant que scénariste, et Davie et Zander en tant qu'acteurs, il était retourné à la case départ. C'était à ce moment-là qu'il avait senti le potentiel de la télévision. Il avait bossé dur, évolué, soigné ses contacts pour y faire son chemin. Toute une série de nouveaux télécrochets n'attendait qu'à voir le jour. Ils avaient déjà conquis le marché britannique. Davie était entré en contact avec Simon Cowell, l'homme derrière ces émissions. Il lui avait posé des questions, avait écouté et appris. Ensuite, il avait développé son propre concept, *American Stars*, une variante de l'émission britannique, et l'avait présentée aux chaînes américaines. Elles l'avaient commandée comme programme d'été. À leur grande surprise, elle avait fait sensation dans tout le pays. Audiences massives. Buzz gigantesque.

Davie avait pris le train des aspirants producteurs en marche, et cela lui avait apporté autant de renommée, de gloire et d'argent qu'à n'importe quel acteur de premier plan. Et lorsque l'ère des émissions de téléréalité avait commencé, il était de nouveau en pole position, utilisant son propre argent pour financer des pilotes qui devenaient des émissions, ajoutant encore plus de zéros à son compte en banque.

Quand il ouvrit la porte d'entrée, la voix d'Alina, la femme de Drego, lui parvint, en train de chantonner une chanson incompréhensible dans la cuisine. Véritable tornade russe, elle s'habillait comme une Kardashian et adorait la musique country. Heureusement, elle cuisinait à merveille et était si maniaque que chaque recoin de la maison brillait de mille feux.

Ignorant la tentation des arômes qui émanaient de la cuisine, il monta le côté gauche du grand escalier double en marbre et en verre. Inutile de manger maintenant, surtout après avoir sauté sa séance de sport pour rentrer plus tôt chez lui. Il en paierait le prix demain. Clay, son coach, était un ancien champion poids moyen de l'équipe olympique américaine de boxe qui respectait les deux seules règles que Davie avait fixées au début de leur partenariat : ne pas frapper au visage et ne pas le tuer.

En traversant le couloir de l'étage de sa somptueuse demeure, il passa son t-shirt Prada – bleu, bien sûr – par-dessus sa tête pour se préparer à prendre une douche. Sans s'arrêter, il déboutonna le haut de son jean d'une main et tourna la poignée de la porte de sa chambre de l'autre.

Le tapis blanc à longs poils étouffa le bruit de la porte qui s'ouvrait, ce qui lui donna quelques secondes pour observer la scène sous ses yeux avant que les occupantes de la chambre remarquent sa présence.

La courbe de son dos attira son attention en premier. Combien de fois avait-il vu la silhouette de sa femme sur des panneaux publicitaires et dans des magazines, et combien d'autres hommes avaient fantasmé sur la perfection de ses seins, de ses fesses et sur ses jambes interminables ?

Ou sur les ondulations caramel qui coulaient sur son corps élancé. Ou sur ses yeux noisette, avec des reflets dorés qui changeaient de couleur à la lumière.

Quand il avait épousé Jenny Rico dix ans plus tôt, il lui arrivait parfois de rester éveillé la nuit à la contempler, presque incapable de croire qu'il pouvait toucher son corps quand il le voulait.

Maintenant, depuis son angle de vue, il pouvait voir chaque contour de sa silhouette alors qu'elle était agenouillée sur le lit, les jambes écartées, les yeux fermés, la tête renversée en arrière, ses mains caressant ses seins.

Allongée sous elle, une autre silhouette, qui allait semer la confusion chez les accros de télévision du pays. À l'écran, dans la série policière très populaire *Streets of Power*, ces deux personnes étaient partenaires, leur relation étant strictement platonique.

À aucun moment du programme sa femme n'était poussée à l'orgasme par sa costar un peu plus âgée et expérimentée. Le mélange génétique qu'elle avait hérité de sa mère gambienne et de son père néerlandais lui avait donné une structure osseuse parfaite et une longue chevelure d'ébène jusqu'à la taille. Darcy Jay était aussi sublime que la femme avec qui elle faisait l'amour.

Un bruit, autrefois familier, s'échappa de la gorge de sa femme et il s'interrompit par courtoisie et curiosité, s'apercevant qu'elle était à quelques secondes de jouir.

Quand ses halètements cessèrent, elle se laissa tomber sur le côté, tendant la main pour caresser le visage qui, quelques secondes auparavant, examinait de près son épilation brésilienne.

— Je t'aime, murmura-t-elle tendrement.

Malgré lui, Davie grimaça bruyamment.

Les deux têtes sur le lit se tournèrent d'un coup et le visage de sa femme se plissa dans une expression mêlant amusement discret et exaspération. Sa compagne opta pour une démonstration plus vocale de ses sentiments.

— Bon sang, Davie, ça ne te serait pas venu à l'idée de frapper ? Ou étais-tu tellement occupé à prendre ton pied que tu en as oublié les bonnes manières ? demanda Darcy, avant de passer à une taquinerie jubilatoire. À moins que tu aies formulé le vœu de pouvoir te joindre à nous à nouveau ?

Davie jeta son t-shirt en direction du lit en se dirigeant vers sa salle de bains, conscient qu'il y avait un grain de vérité là-dedans.

Quel homme ne voudrait pas d'un plan à trois avec Jenny Rico et sa costar Darcy Jay ? Respectivement numéros un et deux de la liste des plus belles femmes de *People Magazine* pour la troisième année consécutive. En public, toutes deux hétérosexuelles, magnifiques et sexy à mourir.

Et toutes deux l'avaient laissé tomber lorsqu'elles avaient changé les termes de leur *accord* initial.

Six ans plus tôt, lors de la première de *Streets of Power*, ils avaient fini tous les trois par boire jusqu'à pas d'heure dans un bungalow du Château Marmont. Un nombre excessif de bouteilles de Dom Pérignon avait conduit à des vêtements éparpillés par terre et à une expérience sexuelle proche du paradis. Ce n'était pas la première fois que lui et Jenny s'amusaient avec une amie, mais au fil des années, les deux femmes avaient développé une relation qui allait bien au-delà de boire trop et s'adonner à des jeux entre filles pour s'amuser. Et il n'était plus le bienvenu.

La transition avait été difficile, mais lorsqu'il avait fallu choisir entre accepter leur relation ou divorcer, il avait choisi de prendre les choses comme elles venaient. De s'adapter. De se débrouiller. Comme toujours. Ce n'était qu'une question de perceptions. D'illusions. Aux yeux des autres, il menait une vie de rêve avec une femme magnifique qui fréquentait régulièrement sa meilleure amie et partenaire à la télévision, la brillante Darcy Jay.

Le monde dirait qu'un homme ne pouvait pas avoir plus de chance.

Donc, non, comme le prouvait le rêve érotique qui se déroulait sur son propre lit, sa vie n'était pas parfaite. Mais comme il se le répétait tous les jours, elle s'en rapprochait fortement.

Tout ce qu'il avait à faire, c'était s'assurer que cela reste ainsi.

3

« Make You Feel My Love »

Adele

Malibu, Los Angeles, 2013

Le bruit sec du verre de Mirren sur le plan de travail en marbre fit sursauter le groupe de responsables de relation publiques et d'avocats réunis.

— Je croyais – à tort visiblement – que je vous payais pour éviter que ma fille ait des ennuis et finisse en prison.

Sa voix avait baissé d'un ton, oscillant entre le sérieux et la menace, masquant la fatigue qui imprégnait chaque fibre de son être. Pendant un bref instant, elle souhaita que Jack soit là pour la soutenir et partager son inquiétude, mais c'était juste l'épuisement qui parlait. Il serait encore deux semaines à Istanbul, pour le tournage d'un thriller d'espionnage avec Mercedes Dance et Charles Power, le couple de cinéma le plus en vue d'Hollywood. De plus, après dix-neuf ans de mariage heureux avec Jack Gore, dont une grande partie passée séparés par les obligations liées à leurs carrières respectives, elle pouvait gérer la situation. N'avait-elle pas toujours réussi à le faire ?

Chloe Gore, sa fille rebelle de dix-huit ans, enfant gâtée d'Hollywood, beauté californienne, qui rejetait toute forme de maturité et d'évolution pour répéter les erreurs du passé, bien qu'elle n'ait pas encore atteint l'âge légal pour boire de l'alcool, et malgré les interventions désespérées de Mirren, continuait à remplir ses journées et ses nuits avec de l'alcool, de la drogue et des ennuis.

C'est pourquoi Mirren savait que cette réunion et les quelques heures qui allaient suivre ne faisaient que retarder l'inévitable. Elle avait malheureusement conscience que, plus tard dans la journée, elle serait à nouveau assise dans cette cuisine, dans la maison que ces gens avaient contaminée à maintes reprises, et que les questions commenceraient à tourbillonner dans son esprit.

Comment avait-elle pu laisser cela arriver ? Où avait-elle échoué ? Était-ce quelque chose qu'elle avait fait ? Une erreur qu'elle avait commise ? N'avait-elle pas aimé Chloe suffisamment ? Son dévouement envers Jack avait-il en quelque sorte exclu ses enfants ? Était-elle une si mauvaise mère ? Comment un enfant pouvait-il être si heureux et un autre si perturbé ?

Cela arrivait si régulièrement que c'était devenu une journée comme les autres, qui commençait toujours par le même appel à sept heures du matin.

— Chérie, elle s'est encore fait arrêter. Beverly Hills. Conduite en état d'ivresse, annonçait Lou Cole, la meilleure amie de Mirren, rédactrice en chef du *Hollywood Post*, une femme noire magnifique qui, en matière de célébrités, avait l'intelligence encyclopédique d'Einstein.

Doyenne des chroniques people, cette journaliste chevronnée qui travaillait depuis vingt-cinq ans dans le circuit médiatique de Los Angeles avait des relations dans tous les clubs, conciergeries d'hôtel et bas-fonds de la ville. C'était la deuxième personne que Mirren avait appelée après avoir entendu la voiture de Chloe rugir dans l'allée à trois heures du matin. Elle avait d'abord joint son équipe de sécurité, mais ils avaient mis trop de temps à la trouver et Chloe avait perfectionné une douzaine de façons de leur échapper au fil des années.

— Je suis désolée, chérie, dit Lou d'un ton triste.

Mirren savait que sa sympathie était sincère. Les deux femmes étaient amies depuis vingt ans et, dès le départ, leur amitié avait été comme une relation entre sœurs. Elle avait été son premier et seul choix pour être la marraine de Chloe et Logan, et elle les aimait tous les deux. Parfois, Mirren pensait que le lien qui unissait Chloe à Lou était plus solide que leur lien mère-fille, effiloché par des années de déception et de rébellion.

Deux heures plus tard, le conseil de guerre, d'une régularité déprimante, se réunissait dans sa cuisine, l'angoisse des attachés de presse et des avocats transparaissant dans chaque nuance de leur discours et de leurs gestes. Chloe Gore leur avait rapporté gros au fil des années. Une douzaine d'arrestations, quelques peines de courte durée, et plus d'incidents nécessitant une gestion de crise qu'aucun d'entre eux ne pouvait revendiquer.

Une fois la stratégie convenue, ils se rendirent au tribunal pour une comparution à dix heures. Quand le juge Leighton Hamilton prit place, Mirren crut apercevoir un regard d'empathie. Elle se souvint vaguement avoir lu un article à propos d'un coup monté impliquant son fils adolescent, un magazine à sensation et un grand sac de cocaïne colombienne.

Quand Chloe entra en traînant les pieds, elle évita tout contact visuel, gardant les yeux rivés sur le sol, les paupières gonflées et cernées. Mirren brûlait d'envie de lui tendre la main, de caresser ses cheveux emmêlés, mais cela n'aurait servi à rien. Elle avait déjà tenté l'approche façon amour débordant et ç'avait été tout aussi inefficace. Sans parler du rejet brutal qu'elle avait essayé ensuite.

Alors que l'affaire était présentée par deux avocats coûteux vêtus de costumes Armani, Mirren se mit à divaguer, se demandant si la foule avait déjà commencé à se rassembler au-dehors. Il y aurait les paparazzis habituels et les curieux oisifs, avec leurs téléphones portables équipés d'appareils photo à portée de main. C'était le problème. De nos jours, tout le monde était un vidéaste potentiel et pouvait aller raconter des histoires dans toute la ville. Prendre des photos qu'ils pourraient peut-être vendre pour cent dollars ou, s'ils avaient vraiment de la chance, cent mille. Ils seraient là. À les attendre. À appeler leurs amis.

Peut-être que, comme la dernière fois, une rumeur se répandait déjà dans la ville, affirmant que le frère de Chloe, Logan Gore, était à l'intérieur pour soutenir sa sœur. Bientôt, un millier d'adolescents fans de boys band seraient dehors en train de scander son nom. Le bruit du marteau interrompit ses pensées. Elle se tourna vers Lou, qui se pencha en avant sur la rangée derrière elle pour lui annoncer :

— Cure de désintox obligatoire. Dans ces circonstances, c'était le mieux qu'on puisse espérer, chérie.

Ce ne fut que lorsqu'elle fut conduite hors de la salle d'audience que Chloe leva les yeux vers Mirren. Le vide de son regard était déchirant. Rien. Rien du tout. Toute trace de la petite fille qu'elle adorait avait été effacée par son cocktail préféré : Xanax et cocaïne.

— Tu veux que je rentre avec vous ? proposa Lou.

Mirren secoua la tête, laissant s'échapper quelques boucles de son chignon lâche. Physiquement, les vingt ans passés à Hollywood l'avaient très peu changée. Elle était toujours aussi mince, avec seulement quelques pattes d'oie trahissant le passage des années. Elle attribuait ça au yoga, aux soins du visage Silk Peel et Oxyjet et au talent du docteur Romaine, le dermatologue que la moitié des stars de la ville avaient en numéro d'urgence. Pas de lèvres énormes ni de visage figé par les liftings. Juste de petites retouches, un travail naturel qui effaçait subtilement les années sans laisser de trace d'aiguille ou de laser.

— Merci, mais ça ira. Je dois m'organiser. On commence le tournage de *Clansman 5* la semaine prochaine.

Son autre amour. La saga *Clansman*. Il était arrivé juste après les Oscars, lorsqu'elle s'était rendu compte que des millions de femmes américaines étaient tout excitées à l'idée de voir ces héros mythiques issus de la fiction historique écossaise torse nu et en kilt.

The Clansman avait été son premier roman, écrit près de vingt ans plus tôt alors qu'elle s'était enfermée dans son petit appartement de Santa Monica pendant sa première année en Californie. Un best-seller qui avait nécessité une suite, puis une autre. Dix ans après le premier livre, Mirren avait écrit le scénario et persuadé un petit studio appelé Pictor de l'acheter. Ce studio avait misé sur un succès. *Clansman* était à présent une marque qui englobait des romans, des produits dérivés et des films. Pour *Clansman 2*, Mirren avait persuadé le studio en pleine expansion de lui donner la chance de faire ses débuts en tant que réalisatrice et d'être créditée en tant que productrice. Aujourd'hui, Mirren était scénariste, réalisatrice et productrice de tous les films d'une saga qui avait connu un succès mondial.

Elle était désormais l'une des femmes les mieux rémunérées de la ville, riche en tout sauf en satisfaction maternelle.

Alors que la salle d'audience commençait à se vider, Lou se pencha vers elle et lui murmura à l'oreille :

— Je peux venir mater les pectoraux de Lex Callaghan ? Allez, fais plaisir à une vieille fille. Je suis dispo quand tu veux.

Lex Callaghan. Il jouait le rôle principal de *Clansman* depuis le premier jour, et ses fans formaient une légion dont faisait partie sa meilleure amie.

Mirren plissa les yeux.

— Lou, c'est complètement déplacé de dire ça. On est au tribunal, bon sang. Et il ne sera pas à moitié nu avant la deuxième semaine de tournage.

C'était impossible de résister. L'humour de leur amitié l'avait aidée à traverser tant de moments difficiles au cours des deux dernières décennies.

— Madame McLean, il y a beaucoup de monde dehors. Mes hommes vous raccompagneront à votre voiture.

Elle sourit en guise de remerciement au sergent, un homme grand et beau, à la silhouette mince et musclée d'un joueur de NBA, qui semblait bien plus jeune que son grade ne le suggérait. Elle ne manqua pas de remarquer que c'était le genre d'homme qu'elle souhaiterait pour sa fille. Fort, débrouillard, travailleur, concentré. Était-ce trop demander ?

Fidèle à sa promesse, le sergent, rejoint par quatre autres agents, la fit sortir du bâtiment.

La légende prétendait que tous les policiers de Beverly Hills étaient également membres de la Screen Actors Guild. En étudiant ces hommes, Mirren aurait plutôt parié que seuls les trois aux ongles manucurés en faisaient partie.

Ils arrivèrent presque à la voiture. Presque.

Plus tard, elle ne se souviendrait plus du visage du paparazzi, seulement de sa voix.

Le lendemain matin, assise à la table de la cuisine, un verre de whisky à la main, alors qu'elle contemplait le soleil se lever sur la ville, la remise en question éternelle de ses compétences maternelles et conjugales avait été remplacée par les mots répétés en boucle qu'elle avait entendus en quittant le tribunal.

— Mirren ! avait crié un photographe vaguement familier alors qu'elle passait devant lui. Souhaitez-vous commenter les rumeurs qui prétendent que Jack aurait une liaison avec Mercedes Dance ?

Elle n'avait pas réagi, consciente que c'était une ruse courante pour provoquer une réaction qui permettrait de vendre des photos aux rédactions dans tous les pays.

Une vieille astuce. Non, ça ne voulait rien dire. Circulez, y a rien à voir.

Mais à présent, alors que l'aube se levait et qu'elle remplaçait le whisky par le café, son estomac se noua lorsque l'appel téléphonique qu'elle avait attendu toute la nuit arriva enfin.

— Chérie, c'est Lou…

Chloe était enfermée et Logan avait envoyé un SMS une heure plus tôt pour dire qu'il était sur le point de monter sur scène à Miami. Il n'y avait donc que deux choses que Lou avait pu découvrir qui puissent justifier un appel tôt le matin et qui soient susceptibles d'insuffler une telle terreur et un tel désespoir dans la voix de son amie. L'une appartenait au passé, pesait sur les épaules de Mirren depuis bien avant qu'elle ne s'installe à Hollywood et pouvait détruire sa vie, sa réputation, sa carrière et tout ce qu'elle avait accompli ; l'autre appartenait au présent et risquait de lui briser le cœur. Son instinct lui dit de se préparer au choc.

— Je sais, répondit-elle.

Calme. Sereine. Résignée.

— C'est Jack.

— Je sais.

— Et Mercedes.

— Je sais.

— Mirren, elle est enceinte.

La douleur explosa dans tout son corps.

Sa carrière, sa réputation et ses accomplissements restaient intacts. C'était bien pire que ça.

Son cœur commença à saigner.

Lou rompit le silence :

— Tu sais ce que tu vas faire ?

Mirren ne parvint qu'à murmurer :

— Oui.

4

« I Still Haven't Found What I'm Looking For »

U2

Malibu, 2013

L'infirmière aux formes généreuses, la cinquantaine, se dirigea vers lui, brandissant un gobelet provenant du café situé en bas de la rue. Zander savait qu'il contenait un latte allégé à la vanille avec trois doses supplémentaires d'expresso. Son overdose caféinée de prédilection. Il savait également que son attitude qui lui valait ces cafés, combinée à l'image qu'il renvoyait – celle d'un homme charmant qui faisait toujours craquer la fille/sauvait la situation/gagnait la guerre dans les films –, avait pu entretenir chez cette femme la lueur d'espoir que la star numéro un du box-office national pourrait répondre à ses cadeaux quotidiens en la prenant sauvagement dans une clinique de désintoxication très chic à Malibu, quelque part entre une séance de thérapie de groupe et un test d'urine visant à vérifier s'il n'avait pas trouvé le moyen de faire entrer en douce une bouteille de Jack Daniel's.

Ce genre de choses arrivaient tout le temps. La groupie qui avait demandé à un ami travaillant dans une société de sécurité de désactiver l'alarme de sa maison pour qu'elle puisse s'y faufiler, se déshabiller et s'allonger sur sa table de cuisine, les jambes écartées. La mannequin qui avait pris un vol en classe affaires pour s'asseoir à côté de lui et avait « accidentellement » posé sa tête sur son épaule pendant qu'il dormait. Il n'avait jamais trouvé la manipulation très excitante, donc même si cela lui permettait toujours d'engager la conversation, ça ne débouchait jamais sur une relation. Sur une fellation, peut-être. Mais depuis Clinton, ça ne comptait plus.

Néanmoins, il accepta le café que lui tendait l'infirmière Gretta avec son sourire à un million de dollars et un clin d'œil qui garantissaient que la même scène se reproduirait le lendemain. C'était comme dans *Un jour sans fin*, ici. Les mêmes murs, les mêmes visages, la même merde depuis des semaines. Les tapis hors de prix, les jardins impeccables, les thérapeutes de haut niveau et l'emplacement de rêve au sommet d'une des falaises les plus spectaculaires de Malibu ne changeaient rien à la réalité : un rassemblement de paumés et de désespérés qui avaient tout, sauf la capacité d'affronter la vie sans une pilule ou une gorgée d'alcool. Et il en faisait partie. Encore.

Il traversa le couloir en direction de la réception des patients, où Lebron l'accueillit avec un large sourire dévoilant ses dents parfaitement blanches.

— Salut, mec. C'est un grand jour aujourd'hui. Tu veux que je fasse un roulement de tambour ou un truc du genre ?

Zander rit. Il appréciait son irrévérence et son sarcasme. Ça lui rappelait une autre époque à un autre endroit, de nombreuses années plus tôt et à plusieurs milliers de kilomètres de là.

— Nan, dis-moi simplement ce que tu as à me dire.

La force de son accent écossais le surprit un peu. Il s'était adouci au cours des vingt années passées à Los Angeles et ne réapparaissait que rarement, et seulement lorsqu'il parlait à quelqu'un de chez lui.

Chez lui. Étrange de continuer à l'appeler ainsi alors qu'il n'y était pas retourné depuis deux décennies. Le souvenir de cette soirée de 1993, quand il avait été contraint d'assister à la cérémonie des Oscars, lui faisait encore grincer les molaires arrière, parfaitement blanchies par un professionnel.

Ses pensées furent interrompues par Lebron qui lui tendit un téléphone d'un grand geste, accompagné d'une révérence effrontée.

Son coup de fil hebdomadaire. Zander le remercia et sortit par une porte latérale donnant sur le jardin, tout en composant un numéro familier. La semaine précédente, il avait téléphoné à son assistante, Hollie. Cette semaine, il appela la seule autre personne au monde qui en avait quelque chose à faire.

Celle-ci répondit immédiatement.

— Ouais ?

— Wes, c'est moi.

— Salut, mec. Comment ça va ?

Zander pouvait imaginer Wes Lomax allongé dans son fauteuil en cuir de veau à dix mille dollars, un cigare à la bouche, au grand dam du lobby antitabac qui voudrait la peine de mort immédiate pour quiconque fumait dans cette ville.

— À toi de me le dire, répondit Zander, sachant que la direction de la clinique envoyait un rapport quotidien au directeur du studio et à la compagnie d'assurances qui finançait son prochain film.

C'était une pratique courante pour que toutes les productions disposent d'un filet de sécurité. Les polices d'assurances étaient coûteuses, mais elles couvraient les retards et les interruptions causés par des conditions météorologiques exceptionnelles, le terrorisme et les acteurs indisponibles.

Zander était devenu un risque élevé. Un autre contretemps et ils commenceraient à retenir un pourcentage de son salaire comme garantie contre un autre incident.

Le niveau suivant serait inassurable. Si cela venait à se produire, sa carrière serait terminée. Personne ne voudrait travailler avec lui. Quand Robert Downey Jr. était au plus bas, les compagnies d'assurances avaient refusé de le soutenir. Sa carrière n'avait été sauvée que lorsque Mel Gibson était intervenu et avait payé une garantie pour lui permettre de travailler sur *The Singing Detective*. Ironique. Un fauteur de troubles en sauve un autre.

— Ils disent que tu t'en sors très bien, fiston. J'ai parlé à la compagnie d'assurances hier et ils veulent encore une semaine. Le service de publicité prétend que l'opinion publique est toujours de ton côté et que l'émission spéciale d'*Entertainment Tonight* a vraiment aidé. Les avocats ont fait disparaître les accusations et le tournage commence dans deux semaines, donc ça semble bien parti.

Une semaine de plus. Il devrait sans doute être reconnaissant. La bagarre avait été spectaculaire, une combinaison de Jack Daniel's, d'un connard de téléréalité qui avait dépassé les bornes et du genre de raclée qu'aucun coordinateur de cascades n'aurait pu simuler. Les mains de Zander avaient guéri et il ne faisait aucun doute qu'un gros chèque de la part de Lomax avait aidé à ce que les blessures physiques et d'ego de la starlette de troisième rang se referment rapidement.

Il avait de la chance de ne pas avoir fini en prison. Néanmoins, la compagnie d'assurances avait été catégorique : il devait suivre une cure de désintoxication avant de financer son prochain film, le septième d'une série d'espionnage mettant en scène Seb Dunhill, un agent du M16 qui pourrait botter les fesses à Bond. Les films *Jason Bourne* s'étaient arrêtés à quatre, *Die Hard* en était à cinq et *Rocky* à six. À son septième opus, *Dunhill* ne rivalisait pas encore avec Bond en nombre, mais il écrasait toutes les autres franchises d'action au box-office, ce qui valait à Zander Leith un sacré pouvoir de négociation et une belle marge de tolérance.

Il était donc de retour au centre de désintoxication cinq étoiles *all inclusive* Life Reborn, le meilleur de la ville. Il connaissait la procédure. Ce n'était pas sa première fois.

Zander raccrocha en soupirant, puis alluma une cigarette. L'odeur du tabac se mêla à celle des plantes qui fleurissaient tout autour de lui dans des nuances de blanc. C'était comme se désintoxiquer dans une foutue morgue.

Ce ne fut qu'en jetant son mégot dans le sable d'un cendrier sur pied derrière lui qu'il la remarqua. Assise dans un coin. Enlaçant ses genoux. La tête baissée. De longues boucles rousses tombant sur son visage. L'image lui donna un coup en pleine poitrine, lui coupant la respiration. Mirren.

Mais non. C'était une jeune femme. Mirren, trente ans plus tôt. Il était sur le point de se demander si on avait mis quelque chose dans son café quand il comprit qui ça devait être.

Comme si elle sentait sa présence, elle releva la tête.

— Qu'est-ce que tu regardes, bordel ?

Il haussa les épaules, et ce n'était clairement pas la réponse qu'elle attendait.

Une lueur s'alluma dans ses yeux lorsqu'elle le reconnut.

— Zander Leith.

C'était une affirmation, pas une question.

— Je m'appelle Chloe.

— Je sais.

Fuis. Il devrait tourner les talons et s'enfuir. Pour une fois dans sa vie, il devrait agir intelligemment et fuir les ennuis.

— Tu as grandi avec ma mère.

— En effet, répondit-il.

Fuis. Contente-toi de fuir.

— Donc tu sais déjà.

— Savoir quoi ?

— Quel genre de connasse elle est.

5

« Don't You (Forget About Me) »

Simple Minds

Glasgow, 2013

La pièce empestait la mort et un million de vœux futiles. Sarah McKenzie se vantait souvent d'avoir l'estomac bien accroché, mais l'odeur nauséabonde lui donnait envie de vomir. Elle déglutit et lutta pour retenir la bile. Rien ne viendrait se mettre en travers de son chemin – en l'occurrence, de l'histoire qu'elle avait à raconter. C'était sa première opportunité de percer depuis qu'elle avait rejoint le *Daily Scot*, et elle y travaillait depuis des mois. Manny Murphy. Le baron du crime organisé de Glasgow. Un homme gigantesque et une légende dans cette ville.

Mais c'était avant que le cancer commence à ronger ses organes jusqu'à ne plus lui laisser que la peau sur les os. Aujourd'hui septuagénaire, il était cloué au lit, totalement dépendant de l'infirmière que ses fils avaient engagée pour apaiser la culpabilité qu'ils savaient qu'ils devraient ressentir après avoir pris la place du vieillard et tourné les talons. Sa jeune épouse, intéressée par son argent, l'avait quitté, et aucun de ses trois fils ne s'était approché de sa maison à la périphérie de Crofthill, le quartier à l'est de la ville où Murphy était né et avait grandi. La presse qualifiait les rues où se situait ce lotissement délabré de « zone de pauvreté urbaine ». Pas Manny. Sa maison avait autrefois appartenu à la municipalité, mais il l'avait rachetée et avait construit une forteresse autour : portails, clôtures, systèmes de sécurité. Mais c'étaient surtout les habitants de ce quartier qui étaient sa meilleure protection. Personne n'entrait ou ne sortait sans que Manny le sache. C'était son refuge et il n'en sortirait pas, à moins que ce soit les deux pieds devant.

Ses fils appartenaient au nouveau Glasgow. À celui qui avait tourné le dos à Crofthill et aux autres cicatrices de ce qu'on surnommait autrefois la « Mean City ». Aux centres commerciaux scintillants. Aux restaurants de classe mondiale. À l'architecture vieille de plusieurs siècles, à présent appréciée pour sa splendeur historique. Au commerce, à la culture, à la mode, à l'effervescence avant-gardiste. Ce Glasgow-là était une ville extraordinaire. Un endroit verdoyant. Un endroit où trouver sa place. Une ville d'ambition, d'aspirations, d'humour et d'espoir.

Non pas que la désertion de ses fils soit une grande perte. Manny n'avait jamais hésité à dire à qui voulait l'entendre à quel point ses enfants étaient une déception. Tous trop impétueux, des gangsters en carton qui pensaient pouvoir faire régner la loi sans avoir l'intelligence nécessaire. Où étaient leurs plans ? Où était leur classe ? Leurs stratégies à long terme ? Ce n'était pas comme à son époque. Dans le temps, les territoires étaient délimités et chacun savait où était sa place. Maintenant, tout tournait autour de l'argent facile sans considération pour l'avenir. La cocaïne. Voilà ce qui intéressait ses enfants à présent. Ils la transportaient depuis Liverpool à l'arrière de camions de fruits. Ironique. Il avait entendu les rumeurs qui prétendaient que ses trois rejetons consommaient cette drogue comme l'un de leurs cinq fruits et légumes quotidiens.

Il avait raconté tout cela à Sarah lors de sa visite précédente. Elle s'était assise ici à trois reprises déjà, et pour le moment, elle n'avait rien qu'elle puisse écrire sans risquer d'être poursuivie en justice ou tuée. Patience. N'était-ce pas la qualité que son rédacteur en chef avait toujours qualifiée d'indispensable ? Patience. Réagir rapidement aux actualités quotidiennes, faire preuve de patience pour les projets à long terme. Elle avait passé des mois à organiser les rendez-vous, à soudoyer l'infirmière, à convaincre Manny de lui parler, déterminée à obtenir de lui l'histoire qui allait faire bondir sa carrière et la rendrait célèbre. À vingt-cinq ans, il était temps de prouver qu'elle avait le cran nécessaire pour réussir dans le journalisme.

Si seulement ce vieux salopard pouvait lui dire quelque chose d'utile. Depuis une heure, il ne cessait de parler d'un braquage de bureau de poste qu'il avait commis à la fin des années 1980. Rien de ce qu'il lui racontait n'était nouveau.

Il cracha un peu de glaire et s'essuya le visage avec la manche de son pyjama en soie noire avant de continuer.

— Toute la bande a pris dix ans, sauf moi et Jono Leith.

Sarah faillit passer à côté. À première vue, rien dans cette dernière déclaration ne sautait aux yeux. La capacité de Manny d'échapper à la justice relevait de la légende urbaine. Il était déjà passé à l'anecdote suivante quand quelque chose la turlupina. Peut-être était-ce le fait qu'elle n'était jamais tombée sur le nom de Jono Leith au cours de toutes ses recherches. Peut-être était-ce ce nom de famille inhabituel, rendu célèbre par l'un des enfants chéris de Glasgow. Quelque chose la fit interrompre Manny en pleine lancée.

— Jono Leith ?

Manny s'arrêta un instant, comme s'il remontait d'un coup jusqu'à un souvenir très lointain.

— Ouais, Jono. Un sacré type. Un vrai cinglé. Le plus taré que j'aie jamais connu.

Venant d'une personne dont le cercle d'amis comprenait beaucoup de tarés, c'était un véritable compliment.

Une montée d'adrénaline fit légèrement trembler la main de Sarah.

— Que lui est-il arrivé ?

Une autre pause.

— J'sais pas. Il a disparu sans laisser de traces un jour. Il n'est tout simplement jamais réapparu. J'ai entendu dire qu'il s'est enfui avec une de ses maîtresses. Dieu sait qu'il en avait beaucoup.

La question, évidente, la taraudait.

— Comment se fait-il que je n'aie jamais entendu parler de lui ?

Si Sarah pouvait se vanter d'être spécialiste d'un sujet, c'étaient bien les criminels de Glasgow, passés ou présents. Elle avait passé des années à étudier sa matière, à lire des rapports, à fouiller de vieilles archives et elle ne se souvenait pas avoir jamais rencontré le nom de Jono Leith.

D'une main tremblante, Manny porta une tasse à moitié remplie de thé noir corsé à ses lèvres gercées.

— Ça, c'était le truc de Jono. Il était un peu parano. Il ne se vantait jamais de ses gros coups et ne s'est jamais fait prendre non plus. Il est resté hors des radars des journaux et, à l'époque, il n'y avait pas encore cette merde d'Internet. Non, Jono gardait tout ça secret et bien propre. Les flics le connaissaient, mais ils n'ont jamais relié les fils jusqu'à lui pour aucun de ses gros coups. C'était un putain de Téflon, ce type !

La conversation aurait pu s'arrêter là si la journaliste entraînée à poser des questions jusqu'à obtenir des informations utilisables qu'était Sarah n'avait pas tenté un coup de poker.

— Leith est plutôt un nom inhabituel par ici. Je suppose qu'il n'avait pas de lien de parenté avec Zander Leith ?

Son rire gêné trahissait le fait qu'elle se rendait compte qu'elle était ridicule. Zander Leith était un héros local, l'une des trois célèbres stars de cinéma qui avaient quitté les rues de la ville pour conquérir le monde. Zander Leith, Mirren McLean et Davie Johnston. Des superstars qui faisaient l'objet de plus d'articles et d'interviews que n'importe quelle autre personnalité écossaise. Même Gerry Butler et Ewan McGregor n'arrivaient pas à leur cheville. Si Zander était lié à un personnage louche, cela aurait sûrement été révélé depuis longtemps. Non, elle ne pouvait pas être sur une piste quelconque avec ça.

— Zander… dit Manny, faisant rouler le mot sur sa langue pendant quelques instants. Vous voulez dire, le type des films ?

Sarah était embarrassée. Elle savait que c'était stupide. C'était trop tiré par les cheveux. Manny allait la prendre pour une imbécile maintenant et elle n'essaierait même pas de le contredire.

— Ouais, c'est lui. À l'époque, on l'appelait juste le p'tit Sandy. Et ouais, Jono était son père.

6

« Walk This Way »

Aerosmith

Davie fit son arrêt habituel du matin à la boutique Nespresso sur Beverly Drive. C'était la Rolls-Royce, le jet privé, le Gucci du monde du café. Bref, le seul endroit où il fallait être vu pour se réapprovisionner en caféine. Davie contourna la terrasse extérieure et se dirigea directement vers la sélection de vingt et une variétés de grand cru gastronomiques. Son café de prédilection était fort, noir et rapide.

S'il était vrai que les plus belles personnes du monde vivaient à Los Angeles, celles qui aimaient le café se trouvaient ici. Au fil des ans, on lui avait demandé des centaines de fois comment il faisait pour vivre dans une société d'apparences. Si la blonde d'un mètre quatre-vingts qui buvait son macchiato glacé devant lui n'était qu'apparences, alors les réalistes de ce monde pouvaient pleurer toutes les larmes de leur corps, il s'en moquait.

Pendant qu'il attendait, il consulta les sites people sur son iPhone. Il avait déjà lu la nouvelle sur TMZ la veille au soir, mais voir la photo d'identité judiciaire de Chloe rendait les choses encore plus réelles. Sa première réaction fut de l'agacement que cela ait relégué l'overdose de Sky Nixon à la deuxième page. Merde. Ils comptaient là-dessus pour faire exploser l'audience du premier épisode de la deuxième saison de *New York Nixons.*

Sa seconde réaction, plus réfléchie, fut de la compassion. Mirren devait vivre un enfer avec cette gamine. Non pas que ce soit ses affaires, d'autant qu'il savait qu'elle n'apprécierait pas sa pitié. Ou peut-être que si ? Depuis combien de temps n'avaient-ils plus eu aucun contact ? Quinze ans ? Plus ? La dernière fois qu'il avait parlé à Mirren McLean, elle lui avait clairement fait comprendre que cette conversation serait la dernière.

Une fois son café servi, il retourna à sa voiture, chassant ce souvenir de son esprit. Dans sa Bugatti, il passa un coup de fil. Il tomba directement sur le répondeur de la mère de Sky, une héroïnomane repentie devenue écologiste convaincue, qui niait soigneusement le fait que sa croisade minimaliste très médiatisée pour ne faire qu'un avec la terre était en totale contradiction avec un mode de vie qui générait une empreinte carbone plus importante que celle d'une petite ville moyenne.

Ils étaient tous les mêmes, ces écolos hollywoodiens. Ils pontifiaient sur la sauvegarde de la forêt amazonienne tout en louant des jets privés pour faire livrer leur plat préféré d'un côté à l'autre du pays.

— Rainbow, c'est Davie. On a un problème. La situation de Sky n'a pas eu autant de temps d'antenne que prévu. On a deux solutions : soit on recommence avec une autre overdose, soit on fait un communiqué de presse pour dire qu'elle ne se remet pas. Tu connais la chanson. Des larmes, des prières, Twitter, Facebook. Rappelle-moi pour en discuter.

Il venait de raccrocher lorsque son téléphone se mit à sonner. Cette fois, il mit l'appel sur haut-parleur, diffusant la conversation *via* le système audio de la Bugatti.

— Salut, Cal. Quoi de neuf ?

Le ton de Davie passa aussitôt de la colère à la bonne humeur. Hollywood ne laissait aucune place à la négativité. Même quand vous touchiez le fond et que les critiques vous avaient descendu, vous deviez conserver l'aura d'un gagnant, quelque part entre la confiance en soi et la mégalomanie de Charlie Sheen.

— Davie. Des nouvelles.

Cal Woolfe, le meilleur agent de la Creative Stars Agency, était toujours concis et allait droit au but. C'est pourquoi c'était le représentant le plus recherché de la ville. En plus, Davie ne lui avait pas versé dix pour cent de commission pendant les dix dernières années pour qu'il soit son pote.

— Je suis en route, mec, répondit Davie, anticipant la conversation.

Son contrat pour *American Stars* avait été discuté et leur offre devait arriver sur son bureau ce matin-là.

— Écoute, je t'appelle juste pour dire que les papiers ne sont pas encore arrivés. Ces enfoirés font traîner ça chaque année. On aurait dû ajouter un million juste parce qu'ils nous cassent les couilles.

En raccrochant, Davie changea de direction. Inutile de se rendre au bureau de la CSA maintenant. Pendant un instant, il ne sut pas où aller. Le soleil brillait, il faisait vingt-quatre degrés, il avait tout le temps et l'argent du monde, et pourtant, il ne trouvait pas la moindre chose qu'il ait envie de faire.

Au bas de Beverly Hills, il prit sa décision. Au lieu de tourner à droite, il prit la route de gauche. Quinze minutes plus tard, il s'arrêtait au poste de contrôle de sécurité des studios Captis, où *Family Three* était tourné.

Le garde le traita comme un vieil ami.

— Monsieur Johnston, vous n'étiez pas sur la liste d'aujourd'hui. Ravi de vous voir.

— Merci, Rick.

C'était une de ses vieilles astuces. Il avait une mémoire encyclopédique pour les noms de toutes les personnes susceptibles de lui faciliter la vie.

— Les enfants me manquaient, alors je me suis dit que je passerais les voir.

Rick lui tapa dans la main et lui fit signe d'entrer. Faire preuve d'un peu d'amour rendait la vie plus facile. Preuve en était.

À l'extérieur du plateau 23, il aperçut Bella et Bray, escortés de leur caravane au plateau, et il s'arrêta hors de vue. Une fois qu'ils furent partis, il se gara et se dirigea vers la plus grande caravane du studio.

En ouvrant la porte, il se félicita de sa décision. Vala Diaz, la star mexicaine de *Family Three*, âgée de vingt-cinq ans, était complètement nue, en train de se faire vaporiser de l'autobronzant par l'une des nombreuses employées chargées de la rendre plus éclatante que le soleil de midi de Tijuana.

Un sourire nonchalant se dessina sur ses lèvres lorsqu'elle l'aperçut et elle congédia immédiatement son assistante. Elle ne bougea pas d'un pouce, gardant sa position. Les mains sur les hanches. Les épaules en arrière. Les jambes écartées. Ses longs cheveux noirs et brillants, actuellement détachés, tombant en une cascade parfaite jusqu'à sa taille. Sa peau dorée respirait Saint-Tropez et la sensualité brute.

— Quelque chose cloche, dit-elle, son accent espagnol enivrant modifiant les voyelles.

— Quoi donc ?

C'était un jeu auquel Davie était tout à fait prêt à jouer.

— Tu es là depuis une minute et tu n'es pas encore nu, le taquina-t-elle.

Davie répondit en se penchant pour mordre l'un de ses tétons, exactement comme elle lui avait demandé de le faire chaque fois qu'il avait été en sa compagnie. Ils couchaient ensemble depuis un an, et il n'avait jamais connu de femme qui aime autant la brutalité qu'elle. Parfois, il ne savait pas si c'était de la passion ou un combat consensuel.

Son impatience était palpable.

— Tu vas rester planté là toute la journée ou tu comptes me rendre heureuse ?

Il baissa sa fermeture éclair et souleva Vala, dont les jambes s'enroulèrent automatiquement autour de sa taille. Il la plaqua contre le tissu de soie ivoire qui tapissait la paroi de la caravane, s'introduisit en elle et commença à bouger en rythme tandis qu'elle lui lançait des ordres. *Plus fort. Plus vite.* Elle passa ses mains dans ses cheveux, les agrippant, les tirant, tandis que ses dents se refermaient sur sa lèvre inférieure jusqu'à ce qu'il ait l'impression qu'elle saigne.

La sonnerie de son portable interrompit son plaisir. Il retira une main de ses fesses pour fouiller dans sa poche arrière et sortir son téléphone, reconnaissant immédiatement la sonnerie attribuée au numéro de Cal.

Deux choses se produisirent simultanément : il répondit à l'appel et Vala lui colla une gifle violente. Il attrapa son poignet, essayant de parler, tandis qu'elle se dégageait de lui, toujours en train de le frapper et de le mordre.

— Cal, salut.

— Allume la télé.

— Quoi ?

— Allume la télé. Sam Rubin. KTLA. Vite.

Tout en repoussant les attaques de Vala d'une main, il attrapa la télécommande posée sur la table en noyer au centre de la pièce et zappa sur la chaîne 5. Rainbow Nixon se tenait devant un groupe de journalistes, vêtue d'une longue robe blanche fluide, une couronne de marguerites sur la tête, et s'adressait à la foule.

— Ma pauvre petite Sky est actuellement à l'hôpital, entre la vie et la mort.

Davie ne put s'empêcher d'esquisser un sourire. Ç'avait été rapide. Il n'avait donné des instructions qu'une heure plus tôt. Bon sang, elle jouait bien son rôle. Si elle avait aussi bien joué la comédie dans les années 1980, elle serait une superstar à l'heure actuelle.

— Et je ne peux plus me taire et tolérer cette situation. Il est temps que les gens sachent la vérité sur ces prétendues émissions de téléréalité. Les mensonges. Les manipulations. Nous avons été victimes du pire mal qui soit et maintenant, ma magnifique fille est dans un lit d'hôpital et je ne sais pas si elle se réveillera un jour.

Il se figea. Quoi ? Ce n'était pas dans le script. Elle était censée raconter des histoires, faire le buzz dans les médias. Qu'est-ce qu'elle foutait, bon sang ? Un frisson glacé traversa tout son corps, effaçant toute trace d'érection au passage, pour aller se loger dans son estomac.

— J'ai découvert ce matin que ma fille avait délibérément fait une overdose afin de faire de la publicité pour la sortie de la deuxième saison de l'émission familiale, *New York Nixons*. Je n'avais absolument aucune idée que ma petite fille avait prévu de faire une chose pareille.

Mensonge. C'était faux. C'était elle qui avait proposé l'idée au départ. Bien sûr, il était ravi de jouer le jeu, mais… merde, elle était en train de le balancer. Qu'elle se taise. Qu'elle. Se. Taise.

— Ses actes ont été commis à l'instigation du producteur de l'émission, Davie Johnston.

La presse devint folle. Les flashs fusèrent et des dizaines de voix crièrent des questions dans tous les sens. L'homme en costume qui se tenait à côté de Rainbow leva la main pour les faire taire, puis désigna un journaliste à gauche qui réagit immédiatement à son signal :

— Rainbow, ce sont des accusations très graves. Avez-vous des preuves ?

— Oui. Il y a quelques minutes à peine, j'ai reçu cet appel de cet homme ignoble.

Rainbow brandit un appareil d'enregistrement vers le micro et appuya sur « Lecture ».

Davie se figea. Paralysé. Sans voix. Son cerveau complètement envahi par une voix intérieure qui hurlait : « Non ! »

— *Rainbow, c'est Davie. On a un problème. La situation de Sky n'a pas eu autant de temps d'antenne que prévu. On a deux solutions : soit on recommence avec une autre overdose, soit on fait un communiqué de presse pour dire qu'elle ne se remet pas. Tu connais la chanson. Des larmes, des prières, Twitter, Facebook. Rappelle-moi pour en discuter.*

Putain de merde. La bile lui remonta l'estomac, lui serrant l'œsophage si fort qu'il eut l'impression d'étouffer. Plus de souffle. Plus d'air. Plus de force dans les jambes.

Il s'effondra à genoux. C'était grave. Très grave. Un point de non-retour.

Son téléphone tomba par terre et, au loin, il entendit Cal prononcer son nom. Il attrapa le combiné et le frappa du poing, avec l'intention de l'éteindre, de le casser, n'importe quoi pour que cela cesse.

Mais à la place, il entendit la voix robotisée de sa messagerie :

— *Nouveau message.*

La voix de son assistante se mêla au chaos qui explosait dans sa tête :

— *Salut, Davie. C'est Jorja. Nous avons reçu une demande d'interview d'une journaliste du* Daily Scot, *Sarah McKenzie. Je sais que tu tiens à rester visible au Royaume-Uni, donc je te réserve un créneau ? Elle veut surtout parler de ta vie en Écosse, de ton enfance aux côtés de Zander Leith et de Mirren McLean. Oh, et elle a dit un truc très bizarre... elle veut rencontrer les familles que vous avez laissées derrière vous tous les trois.*

Un écho.

Les familles que vous avez laissées derrière vous tous les trois.

Le monde de Davie Johnston s'effondrait.

7

« Fake »

Alexander O'Neal

— Je ne voulais pas que ça se produise, Mirren.

Oh, mon Dieu, elle était dans un cliché infernal. D'une seconde à l'autre, il allait lui dire qu'il n'avait jamais voulu la blesser.

— Et je n'ai jamais voulu te b…

— Arrête ! Quelle partie n'as-tu pas voulue, Jack ? Quand tu l'as baisée ou quand elle est accidentellement tombée enceinte ?

Oui, elle savait qu'elle était passée des clichés à un dialogue tout droit sorti d'un feuilleton télévisé, mais elle n'avait manifestement pas lu le manuel sur la façon de gérer un mari avec qui elle était mariée depuis dix-neuf ans et qui venait de détruire sa vie.

Ils se trouvaient dans leur cuisine intérieure. Ils en avaient une autre à l'extérieur, mais celle-ci était plus fonctionnelle. C'était la maison de ses rêves, chaque élément ayant été choisi avec soin. La cuisinière La Cornue Grand Palais laquée rouge, l'évier en cuivre, le presse-agrume Hammacher, le four à pizza Mugnaini et le réfrigérateur Meneghini Arredamenti en chêne massif, qui contrastaient avec les portes en bois massif écarlates peintes à la main des placards et des tiroirs. Les plans de travail en marbre blanc brillaient sous les spots suspendus au plafond. Dans un coin, une tourelle, qu'elle avait elle-même ajoutée, abritait une banquette semi-circulaire qui avait servi de décor à des années de dîners en famille, de devoirs et de longues nuits passées devant l'ordinateur portable.

Ils l'avaient conçue et construite sans lésiner sur les moyens, car ils voulaient qu'elle dure toute une vie. Dommage qu'elle ait dû découvrir qu'il n'avait pas la même vision de la monogamie.

En le regardant à cet instant, Mirren se dit qu'elle n'avait jamais vu un homme avoir l'air aussi pathétique. Jack Gore sortait tout droit de l'école de virilité à la Liam Neeson. Il était grand, large d'épaules, avec une carrure naturellement musclée et élancée, et un visage indéniablement séduisant, mais qui s'arrêtait juste à la limite de la beauté lisse des stars de cinéma. Chloe tenait sans aucun doute d'elle : les mêmes cheveux, les mêmes traits, le même sourire. Logan avait les cheveux blonds, le large sourire et les yeux bleu profond de son père, mais d'une certaine façon, ils étaient proportionnés différemment, offrant à son fils une beauté typiquement américaine plutôt que le charme rude de son père.

Il continuait de parler, mais elle ne l'écoutait pas.

Pour la première fois depuis très, très longtemps, elle avait envie de faire du mal physiquement à quelqu'un, de lui frapper le visage jusqu'à en faire de la bouillie. Jamais, durant toutes ces années de mariage, elle n'aurait imaginé pouvoir ressentir ça envers lui. Jack. Son sympathique mari macho, celui qui pouvait entrer dans n'importe quelle pièce et la mettre instantanément à l'aise par sa simple présence. Ce n'était pas le type qui se tenait devant elle à présent. Lui, il était en manque d'affection, faible, pitoyable.

— Tu étais si occupée ces derniers temps et…

— Ne t'avise pas de mettre la faute sur moi. Ne t'avise même pas, répéta-t-elle d'une voix basse et glaciale.

Elle s'arrêta là, réprimant son envie de se justifier, d'énumérer tout ce qu'elle avait apporté à cette famille. Elle avait élevé leurs enfants pendant qu'il parcourait le monde pour les tournages de ses films ; elle avait tenu le foyer ; elle s'était forgé une carrière qui lui rapportait beaucoup plus d'argent que lui ; elle avait géré tous les incidents et tous les problèmes de Chloe ; et elle avait fait tout cela en attendant que ce menteur, cet infidèle, rentre à la maison auprès d'elle.

Et elle l'avait aimé. Mon Dieu, comme elle l'avait aimé.

— Aide-moi, Mir. Tu dois m'aider. Je ne veux pas de ça. Je nous veux, nous. Toi et moi. Je jure sur la tête des enfants que ça ne voulait rien dire. Ne laisse pas ça tout changer. Tu sais que je ne pourrais pas vivre…

— Dégage.

Il réagit comme s'il avait reçu une gifle. C'était très loin de la douleur physique qu'elle voulait lui faire ressentir, mais c'était un début.

— Dégage, Jack. C'est fini entre nous.

— Mirren, tu ne peux pas gâcher près de vingt ans de bonheur pour une aventure qui ne signifiait ri…

— Je ne gâche rien, c'est toi. Et ce n'est pas une aventure, Jack. C'est toute une vie. Le bébé est de toi, je présume ?

Il serra les mâchoires, comme il le faisait toujours quand il était stressé. Une douleur aiguë la traversa lorsqu'elle se rendit compte qu'elle trouvait autrefois ce geste attachant. Elle l'avait vu faire ça en attendant sa réponse lorsqu'il lui avait demandé sa main ; lorsqu'il l'avait regardée se tordre de douleur pendant ses accouchements ; quand un contrat pour un film tombait à l'eau ou qu'un acteur faisait des siennes. Il l'avait fait la première fois que la police avait ramené Chloe à la maison, et il le faisait maintenant, alors qu'il avait trahi tout ce qu'ils avaient construit pour une aventure de crise de la quarantaine avec une jeune femme de vingt-deux ans.

— Ouais, enfin, tu sais. Elle dit que c'est le mien et on a… été ensemble… mais je ne sais pas. Je n'en sais rien, Mir. Ce n'est arrivé que deux ou trois fois.

Le tic de son œil droit confirmait qu'il mentait. Tout n'était que mensonges. Même le fait qu'il soit là était un mensonge. Il lui avait parlé de deux semaines de tournage supplémentaires à Istanbul. Pourtant, il était là, prétextant qu'ils avaient terminé plus tôt que prévu. Des mensonges. Il avait probablement prévu quelques semaines de repos et de détente avec sa maîtresse après le tournage, et il avait dû écourter son séjour pour se sortir du gouffre dans lequel sa trahison l'avait plongé. Et il continuait de parler…

— Évidemment, on fera un test de paternité. Ce n'est peut-être pas le mien. Ce ne serait pas la première fois. Regarde ce qui est arrivé à Sly Stallone…

Elle agrippa le bord du plan de travail en marbre, un vertige la submergeant. Tout était si sordide. Si mesquin. Si elle restait dans cette pièce une minute de plus, cela allait la détruire.

Elle ne pouvait pas respirer le même air que lui une seconde de plus. S'il ne partait pas, elle le ferait. Elle tendit la main pour attraper les clés de voiture posées sur le comptoir et le regarda avec une haine non dissimulée.

— Débarrasse le plancher avant mon retour, ordonna-t-elle. Et emporte ta bite d'infidèle !

La porte en acajou massif claqua, comme un point d'exclamation à la fin de la phrase. Dehors, elle se rendit compte qu'elle avait pris les clés de voiture de Jack à la place des siennes. Sa voiture, c'était sa plus grande source de fierté et de joie. Son bébé. Il ne laissait personne d'autre la conduire. Eh bien, qu'il aille se faire voir. Elle se dirigea vers sa Maserati rouge vif flambant neuve et monta derrière le volant. Comme c'était prévisible. Comment avait-elle pu ne pas remarquer qu'il était en pleine crise de la quarantaine ?

Le moteur rugit lorsqu'elle sortit de l'allée et tourna à droite. Cinq cents mètres plus loin, elle s'arrêta au poste de contrôle qui protégeait les habitants de Malibu Colony des regards indiscrets et des menaces du monde extérieur. Ces maisons étaient parmi les plus chères du pays, habitées par des gens qui passaient la moitié de leur vie à gagner suffisamment d'argent pour y vivre, et l'autre moitié à craindre que tout leur soit enlevé.

Qu'est-ce qu'elle faisait là, bon sang ?

Comment une gamine d'un quartier défavorisé de Glasgow s'était-elle retrouvée membre de la caste privilégiée ?

Au feu suivant, elle tourna à gauche sur la Pacific Coast Highway, en direction du nord. Elle lutta contre l'envie qu'elle ressentait envers les surfeurs qui chevauchaient les vagues à sa gauche. Après la plage de Zuma, elle prit à droite et commença à remonter la route étroite et sinueuse de Trancas Canyon.

Sur une falaise à sa droite, elle aperçut la clinique de désintoxication où se trouvait sa fille, et pour la première fois, les larmes lui montèrent aux yeux. Tout ce qu'elle avait toujours voulu, c'était la stabilité d'une famille et une sécurité financière suffisante pour avoir la certitude que les peurs de son enfance ne reviendraient jamais.

Eh bien, c'était raté. Le succès était arrivé presque trop facilement, en partie grâce à sa capacité innée à faire les bons choix quand il s'agissait de constituer une équipe autour d'elle. La plupart de ses collaborateurs étaient à ses côtés depuis le premier film *Clansman* ; des professionnels loyaux et dévoués qui savaient ce qu'ils faisaient, le faisaient bien et ne la décevaient jamais.

Sur le plan professionnel, elle avait bâti quelque chose qui fonctionnait incroyablement bien.

Mais sa famille ?

Elle avait échoué à ce niveau autant que possible.

Elle mit un coup de volant brusquement vers la gauche et se gara sur une aire de repos au bord de la falaise. C'était le genre d'endroit où venaient les adolescents pour se bécoter ; au milieu de nulle part, ils avaient le temps pour voir quelqu'un approcher et une vue imprenable sur l'océan en contrebas.

Appuyée contre la barrière métallique, elle serra son cardigan en cachemire blanc autour d'elle pour se protéger de la brise. Elle avait détaché ses cheveux et des mèches tombaient sur son visage tandis qu'elle s'entourait de ses bras, cherchant désespérément à sentir une lueur de chaleur dans son âme.

Des centaines de mètres plus bas, les surfeurs n'étaient que des petits points qui bougeaient, poursuivaient, chevauchaient les vagues. Un souvenir, tel un film dans sa tête, la ramena quelques années en arrière. Jack était à la maison entre deux tournages ; Chloe devait avoir quatorze ans et Logan un an de moins. Ils étaient tous les quatre dans l'océan, riant aux éclats alors qu'ils surfaient et pagayaient pendant des heures. Chloe était comme un poisson dans l'eau, tout comme Logan. Elle avait pris une photo mentale de cette journée. La famille parfaite heureuse.

Qu'est-ce qui avait mal tourné ?

Elle s'efforça d'ignorer la voix dans sa tête qui répondait : *le karma.*

Les péchés du père ? Non, dans ce cas, c'étaient les péchés de la mère. Était-ce ça ? Une rétribution pour les fautes du passé ?

Un nouveau frisson. Elle se rendit compte qu'il était accompagné d'une vibration dans la poche de son gilet. Elle sortit son téléphone et regarda le message affiché à l'écran, tentant d'en déchiffrer les mots, comme s'ils étaient écrits dans une langue étrangère.

Mirren, c'est Davie.
C'est Cal qui m'a donné ton numéro.
Il faut qu'on parle au sujet de Glasgow. C'est urgent.

Le karma. Qui venait la faire payer. Soudain, la trahison de Jack paraissait bien insignifiante. Ça pourrait être bien pire. Vraiment pire. Davie appartenait à un autre monde. Un monde qu'elle avait fui.

Si la vérité sur son passé refaisait surface, tout serait terminé.

Pas seulement son mariage, mais la vie qu'elle avait construite.

Peut-être d'ailleurs que tout était déjà fini.

Elle ne rappellerait jamais. Elle ne rouvrirait jamais cette porte. C'était derrière elle et il n'y avait pas de retour possible. Seulement aller de l'avant. Même si elle devait marcher seule. En fait, c'était exactement ce qu'elle avait envie de faire à cet instant précis.

Mirren McLean retourna vers la Maserati. Elle fit démarrer le moteur. La voiture fétiche de son mari infidèle fit un bond en avant, franchit la barrière et plongea du haut de la falaise.

8

« Landslide »

Fleetwood Mac

C'était compliqué de définir où commençait Mirren et où Chloe s'arrêtait.

Zander la voyait tous les jours, souvent assise dans le jardin, maussade, taciturne, rétive à toute tentative des autres prisonniers pour lui parler. Évidemment, le personnel ne les appelait pas comme ça, mais c'était ce qu'ils ressentaient. Envoyés là-bas sur ordre des tribunaux, des compagnies d'assurances ou des studios. Pas de remise de peine pour bonne conduite.

Ils étaient des otages dans une cage dorée. Il y avait trois sortes de personnes en cure de désintoxication. Celles qui voulaient véritablement se débarrasser de leur dépendance et y entraient volontairement, sans tambour ni trompette, et sans déclaration publique d'intention. Celles qui y voyaient un coup de pub, en mode *Hé, regardez-moi, je prends ma vie en main*, et qui attribuaient invariablement leur addiction aux antalgiques sur ordonnance. Celles-là étaient immanquablement dehors et de retour au crack au bout de quatre jours.

Et puis il y avait les Zander et les Chloe. Détenus en guise de punition dans un endroit plus luxueux qu'un hôtel cinq étoiles, choyés, dorlotés, mais privés de la seule chose que le *room service* ne vendait pas : leur prochaine dose.

Ce n'était pas un hasard si les cauchemars avaient recommencé. Cinq ans de thérapie dans les années 1990 réduites à néant en une seule semaine, après un bref échange de paroles.

Après cette première conversation avec Chloe, il avait gardé ses distances et évité tout autre contact. Ce n'était pas compliqué. Soit elle était dans les vapes à cause des médicaments que lui donnait la clinique, soit elle se coupait du monde pour échapper à la réalité. Dans un cas comme dans l'autre, elle semblait passer ses journées à fixer une fenêtre, sans parler à personne.

Elle était encore là à cet instant, et alors qu'il passait devant elle pour la dernière fois, il lui dit silencieusement au revoir. Elle ne tourna même pas la tête dans sa direction.

— Hé, mon petit chéri, tu vas me manquer. Qui vais-je dorloter maintenant que tu t'en vas ? lança Gretta, l'infirmière, en l'enveloppant d'une étreinte à la limite de ce qui était approprié, tout en lui explosant les tympans avec ses adieux exubérants.

Il devait rentrer dans son jeu.

Il répondit à son étreinte, la gratifiant d'un clin d'œil lorsqu'ils se séparèrent enfin.

— Je vais peut-être tellement m'ennuyer de toi que je vais devoir revenir te voir.

— Je serai là, chéri. Juste ici, à t'attendre.

Il savait qu'elle allait se délecter de cette conversation pendant des mois. Le secret professionnel serait jeté aux orties au profit de ragots alléchants après quelques bouteilles de mauvais pinard.

Il signa ses papiers de sortie, régla les formalités administratives et serra la main de Lebron, après avoir récupéré son portefeuille, son téléphone et ses clés de voiture. Les attributs matériels de sa vie, restitués entre ses mains. L'accès à des millions de dollars rendu à un homme à qui, la semaine précédente, on ne faisait pas suffisamment confiance pour le laisser pisser tout seul.

Une voix derrière lui interrompit ses adieux.

— Tu t'en vas, Zander ?

Il reconnut Chloe. Elle l'avait appelé par son prénom comme s'ils étaient amis. Elle avait la même voix, et pourtant, elle était différente de celle de ses rêves. Celle-là était celle de Mirren ; elle avait le même accent mais avec des intonations plus graves, plus dures.

— Ouais, on me laisse partir.

— Tu vas me manquer.

Il trouva sa remarque étrange. Ce n'était que la deuxième fois qu'ils se parlaient.

— J'aimais bien te regarder ici. Ça me faisait me sentir... en sécurité. Je ne sais pas pourquoi.

Non, pas encore. Non. Non. Non.

Ses paumes se mirent à transpirer, comme une petite diversion face à son cœur prêt à exploser dans sa poitrine.

Pas une seconde lors de la semaine qui venait de s'écouler elle n'avait cessé d'occuper ses pensées, et maintenant ça.

Son instinct de survie choisit la fuite.

Il fit deux pas vers la porte, en espérant que Lebron ne remarquerait pas sa main tremblante ni la sueur qui perlait sur son front.

— Est-ce que je peux venir te voir quand je serai sortie d'ici ?

Elle avait posé la question d'une voix calme, presque hébétée, sans la moindre trace de désespoir ou de supplication.

Non. Non. Non. Ce n'était pas Mirren. Il ne lui avait pas parlé depuis vingt ans. Ce lien était enterré. Comme tout ce qui s'était passé.

Et pourtant, un « oui » sortit de sa bouche.

La porte claqua derrière lui et il se mit à courir vers sa voiture, l'Aston Martin DB7 argentée garée juste à côté de l'entrée. Quelques minutes plus tard, son cœur battait encore à tout rompre lorsque deux voitures de police le dépassèrent en trombe, sirènes hurlantes, filant vers un hélicoptère qui tournoyait au-dessus. Un accident avait probablement eu lieu près de Trancas. Ce ne fut qu'une quinzaine de kilomètres plus loin, en franchissant la limite de Santa Monica, que sa respiration retrouva à peu près son rythme normal.

Il composa le numéro de Wes en utilisant les touches du tableau de bord.

— Hé, comment vas-tu ? lança la voix familière.

— Je suis un homme libre, répondit Zander d'un ton enjoué, une performance digne de son troisième Golden Globe.

— Super. Je savais que tu y arriverais, fiston. Écoute, le tournage a été avancé et ils te veulent demain. Tu crois que tu peux arranger ça ? La compagnie d'assurances a donné son accord, avec des tests de dépistage réguliers à l'avenir.

Avec Wes, il n'y avait jamais qu'une seule réponse possible.

— Bien sûr. Je serai là. Demande juste à quelqu'un d'envoyer tous les détails à mon bureau.

— C'est fait. Et, fiston…

— Ouais ?

— T'es sûr d'être prêt pour ça ?

— Aucun problème. Je vais bien, Wes. Vraiment.

Bon sang, il arrivait presque à s'en convaincre lui-même. Qu'était-il supposé répondre ? *Non, mec, je suis complètement déstabilisé et à deux doigts d'exploser.* Il devait se ressaisir. Sa carrière était en jeu. Il fallait reprendre le contrôle et passer au-dessus de cette connerie. Tirer le rideau sur une gamine assise dans une clinique de Malibu qui le rendait complètement dingue.

Il était temps de revenir à la vraie vie. Il comptait rentrer chez lui, prendre une douche, filer à la plage, surfer quelques vagues puis passer la soirée à relire le scénario du lendemain. C'était le meilleur qu'il ait eu jusqu'à présent. Son personnage partait en Irak et finissait par retrouver les armes de destruction massive qui avaient déclenché la dernière guerre. C'était gagnant-gagnant pour les États-Unis : une bouffée d'oxygène pour l'industrie du cinéma et une justification fictive du conflit. Pas qu'il en ait quoi que ce soit à cirer, mais pour sa carrière, difficile de rêver mieux.

Tout ce qu'il avait à faire, c'était d'éviter l'alcool et la drogue, et de faire son boulot. Pour l'instant, il était gonflé à bloc sur tous les plans. Qu'est-ce qu'on lui avait rabâché, en cure de désintox ? Le choix. Il avait le choix. Et il allait choisir d'être positif, concentré et de rester maître de lui-même.

La circulation était encore dense. Il lui faudrait encore au moins vingt minutes pour rejoindre sa maison de Venice.

Plus pour passer le temps que par intérêt réel pour ce qu'il avait pu louper, il appuya sur la touche de messagerie de son téléphone. Avec un peu de chance, la bombe de MTV avec qui il avait couché la nuit de la bagarre avec le crétin de téléréalité aurait laissé un message.

— *Vous avez trente-sept nouveaux messages.*

Et ils ne dataient que d'aujourd'hui. Son assistante, Hollie, avait pris soin de passer ses messages au crible chaque matin et de les filtrer pour lui transmettre les informations importantes. Il appuya sur la touche numéro un.

— *Premier nouveau message.*

Un silence, un grésillement, puis une voix envahit l'habitacle.

— *Monsieur Leith, ici Sarah McKenzie du* Daily Scot. *Je m'excuse, je sais que cela va vous sembler soudain, mais j'aimerais beaucoup vous parler. Voyez-vous, j'ai quelques questions à vous poser au sujet de la disparition de votre père...*

Zander Leith tourna brusquement pour se ranger sur le bas-côté, posa la tête contre le volant, essayant d'étouffer la peur qui venait d'écraser net son euphorie naturelle.

En vain. Elle grandissait. Bouillonnait. Prenait le contrôle. S'infiltrait sous sa peau. Envahissait son cerveau. Hurlait.

Que ça s'arrête. Que ça s'arrête.

Sur le tableau de bord, une figurine à ressort de Seb Dunhill le fixait. Cadeau d'un fan, personnalisé par Zander. Il se pencha, lui brisa le cou et tendit la main pour recueillir la fine poudre blanche qui s'échappait de son crâne fendu.

Tout le monde avait le choix dans la vie. Le sien, à présent, était de rester clean ou de prendre de la coke.

9

« Relax »

Frankie Goes to Hollywood

Glasgow, 1984

Elle était de nouveau là. Assise sur le banc, dans le noir. Seule. Les yeux perdus dans le vide. Sans bouger. Pourtant, il ne pouvait s'empêcher de la regarder.

C'était l'été, mais à Glasgow, il faisait froid. Si la mère de Davie apprenait qu'il était encore réveillé à presque vingt-trois heures, il aurait des ennuis – mais il s'en moquait. Elle avait trois boulots et ce soir, samedi, c'était sa seule soirée de repos, alors elle somnolait déjà quand il était rentré de la friterie avec des fish and chips *quelques heures plus tôt. Elle devait maintenant être affalée en bas dans son fauteuil en Dralon marron, une bouteille de sa limonade américaine préférée et un journal abandonné sur la table basse en bois à côté d'elle.*

Elle était bien, sa mère. Stricte, un peu autoritaire, mais au moins elle n'était pas snob comme celle de Zander, avec tous ses « Enlève tes chaussures avant d'entrer et va à la messe tous les dimanches ».

Son regard glissa vers les autres maisons de son bloc. Une fête battait son plein au numéro 2. La vieille Squinty McGinty du numéro 18 avait ouvert ses fenêtres et chantait de nouveau à tue-tête ses chansons ringardes. « You'll take the high road and I'll take the low road… *» Il entendit son* *voisin crier qu'il aimerait vraiment qu'elle le fasse pour qu'ils puissent tous enfin dormir.*

C'était ça, vivre à Crofthill – il n'y avait qu'une fenêtre ou un mur qui vous séparait de la vie des autres. Dans sa rue, il y avait quatre blocs de cinq maisons mitoyennes, revêtues de crépi gris, disposées en carré. Au milieu, un espace commun avec des bancs et une aire de jeux, censé renforcer l'esprit de communauté. En réalité, ça voulait surtout dire que tout le monde se mêlait des affaires de tout le monde.

La fumée de la cigarette de la fille se dispersa dans le ciel nocturne lorsqu'elle l'écrasa sur le pied du banc en béton où elle était assise. Autrefois, il y en avait d'autres en bois, mais le conseil municipal les avait remplacés après qu'un des bancs avait fini dans le jardin du type bizarre du numéro 6. Il avait affirmé l'avoir acheté dans un pub. Le conseil avait préféré ne pas appeler la police et avait simplement remplacé tout le lot par du béton. Ça vous défonçait le derrière, mais au moins, ça ne risquait pas d'être revendu pour dix balles au King's Arms.

Les types du conseil municipal étaient toujours en train de bidouiller des trucs sur le lotissement. L'année précédente, ils avaient planté des parterres de fleurs en plein milieu de l'aire de jeux. C'était joli à regarder, certes, mais la terre bousillait sacrément les baskets quand on tirait un penalty. « Relax » de Frankie Goes to Hollywood s'interrompit en plein milieu du refrain lorsqu'il appuya sur le bouton stop de son walkman. Il n'en revenait toujours pas d'en avoir un. C'était un cadeau de Zander pour son douzième anniversaire. Il avait entendu sa mère prétendre qu'il était « tombé d'un camion », mais bon, Frankie Goes to Hollywood ne semblait pas se soucier de son origine, alors lui non plus.

Le loquet de sa fenêtre résista à sa première tentative pour l'ouvrir, mais il réussit à son deuxième essai. Il se glissa par l'entrebâillement et marcha vers elle aussi naturellement qu'un garçon de douze ans qui venait de se coincer l'entrejambe de son jean sur un loquet pouvait le faire.

Il traversa la minuscule pelouse devant sa maison et se dirigea vers le centre de la cour, se rapprochant d'elle à chaque pas. Elle ne leva pas les yeux et ne regarda pas une seule fois dans sa direction.

— Comment ça va ? demanda-t-il, son souffle formant des nuages dans l'air glacé de la nuit.

Juste au moment où faire lentement demi-tour paraissait être la seule option possible pour sauver un semblant de dignité, elle parla enfin. Sans le regarder. Sans sourire. Juste des mots.

— Qu'est-ce que tu veux ?

— Rien. Juste, euh, je m'appelle Davie. J'habite au numéro 15.

— Je sais.

— Tu viens d'emménager ?

— Pourquoi ?

Il haussa les épaules.

— Oh, tu sais, euh...

Pourquoi n'était-il pas simplement resté dans sa chambre, le walkman sur les oreilles, ignorant le monde ? La réponse était déjà dans sa tête, mais il était hors de question qu'il l'avoue à voix haute.

Parce qu'il l'avait vue dehors, ici, tous les soirs cette semaine. Et qu'elle était magnifique. Des cheveux roux foncé et bouclés de dingue. De grands yeux. Très mince, comme cette danseuse de Flashdance.

Finalement, après un moment qui lui sembla durer une heure et demie, elle mit un terme à son supplice avec un « Oui » ennuyé.

C'était trop dur. OK, un dernier essai, puis il abandonnerait et retournerait chez lui pour se réchauffer.

— Alors, pourquoi tu es là, dehors ?

Une nouvelle pause. Ses Adidas Bamba firent un pas en arrière. Il aurait voulu des Samba, mais sa mère disait que ça ne servait à rien de payer plus cher alors qu'on ne remarquait presque pas la différence.

Il s'immobilisa, sur le point de faire demi-tour, quand sa voix l'arrêta.

— Parce qu'elle est là-dedans avec un type et que j'aime pas les entendre.

Waouh. Il lui fallut une minute pour assimiler.

— Donc, tu es là tous les soirs parce que... ?

— Elle est là-dedans avec un type, répéta-t-elle.

De nouveau, waouh. Le père de Davie avait disparu avant sa naissance et, depuis, la seule interaction qu'avait sa mère avec un homme consistait à crier les réponses aux questions de culture générale de l'émission Mastermind.

Il ne savait pas comment agir face à l'attitude tranquille et directe de cette fille. D'habitude, il pouvait parler dans n'importe quelle situation. Ses professeurs lui reprochaient toujours de trop bavarder. Sa mère disait qu'elle ne pouvait pas s'entendre penser à cause de lui parfois. Même sa grand-mère retirait volontairement son appareil auditif quand il était chez elle plus de dix minutes. Pourtant, maintenant, son esprit tournait à toute vitesse, mais ses cordes vocales étaient à l'arrêt.

Un bruit derrière lui le fit sursauter. Pendant un horrible instant, il crut qu'il allait subir l'humiliation d'être ramené à l'intérieur de force, sermonné tout le long par une mère qui sentait le vinaigre, le soda American Cream et le tabac Embassy Regal.

— Ouf, murmura-t-il d'une voix étranglée lorsqu'il se rendit compte que c'était Zander.

Ils avaient vécu dans le même pâté de maisons toute leur vie, Alexander Leith – Sandy pour ses parents ; Zander pour ses copains – d'un côté, et Davie de l'autre, ce qui mettait cette nouvelle fille juste au milieu.

La maison de Zander avait autrefois été identique à la sienne, mais à présent, elle était complètement différente. Les amis de son père avaient repeint la façade, installé une nouvelle porte, ajouté une pièce sur le côté et construit un garage sur le terrain communal voisin. Personne ne s'était plaint. Un agent du conseil était passé une fois et n'était jamais revenu.

— Ça roule, mec ? dit Davie en guise de salutation, son sourire caractéristique de retour pour la première fois depuis qu'il était sorti par sa fenêtre.

Zander répondit à la question par une autre.

— Qu'est-ce que tu fous dehors ?

— Je discute juste avec... avec...

— Mirren, répondit-elle.

Davie remarqua que pour la première fois, son regard avait quitté l'espace devant elle pour fixer le visage de Zander. Sa réaction n'avait rien d'inhabituel. La moitié des filles de l'école craquaient pour lui, même les riches qui venaient en voiture et étaient propriétaires de leur maison.

Zander ne lui jeta qu'un bref coup d'œil. Cela fit plaisir à Davie, sans qu'il sache pourquoi.

Davie regarda sa Casio digitale. Vingt-trois heures. Pour Zander, c'était tard. Sa mère le gardait en général sous surveillance dès son retour de la messe de vingt heures tous les soirs.

— Tu vas où comme ça ?

— Au King's Arms. *J'dois voir si mon daron est là-bas. Les flics le cherchent. Ils ont fait irruption chez nous par la porte arrière. Ma mère est en train de péter les plombs. T'veux venir ?*

L'hésitation de Davie fut si brève que Zander ne la remarqua pas. Rester ici avec une fille qui le traitait comme une maladie contagieuse ou suivre Zander pour retrouver son père ? Zander l'emporta. Et pas seulement parce que son père lui filerait un billet pour les remercier de l'avoir prévenu de l'arrivée de la police.

Zander glissa ses mains dans les poches de sa veste Fred Perry et s'éloigna, et Davie se mit à marcher à côté de lui. Alors que lui et Zander quittaient la cour pour se diriger vers le pub, un mouvement attira son attention dans sa vision périphérique.

La fille hostile et en colère avait décidé de se joindre à eux.

10

« Like a Prayer »

Madonna

Glasgow, 2013

La journée de Sarah avait bien commencé, avec un café et des croissants à Princes Square, un bâtiment classé d'intérêt patrimonial sur Buchanan Street, construit en 1841 comme place du marché dans le centre-ville, et aujourd'hui occupé par des boutiques. En gros, un centre commercial. Mais, pour Sarah, c'était juste une délicieuse explosion des sens. Les odeurs des restaurants du rez-de-chaussée emplissaient l'air, tandis que la lumière filtrait par la verrière du toit. Simon, son petit ami depuis trois ans, dont deux passés en ménage, l'avait traînée là pour acheter de nouvelles chemises de travail chez Ted Baker. Elle s'était d'abord montrée réticente – le shopping, ce n'était pas son truc – mais, une fois sur place, elle était contente d'y être. C'était un instant de tranquillité et de luxe, un cocon de douceur protégeant ses visiteurs du monde extérieur. Tout en discutant autour d'un brunch, ils avaient écouté un chœur incroyable chanter des gospels sur la scène de l'espace central.

Quelques heures plus tard, elle se trouvait à présent dans un bâtiment bien différent, à écouter des chants sur le même thème, mais sans le talent divin.

« The Lord's My Shepherd » s'avérait un défi pour l'organiste, qui jouait avec emphase et avec un mépris flagrant pour l'arrangement musical que le Tout-Puissant aurait préféré.

Sarah espérait juste que le photographe du *Daily Scot* perché à la fenêtre d'un appartement en face du crématorium prenait de bonnes photos des personnes endeuillées qui entraient et sortaient de l'église, sans quoi les cinquante livres qu'elle avait données au vieux propriétaire de la chambre délabrée n'auraient servi à rien.

Quand les dernières notes de l'hymne s'éteignirent, le pasteur se racla la gorge et souhaita la bienvenue à la foule venue célébrer la vie du très cher disparu.

Elle aurait parié cinquante autres livres sur le fait que ce type qui était en train de proclamer que le Seigneur avait rappelé l'un de ses fidèles à lui n'avait jamais rencontré Manny Murphy de sa vie.

Du haut du balcon supérieur de la salle, Sarah aperçut Manny Murphy Junior au premier rang, en train de tendre un mouchoir à sa belle-mère en pleurs, Della, l'épouse de Manny, dont il était séparé. Encore une qui avait quitté le navire en perdition quand Manny était tombé malade.

Della, trente-six ans. Talent particulier : faire sortir des drapeaux de son vagin sur la scène du Crystal Gentlemen's Club. Si les partisans de l'indépendance écossaise parvenaient à la rallier à leur cause, elle apporterait une touche patriotique unique qui capterait probablement l'attention d'une bonne partie de l'électorat.

Était-ce l'imagination de Sarah ou le regard de Manny Junior s'attardait-il un peu trop sur sa belle-mère ? Peu importait. Son rédacteur en chef ne publierait jamais ce genre de spéculation, à moins qu'il ne les surprenne lui-même en train de s'envoyer en l'air sur son bureau, devant un juge et en présence d'un avocat, l'œil irréfutable d'une caméra de vidéosurveillance braqué sur eux et plusieurs membres de l'unité d'élite britannique pour protection. Quant aux autres participants, l'histoire se limitait à un énième article sur le milieu criminel de Glasgow, déjà raconté des dizaines de fois. Chaque assassin, escroc et arnaqueur de l'ouest de l'Écosse, qui n'était pas derrière les barreaux en ce moment même, était présent. Jimmy Lowe : chef de la plus grande famille de trafiquants de la côte ouest. Son rival de toujours, Danny Doss, assis à l'opposé, entouré d'un réseau de proches qui tiraient du vice et de la drogue un profit plus élevé que le chiffre d'affaires de la plupart des entreprises de taille moyenne. Agnes Miller : à ne jamais sous-estimer, la matriarche d'une famille à la tête d'un réseau national de vols à l'étalage et de plusieurs tueurs à gages des plus prolifiques. Franz Lowery : reconnu coupable de trois meurtres dans les années 1980, désormais sorti de la prison de Carstairs et marié à un membre secondaire de la famille royale qui voulait clairement rendre la vie dure à ses parents.

Des générations de crimes, de corruption et de peur, toutes rassemblées dans les habits noirs de l'hypocrisie pour rendre hommage à un homme qu'ils détestaient sans doute mais qui allait entrer dans la légende des gangs, maintenant qu'il était parti.

Rien de tout cela n'intéressait Sarah. Elle laissait ça aux journalistes spécialisés dans les affaires criminelles et aux plumitifs sans emploi qui se faisaient de l'argent facile en publiant des révélations sur des crimes réels qui n'avaient que peu de rapport avec la réalité.

Ce qui l'intéressait davantage, c'étaient les absents. D'après ce que Manny Murphy lui avait raconté, il avait grandi avec Jono Leith, partagé des femmes, des salaires et des boulots avec lui. Le décès de Manny avait fait la une de la presse nationale. Alors pourquoi son vieil ami Jono n'était-il pas venu lui rendre hommage ? Et s'il venait, Sarah parviendrait-elle à le repérer ?

Zander Leith était grand ; il faisait plus d'un mètre quatre-vingt-cinq. Selon Manny, il ressemblait exactement à son père : même stature, mêmes cheveux blond foncé, mêmes yeux verts. Même en tenant compte d'un certain affaissement lié à l'âge, il y avait très peu d'hommes dans la soixantaine ici qui dépassaient cette taille.

Sarah en repéra trois, avant d'être interrompue par un nouveau sanglot de Della. Mon Dieu, elle méritait un Oscar dans la catégorie « Chercheuse d'attention la plus hystérique dans un second rôle ».

Sarah reporta son regard sur les hommes. L'un d'eux avait les cheveux noir foncé, plaqués en arrière, telle une égérie de marque de coloration pour hommes. Un autre était chauve, au teint cireux. Il y en avait un troisième, mais il avait la tête baissée, et elle ne pouvait pas distinguer ses traits.

Une vibration subtile contre sa hanche la poussa à glisser discrètement son téléphone hors de sa poche et, sous prétexte d'incliner la tête dans une prière, elle lut le message affiché à l'écran :

Ce soir. 19 heures. Rogano. Habille-toi bien. Bisous. S.

La vieille dame assise à côté d'elle prit son soupir pour un signe de tristesse et lui adressa un sourire compatissant. Sarah la reconnut : elle l'avait déjà vue l'année précédente lors d'un reportage sur les endeuillés professionnels. Perchés ici jour après jour, ils partageaient le chagrin par procuration, espérant décrocher le Graal : une invitation à la veillée funéraire, où serait servi à manger et à boire en échange de leurs vêtements noirs et de leur expression solennelle.

Mais elle n'était pas vraiment en position de juger qui que ce soit, étant donné que la seule chose qu'elle pleurait à cet instant était sa soirée prévue devant la cheminée, son ordinateur sur les genoux, un verre de vin à la main et un épisode de *Grey's Anatomy* en fond.

Elle pouvait bien sûr refuser la proposition de Simon, mais elle ne le ferait pas, parce qu'il saurait la persuader autrement. Il était spécialiste en matière d'argumentation.

Heureusement, il réservait ça à la salle d'audience. Simon Anstruther, avocat, activiste, membre influent de l'*establishment*, acteur clé de la Commission écossaise de révision des affaires criminelles, qui était le dernier recours en appel contre les erreurs judiciaires dans le système légal écossais.

Ils s'étaient rencontrés alors que Sarah couvrait les dernières étapes d'une enquête judiciaire sur la condamnation d'un violeur en série, qui persistait à clamer son innocence malgré des preuves accablantes. Selon Sarah, prolonger le procès et le revivre audience après audience était une distraction perverse pour cet homme tordu, une autre chance de jouer avec ses victimes et de leur infliger le maximum de misère.

À la fin, il était clair pour Sarah que Simon pensait la même chose. Affaire classée. La peine du violeur avait été alourdie et Sarah avait décroché un laissez-passer auprès d'un type qui connaissait les détails de toutes les affaires les plus médiatisées en Écosse depuis l'existence des casiers judiciaires.

Une victoire sur toute la ligne.

En plus, Simon était un mec bien, et pas désagréable à regarder, à la Harvey Specter de la série *Suits*. Il avait une certaine arrogance, mais elle reposait sur le fait qu'il était sacrément doué dans son domaine.

C'était Simon qui lui avait donné le contexte de la vie et de l'histoire de Jono Leith, après que Manny Murphy eut prononcé son nom. Jono était un petit malfrat promu au rang de suspect de moyenne envergure après qu'une agence de la Banque d'Écosse, située en plein centre de Glasgow, eut perdu deux de ses murs du sous-sol et près de cent mille livres au début des années 1980. En 1984, Leith et cinq autres avaient été inculpés, mais les poursuites n'avaient jamais abouti. *Idem* pour d'autres accusations – vol à main armée, agression et quelques affaires domestiques – qui avaient été abandonnées après le retrait des plaintes.

Sous cette apparence trompeuse, Sarah voyait bien que c'était un salaud, un homme qui, selon un policier à la retraite qu'elle avait contacté pour avoir des informations, avait disparu de la surface de la Terre juste après que les rumeurs de son implication dans le meurtre d'un rival se furent révélées infondées. Apparemment, plusieurs témoins avaient été frappés d'une épidémie d'amnésie. C'était un schéma récurrent. Il avait été arrêté à de nombreuses reprises, souvent placé en détention provisoire, mais jamais condamné. Jono Leith était clairement un voyou qui avait un bon réseau et savait exactement comment éviter la condamnation et la prison, encore et encore. Alors, en apparence, son casier était relativement vierge. Pas de coupures de presse, rien en ligne. L'homme invisible.

Sarah avait lu tout ce qui existait sur Zander aussi, sans rien trouver de suspect. D'après toutes les biographies, il avait grandi avec sa mère, Maggie, et son père John, avec qui il avait vécu jusqu'à ce qu'il soit découvert, à l'âge de dix-neuf ans, par Wes Lomax. Après ça, plus aucune mention de sa famille. Aucune interview, aucun article sur leur fierté parentale. Juste une déclaration au début de sa carrière, à la même période que sa victoire aux Oscars, disant que sa famille était un domaine réservé et qu'elle n'avait aucune envie d'être sous le feu des projecteurs. De nos jours, il y aurait eu des discussions sur Internet, des portraits dans les magazines people, des tweets de la moitié de Glasgow affirmant qu'ils connaissaient les Leith. Mais on aurait dit qu'un nouveau chapitre de la vie de Zander avait été ouvert lorsqu'il était parti vivre à Hollywood, et que le précédent était bel et bien clos.

Sarah n'avait plus qu'à se procurer un pied-de-biche. En attendant, apercevoir l'insaisissable Jono Leith serait un bon début.

Alors que le pasteur terminait la cérémonie, Della quitta le premier rang pour se jeter sur le cercueil. Les plus âgés de l'assemblée montraient des signes de malaise tandis que les plus jeunes semblaient mourir d'envie de sortir leur téléphone pour mettre ça sur YouTube.

Sarah profita du spectacle pour descendre l'escalier et sortir la première, se plaçant à gauche des portes, afin d'avoir une vue parfaite sur les visages qui allaient apparaître.

La photo qu'elle avait fixée pendant dix minutes le matin lui revint en mémoire. Simon avait photocopié une image qu'il avait « empruntée » aux archives de Jono Leith, une photo de groupe prise lors des funérailles de la mère de Jono. Il était entouré de femmes des deux côtés : deux à sa droite, une à sa gauche. Elle supposait qu'une d'entre elles était son épouse et les deux autres, ses sœurs, peut-être. Devant eux se trouvaient trois enfants, et le plus grand attirait instantanément le regard. Même à l'époque, âgé d'environ douze ans, Zander était un garçon impressionnant, mesurant déjà plus d'un mètre soixante-cinq, les cheveux tombant devant ses yeux, sans réussir à cacher son regard hanté et sa bouche dont la fermeté trahissait la colère.

Sarah resserra son manteau autour de son cou pour se protéger de la brise glaciale qui la transperçait. Qui aurait pu savoir ce que l'avenir réservait à ce gamin ? La célébrité. Le succès. La cure de désintox. La gloire. Une réputation sexuelle légendaire. Il avait même couché avec une Lila Day très consentante, la journaliste people du journal pour lequel Sarah travaillait, lors d'une conférence de presse pour son dernier film. Heureusement, il ne l'avait jamais rappelée, ce dont Lila avait conçu une certaine rancœur, la rendant prête à partager ses coordonnées dès que Sarah l'eut soudoyée avec une bouteille de son Dom Pérignon grand cru préféré.

C'était un coup risqué, qui pouvait la mettre dans l'embarras professionnel et l'endetter, mais il en fallait plus pour l'arrêter. Les appels qu'elle avait passés à Davie, Zander et Mirren n'avaient donné qu'une minuscule lueur d'espoir. Pas de réponse de la part de l'équipe de Mirren ni de Zander, et juste un accusé de réception général de l'assistante de Davie, Jorja, avec une vague promesse de revenir vers elle.

Les gens commençaient maintenant à sortir, les femmes s'essuyant les yeux, les hommes impatients de prendre un verre. Mais d'abord, ils devaient se montrer en train de rendre hommage au défunt.

Della prit sa place, dernière de la file, pour le grand final. En dépit de la température glaciale, elle abandonna son manteau, déterminée à ne pas laisser un détail aussi insignifiant qu'une hypothermie l'empêcher d'offrir au public un aperçu de sa robe Hervé Léger moulante, qui peinait à contenir ses atouts. Sarah ne le connaissait pas bien, mais d'après ce qu'elle avait vu de lui lors de leurs rares rencontres, elle avait l'impression que Manny Murphy aurait ri aux éclats devant ce spectacle.

Elle était si captivée par le feuilleton qui se déroulait sous ses yeux qu'elle ne les remarqua pas tout de suite. L'homme se tenait à l'écart des autres, la grande silhouette qu'elle avait observée dans l'église désormais redressée, la tête haute. Il devait avoir la cinquantaine, trop jeune pour être Jono Leith. Et il ne lui ressemblait pas du tout : il avait le nez trop droit, les yeux trop éloignés, la mâchoire trop carrée.

Mais c'était la femme à ses côtés qui attirait l'attention de Sarah. De taille moyenne, peut-être un mètre soixante-cinq, les cheveux blancs tirés en un chignon élégant parfait, un manteau onéreux, presque certainement en cachemire. Quelque chose dans sa posture, une allure royale, une expression sereine, la distinguait de loin de la classe et du style des autres.

Sarah croisa son regard, et presque immédiatement, elle la reconnut.

Jono Leith avait peut-être disparu depuis longtemps, peut-être même était-il mort, mais Sarah aurait parié sa carrière, son petit ami avocat et la bouteille de Dom Pérignon de sa collègue qu'elle était en train de regarder l'une des trois femmes présentes sur la photo à ses côtés. Elle n'aurait pas pu dire avec certitude s'il s'agissait de la mère de Zander ou d'une tante… Dans tous les cas, elle tenait le moyen de découvrir où se trouvait Jono.

La politesse et le désir de ne pas attirer l'attention sur elle lui firent perdre de précieuses minutes alors qu'elle se frayait un chemin à travers la foule. Zut, si seulement elle avait porté des talons pour pouvoir garder la cible en ligne de mire… Lorsqu'elle atteignit l'endroit où la femme s'était tenue, celle-ci avait disparu. Elle balaya frénétiquement la foule du regard et mit quelques secondes avant d'apercevoir la chevelure blanche qui disparaissait alors que la femme montait à l'arrière d'une limousine noire. Elle avait deux options : laisser tomber ou traverser la pelouse pour se jeter devant la voiture. Même pour Sarah, il y avait une limite.

Elle observa le pare-chocs arrière disparaître à travers les grilles ornées, puis jura entre ses dents. Elle venait de perdre ce qui était sa meilleure piste jusqu'à présent. Elle ne referait pas cette erreur.

11

« Superstition »

Stevie Wonder

— Comment as-tu pu laisser ça arriver ? Tu sais ce que ça va faire à notre image ? hurla Jenny.

Pas à leur famille. Ou à leur mariage. Ou à sa carrière. À leur image. Que Dieu bénisse Hollywood.

Davie pensait que le fait que Jenny soit sur un tournage à Vancouver lui aurait laissé un peu de temps pour digérer ce qui s'était passé, se calmer et élaborer un plan pour faire face à tout cela avec maturité et de façon stratégique.

Preuve qu'il n'avait jamais compris les femmes, il avait clairement tout faux sur ce point. Elle était arrivée avec Darcy une heure plus tôt, toutes les deux en mode rock-chic, leurs cheveux longs lâchés, ce qui ne changeait rien au fait que sa femme bouillonnait de rage. Ç'avait peut-être été une mauvaise idée de l'avoir rappelée pour la conférence de presse qu'ils allaient donner, la première depuis le scandale. Une autre à ajouter à la liste.

L'un des quatre téléphones portables de Davie, l'iPhone doré qu'il réservait pour la presse, vibrait sans cesse. Jenny le prit sur la table de méditation népalaise antique et le lança contre la baie vitrée de leur salon. Elle offrait une vue spectaculaire sur la ville. Quand il l'avait fait construire, elle symbolisait le règne du couple prodige sur la Cité des Anges.

C'était du passé.

Il ramassa le téléphone, relativement intact, le mit en mode silencieux et tenta de détourner la colère de sa femme.

— Je ne t'ai pas entendue t'inquiéter de notre image quand tu t'es mise à baiser ta pote là-bas, cracha-t-il.

— Vraiment ? C'est le mieux que tu puisses trouver ? Espèce de connard.

Le visage de Jenny, digne d'une affiche publicitaire, se tordit de dégoût. Dans le coin, Darcy Jay esquissa un léger sourire amusé. Davie s'efforça de ne pas réagir. Une accusation de meurtre était la dernière chose dont il avait besoin pour compléter sa liste d'exploits du moment.

Les répercussions avaient été brutales. Quarante-huit heures d'attaques et d'assauts ininterrompus sur tous les fronts.

À peine trois jours plus tôt, il était l'une des plus grandes stars de télévision. Les starlettes en devenir étaient prêtes à tout – se prosterner, voler ou le sucer – pour obtenir cinq minutes de son temps. Depuis que le scandale avait éclaté, son styliste lui avait envoyé un e-mail pour lui dire qu'il n'était plus disponible, son coach sportif avait démissionné, et même son assistante, Jorja, avait disparu des radars en emportant sa copie de l'accord de confidentialité. C'était mauvais signe quand les moins-que-rien de la ville coupaient les ponts. Même le service de livraison de pizzas ne répondait plus au téléphone. Il était devenu toxique.

Quelques personnes avaient protégé leurs arrières en envoyant des messages de soutien en privé, mais aucune ne l'avait défendu publiquement. Non pas qu'il y ait grand-chose à défendre, mais le geste aurait été apprécié. Bande de traîtres. Même Lana Delasso, actrice *has been* devenue star de téléréalité catastrophique, n'avait pas profité du drame pour lui faire de la lèche. Au sein d'Hollywood, impitoyable et âgiste, elle venait tout juste de remporter un concours de popularité avec des verrues génitales.

Alina entra en titubant dans la pièce.

— Monsieur Davie, le pavillon d'entrée signale que monsieur Woolfe est là, annonça-t-elle avec un accent si prononcé qu'il dut se concentrer pour déchiffrer ses paroles. Ils l'ont laissé entrer et il est en chemin. Il demande si vous avez regardé *Hollywood Today*.

Même s'il n'en avait pas du tout envie, il alluma la télévision et alla directement vers son enregistreur vidéo. L'enregistrement du journal de midi était programmé pour qu'il ne manque jamais une mention de son nom. Il était peut-être temps de repenser cette décision.

Il passa en avance rapide le sujet principal – un flash spécial sur un ancien joueur de NBA qui avait été traîné hors d'un repaire de crack par une équipe SWAT privée engagée par sa femme, une star de feuilleton –, puis il arrêta de respirer lorsque son visage apparut à l'écran.

Était-ce mal que, même aujourd'hui, il soit instinctivement vexé de ne pas être à la une ? Qu'avaient dix types en gilets pare-balles prenant d'assaut un manoir dans les collines d'Hollywood qu'il n'avait pas ?

Le plan retourna au studio, sur une présentatrice taille trente-deux dont le sourire blanc éclatant à facettes était plus large que les cuisses. Balayant en arrière sa chevelure noire lui arrivant à la taille – qui, le mois précédent encore se trouvait sur la tête d'une ouvrière de quatorze ans au Bangladesh –, elle présenta la séquence à la manière d'une reine d'un concours de beauté donnant son avis sur la préservation de la forêt tropicale.

— Et voici ce que la vedette de *Family Three*, Vala Diaz, a déclaré aujourd'hui aux magnifiques animatrices de *The View* sur les répercussions de cette situation choquante.

L'image changea pour montrer Tilly Cantor, assise sur le canapé de *The View*, parlant de son ton caractéristique : un souffle léger avec une pointe de supériorité républicaine.

— Vala, je sais que vous n'êtes pas ici pour parler de ça aujourd'hui, mais je ne pouvais pas vous laisser partir sans vous poser une question sur la dernière controverse impliquant le producteur Davie Johnston et la pauvre adolescente Sky Nixon. Nous avons entendu dire qu'elle était toujours dans le coma, et nous avons tous vu, bien sûr, les images déchirantes de ses fans tenant une veillée devant l'hôpital où elle lutte pour sa vie. Quel impact cela a-t-il eu sur votre émission ? Comment vont les enfants de Davie Johnston, Bella et Bray ?

Des perles de sueur se formèrent sur le front de Davie. *Comment vont-ils ?*

Comment vont-ils ? Ils ont à peine sept ans ! Tant qu'ils ont leurs iPad et un stock de bonbons, tout va bien dans leur monde.

Les pensées qui rebondissaient dans son crâne s'arrêtèrent net quand Vala ouvrit sa belle bouche.

— Eh bien, je pense que c'est une situation tragique pour toutes les personnes concernées et mes pensées vont à ma chère Sky.

Le cerveau de Davie repartit de plus belle. *Ma chère Sky ?* La seule fois où elles s'étaient retrouvées dans la même pièce, Vala avait menacé de la transpercer avec une sculpture de glace parce qu'elle collait Davie comme une mycose cutanée.

— Je ne connais pas très bien Davie, bien sûr, comme je ne travaille qu'avec ses enfants, qui sont adorables au passage…

Le public murmura son approbation.

— … mais je sais qu'en tant qu'équipe, nous nous unissons pour protéger ces enfants innocents et nous continuerons de le faire aussi longtemps qu'ils auront besoin de nous.

Dans un coin, Darcy arrêta de caresser les cheveux de Jenny pour s'adresser à Davie pour la première fois.

— La prochaine fois que tu la baises, tu devrais peut-être lui expliquer le principe des clauses de confidentialité.

Davie l'ignora. Il était sur le point d'éteindre la télé quand la séquence suivante provoqua une paralysie totale de son corps.

— Et cette semaine fut riche en scandales parmi la jet-set hollywoodienne, avec un nom qui sera très familier à M. Johnston qui fait à son tour la une des journaux. Nous n'avons toujours aucune nouvelle de Mirren McLean, l'ancienne collègue de Johnston et son amie de longue date. Comme nous l'avons annoncé il y a deux jours, une voiture appartenant au mari de Mme McLean, Jack Gore, a été retrouvée accidentée au fond du Trancas Canyon. La police indique que, à sa connaissance, aucun crime n'a été commis ; cependant, elle continue de fouiller la zone. Ce matin, son mari a refusé de commenter les rumeurs selon lesquelles sa relation étroite avec l'actrice Mercedes Dance serait à l'origine de problèmes conjugaux.

Oh putain, non. Mirren. Il devait l'avoir appelée une centaine de fois ces deux derniers jours et traitée de tous les noms possibles parce qu'elle refusait de décrocher ou de le rappeler.

Son esprit se mit en surchauffe alors qu'une dizaine de scénarios se jouaient dans sa tête, tous pires les uns que les autres. Ses genoux faillirent flancher et il dut s'agripper à la table pour se soutenir. Ce genre de merdes n'auraient pas dû se produire, et si ça arrivait, il aurait dû pouvoir les affronter. Il avait survécu à tant de choses au cours de sa vie. À tous les traumas. À tous les drames. Il avait mis en scène tous les clichés dans ses émissions. Casser la baraque ou se casser. Viser la lune. Si sa vie avait été un film, ç'aurait été son moment *Braveheart.* Conquérir ou mourir en essayant de le faire.

Mais là, tout de suite, il avait besoin de l'oxygène de quelqu'un d'autre. Il avait besoin de Mirren. Il avait besoin de lui parler.

L'atmosphère dans la pièce changea soudain quand Cal fit irruption dans la pièce, incarnant parfaitement l'agent volatil et agressif qu'il avait toujours été, et leva les mains en signe d'indignation.

— Tu es prêt à affronter tout ça, bordel ?

La voix de Cal. Tous les tueurs à gages de tous les blockbusters des vingt dernières années avaient imité Cal Woolfe quand ils livraient leurs dernières paroles à leur victime. *Bonne nuit, abruti.* Sa voix était grave et assassine, en parfait contraste avec sa stature : Cal était maigre comme un clou et son teint pâle était digne de celui d'un comptable qui fuit la lumière du jour.

Mais ce n'était pas le ton de sa voix qui glaçait le sang de Davie à cet instant ; c'était ce qu'il disait.

Était-il prêt à affronter tout ça ? Pendant des années, ils avaient été une équipe. Qu'était-il arrivé au « nous » ? C'était comme ça que ça fonctionnait, dans ce métier. Tout le monde revendiquait le mérite quand tout allait bien, et niait toute responsabilité quand tout partait en vrille.

Nous avions une émission à succès.

Ton émission a fait un flop.

Mais pour l'heure, ils étaient encore ensemble dans cette galère. Ça ne pouvait pas être autrement.

— Tu dois te sortir de là, lui dit Cal.

Le singulier, encore. Mais l'avertissement était inutile. Les vingt années passées dans le métier avaient construit une mémoire musculaire qui provoqua un déclic dans l'esprit de Davie.

Que disait-on déjà ? C'est dans l'adversité que l'on reconnaît ses vrais amis ?

À présent, l'adversité avait plus que frappé à sa porte et il était confronté à la dure réalité.

Sortie d'un ami, si rapide que des étincelles jaillissaient de ses mocassins Gucci. Ceux-là mêmes qu'il avait achetés avec les dix pour cent de commission de Davie.

Poussé par le désespoir et en quête d'inspiration, Davie était incapable de lâcher prise.

— Tu dois m'aider à réparer ça, Cal. On est une équipe, non ?

Cal n'essaya même pas de dissimuler son malaise ni son dégoût. Quelle ironie. La veille, il aurait vendu sa grand-mère pour Davie Johnston, et voilà qu'il l'aurait volontiers livré à n'importe quel agent de la ville. Il se dissociait de Davie et réinvestissait son espace personnel.

— OK, les gars sont dehors, tous les journalistes d'Hollywood sont sur place, on les a retenus près de la dépendance. Les caméras tournent. La sécurité est sur le qui-vive. Prêt à être humble ?

— Ouais, Cal, à ce sujet, je...

— Je ne te demande pas ton avis, Davie. Sors et commence à ramper.

Davie acquiesça comme un écolier qui essaie de plaire au curé en lui disant qu'il récite ses prières tous les soirs.

Mais, attends...

Est-ce que Cal lui prodiguait des conseils pour sa prestation ? C'était Davie qui avait un talent d'acteur. C'était lui, M. Public. Davie était celui qui recevait quatre-vingt-dix pour cent des bénéfices, car c'était lui qui était sur le terrain. Quand les caméras tournaient, c'était lui qui décidait.

Et maintenant, ses choix étaient décisifs.

Jenny et Darcy ne dirent pas un mot tandis qu'il vérifiait ses cheveux dans le miroir Rennie Mackintosh au-dessus du manteau en travertin, appliquait un peu de poudre pour contrer la brillance de son front et ajoutait une couche subtile de mascara. Waterproof. Juste au cas où.

Emboîtant le pas à Cal suivi par une tribu de publicistes de la CSA, ils franchirent les portes vitrées et la pelouse, si vaste que Rod Stewart lui avait un jour demandé pourquoi il ne l'avait pas transformée en terrain de football. Alors qu'ils approchaient du jardin de méditation, entre la terrasse de yoga et le labyrinthe, il put déjà percevoir le bourdonnement d'impatience. Il n'était pas habituel d'organiser une conférence de presse au domicile d'une star, mais ils avaient activé toutes les ficelles possibles pour garantir une affluence massive. Si les loups ne venaient pas par intérêt journalistique, ils viendraient au moins pour admirer le garage seize places abritant quelques-unes des voitures de collection les plus rares du pays.

Les flashs se déchaînèrent comme des stroboscopes dès l'instant où il apparut. Il monta sur la petite estrade installée à la hâte spécialement pour l'occasion le matin même et prit place derrière le micro, au centre de la scène.

Dans une chorégraphie parfaitement synchronisée, la foule se tut d'un coup, chacun enclenchant l'enregistrement sur ses dictaphones et caméras.

— Mesdames et messieurs, je vous remercie d'avoir répondu présent.

En voyant ses salutations impeccables, son allure décontractée et son éternel sourire insolent, personne n'aurait pu deviner que, quinze minutes plus tôt, il avait presque flanché.

— Vous n'êtes pas sans savoir que mon nom a fait les gros titres ces derniers jours, et, pour une fois, je me dis que ce n'est pas une bonne nouvelle…

Son humour plein d'autodérision lui valut immédiatement un murmure amusé.

— Je veux simplement rétablir la vérité et vous dire ce qui s'est réellement passé. C'était bien moi sur cet enregistrement, je ne vais pas le nier. Mais ce que vous n'avez pas entendu, c'est que mes propos ont été enregistrés dans le cadre d'un petit sketch que nous allions monter, une séquence satirique sur les rumeurs selon lesquelles toutes les émissions de téléréalité seraient scénarisées. Je regrette que Rainbow Nixon ait utilisé cet extrait hors de son contexte. Je regrette surtout qu'elle ait choisi de le diffuser à un moment si délicat pour sa fille et pour sa famille. J'ignore totalement pourquoi cela s'est produit. Je peux vous assurer, de manière absolument catégorique, que je n'ai joué aucun rôle dans la décision de Sky Nixon de prendre de la drogue. J'espère simplement à présent que Rainbow, forte de sa propre et longue expérience d'addictions, saura être présente pour sa fille et se concentrer sur la vérité et sur, oui, la *réalité* de la situation.

Silence. Ils les tenaient tous complètement dans le creux de sa main parfaitement manucurée.

Il dominait cette estrade, menait la danse, son attitude dégageant une assurance bien rodée, perfectionnée au fil de vingt ans de carrière dans le milieu. Il était Davie Johnston. Un producteur de renom. Le présentateur préféré des États-Unis. Un gars bien. Respectable. Digne de confiance. Fiable. Ils voulaient le croire. Et il était là, en train de leur offrir exactement ce dont ils avaient besoin. Des paroles rassurantes, presque présidentielles.

La perception du public déciderait de son avenir. Était-ce là l'honnêteté et l'intégrité d'un chef d'État respecté ?

Ou bien était-il ce président qui foulait aux pieds ses principes dans le Bureau ovale et se faisait prendre en train de mentir à la nation ?

12

« She's Gone »

Hall & Oates

Mirren Gore était morte. Morte. L'épouse du producteur Jack Gore, la mère dévouée du célèbre chanteur de boys band Logan Gore et de la fameuse ado rebelle Chloe Gore n'existait plus.

Il ne restait plus que Mirren McLean. Épuisée. Démoralisée. N'adressant plus la parole qu'aux deux seules personnes sur terre en qui elle avait confiance.

— Écoute, *sister*, il va falloir que tu sortes du silence bientôt, lui rappela Lou. Ils ratissent tout le pays pour te retrouver. Laisse-moi publier un communiqué histoire de calmer un peu les choses.

— D'accord. Comme tu le sens.

Sa voix était à ce point dénuée d'émotion qu'on aurait dit celle d'un répondeur automatique.

Lou poussa un lourd soupir de soulagement.

— Comment va Logan ? Tu le lui as déjà dit ?

— Non. Je n'ai pas encore trouvé comment lui annoncer que son père se tape une femme dont il avait un poster accroché au mur de sa chambre l'an dernier.

— Tu as appelé Chloe ?

— La dernière fois que j'ai essayé, elle n'a pas accepté de me répondre, mais Logan lui a fait savoir que j'allais bien. Je réessaierai de lui parler plus tard, une fois que j'aurai récupéré un nouveau portable. J'ai manqué de prévoyance en laissant mon téléphone dans la Maserati.

Tu peux m'appeler sur ce numéro en attendant. En voilà une inversion des rôles... Logan se plaint parce que je monopolise son téléphone.

Un rugissement retentit en arrière-plan : cent sept mille filles hurlant à ciel ouvert, dans l'Estadio Azteca, à Mexico City. Le monde de Logan avait été un refuge évident pour elle. Il n'y avait pas de meilleure façon de disparaître que de s'immerger dans l'entourage d'un boys band protégé par une équipe de sécurité inégalée. Vingt types, tous anciens commandos de marine, aussi impénétrables que possible. Après le crash de la Maserati, elle avait trouvé un moyen de revenir à la civilisation et avait pris un taxi pour l'aéroport de Santa Monica, en faisant un détour par le bureau pour récupérer son passeport. Si seulement elle avait fait comme Angelina, Travolta ou Harrison Ford et obtenu sa propre licence de pilote, cela aurait été bien plus rapide. Mais peu importait. Dans l'heure, son compte en banque était allégé de trente mille dollars, un jet privé l'attendait sur la piste et elle se dirigeait vers le sud.

Elle aurait peut-être dû s'arrêter pour faire des provisions. Elle resserra son long gilet autour d'elle, un cadeau de consolation offert par l'une des stylistes à son arrivée. Les vêtements qu'elle portait – un jean gris skinny 7 For All Mankind, un débardeur blanc et des bottes motard Prada – n'étaient pas vraiment adaptés à une nuit mexicaine inhabituellement fraîche.

La température avait chuté sous les dix degrés. Légèrement frisquet. Elle frissonnait.

Elle détestait le froid. Ça lui rappelait son pays. Eux. Les gens qu'elle avait passé sa vie à essayer d'oublier.

Un instantané de son enfance s'alluma dans son esprit. Mirren. Environ douze ans. Assise dehors, devant sa maison, un soir d'été. Puis un autre. Cette fois, les feuilles d'arbres étaient marron et rouge. Un autre. À présent, des branches nues s'élevaient au-dessus d'elle. C'était le souvenir accablant de ses années de jeunesse : frissonnante dans le froid, transpirant sous la chaleur, toujours assise dehors parce qu'elle ne supportait pas ce qui se passait derrière les murs de sa maison. Les rires. Les cris. L'odeur de parfum et de cigarettes. Les mots qu'aucun enfant ne devrait entendre. Mirren les connaissait tous. Et elle savait qu'elle passait bien après l'excitation des longues nuits de sa mère avec son amant marié.

Puis il y avait l'autre côté. Quand il ne venait pas et que sa mère était seule, noyée dans ses larmes d'apitoiement, se languissant de lui jusqu'au moment où il franchissait la porte, lui prenait la main et la conduisait à l'étage.

Au fil des ans, des dizaines de journalistes et de présentateurs télévisés lui avaient demandé ce qui motivait sa légendaire éthique professionnelle, ce qui la rendait si déterminée à réussir et quel était le secret de son mariage heureux. Elle avait des réponses toutes faites, des platitudes vides pour chaque question. En réalité, il n'y avait qu'une seule explication.

Elle était déterminée à ne jamais devenir comme sa mère.

Marilyn McLean était la raison pour laquelle toute la vie de Mirren avait été construite sur une soif de sécurité. De certitude. De stabilité. Le changement la faisait flipper. L'inconnu la terrifiait. Et la seule chose qui dissipait cette peur était le succès dans toutes les sphères de sa vie. Sa carrière. Son argent. Son mariage.

Elle avait été amoureuse de deux hommes au cours de sa vie. La première fois s'était si mal terminée qu'elle pensait ne jamais s'en remettre. Cette fois… Cette fois…

Le téléphone qu'elle tenait dans la main se mit à vibrer et une image familière apparut à l'écran. Une image qui n'avait rien à faire là. Pourquoi le numéro de Lex Callaghan se trouverait-il dans le téléphone de Logan ?

— Salut.

— Salut, patronne. Alors, quoi de neuf ces derniers temps ?

Impossible de ne pas sourire. Lex Callaghan représentait cette rareté à Hollywood : un acteur qui ne se prenait pas trop au sérieux. Mirren avait toujours pensé que c'était parce que son succès avait été tardif. Il était à Hollywood depuis une décennie, enchaînant des dizaines de petits rôles, jouant dans quelques pilotes qui n'avaient jamais débouché sur quoi que ce soit et venait juste d'avoir trente ans lorsqu'il était entré pour la première fois dans le bureau de casting pour *Clansman*. Pour Mirren, c'était comme voir un de ses personnages sortir des pages de son manuscrit et prendre vie. Ses cheveux noirs indisciplinés jusqu'aux épaules, son physique de guerrier et ses yeux bleus semblaient jaillir tout droit de sa prose, mais ce n'était pas que ça. Tous les hommes qui avaient passé l'audition jusque-là semblaient s'être arrêtés en chemin pour se faire limer les ongles. Lex Callaghan avait l'air brut, prêt à escalader des montagnes et à nager dans des lochs. Sa démarche imposait son attitude à chaque pas. Mais ce qui scellait le tout, c'était son accent. Il parlait avec cette spécificité des Highlands si authentique qu'on ne percevait plus aucune trace de son accent traînant du Montana. Grâce à son enfance passée auprès d'une grand-mère immigrée qui n'avait jamais perdu son accent du Perthshire, il avait une voix parfaite. C'était son héros, l'homme qui avait le courage de ses convictions et était prêt à mourir pour les défendre.

Les téléspectateurs avaient ressenti la même chose. Les quatre films *Clansman* sur lesquels ils avaient travaillé ensemble avaient fait de lui une star internationale. Le tournage du cinquième opus était supposé commencer deux jours plus tard et ajouterait une nouvelle légion de fans à son armée d'admirateurs.

— Salut. Comment as-tu eu ce numéro ? demanda-t-elle, sans le moindre agacement, juste de la surprise.

— À la fête de clôture de l'année dernière. Logan avait pris des billets pour ma nièce à South City et m'avait donné son numéro. Au moins, je suis sûr qu'elle me rendra visite quand je serai vieux. Je ne m'attendais pas à ce que tu me répondes, en fait. Je comptais simplement l'interroger pour obtenir des infos.

— Il n'aurait jamais cédé, répondit-elle avec le sourire.

— Tu as raison. Alors, comment ça va ?

— Ça va.

— Vraiment ?

— Non.

— Tu veux que je vienne ? Ma nièce serait ravie.

— Non, merci. Je serai bientôt de retour. J'avais juste besoin de remettre mes idées en place, de rester loin des projecteurs.

— On peut reporter la date du tournage.

— Non.

C'était impensable. Un seul jour de retard coûterait une fortune au studio. Au-delà de ça, cela enverrait un message : elle avait craqué. Or elle ne pouvait pas supporter tout ça.

— Écoute, Mirren. Je suis là pour toi. Quoi que tu aies besoin.

Elle avait besoin de quelque chose, oui, mais pas de Lex Callaghan. Ils étaient amis, point final. Il avait beaucoup à offrir : il était beau, talentueux, avec un corps de rêve. Il avait aussi une femme, Cara, son amour de jeunesse, qui l'avait soutenu dans la richesse comme dans la pauvreté, dans les bons comme dans les mauvais moments, du petit appartement une pièce jusqu'au ranch de six cents hectares à Santa Barbara.

Pour l'instant, elle avait besoin de choses qu'il ne pouvait pas lui donner. Du réconfort. De la force. D'un bouton « retour en arrière ». Et de quelque chose pour apaiser le tsunami d'angoisse qui la poussait à ignorer le texto de

Davie Johnston. Elle ne comptait pas y retourner, dans leur passé, même pas en pensée. Pour rien au monde.

La bile qui lui remontait dans l'estomac lui donna un haut-le-cœur et elle lutta pour se ressaisir.

— Lex, je dois y aller. On se voit lundi.

Elle raccrocha et appuya son visage contre un montant d'acier de l'éclairage scénique. Chaud. Froid. Chaud. Froid. La peur et l'angoisse faisaient osciller sa température d'un extrême à l'autre.

Respire. Seigneur, qu'elle respire. Ses vingt ans de yoga ashtanga portèrent leurs fruits et relancèrent son système cardiovasculaire. La voix dans sa tête, celle qu'elle avait entraînée pendant deux décennies pour l'épauler en toutes circonstances, tenta courageusement de jouer son rôle. *Arrête, Mirren, arrête. Tu peux gérer ça. Tu le peux. Tout ça. Tu n'as pas les réponses pour le moment, mais tu les trouveras. Tu as juste besoin d'un peu plus de temps. D'un peu plus d'espace. Continue de réfléchir. Ça viendra.*

Espace. Contemplation. Intimité. Respiration.

Son monologue intérieur fut interrompu par une clameur de cris et d'acclamations qui fit trembler le sol sous ses pieds.

Logan se précipita hors de scène vers elle, puis deux bras l'entourèrent, la soulevèrent et la firent tourner.

— Maman, viens ! Je veux que tu montes sur scène.

— Logan, non.

— Allez, maman.

Où étaient les gardes du corps commando quand elle avait besoin d'eux ?

Avec ses soixante kilos, elle ne faisait pas le poids face à un grand gaillard d'un mètre quatre-vingt-cinq qui s'entraînait avec un coach sportif particulier six jours par semaine.

Les projecteurs l'aveuglèrent, la foule rugit, le reste du groupe acclama le chanteur vedette qui tirait sa mère récalcitrante sur scène.

— Mexico City, je veux vous présenter ma maman !

Lorsque les cent sept mille téléphones capturèrent l'instant, elle comprit que son plan qui consistait à se planquer jusqu'à ce qu'elle soit prête pour affronter toute cette merde venait de se heurter à une énorme complication, sous l'aspect de son fils.

Il était temps de revenir au monde réel avant que le monde réel ne vienne à elle. Et, quelque part, elle savait qu'elle devait trouver en elle la force de lui botter le cul. Pour le bien de Chloe, de Logan et de sa propre santé mentale.

13

« Riders on the Storm »

The Doors

Sa tête était prise dans un étau, et la roue tournait, de plus en plus rapide. Dans quelques secondes, son cerveau exploserait, de la matière grise éclabousserait les murs et la police scientifique devrait ramasser des éclats de crâne à la pince à épiler sur la moquette. Plus que quelques secondes. Quelques secondes.

— Zander, y a, genre, une meuf qui arrête pas d'appeler. Elle dit que si tu ne lui parles pas tout de suite, elle va défoncer la putain de porte. Elle a un sérieux problème d'attitude, genre. C'est ta femme ou quoi ?

Zander ouvrit un œil et attrapa le téléphone que lui tendait Daisy… Donna… Deedee… Putain de merde, il était allé trop loin la veille au soir. Il se souvenait de la bouteille de Jack Daniel's, mais il préférait oublier la coke. Si le mal de crâne qu'il ressentait en ce moment était le signe qu'il allait crever, qu'on en finisse vite, ici, dans…

Il jeta un rapide coup d'œil à la pièce. Ouais, c'était bien son appartement. Il n'avait aucune idée de la façon dont il était rentré, mais au moins il n'était pas étalé dans un taudis miteux de Sunset Boulevard avec des piqûres suspectes le long du dos.

Comme la nuit précédente.

Ignorant la question de la fille dont il ne se rappelait pas le prénom, il porta le téléphone approximativement à son oreille et grogna.

La réponse fut instantanée.

— C'est moi.

Zander grimaça machinalement. Son assistante, Hollie, n'avait prononcé que deux mots, mais ils avaient l'impact d'une double balle en plein front. Cruelle, implacable et d'une honnêteté sans équivoque, elle gérait depuis dix ans tous les aspects rationnels de sa vie. Il n'y avait que deux personnes qui comptaient à ses yeux : si Wes Lomax était son père de substitution, Hollie était la sœur qui l'aurait défendu bec et ongles face au monde entier, tout en le pointant du doigt pour l'engueuler à huis clos. C'était une dynamique inhabituelle au pays des hypocrites, mais il avait besoin de cette dose de réalité. Sauf aujourd'hui.

— Qu'est-ce que tu fous, bordel ? Non, ne réponds pas. Sur une échelle d'un à dix, dis-moi à quel point tu as merdé ? lança-t-elle, la voix saturée d'agacement.

— Dix.

— T'es vraiment un gros con. OK, ouvre la porte.

— Pourquoi ?

— Parce que je suis juste derrière, espèce de crétin, et je ne compte pas bousiller mes Manolo Blahniks à défoncer cette putain de porte.

Il raccrocha.

— Bébé…

— C'est Dixie. M'appelle pas « bébé ». Je suis, genre, féministe, gémit Dixie tout en enfilant son string, fendu au niveau de l'entrejambe, assorti à son soutien-gorge violet en dentelle ajourée.

Il poussa un grognement intérieur.

— Peux-tu ouvrir la porte, s'il te plaît, Dixie ?

D'un pas lourd plein de mauvaise volonté, elle traversa la pièce et ouvrit la porte d'un coup sec, sans le moindre effort pour dissimuler sa semi-nudité.

Hollie lui accorda à peine un regard et marcha droit vers le gigantesque lit circulaire au centre de la pièce. Zander ne s'attribuait aucun mérite ni responsabilité pour la déco. Il avait acheté cet appartement à Venice avec son premier cachet et n'avait jamais pris la peine de déménager. Pas besoin : situé au troisième étage d'un immeuble en bois peint en vert pâle, à l'angle de Speedway, juste de l'autre côté de la ligne invisible séparant le cossu quartier Santa Monica de l'excentricité artisanale du quartier voisin, le lieu lui convenait. Au bord du sable, il pouvait sortir faire du paddle dès l'aube et, la nuit, quand il ouvrait les fenêtres, entendre les rires, les discussions, les disputes, juste la vie.

D'une certaine façon, ça comptait pour lui.

Lorsqu'il avait emménagé, il n'avait qu'une chaise, un canapé et un lit. Quand Hollie avait commencé à travailler pour lui, elle avait essayé de le convaincre de déménager dans un quartier plus chic, plus sûr. Face à son refus, elle l'avait aidé à acheter l'appartement voisin et à transformer les deux en un penthouse digne d'un acteur de premier rang aux goûts simples. Un vaste loft ouvert, avec un long mur de verre qui devenait opaque et impénétrable en appuyant sur un bouton. Un parquet en érable sombre, des murs blancs, des canapés en cuir gris. Un écran qui pouvait traverser le sol pour séparer la chambre du salon en un clic. Et sur les murs, deux œuvres originales de Jack Vettriano, clin d'œil à ses origines écossaises – une autre idée d'Hollie.

Les tissus d'ameublement étaient de couleur crème, le linge de lit en coton huit cents fils, la vaisselle et les couverts hors de prix. Tout avait été choisi par Hollie. Tant qu'il y avait de la bière au frais, du sport à la télé et sa planche de surf à proximité, Zander n'y prêtait pas attention.

— OK, héros, debout, dit-elle en tirant les draps Pratesi.

— Je ne peux pas.

— Ne m'oblige pas à te tuer.

Hollie se tourna vers Dixie.

— Jolie tenue. Écoute, ma chérie…

— M'appelle pas « chérie ». Je suis, genre, féministe, annonça Dixie pour la deuxième fois en cinq minutes.

Zander ferma les yeux. Il ne pouvait pas voir ça. Personne ne devrait assister à une effusion de sang à une heure pareille.

— D'accord, je recommence. Hillary Clinton. Pourriez-vous, s'il vous plaît, faire quelque chose pour moi ?

Ce n'était pas si mal, sachant que chaque mot avait été craché entre ses dents serrées.

— Pourriez-vous, tout de suite, mettre votre cul maigre à moitié couvert hors de ma vue ?

— Mais…

Hollie avait déjà un coup d'avance. Elle sortit dix billets de cent dollars de son portefeuille.

— Pour votre fonds lingerie. Continuez de porter du violet, c'est votre couleur.

La philosophe féministe autoproclamée avait du mal à déterminer s'il s'agissait d'un compliment ou d'une insulte.

Hollie sortit une autre liasse.

— Et voilà mille de plus pour votre téléphone.

— Mais…

— C'est ça ou j'appelle les flics pour leur dire que tu es une harceleuse qui est entrée par effraction. À toi de choisir.

Dixie rougit de colère, puis, prenant conscience de la situation, ramassa ses affaires, enfila une minirobe en Lycra sur sa silhouette élancée et sortit, ses chaussures à la main. Elle laissa son téléphone sur la table.

— Je suis au Sparkles tous les soirs. Passe me voir, dit-elle avant de claquer la porte.

Zander ne répondit pas. Il se contenta de fermer les yeux pour se préparer à l'attaque.

— Classe. Je comprends tout à fait ce que tu lui trouves, lâcha Hollie, dont le sarcasme entama à peine le cerveau embrumé de Zander. OK, monsieur l'Étalon, qu'est-ce qui se passe ? C'est la troisième matinée d'affilée que je dois te tirer d'une situation à poil. Zander, tu ne m'aides pas, là.

Zander ne pouvait pas répondre, trop occupé à essayer de se redresser. Peu importait. Ce qui se passait ? Il ne pourrait jamais le lui expliquer. Quand il était sorti de la clinique la semaine précédente, il avait été si déterminé à rester clean. À arranger les choses. À sortir de la voie des « ratés ». Mais…

Monsieur Leith, ici Sarah McKenzie du Daily Scot. La suite était un peu floue, jusqu'à : *j'ai quelques questions à vous poser au sujet de la disparition de votre père…*

Comment ça pouvait ressortir maintenant, vingt ans plus tard ? Sa situation familiale avait été réglée et classée deux décennies plus tôt. Tous les journalistes qui avaient jamais posé des questions sur le sujet avaient reçu la même réponse toute faite : la famille de Zander était discrète et préférait se tenir loin de la lumière. Aujourd'hui, dans cette culture obsédée par les célébrités et omniprésente en ligne, ils n'auraient eu aucune chance de préserver leur intimité. Mais à l'époque, sa vie familiale n'avait pas fait la moindre vague dans la presse. Depuis, toutes les demandes d'interviews ou d'informations au sujet de sa famille avaient été refusées. Les projecteurs s'étaient tournés vers la nouvelle vie hollywoodienne de Zander, et il leur avait offert tellement de gros titres au fil des ans qu'ils n'avaient jamais eu de raison d'aller fouiller dans son passé. Fin de l'histoire. Rien à signaler. Jusqu'à aujourd'hui. Rien de tout cela n'avait de sens.

Est-ce qu'il s'était passé quelque chose ? Est-ce que Jono avait refait surface ? Mais non, ça, ça n'arriverait jamais, n'est-ce pas ? Et pourtant… une journaliste l'avait contacté et ses mots tournaient en boucle dans sa tête. La seule chose qui les faisait taire était l'inconscience. Hollie arracha les draps du lit et les jeta en boule dans un coin, puis ramassa les verres, les bouteilles et les vêtements éparpillés pour tout emporter dans la cuisine. Ce ne fut que sur le chemin du retour qu'elle remarqua le bric-à-brac sur la table basse.

— Tu as pris de la coke hier soir ?

La culpabilité qui traversa le visage de Zander en disait long.

— Putain, Zander, ils te testent à nouveau dans dix jours. OK, détox jusque-là. Sérieux, tu ne peux pas juste te contenter d'être alcoolique et me donner moins de fil à retordre ? Allez, debout. Tu es attendu sur le plateau dans une heure et la route va être infernale, même à cette heure-ci. Je n'ai pas besoin de ça. J'aurais pu bosser pour…

— Matt Damon. Je sais.

C'était une blague entre eux. Hollie avait passé un entretien pour Damon le même jour que pour Zander. Et Zander avait fait son offre en premier.

— Vie saine, marié, enfants, pas de drama. Et à la place, j'ai hérité de toi. Allez, Zander, déconne pas. J'ai besoin de ce salaire, et je vais galérer à retrouver un job si tu clamses. Et on s'étonnera après que je me gave de nourriture pour compenser.

Une autre plaisanterie entre eux. Hollie était l'une des rares femmes à Hollywood qui ne faisaient pas moins d'un trente-quatre. Dans n'importe quelle autre ville, sa silhouette aurait été considérée comme saine, mais ici, si ses cheveux châtain chocolat au naturel et son absence de chirurgie esthétique ne suffisaient pas à la démarquer, le fait qu'elle porte un jean taille quarante-deux la rendait aussi rare sur la côte ouest qu'une vraie blonde.

En ce lendemain de cuite, la tentative de son assistante pour l'amadouer avec franchise ne fit qu'accentuer ses remords.

Qu'est-ce qui clochait chez lui, bordel ?

Le tournage n'avait commencé que depuis cinq jours et il avait été défoncé tous les jours, sauf le premier. Il avait réussi à résister à la coke de la figurine pendant une heure après sa sortie de la clinique, parce qu'au moment de sniffer, il s'était rappelé, à juste titre, qu'il risquait de passer un test de dépistage le lendemain matin au studio. Il l'avait laissée s'envoler par la fenêtre de sa voiture, puis s'était arrêté dans un magasin pour acheter des litres de Jack Daniel's. Une fois le premier test passé, tout était permis. Dès midi, il était déjà ivre et défoncé, et il n'avait quasiment pas dessoûlé depuis. Heureusement, il connaissait son rôle sur le bout des doigts et avait assuré pendant les premières lectures. Mais il était sur le point de tout foutre en l'air une fois de plus, et il le savait.

Ce ne fut que grâce aux talents de pilote de cascadeuse d'Hollie qu'il arriva à temps au Lomax Lot, à Century City, pour l'appel de six heures du matin, lavé, rasé de près et sentant comme s'il venait de sortir du boudoir de Tom Ford. Deux litres de café noir et quatre Advil avaient atténué la douleur ; à présent, le jus d'orange frais faisait lentement passer son teint gris au rose.

Hollie s'était déjà renseignée sur le programme de la journée. La matinée serait dédiée à l'habillage. Les costumes de son personnage, Seb Dunhill, avaient été faits sur mesure chez Burberry, mais il restait encore du travail sur le reste des tenues. L'après-midi serait consacré aux répétitions pour la première scène, dont le tournage était prévu pour le lendemain. Grâce aux services de la mairie de Los Angeles, un tronçon de Wilshire Boulevard avait été fermé pour la course-poursuite prévue à cinq heures du matin. Pas la peine d'espérer revoir Dixie au Sparkles.

La préparation était la partie du métier qu'il aimait le moins. Un mal nécessaire. Mais il voulait juste en avoir fini, être quelqu'un d'autre, pas enfermé ici à se faire mesurer l'entrejambe par Nessa, une grand-mère texane au demeurant très sympathique mais bruyante, qui maîtrisait l'art de parler à haute voix tout en tenant une gerbe d'épingles entre ses dents, et qui l'appelait « mon chou ». Ils en étaient à leur quatrième retouche de costume, et elle avait déjà livré plus de potins sur l'industrie du cinéma que Deadline.com. Elle fit une pause pour reprendre son souffle avant d'enchaîner avec un autre sujet.

— Et n'est-ce pas fantastique que Mirren McLean soit de retour en ville ? Je commençais à m'inquiéter pour cette fille. Je n'ai jamais aimé Jack Gore. Il a les yeux trop rapprochés.

— Pourquoi ? Où était-elle ?

Aucun faux-semblant ne pouvait masquer la vivacité de son ton.

— Eh bien, mon chou, sa voiture est tombée dans un canyon. D'après la rumeur, Gore va avoir un enfant avec cette Mercedes Dance. Ma sœur a travaillé comme styliste avec elle l'année dernière, et heureusement qu'elle est belle, hein, parce qu'elle ne va pas gagner un prix pour son intelligence. Un homme marié. À quoi pensait-elle ?

Hollie entra, un *clipboard* à la main, ses grandes lunettes noires rectangulaires glissant jusqu'au bout de son nez.

— Tu as reçu quelques appels. Tu veux qu'on les passe en revue maintenant pendant que tu es entre les doigts de fée de Nessa ?

— Hollie, qu'est-il arrivé à Mirren McLean ?

Hollie réfléchit un instant, assimilant les faits avant de les relayer dans le bon ordre.

— Ç'a fait la une la semaine dernière : Jack Gore et Mercedes Dance faisaient la samba tout nus ; elle est au premier trimestre de sa grossesse, et c'est l'enfant de Gore ; Mirren a disparu quelques jours après avoir précipité sa Maserati en bas d'une falaise…

— Amen ! intervint Nessa.

— Puis elle est réapparue à Mexico. Maintenant, elle est de retour et, selon *Entertainment Tonight*, a commencé le tournage de *Clansman 5*. De rien.

Elle ponctua sa phrase d'une révérence prolongée.

Le rythme cardiaque de Zander revint progressivement à la normale. Bon, ça n'avait rien à voir avec ce qui s'était passé à l'époque. Rien à voir avec Glasgow. Ou avec eux.

— Ah, je voulais te dire aussi, une journaliste du Royaume-Uni, Sarah quelque chose, t'a laissé plusieurs messages. Tu veux que je réponde ?

— Laisse-moi y réfléchir.

Comme si ce n'était pas la seule chose qu'il avait pu faire ces derniers jours.

Nessa recula et retira enfin les épingles de sa bouche.

— Voilà, mon chou, tu peux y aller et je suis une femme heureuse, dit-elle avec un petit rire affectueux.

Zander la prit dans ses bras en guise d'au revoir puis suivit Hollie à travers le labyrinthe de couloirs. En quatre décennies, Lomax Films était passé d'un type ayant du talent pour vendre des idées à l'une des plus grosses boîtes de la ville. Jerry Bruckheimer. Paul Bonetti. Kent Lang. Brian Grazer. Steven Spielberg. James Cameron. Wes Lomax les avait tous surpassés quand sa société de production avait frappé un grand coup avec *Brutal Circle*, lui donnant les moyens financiers et le courage nécessaires pour créer son propre studio. Lomax Films n'avait pas la portée considérable de Sony ou de Time Warner, mais il avait battu Lionsgate et Miramax l'année précédente, et était en passe de réitérer cet exploit.

Les exigences physiques de l'après-midi furent un soulagement bienvenu après le stress mental de la matinée. Rien ne vous faisait oublier vos problèmes autant que l'inconfort d'avoir le scrotum écrasé dans un harnais suspendu à trois mètres de hauteur. Seb Dunhill devait sauter d'un hélicoptère et atterrir sur un camion-citerne transportant des déchets toxiques en route vers le centre-ville de Los Angeles. C'était un cadeau pour les animateurs de talk-show nocturne. Un gag qui s'écrivait tout seul.

Dès que son personnage aurait sauvé Los Angeles, il allait être envoyé au Moyen-Orient, les testicules intacts, pour sauver le monde. En réalité, la majeure partie du film se tournait dans le Nevada.

— Vas-y, je veux juste passer par le bureau de Wes.

Hollie le dévisagea avec cynisme.

— Ou tu vas te planquer dans un placard et descendre un litre de bourbon ?

Zander lui adressa son sourire le plus charmeur.

— Cette époque est révolue. Le nouveau Zander ne touche pas une goutte d'alcool.

— Depuis ce matin ?

Pour la première fois depuis une semaine, il éclata de rire.

— C'est fou ce que l'on peut accomplir en l'espace d'une journée.

Hollie secoua la tête.

— Des sautes d'humeur. Super. Je parie que Matt Damon m'aurait épargné cette merde.

Zander monta deux étages en ascenseur jusqu'au niveau de la production, puis se glissa dans les toilettes pour hommes et sortit un mini-flacon de Jack Daniel's de la poche de sa veste. Il disparut en quelques secondes, le goût effacé par le mini-flacon de bain de bouche dans l'autre poche. Après s'être lavé les mains, il prit une bouteille de Cline Christian 1872 sur le lavabo et vaporisa rapidement. Juste assez pour couvrir toute odeur d'alcool persistante, pas trop pour que Wes se méfie.

— Salut, Monica. Le boss est là ?

La secrétaire de Wes travaillait avec lui depuis ses débuts. Elle devait avoir la soixantaine à présent, mais son package salarial plus que généreux lui donnait l'air d'avoir à peine plus de quarante-cinq ans.

— Bien sûr. Je lui dirai que vous êtes là.

Elle n'avait même pas encore appuyé sur le bouton de son interphone que Lomax sortit de son bureau à grands pas pour le serrer dans une étreinte chaleureuse.

— Content de te voir, fiston. Tu as bonne mine.

Wes le guida jusqu'à son bureau et ils s'installèrent tous les deux sur les sièges en peau de buffle blanc qui bordaient une élégante table de réunion en marbre noir italien. Une fissure la traversait en son milieu. La rumeur disait que Wes l'avait brisée à coups de machette après un mauvais deal. Mais en réalité, c'était une partouze à quatre avec trois actrices porno en talons d'acier qui avait laissé cette marque. Wes se moquait bien de l'histoire que les gens choisissaient de croire.

— Je me sens au top de ma forme, confirma Zander.

Wes le contempla un moment. Ils travaillaient ensemble depuis de nombreuses années, et leur relation avait depuis longtemps dépassé le besoin de politesses et de platitudes.

— T'es sûr, fiston ?

— Certain.

Ils n'avaient peut-être pas besoin de politesses et de platitudes, mais parfois, un petit mensonge était nécessaire. Wes choisit de le croire. Ils discutèrent du film pendant quelques minutes avant que Monica frappe à la porte, signe immuable que le prochain rendez-vous de Wes l'attendait.

Ils se serrèrent la main et il était presque dehors quand Wes tendit le bras pour le retenir.

— Zander, la dernière fois, c'était limite. Ça ne peut plus se reproduire.

Il n'eut pas besoin de demander ce qu'il voulait dire. Si les spectateurs restaient conciliants, une star de premier rang pouvait survivre à un seul effondrement public. Pas à deux.

— J'ai tout sous contrôle, Wes. Ne t'inquiète pas.

Zander n'était pas sûr de savoir qui il essayait de convaincre.

— Il le faut. Parce qu'on ne peut pas se permettre de merder, Zander. Il y a trop en jeu.

Les mots de Wes lui restèrent en mémoire plus longtemps que le goût de bourbon qu'il avait descendu dans les toilettes.

Sur le chemin du retour, Hollie se rendit compte dans les cinq minutes que Zander n'était pas d'humeur à bavarder, alors elle se contenta d'un silence confortable. L'odeur de l'océan envahissait la voiture lorsqu'ils s'arrêtèrent devant son immeuble.

— Tu veux monter et qu'on commande un truc à manger ? lui proposa-t-il.

Il avait deux raisons de vouloir qu'elle reste : il avait envie de compagnie, mais pas de celle de quelqu'un qui le mènerait à se faire voler ou arrêter, et les paroles de Wes résonnaient en lui. Il devait se reprendre en main, pour le bien de tous. Il était temps de se remettre d'aplomb et de se relever.

Hollie se pencha pour lui embrasser la joue.

— Merci pour la proposition mais, contrairement à toi, j'ai une vie. Et un rencard, répondit-elle avant de voir son expression et d'hésiter, prenant conscience de la situation. Écoute, je peux changer mes plans. Ce n'est pas un problème. Dis-moi que tu n'as pas l'intention de commander deux strip-teaseuses et un speedball de la taille de Robert Downey Junior.

Il était déjà sorti de la voiture.

— Ne dis pas de conneries, ça ira. Je crois que je vais aller attraper les dernières vagues de toute manière.

Le beau Zander Leith était de retour : un sourire charmeur, confiant, assuré et maître de lui.

Il pouvait y arriver. Il devait juste faire taire l'angoisse. Éliminer la négativité.

— Holls, tu peux rappeler cette journaliste et lui dire que je ne suis pas disponible pour une interview et que ma vie de famille est privée ?

Fin de l'histoire. Terminé.

— Bien sûr, dit-elle avant de lui envoyer un baiser. Écoute, s'il y a le moindre problème, tu m'appelles, d'accord ? Je garde mon téléphone avec moi.

— Compte sur moi.

En marchant vers la porte, il scruta les environs pour vérifier qu'il n'y avait pas de paparazzis. Aucun. De toute façon, ils connaissaient Hollie et savaient qu'il n'y avait aucune histoire à raconter. Les deux sans-abris perchés devant l'immeuble levèrent leurs bouteilles d'alcool dans sa direction. Il leur glissa un billet de vingt et s'efforça de ne pas y voir un présage de son futur.

— Bonne nuit, les gars.

Une fois à l'intérieur, il changea d'avis pour le surf, préférant la solitude et la tranquillité garantie. Il ôta sa veste, ouvrit le robinet de la baignoire et versa quelques huiles de bain. Chez lui, dans le monde où il avait grandi, ç'aurait fait de lui le candidat idéal pour des moqueries sans fin. Cette pensée le surprit. Il avait passé des années à refuser de laisser ses pensées traverser l'Atlantique et voilà qu'il semblait incapable de sortir Glasgow de son esprit.

Quelqu'un frappa à la porte, créant une diversion qu'il prit comme un soulagement. C'était typique d'Hollie. Elle avait probablement roulé jusqu'au bout de la route, appelé son rendez-vous pour annuler et était revenue pour commander du thaï. Ou peut-être plutôt des sushis. Il ne prit même pas la peine d'enfiler un peignoir, juste une serviette autour de la taille. Elle avait déjà tout vu de lui.

— Hé, je…

La porte était grande ouverte avant même qu'il ait eu le temps de la reconnaître.

— Salut, dit-elle. J'ai amené un ami.

Elle leva une bouteille de Grey Goose, puis se détacha de l'embrasure de la porte pour passer devant lui.

— Et, non, avant que tu me poses la question, ma mère ne sait pas que je suis là.

Alors que Chloe Gore retirait ses chaussures et s'affalait sur le canapé de Zander, il ne doutait pas un seul instant que les ennuis venaient de faire leur retour dans sa vie.

14

« Alive and Kicking »

Simple Minds

Glasgow, 1985

Simples Minds hurlait dans le magnétophone posé sur le plancher en bois. Jim Kerr, le chanteur principal, pétait la forme. On ne pouvait pas dire la même chose des trois adolescents allongés par terre en train de fixer le plafond et de souffler des ronds de fumée dans une sorte de concours synchronisé d'encrassage de poumons.

Mirren battit son propre record de cinq anneaux consécutifs, puis écrasa sa cigarette dans le cendrier en verre qu'elle avait subtilisé chez elle. Ils avaient appris la leçon peu après avoir commencé à traîner ensemble dans l'abri au fond du jardin de Davie. Mirren avait écrasé une cigarette par terre et quand ils étaient revenus une heure plus tard, ils avaient découvert un trou de la taille d'une bouche d'égout, les bords encore fumants.

Davie l'avait recouvert avec la tondeuse Flymo de sa mère. Si jamais elle décidait de tondre la pelouse, il était mort.

— Joueur de foot, dit Davie, reprenant la discussion qu'ils avaient eue avant que leur chanson préférée ne passe.

Mirren enregistrait le Top 40 tous les dimanches soir, et c'était devenu leur distraction de la semaine.

Elle se redressa sur un coude.

— Tu veux devenir joueur de foot ?

— Ouais.

— Euh, je peux dire tout haut ce que tout le monde pense tout bas ?

— Quoi ?

— Tu devrais peut-être arrêter les clopes.

— Ouais, ça freine la croissance, ajouta Zander. Et avec ta taille, tu pourrais à peine jouer au Subbuteo.

Leurs rires résonnèrent à travers les cinq jardins arrière de leur immeuble. Non pas que ça ait de l'importance. Tout le monde était à l'intérieur à regarder le nouveau feuilleton, EastEnders, *ou au pub. De toute façon, les gens avaient l'habitude de les voir traîner ensemble.*

Mirren savait qu'aux yeux des autres, leur amitié avait d'abord semblé étrange. Deux garçons et une fille, aucun d'entre eux n'appartenant aux groupes qui traînaient dans les garages et dans les commerces du quartier. Davie était l'hyperactif, le bavard, toujours insolent et en quête de rigolade. Zander était plus calme, avec ce côté posé qui faisait qu'on ne savait jamais vraiment ce qu'il pensait. Mais il ne se laissait pas marcher sur les pieds. Le grand Jim Anderson, du bas du quartier, avait attaqué Davie un soir pour lui voler son walkman, et Zander était descendu le voir, l'avait tabassé et avait récupéré l'appareil. Sans dire un mot. Il avait juste agi. Depuis, personne ne les avait plus approchés.

C'était un concept étrange pour Mirren. L'amitié. Elle n'avait jamais eu d'amis. Pendant toute l'école primaire, elle était restée dans son coin, tandis que les autres allaient à des fêtes, des soirées pyjama ou des sorties au zoo de Caldepark. Elle n'avait jamais été invitée. Peut-être que si elle avait fait le premier pas et invité quelqu'un chez elle, ils auraient fait de même, mais sa mère ne l'aurait pas permis. Ça lui suffisait d'avoir une seule gosse, comme elle disait.

Naturellement timide, Mirren gardait la tête baissée. Elle allait à la bibliothèque après les cours, se remplissait l'esprit de livres et emportait en douce des ouvrages pour adultes parfois, quand la vieille bibliothécaire avait le dos tourné.

Pour le moment, elle lisait Jackie Collins. Les Dames d'Hollywood. *Aucun des personnages de ce roman ne recouvrait un trou causé par une cigarette avec une tondeuse électrique.*

— Et toi ? la questionna Davie.

— J'sais pas.

Mirren s'efforça d'ignorer le fait qu'il la fixait.

— Tu mens. Je le vois bien. T'as l'air coupable.

— Ouais. Bien joué, Columbo, le taquina-t-elle.

— Si tu le dis. Allez, dis-nous. Tu veux faire quoi ? Agent de traversée pour ne pas avoir à bosser avant soixante-cinq ans ?

Mirren lui lança une canette vide d'Irn-Bru à la tête. Elle le manqua.

— Écrivaine.

— Hein ?

— Écrivaine.

Elle n'aurait jamais dû le dire. Ils allaient se moquer. Ce n'était pas comme si elle travaillait beaucoup à l'école. Elle aimait le cours de littérature, mais c'était tout. Elle réussissait quand même correctement ses examens, mais tout le reste l'ennuyait profondément.

— Quoi ? Tu veux écrire des livres ?

— Non, les colorier. Bien sûr que je parle de livres. De romans.

Une étincelle dans ses yeux annonçait qu'il allait continuer les taquineries. Davie ouvrit la bouche mais la referma quand Zander dit d'un ton sérieux :

— Tu pourrais le faire. Être écrivaine, je veux dire.

— Tu crois ?

Il haussa les épaules.

— Je ne vois pas ce qui t'en empêcherait.

C'était à peu près le plus de mots qu'on pouvait espérer de Zander et Mirren avait appris à ne pas insister. Quand il avait quelque chose à dire, il le disait. Point final. De toute façon, il n'avait pas le temps d'en placer une avec Davie dans les parages.

— Bon alors, dis-nous, grand manitou. Dis-nous ce que tu veux faire, toi, le provoqua Davie. Mais fais gaffe, on cherche de nouveaux prêtres à la chapelle. « Pardonnez-moi, mon Père, j'ai péché : j'ai dragué trois nanas ces quinze derniers jours. »

— Ferme-la !

Zander donna un coup de pied pour ouvrir la porte de l'abri de jardin et jeta son mégot dehors.

Mirren sentit les poils de sa nuque se hérisser. Elle détestait les disputes et les confrontations. Ce foutu Davie aurait dû savoir qu'il ne fallait pas mentionner la chapelle. C'était déjà assez compliqué comme ça que la mère de Zander y passe sa vie sans qu'ils en parlent entre eux aussi.

Elle le regarda secouer la tête, puis donna un petit coup de pied dans les jambes de Davie avec la pointe de sa chaussure de sport.

— Tu dis vraiment beaucoup de conneries.

— Je sais, répondit Davie en souriant.

Mirren se sentit plus détendue. La tension était dissipée.

— Tu n'as pas répondu à la question, dit-elle, désireuse de revenir sur un terrain neutre.

Zander réfléchit un moment.

— Sais pas. Sur des plateformes pétrolières. L'armée, peut-être. N'importe quoi, tant que je peux me barrer d'ici, loin de lui.

Ils n'avaient pas besoin de poser de questions, et c'était mieux ainsi, car Jono Leith apparut soudain dans l'embra-

sure de la porte. Il se balança d'un côté à l'autre, un sac de chez Co-op à la main qui tintait à chaque mouvement.

Zander fut le premier à parler.

— J'croyais que tu allais rester derrière les barreaux jusqu'au procès.

Pas d'accueil chaleureux. Pas de poignée de main ni de tape dans le dos.

— Eh bien, je suis sorti aujourd'hui, Sandy. Affaire classée. Je suis un homme innocent, et alléluia putain ! cria Jono. Allez, vous trois. Les mecs sont en route et on va faire un peu la fête. Allez, les p'tits jeunes. Coupez-moi cette merde et venez écouter de la vraie musique.

Sur ces mots, il se lança dans une chanson que Mirren reconnut aussitôt. Les Rolling Stones, « Satisfaction ».

— Allez, allez ! répéta-t-il après le premier couplet. Remuez-vous, grosses feignasses, on y va.

Davie était déjà debout, un grand sourire aux lèvres à l'idée d'une nouvelle beuverie chez les Leith. Mirren croisa le regard de Zander, échangeant un message de compréhension. Il n'avait pas envie d'y aller et elle non plus. Mais ça n'avait pas d'importance. Parce que, dans la vraie vie, ils savaient tous les deux qu'on ne refusait rien à Jono Leith.

15

« Labour of Love »

Hue & Cry

Glasgow, 2013

— Oui, je comprends qu'il soit actuellement en tournage, mais je n'aurai besoin que de vingt minutes de son temps. J'avais cru comprendre que ses fans écossais comptaient pour lui.

Même en misant sur le chantage affectif le plus éhonté, Sarah savait que c'était inutile. Elle parlait à une assistante qui ne faisait qu'exécuter des ordres, pas à quelqu'un qu'on pouvait convaincre à coups de bons arguments. La preuve arriva aussitôt avec le clic sec à l'autre bout de la ligne : l'assistante de Zander Leith venait de lui raccrocher au nez.

— Putain de merde.

Elle balança son téléphone sur le bureau, puis s'étira dans son fauteuil. La rédaction du *Daily Scot* était plongée dans le noir, à l'exception de deux employés de nuit planqués dans des boxes au fond de la salle.

Le reste de l'équipe était chez Epicures, dans le quartier huppé de Hyndland, un ancien marchand de vins reconverti en café-bar à deux étages où se retrouvaient les gens branchés de West End. Il y avait un pot de départ d'un journaliste du desk infos qui avait décidé de laisser tomber le côté obscur et de filer en Australie pour vivre pieds nus sur la plage. Sarah comprenait l'attrait. Ce boulot, cette vie, ça n'avait rien de facile. Mais pour elle, il y avait quelque chose d'enivrant là-dedans. Elle rapportait la vérité, dénonçait les injustices et défiait l'*establishment.*

Mais pour l'instant, elle était heureuse de pouvoir défier la machine de relations publiques de Zander Leith, alors elle avait laissé ses collègues rêver d'une vie meilleure et avait marché péniblement sous une pluie torrentielle pour retourner au bureau.

L'énorme horloge accrochée au mur devant elle indiquait vingt et une heures. Depuis qu'elle était obsédée par cette affaire, c'était devenu une habitude. Elle avait passé des heures interminables à fouiller les archives et Internet à la recherche de quelque chose, n'importe quoi qui puisse l'aider, mais sans jamais rien trouver. Il n'existait pas une seule interview ou un seul article sur les familles Johnston, McLean ou Leith. Pas un seul. Personne n'avait jamais trouvé cela étrange ? L'agacement lui rendait difficile la décision de rentrer chez elle ou de rester là à fouiller le web jusqu'à minuit, l'heure où elle devait retrouver Simon à la sortie d'un gala d'avocats en smoking au Hilton.

— Tu veux bien arrêter de te balancer sur ces chaises ? Le service de santé ou celui de sécurité vont nous fermer le journal.

Sarah esquissa un sourire instinctif en voyant son rédacteur en chef. La soixantaine, le teint grisâtre qui trahissait, à juste titre, une vie passée sous des néons, Ed MacCallum dirigeait le *Daily Scot* depuis vingt ans. Il avait la réputation d'être *old school.* On racontait qu'il gardait toujours une demi-bouteille planquée dans son tiroir. Des comme lui, il n'en restait plus beaucoup. Dans une industrie qui avait changé du tout au tout, passant de l'encre au numérique, la plupart des patrons étaient devenus des managers branchés médias, qui parlaient de masse critique et de taux de clics, avec des stratégies pour reconquérir les lecteurs happés par les chaînes d'info en continu et la gratification instantanée des mises à jour en ligne. Mais ces types-là étaient incapables de flairer un bon sujet servi avec leur frappuccino light vanille du matin.

Néanmoins, ça ne voulait pas dire qu'il soutenait Sarah à cent pour cent dans ses dernières recherches. Les coupes budgétaires imposées par Londres avaient tellement réduit les effectifs du journal qu'elle couvrait cette affaire, avec son accord, pendant son temps libre.

— Alors, où en es-tu ?

— À la racine carrée de rien.

Elle tapait distraitement du pied contre le bord de son bureau et enroulait une mèche de ses longs cheveux auburn autour de son index. Ed l'avait observée faire ces gestes en période de stress depuis qu'elle avait rejoint le journal à l'âge de vingt et un ans, fraîchement diplômée de l'université Napier.

À l'époque, elle sortait déjà du lot. Une ambition tranquille. Sa détermination tenace. Et aucune conscience de l'effet qu'elle produisait quand elle traversait une pièce. Si elle n'avait pas eu l'âge d'être sa fille, Ed aurait peut-être été un peu attiré par elle.

— Le seul signe de progrès a été que l'assistante de Davie Johnston a accepté ma demande d'interview, mais maintenant, elle ne répond plus à mes appels. Pas surprenant, vu la situation de merde dans laquelle il se trouve actuellement, bien sûr. La conférence de l'autre jour m'a fait grincer des dents.

Ed laissa traîner sa pause de réflexion un peu plus longtemps que d'habitude avant d'aller droit au but, comme toujours :

— Es-tu remontée au début ?

Sarah acquiesça.

— Ils ont tous grandi dans la même rue, tous enfants uniques. Étrange, hein ?

— Tu es allée frapper aux portes dans le quartier ?

— Ed, c'était il y a vingt ans et leurs enfants sont multimillionnaires. Impossible que leurs parents vivent encore dans les logements sociaux de Crofthill.

L'un de ses sourcils excessivement épais se leva légèrement. Sarah comprit tout de suite.

— Tu te fous de moi ? Tu crois sérieusement qu'ils pourraient encore être là-bas ?

Ed haussa les épaules, sachant l'effet que ce geste aurait. Dans un grognement irrité, elle se leva de son siège et se dirigea vers la porte avant qu'il ait pu dire un mot de plus.

La circulation était calme, et il ne lui fallut que vingt minutes pour se rendre de Broomielaw, où se trouvait son bureau, à Crofthill, un quartier que les commentateurs et les responsables municipaux qualifiaient de « défavorisé ». Elle mit deux minutes de plus pour localiser l'immeuble où avait grandi la *dream team* hollywoodienne. Il était difficile d'imaginer à quoi les lieux ressemblaient à l'époque, mais les bâtiments avaient été récemment repeints, le jardin commun était bien entretenu et la seule tache dans le paysage était le groupe de jeunes en sweat à capuche assis sur un mur à côté d'une rangée de garages, partageant quatre bouteilles de Buckfast entre eux huit.

Avec les mouvements synchronisés d'un public de tennis, ils la fixèrent, puis regardèrent son Audi A3 avant de reporter leurs yeux sur elle. Sarah sortit son portefeuille de sa poche, l'ouvrit, le leur montra, puis le referma.

— Police. Si je trouve la moindre égratignure à mon retour, je vous traquerai.

Elle se félicita du ton ferme qu'elle avait réussi à adopter, tout en priant pour qu'à cette distance, ils n'aient pas pu s'apercevoir qu'elle leur avait montré sa carte de membre du club de sport local.

Le numéro 11 était à l'extrémité la plus proche du pâté de maisons. Elle frappa bruyamment à la porte, puis recula, se rendant compte soudain que rendre visite à l'improviste à cette heure du soir n'était pas un plan particulièrement bien pensé.

Au même moment, il y eut de l'agitation à l'intérieur, le bruit d'une porte qui claquait, puis une demi-douzaine d'adolescents en survêtement sautèrent par-dessus la clôture latérale et s'enfuirent dans la nuit. Elle pouvait affirmer sans risque de se tromper que, à moins que la mère de Zander Leith, âgée de soixante ans, n'héberge une bande d'adolescents, la maison avait été reprise par de nouveaux propriétaires.

Inutile d'essayer l'ancienne maison de Mirren McLean. Maintenant qu'elle était plus proche, elle pouvait voir que les fenêtres étaient condamnées et que chacune d'entre elles présentait des traces évidentes de dégâts causés par les flammes sur tout le pourtour.

Elle frappa à la porte du numéro 15, l'ancienne maison de Davie Johnston, tout en se maudissant d'avoir perdu son temps. Elle avait raison depuis le début. Pourquoi la mère d'une des plus grandes stars d'Hollywood vivrait-elle encore dans un quartier où il y avait plus de voitures calcinées que d'adultes ayant un travail ?

— Elle est pas là, dit l'un des buveurs de Buckfast qui semblait avoir auditionné pour le rôle d'agent de surveillance de quartier. Elle bosse parfois au bus alimentaire, le soir.

Un scénario encore plus improbable.

— De qui parles-tu ? le questionna Sarah.

Le bon samaritain de la communauté cracha sur le trottoir avant de répondre.

— Tu d'vrais le savoir, c'toi qui frappes à sa porte.

Ses copains rirent, appréciant le spectacle, mais Sarah ignora la provocation.

— Je cherche madame Johnston.

— Ouais. Ben elle est pas là, répondit l'ado, un délinquant à moitié ivre qui lui parlait comme si c'était elle qui avait des problèmes de cohérence. Elle est sûrement dans le bus à soupe.

— En ville ?

— Ouais. Pas étonnant que t'aies fini détective, toi, ricana le gamin à capuche, provoquant à nouveau l'hilarité de sa bande.

Malgré leurs moqueries, Sarah leur lança un billet de dix pour leur cagnotte d'alcool en passant devant eux, ce qui leur arracha des cris de remerciement. Subventionner la destruction du foie des jeunes ne faisait habituellement pas partie de ses actes de charité, mais ils lui avaient donné ce qu'elle avait de plus proche d'une piste depuis qu'elle avait commencé ses recherches.

Elle mit cinq minutes de moins qu'à l'allée pour rejoindre le centre-ville de Glasgow, prenant soin de ralentir à chaque radar automatique odieux.

La fête du jeudi soir battait son plein sur St Vincent Street. Elle vira à gauche, puis à droite sur West George Street, un quartier jeune et sauvage la nuit, avec une mer de minijupes, de jambes nues et de talons qui, en début de soirée, donnaient vingt centimètres de plus à leurs propriétaires et, en fin de soirée, finissaient portés à la main par des clubbeuses pieds nus en route pour le kebab du coin. Le quartier faisait un contraste frappant avec Merchant City, à huit cents mètres de là, avec son public plus âgé et classe, ses bars et restaurants chics.

Sarah repéra une place juste à côté du bus blanc à deux étages et y gara son Audi.

Ce n'était pas la première fois qu'elle venait ici. Le mois précédent, le journal avait publié une série d'articles sur le travail accompli par les bénévoles qui géraient et travaillaient dans le bus. C'était une bouée de sauvetage pour ceux qui l'utilisaient : principalement des sans-abris en début de soirée puis des travailleurs de rue la nuit. En plus de la nourriture, il y avait aussi des articles de toilette gratuits et des vêtements d'occasion, et une aide pratique était dispensée par un conseiller en toxicomanie et alcoolisme, par un ambulancier et par un travailleur social spécialisé dans la recherche de refuges pour les personnes gravement vulnérables ou déterminées à changer de vie. Ils donnaient tous de leur temps gratuitement et voyaient de tout dans ce bus : des histoires déchirantes de désespoir, des proxénètes violents déterminés à renvoyer leur prostituée à la rue, des victoires remportées par des personnes qui avaient la force d'accepter de l'aide et de changer de vie.

Derrière tout ça se cachait une femme incroyable, Isabel Ross, qui harcelait sans relâche les entreprises pour obtenir des dons, ralliait des bénévoles à la cause et traitait chaque client avec dignité et respect. Sarah avait passé une nuit là-bas pour faire des recherches pour son article. Elle avait été impressionnée par la force et par la conviction d'Isabel, et elle avait décidé que c'était le Glasgow que les gens devaient connaître. C'était le cœur de la ville. C'était ainsi qu'un article sur la prostitution de rue s'était transformé en une histoire humaine inspirante et courageuse. Ed l'avait publiée en première page et les dons avaient afflué au bureau.

Quelle ironie de songer que cet endroit pouvait être celui qui lui fournirait la piste de ce qui était potentiellement le plus grand reportage de sa carrière ! Pendant tout le trajet, Sarah avait repensé à cette nuit-là, se remémorant le visage de chaque personne dans le bus. Non, personne ne ressemblait même de loin à Ena Johnston. Ce n'était pas vraiment surprenant. Les volontaires travaillaient en général une nuit par semaine au maximum, parce que Isabel estimait que quelques heures passées à nager dans ce bourbier de désespoir et de douleur étaient plus que suffisantes.

Deux adolescentes qui semblaient avoir l'âge d'être chez elles, dans leur lit, sous des posters de One Direction, étaient assises sur la marche du bas de l'entrée. Elles avaient toutes les deux une clope à la main et l'une d'entre elles arborait un énorme bleu sur la joue droite. Sarah se hérissa instantanément. Qui pouvait bien faire ça à une gamine ? Même celle qui se tenait là en minijupe, juchée sur ses talons casse-gueule, à la dévisager avec une défiance malveillante, ne donnait qu'une envie à Sarah : la ramener chez elle, lui parler, découvrir ce qu'on lui avait fait pour qu'elle déteste autant le monde.

Isabel venait de poser une assiette de toasts et deux tasses de thé devant deux femmes au regard dur – un regard qui laissait penser qu'elles avaient vu trop de choses et ne se souciaient désormais plus de rien – lorsqu'elle aperçut Sarah.

— Sarah, ma chérie, qu'est-ce qui t'amène ? lança-t-elle en la serrant dans ses bras avant de l'entraîner vers un banc libre.

Les sièges qui transportaient autrefois les travailleurs et les voyageurs à travers Glasgow avaient été remplacés par de longs bancs rembourrés, disposés comme dans un train, de part et d'autre d'une table en Formica.

— Je venais juste prendre de tes nouvelles, Isabel. Je voulais m'assurer que tu n'avais pas décidé de troquer ce bus contre un car de voyages organisés pour retraités et de filer dans les Highlands.

Le visage fatigué d'Isabel se plissa de rire, mais pas une mèche de sa coiffure peroxydée ne bougea.

— Ce serait bien, ça. Merci beaucoup, en tout cas. Depuis ton article, on reçoit des chargements entiers de provisions chaque semaine pour nos habitués.

Sarah lui prit la main par-dessus la table.

— Avec plaisir. Tu le vaux bien.

Isabel gloussa à nouveau.

— Ouais, tu as raison. Je mérite aussi George Clooney, mais lui, on ne me l'a pas encore livré.

Nouvel éclat de rire, toujours sans qu'un seul cheveu s'échappe.

— Je vais voir ce que je peux faire, répondit Sarah.

Derrière elles, quatre nouveaux arrivants titubèrent à l'intérieur et s'affalèrent sur les sièges. Isabel les scruta immédiatement du regard et les évalua ; Sarah comprit qu'il fallait vite conclure pour la laisser travailler.

— Je ne te retiens pas plus longtemps, mais dis-moi juste : tu n'as pas quelqu'un du nom d'Ena Johnston qui travaille ici ? Une bénévole, peut-être ?

Isabel secoua la tête.

— Non, désolée ma chérie, pas d'Ena Johnston, mais…

Mince. Elle était si près du but. Sarah serra les poings, déçue. Au même moment, l'une des nouvelles arrivantes poussa un cri et Sarah se retourna pour la voir se faire traîner par les cheveux dans l'allée par la jeune fille des marches.

Isabel se précipita vers l'altercation en criant :

— Ça suffit ! Allez, Chelsea, pose-la par terre.

Ce ne fut que lorsque les cris se calmèrent que Sarah comprît ce qu'Isabel avait dit avant de se lever.

— Mais ? répéta Sarah tandis qu'Isabel revenait, une fois la bagarre apaisée.

— Mais on a une Ena Dawson. Elle travaille généralement le samedi soir. Est-ce que ça pourrait être elle ?

16

« Counting Stars »

OneRepublic

Jenny Rico n'avait même pas laissé la porte claquer sur son postérieur parfaitement modelé en sortant. La seule chose qui aurait pu la ralentir était l'embouteillage dans l'allée, causé par le départ de Cal, de son équipe et de tous ceux qui avaient participé à cette mascarade de conférence de presse.

Ils étaient tous loin à présent.

Jenny et Darcy avaient une pause d'un mois sur le tournage de *Streets of Power*, alors elles se rendaient chez Darcy pour passer un peu de temps là-bas, et avaient pris les enfants et les nounous avec elles.

Cal avait rassemblé son équipe et ils avaient débarrassé le plancher avec la précision et l'efficacité froide d'un tueur en série quittant un lieu où il avait fait disparaître un cadavre.

— Fais profil bas pendant quelques jours et essaie de ne pas t'attirer d'ennuis, avait-il lancé en guise d'adieu.

Et puis ils étaient tous partis. Il ne restait plus que lui, Davie Johnston, seul, assis dans la salle de jeux, comme un invité indésirable à un mariage, réfléchissant aux endroits où il aimerait fracasser la queue de billard qu'il faisait tournoyer entre ses doigts tremblants.

Faire profil bas. La seule fois où il se laissait faire, c'était quand la scène comprenait une reine de beauté de vingt-cinq ans et une suite cinq étoiles sur une plage de Cabo.

Pour un homme capable de se fondre dans n'importe quel rôle, il avait du mal à s'adapter à cette situation.

Il ne pouvait pas concevoir que tout puisse s'effondrer. Il était Davie Johnston. Il était M. Couilles-en-or, bien avant que Beckham essaie de s'approprier le titre. Chez des mecs comme lui, ça ne tournait jamais mal. Ils étaient intouchables.

Zander Leith, par exemple. Le type était une épave noyée dans l'alcool et la coke et, pourtant, le public continuait de l'aimer.

Ses mains tremblaient et transpiraient à présent. Zander. Les premiers jours après les Oscars, Davie avait essayé, vraiment essayé de l'approcher, mais Zander l'avait envoyé balader. Ça l'avait dévasté, blessé, meurtri, jusqu'à ce que Davie cesse tout simplement d'essayer. Il l'avait croisé quelques fois au fil des ans – dans cette ville, c'était inévitable – mais à chaque fois, les yeux de son vieil ami lançaient des éclairs d'avertissement et Davie battait en retraite. Il avait pris ça comme une leçon. Zander. Mirren. Ils étaient tous les deux partis. La preuve que les amis vous la mettaient à l'envers dès que ça leur convenait. Davie s'était fait à l'idée et avait vécu selon ce principe. Il avait des connaissances, bien sûr, des potes de sorties, des copains de l'équipe de foot de célébrités dans laquelle il jouait les dimanches où il était libre, mais c'était tout, c'étaient ses seules « amitiés ».

Il repensa à l'appel de la journaliste du *Daily Scot.* Le choc et la panique initiaux s'étaient dissipés et maintenant, la situation semblait s'être calmée. La demande d'interview avait été refusée, fin de l'histoire. Mon Dieu, faites que ce soit la fin de l'histoire. Désespéré de trouver un allié, il avait de nouveau contacté l'équipe de Mirren, à la recherche de soutien. Toujours pas de réponse. Pour la première fois, il envisagea d'appeler Zander, pour le prévenir. Mais non.

À quoi bon ? Tout cela allait probablement finir par se tasser, et pour l'instant, il avait des choses plus importantes à régler.

Il entendait la voix de sa mère lui répéter : « La base de tout, c'est la famille. Il n'y a que toi et moi, David, c'est tout ce dont nous avons besoin, n'est-ce pas ? »

Puis elle lui glissait un billet de cinq pour qu'il aille acheter le dîner à la friterie. Depuis combien de temps ne s'étaient-ils pas parlé ? Un an ? Deux ? Il l'avait emmenée une fois à Los Angeles, mais elle avait détesté.

— On ne peut marcher nulle part. C'est trop grand. Et pourquoi tu as besoin d'une maison avec plus de salles de bains que de chambres ?

Elle avait voulu passer tout son temps à jouer dans le jardin avec les enfants et s'était vraiment fâchée lorsqu'il lui avait fait remarquer que c'était le rôle des nounous.

— Eh bien, on n'avait pas de nounous quand tu étais petit et on s'en est très bien sortis, fiston, avait-elle répondu.

Il avait désespérément voulu lui faire plaisir, l'impressionner avec sa maison et sa vie. Au lieu de quoi, elle l'avait écouté se disputer avec Jenny, avait observé la façon dont les enfants étaient pris en charge par d'autres et lui avait demandé comment tout avait pu si mal tourner. À l'époque, ça l'avait rendu furieux. À présent, il se demandait si elle n'avait pas raison.

Il était Davie Johnston et n'avait nulle part où aller, alors il était assis dans une salle de jeux dont les murs étaient recouverts de cadres affichant tous les maillots de football écossais des quarante dernières années.

Fort d'une puissance acquise grâce à des milliers d'heures d'entraînement avec un ancien boxeur, il lança la queue de billard, puis sursauta lorsqu'elle brisa la vitrine à quelques mètres de lui. Certaines des reliques sportives les plus précieuses du pays s'écroulèrent. Un maillot porté par Babe Ruth. Le short de Mohamed Ali. Des balles de home run d'une dizaine de légendes du baseball. Une batte de la première World Series. Des ballons de NFL issus de dix Super Bowls.

Et son bien le plus précieux : un maillot signé par Michael Jordan, LeBron James, Kobe Bryant et Shaq. Il les avait rencontrés lors d'un dîner de charité et avait acheté le maillot pour un million de dollars. Parce qu'il était Davie Johnston et qu'il pouvait se le permettre.

Au diable le profil bas.

Dix minutes plus tard, il était dans sa voiture. Il se garait devant le Staples Center une demi-heure après.

Après un pourboire de cent dollars au voiturier, il passa par l'entrée VIP et prit place sur son siège habituel au bord du terrain. Le coup d'envoi aurait lieu dans dix minutes, pas le temps de s'arrêter au bar. D'habitude, son apparition provoquait des acclamations de la foule, mais ce soir, rien. Pas grave. Sa casquette de baseball était bien enfoncée sur son front et tous les regards étaient tournés vers le terrain, où les équipes finissaient leur échauffement. Les Brooklyn Nets avaient pris de l'assurance depuis que Jay-Z avait repris le club et l'avait rebaptisé, et les Lakers jouaient à domicile, donc ils avaient quelque chose à prouver.

C'était exactement ce dont il avait besoin. Un match serré. Quelques heures de sueur et de douleur, qui, en prime, ne lui appartenaient pas. L'effervescence de la foule fit monter son adrénaline. *Yes !*

Ça lui faisait du bien. Dix-neuf mille personnes dans le stade et il était au bord du terrain, l'un des rares privilégiés. En face de lui, il pouvait apercevoir Jack Nicholson en grande conversation avec une sublime blonde. Quelques sièges plus loin, Mila Kunis reposait sa tête sur l'épaule d'Ashton Kutcher ; à seulement six sièges à sa gauche, David Beckham fronçait les sourcils, concentré. Il expliquait quelque chose à l'un de ses enfants, s'interrompant pour serrer la main de Jay-Z lorsque le propriétaire de l'équipe passa devant lui pour rejoindre son propre siège.

Les sièges de part et d'autre du sien appartenaient à des patrons de maisons de disques, occupés ce soir-là par deux rois du rap que Davie avait reconnus pour les avoir vus sur MTV, arborant plus de bijoux que la vitrine d'Harry Winston.

Une bière apparut devant lui, servie comme d'habitude par une hôtesse qui connaissait ses préférences. Le coup d'envoi fut donné en faveur des Lakers, et Kobe Bryant marqua un lay-up dès la première attaque.

Le match était rapide, agressif et assez équilibré, mais surtout, distrayant. Il ne s'agissait pas de lui ni du fait que sa vie était partie en vrille. Ici, il était anonyme. Juste un type qui regardait un match.

Un lent rugissement de désapprobation s'éleva dans la foule et son attention se reporta sur le terrain. Qu'est-ce qu'il avait manqué ? Les équipes étaient en temps mort, mais le mécontentement de la foule montait comme une sonnerie furieuse, tonnant désormais, des milliers de pieds frappant le sol pour ajouter à la férocité du bruit.

Qu'est-ce que c'était ? Que se passait-il, bordel ? Avait-il raté une faute ? Ou une blessure ? Ou…

Son regard se porta sur le grand écran à sa gauche et son corps se glaça.

Il était là. Sur le grand écran. Filmé par la caméra du stade. Et les huées de la foule, le dégoût sur leurs visages, lui étaient adressées.

C'était le Colisée des temps modernes. Et la foule venait clairement de lui faire comprendre qu'il allait devoir se battre ou mourir.

17

« Bang Bang »

will.i.am

Être éveillée à trois heures du matin n'était pas étrange pour elle. Mirren ne se souvenait pas de la dernière fois qu'elle avait passé une nuit entière sans la visite de son ennemie jurée, l'insomnie. Il y avait des avantages à survivre avec seulement quelques heures de sommeil. Lorsque la pression du travail se faisait sentir, elle pouvait accomplir l'impossible : réécrire une scène, travailler sur son prochain roman, vider sa boîte mail, planifier son mois, s'attaquer à la pile de tâches en suspens liées à la gestion d'une maison, d'une entreprise, d'une famille et d'une production.

Mais lors des nuits comme celle-ci, où même la distraction du travail ne parvenait pas à la sortir d'une profonde mélancolie, l'insomnie devenait une lente torture. Chaque minute semblait durer des heures. Chaque heure semblait durer une semaine.

Elle repoussa sa couette et se dirigea à pas feutrés vers le coin salon de sa chambre, où elle actionna un interrupteur pour allumer les flammes qui s'élevaient des cristaux derrière la vitre de la cheminée encastrée dans le mur. La porte vénitienne en miroir à côté de la cheminée dissimulait un casier à vin contenant dix bouteilles de pinot noir. Le mini-réfrigérateur situé en dessous contenait des sodas, des smoothies et deux bouteilles du Krug préféré de Jack, le Clos d'Ambonay 1998. Jusqu'à la semaine précédente, le champagne n'était débouché qu'en cas de fête ou de nuit passionnelle. Ce n'était ni l'un ni l'autre ce soir, mais le fait qu'elle vienne d'ouvrir une de ses bouteilles à trois mille dollars et de le verser dans une tasse à café lui donnait l'impression de porter un petit coup à cet imbécile infidèle. Mesquin, bien sûr. D'autant que la première gorgée lui rappela tellement de souvenirs qu'elle eut envie de vomir.

Frissonnant malgré la chaleur du feu, elle remplaça le champagne par une bouteille d'eau et se recroquevilla sur le canapé, tirant un plaid en cachemire sur elle dans l'espoir de réchauffer ses os.

À côté d'elle, son téléphone vibra. Elle le prit pour regarder qui c'était, déjà souriante. Ce devait être Logan. Il n'avait absolument aucune notion du décalage horaire et lui envoyait un SMS tous les soirs avant de se coucher et tous les matins en se levant. Ce n'était pas très rock'n'roll, mais c'était l'une des conditions qu'elle avait mises pour qu'il puisse partir en tournée. Non pas qu'elle aurait pu l'en empêcher, mais il était assez gentil pour lui faire plaisir et respecter ses règles : deux messages par jour et un coup de téléphone un jour sur deux. Mais Logan ne les avait jamais vraiment suivies, car il passait tellement de temps à attendre dans les aéroports et pendant les balances sonores qu'il lui arrivait rarement de passer une journée sans échanger quelques mots avec elle.

En passant rapidement son itinéraire en revue dans sa tête, elle se souvint qu'ils avaient joué au Brésil la nuit précédente. Il avait quatre heures d'avance, donc il était sept heures du matin là-bas. Son SMS du petit déjeuner. Ou son SMS pour lui souhaiter bonne nuit si le groupe avait fait la fête toute la nuit. Elle ne posa pas la question.

Salut, maman. Je t'aime ! Fais un bisou à Chloe pour moi. Bizz.

Si cela avait eu du sens, elle aurait pleuré. Pas pour cet abruti de Jack, car elle avait mis son chagrin de côté jusqu'à ce qu'elle puisse réfléchir clairement à la façon d'aller de l'avant.

À cet instant, sa tristesse était entièrement pour Chloe. Mais à quoi bon avoir des regrets ? Cela ne lui ramènerait pas sa fille et ne la remettrait pas sur le droit chemin. C'était sa faute. Elle avait mal géré la vie de Chloe, elle l'avait repoussée. Pourtant, à ce moment-là, elle pensait sincèrement faire ce qu'il fallait. Peut-être que c'était toujours le cas. Combien de fois allait-elle revivre cette matinée dans sa tête et se dire qu'elle aurait dû agir autrement ? L'effet papillon. Si elle avait pris une décision différente à un moment donné de cette journée fatidique, le résultat aurait-il été différent ?

Mirren répondit au SMS de Logan :

Bonjour, mon chéri. Sois prudent et heureux.
Tu me manques énormément. Bizz.

C'était la vérité. Surtout en ce moment, au beau milieu de la nuit, alors qu'elle était seule avec ses souvenirs. Elle ferma les yeux et fit marche arrière dans sa tête.

Mirren n'était plus assise dans le canapé de sa chambre. Son esprit était revenu là-bas, dans la chambre de Chloe, douze mois plus tôt, le matin qui avait tout changé.

Un an plus tôt, presque jour pour jour

Chloe était dans la douche et Mirren en profita pour fouiller sa chambre. Elle était certaine qu'elle avait recommencé à se droguer. Du Xanax. De la cocaïne. Des stimulants. Des calmants. De l'alcool. Sa fille avait déjà tout testé avant l'âge de seize ans. Peut-être même encore avant. Elle avait suivi deux cures de désintox. Elle avait passé quatre nuits au poste, mais rien n'avait réussi à la remettre sur le droit chemin.

Mirren commençait à se demander si c'était même possible d'y parvenir un jour.

Ils avaient logé un spécialiste en désintox dans la chambre d'amis, verrouillé sa porte, et en étaient à leur troisième accompagnateur de sobriété ce mois-ci. Deux avaient démissionné par crainte de mettre en péril leur propre sobriété et le troisième était retourné en cure de désintoxication. Chloe était pour le moins persuasive.

Bip. Bip. Le son d'un SMS entrant sur le portable de Chloe.

Mirren tourna brusquement la tête vers la gauche, vers la faible lumière qui émanait d'une basket Louboutin par terre. Chloe était obsédée par son téléphone. Elle le cachait tout le temps et ne le laissait jamais dans un endroit où il pouvait être intercepté par un de ses parents ou par un flic. Le fait qu'elle ne l'ait pas pris avec elle dans la salle de bains était probablement la preuve de son défaut d'attention.

Le fouiller serait une atteinte à la vie privée de sa fille. Ce serait franchir une limite. Mais à ce moment-là, Mirren s'en moquait. Elle voulait des réponses. Où Chloe se procurait-elle de la drogue ? Qui lui en vendait ? D'où venait l'argent ? Comment cela se passait-il ? Et comment pouvait-elle y mettre fin ?

Elle glissa la main dans la chaussure. La première chose qu'elle toucha était dure, la seconde molle. Elle poussa un soupir en posant le téléphone sur le lit et, à côté, le sachet de poudre blanche.

Une preuve accusatrice ? Mère de merde, coupable. Comment avait-elle laissé sa fille en arriver à cacher de la drogue dans ses chaussures ?

Le téléphone lui réclama le mot de passe. Mirren marqua une pause, puis tapa un mot, l'une des deux seules choses qui comptaient dans la vie de Chloe. Logan. Ding. Réponse correcte. Sa deuxième supposition aurait été « cocaïne ».

Le texto s'afficha alors sur l'écran d'accueil. Un extrait de film. Et un message.

Mirren lança la vidéo.

L'image n'était pas de la meilleure qualité, mais suffisante pour comprendre clairement ce qui se passait. Une chambre. Haut de gamme. Hors de prix. Un hôtel. Des brochures posées sur la table basse en ardoise noire, devant un canapé en cuir noir. Derrière, un lit, un cadre en ébène brillant, une literie argentée. Riche. Opulent. La chanson « Don't Wake Me Up » de Chris Brown jouait en fond sonore.

Sur le lit, Chloe, vêtue d'un petit débardeur et d'une culotte, ses boucles rousses emmêlées et ébouriffées, ses yeux vifs et écarquillés, gloussait en sniffant une ligne sur un miroir carré de vingt-cinq centimètres qu'elle tenait sous son nez.

La caméra bougea brusquement et balaya la pièce, puis s'immobilisa lorsqu'un homme apparut.

— OK, bébé, c'est parti, lança-t-il.

Il se retourna vers le lit, vers Chloe, qui lui faisait signe de la rejoindre. Le type – dont Mirren ne voyait pas le visage –entra dans le champ de la caméra en s'approchant du lit, les muscles de son torse nu ondulant à chacun de ses mouvements.

La voix dans la tête de Mirren lui hurlait de ne pas toucher son bébé, putain. Mais il n'écoutait pas.

Chloe s'allongea complètement, puis disposa de la poudre blanche en ligne droite depuis le milieu de ses seins jusqu'au-delà de son nombril.

— Viens ici, bébé, supplia la fille allongée sur le lit, d'une voix geignarde et insistante.

Ce n'était plus Chloe. C'était quelqu'un d'autre, quelqu'un qui lui ressemblait. Ça ne pouvait être que ça. Le même visage, le même corps, la même tache de naissance, un petit cercle brun en haut de sa cuisse droite. Mais ça ne pouvait pas être son bébé. Impossible.

On ne voyait que l'arrière de la tête du type lorsqu'il se pencha, sortit un billet roulé de la paume de sa main et sniffa la drogue de haut en bas.

Chloe l'attrapa par les cheveux et le tira vers elle pour l'embrasser, tout en riant.

La cocaïne était devenue un sex-toy ; Chloe la saupoudrait là où elle voulait être léchée, embrassée, caressée, jusqu'à ce que... Mirren ne pouvait plus garder les yeux ouverts. Elle les ferma, les larmes coulant de ses paupières closes, mais ses oreilles ne pouvaient pas bloquer le son des gémissements de Chloe, qui devenait de plus en plus insistante et exigeante, lui ordonnant de ne jamais s'arrêter.

Non. Oh mon Dieu, non. Mirren sanglotait à présent, se balançant d'avant en arrière. Elle voulait désespérément que ça s'arrête, tout en étant absolument incapable de couper la vidéo.

Lorsque les voix s'arrêtèrent un instant, Mirren ouvrit les yeux et vit l'homme se déplacer vers le bas du lit, dos à la caméra, mais malheureusement sans cacher le sourire lubrique de Chloe qui l'observait.

Ça n'avait pas d'importance. Mirren savait exactement de qui il s'agissait. Elle reconnaissait ses cheveux, ses épaules larges, son rire, sa voix et, surtout, l'expression sur le visage de sa fille, celle qu'elle réservait uniquement pour lui. Elle reconnaissait la voix de sa fille, celle qu'elle employait quand elle l'appelait pour la dixième fois de la journée. Celle qu'elle utilisait maintenant pour lui donner des ordres.

— Allez, bébé, c'est l'heure de me faire plaisir, le taquina Chloe en lui faisant signe de la rejoindre.

Il grimpa sur elle, puis...

Noir.

Au moment même où Mirren mourait de l'intérieur. Le message qui accompagnait le clip était presque hors de propos :

100 000 $.

C'était tout ce qui était écrit.

Peu importait. Aucune somme d'argent ne pourrait effacer cela. Aucune somme d'argent ne pourrait sauver sa fille.

Seule Mirren pouvait le faire. Ou essayer jusqu'à mourir.

Les mains tremblantes, elle glissa le téléphone dans sa poche. Elle s'inquiéterait plus tard de la réaction de Chloe.

En passant devant la chambre du spécialiste en désintoxication, elle passa sa tête par la porte. Ses longs cheveux gris attachés en queue-de-cheval, il portait une chemise et une cravate sous sa blouse médicale ; c'était un survivant de la scène rock des années 1970, reconverti en expert en toxicomanie, réputé pour être le meilleur de Los Angeles. Mirren ne put s'empêcher de penser qu'il n'était pas si bon que ça s'il n'avait pas découvert la cachette de Chloe. Elle lui lança le sachet de poudre, sans prononcer un mot.

Il hocha la tête, ne semblant pas du tout surpris.

— Les toxicomanes, madame Gore, trouvent toujours des moyens.

— Et je vous paie dix mille dollars par jour pour m'assurer que vous êtes plus doué pour trouver la drogue et que ma fille ne l'est pour la cacher.

Il eut l'audace de prendre un air offensé. Mirren s'en moquait éperdument.

— Je vais renforcer la sécurité au rez-de-chaussée. Je lui ai pris son téléphone et elle va s'énerver mais...

— Madame Gore, je vous le déconseille fortement. Cela ne ferait que démontrer un manque de confiance et pourrait nuire à...

— Je n'en ai rien à foutre. Je serai de retour dans une heure. Appelez-moi si vous ne vous en sortez pas.

Dans la cuisine, elle attrapa son téléphone et appuya sur le premier numéro de sa liste de contacts d'urgence.

— Salut, chérie, qu'est-ce qui se passe ?

— J'ai besoin d'aide, Lou.

Son amie ne prit même pas la peine de lui demander pourquoi.

— Dis-moi.

— Jordan Lang.

— Fils de pute. Chloe traîne toujours avec cette ordure ? J'espérais qu'il disparaîtrait après que son père lui a coupé les vivres.

— Quand est-ce qu'il a fait ça ?

Lou était passée immédiatement en mode info.

— Le week-end dernier. Il paraît qu'il a allégé son compte en banque d'un demi-million et vendu l'un des diamants de sa grand-mère. Kent Lang est devenu fou, l'a mis à la porte et l'a déshérité.

La demande d'argent prenait soudain tout son sens.

— Je sais que c'est beaucoup demander, mais tu aurais une idée d'où il se trouve aujourd'hui ?

— Donne-moi cinq minutes.

L'appel s'interrompit et Mirren profita de l'attente pour se préparer. Dans son bureau, elle ouvrit le panneau derrière le portrait des enfants, un cliché pris à la plage quand ils avaient environ cinq et six ans. C'était sa photo préférée d'eux, rayonnant d'excitation et d'amour alors qu'ils couraient vers elle, les vagues en arrière-plan.

Ils s'étaient jetés sur elle, projetant du sable partout, et ils avaient tous les deux crié de joie lorsqu'elle les avait chatouillés jusqu'à ce qu'ils soient incapables de respirer.

Elle mit à peine une seconde pour entrer le code ; puis la porte en acier s'ouvrit et elle prit ce dont elle avait besoin.

Elle était déjà montée dans sa voiture, complètement convaincue que Lou serait en mesure de tenir sa promesse, lorsque son téléphone sonna.

— Il est au Combrian, chambre 456.

Le Combrian. Logique. Un hôtel cinq étoiles, célèbre pour le nombre de rock stars qui avaient vidé le contenu de leurs chambres par ses fenêtres, y compris une escort de luxe l'année précédente, morte sur le coup en atterrissant sur le toit d'une Rolls-Royce Phantom en contrebas.

Le chanteur qui avait commis les faits avait été libéré sous caution avant même que la mère de la fille, dans le Nebraska, ait eu le temps d'apprendre son décès.

La porte s'ouvrit lorsqu'elle frappa pour la deuxième fois, juste après qu'elle eut crié :

— Room service.

Ces idiots n'avaient même pas pris la peine de regarder par le judas.

Un gars qu'elle ne reconnaissait pas la dévisagea d'un air interrogateur mais elle le bouscula, ne laissant pas le temps à son cerveau atrophié de comprendre ce qui se passait. Aussitôt entrée, elle avait reconnu la chambre de la vidéo. Si elle avait eu le moindre doute sur ce qu'elle s'apprêtait à faire, il avait complètement disparu à présent.

Jordan Lang était allongé sur le lit, son corps athlétique et bronzé n'étant vêtu que d'un boxer blanc moulant, appuyant de ses pouces sur les boutons de la manette Xbox qu'il tenait à deux mains. À sa gauche, un miroir carré était posé sur la table de chevet, à côté d'un sachet de poudre et d'une minuscule cuillère en argent.

Deux acolytes qu'elle ne connaissait pas étaient affalés sur le canapé, les yeux rivés sur l'écran, en train de regar-

der deux voitures faire la course tandis que des coups de feu retentissaient en arrière-plan.

Lang n'avait même pas bronché et n'avait pas quitté l'écran des yeux. Difficile de dire si c'était parce qu'il était défoncé ou juste un connard arrogant. En fait, il n'y avait même pas de débat. Il était les deux.

Ses acolytes ne réagirent pas non plus. Celui qui avait ouvert la porte se contenta de rejoindre nonchalamment ses deux copains sur le canapé. Mirren fut frappée par leur ressemblance ; on aurait dit des clones : tous âgés d'une vingtaine d'années, tous vêtus de jeans tombant sous leurs fesses, avec un gilet, une chaîne autour du cou et une casquette de baseball. Mais qu'est-ce qui prenait à des adultes de porter des casquettes à l'envers et des pantalons qui laissaient voir leurs sous-vêtements ? C'était pathétique, et pourtant, quelque chose dans leur ADN défectueux leur faisait croire que c'était cool.

Il était temps d'aller faire pendre leur entrejambe ailleurs. Mirren se dirigea calmement vers la télévision et appuya sur le bouton d'arrêt.

— Hé...

— Contente d'avoir ton attention.

Pendant une seconde, une lueur de confusion passa sur le visage de Lang, avant de se transformer en colère.

— Putain, qu'est-ce que...

Mirren se tourna vers le trio assis sur le canapé.

— Vous trois, il est temps de partir.

— Va te faire foutre, rétorqua l'un d'eux.

Ah, le pouvoir de persuasion d'un discours cultivé.

Elle brandit son téléphone, montrant qu'elle était en appel vidéo.

— Je suis en ce moment même en ligne avec un très bon ami à moi qui travaille à la police.

Ce n'était pas vrai, mais ils n'avaient pas besoin de le savoir.

Elle balaya la pièce de sa caméra, s'assurant de capturer le visage de chacun, avant de dire « Combrian, chambre 456 » dans le haut-parleur.

Les trois garçons se tournèrent vers Lang pour savoir quoi faire.

— Ne le regardez pas, regardez-moi, lâcha Mirren, sans la moindre émotion dans la voix. Et je préfère vous prévenir, si vous voulez prendre soin de votre casier judiciaire, qu'il vaudrait mieux que vous ne disiez pas un mot de tout ça en sortant.

Sur le lit, Jordan Lang acquiesça imperceptiblement et le trio franchit la porte avant qu'on lui répète une troisième fois de ficher le camp. Mirren verrouilla son téléphone et le rangea dans sa poche arrière.

— Je suis la mère de Chloe Gore.

— Je sais qui t'es.

Son aplomb et son arrogance la firent grincer des dents. Oh, Chloe... Comment avait-elle pu choisir ce type ? Pendant une seconde, elle hésita, folle d'envie de partir, de chasser son visage de son esprit et de l'empêcher de polluer ses pensées. Mais l'image de Jordan Lang, les mains posées sur le corps de sa fille, à la toucher...

Elle ouvrit son sac à main, en sortit le sac transparent contenant les billets et le jeta sur le lit.

— Cent mille dollars, dit-elle. Au cas où tu ne saurais pas compter jusque-là.

Elle ne lut aucune crainte sur son visage, aucune inquiétude, juste un sourire satisfait.

— C'est bon de savoir que Chloe a une mère qui la soutient.

— Où est la vidéo originale ?

— Sur mon téléphone.

— Donne-le-moi.

Il sourit en se penchant en avant pour ramasser l'argent, puis siffla :

— Ce n'est pas le marché. Le marché, c'est que tu me donnes la thune, et moi je m'assure que ça ne se retrouve jamais dans les tabloïds. Ils paieraient cent mille dollars pour l'avoir, mais au moins, personne ne saura ce que ta fille aime faire pour s'amuser.

— Non. Le marché, c'est que tu me donnes l'original. Tout de suite. Point final.

La voix de Mirren était glaciale, sans émotion.

Il repoussa ses cheveux noirs mi-longs, affichant clairement son amusement.

— Comme je t'ai dit, ça ne marche pas comme ça.

Une seule fois elle avait eu à ce point envie d'utiliser la violence pour effacer le sourire arrogant du visage de quelqu'un. Et c'étaient des années auparavant.

Aujourd'hui, elle savait comment s'y prendre.

Ses mouvements furent presque naturels lorsqu'elle ouvrit son sac Chanel pour en sortir son arme à feu, parfaitement légale, qu'elle pointa sur son front.

— Tu n'oserais pas, lança-t-il, la mettant presque au défi.

— Oh, si, rétorqua-t-elle d'une voix parfaitement calme.

L'angoisse provoquée par le fait de s'entendre prononcer ces mots dans son esprit, de ressentir à nouveau ces émotions, ramena Mirren au présent, dans la sécurité et le confort de sa chambre à coucher, en cette nuit d'insomnie.

Elle remplaça son verre d'eau par la tasse de champagne obscènement cher de son mari. Elle allait avoir besoin de davantage d'alcool si son esprit devait à nouveau dériver vers cette nuit-là et revisiter ce qui s'était passé ensuite.

18

« Nothing »

The Script

Sur l'échelle des expériences perturbantes, cette nuit se situait quelque part entre la fois où Zander avait quitté la soirée des Oscars d'Elton John et passé trois heures dans une boîte à sniffer de la coke dans le décolleté d'une top-modèle avant d'emboutir son Aston Martin contre un lampadaire sur Beverly Drive et celle où il avait passé la nuit au commissariat après une altercation avec un abruti de téléréalité. Il ne se souvenait même plus du nom de ce connard.

— Comment tu m'as retrouvé ? s'était-il étonné lorsqu'elle avait déambulé dans son appartement, l'arrogance dégoulinant de chacun de ses pores, sa vulnérabilité à peine trahie par le fait qu'elle était incapable de marcher droit.

— Je suis la fille de Mirren McLean. Rien ne m'échappe.

Elle avait bredouillé ces mots, les rendant à peine compréhensibles. Mais sa logique était implacable : il suffisait d'un simple coup de fil à un attaché de presse, qui en appellerait un autre, qui appellerait une secrétaire dans une agence, qui appellerait un ami travaillant pour un service de voitures privées, et l'adresse serait envoyée par texto quelques minutes plus tard.

Difficile de dire si Chloe s'était affalée sur le canapé de son plein gré ou si ses jambes avaient lâché, et qu'elle avait simplement eu la chance de tomber sur une surface molle. Elle avait le teint gris et les yeux à peine ouverts.

La clinique Life Reborn ferait bien de revoir son taux de réussite : dans cette pièce, pour l'instant, ils étaient à zéro sur deux.

Zander avait fermé la porte, filé dans la cuisine et sorti un seau de sous l'évier. Hollie l'y avait rangé après avoir remplacé le tapis de la chambre à trois reprises. Chloe n'avait presque pas remarqué quand il l'avait glissé devant elle.

— Salut, Zander Leith, avait-elle ronronné. Zander Leith. Za-n-der Leith.

Chaque syllabe de son nom s'était allongée un peu plus à chaque répétition. Et ça semblait l'avoir amusée. Difficile à croire qu'il s'agissait de la fille de dix-huit ans de l'un des couples les plus puissants de l'industrie. Les Spielberg. Les Hanks. Les Gore.

Elle était maintenant assise là, vêtue d'un short en jean, de bottes Diesel et d'un débardeur blanc qui tombait d'une épaule pâle, complètement défoncée.

Pourtant, il ne rajouta rien à la conversation.

— Alors, dis-moi, Za-n-der Leith, c'est quoi l'histoire ?

— L'histoire ?

— De ma mère ? Je la déteste, t'sais. Si parfaite. Elle est tellement parfaite, putain. Elle m'a tout pris. Tu sais ça ? Tout, putain.

Zander ferma les yeux. Il n'avait jamais eu autant besoin d'un verre qu'à ce moment-là. Il se pencha vers le meuble sous la télévision, sortit une pile de DVD de l'étagère du bas et libéra une bouteille de Jack Daniel's qui était cachée derrière.

— Allez, Chloe…

Il s'assit sur la table basse devant elle, prêt à la rattraper si elle tombait en avant.

— Hé, tu connais mon nom, dit-elle en gloussant. Zander Leith sait comment je m'appelle.

Sa main gesticulante se posa sur la cuisse de Zander, avant de se glisser de manière taquine vers son entrejambe.

Il l'écarta.

— T'as pas envie d'moi ? susurra-t-elle, une intonation malicieuse se glissant dans sa voix, suivie d'un petit rire coquin alors qu'elle retirait son haut, exposant ses seins nus.

— Chloe, remets ça. Tout de suite.

Il s'était levé et faisait les cent pas, le visage détourné.

— Allez, s'il te plaît. Remets ton débardeur.

Bon sang, c'était insoutenable. Il se retourna pour voir si elle avait obéi, mais non, elle était toujours à moitié nue.

— Chloe, bordel. Arrête. Écoute, tu remets ton haut ou je m'en vais.

La fermeté et la force de sa voix masquaient l'horreur qui faisait battre son cœur à tout rompre. Les jeunes femmes n'avaient jamais été son truc. Même dans ses pires délires de drogué, il n'avait jamais touché à qui que ce soit qui ne fasse pas au moins vingt-cinq ans. Mais ce n'était pas seulement ça. Cette situation était bien pire qu'une simple jeune femme nue qui lui faisait des avances. C'était différent. Tellement différent que ça lui faisait mal au plus profond de lui-même.

C'était la fille de Mirren McLean. Elle n'avait pas la moindre idée de ce qui s'était passé entre lui et sa mère. Elle ne pourrait jamais le savoir. Ce qu'ils avaient vécu appartenait au passé et…

— Donc, tu l'as baisée, c'est ça ? lâcha Chloe, interrompant sa panique, la voix agacée, tout en remettant son haut. Ma mère. Vous avez baisé ?

Il prit une gorgée de Jack Daniel's pour éviter de répondre. Que Dieu bénisse la bouteille.

— Oui ou non ? insista Chloe. Je parie que oui. Elle refuse de regarder un film si t'es dedans. Je crois que c'est parce que tu l'as baisée.

Elle se remit à glousser.

Il n'avait rien. Rien à dire, nulle part où aller avec ça.

Ce n'était rien d'autre que de la douleur. Une douleur déchirante.

Combien d'efforts avait-il faits pour oublier ? Combien d'années avait-il passées à refouler, à nier ? Et maintenant, tout lui revenait. Tant de pensées se bousculaient dans sa tête que le trauma, et non le Jack Daniel's, lui avait coupé la parole.

La chose raisonnable aurait été de la faire sortir d'ici. Comment pourrait-il jamais expliquer à Mirren qu'elle était chez lui ? Le croirait-elle ? Après tout ce qui s'était passé ?

Mais même s'il avait voulu prévenir sa mère, il n'avait pas son numéro, et appeler Life Reborn était hors de question. Sa détention était ordonnée par le tribunal, et si elle avait ignoré ça, ce n'était pas lui qui allait la dénoncer.

Néanmoins, il ne pouvait pas la laisser rester chez lui. N'importe qui aurait pu la voir entrer. Une foule de paparazzis pourrait être dehors en ce moment même, à attendre le moment opportun pour immortaliser leur marche de la honte le lendemain matin. Ou alors un seul, sur la plage, avec un téléobjectif. Cette idée lui prit une minute à percuter avant qu'il se lève d'un bond, ferme la porte du balcon et appuie sur le bouton qui rendait les vitres opaques.

— Chloe, as-tu un endroit où aller ?

— Je ne retournerai pas là-bas.

— Je sais. Mais les flics vont venir te chercher si tu ne le fais pas.

— Noooooon ! cria-t-elle d'une façon presque animale. J'y retourne pas ! Je les déteste tous.

Il vida son verre. Le Jack Daniel's n'allait pas résoudre le problème, mais ça ne pouvait pas l'empirer.

— C'est pour ça que je suis venue ici, susurra-t-elle à nouveau. Je sais que tu détestes cet endroit autant que moi. Je sais aussi que ma mère te déteste et que vous ne vous parlez pas, donc que tu ne me renverras pas chez elle. Et je sais que tu n'essaierais pas de me baiser. Tu as réussi le test.

Elle était peut-être défoncée, mais il ne pouvait pas contester son raisonnement. Elle avait presque raison sur tous les points. Presque.

À ce moment précis, elle se pencha en avant et Zander attrapa le seau. Il ne s'était jamais imaginé vivre cette situation. Il était l'une des plus grandes stars du cinéma au monde et il se trouvait là, en pleine nuit, avec une fille à moitié nue, prêt à se faire vomir dessus d'une seconde à l'autre.

Il avait dû prendre des décisions vraiment merdiques pour en arriver là dans sa vie.

— J'dois pisser.

Oh mon Dieu.

Il l'aida à se lever, la soutint jusqu'à la salle de bains et la guida à l'intérieur. Que devait-il faire maintenant ? Il n'en avait pas la moindre idée, alors se retirer et fermer la porte lui sembla être la meilleure option.

Il songea à prévenir Hollie, mais il savait exactement ce qu'elle ferait. Elle appellerait la police pour ramener Chloe en cure de désintoxication, puis elle lui ferait la morale sur les conséquences de laisser entrer une adolescente de la jet-set ivre dans son appartement, tard le soir.

Depuis combien de temps était-elle là-dedans ? Dix minutes ? Quinze ?

— Chloe ?

Pas de réponse.

— Chloe ?

Rien. Merde. Il hésita, mais redoutant ce qu'il allait trouver de l'autre côté, il poussa la porte. Elle s'était évanouie, mais elle respirait encore. Il vérifia à nouveau. Oui, elle respirait bel et bien.

Pour autant qu'il puisse en juger, il n'avait plus le choix. Il la souleva, la porta jusqu'au lit et la couvrit d'un plaid. Difficile de dire si c'était la situation, le Jack Daniel's ou le flash-back qui le rendait nauséeux. Mirren. À peu près au même âge. Endormie sur son lit. Il y avait une fête chez lui. Son père était sorti de prison ce jour-là, après avoir été placé en détention provisoire pour une nouvelle accusation qui n'avait pas abouti, et avait invité tous ses copains pour la cérémonie habituelle de libération. La police était venue plusieurs fois frapper à leur porte pour leur demander de faire moins de bruit, mais cela n'avait rien changé. La fête s'était poursuivie jusque tard dans la nuit et… Non. Pas maintenant. N'avait-il pas déjà décidé que ce n'était pas le moment de se remémorer des vieux souvenirs ?

Les volets se refermèrent sur le passé et ses mains se mirent à trembler. Son crâne commença à battre, alors il retourna dans l'autre pièce. Il s'allongea sur le canapé, vérifiant toutes les vingt minutes qu'elle ne s'était pas étouffée avec son propre vomi.

C'était un gros titre qu'il ne voulait jamais devoir lire : « Chloe Gore retrouvée morte dans l'appartement de Zander Leith ». Il frissonna à cette simple pensée.

Lorsque l'obscurité derrière les fenêtres opaques s'éclaircit légèrement, Zander sut que le lever du soleil était proche. Il savait aussi qu'il ne lui restait que deux options.

Il fixa la bouteille de Jack Daniel's presque pleine. Elle était toujours posée sur la table devant lui, l'appelant. C'était la première option. Se bourrer la gueule. S'inquiéter de la situation avec Chloe plus tard. Se résigner à la main merdique que le karma lui avait infligée et laisser tout ce bordel se dérouler comme les dieux des situations pourries l'avaient décidé. Ou… merde, il devait être fou.

Chloe dormait toujours comme une souche lorsqu'il l'enveloppa dans la couverture, la hissa sur son épaule aussi doucement que possible et descendit silencieusement l'escalier pour rejoindre sa voiture. Il était à peine cinq heures du matin et faisait encore sombre, alors il ne s'attendait pas à voir ses voisins debout. En passant devant ses deux copains sans-abris, il se rendit compte que l'un d'eux était réveillé. Merde. Ce n'était pas bon. Il pourrait faire un rapport complet au *National Enquirer* pour vingt dollars et Zander serait mort.

Encore une fois.

Mais lorsque leurs regards se croisèrent, son pote de la rue se contenta d'observer la scène en face de lui, hocha la tête, puis ferma les yeux. Soulagé, il choisit de ne pas s'inquiéter du fait que le transport de ce qui ressemblait à un cadavre ne suscite aucune intervention.

Après avoir déverrouillé les portes à distance, Zander fit descendre Chloe de son épaule et la cala contre la voiture, tout en essayant tant bien que mal d'ouvrir la porte passager. Mission accomplie.

Après de longues minutes de manipulations maladroites, Chloe était maintenant installée sur le siège passager. Zander savait à présent qu'une Aston Martin n'était pas le véhicule idéal pour transporter une personne dans le coma.

Sur la route, il passa un appel. Avec son kit mains libres. Moins de risques de se faire arrêter par les flics. Le Jack Daniel's qu'il avait bu quelques heures auparavant l'avait peut-être rapproché de la limite autorisée, mais ce n'était là que le moindre de ses soucis, loin derrière l'adolescente inconsciente assise sur son siège avant.

Pendant le reste du trajet, il roula quelques kilomètres-heure en dessous de la limite de vitesse et tenta d'ignorer les palpitations qui rendaient sa respiration saccadée.

Une fois arrivé à destination, il attendit. Tout cela pouvait très mal tourner. Très, très mal.

Il était voué à s'effondrer et, à cet instant, il se trouvait au bord du précipice.

Il accordait sa confiance à une source non prouvée, qui avait toutes les raisons de ne pas l'aider.

Une lumière s'alluma à la fenêtre devant lui. La porte s'ouvrit.

Zander sortit de la voiture et la contourna pour rejoindre le nouveau venu du côté passager.

Il tendit la main et Lebron, l'infirmier de la clinique de désintoxication, la lui serra.

— Merci, mec. Tu ne peux pas savoir à quel point j'apprécie.

Lebron glissa un bras sous les jambes de Chloe, l'autre derrière son dos, et utilisa son énorme corpulence pour la soulever comme si elle ne pesait pas plus qu'une plume.

— Pas de souci. Merci de l'avoir ramenée. Elle a dû partir après l'extinction des feux, car personne n'a remarqué son absence.

Lebron n'avait fait que quelques pas lorsque Chloe redressa brusquement la tête et poussa un faible gémissement en comprenant ce qui se passait. Zander sentit son estomac se nouer lorsqu'elle le regarda par-dessus l'épaule de Lebron, les yeux encore embrumés de sommeil.

— Reviens me chercher, Zander Leith. Tu me le promets ? Tu me le promets ?

Zander savait qu'il devait être honnête. On ne devait pas mentir aux toxicomanes. Cela ne faisait que les perturber davantage lorsqu'ils découvraient la vérité. La dernière chose qu'il devait faire était la revoir. Il était presque sobre depuis peu. Elle était toujours au plus profond de la dépendance. Il ne devrait pas l'approcher. Ce serait fatal pour lui. Dangereux. Risqué. Fou. Insensé. Destructeur.

Mais il ne pouvait pas lui tourner le dos. C'était la fille de Mirren. Malgré tout, ça comptait.

Et de son point de vue, elle avait besoin d'aide.

— Promis, lui dit-il.

19

« Dream to Sleep »

H2O

Glasgow, 1986

Sa mère pleurait à nouveau. Pas les sanglots à plein régime qu'il voyait à la télé. D'une certaine manière, il aurait préféré. Non, c'étaient des pleurs silencieux, les lèvres pincées, les yeux fermés ; seules les larmes qui coulaient sur son visage trahissaient sa douleur.

Zander avait envie de donner un coup de poing dans le mur. Combien de fois encore ? Combien de fois devrait-il la voir avoir le cœur brisé pour un homme que tout le monde savait être un putain de connard ?

Mais elle ne partageait pas son point de vue. Jamais.

Peu importait le nombre de fois où Jono Leith ne rentrait pas à la maison, ou le nombre de fois où il était tiré du lit au milieu de la nuit par la police. Peu importaient les accusations à son encontre, ou à quel point cela semblait scandaleux qu'ils aient une cloison escamotable dans le placard sous l'escalier qui dissimulait un arsenal d'armes. Peu importait qu'il ait pris l'habitude de porter un couteau sur lui, qu'il aille chez le bookmaker ou qu'il sorte pour « travailler ».

Cela n'avait aucune importance. Tout ce qui importait à sa mère, c'était qu'il était son mari. Elle avait prononcé ses vœux devant Dieu, qui ne devaient jamais être rompus, même lorsque les larmes coulaient sur ses joues et transformaient ses ecchymoses en des flaques sombres sous la pluie.

Zander lui apporta une tasse de thé, qu'il posa sur la cheminée, devant laquelle elle était agenouillée, priant devant l'image de Jésus accrochée au mur au-dessus. Le lendemain matin, elle assisterait à la messe de huit heures et, à neuf heures, elle serait à nouveau en paix, après avoir demandé à Dieu son soutien en échange de la promesse de pardonner à l'homme qu'elle avait épousé en son nom.

Jono regarderait les bleus sur son visage et lui dirait que c'était sa faute.

Puis tout recommencerait.

Il y avait généralement des signes avant-coureurs : une perte aux courses de chevaux, un travail qui avait mal tourné, quelques nuits passées en cellule... Mais cet après-midi-là, c'était arrivé sans crier gare. Jono avait reçu la visite de deux de ses amis, Jimmy et Hugh, ses acolytes de longue date. Ils s'étaient rassemblés autour de la table de la cuisine, leurs voix basses laissant entendre qu'ils mijotaient quelque chose.

À quatorze ans, Zander avait déjà compris qu'il valait mieux rester à l'écart. Sa mère, elle, ne semblait pas en avoir conscience. Elle leur avait préparé du thé, apporté des biscuits, pris des nouvelles de leurs épouses.

— Allez, Maggie, tu peux y aller, maintenant, avait dit Jono.

Maggie s'apprêtait à obéir lorsqu'elle s'était souvenue que son chapelet était posé sur le réfrigérateur. Elle avait fait demi-tour pour aller le chercher et s'était retrouvée face au poing de Jono.

Le coup avait été bref. Vif. Brutal.

Dans l'embrasure de la porte, Zander avait eu le souffle coupé, puis avait plongé pour la rattraper alors qu'elle trébuchait. Jimmy et Hugh avaient continué de fixer la boîte de gaufrettes au caramel posée sur la table devant eux.

— Fais-la sortir d'ici, mon garçon, avait averti Jono d'une voix qui ne laissait aucune place à la discussion.

La rage avait saisi les tripes de Zander lorsqu'il avait passé son bras autour de la taille de sa mère pour la soutenir alors qu'elle titubait hors de la pièce.

Elle n'avait pas prononcé un mot jusqu'à ce que la porte se referme derrière eux.

— Sandy, il ne le pense pas, fiston. Il est juste sous pression. Je vais bien. Vraiment, ce n'est rien.

Le sang qui sortait de son nez coulait sur son menton et tachait de rouge vif le crucifix qu'elle portait autour du cou.

Rien ?

Il avait fallu vingt minutes de premiers soins et de prières pour que le saignement s'arrête complètement. Au même moment, les claquements de portes puis le silence leur avaient indiqué que les hommes s'étaient retirés au pub.

Depuis, cinq heures s'étaient écoulées.

Et à présent, sa mère était à genoux en train de prier et Zander se rendit compte que la rage qui lui rongeait les entrailles n'était pas près de disparaître.

— Je sors, maman, lui annonça-t-il.

Elle répondit en montant le ton sur les deux phrases suivantes de son Ave Maria*.*

Il s'arrêta devant le placard du hall pour y attraper sa veste en cuir accrochée à la porte avant de sortir dans la nuit. Il était vingt heures, un soir de février, la nuit était déjà complètement tombée. Il tourna à droite, en prenant soin de faire un détour pour ne pas passer devant chez Mirren et Davie. Ce n'était pas le moment de les voir. Il était hors de question que qui que ce soit d'autre soit entraîné dans sa bataille.

Arrivé au King's Arms*, il ouvrit la porte de quelques centimètres et repéra immédiatement son père, qui tenait salon au bar, telle l'âme de la fête. Dans une minute, il se* *mettrait à chanter et le reste de ses potes se joindraient à lui. Ensuite, il commencerait peut-être à draguer une femme qui avait attiré son attention. Zander l'avait vu faire tellement de fois que cela lui donnait la nausée.*

Il recula, laissant la porte du pub battre sur ses gonds, puis il marcha jusqu'au bout du bâtiment et s'engouffra dans la ruelle sur le côté.

Attendre la fermeture était la partie la plus facile. Le plus dur, c'était le timing. Il fallait de l'instinct pour réussir.

Il entendit Jono avant de l'apercevoir, chantant à tue-tête « The Wonder of You » alors qu'il titubait pour sortir du pub. Zander l'observa venir dans sa direction, un bras autour d'une femme rousse qu'il ne reconnaissait pas. Elle n'arrivait pas à la cheville de sa mère. Elle en était loin. Pourtant, elle regardait Jono avec cette même adoration qui lui était si familière. Si seulement elle savait que le revers de ce charisme était la cruauté.

Plus près. Jono s'arrêta, attira la femme vers lui pour l'embrasser, chanta encore quelques lignes de la chanson, leurs visages à quelques centimètres l'un de l'autre.

Plus près. Elle gloussait à présent, le regardant avec de grands yeux alors que Jono glissait sa main dans la veste de la femme.

Plus près.

— Attends ! Désolée, Jono, j'ai laissé mon sac à l'intérieur. Oh, mon Dieu, comment j'ai fait mon compte ? Je retourne vite le chercher.

— Vas-y, bébé. Fais vite. Je t'attends ici.

Elle l'embrassa à nouveau, lui donnant l'occasion de lui peloter rapidement les fesses, ce qui lui arracha un autre petit rire avant de retourner à l'intérieur en courant.

Plus près. À quelques mètres seulement de l'endroit où se tenait Zander, Jono se tourna vers le mur, ouvrit sa braguette, sortit sa bite et se mit à pisser, sifflant désormais le refrain de « Love Me Tender ».

— ... Love me true. All my...

Bang.

Le jet d'urine s'interrompit instantanément lorsque la batte de baseball entra en contact avec l'arrière de sa tête. Il tomba en avant, se cognant le front contre la tache humide sur le mur, et glissa vers le sol.

Zander se trouvait déjà cinquante mètres plus loin, caché dans l'obscurité lorsqu'il entendit les cris d'une femme.

Il ne s'arrêta pas de courir sur le reste du trajet, lava le sang sur la batte de baseball dans le ruisseau qui coulait à l'arrière des jardins de sa rue, la remit dans le placard de l'entrée et vérifia ce qui se passait chez lui. Sa mère était au lit, endormie. Le lendemain matin, elle retournerait à la messe, ses bleus dissimulés sous son maquillage et sous des mensonges qu'elle demanderait au Seigneur de pardonner.

Zander, lui, n'avait pas besoin de pardon.

Il se dirigea vers l'évier de la cuisine, se pencha dessus et supplia son corps de vomir afin de se purger du dégoût qu'il éprouvait à la fois pour l'homme qui lui avait donné naissance et pour ce qu'il venait de faire. À sa droite, la bouteille de whisky que les hommes avaient partagée plus tôt dans la soirée était à moitié pleine. Il avait vu les effets de cette boisson sur eux. Elle les rendait heureux, fous, méchants, détendus, selon les personnes. Zander espérait simplement qu'elle l'anesthésierait. Il dévissa le bouchon et but directement à la bouteille. La nausée vint en premier, mais ensuite... Pas de vomissement. Juste une sensation de chaleur, puis de réconfort. Tout allait bien. Bien. Tout était OK. Son optimisme croissait à mesure que les gouttes se mêlaient à son sang, jusqu'à ce qu'il finisse par tituber vers son lit et tombe dans un sommeil profond satisfait.

Lorsque la police frappa à la porte, il ne bougea même pas.

20

« Sweet Little Mystery »

Wet Wet Wet

Glasgow, 2013

Le samedi soir, le Grill On the Corner ressemblait à un véritable paradis hivernal. Les guirlandes lumineuses qui recouvraient chaque fenêtre semblaient séparer la vie réelle du monde de Narnia. Dehors, la nuit était froide et sombre dans le centre-ville de Glasgow. À l'intérieur, on entendait des rires, on voyait de beaux vêtements, on entendait une musique discrète et on sentait les arômes de parfums coûteux et de plats incroyables.

Mais ce n'était pas pour ces raisons que c'était le restaurant préféré de Sarah. Elle aimait le parquet sombre, les banquettes en cuir et les superbes lustres qui pendaient du plafond. C'était un mélange parfait entre classe et confort : magnifique mais sans prétention, chic mais simple.

— Du rouge ou du blanc ? questionna Simon, la main posée au-dessus de deux bouteilles.

Sarah sourit.

— Ni l'un ni l'autre. Juste un café, merci.

Elle prendrait peut-être du vin plus tard. Ils venaient tout juste d'arriver, et pour l'instant, elle avait envie d'une boisson chaude pour se réchauffer et d'un peu de caféine pour se donner un coup de fouet. Elle préférait ne pas compter le nombre d'heures de sommeil qu'elle avait accumulées cette semaine, même si elle n'aurait pas besoin d'une calculatrice pour le faire.

Elle observa Simon prendre immédiatement les choses en main, mettant tout le monde à l'aise, charmant comme toujours. Parfois, c'était un tel soulagement d'être avec lui, de savoir qu'il serait le moteur de leur vie et en organiserait chaque détail. Au boulot, elle mettait une détermination presque dogmatique à réussir, alors, quand elle rentrait à la maison, elle était heureuse de lui céder le contrôle. Et il s'en sortait à merveille. Des vacances incroyables à Dubaï, aux Maldives, à New York en hiver. Des week-ends spontanés dans des lodges du Perthshire. Des soirées comme celle-ci, avec leurs amis : de la bonne nourriture et des conversations intéressantes. Cela lui permettait de garder toute son énergie, alimentée par la caféine, pour le travail.

Ses cheveux bruns, tirés en arrière à la manière des stars de cinéma des années 1940, étaient plus longs qu'à son habitude, mais cela lui allait vraiment bien. À droite de lui, Pippa, la petite amie de son meilleur ami Rob, n'avait cessé de lancer des regards pétillants à Simon depuis leur arrivée. Rob et Simon s'étaient rencontrés leur premier jour à l'université et étaient amis depuis lors. Rob était avocat dans la société la plus lucrative de la ville, déjà associé, et avait peu de temps à consacrer à une relation sérieuse. Pippa était dans les parages depuis quelques mois, ce qui était remarquable étant donné que les petites amies de Rob avaient généralement un rythme de recyclage plus élevé que la corbeille à papier de son bureau. Il semblait inhabituellement enthousiaste et, heureusement, inconscient du fait qu'elle avait tout l'air de flirter sérieusement mais subtilement avec son ami.

Simon gérait cette attention avec une grâce irréprochable, et Sarah ne s'y attarda pas. Comme il le lui rappelait souvent, elle était née sans le gène de la jalousie. Aucune crise de possessivité. Que Pipa flirte, ça occuperait Simon pendant qu'elle irait discuter rapidement avec Ena Dawnson.

C'était forcément la mère de Davie, non ?

Les voyous du quartier étaient loin d'être les sources les plus fiables, mais elle avait le sentiment qu'ils savaient exactement ce qui se passait. Et ce n'était pas comme si Ena était un prénom courant de nos jours. Sarah avait pensé retourner dans le quartier pendant la journée, mais elle espérait que sa relation avec Isabel à la soupe populaire encouragerait Ena à s'ouvrir à elle.

Elle avait presque terminé son café lorsque les autres firent leur entrée, et elle saisit cette occasion pour s'excuser.

— Je reviens dans une demi-heure, mon cœur, dit-elle en se penchant pour embrasser Simon sur la joue.

Rob se tint droit pour permettre à la serveuse de poser ses huîtres devant lui.

— Tu t'en vas déjà, ma belle ?

— Juste pour une demi-heure. Désolée, c'est pour le travail. C'était prévu avant que je sache que nous nous retrouvions ce soir.

Ce n'était qu'un petit mensonge innocent. Le rendez-vous n'avait pas, à proprement parler, été fixé, mais Sarah était déterminée à se rendre à la soupe populaire pour voir Ena ce soir-là, et ce n'était pas le dîner improvisé de son petit copain qui allait l'en empêcher. Simon ne réagit pas, mais elle le savait agacé. Quand elle le lui avait annoncé un peu plus tôt dans la soirée, il n'avait pas été ravi, mais elle ne comptait pas attendre une semaine supplémentaire pour parler à Ena. Tout le reste était au point mort, et Ena était son dernier espoir.

Elle remonta la pente de Wellington Street d'un pas vif, la neige fondue léchant les côtés de ses bottes à talons aiguilles en daim noir, tourna à gauche dans la West George Street et aperçut le bus alimentaire. L'endroit qu'elle venait de quitter et celui où elle se rendait n'étaient séparés que par quelques rues, et pourtant, c'était un tout autre monde. Comme toutes les grandes villes, Glasgow avait deux faces : la prospérité, la culture, l'architecture et l'histoire riche côtoyaient la pauvreté et la misère.

Le bus semblait calme ce soir. Personne ne traînait à l'entrée, et seuls quelques visages apparaissaient aux fenêtres. Lorsqu'elle monta à bord, Isabel la salua avec un sourire.

— Salut, ma jolie. Deux visites en une semaine. On va te réserver ton propre siège ici.

Sarah lui répondit par une accolade, tout en observant la longue rangée de sièges en cuir usés. Quelques vieillards étaient assis en silence, mangeant leur soupe, le regard fixé sur la table en Formica devant eux. À l'avant, Dan, l'un des ambulanciers bénévoles réguliers, parlait à deux autres personnes que Sarah ne reconnaissait pas. Aucune d'elles ne correspondait au profit d'Ena Johnston.

— Ravie de te voir, Isabel. Tiens, je t'ai apporté ça.

Sarah extirpa de son sac un sachet de pharmacie contenant une vingtaine de petites bouteilles de shampoing et le lui tendit. Elle fut récompensée par un large sourire.

— Merci, chérie. Tu restes boire une tasse de thé ? Même si tu es un peu trop habillée, fit-elle remarquer en désignant l'ourlet de la tunique noire à paillettes qui dépassait du manteau de Sarah, assortie à son jean en similicuir et à ses cuissardes en daim.

— Non, merci. Je voulais juste discuter rapidement avec Ena Dawson. Est-elle là ?

Isabel fit un geste vers le plafond.

— À l'étage. Elle est en train de donner un petit coup de propre avant que le rush commence.

L'escalier en colimaçon était étroit et difficile à emprunter avec des talons de quinze centimètres. Lorsque Sarah atteignit l'étage supérieur, son soupir de soulagement forma un petit nuage dans l'air glacial devant elle.

La femme qui balayait entre les chaises leva les yeux.

— Je peux vous aider ?

— Ena Dawson ?

La méfiance et l'hésitation traversèrent son visage.

— Oui ?

Bingo. Sarah comprit immédiatement qu'elle avait trouvé la bonne personne.

La ressemblance avec son fils était frappante. Elle avait les mêmes cheveux foncés et ondulés. Les mêmes yeux marron. La même forme de visage…

— Je m'appelle Sarah Mackenzie. Je suis journaliste au *Daily Scot* et une amie d'Isabel.

— Oh, si vous voulez faire un autre reportage sur le travail d'Isabel ici, vous feriez mieux de parler à Dan, en bas. C'est un garçon adorable.

Elle avait un sourire chaleureux à présent, avec juste une pointe d'embarras. Sarah décida de se lancer avec assurance en espérant que tout se passerait pour le mieux.

— En fait, c'est à vous que je voulais parler, madame Dawson. Je travaille actuellement sur un article concernant votre fils, Davie. Vous vous appeliez Ena Johnston, avant, n'est-ce pas ?

21

« Losing My Religion »

R.E.M.

— Alors, c'est quoi le verdict ? dit Davie, qui trépignait d'impatience. Balance-moi toutes les mauvaises nouvelles une par une.

Cal fixa l'écran devant lui pendant si longtemps que Davie eut le temps de se demander ce qui se passerait si la chaleur du sang qui coulait dans ses veines provoquait une combustion spontanée. Il espérait juste que le feu atteindrait le papier peint en soie à dix mille dollars de Cal et réduirait tout cet endroit en cendres.

— *American Stars* t'a laissé tomber. Ils proposent la présentation à Seacrest maintenant qu'*Idol* est en perte de vitesse. Ils n'avaient pas le choix : Pepsi et Nike ont menacé de retirer leur sponsoring. Le talk-show avec la chaîne E! a été suspendu pour une durée indéterminée. Évidemment, le tournage de *New York Nixons* a été annulé : Sky est sortie du coma, mais pas d'autres détails pour l'instant, et Jax Nixon a annoncé qu'il a mis un contrat sur ta tête si tu t'approches à moins de cent cinquante kilomètres de la côte est. La campagne Hugo Boss est annulée aussi, Ferrari t'a retiré de sa publicité et on t'a poliment informé que tes services n'étaient plus requis pour le téléthon *Kids Kick Cancer.*

Cal s'interrompit pour soupirer lorsqu'il se rendit compte que Davie ne respirait plus.

— Écoute, ce n'est pas aussi grave que ça en a l'air.

— C'est encore pire, putain.

Cal soupira à nouveau et se frotta les tempes avec ses index.

— Je comprends que tu penses ça, mais, écoute, Davie, y a encore de l'espoir. Tes productions cartonnent toujours : *Liking Lana* a obtenu ses meilleures audiences la semaine dernière, et *Dream Machine* marche très bien. Même si tu ne le présentes plus, tu seras toujours crédité comme producteur sur *American Stars*, donc tu continueras à encaisser les bénéfices de trois des émissions les plus regardées du pays.

Ce n'était pas terrible comme lot de consolation. D'accord, l'argent continuerait à rentrer, dans une moindre mesure, mais pour combien de temps encore ? Ces émissions dépassaient rarement cinq saisons avant d'être à court d'intrigues et de lasser le public. Il n'y avait que les Kardashian qui avaient réussi à tenir bon, et c'était uniquement parce qu'ils avaient fait du scandale et de la richesse odieuse leur métier à plein temps.

Davie était peut-être au sommet de l'arbre pour l'instant, mais il ne faudrait pas longtemps avant qu'un salaud débarque avec une tronçonneuse. Il glissa hors du fauteuil Le Corbusier en cuir blanc et commença à faire les cent pas, ses baskets McQueen Puma blanches laissant des empreintes sur l'épais tapis noir.

Qu'importaient les audiences si le monde entier le considérait comme une ordure ? La conférence de presse n'avait endigué les dégâts que temporairement. Il restait un doute quant au fait qu'il avait les valeurs morales d'un tueur en série moyen, mais Rainbow avait riposté le lendemain, démentant son histoire, le traitant de menteur et annonçant le lancement de poursuites judiciaires. C'était tout à fait prévisible, mais selon Cal, la popularité n'était qu'une affaire de chiffres. Avant la conférence de presse et le fiasco de ce soir-là au match des Lakers, cent pour cent des gens le croyaient coupable. Les rubriques « divertissement » et les émissions de journée avaient toutes relayé son explication/excuse le lendemain. Désormais, trente pour cent pensaient qu'il était coupable, trente pour cent pensaient que Rainbow inventait tout et le reste avaient oublié l'affaire, leur attention ayant été totalement happée par Miley Cyrus, qui avait twerké lors des VMAs.

Davie se fit une note mentale pour ne pas oublier de lui envoyer des fleurs pour la remercier d'avoir détourné l'attention. Mais l'acharnement des paparazzis ne s'était pas calmé pour autant. Ces crétins campaient devant chez lui, suivaient sa voiture, surveillaient ses bureaux. Ils avaient même monté une haie d'honneur devant le Nespresso de Beverly Hills, le privant de sa dose de caféine matinale.

C'étaient de vrais vautours, à tournoyer, sachant que leur plus gros festin venait tout juste de recevoir les derniers sacrements.

Cal ouvrit une nouvelle page à l'écran.

— On a reçu des demandes de Leno, Letterman, Ferguson, Kimmel, Fallon, Ellen, Elaine, *The View*, *The Talk*, *Chelsea Lately*. Et tu sais, Davie, on pourrait faire une émission spéciale avec Oprah.

Davie s'arrêta net.

— Je ne veux pas aller chez Oprah. C'est là que va Lance Armstrong pour annoncer qu'il s'est dopé. Là que Lohan se repent. Cruise s'est ridiculisé dans son émission. Je suis désespéré, mec, pas suicidaire.

Le massage des tempes de Cal ressemblait de plus en plus à une tentative de percer son crâne.

— On a une réunion à seize heures. Toute l'équipe, pour limiter les dégâts. J'ai fait fuiter ton emploi du temps d'aujourd'hui.

— Quel emploi du temps ?

— Tu vas rechercher les enfants sur le plateau puis tu les emmèneras à l'aire de jeux de Coldwater Canyon à midi. Les paparazzis auront des téléobjectifs, alors fais attention à ne pas te gratter les couilles ou à ne pas ignorer tes enfants.

Davie s'immobilisa, le dévisageant comme s'il était fou.

— Mes enfants. Au parc. À midi. Cal, t'as déjà rencontré mes enfants ? Ils sont roux, bordel. Ils ne supportent pas le soleil de midi. Oublie ça, Cal. Changement de programme. Je serai de retour à seize heures pour la réunion stratégique.

— Écoute, Davie, tu veux que je fasse revenir Harvey ?

Davie secoua la tête. Harvey Jones était son ancien manager, pendant dix ans, avant d'être licencié un an auparavant parce que Davie trouvait qu'il donnait dix pour cent de ses revenus à quelqu'un qui n'apportait rien à sa carrière. Jenny avait reproché à Davie à l'époque de se comporter comme un maniaque du contrôle. Elle avait probablement raison. Mais un maniaque du contrôle avec quelques millions de plus sur son compte en banque chaque année. Le management était désormais assuré par la CSA, ainsi que tous les autres aspects de sa carrière. D'habitude, ça lui semblait être une stratégie avisée. Mais à présent, pour la première fois, Davie se demanda si ce n'était pas mettre trop d'œufs dans un panier surchargé. Le portemanteau qui supportait le blazer Zegna de Cal semblait vaciller à vue d'œil.

En quittant le parking souterrain, Davie fut suivi par une escadrille de paparazzis à motos et en SUV, formant un convoi derrière lui. Un abruti en Ducati roulait même à sa hauteur pour le mitrailler à travers la vitre. Jamais Davie n'avait été aussi tenté de donner un coup de volant.

Le plus logique aurait été de rentrer chez lui, de se barricader et de faire profil bas pendant quelques jours, mais l'idée de s'enfermer à Bel Air alors que sa vie s'effondrait le rendait fou. Il devait s'occuper. Faire quelque chose. Même si ce n'était que hurler sur Cal et manipuler ces enfoirés de paparazzis.

Il lui fallait un plan. Un plan qui n'impliquerait pas cette foutue Oprah. En attendant, il irait chercher les enfants et les emmènerait manger une glace pendant leur pause-déjeuner, laissant ainsi les paparazzis faire leurs photos. Papa de l'année.

Vingt minutes plus tard, il s'engagea dans la voie d'accès de Captis Studio, et la course-poursuite prit fin.

— Bonjour, monsieur Johnston, content de vous voir.

Le sourire radieux et le salut courtois du vigile, Rick, étaient la preuve qu'il était soit un très bon acteur qui avait raté sa vocation, soit un type qui ne suivait pas l'actualité people. Ou peut-être qu'il avait simplement compris que, dans cette ville, mieux valait rester dans les bonnes grâces de tout le monde.

La journée devait être sacrément déprimante pour qu'il se sente reconnaissant pour la gentillesse de quelqu'un qui gagnait moins que ce qu'il dépensait en essence chaque année.

La vague de peur qui le submergeait depuis le début de ce fiasco revint, faisant trembler ses mains sur le volant en noyer tandis qu'il franchissait la grille.

Il consulta sa montre. Une demi-heure à tuer. D'habitude, il s'immiscerait dans la caravane de Vala et la laisserait l'occuper de la seule manière dont elle en était capable, mais pas aujourd'hui. Cette garce l'avait descendu à la télévision nationale. Pas une once de défense. Pas une once d'éloge de ses nombreux talents. Juste le frisson de cette moue salace et le battement de ces foutus faux cils. Pourtant…

Sous l'impulsion de la testostérone, il fit demi-tour, prit à droite, s'arrêta et jaillit hors de la voiture, vérifiant d'abord que personne ne l'observait. La sécurité était stricte ici, mais il aurait suffi d'un agent d'entretien avec un portable qui cherche à se faire un peu d'argent facile en balançant une vidéo à *Radar Online*.

Personne.

Il frappa à la porte puis entra directement sans attendre de réponse.

Vala était allongée sur sa chaise longue, en débardeur et en string, en train de regarder le dernier film de Seb Dunhill. *Sérieusement ?* Il ne pouvait pas bander maintenant.

— Salut, tu vas un jour arrêter de débarquer ici comme ça ?

Elle parla avec un accent saccadé et une voix aiguë – cette dernière surtout parce que Zander Leith était en train de fracasser quelqu'un sur son plasma cinquante pouces.

Sa libido écrasée, Davie alla fouiller dans le frigo, en sortit une bière, la décapsula et jeta la capsule dans l'évier. Vala gardait toujours du stock pour lui et son glandeur de frère qui passait une fois par semaine réclamer du fric.

— Tu es attendue sur le tournage à quelle heure ? la questionna Davie.

Pas de politesse. Pas de finesse. Il s'en foutait. Il était hors de question de la baiser maintenant.

— Dans une heure, dit-elle en se léchant le doigt avant de le faire descendre lentement.

C'était incroyable comme une invitation personnelle pouvait court-circuiter son cerveau pour atteindre directement son pénis.

— Une demie suffira, lança-t-il, toutes objections envolées.

La bouteille de bière toujours dans une main, il utilisa la deuxième pour déboutonner son jean AG puis faire glisser la fermeture éclair.

Vala leva la télécommande et appuya sur pause, laissant le visage de Zander en gros plan sur l'écran, les dominant du regard. Davie voulait attraper la télécommande et éteindre la télé, mais il voyait bien qu'elle était d'humeur à se disputer et il n'avait pas le temps de lui donner satisfaction. Alors, il tourna le dos à la télé et s'avança vers elle. Les yeux toujours rivés sur l'écran, elle tendit une jambe pour l'arrêter.

Il entra dans son jeu. Elle plongea le regard dans le sien et arracha son débardeur pour le balancer sur le côté, dévoilant ses seins fermes. Puis elle tira violemment sur son minuscule string, qui céda sans résistance : l'élastique claqua et le triangle en dentelle disparut, révélant une peau parfaitement lisse.

— Viens là, lança Davie, la voix deux octaves plus grave que d'habitude.

Vala repoussa sa main et se déplaça au bord de la chaise longue.

Davie gémit, d'un son aussi désespéré qu'irrépressible.

— À genoux, ordonna-t-elle.

À cet instant, elle aurait pu lui demander de signer l'abandon de tous ses biens, il l'aurait fait. Il tomba à genoux, puis s'approcha, prêt à la pénétrer et à soulager la pression insupportable qui lui broyait l'aine.

Mais de nouveau, elle l'arrêta.

— Non, non, *amigo*, pas aujourd'hui. Aujourd'hui, c'est que pour moi.

Elle se pencha en avant, saisit sa tête et la força à descendre pour qu'il la goûte. Alors que Davie s'exécutait, même le grondement dans son esprit ne put couvrir le fait qu'elle avait relancé le film, qu'elle regardait par-dessus sa tête. Il s'efforça de faire abstraction des voix provenant de la télé, du rugissement guttural de Zander.

En quelques minutes à peine, le souffle rauque de Vala, la chaleur de ses membres et le tremblement de ses fesses lui annoncèrent qu'elle atteignait l'orgasme.

— Oh oui, bébé. Oh oui. Oh oui. Oh… Oh… Zander !

En l'entendant hurler ce nom, quelque chose à l'intérieur – et à l'extérieur – de lui mourut.

Ce qui, pour la plupart des hommes, aurait été considéré comme l'apogée de leur vie devint, pour Davie Johnston, le moment précis où il sut avec certitude que son règne touchait à sa fin.

22

« How Can You Mend a Broken Heart »

Al Green

Revenir au bureau avait quelque chose de confortable. Chaque détail ici avait été choisi par Mirren, installé à l'époque où elle avait décroché l'accord de développement avec Pictor Films pour réaliser le premier film *Clansman.* Les deux canapés jacquard crème pâle se faisaient face de part et d'autre d'une table basse carrelée qu'elle avait ramenée du Mexique à l'arrière d'un pick-up dix ans plus tôt. Elle avait trouvé son bureau en chêne, qui était maintenant usé mais qu'elle adorait, au marché aux puces de Fairfax. Il avait été installé à l'origine dans le petit appartement de Santa Monica où elle avait vécu en arrivant à Los Angeles – celui-là même où elle avait écrit le premier opus de la saga *Clansman.* Simple. Basique. Fonctionnel. Certains le trouvaient trop modeste, trop cheap pour une femme de son statut dans cette ville, mais pour Mirren, c'était tout le contraire. Elle n'avait pas besoin d'un bureau en marbre à dix mille dollars pour prouver la taille de sa bite.

Elle savait qui elle était. Tout était là, sur les murs caramel doux, ponctués de grands cadres en chêne sombre affichant les posters promotionnels de chaque film *Clansman*, et de plus petits cadres montrant les gens qu'elle aimait. Logan sur la pochette de son premier album avec son groupe.

Chloe lorsqu'elle avait posé pour la campagne publicitaire spéciale « enfants de célébrités » d'Hilfiger. Des clichés d'eux deux lorsqu'ils étaient plus jeunes, courant sur le sable, jetant des boules de neige à Aspen, montant à cheval dans la vallée de Napa…

Le siège social de McLean Productions se trouvait dans un coin tranquille de l'immense lot de Pictor, au-delà des plateaux de deux sitcoms à succès, puis à droite après la rue construite pour une série dramatique sur cinq femmes au foyer déchaînées, et ensuite à gauche au niveau de la réplique de la Maison-Blanche, avant de traverser la reconstitution de la fontaine de Central Park. Le bâtiment derrière le sien avait été spécialement conçu pour accueillir les décors de la maison et du village de *Clansman.* L'Écosse du XVIe siècle recréée en plein Century City, Los Angeles.

C'était exactement comme Mirren l'avait imaginé en écrivant le premier livre. Envoûtant. Magnifique. Atmosphérique. Historique. Le budget des décors avait été important, et Mirren avait récompensé la confiance du studio pour sa première production et réalisation en veillant à ce que chaque centime soit dépensé intelligemment.

Cette rigueur et cette éthique de travail n'avaient jamais faibli. Rien que ce matin, elle avait enchaîné les réunions avec les comptables, les ingénieurs et l'équipe de costumes, et maintenant, elle voulait juste une demi-heure à son bureau pour faire le point. Réfléchir.

Le bruit de la porte qui s'ouvrait fut le premier signe que ses réflexions allaient devoir attendre.

— Salut.

Un ton penaud. Apologétique. Faible.

Mirren posa son stylo et leva les yeux à contrecœur vers le nouvel arrivant.

— Sérieusement, Jack ? Ici ?

Il haussa les épaules.

— Je n'avais pas vraiment le choix. On dirait que tu as changé les serrures à la maison et que le personnel a reçu pour consigne de ne pas me laisser entrer.

— C'est exact. Pas bien compliqué. La moitié d'entre eux ne te connaissent même pas, vu que tu n'as quasiment jamais été là en dix-neuf ans.

Elle se réprimanda intérieurement de s'être engagée sur ce terrain-là. Avec classe et dignité. Voilà comment elle avait décidé de gérer ça. Mais pour l'instant, ses résolutions étaient balayées par l'amertume et par la colère.

Mirren l'observa, affalé dans l'encadrement de la porte, tenant à la main deux cafés et un sachet en papier brun qui, elle l'aurait parié, contenait une tartelette pomme-cannelle de la pâtisserie française de Santa Monica Boulevard.

Chère épouse, désolée d'avoir baisé une autre femme. Puis-je essayer d'effacer la douleur avec un en-cas extrêmement gourmand, délicieux et riche en sucre ?

Elle se leva en soupirant, contourna son bureau et prit un des cafés. Ils buvaient leur café tous les deux de la même façon : noir et corsé.

— Dehors, dit-elle, sachant qu'il la suivrait.

Elle traversa la réplique de la place de Central Park et s'assit dans l'herbe, devant la fontaine. C'était l'un de ses endroits préférés pour déjeuner. La prochaine demi-heure avait de grandes chances de gâcher ça à jamais.

— Vas-y, parle.

La voix de Mirren était à nouveau calme, retournant à la stratégie de la dignité.

— J'ai tout foutu en l'air, Mirren, lâcha Jack, la voix rauque, un mélange d'excès de Marlboro Lights et d'un manque évident de sommeil.

— En effet.

Elle regardait droit devant elle, mais elle pouvait percevoir la silhouette de son mari dans sa vision périphérique. Prenait-elle ses désirs pour des réalités ou paraissait-il plus vieux ? Jack avait cinquante-deux ans, mais il avait toujours paru dix ans plus jeune. Là, plus vraiment. Il y avait une semaine encore, cela l'aurait inquiétée, l'aurait poussée à insister pour qu'il prenne des congés, parte en vacances. Mais maintenant, elle ne ressentait plus rien. Rien du tout.

La seule pointe de douleur vint quand elle s'aperçut qu'il avait accessoirisé son t-shirt noir et son jean charbon avec les bottes de cow-boy noires qu'elle lui avait achetées lorsqu'ils s'étaient éclipsés à Vegas pour assister aux ACM Awards l'année précédente. Ils avaient dansé toute la nuit sur la meilleure musique country en dehors de Nashville, bu des shots de tequila au Hard Rock Cafe, fait l'amour face à une vue spectaculaire de la ville dans une suite vitrée du Palms et Mirren avait remercié Dieu de la rendre plus heureuse que n'importe quel être humain le méritait. Dieu avait clairement décidé qu'il ne fallait pas abuser des bonnes choses trop longtemps.

— Je loge dans notre chambre au Casa del Mar.

C'était leur cachette, un havre fiscalement déductible dans leur hôtel préféré sur la plage de Santa Monica, qu'ils réservaient pour les jours où ils avaient besoin de solitude, de travailler en paix, de tenir des réunions privées ou de profiter de week-ends romantiques. Mais il semblait que ces moments ne se reproduiraient plus jamais.

— Je n'ai pas demandé.

— Je sais. Mais au cas où, tu sais… tu pensais que je logeais… là-bas. Chez…

— Tu n'as pas besoin de me le dire, coupa Mirren, avant que la curiosité la pousse à demander pourquoi ce n'était pas le cas.

— Parce qu'on n'est pas ensemble. Putain, Mirren, elle est à peine plus âgée que Chloe.

— C'était justement ce que j'allais dire.

L'intérieur de ses joues commençait à lui faire mal mais elle ne pouvait pas s'empêcher de le mordre car elle savait que si elle arrêtait, elle se mettrait à pleurer. Et elle ne laisserait couler aucune larme devant Jack Gore aujourd'hui.

— Mirren, je suis tellement désolé. J'ai déconné. Plusieurs fois. J'ai juste…

— N'ose même pas te trouver une excuse, Jack.

Il leva les mains en l'air.

— Je sais. Tu as raison. Mais qu'est-ce que je pourrais faire pour arranger la situation, Mirren ? On ne peut pas abandonner notre famille. On a quelque chose de formidable…

— Pas assez, visiblement.

— OK, je l'ai mérité. Mais, Mir, allez… Je ne veux pas que les enfants aient le genre de foyer dans lequel on a grandi tous les deux.

Ses paroles frappèrent son estomac comme un coup de massue, lui coupant le souffle et la faisant grimacer de douleur. Il connaissait son point faible et l'avait visé sans hésitation. Jack avait été élevé par un père célibataire dans le South Los Angeles après la mort de sa mère quand il avait trois ans. Après ça, les compagnes de son père s'étaient succédé dans sa vie. Ils s'étaient reconnus dans l'histoire de l'autre dès leur rencontre, et leur compatibilité avait été évidente, étant tous les deux déterminés à ne pas répéter les erreurs de leurs parents. « Jusqu'à la mort, juste toi » était gravé à l'intérieur de leurs alliances. Jusqu'à la semaine précédente, Mirren y avait cru.

Elle mit du temps à retrouver suffisamment de sang-froid pour parler. Calme. Digne. Même si, à cet instant, elle aurait volontiers planté un couteau dans le cœur de son mari.

— Jack, je sais ce qu'on a vécu enfants. Je sais ce que ça faisait, et je sais ce que ç'a causé. Et quand je t'ai rencontré, j'ai su que j'avais enfin trouvé l'homme qui ferait en sorte qu'aucun de nos enfants ne subisse ça. Et ça n'a pas été le cas. Mais ce n'est pas moi qui ai changé la donne. Ce n'est pas moi qui ai démoli notre famille, Jack. C'est toi.

— Je sais, Mirren. Et putain, crois-moi, je ferais n'importe quoi pour changer ça. S'il te plaît, chérie. On doit passer outre.

Il avait raison. Ils devaient passer outre. Et il n'y avait que deux options pour avancer. Soit ils mettaient tout ça derrière eux, Mirren lui pardonnait et trouvait un moyen d'oublier, soit ils tiraient un trait sur leur histoire et elle laissait Jack faire pour son nouvel enfant ce qu'ils avaient voulu faire pour Chloe et Logan pendant toutes ces années.

— Ton nouveau bébé a besoin de stabilité, Jack. Tu te moques de ses besoins, de sa sécurité ? Tu dois t'en occuper.

Il y eut une longue pause.

— Je ne sais même pas si c'est le mien.

— Et si ça l'est ?

— Ça n'a pas d'importance.

L'éclair de colère qui traversa son visage le fit revenir sur ses mots immédiatement.

— Je veux dire, le bébé compte, bien sûr. Je m'occuperai de lui financièrement et je prendrai mes responsabilités, je ferai ma part. Mais je ne peux pas te perdre toi et les enfants à cause de ça, Mir, je ne peux tout simplement pas.

Mon Dieu, il était tellement sincère, si désespérément honnête qu'il était impossible de ne pas avoir de la peine pour lui.

— Je ne sais pas, Jack. Je ne sais pas. Alors si tu cherches une réponse maintenant, je ne peux pas te la donner.

Il leva à nouveau les mains en signe de reddition.

— Je comprends, Mir. Je comprends. Je sais que ce qui s'est passé est énorme et que ça va prendre du temps. Je demande juste une autre chance.

Ils savaient tous les deux que la discussion était terminée, pour l'instant. Jack se leva le premier et tendit la main pour aider Mirren à se relever. Elle l'accepta, ignorant l'envie de s'y accrocher pour se jeter dans ses bras et faire disparaître la douleur poignante dans son estomac.

Jack la ramena jusqu'à son bureau, s'arrêtant dans l'espace de réception où l'assistant de Mirren, Devlin, avait la tête plongée dans son iMac. C'était un signe certain de désapprobation, étant donné que ce grand New-Yorkais de vingt-cinq ans, musclé et charismatique, savait généralement équilibrer bavardage incessant et confiance tranquille, montrant à tout le monde qu'il pouvait tout gérer.

— Salut, Jack, marmonna-t-il avant de replonger immédiatement son regard concentré dans son travail.

Non, remarqua Mirren, il n'avait pas pu enlever cette pointe de mépris dans le ton de sa voix. Sa loyauté était appréciable.

— Il y a quelque chose d'urgent ? l'interrogea Mirren, espérant que Jack comprendrait qu'il était temps qu'il parte.

Delvin regarda alternativement Mirren et Jack, visiblement incertain de ce qu'il pouvait dire devant l'ennemi.

— Juste un message à propos de Chloe de la part de Life Reborn. Je l'ai laissé sur ton bureau.

Mission accomplie, indiscrétion évitée, mais Mirren était trop anxieuse pour attendre.

— Qu'est-ce qu'ils ont dit ?

— Elle a demandé que tu ne viennes pas à la thérapie familiale aujourd'hui. Désolé.

Mirren acquiesça lentement. Elle s'y attendait à moitié, mais elle avait un tout petit espoir.

Jack tendit la main pour toucher son bras.

— Chérie, elle va aller mieux. Tout ira bien. On va s'en occuper.

Trop. C'en était trop.

— *On* va s'en occuper ? *On* ? Tu te fous de moi ? Pendant toutes ces années, tu n'as pas été une seule fois présent quand Chloe a eu des ennuis, a été arrêtée, a disparu. Qui s'est toujours occupé de tout, Jack ? Moi. Alors ne viens pas me parler de comment tu vas venir sauver la putain de situation.

— Mirren, je…

Il n'eut même pas le temps de finir sa phrase que le poing droit de Mirren, fonctionnant entièrement de façon indépendante du reste de son corps grâce aux années de kickboxing, fit un mouvement circulaire avant d'atteindre sa cible et de s'écraser sur la mâchoire de Jack.

— Connard, marmonna-t-elle en passant devant lui pour se diriger droit vers son bureau.

Elle n'avait jamais été une victime. Jamais. Et elle ne comptait pas commencer aujourd'hui.

Après avoir claqué la porte derrière elle, elle décrocha son téléphone.

— Il est parti ? demanda-t-elle à Devlin.

— Oui. Et rappelle-moi de ne jamais réclamer une augmentation.

— Parfait. Tu peux me passer Brad Bernson, s'il te plaît ?

Quelques secondes plus tard, Mirren reprit le combiné, appuya sur le bouton à côté du voyant allumé et salua Bernson, un détective privé à qui elle avait fait appel pour l'aider à gérer les nombreuses disparitions et infractions de Chloe au fil des ans.

— Brad ? Parfait. Écoute, mon mari me dit qu'il loge au Casa del Mar et qu'il ne couche plus avec Mercedes Dance. Vérifie si c'est vrai.

23

« Let Me Go »

Gary Barlow

Ce qu'il vivait là était si proche des émotions contradictoires qu'il ressentait quand il savait qu'il allait boire. Ce rongement intérieur qui lui criait de ne pas le faire. La certitude déprimante que cela ne mènerait à rien de bon. Et pourtant, l'évidence que rien ni personne ne pourrait l'arrêter.

Zander devait voir Chloe. Il le fallait. Elle était en train de sombrer et il pouvait ressentir chaque torsion de douleur, chaque vide en elle. Il devait l'aider. Quelque part, dans tout ce jeu de karma et de destin, la vie de Chloe était liée à la sienne. S'il n'avait pas fait ce qu'il avait fait, si Mirren et lui n'avaient pas commis les erreurs qu'ils avaient commises alors qu'ils n'étaient encore que des gosses, la vie de Chloe aurait peut-être été complètement différente. Les démons n'auraient pas été là. Lui, Davie et Mirren auraient probablement toujours formé une famille, celle que l'on choisit plutôt que celle dans laquelle on naît.

Il lui devait ça.

Mais encore, il voulait la connaître.

Le docteur LeComber, responsable du dossier de Chloe chez Life Reborn, n'avait pas caché sa désapprobation aux visites de Zander, mais Chloe avait accepté de s'engager activement dans la thérapie à condition qu'on la laisse le voir. Zander savait mieux que quiconque que cette manipulation relevait du comportement typique d'une addicte, mais le docteur LeComber avait décidé de lui accorder le bénéfice du doute, puisque rien d'autre ne fonctionnait. Chloe refusait toujours de travailler avec les thérapeutes, que ce soit en séance individuelle ou en groupe.

Pour l'instant, le risque portait ses fruits. La fille muette et renfermée qu'il avait rencontrée quand il était lui-même interné avait laissé place à quelqu'un qui, au moins occasionnellement, regardait les gens dans les yeux et lâchait un grognement. Il était déjà venu trois fois cette semaine. Lors de sa première visite, elle n'avait rien dit. Lors de la deuxième et de la troisième, elle avait répondu à quelques questions basiques mais s'était braquée dès qu'il s'agissait de choses personnelles et ne demandait rien de plus que des cigarettes. Ça convenait à Zander. Pas de pression. Pas de stress. S'ils devaient juste rester assis là à ne rien dire chaque jour pendant un mois, ça lui irait. Quand elle voudrait parler, il serait prêt.

Cet après-midi-là, elle lui avait à peine prêté attention quand les résidents avaient été conduits dans le jardin ; elle s'était contentée de s'asseoir en face de lui à une table pour deux, entre l'espace méditation et l'aire de yoga, et de fixer le sol. Mais à présent, après avoir enchaîné deux Marlboro, son mode audio était enfin activé.

— Tout le monde me déteste, ici, cracha-t-elle, en balançant son mégot dans les buissons.

Il se pencha et poussa un cendrier dans sa direction.

— Non, ce n'est pas vrai. Ils préféreraient sûrement juste que tu ne fasses pas démarrer un incendie de broussailles chaque fois que tu fumes une clope.

La défiance jaillit de ses yeux lorsque, pour la première fois, elle releva la tête pour soutenir son regard.

Parfait. La défiance était une bonne chose. La colère, l'irritation et le mépris aussi. Le bon sens et la politesse, c'était du bonus. Mais pour l'instant, il se contenterait de tout ce qui pouvait la faire interagir.

Elle baissa le regard sur le bracelet en cuir qu'elle portait au poignet et en frotta compulsivement la surface.

— Je peux te demander un truc ?

Zander acquiesça.

— Je suis venue vers toi parce que je pensais que tu serais un mec sûr pour que je puisse me défoncer avec toi. Et le fait qu'il y ait une sale histoire entre toi et ma mère, c'était du bonus. Tout ce qui a le potentiel de la foutre en rogne, je prends. Mais ce que je ne pige pas, c'est pourquoi tu viens ici ? Qu'est-ce que t'y gagnes ? lança-t-elle, d'un ton défiant.

Bonjour Colère, Irritation et Mépris. La Chloe sobre et brutale demandait beaucoup plus d'efforts que celle qui était défoncée et stone, et qui l'avait supplié de la sauver.

Zander esquissa un sourire et se renfonça dans son siège, haussant les épaules avec nonchalance. Chaque fibre d'acteur en lui conspirait pour jouer la désinvolture. Il ne fallait surtout pas réagir à son attitude, pour ne pas lui donner une excuse pour se replier dans son monde d'apitoiement sur soi et d'isolement.

— Peut-être que j'aime juste bien cet endroit, répondit-il, en souriant, comme s'ils étaient deux potes partageant une blague. Ou peut-être que je comprends ce que tu ressens. Peut-être que j'ai décidé que j'aimais bien traîner avec quelqu'un qui foire les choses autant que moi.

Les coins de la bouche de Chloe tressaillirent alors qu'elle semblait lutter pour réprimer un sourire et le cœur de Zander fondit. Sous toute cette merde, elle n'était qu'une enfant. Une enfant perdue.

Il décida de tâter le terrain, de voir jusqu'où il pouvait aller.

— Tu sais, parfois, ça aide de travailler avec ta famille, Chloe.

— Va te faire foutre.

OK, trop loin. Marche arrière. Non, trop tard. Chloe prit une profonde inspiration et se lança.

— Mon père se barre toujours en plein milieu pour aller tourner au Maroc ou à Ibiza ou n'importe où tant qu'il peut aller baiser ailleurs. Il n'a jamais été là pour nous. Jamais. Tu sais qu'il a une liaison avec Mercedes Dance ? Salopard. Pendant toute ma vie, il rentrait à la maison et jouait au papa parfait pendant un mois, peut-être deux, puis disparaissait de nouveau pour un an. Connard.

OK, problème d'abandon. Message reçu cinq sur cinq. Maintenant, il n'avait plus qu'à choisir : arrêter pendant qu'il était en tête ou creuser. Personne ne devenait sobre en évitant la douleur.

— Et ta mère ?

Il se prépara à un flot d'insultes, mais à la place ce fut le silence.

De la tristesse.

— Elle me l'a pris.

— Qui ? Ton père ?

Chloe secoua la tête et haussa les épaules.

— Non. Quelqu'un d'autre. Quelqu'un que j'aimais. C'est ce qu'elle fait. Il m'aimait et elle ne pouvait pas le supporter. Pas étonnant que mon père se soit tiré avec une autre.

La cloche sonna pour annoncer la fin des heures de visites et Zander jura.

Il avait fait des progrès. Elle s'était confiée à lui plus qu'elle ne l'avait fait depuis son arrivée.

— Tu veux que je revienne demain ? demanda-t-il. Je suis au studio toute la journée, mais je peux venir pour la visite du soir.

Elle marque une pause si longue qu'il crut qu'elle cherchait comment lui dire non.

Finalement, elle parla si doucement que c'était presque un murmure. La Chloe en colère avait disparu, laissant place à une honnêteté vulnérable.

— Je me sens en sécurité quand t'es là. Je ne peux pas expliquer pourquoi.

Il prit ça pour un oui.

Quand Zander s'installa dans sa voiture, la température à l'intérieur de l'Aston devait avoir atteint celle d'un sauna, alors il resta assis là, avec la porte ouverte et fuma une cigarette, les mains tremblantes. C'était comme la descente après s'être défoncé. Le doute. La culpabilité. L'angoisse. Qu'est-ce qu'il foutait ? Il avait évité tout ce qui avait trait à son passé pendant vingt ans, et à présent, il rendait visite à la fille de Mirren ?

C'était de la folie. Mirren lui arracherait la tête si elle l'apprenait. Seul le fait que Chloe ait plus de dix-huit ans et ait insisté pour que ses parents ne soient pas informés des visites de Zander le sauvait pour l'instant. Mais c'était comme jouer avec le feu après s'être aspergé d'essence.

Le trajet du retour fut un véritable brouillard, chaque kilomètre augmentant son besoin de cette bouteille de Jack Daniel's qu'il avait remise à sa place après avoir succombé la semaine précédente. De retour chez lui, il ne prit même pas la peine de prendre un verre. Quelle hypocrisie ! Il essayait de remettre quelqu'un sur le droit chemin alors qu'il était là, en train de descendre du whisky directement à la bouteille pour gérer ses émotions, à se soûler pour ne pas avoir à faire face à la situation. Le même schéma. Encore et encore.

Il ne se rendit compte qu'il s'était endormi que lorsque la sonnerie de son téléphone le réveilla. Hollie ! Merde, il avait trop dormi. Elle allait lui botter les fesses.

Il répondit sans même regarder l'écran.

— Hollie, je…

— C'est Chloe.

Comme s'il ne reconnaissait pas sa voix.

Il plissa les yeux pour regarder sa montre. Il était trois heures du matin. Oh non, pas encore. La clinique devait vraiment penser à renforcer sa sécurité. Comment avait-elle réussi à s'échapper ?

— Je suis toujours là-bas. T'inquiète pas, genre, pas besoin de paniquer. J'ai récupéré un téléphone grâce à un type qui a réussi à l'introduire en douce. Tu ne veux pas savoir…

Non, en effet.

— Ça va ? demanda-t-il, la voix pâteuse à cause du sommeil et du Jack Daniel's.

— Mec, t'as l'air complètement bourré, rétorqua-t-elle.

— Non ! Non, je dormais, c'est tout. Désolé. J'ai eu une longue journée. Je me suis écroulé dès que je suis rentré chez moi.

Silence. Il commençait à croire qu'elle avait raccroché quand elle reprit finalement la parole :

— Je vais le faire cette fois-ci. Je voulais juste te le dire.

Zander alluma une cigarette – tout était bon pour détourner son attention du son de cette promesse dans sa voix. N'avait-il pas entendu ça à maintes reprises ? N'avait-il pas dit exactement la même chose ?

— Je sais, Chloe. On va tous les deux y arriver. On est tous les deux sur la bonne voie.

Elle réfléchit un instant.

— Ouais, la bonne voie. J'y crois.

Deux rêveurs. Deux toxicos.

Zander savait qu'il mentait.

Il se demanda si elle mentait aussi.

24

« Raintown »

Deacon Blue

Glasgow, 1986

Jono Leith se frotta les tempes avec ses doigts calleux. Putain de maux de tête. Depuis qu'un connard l'avait frappé à coups de batte de baseball, ses migraines étaient invalidantes. D'après le médecin, on ne pouvait rien y faire. L'arrogance méprisante avec laquelle il l'avait dit avait donné envie à Jono de lui asséner un coup de batte à l'arrière de la tête pour voir si ça inciterait ce branleur méprisant à trouver une solution.

Ça le rongeait de ne pas l'avoir vu venir, de ne pas avoir aperçu la personne suicidaire qui avait osé s'attaquer à Jono Leith. Mais il avait quand même une petite idée. Quelques voyous du coin étaient capables de tout quand ils étaient complètement défoncés. Manny Murphy l'avait prévenu que certains n'étaient pas contents que Jono ait fourré son nez dans quelques affaires le mois précédent. Les bijoutiers sur Byres Road. La caisse d'épargne de Paisley. Il avait entendu dire qu'ils allaient se faire attaquer et comment ça allait se passer, alors il était intervenu et avait fait le job en premier les deux fois. Sacré butin. Ç'avait valu le coup, même si ç'avait énervé quelques idiots. Jono voyait les choses autrement : il leur avait rendu service en les alertant sur le fait que l'un des leurs ne savait pas tenir sa langue.

Ouais, il pensait bien que c'était ça, la raison derrière l'attaque. Ou bien il avait couché avec la mauvaise garce quelque part en chemin. Il n'éprouvait pas le moindre remords pour ça non plus. Si un type pathétique ne savait pas satisfaire sa gonzesse, c'était bien normal que Jono intervienne pour rendre la pauvre connasse heureuse.

Non pas qu'il ait besoin de se prendre la tête avec un coup d'un soir. Il avait quelques habituées qui s'assuraient de le faire bander quand il voulait. Le reste, ce n'étaient que des emmerdes. Y avait une limite à ce qu'un mec pouvait tolérer niveau nanas.

De toute façon, l'embuscade ne se reproduirait pas.

Hors de question. Il prendrait ses précautions désormais. Il surveillerait ses arrières.

— Voilà du thé, mon amour. Et j'ai mis un biscuit avec. Un Garibaldi. Je sais que tu adores ça.

Bordel, qu'est-ce qu'elle radotait encore, cette idiote ? Ne pouvait-elle pas simplement lui servir une tasse de thé sans lui sortir tout un monologue ? Qu'est-ce qui lui avait pris de se marier avec elle, putain ? Certes, elle était canon, mais ça s'arrêtait là. Elle n'avait rien dans la tête. Et tout ce baratin religieux ? S'il avait su ce qui l'attendait, il l'aurait larguée juste après l'avoir baisée derrière le Barras. Il ne se souvenait même plus à quel concert il l'avait rencontrée, mais elle avait été facile à convaincre ; quelques grands shots de vodka au bar et elle était prête à lui sauter dessus.

La grossesse. Les prières. Et les coups de son daron avaient suivi. Il était mortifié, ce vieux salaud. Et sa mère n'était guère mieux. Avant même qu'il ait eu les couilles de discuter, c'était mairie, sandwichs au pâté de jambon dans le salon, puis un logement social après que son père eut fait pression sur les bonnes personnes.

Au moins, sa femme savait quand elle devait être punie. Ce n'était pas la faute de Jono s'il avait dû la frapper pour faire passer le message. Si elle avait pigé du premier coup et arrêté ses bavardages infernaux, il n'aurait pas eu à lever la main sur elle. Et elle faisait correctement le ménage. Ouais, il allait la garder encore un peu. Elle était moins chère qu'une femme de ménage et elle savait comment il aimait son hachis.

Mais il n'allait plus se contenter des bas morceaux encore très longtemps. Il avait un coup en tête. Celui qu'il attendait depuis des lustres. Se débarrasser d'un idiot et prendre le contrôle de son opération. Le moment était venu. Jono Leith jouait en division deux depuis trop longtemps. Il était temps d'être promu. Ce ne serait ni rapide ni indolore, mais il n'avait aucun doute sur le fait qu'il y arriverait.

— Salut, monsieur Leith. Comment ça va ?

Le petit Davie entra dans la pièce d'une démarche insolente, l'air effronté et arrogant. Jono appréciait ça. Bien plus que l'attitude maussade de son Sandy. Ce petit merdeux lunatique. Il avait toujours pensé que Sandy suivrait ses traces dans les affaires familiales, mais il se rendait compte maintenant que le gamin n'avait pas le cran pour ça. Trop mou. Mais il avait le gabarit pour : parfait pour aller récupérer quelques dettes, foutre la trouille aux types qui croyaient pouvoir s'en tirer en payant en retard ou en changeant le prix du matos. Jono avait eu un peu d'espoir quand il avait appris que Sandy avait tabassé un voyou de bas étage pour avoir volé le walkman de Davie, mais ça semblait être une action isolée. Dommage.

Sandy suivit son ami à l'intérieur, juste au moment où Jono fouillait dans la poche intérieure de sa veste posée sur la chaise derrière lui pour en sortir une flasque qu'il versa dans son thé. Ça ferait passer son mal de tête, même s'il n'en restait pas grand-chose. Il avait dû boire plus qu'il ne le pensait la veille.

— Qu'est-ce qu'tu mates comme ça ? lança-t-il en défiant Sandy du regard.

Un truc clochait chez ce gosse. C'était quoi, son problème, à celui-là ?

Bon sang, la façon dont il le dévisageait parfois, il aurait juré que ce sale mioche voulait sa mort.

25

« Pride »

Amy Macdonald

Glasgow, 2013

Sarah s'ancra dans le sol alors que les yeux d'Ena s'enflammaient. Ça ne se passait pas bien. Il était temps de limiter les dégâts.

— Écoutez, je vous promets que je ne suis pas là pour causer des ennuis. Je trouve Davie formidable. Brillant. La façon dont il a réussi est tellement inspirante.

C'était la règle numéro un de l'approche de terrain. Rassurer. Amadouer. Calmer. Flatter.

Cela n'allait pas être facile, mais Sarah avait déjà affronté pire. Et tant qu'elle gardait la tête froide et trouvait le bon déclencheur, elle parvenait généralement à ses fins. Certes, Ena Dawson s'avérait un défi de taille. Elle restait sur la défensive, le regard méfiant.

— Ouais, bon, je comprends que vous ayez un travail à faire, mais je ne parle pas de mon garçon à la presse. Il m'a déjà prévenue à ce sujet. Il a quelqu'un en relations publiques et si vous voulez savoir quoi que ce soit, il faut passer par lui. Moi, je ne dirai pas un mot à son sujet, ma chère. Désolée.

Ce n'était pas la réponse qu'espérait Sarah, mais au moins, c'était la confirmation qu'elle s'adressait bien à la bonne personne. Ena se remit à balayer, visiblement résolue à clore la conversation. Sarah décida qu'elle n'avait rien à perdre à lancer un dernier appât, en espérant qu'elle morde.

— Mais vous ne voulez pas dire au monde à quel point vous êtes fière de lui ?

Ena ne se laissa pas avoir.

— La seule personne qui a besoin de savoir à quel point je suis fière de lui, c'est Davie. Je n'ai aucune envie de passer dans les journaux ou de chercher de l'attention. C'est pour ça que j'ai pris le nom de jeune fille de ma mère quand la célébrité est arrivée. Davie aime peut-être la vie de star, que tout le monde connaisse ses affaires, mais pas moi. Laissez-moi tranquille, ma fille, je ne changerai pas d'avis.

Tête baissée, elle continua son nettoyage. Sarah fit une dernière tentative.

— Alors peut-être pouvez-vous m'aider avec autre chose. Dans les années 1980, le meilleur ami de Davie était Zander Leith. J'essaie de retrouver le père de Zander, Jono Leith.

La réaction fut aussi soudaine que violente, avec l'impact sourd d'une porte d'acier qui claque.

Ena releva la tête d'un coup, et, l'espace d'un instant, Sarah crut vraiment que le balai allait se transformer en arme.

— Alors, encore une fois, vous vous adressez à la mauvaise personne.

Le ton d'excuse avait laissé place à une hostilité franche.

— Maintenant, si vous voulez bien, je vous ai déjà dit que je ne parlais pas à la presse et j'ai du boulot qui m'attend ici. Je n'en dirai pas plus, donc arrêtez de me faire perdre mon temps et de perdre le vôtre par la même occasion.

Ena tourna le dos pour mettre fin à la conversation. Sarah, la femme, savait qu'il était temps de laisser tomber et de retourner à la truite arc-en-ciel qui l'attendait dans son restaurant préféré. Mais Sarah, la journaliste, ne pouvait s'empêcher d'insister encore un peu.

— Je ne vais pas abandonner. Je pense qu'il est arrivé quelque chose à Jono Leith et je ne cesserai pas de poser des questions tant que je n'aurai pas découvert ce que c'est.

Ena s'arrêta, soupira et leva les yeux vers Sarah.

— Alors, vous êtes une fille très stupide qui commet une énorme erreur. Ça ne sert à rien de chercher Jono Leith. Vous ne le retrouverez jamais. Et croyez-moi, ma chère, c'est un passé qu'il vaut mieux ne pas remuer. Pour votre propre bien.

L'avertissement était clair. Le danger, implicite. Pourtant, alors que Sarah traînait les pieds pour retourner vers la chaleur et la sécurité du restaurant, elle savait que, comme ceux qui avaient franchi le seuil de Narnia, elle était allée trop loin pour faire demi-tour maintenant.

Simon se leva pour tirer la chaise de Sarah lorsqu'elle s'attabla.

— Tout va bien, chérie ?

— Oui, lui répondit-elle, avant de demander à un serveur qui passait par là de lui apporter un autre café.

Il lui faudrait un bon moment pour se réchauffer.

Par-dessus son somptueux festin de bœuf de Kobe, Rob la regarda avec impatience.

— J'ai entendu dire que tu avais quelques jours de congé la semaine prochaine.

Sarah acquiesça. Elle avait accumulé beaucoup de jours de récup car elle prenait rarement des vacances. Elle avait prévu de passer la semaine à la bibliothèque Mitchell, à fouiller dans les archives, jusqu'à ce que…

Simon prit la parole.

— Rob et moi étions justement en train de discuter de notre charge de travail et on peut tous les deux prendre quelques jours de congé. Pippa aussi. On pensait aller à Paris. Ou peut-être à Rome ?

Pippa intervint avant elle.

— Ça va être fabuleux. On n'a pas pris de vacances depuis des mois.

Sarah rougit, et ce n'était pas parce que la chaleur de la pièce faisait enfin monter sa température corporelle.

— Je ne peux pas. J'ai déjà quelque chose de prévu.

Simon tenta en vain de dissimuler sa frustration.

— Chérie, tu peux traîner à la bibliothèque et faire des recherches pour ton article quand on sera rentrés. Ce n'est pas vraiment urgent.

— Non, ce n'est pas ça. Il y a eu un changement de plan. Je dois… Je, euh, pars à…

Son esprit peinait à suivre son impulsion spontanée, tout en essayant de ne pas s'énerver du fait qu'il se montre si dédaigneux envers sa vie et ses projets. Parfois, elle avait l'impression que tout allait bien tant que Simon pouvait se consacrer à son travail et à ses amis, et qu'elle pouvait s'adapter à lui et être à sa disposition dès qu'il claquait des doigts.

— Je… Je pars à Los Angeles.

26

« Talk Dirty »

Jason Derulo

C'était la première fois depuis des semaines que Davie se rapprochait autant du silence. Pourtant, il était entouré de gens. Entouré. Le déjeuner sur la terrasse du restaurant The Ivy à Los Angeles était une véritable fourmilière éclectique de touristes fortunés, de stars de téléréalité et de célébrités avec des choses à prouver. C'était l'endroit où il fallait être vu et photographié par les paparazzis. Là que les stars dînaient avec des réalisateurs pour faire la promotion de leur dernier film. C'était là que les couples célèbres dînaient ensemble pour montrer que leur mariage se portait bien, ou qu'ils dînaient seuls pour signaler que c'était fini.

À sa gauche, une actrice, l'une des plus grandes stars du box-office international, dînait avec son nouveau fiancé, partageant son bonheur avec le public. Davie et le reste d'Hollywood savaient qu'elle avait un investisseur de soixante-quinze ans qui finançait ses films et lui offrait les meilleurs rôles à condition qu'elle lui donne du plaisir à la demande.

Dans le coin le plus éloigné, une star mondiale était assise avec sa femme tandis que son chauffeur était affalé contre sa limousine un peu plus loin dans la rue. Le même chauffeur de vingt et un ans qui était l'amant de l'acteur depuis ses dix-huit ans, quand, tout juste descendu du bus en provenance de l'Arkansas, il désespérait de ne jamais devenir le prochain Brad Pitt ou Ryan Gosling.

Il n'avait ni leur physique ni leur talent, mais heureusement, il avait un permis de conduire et une ambition brute qui le rendait déterminé à réussir par tous les moyens. Pour le moment, ça signifiait être au service d'une star de films d'action qui lui avait décroché trois petits rôles de figuration dans des blockbusters qui avaient chacun dépassé les cent millions de dollars. Alors, quand son bienfaiteur s'introduisait dans sa chambre dans la dépendance le soir, il se persuadait que ça en valait la peine.

Oui, la terrasse de The Ivy était l'endroit où les rêves hollywoodiens semblaient réels, mais c'était aussi l'endroit où Davie Johnston était assis à cet instant, ignoré par toutes les personnalités de la ville, qui craignaient toutes d'être photographiées en train de lui serrer la main, de peur que son déclin soit contagieux.

Le fait que Sky Nixon soit hors de danger ne changeait rien du tout. Il avait demandé aux collaborateurs de Cal de suivre quotidiennement l'évolution de la situation et elle se remettait bien, sans séquelles. Dieu merci. Mais la nouvelle de son rétablissement n'avait pas encore été rendue publique. Les gamins qui montaient la garde devant l'hôpital s'étaient peut-être lassés et étaient retournés à l'école, mais sa mère continuait à lancer des appels à la prière. #prayforsky. À cet instant, il n'avait jamais autant détesté quelqu'un. Rainbow était déterminée à continuer à exploiter la situation, adorant être au centre de l'attention. Selon l'équipe de Cal, elle était déjà en pourparlers avec MTV pour y transférer leur émission, qui s'ouvrirait sur la sortie triomphale de Sky de l'hôpital. Quelle connerie ! Mais pour être honnête, il n'aurait probablement pas agi différemment à leur place.

Pour autant, cela ne signifiait pas qu'il méritait la tempête de problèmes qui s'était abattue sur lui. Bordel, chaque personne dans cette ville vivait dans le mensonge, l'illusion et la manipulation. Les acteurs homosexuels qui vivaient avec leur femme, posant pour des photos de famille parfaite avant d'emmener leurs entraîneurs de tennis masculins à Cabo pour perfectionner leur revers. Nouvelles balles, s'il vous plaît. Le célèbre héroïnomane qui allait à l'église tous les dimanches, mais partait cinq minutes avant la fin parce qu'il ne pouvait plus tenir sans sa dose. La mannequin de vingt-cinq ans devenue actrice qui envoyait de temps en temps un chèque aux jumeaux de dix ans qu'elle avait laissés dans une caravane quand ils étaient bébé, lorsqu'elle avait été repérée alors qu'elle volait à l'étalage dans un centre commercial. Le présentateur de talk-show vieillissant qui avait installé une caméra cachée dans les loges des invitées afin de pouvoir se masturber en les regardant se changer avant l'émission.

Tout était tordu. Tout était immoral. Et rien de tout ça n'était moins grave que le comportement de Davie. La seule différence, c'était qu'il avait commis l'erreur de se faire prendre.

Pour la première fois depuis des années, il se sentait vulnérable. À l'extérieur du cercle select. Une goutte de sueur coula le long de son cou et dans le col de sa chemise bleu pâle Stefano Ricci, alors que le mercure dépassait à peine les vingt degrés.

Un mois plus tôt, il avait interviewé Mercedes Dance pour une émission spéciale « à domicile ». Elle lui avait proposé de lui faire une fellation dans le jacuzzi. À présent, vêtue d'une blouse légère et de tongs Havaianas, elle venait de passer devant lui comme s'il n'existait pas.

Davie étira le cou pour voir qui elle rejoignait à l'intérieur. Jack Gore. Il faisait un sale coup à Mirren. Quel connard ! Pas étonnant que Mirren n'ait pas encore rappelé Davie. Non pas qu'il le souhaite encore. Avec le recul, il avait probablement surréagi quand la journaliste l'avait contacté. Il n'avait plus entendu parler d'elle depuis qu'il avait rejeté sa demande. Elle était probablement passée à autre chose. La menace avait été écartée. C'était terminé.

La tension qui lui faisait grincer ses dents à cinquante mille dollars fit place au soulagement lorsqu'une limousine s'arrêta et que le chauffeur ouvrit la porte pour permettre à Lana Delasso de saluer son public.

Elle était désormais septuagénaire, mais semblait toujours avoir vingt ans de moins. Elle posa en descendant de la voiture pour laisser les paparazzis prendre quelques clichés. Elle ne faisait plus la une des journaux, mais son émission de téléréalité l'avait placée dans la même catégorie – celle de la nostalgie et de l'affection – que Betty White et Joan Rivers. Vêtue entièrement de blanc, d'une robe moulante arrivant à ses mollets et d'un énorme boa, les cheveux empruntés à l'étagère Jayne Mansfield-Barbie du magasin de perruques, elle se dirigea vers Davie en titubant, saluant et envoyant des baisers à tous ceux qui se trouvaient sur son chemin.

Étouffé par son nuage de Miss Dior qui atteignit ses voies respiratoires, Davie réussit à l'embrasser sur chaque joue, puis à lui tirer sa chaise alors qu'elle s'asseyait avec tout le panache et le faste d'une monarque régnante. La reine des *has been.* En une fraction de seconde, le serveur apparut à leur table : au début de la vingtaine, petit, avec un sourire radieux et beaucoup de charme, il prit la commande de deux verres d'eau et de deux salades César, avec la vinaigrette à part, qui ne seraient ni l'une ni l'autre consommées. Personne d'important ne mangeait de vrais repas au restaurant à l'heure du déjeuner. Les préparations hypocaloriques, équilibrées sur le plan nutritionnel et enrichies en vitamines de leurs chefs personnels, étaient les seules choses à arriver jusqu'à leur gosier.

Lana se pencha vers lui, faisant la moue de ses lèvres rouge rubis, et lui prit le menton dans la main.

— Oh, mon chéri, qui a été un vilain garçon ? Je n'arrivais pas à y croire, ronronna Lana. Pas mon Davie. Il ne ferait jamais quoi que ce soit d'aussi sournois et manipulateur. Depuis que nous travaillons ensemble sur notre merveilleuse émission, il n'a jamais suggéré une telle chose. Bien sûr, notre émission a Lana, alors pourquoi en aurions-nous besoin ?

Il eut du mal à dissimuler son incrédulité. Ce n'était pas le faux rire ni le fait qu'elle parlait d'elle à la troisième personne ; ça, c'était assez courant. C'était le fait qu'elle semblait retoucher plus que les rides de son visage. Depuis que Davie avait secouru Lana à l'époque où elle habitait dans une maison à Brentwood sur le point d'être saisie, droguée jusqu'au cou au diazépam, ils avaient orchestré au moins une douzaine de mises en scène pour faire grimper sa notoriété et intéresser cette génération de spectateurs. Il y avait eu l'hospitalisation d'urgence avec ses jours en danger – une couverture parfaite pour son dernier lifting. Le prétendu accident de voiture, en réalité mis en scène par un cascadeur de Davie – Lana s'était glissée derrière le volant juste avant l'arrivée des secours. Personne ne s'était demandé comment elle pouvait crasher une Porsche sans faire couler son rouge à lèvres. Il y avait eu l'appel hystérique à la police qu'on avait fait fuiter. Les rumeurs d'une liaison avec un acteur de film d'action d'âge moyen, qui avait été si furieux qu'il avait menacé de passer Davie à tabac sur tout Sunset Boulevard. Les pleurs sur l'étoile de Sinatra sur le Walk of Fame. Les révélations au sujet d'une liaison avec JFK. Le plan à trois avec Marilyn. La querelle avec Doris Day. Rien de tout ça n'était vrai, mais tout servait parfaitement le buzz médiatique. Le coup préféré de Davie restait le boys band, mené par le propre petit-fils de Lana, qui vivait actuellement dans sa résidence secondaire. Officiellement, elle les hébergeait le temps qu'ils décrochent un contrat avec un label. En réalité, ils chantaient comme des casseroles, mais avaient été piochés dans une agence de mannequins et intégrés à l'émission parce qu'ils étaient canon et faisaient la fête comme les rock stars qu'ils ne seraient jamais. Ils étaient là pour attirer les adolescentes.

Lana s'était coulée dans la manipulation façon téléréalité comme une vraie pro et voilà qu'elle se mettait à sortir toute sorte de conneries.

La sensation trop familière d'acide qui lui rongeait l'estomac refit surface. Soit elle avait arrêté ses médocs, soit elle manigançait quelque chose. Il devait penser à appeler son médecin pour voir si la vieille peau n'avait pas besoin d'une dose plus costaude. Il décida d'entrer dans son jeu, histoire de faire plaisir à la vieille dame.

— T'as raison, bébé, dit-il en se penchant vers elle, la main posée sur la sienne et arborant son plus beau sourire. On n'a pas besoin de tout ça quand on t'a, toi. Justement, parlons de la prochaine saison. Je pense à Cannes. Le festival. Tu pourrais emmener les garçons et on leur organiserait des concerts. Pour leur donner un peu de visibilité en Europe. Et pour toi, je pensais à une romance. Un prince vieillissant mais titré d'un pays paumé dont on n'a jamais entendu parler.

— Je ne crois pas.

Davie s'interrompit, essayant de lire son expression, ce qui était mission impossible car elle était tellement liftée et botoxée que rien ne bougeait en dessous ni au-dessus de ses sourcils tatoués en arche parfaite, façon Joan Crawford à l'époque de *Mildred Pierce*.

— Quoi ? demanda-t-il, une nouvelle perle de sueur glissant dans son col.

Elle poussa un soupir faussement ému, agaçant encore plus Davie. Lana avait été une actrice potable autrefois. Elle et Goldie Hawn, elles avaient été les héroïnes des comédies romantiques de leur génération, les blondes excentriques que tout le monde aimait. Grâce à son talent et à son intelligence, Goldie avait réussi à obtenir des rôles plus âgés et avait conservé sa dignité et sa carrière. Lana, elle, avait tout perdu à cause de trop de mauvaises décisions et de trop nombreuses opérations chirurgicales, mais maintenant elle ne pouvait même pas offrir une performance décente à Davie, alors même qu'elle lui devait tout.

— Chéri, je suis désolée, mais je pense qu'il est temps de mettre un terme à cette belle aventure. Je ne pense plus que tu sois la bonne marque pour moi. On m'a fait une offre pour rejoindre une autre chaîne et elle est trop avantageuse pour que je la refuse. Mais je t'aimerai toujours, mon petit Davie.

Elle se pencha vers lui pour lui pincer la joue de façon pleinement condescendante.

Non. Juste non. Comment osait-elle lui faire ça ?

Passé maître dans l'art de la flatterie, il reposa sa main sur la sienne.

— Lana, bébé, ne sois pas folle. Tu sais qu'on est faits l'un pour l'autre.

— Plus maintenant, Davie.

Pour la première fois, son ton était dur et il vit son corps se crisper alors qu'elle commençait à se lever.

Davie jeta sa main sur le bras de Lana pour la retenir.

— Salope, siffla-t-il.

Elle ne répondit que par un sourire, puis pivota sur ses escarpins à talons aiguilles de vingt centimètres et s'élança vers la voiture qui l'attendait. Ce fut seulement alors qu'il le vit : le petit carré en relief dans le dos de sa robe, à peine quelques centimètres de haut et de large. Un boîtier de batterie. Elle portait un micro.

Il balaya frénétiquement la rue du regard et le repéra. Presque entièrement caché par un grand van noir garé de l'autre côté de la chaussée, un type avec une caméra braquée sur lui. Il l'avait déjà remarqué plus tôt, mais avait supposé que c'était juste un autre charognard de TMZ. À présent, il comprit qu'il avait été piégé. Il venait d'être filmé et enregistré en train de traiter Lana Delasso de salope.

Davie Johnston décida qu'à ce stade de sa vie, il n'avait que trois choix possibles : il pouvait simplement glisser de sa chaise et se traîner jusqu'au caniveau ; prendre un otage et espérer qu'un flic l'abatte ; ou se diriger vers l'arrière du restaurant et coller un poing dans la gueule de Jack Gore. La dernière option ne servirait à rien, mais au moins, ça attirerait l'attention sur le fait qu'il y avait un autre putain de connard inutile dans la pièce.

27

« Say Something I'm Giving Up On You »

A Great Big World & Christina Aguilera

Mirren tapotait du bout des doigts sur son bureau, impatiente d'appeler Brad Bernson pour avoir des nouvelles. Chaque fois qu'elle tendait la main vers son téléphone, elle se ravisait. Inutile. Si Bernson avait quelque chose à lui dire, elle serait déjà au courant. L'appeler ne serait qu'un signe de détresse, de désespoir, et serait même plus que pathétique, autant d'émotions qui se bousculaient dans sa tête, luttant avec une rage aveugle et sanglante pour prendre le dessus. Elle posa les paumes à plat sur son bureau et prit une profonde inspiration. Concentration. Se calmer. Se changer les idées. OK, passer à autre chose. Tableaux Excel, voilà une bonne distraction.

Elle ouvrit le fichier des comptes de production qui était arrivé dans sa boîte e-mail quelques heures plus tôt et parcourut la feuille de synthèse. Aucune surprise. Ce film était chiffré à un peu moins de cinquante-six millions de dollars, mais s'il suivait la trajectoire de ses prédécesseurs, il rapporterait quatre fois plus au box-office. Pas de quoi se reposer sur ses lauriers pour autant. Le fait que ce soit une franchise majeure avec un palmarès brillant ne garantissait rien. Le cinéma était capricieux. Imprévisible. Un seul faux pas et le public vous lâchait en un instant. Comme tous les autres tomes de la saga, le roman de

Mirren dont cet opus s'inspirait avait squatté des mois durant la liste des best-sellers du *New York Times*, mais le défi était maintenant de transposer ce plaisir à l'écran. La pression était énorme, mais Mirren s'en nourrissait. Jusqu'à présent. Là, tout de suite, ça semblait être le cadet de ses soucis. Tout ce qui lui importait était de ramener Chloe à la maison. Même Jack passait après.

L'envie d'appeler Bernson revint en force. Elle la combattit en ouvrant d'autres fichiers. Les salaires. Les charges. Elle devrait rentrer chez elle.

Les coûts de tournage. La distribution. Elle devrait rentrer chez elle.

Le marketing. Les ventes. La promotion.

Mais elle rentrerait dans une maison vide, et ça, elle ne pouvait pas le supporter.

— Je pensais que le privilège d'être la patronne, c'était de pouvoir rentrer chez soi en nous laissant les heures sup à nous, les petites mains.

La silhouette dans l'ombre de l'embrasure de la porte la fit sursauter, puis sourire automatiquement.

Lex Callaghan, l'acteur principal de *Clansman*, n'avait rien de particulier dans son jean élimé et son t-shirt noir. Il traversa la pièce d'un pas nonchalant pour aller s'asseoir sur le canapé, sous la fenêtre à droite de Mirren. Comme toujours, cette dernière s'émerveilla de l'incroyable coup de génie de casting qui l'avait amené dans son univers. Il était le *clansman*, exactement tel qu'elle l'avait imaginé en écrivant son histoire. Des yeux bleus, une mâchoire qui semblait taillée dans l'acier, des cheveux noirs ondulés, attachés ce soir-là en queue-de-cheval. Sur d'autres mecs, ç'aurait fait cliché, vulgaire ou ringard, mais la virilité puissante de Lex rendait ça terriblement sexy. Sa femme avait bien de la chance.

— Qu'est-ce que tu fais toujours ici ? Il doit être vingt-deux heures passées, fit-elle remarquer.

Un rapide coup d'œil à l'horloge dans le coin droit de son écran confirma son intuition.

— Je bossais avec le coach linguistique. Le gaélique va rendre super bien.

— Je n'en doute pas, dit Mirren avec le sourire.

Mettre des dialogues en gaélique avec des sous-titres dans le premier *Clansman* avait été un pari risqué, mais l'authenticité avait payé. Dès le début, le public avait adoré.

— Sinon, comment ça va ? demanda-t-il, la voix chargée d'inquiétude.

— Ça va, répondit Mirren avec un sourire hésitant, avant de corriger immédiatement sa réponse toute faite. En fait, non, ça va pas. Pas du tout. Chloe est en cure de désintox.

— Est-ce que je peux aider ? On peut faire quelque chose ? Tu sais, Cara serait ravie d'aller lui rendre visite, ou Chloe pourrait venir au ranch.

Cara et Lex étaient ensemble depuis qu'ils avaient seize ans. L'histoire d'amour parfaite. Cara était conseillère et utilisait l'équithérapie dans son travail avec des toxicomanes dans leur ranch de Santa Barbara. Apparemment, tisser une relation avec les chevaux pouvait aider les addicts à se libérer et à guérir, les amenant à une conscience de soi et à une stabilité émotionnelle plus solides que les traitements conventionnels.

— Merci. Si on arrive un jour à la faire sortir de désintox, j'y penserai.

Un silence confortable s'installa pendant quelques instants. Ils collaboraient et étaient amis depuis suffisamment longtemps pour ne pas ressentir le besoin de meubler chaque seconde avec des paroles. Lex était un homme plutôt taciturne, qui ne s'embarrassait pas de bavardages inutiles ou de potins sans importance.

— Tu veux aller boire une bière ? proposa-t-il, rompant le silence.

Mirren secoua la tête et s'étira en bâillant.

— Non merci. Tu sais, avec la situation avec Jack... La presse se jetterait sur nous.

— Ouais, je comprends.

Lex se leva et quitta la pièce, et Mirren resta là à fixer sa silhouette qui s'éloignait, puis le vide, avant de voir réapparaître son sourire buriné alors qu'il revenait avec une bouteille de bière dans chaque main.

— J'en garde dans mon coffre pour les urgences. Elles sont peut-être pas très fraîches, mais je me suis dit que ça te dérangerait pas.

Mirren prit la bière en souriant.

— Même si elle était aussi chaude qu'une soupe, je m'en moquerais. Merci, Lex.

Il se laissa retomber sur le canapé et elle alla le rejoindre, son uniforme habituel de travail – une chemise noire élégante et un pantalon capri assorti ajusté – contrastant avec ses pieds nus, aux ongles vernis de rouge et ornés de bagues sur trois orteils. Jack les lui avait fait faire à Bali, pendant leurs dernières vacances avant les enfants. Dix-huit ans plus tard, elle ne les avait encore jamais retirées. Dos appuyé contre l'accoudoir du canapé, elle replia ses jambes sous ses fesses, son visage illuminé par l'arche de la lampe qui montait du sol et s'incurvait derrière elle. C'était son endroit de prédilection pour lire, pour réviser des scénarios ou s'accorder cinq minutes de calme à la fin d'une journée. Une mèche rousse en tire-bouchon s'était échappée de la pince qui tenait ses cheveux et, machinalement, elle la repoussa.

— Je m'inquiète pour toi, dit doucement Lex.

Mirren but une gorgée de bière et secoua la tête.

— Ne t'inquiète pas. Je gère. Je te promets.

— C'est pour ça que tu es toujours en train de travailler à vingt-deux heures ?

Travailler seize heures par jour faisait partie de ses habitudes, mais en général, le soir, elle emmenait son boulot à la maison pour s'installer à la table de la cuisine. Mirren reconnut la justesse de sa remarque d'un simple haussement d'épaules.

— C'est juste pour m'occuper. Moins de temps pour réfléchir.

— Jack est un enfoiré.

La véhémence de sa voix trahissait sa conviction.

— En effet, confirma Mirren.

Un autre silence.

— Tu sais, même ça, c'est étrange, confia-t-elle. Je n'ai jamais rien dit de mal sur Jack à qui que ce soit pendant toutes ces années. Jamais. On s'est toujours défendus l'un l'autre. On était ensemble. Comme une équipe, tu comprends ?

Ils savaient tous les deux qu'il comprenait très bien. Son mariage avec Cara était un symbole de fidélité et de longévité, et contrairement à la plupart des unions hollywoodiennes, n'était pas une façade pour les caméras et pour la presse.

— Comment ai-je pu me tromper à ce point ?

Lex se tourna vers elle, un bras à présent posé sur le dossier du canapé, une botte en cuir croisée sur l'autre genou.

— Si tu veux mon avis, c'est pas toi qui t'es trompée.

Ses mots arrachèrent un sourire reconnaissant à Mirren. C'était ce que faisaient les amis : être là, vous soutenir et vous défendre contre les salauds infidèles. Seule la volonté féroce de Mirren de rester sur la retenue avait empêché Lou de traquer Jack pour lui infliger une quelconque douleur, physique, mentale ou morale. Mais ce n'était pas le style de Mirren. Elle avait appris il y avait longtemps qu'il fallait mener ses propres batailles.

— Mais je ne l'ai pas vu venir, Lex. Je croyais être plus maligne que ça.

Ce ne fut qu'en le disant à voix haute qu'elle prit conscience de la vérité de ses propres mots. Comment avait-elle pu ignorer qu'il la trompait ? Elle n'avait eu aucun soupçon, pas la moindre inquiétude. Quelle naïveté ! Quelle idiote ! Ça ne se reproduirait jamais. Et pourtant…

— Tu lui faisais confiance. Ça ne veut pas dire que t'avais tort.

La tentative de Lex de la réconforter la fit sourire à nouveau. Ça ne ressemblait pas tellement à Lex Callaghan. Il n'était pas du genre à vous prendre les mains ni à plonger dans les confidences sentimentales. Il était plutôt fort, silencieux et protecteur. Le fait qu'il essaie le rendait plus cher encore à Mirren.

— Tu comptes arranger les choses avec lui ?

— Je croyais qu'on serait ensemble jusqu'à la mort, se contenta-t-elle de dire, car elle ignorait toujours la réponse.

Pouvaient-ils recoller les morceaux ? Pour l'instant, elle penchait plus vers un non. Mais pouvait-elle passer le reste de sa vie sans lui ? Non plus.

Elle n'avait plus qu'à déterminer quelle perspective l'effrayait le plus. Pour le moment, elles se valaient.

Lex vida sa bouteille et la posa sur la table basse.

— Une autre ? proposa-t-il.

Mirren secoua la tête en riant.

— Hors de question. Cara va me tuer si je te retiens ici plus longtemps.

— Ne t'en fais pas. Je reviens ici tôt demain matin, donc je dors à la cabane ce soir.

C'était bien Lex, ça. N'importe quel autre acteur de son rang de passage en ville aurait choisi le Château ou le Four Seasons ou n'importe quel autre palace cinq étoiles, mais Lex avait acheté une cabane en bois dans les collines au-dessus de Topanga Canyon. Appeler ça une « cabane » était peut-être un peu exagéré, mais à peine. Il y avait l'eau courante chaude et froide, une cuisine équipée et un écran plasma cinquante pouces, mais à part ça, l'endroit était rustique, isolé et simple. Et à cet instant, ça paraissait tout simplement le paradis.

— Alors va pour une deuxième bière. On ne m'attend nulle part, de toute façon.

Lorsque Lex sortit vers son pick-up pour chercher la deuxième tournée, Mirren ferma les yeux. C'était la première fois depuis des semaines qu'elle n'avait pas l'impression d'être sur le point de s'effondrer. La normalité était encore loin, mais pour l'instant, elle se contentait de stabilité. De sécurité. C'était comme une parenthèse hors du monde. Les pas de Lex interrompirent ses pensées, et elle ouvrit les yeux pour attraper la bouteille qu'il lui tendait. Il l'avait déjà ouverte. Probablement avec ses dents, pensa-t-elle.

— Qu'est-ce qu'il y a de drôle ? demanda-t-il.

— Ah, je ne m'étais même pas aperçue que je souriais, rétorqua-t-elle. Je me demandais juste si tu avais enlevé la capsule avec tes dents.

Le rire de Lex emplit la pièce.

— Oui, m'dame. Juste après avoir rassemblé un troupeau de vaches et craché sur le feu de camp.

Ils rirent tous les deux à présent, encore plus fort quand il ajouta :

— En fait, j'ai un décapsuleur dans la boîte à gants.

Mirren était à présent pliée en deux, son rire lui faisant couler des larmes sur les joues, ses émotions oscillant entre l'hilarité et l'hystérie. Toute la tension accumulée, tout le stress, toute la terreur qu'elle avait jusque-là refoulée et maîtrisée… Bon sang, ça faisait du bien. Relâcher tout ce malheur, c'était carrément jouissif.

Elle avait tellement perdu le contrôle qu'elle rata les deux premières sonneries de son portable. La tonalité ascendante monta d'un cran jusqu'à percer sa bulle.

Ce n'était pas la sonnerie attribuée à Jack, Chloe, Logan ou Lou, donc elle pensa directement que ce devait être Brad Bernson. Ce qui voulait dire qu'il avait trouvé quelque chose. Quelque chose d'important qui ne pouvait pas attendre le matin.

Ramenée à la réalité et soudain glaciale et calme, elle déplia ses jambes et traversa la pièce d'un bond. L'écran affichait « numéro masqué ». Toujours risqué. Un canular téléphonique ? Une dénonciation anonyme ? Un journaliste prêt à l'assaillir avec d'autres mauvaises nouvelles capables de réduire en cendres ce qui restait de sa vie ? Elle était tentée d'ignorer l'appel, mais la curiosité l'aurait torturée.

Elle décrocha.

— Allô ?

— Bonsoir. Suis-je bien avec Mme McLean ?

Une voix qu'elle ne reconnaissait pas.

— Oui.

— Ici le docteur LeComber, directeur médical de Life Reborn.

Mirren associa directement un visage à ce nom. Elle l'avait rencontré à deux reprises : la première fois lors de l'admission de Chloe, puis une autre fois lors d'une visite familiale. Une vague glaciale d'effroi et d'angoisse balaya la chaleur résiduelle laissée par la bière.

— Que puis-je faire pour vous ? chercha-t-elle à savoir, consciente que sa peur atroce la faisait probablement passer pour une garce sans cœur.

— Madame McLean, je suis navré de devoir vous annoncer cela, mais une de nos infirmières vient de passer voir Chloe et… je crains qu'elle ne soit partie.

— Qu'entendez-vous par « partie » ? demanda-t-elle instinctivement, sans songer que la question était inutile.

— Je suis désolé, madame McLean. Nous avons fouillé tout l'établissement et elle n'est nulle part. Je dois vous informer que nous avons prévenu la police et qu'un mandat va être délivré. Je m'excuse, à nouveau. Je vous assure que c'est extrêmement rare…

Mirren n'écouta pas la suite. Elle raccrocha d'un coup, puis composa immédiatement un numéro enregistré dans ses premiers contacts.

Une sonnerie.

Allez, allez.

Deux.

Où était-il, bon sang ? Encore une autre.

Une explosion d'anxiété faisait battre son cœur à tout rompre et mettait ses nerfs à fleur de peau. Ses priorités avaient changé en l'espace de dix secondes : à présent, tout ce qui comptait, c'était la personne qui avait vraiment de l'importance. Sa fille.

— Mirren. Salut.

— Brad, oublie Jack. Quelque chose de plus important est arrivé. Chloe est partie. Tu dois la retrouver et la ramener à la maison.

28

« Lose Yourself »

Eminem

Il crut d'abord que c'était le matin et qu'il avait trop dormi. Les coups frappés à la porte avaient le même rythme acharné que ceux d'Hollie quand elle était vraiment en colère. Embrumé par le sommeil, Zander fit un rapide inventaire mental. Sobre ? Check. Dans son propre appart ? Check. Strip-teaseuse à poil dans son lit ? Il tâtonna de son bras gauche. Rien. Merci aux dieux des emmerdes de l'avoir laissé tranquille. Il avait déjà donné.

Il se pencha et attrapa un boxer noir Calvin qui traînait au sol, l'enfila puis se dirigea vers la porte. Même à travers le brouillard, il savait que quelque chose clochait. Il faisait encore nuit, et pourtant Hollie était là et…

Il eut la présence d'esprit de regarder par le judas. La situation fut immédiatement claire et il ouvrit la porte à la personne qui lui rendait à nouveau visite, juste à temps pour la rattraper alors qu'elle trébuchait sur ses talons de dix centimètres. Merde, elle était complètement défoncée.

— Za-a-a-nder, gloussa-t-elle. Tu m'as manqué. Je t'ai manqué ? Hein, je t'ai manqué ?

Ça ne présageait rien de bon. Quand elle lui avait dit au téléphone l'autre soir qu'elle allait vraiment s'y mettre cette fois, il avait espéré qu'elle était prête à rester sobre. Mais il savait trop bien comment ça marchait. Ne jurait-il pas, lui aussi, d'arrêter après chaque cuite ? Et tout ne partait-il pas en vrille dans un bain de Jack Daniel's à chaque fois ?

Pour l'instant, tout ce qui comptait, c'était de l'éloigner de son palier avant qu'elle réveille les voisins et que quelqu'un appelle les flics.

— Oh, Chloe, allez, ma belle…

Il la porta et la ramena à l'intérieur vers le lit qu'il venait de quitter.

— Comment es-tu arrivée ici ?

— J'me suis souvenue que j'avais du fric planqué dans la semelle de ces chaussures. Juste assez pour un taxi, des pilules du bonheur et ensuite, direction chez toi. Tu les aimes bien, Zander ? C'est mes pompes à cachette secrète.

Elle leva une jambe en riant plus fort, et cette fois, il vit que la semelle de l'une de ses plateformes avait été arrachée. Rien ne l'étonnait plus. Après tout, il gardait bien sa réserve secrète de coke dans la tête d'une figurine à ressort sur le tableau de bord de son Aston Martin.

OK, il lui fallait un plan. Il attrapa son téléphone et remarqua qu'il était quatre heures du matin, avant d'appeler la clinique. On décrocha à la deuxième sonnerie.

— Life Reborn. Que puis-je faire pour vous ? demanda une voix masculine, mais pas celle de Lebron.

— Bonsoir, je peux parler à Lebron ? dit-il en prenant un accent new-yorkais, conscient que s'il ne déguisait pas le sien, peu de gens du milieu ne le reconnaîtraient pas.

— Désolé, il ne travaille pas ce soir. Je peux vous aider ?

La réponse de Zander fut de raccrocher. Nouveau plan. Il ne pouvait pas la ramener là-bas en frappant simplement à la porte. Sa fuite serait signalée au tribunal et, en plus, elle était complètement défoncée. On l'enverrait en taule avant même qu'elle ait dégrisé. OK, *réfléchissons.*

Elle était inconsciente, mais à sa respiration et à son pouls, Zander savait qu'elle avait juste besoin de dormir pour se remettre sur pied.

Les options : la ramener à la clinique et elle prendrait cher ; ou l'emmener chez Mirren. Ou la garder ici. La première était inenvisageable, la deuxième lui donnait envie de vomir et la troisième était impensable. Il se dirigea vers la cuisine pour récupérer le seau et une bouteille d'eau. Cette situation devenait trop familière, mais il devait aider Chloe. Il en avait envie. Putain, il avait soudain besoin d'un verre.

— Zander ?

Chloe avait les yeux à peine ouverts.

— Ouais. Salut.

— Salut, articula-t-elle avec une pointe de contentement dans la voix quand sa main trouva celle de Zander.

La pause qui suivit fut si longue qu'il crut qu'elle s'était endormie.

— Zander, laisse-moi rester ici. Je me sens… en sécurité quand je suis ici. Comme si tout allait bien se passer. Toi, tu me comprends. T'es le seul qui me comprenne.

— Chérie, tu sais que je ne peux pas…

Son ton bascula.

— Si tu me ramènes là-bas, je me tirerai encore. Et la prochaine fois, je ne viendrai pas ici. J'irai trouver quelqu'un pour faire la fête et je resterai avec lui. Peu importe qui c'est.

La Chloe sur la défensive était de retour, abrasive, provocante et absolument déterminée à obtenir ce qu'elle voulait. Cette gamine donnait du fil à retordre. Elle était l'archétype de l'addict. Tout tournait autour de la manipulation et de l'obsession de soi. Les mensonges et le chantage affectif faisaient partie du package. Zander savait de quoi il parlait.

Mais l'entendre parler d'aller trouver d'autres gens pour faire la fête acheva de le convaincre. Il connaissait le scénario. Ce seraient des bons à rien ; des gosses de riches déglingués et des pseudo-dealers qui lui donneraient tout ce qu'elle voudrait.

Il n'était pas question de la laisser traîner avec eux. Le ding de son alarme lui indiqua qu'il lui restait cinquante minutes avant que Hollie vienne le chercher pour son appel de cinq heures trente. Si elle voyait Chloe, il n'y aurait pas de discussion possible : l'adolescente serait de retour à Life Born dans l'heure.

Ça ne pouvait pas arriver. Chloe trouverait un autre moyen de s'enfuir et elle finirait dans un caniveau avant qu'ils remarquent son absence.

Putain. Il en venait presque à avoir pitié d'elle. C'était mal parti quand la seule personne susceptible de l'aider était un type qui était monté et descendu du train plus de fois qu'il ne pouvait les compter.

— Je reste ici, Zander Leith. Je reste avec toi.

Merde. Décision prise. La garder ici. La laisser dessoûler. Lui parler quand il rentrerait du boulot. Penser ensemble une stratégie pour la sevrer définitivement. Il la soutiendrait et l'aiderait à y arriver.

Quand Hollie s'arrêta devant chez lui à cinq heures du matin, il avait pris sa douche, s'était brossé les dents, avait avalé deux gorgées d'un bain de bouche épais comme un scotch et bu des litres de café. Il alla vérifier comment allait Chloe une dernière fois. Elle était toujours endormie, toujours en vie. Il laissa un mot avec son numéro de téléphone et lui demanda de l'appeler à son réveil.

Si Hollie remarqua que Zander était distrait sur le chemin du studio, elle mit probablement ça sur le compte du sevrage d'alcool et de la fatigue. À son arrivée sur le plateau, une surprise l'attendait : sa nouvelle caravane, un cadeau de Wes pour le féliciter de sa sobriété. D'habitude, il avait droit à une caravane standard, mais celle-ci était d'un tout autre niveau. Cent trente-neuf mètres carrés, deux étages, des cloisons extensibles, un toit hydraulique, une salle de sport complète, une cuisine entièrement équipée, des fenêtres cintrées, des armoires italiennes, des canapés en cuir marron, une salle de jeux, un écran de cinéma déroulant, un salon, une salle de conférences, un escalier en colimaçon menant aux trois chambres à l'étage. Elle avait coûté deux millions et demi de dollars.

La rangée entière de maisons mitoyennes dans laquelle il avait vécu étant enfant aurait pu tenir dedans.

Et il s'en fichait complètement. Tout ce qui l'intéressait, c'était ce qui se passait dans les cent trente mètres carrés de son appartement minimaliste de Venice.

Il appela chez lui toutes les heures. Les premières fois, sans réponse. L'heure du déjeuner passée, il s'était convaincu qu'elle était morte et il avait descendu quelques verres de Jack Daniel's pour essayer de se calmer. À quatorze heures, il était pris d'un sentiment d'angoisse qui lui rongeait les tripes plus vite que de la tequila bon marché. Ce fut alors que Chloe répondit finalement d'une voix endormie, lui assurant qu'elle allait bien. Il la rappela quelques heures plus tard et, cette fois, elle sembla irritable et agacée. Zander entendait la télévision hurler en arrière-plan, mais il s'en moquait. Chloe était là, en sécurité, et c'était tout ce qui importait pour l'instant.

Il passa le reste de l'après-midi à répéter une scène de combat, qui lui donna des courbatures parce qu'il avait refusé d'utiliser une doublure pour ce genre de scènes au corps à corps. Les règles d'Hollywood stipulaient que personne ne devait jamais, au grand jamais, blesser l'acteur vedette, mais Zander avait insisté, s'emportant sur le directeur des cascades en exigeant qu'il rende la scène authentique et l'avait provoqué jusqu'à ce qu'il cède. Aujourd'hui, il appréciait la douleur. Elle lui permettait de se concentrer sur autre chose, lui donnait une raison de penser à autre chose qu'au fait que Chloe était peut-être allongée dans son appartement, baignant dans une mare de son propre vomi.

— Ça va ? demanda Hollie quand ils montèrent dans la voiture pour rentrer à dix-huit heures.

— Ouais, c'est juste que… tu sais… je suis fatigué.

Elle ne sembla pas convaincue, puis son expression se transforma en irritation.

— Ne me dis pas que la strip-teaseuse féministe est revenue hier soir.

Il n'eut pas le temps de nier avant qu'Hollie s'écrie :

— Merde ! Elle est revenue. Mec, je vais devoir te tremper la bite dans du désinfectant.

La remarque fut si directe que Zander éclata de rire.

— Pas de strip-teaseuse, et je ne pense pas que l'hygiène de ma bite relève de tes attributions.

— Dieu merci. Je te le dis, à force de travailler pour toi, je vais prendre peur et rester célibataire.

Ils s'arrêtèrent devant son immeuble et accomplirent leur rituel habituel.

— Tu veux que je rentre ? Mon *date* de la semaine dernière n'a rien donné. Je suis à nouveau une vieille fille sans espoir, avec une réelle possibilité de mourir entourée de mes chats dans une maison qui fait faire des cauchemars aux enfants du quartier.

Zander se pencha pour l'embrasser sur la joue.

— On remet ça à plus tard ? Je suis crevé. Faut que je dorme.

— Pas de strip-teaseuse, hein ? s'assura-t-elle d'un ton soupçonneux.

— Pas de strip-teaseuse, confirma-t-il en sortant de la voiture.

— D'accord, dit-elle par la fenêtre ouverte, mais je ramènerai du Dettol demain matin par précaution.

Il entendait encore Hollie rigoler lorsqu'il glissa un billet de dix dollars dans le chapeau de son ami sans-abri devant la porte.

À l'étage, alors qu'il introduisait sa clé dans la serrure, il passa un accord avec lui-même et avec le Tout-Puissant. Si elle était toujours là, il remercierait Dieu et jurerait de ne plus jamais toucher une goutte d'alcool. Si elle était partie, il aurait besoin d'un verre pour passer la soirée. Si elle était morte, tout pouvait arriver. Il entra prudemment, referma doucement la porte derrière lui et déposa ses clés avec lassitude dans le bol posé sur la console à sa gauche.

À part le tintement des clés contre le verre, le silence était total.

La pièce semblait avoir été le théâtre d'une fête estudiantine. Des cartons de nourriture jonchaient les tables, des serviettes étaient éparpillées sur le sol, la couverture de son lit avait été jetée sur le canapé et, s'il ne se trompait pas, le pantalon de son smoking Tom Ford pendait à la poignée de la porte du balcon.

Mais le silence régnait toujours.

Ce n'était pas bon signe. Pas du tout. Impossible qu'elle ait mis tout ce désordre toute seule. D'autres personnes étaient venues ici, plusieurs à première vue.

Autrefois, il aurait géré ce genre de situation angoissante avec des pilules ou de la coke, mais il s'attendait à être contrôlé d'un jour à l'autre. Il pouvait justifier l'alcool en disant qu'il avait bu du vin au déjeuner, mais les drogues étaient indéfendables. Le tournage serait arrêté et il y avait trop en jeu pour tout gâcher maintenant.

Il serra les dents et tourna son regard vers le lit. Quand il était parti ce matin, elle était là, endormie ; maintenant, elle avait disparu.

Avec la discrétion d'une équipe du SWAT, il ouvrit la porte de la salle de bains. Rien. Il vérifia le balcon. Rien. Elle était partie, c'était certain. Merde.

Il était sur le point d'admettre sa défaite et appeler la police lorsqu'il vit le mot :

Désolée pour le bordel. un pote est venu me chercher et on a traîné ensemble. Suis retournée en cure de désintox. Promis. Je te rendrai fier. Merci pour hier soir. Je t'appelle demain. Bisous bisous.

Zander fut instantanément soulagé, profondément reconnaissant qu'elle ne soit pas allongée dans le caniveau, une pipe à crack à ses côtés, le corps lentement envahi par une rigidité cadavérique. Bien sûr, il avait un petit doute sur le fait qu'elle puisse mentir. Il appela une nouvelle fois la clinique, demanda à parler à Lebron, et on lui répondit à nouveau qu'il n'était pas disponible. Il raccrocha avant qu'on lui demande des détails. Ça ne servait à rien. On ne lui donnerait aucune information. Il devait faire confiance à Chloe. Il pesa le pour et le contre. Si elle était partie faire la fête, il était peu probable qu'elle ait pris la peine de laisser un mot. Mais son appartement était dans un sale état, donc, à moins qu'elle ait appelé un ami sobre, mais très désordonné, il était fort probable qu'elle ait rechuté. Il savait mieux que quiconque que les toxicomanes mentaient, mais il savait aussi que, parfois, ils défiaient les pronostics et se reprenaient en main. Il lui était difficile de faire confiance, mais pour l'instant, il allait devoir avoir foi en elle.

Un tourbillon d'émotions l'envahit, prenant le contrôle de ses pulsions. Il tira le canapé et vérifia derrière, soulagé de voir que la bouteille de Jack Daniel's qu'il y avait rangée était toujours intacte. Il se servit deux doigts, retira son t-shirt, le jeta dans le panier à linge puis commença à ranger la pièce. Même dans ses jours les plus sombres et alors qu'il se sentait complètement perdu, il ne pouvait pas se résoudre à vivre dans la saleté. Ayant grandi dans une maison quotidiennement nettoyée de fond en comble, avec une mère qui exigeait que son environnement soit aussi immaculé que son âme, certaines habitudes s'étaient ancrées dans son ADN.

Il jeta les cartons de nourriture à la poubelle, rangea les vêtements et les couvertures dans l'armoire à linge et ouvrit la porte du balcon pour laisser l'air marin neutraliser l'odeur de cigarette et d'excès. Dans la salle de bains, il retira les serviettes mouillées et rinça les murs et la paroi en verre. Elle avait pris une douche, ce qu'il jugea être un bon signe qui ajoutait du poids à la sincérité de sa note. Si elle s'était vraiment défoncée, elle ne se serait pas préoccupée des petites choses comme manger et se laver.

Une fois l'appartement revenu à quelque chose qui ressemblait à la normale, il alluma une cigarette et emporta son verre et son cendrier vers le canapé. Une demi-heure de télé, puis au lit. Il devait être sur le tournage à six heures du matin et devait poursuivre son entraînement toute la matinée avec un coordinateur de cascades dont la voix ressemblait à celle d'un instructeur de préparation physique de la marine. Il zappa d'une chaîne à l'autre. Football. *Les Experts* quelque part. Des talk-shows qui racontaient tous la même chose. Il les zappa immédiatement. La dernière chose dont il avait besoin était d'écouter un connard arrogant le critiquer pour gagner son salaire d'un million de dollars.

Zapper. Zapper. TMZ. Stop. Sachant que c'était une altercation filmée par un paparazzi qui l'avait conduit – une nouvelle fois – en cure de désintoxication, il aurait dû détester ces types. Quand il avait bu un verre, c'était le cas. Ils l'avaient mis sous les feux des projecteurs à maintes reprises, en train de se battre, de tomber ivre mort à la sortie de boîtes de nuit, de rouler une pelle à des mannequins dans des ruelles, et une fois, dans un moment de particulière dignité, de pisser dans un pot de fleurs à l'entrée d'un restaurant très chic de Beverly Hills.

Il n'y était plus retourné depuis pour vérifier s'il était interdit d'entrée.

Mais il avait suffisamment conscience de son attitude pour savoir que s'il ne se comportait pas comme un crétin, les paparazzis n'auraient rien à se mettre sous la dent.

Pour illustrer parfaitement sa pensée, l'image de Davie Johnston occupait désormais le centre de l'écran. Mais qu'est-ce qu'il foutait ? Les caméras l'avaient filmé en gros plan, en train de hurler sur un paparazzi à l'entrée du bâtiment de la CSA cet après-midi-là. Mon Dieu, ce type avait perdu la tête.

Zander vida son verre d'un trait. Même dans une autre vie, il serrerait toujours les poings à la vue du visage de Davie Johnston.

Son doigt se déplaça vers le bouton pour changer de chaîne juste au moment où l'image passa à l'entrée du LiX, le club le plus branché de la ville. La femme de Davie, Jenny Rico, et sa partenaire à l'écran, Darcy Jay, quittaient les lieux, toutes deux sexy à mourir, avec leur look de rockeuses. Jeans moulants, débardeurs, vestes ajustées. Zander sourit. Il avait entendu les rumeurs sur leur relation hors écran. Voilà une image mentale avec laquelle il pouvait vivre.

Il fut si distrait par cette pensée qu'il faillit passer à côté. Presque.

Si le plan avait été pris sous un autre angle. Si les lumières avaient été plus tamisées. Si le cameraman avait coupé une seconde plus tôt.

Mais non, elle était là, à l'arrière-plan. Une femme d'environ un mètre soixante-dix aux longs cheveux noir brillant comme une perruque synthétique, vêtue de sa veste de smoking Tom Ford à carreaux sur mesure, entrait dans la boîte de nuit.

Putain. Il n'avait même pas remarqué qu'elle avait disparu.

Il comprit immédiatement que c'était l'un de ces moments où il pouvait facilement prendre une décision de merde. Un mois plus tôt, il l'aurait fait. Mais à présent, avec tout ce que ce film représentait pour lui, il devait se montrer plus intelligent. Il était bourré. Pas suffisamment pour s'effondrer, mais trop pour conduire. Il attrapa son téléphone et appuya sur un chiffre.

— C'est moi. Ne pose pas de questions, mais j'ai besoin que tu viennes me chercher et que tu m'emmènes au LiX pour récupérer quelqu'un.

Silence.

Pendant plusieurs secondes. Puis…

— Il est minuit.

— Je sais.

Silence. Enfin Hollie annonça :

— Je dois vraiment trouver un autre boulot. Je suis là dans vingt minutes. Est-ce que ça va partir en couille ?

— Presque sûr que oui.

Comme d'habitude, Hollie s'occupa de tout. Elle trouva Chloe ivre morte dans les toilettes du club, soudoya les agents de sécurité pour la faire sortir par l'issue de secours et la mettre dans sa voiture, puis alla trouver le type à la casquette de baseball vissée sur la tête qui avait observé toute la scène depuis le seuil d'en face.

Zander jeta la casquette à l'arrière alors qu'ils redémarraient.

— On va où ? l'interrogea Hollie, essayant de ne pas paraître trop agacée, en vain.

Zander regarda droit devant lui.

— Malibu.

29

« Never Can Say Goodbye »

The Communards

Glasgow, 1987

Ils étaient congelés, alors ils se glissèrent tous les deux sous le couvre-lit rose pâle de Mirren, puis se blottirent au milieu du lit. Ils faisaient souvent ça. Non pas parce qu'il se passait quoi que ce soit chose de louche entre eux, mais parce que la maison était glaciale et que c'était le seul moyen de se réchauffer.

Le conseil municipal prévoyait d'installer le chauffage central depuis des années, mais n'avait jamais tenu ses promesses.

— Attends, attends.

Mirren se pencha en avant et appuya sur le bouton « lecture » de son magnétophone, puis monta immédiatement le volume.

— J'adore cette chanson.

Jimmy Somerville arrivait au refrain de « Never Can Say Goodbye ». Il lui avait offert l'album des Communards pour son seizième anniversaire la semaine précédente et elle l'avait enregistré sur une cassette pour qu'ils puissent l'écouter à tout moment. C'était mieux que la vidéo piratée de Top Gun *qu'elle lui avait achetée dans une boutique louche du Barras pour son anniversaire quelques mois plus tôt. L'image était tellement tremblante que le crétin qui l'avait filmée depuis l'écran du cinéma devait soit être bourré, soit nerveux.*

Pendant quelques minutes, aucun d'eux ne parla.

Il n'y avait jamais eu de gêne entre eux, mais ces derniers temps, il avait remarqué qu'il y avait parfois un silence étrange. Peut-être qu'elle s'ennuyait simplement. Peut-être qu'elle voulait juste écouter les paroles de la chanson. Elle était parfois comme ça.

Elle se tourna vers lui, s'apprêta à dire quelque chose, puis s'arrêta.

— Quoi ?

— Rien.

— Tu allais dire quelque chose. Qu'est-ce qu'il y a ? Et non, je ne descendrai pas chercher une bouteille de ginger-beer, *et non, tu ne ressembles pas du tout à cette nana de T'Pau.*

Elle lui donna un coup d'oreiller dans le visage, puis le remit sous sa tête.

— Aucun risque, c'est une antiquité.

Ils éclatèrent tous les deux de rire et il sentit sa température remonter à la normale.

— Putain, merci. Je sens de nouveau mes orteils.

Il repoussa la couverture, prêt à se diriger vers le pouf sur lequel il s'asseyait toujours lorsqu'ils traînaient ici, puis il s'aperçut qu'elle lui tenait le bras pour l'empêcher de bouger.

— Quoi ?

Il se retourna et vit qu'elle le fixait, mais d'une manière qu'il n'avait jamais vue auparavant.

Elle le regardait comme Carol Cassidy l'avait regardé juste avant qu'il s'éclipse avec elle derrière la médiathèque de l'école.

— Tu as le droit d'avoir envie, dit-elle.

Il en avait envie. Depuis des années. Mais il avait toujours pensé que c'était hors de question. Ils étaient potes. Elle avait eu des petits amis et lui des petites amies, mais ils ne s'étaient jamais embrassés, même pas après avoir bu une bouteille de cidre le samedi soir.

Est-ce qu'elle avait le béguin pour lui ? Si c'était le cas, elle avait toujours réussi à merveilleusement bien le cacher. Ou peut-être avait-il simplement trop peur d'espérer.

Il se pencha et posa sa bouche contre la sienne, goûtant le gloss à la fraise qu'elle réappliquait toutes les cinq minutes.

La main de Mirren s'enroula autour de son cou puis s'arrêta sur son visage, et ce fut là qu'il sentit une érection naître. Il rougit d'embarras. Impossible qu'elle n'ait pas remarqué. Il pria silencieusement pour qu'elle disparaisse, mais ses prières furent ignorées.

Il attendit le coup de poing, qu'elle se recule et lui passe un savon. C'était une chose de craquer un peu pour elle, mais une érection, c'était... eh bien, un pur cauchemar. C'était Mirren. Ils ne faisaient pas ce genre de choses ensemble. Ils traînaient. Ils passaient leurs soirées à se raconter des conneries dans l'abri de jardin. Et maintenant, elle allait piquer une crise parce que son érection appuyait sur son ventre et qu'il ne pouvait pas l'arrêter.

Quel cauchemar.

Quel cauchemar absolu.

— Mirren, je...

S'il s'excusait maintenant, elle ferait peut-être semblant de ne pas avoir remarqué et ils pourraient oublier tout ça. Il dirait qu'il était bourré et ils en rigoleraient le lendemain. Il avait bu deux bouteilles de Grolsch après le cinéma, donc elle le croirait.

— Chut.

Il mit quelques secondes à se rendre compte que la sensation qu'il ressentait à l'avant de son entrejambe était la main de Mirren qui touchait sa fermeture éclair. Elle la baissait lentement. Très lentement.

Il ouvrit les yeux et vit qu'elle le regardait fixement.

— T'es sûre ? chuchota-t-il, comme si le fait d'élever la voix allait changer quelque chose, la faire sortir de son état et lui dire de dégager.

— Oui, dit-elle doucement. J'en ai envie.

Les yeux de Mirren semblaient encore plus grands que d'habitude et il voulait juste s'arrêter, la contempler, se souvenir de ce qu'il ressentait à cet instant.

Il se pencha à nouveau pour recommencer à l'embrasser. Cette fois, il utilisa sa langue pour ouvrir sa bouche davantage.

Avec douceur, il chercha le bas de son pull et, toujours terrifié à l'idée qu'elle puisse tout arrêter à tout moment, glissa sa main dessous.

— Tu es sûre ? demanda-t-il à nouveau.

— Certaine.

Sa voix semblait différente. Comme si elle pleurait. Cette possibilité le terrifia. Mirren ne pleurait jamais. La panique le fit s'arrêter. Était-il en train de faire quelque chose de mal ? Quelque chose qu'elle n'appréciait pas ? Elle avait dit en avoir envie, mais peut-être qu'elle ne le pensait pas vraiment. Peut-être qu'elle...

— Je t'aime, murmura-t-elle.

Et il gémit à nouveau et l'embrassa encore plus fort.

Après des années d'amitié, par une nuit glaciale de décembre 1987, ils s'avouèrent enfin leurs sentiments.

Il aimait Mirren McLean depuis aussi longtemps qu'il s'en souvienne.

30

« In a Big Country »

Big Country

De Glasgow à Los Angeles

Sarah ne savait pas à quoi s'attendre, mais son arrivée à Los Angeles n'était pas ce qu'elle avait espéré. Après un vol de quatorze heures *via* Londres, elle avait dû faire la queue pendant deux heures avant d'atteindre un homme visiblement ennuyé, au crâne rasé, assis au bureau d'immigration. Il l'avait interrogée sur les raisons de son entrée sur le territoire, ses projets professionnels aux États-Unis et son vol retour (vacances, aucun, une semaine plus tard) avant de la laisser passer avec un tel mépris qu'elle en avait conclu qu'il était clairement déçu qu'elle n'ait pas égayé sa journée en étant une immigrante clandestine, une passeuse de drogue ou une Catherine Zeta-Jones.

Elle avait envisagé de venir avec un visa de presse, mais la procédure de demande était trop longue et compliquée, donc elle avait opté pour un visa touristique. Ce n'était pas comme s'il s'agissait d'un reportage officiel pour le *Daily Scot*. Pas encore. Officiellement, elle avait pris des congés et avait payé elle-même le voyage, sachant pertinemment que le journal ne débourserait pas un sou, car elle n'avait absolument rien d'autre que quelques questions à poser sur la base de son intuition. Elle s'en moquait. Si un scandale se cachait derrière tout ça, alors c'était le genre d'histoire qu'elle avait toujours voulu révéler au grand jour. C'était pour ça qu'elle s'était lancée dans le journalisme. Pour se faire un nom. Pour gravir les échelons dans ce milieu. Et pour y parvenir, il fallait livrer le type d'articles qui faisaient la une et avaient un attrait mondial. Ça pourrait être sa chance. Et si ce n'était pas le cas, au moins elle découvrirait la Californie pour la première fois.

Dans son imagination, atterrir à l'aéroport de Los Angeles serait presque cinématographique, avec un aéroport futuriste et quelques stars de cinéma qui passeraient par là. Mais non. LAX était un ensemble de bâtiments bas et quelque peu délabrés, évoquant un acteur vieillissant plus vraiment à la hauteur.

Cependant, à en juger par le nombre de chantiers en cours, l'aéroport était en train de se faire un lifting. Elle était bien dans la bonne ville.

Personne ne lui proposa de l'aider alors qu'elle galérait à récupérer son bagage sur le tapis roulant. C'était une valise Carlton argentée avec ses initiales gravées à côté de la poignée. Simon la lui avait offerte la veille pour lui montrer qu'il était un homme moderne progressiste qui se moquait bien que sa petite amie ait décidé de tout quitter pour partir à Los Angeles dans ce qu'il considérait être une course après la lune. Ils savaient tous les deux que c'était un mensonge. Ça le dérangeait fortement, mais toute résistance était vaine.

Elle essaya de l'appeler alors qu'elle marchait pendant ce qui lui sembla être des kilomètres, en suivant les panneaux en direction des taxis. Elle tomba directement sur le répondeur à chaque fois. Elle regarda sa montre. Une heure de l'après-midi. Il était donc vingt et une heures au Royaume-Uni. Soit il était sorti avec des clients, soit il était toujours en colère. Elle espérait vraiment que la première hypothèse était la bonne. Ils formaient une excellente équipe et c'était le premier obstacle auquel ils faisaient face dans leur relation qui, sinon, se déroulait sans heurts. Jusqu'à présent, ils avaient toujours été sur la même longueur d'onde, leurs personnalités complémentaires et leur dévouement mutuel à leur travail facilitant leur relation. Aucune des querelles mesquines dont elle entendait parler les autres filles dans la cuisine du *Daily Scot* le lundi matin. Juste du soutien mutuel, de bons moments et une vie sexuelle pleinement satisfaisante.

Le cuir de ses bottes de motard noires grinçait à chacun de ses pas dans un labyrinthe de couloirs, qui déboucha finalement dans un grand hall ponctué de portes coulissantes en verre.

La chaleur la frappa lorsqu'elle rejoignit une autre longue file d'attente, cette fois pour monter dans un taxi. Le temps d'arriver en tête, la sueur coulait dans son dos.

Un chauffeur arménien prit sa valise pour la charger dans le coffre.

Pour la première fois, Sarah prit conscience d'où elle était, inspira et observa l'agitation des quatre voies de circulation qui serpentaient devant le terminal.

Cela lui semblait tout à fait incroyable d'être enfin à Los Angeles, et pourtant, elle y était.

— Où allez-vous ? lui demanda le chauffeur lorsqu'ils montèrent tous les deux dans le taxi.

— Au Parc Suite Hotel, à West Hollywood.

Dans son budget, avec un salon sur le *rooftop.* Vendu.

Le chauffeur acquiesça, puis démarra dans une cacophonie de klaxons.

Alors que Sarah laissait tomber sa tête sur le siège en plastique, elle se sentit comme un cow-boy arrivant à Dodge.

Et un sourire se dessina sur ses lèvres lorsqu'elle songea que si elle avait été dans un vieux western, un cavalier solitaire aurait foncé dans la nuit pour avertir Leith, Johnston et McLean qu'elle était en ville et partait à leur recherche.

31

« Fuck You »

CeeLo Green

Davie avait les doigts qui le démangeaient. Il avait désespérément envie de taper sur le clavier de son ordinateur. Il pensa que c'était ce que devaient ressentir les stars quand elles ramassaient une prostituée sur Sunset Boulevard. Elles savaient que c'était une très mauvaise idée, mais étaient parfois incapables d'y résister, en dépit de la grande probabilité que ça se termine mal. Les prostituées n'avaient jamais été son truc. Pas besoin. En plus, il avait toujours été bien conscient que ça pouvait donner lieu à du chantage.

C'était ce qui rendait la situation actuelle si insupportable. Il avait été prudent. Il avait pris peu de risques. Il ne s'était compromis qu'avec des gens qui avaient autant à perdre que lui. Et toutes ces années passées à cultiver l'image du gentil voisin venaient de voler en éclats à cause d'une folle en mal de célébrité.

À présent, il était assis seul à l'îlot de sa cuisine. Jenny et Darcy étaient soit chez Darcy, soit avaient repris le tournage à Toronto. Les enfants étaient en congé cette semaine, donc où que Jenny soit, les jumeaux et la ribambelle de nounous l'accompagnaient. Il laissait sa femme gérer ces choses-là. C'était le marché. Il s'occupait de gagner beaucoup d'argent et elle se chargeait d'élever les enfants qu'elle avait voulu avoir. Davie ne s'était jamais soucié de ça. Il n'avait aucune expérience de la paternité, aucun modèle à suivre. La figure paternelle la plus proche qu'il ait connue était le père de Zander et c'était un gros salopard, donc il n'avait aucune envie de créer la famille parfaite. Leur arrangement avait fonctionné, même quand Jenny avait décidé de reprendre sa carrière et de recommencer à faire des films. Elle était heureuse. Quand il voyait les enfants, eux aussi semblaient heureux. Et ouais, il était un père assez nul, mais il pouvait s'en accommoder quand il pensait que ses enfants grandiraient en admirant son succès. Il allait peut-être devoir réviser son jugement, à présent.

Il fixait l'ordinateur portable posé sur la table de la cuisine, à côté duquel Alina avait laissé une place pour une personne et un sandwich emballé dans de la cellophane, les doigts prêts à taper, luttant contre une envie primitive d'écrire...

« www.twitter.com »

« Davie Johnston »

Entrée.

Oh mon Dieu.

Il y avait des milliers de tweets et un rapide coup d'œil suffit pour comprendre que la plupart d'entre eux contenaient des souhaits ou des menaces en rapport avec la limitation de son espérance de vie.

Bon, il y avait aussi quelques commentaires positifs, mais il soupçonnait que la plupart d'entre eux avaient été écrits à Mumbai, où la CSA avait une usine de faux cliqueurs sous contrat. Quelques secondes après en avoir reçu l'ordre, des milliers de travailleurs sous-payés, tous possédant plusieurs profils sur tous les réseaux sociaux, pouvaient voter, lancer des tendances ou étouffer l'opposition en rédigeant leurs propres tweets préécrits. Sur un mot de Cal, ils avaient déjà bombardé la page Facebook de Davie de messages de soutien et d'encouragement, dans l'espoir de faire résonner le même message aux États-Unis. Mais après avoir lu certaines des attaques virulentes lancées contre ces commentaires favorables, Davie doutait de l'efficacité de la stratégie.

Oprah commençait se placer en tête dans la série de mauvaises options qui s'offraient à lui.

Tel un masochiste portant un masque en latex qui refusait de prononcer le mot de sécurité, il décida qu'il avait besoin de plus de souffrance. De retour dans la barre de recherche de son navigateur, il tapa « Davie Johnston Lana Delasso ». Bingo. Une vidéo avait été mise en ligne le jour même, sur un site web lié à une chaîne consacrée aux scandales mettant en scène des stars. Il appuya sur « lecture » puis s'arrêta. Il connaissait déjà le scénario. C'était la scène de The Ivy, diffusée avec un slogan promouvant sa nouvelle émission *With Love From Lana.* Quelle créativité époustouflante. Bande d'idiots.

Il ferma la fenêtre avec lassitude, puis appela Cal. Il tomba directement sur le répondeur. Ça devenait tristement habituel ces derniers temps. Il lui laissa un message pour le prévenir de la vidéo et lui demander de mettre les avocats sur le coup. Encore une couche de plus à ajouter à cet énorme oignon de merde.

La vibration de son téléphone arriva comme une distraction bienvenue, interrompant ses pensées qui incluaient de prendre le couteau sur la table pour le planter directement dans sa jugulaire. Il pensa d'abord qu'il s'agissait de Cal, mais l'écran lui indiqua qu'il se trompait. Surpris, il répondit avec une gratitude presque pathétique.

— Salut, 'man, comment ça va ? s'enquit-il, récupérant immédiatement son accent de l'ouest de l'Écosse.

Il fit un calcul rapide. Il devait être quatre heures du matin à Glasgow. Elle venait probablement de rentrer de ce fichu bus ridicule où elle travaillait. Il ne comprenait pas pourquoi elle faisait du bénévolat là-bas. Il lui envoyait suffisamment d'argent pour qu'elle s'offre une vie incroyable, mais elle n'y touchait pas. Elle le laissait simplement à la banque, vivait dans la même maison que depuis toujours et passait ses soirées avec des travailleurs de nuit et des sans-abris.

— Ça va, fiston. C'est juste un petit coup de fil rapide…

Elle disait toujours ça. Il songea que s'il avait une aiguille plantée dans le bras, elle aurait peut-être le temps de discuter plus de deux minutes. Son attention était désormais détournée, revenue vers cette peau de vache manipulatrice et intrigante, Lana.

— … mais je voulais juste te prévenir qu'une nana est venue dans le bus l'autre soir. Elle posait des questions, toutes sortes de questions. Elle a dit qu'elle travaillait pour un journal. Attends, c'était quoi déjà ? Ah oui, le *Daily Scot*.

Une rencontre fatale entre le couteau et sa jugulaire lui semblait soudain être un répit bienvenu.

32

« Won't Get Fooled Again »

The Who

Le dîner avec Lou à Ago, le restaurant de Robert De Niro et Agostino Sciandri sur Melrose, était un rendez-vous hebdomadaire. Elles s'asseyaient toujours à la même table, sur la terrasse extérieure agrémentée de verdure dans l'ambiance d'un jardin toscan. Personne n'y venait dans le but de passer inaperçu. Chaque soir, la salle respirait le pouvoir : des producteurs, des réalisateurs, des acteurs qui ne sortaient pas de leur lit pour moins d'un million de dollars ou la promesse d'une incroyable partie de jambes en l'air.

Mirren n'avait eu aucune envie d'enfiler ses talons hauts et de sortir ce soir-là, mais Lou, avec son caractère bien trempé de chroniqueuse people, avait refusé de la laisser annuler.

— Même pas en rêve ! avait lancé Lou lorsque Mirren avait hésité au téléphone. Mirren McLean, ne me pose pas de lapin. Ne laisse pas cette ville penser que tu as quoi que ce soit à cacher, et ne me laisse pas toute seule un jeudi soir. En plus, c'est pour le boulot, ma chérie. J'ai entendu dire que Clooney et sa bande seraient là et je n'ai rien pour la chronique de demain.

Mirren soupira. Avoir pour amie la meilleure chasseuse de scandales d'Hollywood présentait de nombreux avantages : des informations privilégiées, des nouvelles rapides et un réseau d'espions qui pouvait rivaliser avec celui de la CIA pendant la guerre froide.

Mais le seul inconvénient était qu'elle devait être vue en train de fréquenter les grands et les putains de fantastiques, comme Lou le disait si éloquemment. Et elle était déterminée à entraîner Mirren avec elle, que cette dernière le veuille ou non.

— Arrête de te pincer les lèvres, ça va te faire des rides que même le docteur Romaine ne pourra pas effacer, avait dit Lou au téléphone.

— Comment tu peux savoir ce que je fais avec mes lèvres ?

— Chérie, tu as des manies.

Elles en avaient toutes les deux.

Maintenant, dans le restaurant où elles dînaient chaque semaine, après avoir mangé les mêmes plats que d'habitude – des *rigatoni alla contadina* pour Mirren, des *linguine vongole* pour Lou –, Mirren ressentit un agréable sentiment de réconfort lorsque Lou revint à leur table après avoir discuté avec George et ses copains.

— Mon Dieu, j'adore cet homme, chuchota Lou. Il m'a donné l'exclusivité sur son prochain film. Si seulement il demandait des faveurs sexuelles en échange d'informations, je serais une femme comblée.

Pour la première fois de la semaine, Mirren rit.

— Alors, quoi de neuf avec ce salopard de traître que tu as épousé ?

Les transitions diplomatiques n'avaient jamais été le point fort de Lou.

Mirren but une gorgée d'expresso pour gagner du temps et formuler une réponse qui, elle l'espérait, couperait court à la conversation.

— Brad Bernson s'en occupe pour moi. Il séjourne à l'hôtel, comme il m'a dit. Il a juste besoin de temps. Moi aussi. Fin de l'histoire pour le moment.

Lou n'était pas du genre à se laisser dissuader si facilement.

— Du temps pour quoi ? T'envisages sérieusement de le reprendre ? Allez, Mirren, ce n'est pas possible.

Mirren décida d'aller au bout et d'arracher le pansement d'un coup sec.

— Si, Lou. Et ne commence pas à me juger pour ça. D'après Brad, il n'a pas passé la nuit avec elle cette semaine. Ils se sont retrouvés pour déjeuner à The Ivy le week-end dernier, mais c'est tout. Ils doivent inévitablement se parler, donc si c'est dans un lieu public, ça me laisse penser qu'il n'y a plus rien entre eux.

— Ou alors Mercedes Dance exploite la situation pour se faire le plus de pub possible.

Mirren expira et se prépara à annoncer sa décision. Elle s'était torturé l'esprit pendant des jours, avait changé d'avis des dizaines de fois. Mais pour finir, elle savait que c'était ce qu'il y avait de mieux pour sa famille. Et ils étaient tout ce qui comptait.

— Écoute, Lou, je dois lui pardonner. On a passé dix-neuf ans ensemble ; il a fait une erreur. Alors OK, c'était une énorme erreur, mais je dois passer outre pour le bien des enfants, et pour moi. J'ai besoin qu'il revienne, qu'il change, qu'il aide Chloe à se reprendre en main. Le tribunal va la condamner sévèrement si elle quitte à nouveau le centre de désintox sans autorisation. Elle a besoin de nous. C'est ma famille, Lou. Je ne vais pas la perdre maintenant ni la laisser se transformer en l'une de ces tragiques histoires hollywoodiennes.

Il y eut une pause, le temps que Lou digère les points pertinents.

— Tu as trouvé qui l'a ramenée à la clinique ?

— Non. On a littéralement sonné à la porte et on l'a plantée là devant. Et elle ne veut rien dire.

La bonne humeur de Lou après son petit entretien exclusif avec Clooney s'était complètement dissipée.

— Je comprends, Mirren. Et si tu veux le récupérer, je ne dirai rien de négatif à ce sujet. Pas un seul mot.

— Tu plaisantes.

— Non, pas un seul. Même s'il y a de fortes chances pour que la seule façon de tenir ma promesse soit de m'agrafer les lèvres. Ou de les accrocher au visage incroyablement beau de M. Clooney.

Leurs rires furent interrompus par la vibration de l'iPhone bling-bling de Lou, posé au milieu de la table.

Elles virent toutes les deux le message s'afficher à l'écran :

JG. MD. CDM. 262.

— Mon Dieu, Lou, on dirait une vraie espionne.

Le sourire de Lou avait disparu lorsqu'elle leva les yeux vers Mirren.

— Quoi ? Qu'est-ce qu'il y a ? s'inquiéta Mirren, sentant que quelque chose clochait.

— Tu es vraiment sérieuse à propos de te remettre avec Jack ?

— Ouais…

— Eh bien, tu ferais mieux de te bouger, parce qu'en ce moment même, il est au Casa del Mar, chambre 262, avec Mercedes Dance, et dans environ une demi-heure, tous les paparazzis de la ville seront devant l'hôtel.

Pendant quelques secondes, Mirren fut déchirée. Elle avait passé la semaine à penser à ce qu'elle devait faire pour sauver sa famille sur le long terme, et voilà que maintenant qu'elle avait pris sa décision, ce salaud menaçait déjà de tout gâcher à nouveau. Pire encore, ils étaient au Casa del Mar. Leur refuge sacré. Leur endroit à eux.

— Peut-être qu'ils ne font que parler. Pour régler les choses. C'est notre chambre, celle qu'on garde toujours pour les week-ends et les invités. Il m'a dit qu'il y logeait. J'ai supposé qu'il était seul. Quelle idiote.

— Tu as une clé ?

— Ouais.

— Alors, allons voir.

Mirren savait que c'était autant un défi qu'une tentative d'aider, mais si elle devait entrer en territoire ennemi, il n'y avait personne qu'elle préférait avoir à ses côtés.

Il n'y avait qu'une seule bonne solution pour sortir de cette situation, et il fallait commencer par laisser Jack rentrer à la maison pour entamer le processus de guérison.

Lou enfonça à fond l'accélérateur de sa Mercedes coupé alors qu'elles roulaient à toute vitesse à travers Santa Monica. Elles arrivèrent à l'hôtel Casa vingt minutes plus tard. Lou lança la clé au voiturier et scruta les rues à la recherche de paparazzis. Personne en vue. Ce n'était pas un endroit où ils avaient l'habitude de se retrouver. Trop éloigné de leurs repères habituels. Elle avait bien payé son informateur pour qu'il la prévienne une heure avant les autres médias et, cette fois, il semblait que ça en ait valu la peine.

Les talons de leurs deux paires de Louboutin claquèrent sur le sol du hall en marbre, puis s'évanouirent dans le silence lorsqu'elles montèrent dans l'ascenseur. Devant la chambre, Mirren prit une profonde inspiration.

— Prête ? chuchota Lou.

Mirren acquiesça et tendit la main vers la porte, mais Lou tendit le bras pour l'arrêter.

— On n'est pas obligées de faire ça, tu sais. On peut partir tout de suite. L'oublier. Faire comme si rien ne s'était passé.

Mirren répondit en insérant la clé dans la serrure. Elle ouvrit la porte pour voir…

Elle balaya la pièce du regard.

Rien. Vide. Le seul signe d'occupation était un plateau de *room service* près de la fenêtre. Une seule assiette. Un seau à glace. Une bouteille de champagne vide à l'envers au milieu.

C'était une habitude de Jack. Il faisait ça depuis la toute première nuit où ils avaient commandé une bouteille de Moët pour trinquer à leur premier vrai rencard.

Depuis, il y avait eu des centaines de bouteilles à l'envers dans des seaux à glace, mais aucune ne lui avait jamais inspiré la rage aveugle qu'elle ressentait à cet instant.

Elle traversa la pièce, la moquette étouffant le bruit de ses pas, et ouvrit la porte de la salle de bains.

Elle savait qu'il serait là. La première chose qu'il faisait toujours quand il rentrait le soir était de prendre un bain. Mais dans leur maison de Malibu Colony, il avait de l'eau chaude, des bougies, des huiles, et il parvenait à se détendre sans qu'une star de cinéma de vingt-deux ans se mette à califourchon sur lui.

Pendant un instant, Mirren fut étrangement fascinée par la douce courbe du ventre de sa rivale nouvellement enceinte et par la beauté incroyable de ses seins, brillants d'humidité alors qu'ils se soulevaient et s'abaissaient. Mercedes avait les mains dans ses cheveux, sa tête renversée en arrière, la respiration haletante et rapide. Jack avait les yeux fermés et son visage indiquait qu'il était au bord de l'orgasme – une expression que Mirren avait vue d'innombrables fois auparavant.

— Je ne vous dérange pas ?

Ce fut la seule chose qu'elle parvint à dire, mais ce fut suffisant. Mercedes hurla, Jack cria.

— Putain de merde !

Mirren vit le fait que son mari aurait un orgasme de moins dans sa vie comme une petite victoire. Calme.

Digne. Elle dut réprimer son envie de crier et de les tuer en répétant cette pensée dans sa tête.

Malheureusement, elle n'était pas suffisamment forte pour que Lou l'entende. Son amie la bouscula, se précipitant vers la baignoire. Là, elle gifla Jack avec une serviette qu'elle avait attrapée à la hâte avant de se tourner vers Mercedes :

— Bon, ma belle, il est temps de descendre, lança-t-elle avec mépris. Dégage et fiche le camp d'ici.

— Jack, tu comptes faire quelque chose ?

La voix geignarde de Mercedes donna à Lou des envies de meurtre.

— Oui, il va faire quelque chose, l'informa calmement Lou. Il va retirer son pénis flasque de ton corps, puis il va supplier sa femme de lui pardonner, sinon je vais noyer cet enfoiré sur place. D'autres questions ?

Mercedes secoua la tête, attrapa une serviette et, essayant désespérément de retrouver un semblant de dignité, se couvrit et se dirigea vers l'autre pièce. Elle s'arrêta lorsqu'elle passa devant Mirren.

— Quand je l'ai rencontré, il m'a dit que vous alliez divorcer.

Son ton indiquait clairement qu'il s'agissait d'une excuse.

— Peut-être, répondit Mirren. Mais après que la presse en a parlé, tu savais que ce n'était pas vrai.

— Eh bien, je vais avoir un enfant avec lui, alors tu vas devoir t'habituer à ma présence.

À la surprise de Mirren, elle ressentit un élan de compassion. Cette femme avait quoi ? Vingt-deux ans ? Vingt-trois ? Elle n'était pas beaucoup plus âgée que Chloe.

Lou était toujours en proie à la colère et au mépris.

— Yo, ma belle, est-ce que j'ai dit que tu pouvais parler à mon amie ? Tu ferais mieux de t'en tenir aux répliques écrites dans le scénario, chérie, parce qu'au moins, comme ça, on pourrait peut-être penser que tu as un cerveau. Maintenant, fiche le camp d'ici.

Même Mercedes Dance, starlette en vogue, savait qu'il valait mieux ne pas se disputer avec l'une des femmes les plus influentes d'Hollywood.

Jack passa à l'offensive.

— Mirren, pour l'amour de Dieu…

— Habille-toi, le coupa Mirren. Je serai à la maison. Si tu n'es pas là dans une heure, inutile de revenir. Jamais.

33

« Amazing »

Kanye West (ft. Young Jeezy)

L'allée du Beverly Hilton ressemblait à un parc de voitures de luxe, les limousines faisant la queue pour déposer leurs passagers prestigieux. La position des véhicules reflétait l'importance des stars dans le film : plus elles étaient proches de l'entrée, plus elles étaient célèbres. Et plus leur voiture était luxueuse.

C'était la même allée qui se transformait en tapis rouge lorsque l'hôtel accueillait chaque année les Golden Globes. Mais pas ce soir.

Ce soir, la crème de l'industrie cinématographique était présente pour rendre hommage à Wes Lomax, qui, après quarante ans dans le métier, était toujours au sommet et ne montrait aucun signe de déclin.

Zander contempla Sandra Bullock en train de descendre de la limousine devant eux et s'arrêter pour que les photographes puissent la prendre en photo. Elle figurait parmi les cinq femmes les plus talentueuses et les plus belles d'Hollywood selon lui. Ils n'avaient jamais travaillé ensemble, mais Wes venait d'acheter les droits d'adaptation cinématographique d'une histoire vraie sur un couple qui avait survécu à une attaque terroriste au Kenya et avait pensé à Zander et Sandra pour les rôles principaux. Zander était partant. L'équipe de Sandra serait contactée dans les deux semaines à venir.

Zander glissa dans sa bouche deux chewing-gums à la menthe pour rafraîchir son haleine. Version extra-forte.

Non pas qu'il ait quoi que ce soit à masquer. Arriver ici bourré aurait été tellement suicidaire pour sa carrière qu'il avait réussi à résister toute la journée à tout ce qui était plus corsé que du bain de bouche.

Le studio lui avait fait passer un test antidrogue la veille, et il avait poussé un soupir de soulagement empreint de Jack Daniel's quand les résultats étaient revenus négatifs. Chloe était toujours à la clinique, mais elle refusait de répondre à ses appels. Il comprenait. Elle était furieuse qu'il l'ait ramenée là-bas après qu'Hollie l'eut sortie des toilettes du LiX. Mais il était convaincu d'avoir fait ce qu'il fallait. Il devait croire qu'elle allait s'en sortir. Et quand ce serait le cas, il voulait lui montrer que, lui aussi, il s'en était sorti. Du moins, c'était ce qu'il ne cessait de se répéter entre deux vagues de désespoir qui le poussaient à boire. Pouvait-il vraiment être un mentor alors qu'il voulait se défoncer presque chaque minute de la journée ?

Le moment semblait décisif. Il était vraiment temps de se reprendre en main. Il s'en était tiré jusqu'à présent, mais ça ne durerait pas éternellement. La seule issue possible à son parcours actuel était de finir dans le même chapitre de l'histoire d'Hollywood que Sheen et Sizemore. Ou pire encore, de connaître la fin tragique de Cory Monteith ou Philip Seymour Hoffman.

Il était temps de changer. De conserver sa sobriété.

Il était temps d'oublier le passé, de laisser les démons derrière lui et d'aller de l'avant, tout droit, en équilibre, et sobre.

— Tout va bien, Zander ?

Leandro, son chauffeur habituel lors de ce genre d'événements, le regardait dans le rétroviseur. Zander se pencha en avant, lui donna une tape sur l'épaule et lui glissa un billet de cent dollars.

— Tu sais bien, mec. Écoute, ne reste pas ici à attendre. Je t'appellerai quand je serai prêt à rentrer.

— Vous êtes sûr ?

— On est samedi soir. Je ne peux pas te laisser rater la partie. Tu auras le temps de jouer quelques mains si tu y vas tout de suite.

Leandro avait l'habitude de jouer au poker le samedi soir avec ses copains de bowling dans son quartier privé au pied des collines.

Zander aurait presque souhaité pouvoir l'accompagner et éviter la fête. Les événements hollywoodiens, ce n'était pas son truc. Mais ce soir, c'était différent. Ce soir, c'était pour Wes Lomax, et il ne manquerait ça pour rien au monde.

Merde, il avait besoin d'un verre. Et un grand. Respirer profondément. Sourire. Rester sobre. *Let's go.*

Les flashs se déchaînèrent lorsqu'il posa le pied sur le tapis rouge et la foule majoritairement féminine qui s'était formée autour de la porte passa instantanément du silence aux cris.

Zander leur adressa son sourire caractéristique : mâchoire carrée, barbe de trois jours bien taillée, dents blanches parfaites. Une main dans la poche de son pantalon Dolce & Gabbana impeccablement coupé : confiant, sexy, avec juste une pointe de timidité. Zander Leith était en place.

À la porte, un casque soigneusement positionné sur ses extensions blondes, se tenait une jeune femme d'une vingtaine d'années, une mannequin/chanteuse en herbe de cinquante-cinq kilos, qui n'aurait pas détonné sur une scène de Las Vegas aux côtés des Pussycat Dolls. C'était son job d'appoint pour payer son loyer et se faire connaître. Un bloc-notes dans une main, elle tendit l'autre vers lui.

— Bonsoir, monsieur Leith. Je m'appelle Cindy. Laissez-moi vous accompagner. Le cocktail de bienvenue est servi à l'Internional Terrace, puis vous dînerez à la table de M. Lomax dans la salle de bal.

— Merci, Cindy. Je suis tout à vous.

Cindy répondit à son charme par un sourire timide et un rougissement qui montraient clairement qu'elle n'était pas opposée à cette idée.

— Et je suis tout à vous, rétorqua-t-elle, appréciant le flirt.

Arrivé à l'International Terrace, les serveurs l'accueillirent avec des plateaux de champagne et de jus de canneberge. Il choisit la deuxième option, sachant que s'il buvait une goutte d'alcool, ça ferait le tour de Twitter en quelques secondes. Tous les membres du personnel à Hollywood étaient des acteurs, chanteurs, écrivains ou réalisateurs en herbe, prêts à tout pour payer leurs factures et attirer l'attention. Pour eux, ce ne serait qu'une information en échange d'argent ou qu'un tweet qui les ferait passer pour des personnalités importantes dans leur ville natale :

@imthenextpacino Avec Zander Leith, et il picole grave
#PARTYYYYYBABYYY

Pour Zander, ce serait une tempête médiatique qui mettrait des jours à se calmer, avec des démentis et des photos mises en scène de lui en train de surfer ou de traîner dans un bar à jus de fruits. Ce n'étaient que des conneries, mais c'était le petit prix à payer pour cette vie. Du moins, c'était ce qu'il se disait quand il était sobre. Dans ses rares moments de lucidité alcoolisée, il n'en était plus si sûr.

Tous les gens qui comptaient étaient présents. L'influence et le statut de Wes Lomax l'exigeaient. Et juste pour ce soir, ils feraient tous semblant qu'au moins les trois quarts des personnes présentes dans la salle n'étaient pas rongées par la jalousie au point qu'elles n'hésiteraient pas à étrangler Lomax si cela pouvait leur permettre d'obtenir une fraction de ce qu'il possédait.

Merde, il avait besoin d'un verre.

Zander fit le tour de la salle. Un bisou à la nouvelle petite amie de Wes, une star chinoise en vogue du cinéma d'action, dont la souplesse était une qualité notoire. Il serra la main à des producteurs. Salua des réalisateurs. Fit de la lèche aux types des finances. Il flatta l'ego de chacun comme il se devait, tandis qu'il s'assurait que tous puissent voir que son séjour en cure de désintox n'était qu'un accident de parcours et que la star de cinéma était de retour.

Apercevant quelques alliés, il se fraya un chemin jusqu'à un groupe dans un coin. Don Michael Domas, star de *Call Me*, la sitcom qui avait hérité du public de *Friends* et réussi à le conserver pendant la dernière décennie. Lee Vandan, mannequin masculin, qui gagnait la moitié du salaire des top-modèles féminins, mais qui laissait son argent s'accumuler à la banque tandis qu'il vivait dans une cabane sur la plage près de Zuma et passait ses journées à surfer. Josh Wilson, scénariste, qui avait peaufiné les scripts de la moitié des meilleurs films d'action de l'année précédente et se moquait de ne pas être crédité, si bien que son nom était à peine connu en dehors du cercle sacré d'Hollywood. Tout ce qui comptait, c'était qu'il figurait dans le répertoire des financiers influents.

Les trois hommes accueillirent chaleureusement Zander et lui serrèrent la main. Toujours solitaires, c'étaient les personnes qu'il considérait comme ses amis proches. Ils traînaient ensemble à la plage, buvaient une bière, regardaient un match. Ils ne partageaient pas leurs problèmes ni leurs inquiétudes, mais ça leur convenait très bien. C'était à ça que servaient les psychologues à cinq cents dollars de l'heure.

Un vieux gong à la J. Arthur Rank les appela pour le dîner. Joli.

Zander serra à nouveau des mains en se frayant un chemin jusqu'à la table au centre de la salle. Wes était déjà installé et l'accueillit à bras ouverts.

— Tu as l'air en forme, fiston, très en forme.

— Merci, Wes. Je me sens bien, mec.

Merde, il avait besoin d'un verre.

Le repas se déroula dans une ambiance de camaraderie et de bonhomie, la façade parfaite pour rendre hommage à un type qui avait survécu quarante ans dans l'industrie la plus impitoyable au monde. Des extraits silencieux de ses films défilèrent en boucle sur le mur blanc derrière la scène. Pour Zander, c'était comme regarder un condensé de sa vie. C'était une situation inhabituelle, un acteur qui travaillait presque exclusivement pour un seul studio, mais c'était l'arrangement parfait pour eux et Zander n'avait jamais souhaité diversifier ses activités. Wes le comprenait. Il l'aimait.

Des années plus tôt, dans un rare moment d'émotion profonde pour eux deux, Zander avait demandé à Wes pourquoi il était resté à ses côtés malgré toutes les erreurs qu'il avait commises. Wes lui avait raconté avoir grandi sans rien, dans un foyer misérable, avec un père absent et une mère qui travaillait comme femme de ménage pour subvenir à leurs besoins.

— Les difficultés restent gravécs à jamais, et ça peut briser une personne. Je suppose que je reconnais un peu de ça en toi.

Ils n'en avaient jamais reparlé, mais ce n'était pas nécessaire. Ça suffisait à Zander de savoir que Wes était de son côté. Même si le patron lui témoignait une affection sévère et lui rappelait régulièrement qu'il le licencierait s'il nuisait aux résultats financiers.

Lorsque les dernières assiettes de desserts furent débarrassées, l'intensité des lumières baissa légèrement et le responsable de l'événement fit un signe de tête convenu à Zander.

Lorsqu'il se leva et se dirigea vers la salle, le système audio parfaitement calibré diffusa la bande-son des films

Dunhill. La foule applaudit et se tourna pour observer la scène.

Zander atteignit le podium, la musique s'estompa et il capta instinctivement l'attention de l'auditoire.

Merde, il avait vraiment besoin d'un verre.

— Mesdames et messieurs, merci beaucoup d'être ici ce soir pour célébrer l'un des plus grands producteurs que nous ayons jamais connus, l'un des plus grands visionnaires de l'histoire de notre industrie, l'une des plus grandes sources d'inspiration pour toute une génération de cinéastes.

Les applaudissements obligatoires furent rapides et enthousiastes. Un présentateur moins discret que Zander aurait pu ajouter bien d'autres louanges à l'égard de Wes Lomax. L'un des plus grands coureurs de jupons que l'humanité ait comptés en ses rangs. L'un des salauds les plus impitoyables à l'égard de tous ceux qui s'étaient mis en travers de son chemin. L'un des plus grands ego qui se soient jamais pavanés sur le Walk of Fame.

Mais c'était Zander qui avait la parole, alors il conclut simplement par :

— Un homme qui, pour moi, est un ami incroyable. Mesdames et messieurs, Wes Lomax.

Grâce à son entraînement quotidien avec un professeur de pilates, Wes avait la souplesse et l'énergie nécessaires pour monter les marches comme un homme deux fois plus jeune que lui. Les deux hommes s'embrassèrent avant que Zander regagne sa place, les invités à présent debout pour offrir une *standing ovation* à Lomax le Conquérant.

Wes remercia le public, composé d'un millier de personnes, puis se lança dans un monologue qui retraçait sa carrière en termes humbles mais glorieux. Celui qui avait rédigé son discours avait remarquablement répondu à la consigne : « Je veux montrer à quel point je suis brillant sans passer pour un connard. »

Alors que le discours se prolongeait, Zander s'efforça de ne pas se laisser distraire par la bouteille de vin rouge posée sur la table devant lui. Juste un verre. Juste un.

— Et cela m'amène à ce qui est sans doute les films les plus merveilleux que j'aie jamais produits : la série *Dunhill.*

Nouveaux applaudissements.

— Et un acteur que je tiens à mentionner tout particulièrement ce soir, Zander Leith.

Soudain, Wes coupa l'herbe sous le pied à la bouteille de Rioja 1964, car Zander comprit instinctivement ce qui se passait. Aux yeux du monde extérieur, Wes remerciait un acteur pour ses deux décennies de loyaux services. La vérité était un peu plus pragmatique. Wes protégeait son investissement. Il faisait savoir à la planète entière que Zander était toujours au sommet. Il s'assurait que tout le monde sache que la tache laissée par son séjour en cure de désintoxication avait été effacée pour laisser place à un éclat parfait qui permettrait à la franchise *Dunhill* de perdurer pendant de nombreuses années encore.

Zander vit Wes mettre de côté son discours préparé pour passer à l'improvisation.

— Quand j'ai rencontré Zander dans les années 1990, je n'avais bien sûr que seize ans…

Les célébrités rirent à point nommé.

— Mais déjà à l'époque, je savais que ce type avait quelque chose de spécial. L'histoire de notre rencontre a été racontée mille fois, mais bon… prêtez-vous au jeu.

Des murmures d'encouragement parvinrent jusqu'à la scène.

— Je jouais au golf en Écosse. Bon sang, qu'est-ce qu'il peut pleuvoir là-bas. Et j'ai trouvé un script.

La gorge de Zander se serra soudainement alors que ses souvenirs se heurtaient à un besoin désespéré de… Merde, il avait vraiment besoin d'un verre.

Ça devenait difficile de rester détendu et d'afficher un sourire désinvolte alors que tout ce qu'il voulait c'était se tirer. En emportant la bouteille.

— Un script vraiment spécial.

Wes était lancé.

Zander sombrait en enfer. Son esprit était revenu à ce moment-là. Il rembobinait. Cette époque. Lui. Davie. Mirren. L'un des moments qui avaient tout changé.

Ils étaient dans un café à St Andrews, une ville universitaire dans le nord-est de l'Écosse. Mirren et Zander étaient assis face à face sur une banquette lorsque Davie s'était glissé à côté de Mirren.

— Écoute, Mirren, j'ai besoin de ce truc que t'as écrit.

Mirren se mit immédiatement sur la défensive. Son visage rougit. Sa peur était évidente.

— Pourquoi ?

— Peu importe. Donne-le-moi, c'est tout, OK ? Je te jure que c'est pour un truc bien.

— Tu es allé voir la police ?

Davie fut horrifié.

— Ne sois pas stupide, putain. Écoute, y a un type qui séjourne à l'hôtel. Un gars du cinéma. Je veux le lui donner.

Zander frappa sur la table dans un grand bruit, et tout le monde se retourna vers les trois adolescents légèrement débraillés, dont deux étaient assis là depuis le matin à siroter deux canettes de Coca. Un spectacle inhabituel à St Andrews, une ville où les étudiants déballaient leurs vêtements, leurs livres et le fonds fiduciaire de papa dès leur arrivée.

— Va te faire foutre, Davie. Ne sois pas idiot. Je t'avais dit que t'aurais dû brûler ce truc, siffla Zander à Mirren.

— J'allais le faire, mais je... je...

— Zander, pour l'amour de Dieu, ferme-la. Laisse-la tranquille. Écoute, mec, je sais que tu ne veux pas l'entendre, mais on est foutus. Qu'est-ce qu'on va faire ?

Rester ici pour toujours ? On n'a pas de thune, nulle part où aller, et j'sais pas toi, mais moi j'en ai ras le bol de vivre comme ça.

Zander ne pouvait pas contester ce dernier point. Depuis qu'ils avaient fui Glasgow, ils avaient réussi à trouver des petits boulots : Zander et Mirren dans des bars et Davie dans les cuisines du St Andrews Grand, l'hôtel le plus prestigieux de la côte est. Mais leurs trois salaires combinés suffisaient à peine à payer le loyer du studio qu'ils partageaient, Mirren dans le lit simple, Zander et Davie dans des sacs de couchage d'occasion posés à même le sol. Se nourrir était un luxe occasionnel, et tout le reste était hors de question.

— Personne ne peut voir ce qu'elle a écrit, Davie. C'est trop risqué. Et si quelqu'un se rendait compte… Et si ça venait à se savoir ? Quand on rentre, je me débarrasse de ce truc. On trouvera un autre moyen.

Davie était abattu. Mirren leva les yeux de sa canette de Coca et prit la parole pour la première fois.

— Zander a raison. Je n'aurais pas dû le mettre dans mon sac à dos. C'était stupide. Oublie ça, Davie.

Zander était si furieux qu'il ne remarqua pas l'échange de regards entre eux, comme il s'en rendit compte plus tard. Mirren informait Davie de l'endroit où se trouvait le script. Où chercher.

— Alors, allez vous faire foutre. Je dois retourner travailler.

Mais il n'y retourna pas. Il alla dans le petit studio, prit le brouillon d'une histoire dans le sac à dos de Mirren. Quarante mille mots. Pas assez pour être un roman, mais suffisant pour raconter une histoire horrible à leurs yeux. Davie savait que pour quelqu'un d'autre, ce serait différent. Il y voyait une opportunité. Et à cet instant, c'était la seule qu'ils avaient. Davie retourna à l'hôtel, promit un rencard à une serveuse du room service *si elle le laissait apporter la prochaine commande dans la chambre de Lomax, et livra les steaks bleus de Wes.*

C'était un coup qui avait été tenté mille fois, mais cette fois-là, Davie eut de la chance. Lorsqu'il fit rouler le chariot dans la chambre, Wes cria à la personne qui l'accompagnait d'apporter son portefeuille pour qu'il puisse donner un pourboire au serveur. Davie avait presque perdu le fil de ses pensées lorsqu'une fille entièrement nue, aux seins énormes et refaits chirurgicalement, sortit de la chambre.

— Dix dollars ou dix minutes ? plaisanta Wes, sous le regard furieux de la fille.

Plus tard, bien plus tard, Davie leur raconta que Wes avait éclaté de rire et tapé sa propre cuisse.

— Viens t'asseoir ici, bébé, je vais tout arranger.

Davie fut momentanément oublié lorsque la fille leva les yeux au ciel et obéit, lui laissant le temps de récupérer le manuscrit sous la nappe et de le déposer sur la table basse à côté de lui. Wes ne s'en aperçut pas, occupé à apaiser sa petite amie hostile.

Davie ne reçut jamais les dix balles, mais ils avaient gagné bien plus que ça.

Zander revint au présent, rattrapé par la version abrégée et éditée des événements racontée par Wes.

— Dès que je l'ai lu, j'ai su que c'était quelque chose de spécial. Ça m'a pris quelques jours, mais lorsque j'ai retrouvé les gamins à l'origine du manuscrit, j'ai repéré un jeune homme qui se comportait comme une merde et n'avait rien à dire pour sa défense.

Zander salua automatiquement par déférence tandis que le public fasciné se joignait à la plaisanterie, la foule scintillante ignorant complètement à quel point c'était vrai.

Wes appela le numéro griffonné au recto du manuscrit quelques jours plus tard pour les convoquer dans sa chambre au Grand.

— Donc, si je comprends bien, c'est toi qui l'as écrit, dit-il à Mirren, mais vous trois, vous êtes quoi, des partenaires ?

Son ton était enjoué. Moqueur.

Mirren acquiesca, en fixant Zander d'un regard qui le suppliait de jouer le jeu. Son désespoir avait été la seule chose qu'il l'avait poussé à accepter. Il avait résisté, enragé. Il avait essayé de frapper ce petit salaud de Davie. Jusqu'à ce que Mirren l'en empêche.

— Zander, non ! Bordel, c'est quoi ton problème ? avait-elle lancé avant de prendre un ton plus calme. Zander, je sais que tu ne veux pas faire ça. Moi non plus. Pourquoi voudrais-je publier cette histoire ? Mais on n'a rien d'autre. Davie a raison. On doit le faire. S'il te plaît, Zander. Pour moi. S'il te plaît ?

Et voilà qu'il se retrouvait devant cet Américain, comme un gamin de douze ans qui essayait de réprimer l'envie de donner un coup de pied dans le bureau du directeur.

— OK, alors voilà ce que je pense. Je vais accepter ce truc de partenariat. Tu écris très bien, ma petite. Comment t'est venue cette histoire ?

Mirren hésita.

— Juste... une imagination sombre, je suppose.

— Eh bien, chérie, j'aimerais bien m'en procurer un peu.

Zander resserra ses poings, désirant désespérément mettre ce connard condescendant K.-O.

— Quant à toi, dit-il en se tournant vers Davie, il faut des couilles pour faire ce que t'as fait. J'aime ça.

Davie acquiesca avec enthousiasme, impatient d'entendre Wes dire quelque chose qui les sortirait de la misère de leur existence.

Il s'adressa à Zander :

— Mais toi, mon garçon. Tu fais aussi partie du marché.

— Non. Je ne veux rien avoir à faire avec ça.

— Voyez-vous ça, il ne veut rien avoir à faire avec ça, rugit Wes, dépassant largement les limites de la condescendance.

Davie et Mirren grimacèrent, mal à l'aise, tandis que Wes agitait son cigare pour plus d'effet.

*— Bon, voici ce que je propose. Je peux demander à des scénaristes de vous aider à transformer ça en script. Quant à l'*acting*, ça s'apprend. Mais c'est toi le gamin dans cette histoire. C'est toi qui t'es battu. Et tu es exactement comme je l'ai imaginé. J'ai la vision.*

Un point pour le réalisme, monsieur Lomax.

— Alors, voilà mon offre : tu es partant ou il n'y a pas de marché qui tienne. Fin de l'histoire.

Un mois plus tard, ils étaient à Hollywood. Petit budget, tournage avec deux caméras, un récit obsédant et poignant sur la violence, si authentique qu'il pourrait se reproduire n'importe quelle nuit dans n'importe quelle ville du monde. Deux ans et demi plus tard, ils avaient remporté un Oscar pour leur film, Brutal Circle.

Et à un moment donné dans tout ça, Wes avait pris Zander sous son aile. Il l'avait protégé et avait développé une influence sur lui qui se situait entre celle d'un patron et celle d'un bienfaiteur. Cela avait bien fonctionné pour eux.

À l'époque, Zander lui en avait été reconnaissant, car, très franchement, c'était tout ce qui lui restait après que ses deux meilleurs amis l'eurent vendu au premier enchérisseur.

Ces salauds déloyaux. C'est pourquoi il s'en ficha ensuite lorsque Davie coupa les ponts avec Lomax, enragé de ne pas être dans le casting de ses autres films. Ou quand Mirren déclara que Wes était un connard sexiste et jura de ne plus jamais travailler avec lui. Ils avaient entraîné Zander dans ce milieu en vendant une histoire qui l'avait profondément blessé. Il n'avait rien demandé et ne le leur pardonnerait jamais, mais il avait encaissé le coup et Wes Lomax lui avait offert une carrière qu'il aurait été fou de refuser. En plus, à l'époque, il n'avait pas vraiment le choix.

Dans le présent, Wes terminait son anecdote.

— Nous travaillons ensemble depuis plus de vingt ans maintenant et, Zander, je me dois de te remercier.

Zander se leva, hocha la tête, puis leva les mains pour applaudir l'homme sur scène. Les mille personnes autour de lui suivirent son exemple.

Ils laissèrent Wes conclure son discours avant de l'acclamer lorsqu'il quitta la scène. Zander le serra dans ses bras quand il passa près de lui, puis mobilisa tout son talent d'acteur pour endurer l'heure suivante avec charme. Au bout d'une demi-heure, il envoya discrètement un SMS à Leandro pour lui demander de venir le chercher. Dès qu'il put s'éclipser sans froisser personne, il utilisa l'excuse hollywoodienne classique.

— Faut que j'y aille, les gars, le tournage commence tôt demain.

Ce n'était pas vraiment un mensonge. Et cela fit rayonner Wes de plaisir.

— Je suis content de voir que tu prends soin de toi, fiston, lui dit-il en lui serrant la main.

Il lui fallut une autre demi-heure pour sortir de la pièce, serrant des mains et envoyant des bisous volants quand c'était attendu et judicieux.

Une fois à la porte, il inspira à pleins poumons l'air frais de Beverly Hills.

Merde, il avait vraiment besoin d'un verre.

Leandro s'arrêta devant lui et Zander tendit la main vers la porte, juste au moment où quelqu'un lui tapota l'épaule.

— Hé, tu pars déjà ? ronronna Cindy.

— Euh, oui. Je dois me lever tôt.

Bon sang, elle était magnifique. Zander eut soudain envie de lécher du Jack Daniel's sur chaque centimètre de son corps. Lentement. Avec précaution.

— Ton offre d'être tout à moi tient toujours ? le taquina-t-elle.

Son ton était aussi aguicheur que si elle avait laissé tomber sa robe par terre et s'était allongée sur le capot de la voiture, vêtue uniquement de talons hauts et d'un sourire.

Dans une vie antérieure, Zander aurait apprécié l'expérience. Il aurait répondu à sa séduction. Chaque synapse de son cerveau lui criait : « Vas-y, dépêche-toi, tout de suite. Qu'est-ce que tu attends, bordel ? »

Mais… putain, c'était atroce. C'était une voie à sens unique qui ne pouvait que mal finir. Il le savait. Elle reviendrait dans son appartement. Ils feraient la fête. Un plan à trois avec du Jack Daniel's, puis quelques heures plus tard, Hollie le traînerait sous la douche pour le dégriser et vérifierait qu'il avait utilisé une capote pour ne pas avoir à signaler un risque de paternité aux avocats.

Quel bordel. Un vrai bordel.

— Désolé, ma belle, je voudrais bien, mais je dois vraiment y aller.

Il fit en sorte que cela ressemble à un regret plutôt qu'à du rejet, puis se pencha pour l'embrasser sur la joue. Les paparazzis prirent quelques photos, mais il ne s'en inquiéta pas. Il ne lui avait pas enfoncé la langue dans la gorge, et de toute manière, il n'y avait aucune loi interdisant d'embrasser une femme magnifique.

Elle glissa son numéro de téléphone dans la poche de Zander en lui murmurant au revoir, puis lui fit signe de la main lorsqu'il monta dans la voiture et s'éloigna.

Une fois dans le véhicule, il l'avait déjà oubliée.

— Tout va bien, Roméo ?

Zander sursauta, ce qui amusa visiblement Hollie.

— Qu'est-ce que tu fais là ? Leandro, j'attendais mieux de toi, mec, dit-il, le ton à moitié blagueur.

Leandro répondit d'un haussement d'épaules impuissant.

— Elle m'a appelée pour me demander de passer la chercher en chemin. J'lui refuse rien.

— C'est parce que c'est moi qui signe tes chèques, Leandro, ajouta Hollie, en lui faisant un clin d'œil qu'il aperçut dans son rétroviseur. Ne l'oublie pas, mon pote.

— Oh, je ne l'oublie pas. J'ai perdu gros ce soir. C'est possible de m'augmenter ?

Hollie répondit en levant la barrière qui séparait l'avant de l'arrière de la limousine, étouffant les ricanements du chauffeur.

— Alors quoi, tu me babysittes maintenant ? demanda Zander.

— Tu ne me paies pas assez pour que je souhaite en plus passer du temps avec toi, rétorqua Hollie, son sourire adoucissant le coup.

— Donc ça veut dire qu'il y a un problème.

— Beau *et* intelligent, répondit Hollie.

— Qu'est-ce qui se passe ? Un autre test de dépistage de drogue ?

— Ouais, mais pas le tien. Le concierge de ton immeuble a appelé ce soir. Apparemment, y a une ado en train de dormir devant ta porte. Je lui file cent dollars par semaine pour qu'il m'appelle avant les flics.

— Bon à savoir.

Zander sentait déjà son estomac se nouer à l'idée de ce qui allait suivre avec certitude. Merde.

Hollie soupira.

— Il me l'a décrite et je suis pas détective, mais ça ressemble à Chloe. Il a dit qu'un service de voitures avec chauffeurs l'a déposée. Bien sûr. Bien sûr. La gamine est en cure de désintox et elle parvient encore à se faire envoyer un chauffeur. On est bien à Los Angeles, y a pas de doute.

Les années à travailler comme acteur lui sauvèrent la mise, empêchant qu'il trahisse quoi que ce soit, mais il crevait d'envie d'aller casser la gueule à quelqu'un dans cette clinique. Qu'est-ce qu'ils foutaient avec leur sécurité ? C'était la troisième fugue de Chloe – ou bien la quatrième ? – et ce n'était que grâce aux enveloppes de cash qu'il filait à Lebron que ses disparitions n'avaient pas été signalées au juge qui l'avait envoyée là-bas. En ce moment, Zander et ses pots-de-vin étaient la seule chose qui la séparait de la prison.

Hollie, elle, continuait à aborder la situation d'un point de vue pratique.

— Bref, il va falloir la ramener en cure ou chez sa mère. Je ne sais pas ce qui s'est passé entre vous deux, mais, Zander, je crois vraiment que sa famille devrait s'en charger. Ce n'est pas ton problème. On peut la déposer là-bas. Ils vivent à Malibu Colony et j'ai l'adresse. Alors, ce sera quoi ? La cure de désintox ou Mirren McLean ? À toi de choisir.

Zander ferma doucement les yeux, pour éviter que sa tête lui fasse encore plus mal.

Que fallait-il choisir ? L'option de merde A ou l'option de merde B ?

Pour l'instant, l'option de merde C, c'est-à-dire une bouteille de Jack Daniel's et un peu de coke, lui paraissait la meilleure.

34

« Daddy's Gone »

Glasvegas

Glasgow, 1988

La couture de sa nuisette en nylon la démangeait et lui laissait des marques rouges sous les bras, mais Marilyn n'allait pas la changer. Hors de question. Il serait là d'une minute à l'autre et c'était sa préférée : rose pâle, si transparente qu'on apercevait ses tétons à travers, avec la petite culotte en fourrure assortie. Même si ni l'une ni l'autre ne resteraient en place très longtemps. Il avait déjà arraché trois paires. Heureusement qu'elles coûtaient à peine quelques livres pièce, sinon il paierait la note. Il lui filait suffisamment de cash, mais ce n'était pas la question.

Elle enfila ses mules roses, se redressa et se contempla dans la grande glace fixée à l'armoire en teck. Pas mal pour trente-cinq ans. Le négligé cachait les vergetures et les quelques kilos qu'elle avait pris à Noël. Ses nichons, énorme et laiteux, débordaient du décolleté, exactement comme il les aimait. De dos, ça allait aussi : pas encore de cul affaissé.

Le dessus de sa coiffeuse croulait sous les flacons et les pots, et pas seulement pour masquer les auréoles laissées par les verres sur ce meuble pourri déniché au magasin caritatif. Jamais elle n'aurait imaginé finir comme ça. Du potentiel, elle en avait toujours eu. À l'école, aucune fille ne lui arrivait à la cheville question beauté. Rien n'était hors de sa portée. Londres. Hollywood. New York. Et les hommes riches étaient faciles à trouver. Suffisait de traîner au casino et ils lui tournaient autour comme des mouches autour de la merde. Ça rendait encore plus stupide le fait que c'était elle qui s'était fait avoir. Un Ricain dans le pétrole, qui jurait être vasectomisé. Un week-end à l'hôtel Excelsior, près de l'aéroport de Glasgow, et deux cents livres dans son sac en repartant le lundi matin. Non pas qu'elle les ait réclamés. Ce n'était pas son truc. C'était un cadeau, un bon moment pour tout le monde. Neuf mois plus tard, la deuxième partie du cadeau était arrivée.

Si elle s'était rendu compte de sa grossesse avant le cinquième mois, elle aurait réglé le problème. Mais bon. Trop tard. C'était arrivé. Ça n'aurait juste pas dû lui arriver à elle.

Un pschitt rapide de Dior Poison *dans le décolleté, un peu de gloss, et elle était prête.*

Elle attrapa le peignoir en soie rose sur le lit puis descendit l'escalier en prenant soin d'éviter les marches cassées avec ses talons de verre. Cette baraque était un vrai taudis, mais que pouvait-elle y faire ? Son mec promettait depuis des années d'arranger ça, et elle savait qu'il le ferait un jour. Elle savait qu'il ne valait mieux pas insister. De toute façon, quand il venait, ils n'avaient pas beaucoup le temps de discuter. Même après toutes ces années ensemble, elle avait encore des papillons dans le ventre rien qu'à l'idée, excitée.

— Tu veux manger quelque chose ? demanda Mirren, la regardant dans l'attente d'une réponse.

— Nan, je prendrai un truc plus tard.

Parfois, son chéri appelait le livreur pour un riz cantonais spécial après qu'ils s'étaient envoyés en l'air. Elle ne voulait pas se couper l'appétit, au cas où.

— T'es sûre ? Je peux préparer quelque chose.

Marilyn prit une bouteille de limonade dans le frigo et claqua la porte.

— J'ai dit non.

Qu'est-ce qui ne tournait pas rond chez cette gamine ? L'hôpital avait dû l'échanger à la naissance. Impossible que cette fille soit la sienne. Il suffisait de la regarder, assise à la table de la cuisine, avec son air moralisateur. Quel gâchis. Si elle faisait un peu d'efforts, elle ne serait pas si moche. Mais non, elle tirait ses cheveux en arrière, ne portait pas de maquillage et avait toujours le nez fourré dans un foutu bouquin. Quelle vie, sérieusement ? Cette gamine n'irait jamais nulle part si elle ne se bougeait pas un peu et ne trouvait pas un homme capable de la sortir de cette merde. Et pas un de ces garçons qu'elle fréquentait. Coucher avec l'un d'eux, d'accord, mais en gardant toujours un œil ouvert pour voir si quelque chose de mieux ne se présentait pas.

La gamine devrait juste être reconnaissante que son chéri s'occupe d'elle, depuis toutes ces années. Ce n'était pas qu'une question de cash qu'il leur refilait de temps en temps. Un jour, elle le savait, il tiendrait sa promesse et lui offrirait une autre vie que cette existence pathétique. C'était pour ça qu'elle n'avait jamais regardé un autre homme depuis leur rencontre.

La limonade pétilla quand elle y versa de la vodka, puis elle en but une gorgée. Elle ne buvait pas beaucoup. Juste un petit verre du soir pour se détendre un peu.

— Maman, je...

Le bruit de la porte d'entrée qui s'ouvrit interrompit ce que la gamine s'apprêtait à dire. Peu importait. Elle avait déjà replongé la tête dans son bouquin avant que Marilyn arrive à la porte.

Showtime.

Elle vit le sourire de son chéri s'élargir quand il remarqua que ses tétons s'étaient durcis. Voilà l'effet qu'il avait sur elle. En gloussant, elle le laissa la tirer à l'étage, mais ils n'atteignirent même pas la chambre. Il la fit se cambrer sur la dernière marche et déchira encore une fois sa culotte rose.

Un grand fracas retentit et, un instant, elle crut qu'une autre marche venait de craquer. Mais non. C'était la porte d'entrée qui avait claqué. Cette foutue gamine. Partie encore en boudant. Elle allait bien devoir comprendre que personne n'aimait les rabat-joie. Et si elle voulait s'en sortir, il n'y avait qu'une seule manière. Marilyn McLean sourit et haleta pendant que son chéri lui prouvait qu'elle avait raison.

35

« Tinseltown in the Rain »

The Blue Nile

Bon, c'était quoi la suite ? Assise les jambes croisées sur le lit de sa chambre d'hôtel, carnet ouvert, Sarah alluma son ordinateur portable. Elle se connecta au Wi-Fi de l'établissement, lança Internet, puis ouvrit les trois principaux sites de suivi de célébrités. Elle entra les noms de Davie, Zander et Mirren dans les trois barres de recherche. Rien de récent. La dernière apparition de Mirren remontait à plusieurs jours. Quelqu'un avait posté une photo de Zander Leith quittant la fête de Wes Lomax et quelques clichés flous de lui sur la banquette arrière d'une voiture entrant dans le studio la veille. Quant à Davie Johnston, il semblait passer sa vie à hurler sur les paparazzis et à se faire insulter aux matchs des Lakers.

Ça ne l'aidait pas du tout. Où étaient-ils aujourd'hui ?

Elle essaya Twitter, Facebook et Instagram, lançant des recherches sur les trois stars. À nouveau, rien qui puisse l'aider aujourd'hui, mais bordel, certaines filles n'y allaient pas de main morte dans leurs propositions à Zander Leith. Et les gens ne se retenaient pas non plus pour dire à quel point Davie était un trouduc. *Trouduc.* Sarah prononça le mot à voix haute. Ce n'était pas dans son vocabulaire habituel, mais ça faisait bien passer le message.

Une de ses jambes commença à s'engourdir, alors elle la secoua.

Allez, il devait bien y avoir autre chose. Il était hors de question qu'elle soit venue ici pour se prendre un mur dès le premier jour.

Minibar, eau, réfléchir.

Tout ce qu'elle avait à faire, c'était se retrouver face à l'un d'eux et voir leur réaction quand elle leur poserait des questions sur leur vie à Glasgow. Ses demandes répétées d'interviews avaient été refusées ; il n'y avait aucune mention de conférences de presse ou de tournées promotionnelles qu'elle pourrait détourner, donc elle devait trouver un autre plan. Pour l'instant, elle n'avait qu'une idée vague : elle pouvait trouver leur adresse et se présenter à leur porte. Mais il ne faisait aucun doute que ces trois-là seraient protégés par un service de sécurité impénétrable.

Une autre recherche, toujours rien.

Déterminée à résoudre le problème, elle prit son téléphone et composa le numéro de la seule personne qui pourrait peut-être l'aider.

Ed McCallum décrocha à la deuxième sonnerie. Il était vingt-deux heures au Royaume-Uni, mais elle savait qu'il serait encore là, en train de vérifier les épreuves pour la première édition du journal du lendemain.

— Grand chef, comment allez-vous ce soir ? Pas de vie, donc toujours au bureau, comme je vois.

Il éclata de rire.

— J'ai une vie. J'ai un sachet de coke sous les yeux et j'attends trois prostituées que j'ai réservées il y a une heure.

C'était sa réplique habituelle, rendue encore plus drôle par le fait qu'il n'aurait aucune idée de comment s'y prendre si des prostituées et de la coke lui tombaient littéralement dans les bras.

— OK, alors j'appelle le 112 pour leur demander de m'envoyer une aide médicale d'urgence. Ce sera déjà trop tard quand ils arriveront, mais au moins tu mourras heureux et tu sauras que j'ai essayé de t'aider.

— Je t'en suis très reconnaissant. Alors, ces vacances ? Tu te prélasses au soleil sur un transat ?

— Bien sûr.

— Et tu es où exactement ?

— Euh, je suis…

Ed l'interrompit avec une quinte de toux. Fumer vingt cigarettes Benson & Hedges par jour pendant quarante ans avait laissé des traces.

Elle attendit qu'il ait terminé avant de décider de changer de sujet et d'éviter de lui donner une réponse directement.

— OK, bon, avant que tes poumons te lâchent, j'ai besoin d'un service.

— Dis-moi.

— Imaginons si j'étais… oh, je ne sais pas, à Los Angeles, lâcha-t-elle d'un ton traînant.

Le son guttural qu'il émit était à mi-chemin entre un rire et une toux.

— Et que je voulais un peu d'aide pour retrouver une célébrité. En off. Pas pour le boulot. Juste par curiosité.

— Je comprends, dit-il, entrant dans son jeu.

— Comment je m'y prendrais ?

— Tu ne le ferais pas. Tu ramènerais ton cul ici et tu retournerais à ton vrai boulot, répondit-il.

— Et si j'étais vraiment têtue et que je tenais à respecter ce droit contractuel à prendre des putains de congés, aurais-tu d'autres suggestions ? le taquina-t-elle.

Un autre rire/toux. On aurait dit que c'était lui qui avait besoin de vacances.

— Tu téléphonerais à l'agence de presse de LA qui nous sert de correspondants et tu leur dirais que ton rédacteur en chef incroyablement magnanime t'a donné carte blanche pour qu'ils t'aident. Peu importe la facture, je la déduirai sur ton salaire.

— Merci, Ed. T'es génial.

— Je sais.

— Et si tu es toujours en vie après ton histoire de drogue et de prostituées, je te rapporterai un cadeau. Tu veux une enseigne Hollywood pour ton bureau ?

— Je me demande bien comment je peux survivre sans, répondit-il avant de raccrocher.

Sarah leva un poing en l'air, puis trouva le numéro du bureau et le composa. Une certaine Gemma décrocha.

— Salut, Gemma. C'est Sarah McKenzie du *Daily Scot*. J'ai besoin d'un petit coup de main. J'essaie d'obtenir des interviews avec Zander Leith, Davie Johnston ou Mirren McLean…

— Ils ne vous recevront pas. Ils sont tous en confinement. Rien avant la prochaine tournée promo.

— Oui, j'ai bien compris. Mais écoutez, avez-vous une idée d'où ils seront, où ils sortent ? Je veux juste me retrouver face à l'un deux.

Gemma paraissait totalement blasée à l'autre bout du fil.

— D'accord, attendez, comment avez-vous dit que vous vous appeliez ? Sarah Mackenzie ?

— Oui, du *Daily Scot*. On fait partie des nationaux britanniques et mon rédacteur en chef m'a dit qu'on avait un compte chez vous.

— OK, il faut juste que j'appelle votre journal pour confirmer. Ne quittez pas.

Sarah fut mise en attente pendant ce qui lui sembla une éternité. Elle était sur le point de raccrocher lorsque Gemma revint en ligne.

— Bon, M. McCallum a dit que c'était OK et qu'il ne fallait pas regarder aux dépenses.

Sarah serra le poing et souffla un « *Yes !* » muet avant de dire :

— C'est ce que j'aime entendre.

Le budget illimité avait bien entendu piqué la curiosité de Gemma.

— Vous travaillez sur un gros sujet ?

C'était la question évidente. L'agence ne voudrait surtout pas rater quelque chose d'important concernant l'un de ces trois-là.

— Non, juste des trucs basiques. Je veux leur parler pour une campagne de tourisme qu'on lance chez nous. Vous savez, des stars écossaises du pays, des grosses vedettes ici…

Sarah entendit presque Gemma bâiller.

— Cool. D'accord, voyons voir…

Des bruits de clavier s'ensuivirent.

— Rien de prévu pour Mirren McLean. Elle est en tournage pour le prochain film sur ce mec écossais. Aucun engagement public. Sa fille est en cure de désintox, par contre, donc vous aurez peut-être un peu de bol si vous traînez dans les parages. Life Reborn, à Malibu.

Sarah le savait déjà. Rien de tout ça n'était nouveau et tout était disponible en libre accès sur Internet.

— Zander Leith… Pff, canon, ce type. OK, lui aussi, il est en tournage. Rien de publié concernant son emploi du temps. Mais je sais qu'il surfe à Venice et à Zuma. Vous vous débrouillez avec une planche ?

— Seulement si c'est une planche à repasser.

Gemma ne comprit pas la blague et les espoirs de Sarah se mirent à fondre à vue d'œil. Elle allait vraiment devoir sortir et les traquer physiquement.

— Et Davie Johnston… OK, il a son truc ce soir.

— Son truc ?

— Ouais, une soirée anniversaire avec Jenny Rico. J'en reviens pas qu'elle soit mariée avec lui. Je le trouvais mignon, mais en fait c'est un vrai tr…

— Trouduc, ouais, j'en ai entendu parler, la coupa Sarah.

Elle s'intégrait parfaitement. Parfaitement. Elle avait déjà chopé le vocabulaire local.

— Laissez-moi regarder le communiqué que son attachée de presse a envoyé. OK, alors, voilà ce qui va se passer. Selon ce charabia complètement bidon : « Malgré ses récents ennuis, M. Johnston et son épouse, Mme Rico, se soutiennent pleinement l'un l'autre. Il est ravi de fêter cet événement marquant avec sa femme et ses amis les plus proches au Soho House samedi soir. » C'est genre, ce soir.

L'excitation de Sarah retomba.

— Soho House. C'est réservé aux membres, je suppose ?

— Ouais.

— Gemma, j'aimerais vraiment, vraiment pouvoir y entrer ce soir. Est-ce que vous pouvez faire quelque chose ?

Une hésitation, puis une réponse réticente :

— Je suis membre. C'est inclus dans le job. Donc je peux vous y faire entrer, mais je dois absolument être partie pour vingt heures. Vous paierez les verres et j'adore le champagne.

— Marché conclu !

— OK, je vous rejoins à la réception à dix-neuf heures.

— Gemma, je crois que je vous aime.

— Ouais, je m'aime aussi, répondit l'autre journaliste en riant.

À dix-neuf heures trente, Sarah commençait à angoisser. Pas de Gemma en vue. Ça arrivait. Elle ne comptait plus le nombre de fois où elle avait elle-même annulé des plans parce qu'on l'avait envoyée en reportage ou parce qu'elle avait été coincée au bureau. L'adrénaline et l'optimisme faisaient battre son cœur plus vite que la normale. Bon, beaucoup plus vite.

— Saluuuuut !

Victoire. Ça ne pouvait être que Gemma du bureau de presse de Los Angeles. Avec le sourire et en tentant de le faire discrètement, Sarah scruta la nouvelle venue de la tête aux pieds. Longues extensions blondes, minceur façon Paris Hilton, nez parfait, dents parfaites, maquillage impeccable, habillée comme si elle allait directement dans la loge VIP d'un concert de rock. Une jupe crayon incroyablement moulante, un haut argenté en cotte de mailles qui déchirait, des bracelets montant tout le long d'un bras et un sac Chanel. Franchement, c'était de la préparation haut de gamme juste pour, soyons honnêtes, une journée au bureau. Même si le bureau en question était un club privé ultra-sélect de LA, fréquenté par des gens que Sarah n'avait l'habitude de voir qu'en grignotant du pop-corn hors de prix au cinéma.

Sarah suivit Gemma dans l'ascenseur qui les mena vers les étages supérieurs, jusqu'à une salle offrant l'une des vues les plus époustouflantes qu'elle ait jamais admirées : les collines d'Hollywood, illuminées de petites lueurs scintillantes comme des lucioles à perte de vue.

Elles commandèrent toutes les deux du champagne au bar et, lorsqu'elle tendit sa carte de crédit, Sarah pria en silence pour que l'addition ne dépasse pas le prix de son billet d'avion.

— J'peux vraiment pas rester longtemps, expliqua Gemma, ses yeux balayant la salle pour repérer des visages. Apparemment, rien n'attira son attention, car elle reporta son regard sur Sarah.

— Alors, un projet touristique, c'est ça ? C'est, genre, trop bien.

Sarah acquiesça, réprimant l'envie de rétorquer quelque chose. Guérir le cancer, c'était trop bien. Voyager dans l'espace, c'était trop bien. Son mensonge ? Il n'était même pas sur l'échelle du génial.

— Vous travaillez sur quelque chose d'excitant en ce moment ?

Changer de sujet, jouer la carte de la camaraderie innocente. Elle ne voulait surtout pas que Gemma flaire une vraie histoire.

— Ouais, c'est justement pour ça que je dois filer. Je bosse sur un truc vraiment cool et intéressant sur le plan humain. Vous avez entendu parler de Pete Barry ?

Sarah hocha la tête. C'était un acteur de films d'action et d'arts martiaux, le genre où les méchants avaient toujours des tatouages de prison et où les gentils ne tuaient qu'une vingtaine de personnes par heure au nom de la justice. Il avait épousé une ancienne enfant star juste après son seizième anniversaire, avec la permission de sa mère, bien sûr. Ils appartenaient tous à une secte religieuse dont le siège se trouvait sur un navire ancré au large des côtes californiennes.

— Apparemment, les frappadingues leur ont offert un bébé en guise de cadeau de mariage. Chelou, non ?

Non, pas vraiment, pensa Sarah. Pas comparé à des atterrissages d'extraterrestres. Ou aux superhéros. Ou au fait que la semaine précédente, elle pataugeait encore dans les rues trempées de Glasgow, et qu'elle se trouvait à présent assise dans un club privé de Sunset Boulevard en train d'essayer de pister une star internationale. Pas chelou du tout.

— Du coup, bref, je dois y aller.

Gemma se leva d'un bond et fit le grand numéro du câlin et des bisous dans le vide.

Sarah sentit une palpitation de panique, une sensation inhabituelle. Elle allait rester toute seule, ici ? Elle masqua le tout derrière un sourire éclatant et une tentative de confiance.

— Oh. D'accord. Bon, plus qu'à espérer qu'il se montre.

Gemma parut perplexe.

— Il viendra, ne vous inquiétez pas. Attendez une petite heure et il sera là.

Une heure. Sarah remercia intérieurement ses contacts presse et le coup de chance incroyable qui l'avait amenée jusqu'ici. Dès que Gemma fut hors de vue, elle se tourna vers le barman.

— Je pourrais avoir un Coca Light, s'il vous plaît ?

Pas d'alcool. Si elle se retrouvait face à Davie Johnston, elle devait avoir l'esprit vif, car il n'y aurait qu'un seul vainqueur.

36

« Stay »

Rihanna (ft. Mikky Ekko)

— Salut, tu es prêt ?

Jenny était appuyée contre le cadre de la porte, les lumières halogènes de son dressing-salon personnel se reflétant sur les sequins de sa robe Marchesa argentée asymétrique. Il se retourna dans son fauteuil en cuir, frappé par les contradictions de la scène.

Cette pièce contenait trois murs entiers de vêtements de créateurs, un système informatique ultramoderne, une baignoire en marbre importée en un seul bloc d'une carrière italienne. Le tout valait plus que ce que la plupart des gens gagnaient en une vie.

Dans l'embrasure de la porte se tenait l'une des plus belles femmes du monde, son épouse, une star magnifique, drôle et chaleureuse, à la fois intelligente et couronnée de succès.

Il était sur le point de se rendre à une fête, pour célébrer les dix ans de mariage qui, vu de l'extérieur, ressemblait à un véritable conte de fées.

C'était le genre de vie dont on rêvait.

Enfant, à Glasgow, il aurait donné n'importe quoi pour avoir cette vie. Absolument n'importe quoi. Il avait plus que ce qu'il aurait jamais pu souhaiter, sauf le bonheur. Il avait tout, y compris, songea-t-il, une bonne dose d'apitoiement sur lui-même, mais il était totalement misérable. Terrifié. Anxieux. C'était différent d'autrefois, même des jours les plus sombres, quand tout semblait foutu, parce qu'à l'époque, il avait encore de l'optimisme, au moins. Ou peut-être était-ce de l'espoir. Quoi qu'il en soit, toucher le fond avait été bien plus facile quand il n'avait rien à perdre.

Maintenant, il pouvait tout foutre en l'air. Sa carrière. Sa famille. Et si la journaliste qui avait harcelé sa mère ne lâchait pas l'affaire, il pouvait perdre… quoi, sa liberté ?

Il se leva et attrapa sa veste sur le cintre fixé à l'un des panneaux de miroir qui lui permettaient de vérifier son apparence sous tous les angles. Les dernières semaines d'angoisse, combinées à l'abandon de son entraînement musculaire habituel, l'avaient rendu plus mince qu'à l'ordinaire. Ça lui allait bien. En fait, il n'avait jamais eu meilleure allure. Ouais, l'ironie ne cessait de se répéter.

Moteur allumé, la limousine les attendait dans l'immense allée circulaire, sa carrosserie étincelante illuminée par la beauté de la fontaine qui projetait des jets d'eau et des rais de lumière blanche dans le ciel nocturne.

Ça faisait longtemps que Davie ne les remarquait même plus.

Ils montèrent dans la voiture, et Jenny attrapa machinalement la bouteille de Dom Pérignon Rosé 2002, sa boisson de prédilection.

— Soho House, monsieur Johnston ? demanda le chauffeur.

— Exact.

Le club privé s'était imposé comme l'endroit évident pour la fête de ce soir. Situé sur Sunset Boulevard, à West Hollywood, c'était comme un petit bout de colonie britannique à Los Angeles, fréquenté par des talents venus du Royaume-Uni, des scénaristes et des initiés de l'industrie. Son seul inconvénient était qu'un accord de réciprocité avec le Soho House de Londres en faisait aussi un repaire habituel pour les journalistes britanniques. Ils savaient qu'à l'intérieur, ils devaient rester discrets et garder les choses confidentielles.

Un verre à la main, Davie se tourna vers Jenny.

— Santé, dit-il. Dix ans.

Elle lui rendit son geste.

— Santé.

Après une longue gorgée chacun, Davie posa son verre sur l'étagère supérieure du minibar intégré.

— Je sais que notre vrai anniversaire n'est que jeudi, mais je voulais te donner ça ce soir.

Il sortit un petit écrin en cuir bleu marine de sa veste, orné d'un blason immédiatement reconnaissable. Jenny laissa échapper un sifflement.

— Jusque-là, ça me plaît bien, commenta-t-elle.

Harry Winston surpassait même Dom Pérignon dans sa liste de marques préférées.

L'écrin s'ouvrit comme des volets, les deux côtés se repliant pour révéler un intérieur en daim bleu. Au centre reposait un superbe cercle de diamants.

— C'est une bague d'éternité.

— Je vois ça, ronronna-t-elle, tandis qu'il la glissait à l'annulaire de sa main gauche, où elle s'enfila comme si elle avait toujours eu sa place à côté de sa bague de fiançailles et son alliance. Comme c'était prévu. Il l'avait fait dessiner pour compléter les deux autres. Les phalanges de Jenny représentaient désormais l'un des biens les plus précieux de Beverly Hills.

— Il y a encore quelques semaines, j'aurais dit que ça n'avait pas été un mauvais voyage, lui dit-il, soutenant son regard, la tête renversée contre le cuir crème de la banquette. Mais je suppose que les récents événements ont réduit cette théorie à néant.

Elle ne répondit pas, et il prit ça comme un encouragement à continuer.

— Mais on va s'en sortir, Jenny. C'est juste une mauvaise passe. On va la surmonter.

Peut-être qu'il lui restait malgré tout un peu de cet optimisme adolescent. Peut-être que c'était le signal d'alarme dont ils avaient besoin. Peut-être qu'ils pouvaient remettre leur mariage sur le droit chemin, larguer l'amante lesbienne, se reconnecter avec leurs enfants. Peut-être qu'à long terme, il verrait ce moment comme un tournant de sa vie, l'instant où il avait compris qu'il s'était engagé sur la mauvaise voie et que les dieux du karma lui avaient donné un coup de pied dans la bonne direction.

— Davie, tu as fumé ou quoi ?

Les muscles du front de Jenny, qui gardaient encore un peu de mobilité malgré les injections, se froncèrent légèrement, seul indice qu'elle n'était pas d'accord.

— On n'a aucune chance. Rien. Nous deux, c'est terminé.

Une toux étouffée, involontaire, l'empêcha de répondre pendant quelques secondes.

— Qu'est-ce qu'on fout là alors ? On est en route pour célébrer notre dixième anniversaire, bordel !

— Ouais, parce que c'est prévu depuis des mois et que je ne vais pas annuler. Je ne veux pas qu'on pense que je suis une connasse déloyale qui t'abandonne quand tout part en vrille.

— Donc, ce soir, c'est quoi ? De la pitié ? s'emporta-t-il.

— Si c'est comme ça que tu veux le voir, alors ouais.

Elle se cala contre son siège, presque lasse, tout en reprenant une gorgée de champagne.

— Allez, Davie, on ne va pas repartir sur le bon pied, et on le sait tous les deux.

— Et les enfants, alors ? Tu ne leur dois pas au moins ça, qu'on s'offre une nouvelle chance ?

Elle referma ses paumes en poings et son front se fronça de nouveau.

— N'utilise pas la carte des enfants.

Davie se hérissa quand le ton de Jenny descendit d'un cran, jusqu'à sembler meurtrier.

— Dis-moi quoi que ce soit sur eux. N'importe quoi. Leur couleur préférée. Leurs meilleurs amis. Leur film favori. Ce que tu veux.

C'était un coup bas, mais efficace.

— Je les aime, balbutia-t-il.

— Tu n'aimes personne, Davie. Même pas toi-même.

Waouh. Juste… waouh. Celle-là, il la sentit en plein plexus solaire. Les mots lui manquèrent. Heureusement, cette explosion semblait avoir fait retomber la colère de Jenny.

— Écoute, Davie, je ne suis pas en train de te laisser tomber, dit-elle, d'un ton à présent conciliant. Je vais rester à tes côtés, continuer comme on l'a fait jusqu'ici, jusqu'à ce que tu en décides autrement. Je suis là pour toi maintenant et aussi longtemps que tu auras besoin de moi. On reste une famille et rien ne changera ça, d'accord ?

Peut-être avait-il fait quelque chose de bien, finalement, pour susciter une telle loyauté féroce. Dommage que, pour l'instant, elle se mélange avec la tristesse et le regret. Il aurait dû faire plus d'efforts pour sauver leur couple. Prendre des décisions différentes. Faire marche arrière. En dépit de ce qu'elle disait, il y avait peut-être une lueur d'espoir. Juste une lueur. Une pensée mesquine traversa son esprit, qu'il repoussa aussitôt. Si on découvrait qu'il était retourné dans l'arène, les tabloïds le descendraient.

Une douleur pulsant derrière son front lui vrilla les tempes alors qu'ils arrivaient à destination, entrant dans le parking souterrain du Soho House. C'était l'un des avantages de cet endroit : une entrée privée, sans paparazzis. Mais ça ne l'empêcha pas d'endosser automatiquement le rôle qu'il jouait et entretenait depuis dix ans.

— T'inquiète, mec. Je m'en occupe, lança-t-il au chauffeur avant d'ouvrir sa portière et de faire le tour pour ouvrir celle de sa femme.

Jenny prit sa main puis déplia son corps spectaculaire pour se hisser à côté de lui. Ils avancèrent jusqu'à l'accueil, puis prirent l'ascenseur qui les mena à l'entrée du Soho House.

Les portes s'ouvrirent et Jenny arbora son sourire à la Julia Roberts à pleine puissance pour le photographe qui les attendait. Ils étaient convenus d'accorder dix minutes d'accès à *US Weekly* en échange de cinquante mille dollars, à condition que les images ne paraissent pas mises en scène et que les Johnston aient un droit de veto complet sur les photos.

Dans cet univers exceptionnel, l'usage de caméras et d'appareils photo était interdit, ils étaient donc certains que ce seraient les seules images rendues publiques.

Carla, l'organisatrice d'événements que Jenny contactait pour tout, d'un pique-nique à un gala de charité formel, les rejoignit et les accompagna jusqu'à la salle à manger privée. Lorsqu'ils entrèrent, convenablement en retard, tout le monde était déjà installé. Mais les convives posèrent leurs verres de Ruinart Blanc de Blancs, se levèrent et les accueillirent sous les applaudissements.

La soirée avait été pensée comme un événement intime. La liste initiale comptait trente de leurs amis les plus proches et une amante lesbienne.

En bout de table, Davie et Jenny s'embrassèrent, faisant monter d'un cran le volume des applaudissements. Davie tira la chaise en velours doré pour que son épouse puisse s'asseoir, puis se dirigea vers la chaise assortie à l'autre bout de la longue table en acajou verni.

C'était presque médiéval dans son symbolisme. Le roi et la reine à chaque extrémité de la table, et au milieu, les laquais et les bouffons. Davie avait travaillé avec le bureau de Cal sur la liste préliminaire des invités pour son bout de table, mais il n'avait pas vérifié qui avait accepté ou décliné les invitations. Maintenant, il pouvait le constater par lui-même. Il balaya les visages du regard et les poils de sa nuque se mirent à frissonner. Les vedettes avec qui Jenny partageait l'affiche, son réalisateur, son producteur et ses amis étaient présents. De son côté ? Cal, bien sûr, accompagné de sa femme de vingt-cinq ans, Mel, une scénariste brillante dont la comédie satirique sur les rencontres en ligne *Click Me Up* faisait un carton d'audience. Nul doute qu'elle avait utilisé Cal pour percer dans le métier, mais pour sa défense, son talent lui permettait de conserver sa place.

Mais à part Cal, pas un de ses nobles chevaliers n'était présent. Enfoirés. Les stars de ses émissions de téléréalité n'étaient pas venues. Elles étaient toutes célèbres grâce à lui et, pourtant, ces ordures n'étaient pas là. Le jury d'*American Stars*, chacun de ses membres payé cinq millions par saison, n'avait pas déboursé le prix d'une limousine et d'un cadeau dont il n'avait pas besoin pour venir célébrer son bonheur foutu. Ils avaient travaillé ensemble pendant près de quinze ans. Maintenant que Davie avait été viré de l'émission, ils souffraient d'amnésie. Les sièges qui auraient dû être occupés par des noms connus par des millions de foyers du pays étaient pris par des costards qu'il ne reconnaissait que parce qu'un jour, il les avait ajoutés à sa masse salariale. Trois avocats d'affaires de la CSA. Greer Ness, son avocat personnel et Tanya, son épouse. Mon Dieu, même la secrétaire de Cal était là.

La douleur dans sa tête descendait maintenant vers sa poitrine, l'écrasant, faisant perler la sueur hors de ses pores, alors que l'acte de respirer n'était plus un automatisme.

Personne n'était là. Personne qui comptait.

Le serveur, qui avait l'air tout droit sorti d'une pub Abercrombie & Fitch, répondit immédiatement à son signal.

— Un grand Macallan sur glace.

— Tout de suite, monsieur Johnston.

Était-ce son imagination ou même cette réponse avait-elle le ton de la moquerie ?

Dès que le verre arriva, Davie l'avala d'un trait, ignorant les regards inquiets et mal à l'aise de ceux qui l'entouraient. Qu'est-ce que ça pouvait leur faire, de toute manière ? L'alcool, ça n'avait jamais été son truc, mais ici, c'était pour des raisons médicales. Son rythme cardiaque ralentit peu à peu. La sueur cessa. Ce soir n'était qu'un show et il devait juste tenir jusqu'au baisser de rideau. Il leva la main pour commander une nouvelle prescription. Le serveur comprit le message et continua de les apporter tout au long du repas. Au moment du dessert, Davie se demanda pourquoi il ne buvait pas plus souvent. Toutes ces années à traiter son corps comme un temple ne lui avaient jamais donné le frisson qu'il ressentait à cet instant.

Le génie du marketing qui vivait en lui résuma immédiatement la situation. Whisky. Rend le monde plus beau quand tout part en vrille.

Cette pensée le fit rire, effrayant encore davantage les invités de son côté de la table. Ils payaient ces gens et, pourtant, ils regardaient déjà leurs montres en se demandant quand ils pourraient décemment partir.

— Mesdames et messieurs, j'aimerais dire quelques mots.

Du côté populaire de la table, Darcy Jay s'était levée, une main posée sur le bras de Jenny et une coupe de champagne dans l'autre.

— Vraiment ? Tu crois ? demanda Davie, déclenchant aussitôt des regards de mépris de la part de Cal et Jenny, et de défiance de la part de Darcy.

— OK, vas-y. Tout le monde, je vous prie d'écouter la copine de ma fem…

Il marqua une pause et toute la salle retint son souffle. C'était Hollywood. Chaque personne dans la pièce connaissait probablement la vérité, et pourtant il serait un paria s'il la disait à voix haute.

— La meilleure copine de ma femme.

Tout le monde relâcha un peu les épaules.

— Merci, Davie, dit Darcy, en lui adressant un sourire doux avant de balayer la salle du regard. Merci à tous et à toutes d'être venus. Je voulais simplement remercier Jenny et Davie de nous avoir invités ce soir pour partager leur joie.

Murmures d'approbation et un applaudissement d'un invité un peu trop enthousiaste. Davie mit un moment à le situer. Il fut pris d'une envie de poser la tête sur la table quand il comprit qu'il s'agissait de Cyril, son gestionnaire financier. Oh bordel, ils avaient tellement manqué d'invités que son comptable était là. Il espérait au moins qu'il pourrait déduire tout ça de ses impôts.

— Je les connais depuis de nombreuses années maintenant, et je peux dire honnêtement qu'ils forment le couple le plus spécial que j'aie jamais rencontré : chaleureux, aimants, incroyables, continua Darcy, qui, si elle parlait au pluriel, ne regardait que Jenny. Ils méritent une vie entière de bonheur et l'amour que seule une véritable âme sœur peut apporter.

Elle fixait toujours Jenny. Bon sang, autant qu'elle tombe à genoux et la baise, là, devant tout le monde. Les invités applaudirent et Davie marmonna :

— Un autre Macallan, s'il vous plaît, dit-il avant de se lever. Darcy, merci. Ta con… con… contribution à notre mariage ne sera jamais sous-estimée.

Le léger bredouillement ajouta une pointe subtile de menace, ramenant toutes les épaules à la position standard de l'appréhension aiguë.

— Je voudrais juste vous dire remercier de votre présence et vous souhaiter la bienvenue à cette occasion étonnamment peu étoilée. C'est un plaisir de voir autant de personnes venues tout droit de mon carnet d'adresses du personnel.

Silence.

— Oups. Humour britannique, silence américain. Public difficile.

Ils ne riaient toujours pas.

Une révélation soudaine le frappa tandis qu'il tanguait sur ses pieds. Ils voulaient qu'il se plante. Il pouvait le sentir. Pas une seule personne dans cette salle ne se souciait de lui. Ils attendaient qu'il échoue, qu'il offre la victoire à Darcy, qu'il abandonne.

Eh bien, il n'allait pas leur faire ce plaisir. Hors de question.

Il regarda Jenny et sut qu'il la voulait. Qu'il devait la garder. Qu'il ne pouvait pas lui faciliter la tâche de partir. Elle l'avait aimé autrefois, il en était persuadé. S'il perdait sa dignité, sa carrière et sa vie, il allait au moins se battre pour garder sa femme. Elle ne l'avait pas quitté. Elle était là ce soir. Elle le soutenait. C'était une base sur laquelle construire, non ? Ils n'étaient pas comme certains couples de célébrités, qui misaient sur deux stars de troisième rang pour former un couple de premier rang. Ils étaient tous deux des vedettes, même si sa célébrité était un peu ternie en ce moment.

— Et je voulais juste ajouter quelque chose. Jenny, comme tout le monde, nous avons eu nos… différends au cours de notre vie commune. Mais je t'aime, bébé. Et je ferai tout ce qui est en mon pouvoir pour qu'on soit à nouveau ici dans dix ans, pour célébrer notre vingtième anniversaire. En années hollywoodiennes, ça fait presque un siècle ! Au cours des deux dernières décennies, j'ai produit certains des plus grands succès télévisés. Mais mes plus belles productions sont mes coproductions avec toi : nos magnifiques enfants. Ils comptent plus que tout pour moi.

Les mensonges venaient trop facilement.

— Et je veux te dire, ainsi qu'à tous ceux qui sont présents ici, que rien, et je dis bien rien, ne se mettra jamais entre nous. Pour toujours, bébé. Dix ans, sept lettres, trois mots. Je t'aime.

Il leva son verre et le reste de la salle l'imita, tous feignant de ne pas penser qu'ils venaient d'écouter un gros tas de conneries digne d'une téléréalité, tous conscients que le sourire radieux de l'épouse s'arrêtait avant d'atteindre son regard.

C'était un jeu de pouvoir et, dopé au Macallan, Davie avait l'illusion qu'il menait au score.

Après le dîner, Cal et Mel furent les premiers à partir. Cal lui serra la main et se pencha vers lui pour le prendre dans ses bras. Pour un observateur externe, ça ressemblait à un geste d'affection et d'amitié. Heureusement, personne n'était suffisamment proche pour entendre la remarque finale que Cal murmura à l'oreille de Davie.

— Rentre chez toi, Davie. Avant de me donner plus de merde à gérer.

— T'inquiète, Cal. T'inquiète. Tout est sous contrôle.

Le départ de Cal lança le mouvement et la salle se vida en quelques instants à peine, jusqu'à ce qu'il ne reste plus que lui, Jenny et Darcy.

— Beau discours, Davie, lui lança Darcy.

— Tu le penses vraiment ?

— Non.

Il sourit face au caractère prévisible de sa réponse.

— Je vais récupérer ma femme.

L'irritation de Jenny s'affichait clairement sur son beau visage.

— Tu sais que je suis là ? À t'écouter ? Tu es pitoyable, Davie. Rentre à la maison. Les enfants sont chez Darcy avec une baby-sitter. Non pas que tu t'en soucies. On rentre là-bas ce soir.

— Ooooooh, tranquille.

OK, d'accord, il était peut-être un peu puéril, mais bon sang, il devait bien s'amuser un peu ce soir. Après tout, il ne s'en sortirait pas pour moins de trente mille dollars, de cette réception.

— Un autre Macallan, s'il vous plaît, cria-t-il à personne en particulier.

Jenny ne put cacher son dégoût en passant devant lui.

— Tu es un raté, Davie. Tu as de la chance que je reste. Rentre à la maison. J'enverrai une voiture te chercher.

— Ouais, je suis un homme chanceux, concéda-t-il, au son de la porte qui se refermait.

Se hissant sur ses pieds, il repoussa le verre vide de Macallan, attrapa trois coupes de champagne à moitié pleines, les vida dans un seul verre et se dirigea vers le bar.

Il était assez calme. Juste quelques personnes à table. Personne ne sortait tard à Hollywood à moins de se prostituer, d'être de service ou de rechuter. Tous ceux qui travaillaient avaient un tournage tôt le matin et les autres étaient des alcooliques, toxicos ou accros aux jeux en cours de guérison qui savaient que plus ils restaient tard dehors, plus ils risquaient de céder à leur vice.

Il grimpa sur un tabouret et commanda un verre, juste au moment où un coup dans le dos le fit vaciller en avant, manquant de peu de lui offrir une rhinoplastie spontanée sans anesthésie.

— Qu'est-ce que…

— Davie, tu te fais lent.

La voix appartenait à Greer Ness, le patron du cabinet d'avocats qui gérait ses affaires depuis qu'il était une jeune star brandissant un Oscar hors de sa portée.

Greer incarnait à la perfection l'expression « maître de l'Univers ». Début de la soixantaine, cheveux gris distingués, impeccablement coupés et coiffés en arrière, un torse aux épaules de quarterback, fruit d'une vie entière de musculation et d'un bon tailleur.

— Pas lent, juste généreux. J'veux pas qu'un vieil homme se sente mal.

Greer rit. Bien sûr. Beaucoup d'argent sur beaucoup d'années méritait quelques points sur l'échelle de la flagornerie, même pour un avocat du calibre de Greer. Les nombreux Macallan n'arrivaient pas à obscurcir la triste vérité : si la vie de Davie partait en vrille, celui qui en profiterait le plus serait ce mec aux larges épaules qui prendrait sa généreuse part tout en essayant de limiter les dégâts.

— Ça va, mec ?

— Nickel. Un verre ?

— Non, ça ira. La voiture m'attend.

— Est-ce que c'est moi qui la paie ?

— Oui.

Alors que Greer souriait, Davie s'aperçut qu'en plissant les yeux, l'avocat ressemblait au frère plus costaud de Michael Douglas. L'idée, tout comme la conversation, l'amusa.

— Alors fais vite.

— Jenny.

— Ma femme.

Greer n'essaya même pas de masquer le sarcasme dans sa voix.

— Correct. Content de voir que tu suis. On a un problème.

— Le fait qu'elle soit probablement en train de baiser une autre nana à cet instant précis ?

— Si seulement ce n'était que ça, répondit Greer, l'air soudain grave.

— OK, je joue le jeu. Qu'est-ce qui pourrait être pire que ça ?

— Elle va demander le divorce, Davie.

Voilà une déclaration qui mit fin à la plaisanterie.

— Quoi ? Impossible. Elle ne ferait pas ça. Je ne sais pas d'où tu tiens cette info, mais tu te plantes. On n'est pas parfaits, je sais, et on a quelques problèmes, mais ce soir elle m'a dit qu'elle restait avec moi.

— Non, Davie. Ma source est infaillible. Elle te donnera les papiers vendredi.

Pendant un instant, la nouvelle le stupéfia au point de le réduire au silence, jusqu'à ce que la confusion l'emporte.

— Vendredi ? Mais pourquoi…

— Parce que votre anniversaire tombe jeudi.

Le coup fut brutal. Comment ne s'en était-il pas rendu compte ? Dix ans. Leur contrat prénuptial lui accordait dix millions en cas de divorce si leur mariage durait plus de dix ans. Aucune différence que ce soit vingt-cinq ans ou dix ans et un jour.

Elle se servait de lui pour l'argent. Voilà qu'il touchait encore plus le fond.

— Je suis désolé de t'annoncer ça maintenant, mec, mais je viens d'avoir l'info et on n'a pas de temps à perdre. Qu'est-ce que tu veux que je fasse, Davie ?

Davie vida son verre et le posa sur le comptoir.

— Prépare les documents de divorce pour mercredi. Tard. Qu'elle ne s'en rende compte que jeudi.

— Tu es sûr.

— Sûr.

— Entendu. Ça va aller ? Je peux te déposer ou t'appeler un taxi ?

Davie secoua la tête. En cet instant, le dernier endroit où il voulait aller était chez lui. Il décida qu'en haut de sa liste de choses à faire figurait une halte au Sunset Marquis, un coup de fil à un numéro qu'il connaissait bien sur le chemin, puis une nuit avec les six femmes accommodantes mais coûteuses qui l'attendraient là-bas. Il pourrait même mettre la note sur le compte de cette salope de Darcy.

— Un gin-tonic, s'il vous plaît.

La voix résonna dans son cerveau pendant un instant avant que Davie comprenne ce qu'elle avait d'inhabituel. Glasgow. Putain, combien de verres avait-il descendus ?

Il tourna la tête à droite et vit la femme à qui appartenait la voix s'installer sur le siège au bout du bar.

— Hé. Voilà un accent que je n'ai plus entendu depuis longtemps. Glasgow, non ?

Les nombreuses années passées à Los Angeles avaient donné à sa voix une intonation transatlantique, mais son accent s'était soudain transformé en pur ouest écossais.

— Yep. Je viens d'Ayr à l'origine, mais j'ai déménagé à Glasgow il y a quelques années, répondit-elle en rejetant en arrière une longue mèche auburn.

— Eh bien, de tous les bars…

Cliché, mais bon, il était à moitié bourré, bientôt divorcé, un vrai désastre.

Alors que le barman posait son verre devant elle, elle le remercia, puis prit une gorgée sans faire le moindre effort pour poursuivre la conversation.

Il aimait ça. Même à lui qui jouait actuellement dans la catégorie des ratés complets, une fille seule dans un bar la nuit lui aurait normalement déjà lancé son meilleur regard aguicheur. Pas une prostituée, donc. Aucune alliance, donc pas en train d'attendre son mari. Et elle portait un pantalon noir sur mesure, des bottines à talons aiguilles et un chemisier vert, boutonné au-dessus du décolleté. Trop sobrement vêtue pour être de la téléréalité.

— Où à Glasgow ?

— Dans le centre-ville. Park Circus.

Davie s'en souvenait. Les quelques fois où il était retourné à Glasgow à ses débuts, il avait logé au nouvel Hilton, au bord de l'autoroute M8, donnant sur l'ouest de la ville et sur le quartier de Park, réputé pour ses magnifiques maisons incurvées du XIXe siècle. À l'époque, c'était là que vivaient les personnes puissantes : les avocats, les politiciens, les gens du théâtre et des arts. Il présumait que ça n'avait pas beaucoup changé, bien que cette fille ne semble correspondre à aucune de ces catégories.

— Alors, qu'est-ce que vous faites à Los Angeles ?

Elle haussa les épaules.

— Juste, oh pff, des trucs chiants. Le boulot. Ne m'en parlez pas.

— OK, eh bien, je ne vous parlerai pas de boulot si vous ne me rappelez pas que je passe une sale journée. Alors, enchanté de vous rencontrer, Park Circus, dit-il en se penchant vers elle, gardant avec difficulté son équilibre. Je m'appelle Davie.

Elle lui adressa un sourire très mignon lorsqu'elle se présenta à son tour :

— Je m'appelle Sarah. Enchantée.

37

« Every Breath You Take »

The Police

Mirren regardait sa fille dormir, observant le va-et-vient de sa poitrine, et ses yeux qui tressautaient sous l'emprise d'un rêve ou d'un cauchemar.

Les cheveux de Chloe étaient doux et soyeux au toucher lorsque Mirren les repoussa doucement de son visage. Quand Chloe était petite, Mirren rentrait tard du boulot et passait parfois des heures assise sur le lit de sa fille, à l'écouter simplement respirer. Comment cette adorable petite créature avait-elle pu devenir cette jeune femme en colère qui sème le chaos et la douleur ? À quel moment exactement Mirren avait-elle perdu son bébé pour gagner une addicte ? Et pourquoi Chloe avait-elle décidé que la personne qu'elle détestait le plus sur cette terre était sa mère ?

Nuit blanche après nuit blanche, elle s'apercevait qu'il y avait beaucoup trop de réponses à ces questions. Et aucune qui soit simple à régler. La rébellion avait commencé au début de l'adolescence, avec des demandes de soirées pyjama, de sorties tardives, d'argent de poche. Peu de temps après, ce petit ami de dix-huit ans était arrivé, avec trop de liberté, trop d'argent, et lui avait montré comment accéder à tous les vices que Los Angeles avait à offrir.

Puis Jordan Lang avait fait son apparition. Ce déchet qui avait hérité de l'ambition de son père mais ne l'utilisait que pour se défoncer.

Même avant que Mirren ait découvert l'ampleur de la situation et qu'elle braque son revolver sur le problème, l'obsession de Chloe pour lui l'inquiétait déjà.

Elle avait déjà vu ça. Attendre à côté du téléphone qu'il appelle. Accourir dès qu'il l'exigeait. Se soumettre à tous ses caprices, à chacun de ses ordres. Il claquait des doigts et Chloe bondissait. Mirren n'allait pas permettre que ça continue. Sa fille valait mieux que ça. Bien, bien mieux.

Elle devait trouver un moyen d'y mettre fin, et elle l'avait fait. N'importe quelle mère aurait agi comme elle, n'est-ce pas ? N'est-ce pas ?

Chloe bougea, frissonna, et Mirren remonta la lourde couverture en cachemire et la borda autour de ses épaules.

Elle avait pris la bonne décision en la gardant ici. Elle était très reconnaissante à celui ou à celle qui avait ramené Chloe à la maison. Le chauffeur de limousine s'était arrêté devant les grilles de la Colony, avait demandé à la sécurité de prévenir Mirren et lui avait remis sa fille tout en souhaitant conserver l'anonymat. Quiconque était derrière tout ça avait sa gratitude. Elle devait aussi un immense merci au juge Hamilton, qui avait pris le temps d'entendre l'appel de ses avocats en privé et leur avait accordé un sursis de soixante-douze heures avant de renvoyer Chloe chez Life Reborn.

Mais il n'y avait pas eu beaucoup de progrès depuis qu'elle était rentrée. Depuis son retour à la maison, Chloe alternait entre sommeil et hurlements, et le médecin comme l'infirmière installée dans la chambre voisine peinaient à obtenir un minimum de stabilité ou de clarté. Mais au moins, Mirren savait où elle était et n'avait pas à craindre qu'elle fugue de la clinique pour finir défoncée, en prison, ou pire.

Combien de fois allaient-ils encore revivre ça ? Et combien de fois Mirren allait-elle se demander avec ironie comment il était possible d'acheter presque tout ce qu'elle voulait sur terre, d'utiliser son pouvoir, son influence et son argent pour obtenir presque n'importe quoi, excepté la guérison de sa fille ?

Après avoir quitté la chambre de Chloe, elle frappa à la porte voisine pour prévenir l'infirmière qu'elle s'en allait. Mon Dieu, comme les choses avaient changé. Mirren avait grandi dans une minuscule maison mitoyenne dont la surface équivalait à celle de son dressing, alors que sa fille grandissait dans une demeure où elle avait sa propre aile indépendante, avec une petite cuisine, un salon et deux chambres d'amis, actuellement occupées par les professionnels de santé chargés de veiller sur l'adolescente de dix-huit ans qui avait tout sauf une âme apaisée.

Les pieds nus de Mirren claquaient doucement sur le sol en marbre tandis qu'elle se dirigeait vers la cuisine. Là, elle mit la bouilloire sur le feu et prépara une théière. C'était une habitude de jeunesse qui ne l'avait jamais quittée. Une théière avec deux sachets, qu'elle laissait infuser jusqu'à obtenir la couleur parfaite avant de se servir le thé avec une touche de lait. Pas ces foutaises de tisanes.

La seule concession qu'elle faisait désormais, c'était de ne plus mettre de sucre. Elle avait appris à son arrivée ici que le sucre figurait sur la liste noire de Los Angeles, classé quelque part entre la cocaïne et le plutonium de haute qualité.

Son thé était prêt avant même qu'elle n'accorde la moindre attention à Jack, assis à la table dans le coin de la pièce. Elle avait fait ajouter la petite extension circulaire après l'acquisition de la maison, achetée après le décès d'un écrivain qui s'était enrichi au début des studios et avait investi dans les années 1940 dans un terrain qui avait appartenu à Rhoda May Rindge, contrainte de vendre des morceaux de sa splendide propriété en bord de mer. Des décennies plus tard, Mirren aimait penser que cet homme avait trouvé du réconfort en mourant seul mais heureux, assis sur une chaise installée sur sa terrasse, à regarder l'océan.

Si la réalité était tout autre, elle ne voulait pas le savoir.

— Salut, dit-elle, en se glissant à une extrémité de l'immense banquette semi-circulaire.

— Salut. Comment va-t-elle ?

— Elle dort.

Au vu de la tête de Jack, il avait besoin d'en faire autant. Il avait le teint gris et de lourds cernes noirs marquaient ses yeux. Mirren reconnut son t-shirt gris des Clippers : c'était celui qu'il portait à l'époque où il jouait au foot avec Logan dans le jardin. Le souvenir la fit sourire, même si leur silence dura quelques secondes de trop pour être confortable.

— As-tu trouvé comment elle est rentrée ?

Mirren secoua la tête.

— Non. Le service de voitures avec chauffeurs n'a pas voulu me dire qui les avait engagés. Et elle était tellement défoncée que je doute qu'elle le sache elle-même. Est-ce que ç'a de l'importance ?

Jack contempla la bouteille d'eau vitaminée devant lui. Il avait commencé à en boire quelques mois plus tôt, à peu près au moment où les vêtements branchés avaient fait leur apparition et où il avait commencé à se raser de près, le tout parfumé d'une forte odeur d'Eau de crise de la quarantaine.

— J'imagine que non. Je voulais juste m'assurer qu'on ne lui avait pas fait du mal. Tu sais…

La douleur se lisait sur tout le visage de Jack et soudain, Mirren comprit ce qui se passait chez lui. C'était trop. Tout ça. L'épouse qui travaillait sans relâche sur ses films, le fils devenu du jour au lendemain une star et qui passait l'année sur les routes, mais surtout, la fille qu'il était impuissant à aider, qui se mettait en danger, se rebellait avec une telle férocité que ça lui brisait le cœur en deux. Chloe avait toujours été la petite fille de Jack, sa petite princesse qui accourait quand il rentrait, dont le visage s'illuminait quand il pénétrait dans la pièce. La dernière fois qu'il l'avait vue, elle lui avait craché au visage.

Pas besoin d'une équipe de cascadeurs pour faire le grand saut – de l'abandon par une jeune adulte adorée à une liaison avec une femme presque du même âge. Un psychologue se régalerait avec lui. Lou dirait que ce n'étaient que des foutaises, mais Mirren ne put s'empêcher de penser qu'il y avait un fond de vérité dans cette idée.

Et en le voyant là, maintenant, hanté par la culpabilité et par la peur, le cœur de Mirren se ramollit un peu. Il n'était pas du genre à supporter ce type de traumatisme émotionnel. Depuis combien de temps s'effondrait-il ? Et pourquoi n'avait-elle rien vu ?

Elle tendit la main pour la poser sur la sienne.

— Ça va aller, Jack. On continuera à lui donner l'aide dont elle a besoin, et tôt ou tard, ça finira par fonctionner.

— Tu crois ?

— Tout ce qu'on peut faire, c'est espérer.

— Et nous, Mir ? Il reste de l'espoir pour nous ?

Elle prit un moment pour répondre, déterminée à ne pas paraître légère ou hypocrite.

— Je pense que oui. Je crois qu'il le faut.

Il aurait été mesquin de lui rappeler qu'il n'avait pas l'air très repentant quand sa maîtresse le chevauchait dans une baignoire, quelques nuits plus tôt.

Il se rapprocha d'elle dans la banquette en cuir crème et leva la main vers son visage, traçant une ligne sur sa joue du bout de son index. Mirren dut réprimer l'envie violente de la repousser. Elle ne voulait pas qu'il la touche, qu'il la sente, qu'il pose ses mains sur elle après avoir été…

Elle frissonna.

Il attira sa tête contre sa poitrine et lui caressa les cheveux, murmurant son prénom.

— Ça va aller, chérie. Je suis désolé. Je suis tellement désolé, Mir. Pardonne-moi. S'il te plaît, pardonne-moi.

Il plaça une main sous son menton, releva ses lèvres vers les siennes et l'embrassa. Doucement, tendrement, comme si elle était en porcelaine et qu'il avait peur qu'elle se brise.

Elle voulait désespérément s'éloigner, mais n'était-ce pas un test ? N'était-ce pas elle qui lui avait demandé de revenir, de tenter de recoller les morceaux ? Si elle continuait de le punir, ils n'y arriveraient jamais. Elle devait essayer. Elle devait trouver un moyen d'avancer.

— J'ai envie de toi, bébé. Oh, mon Dieu, Mirren, j'ai besoin de toi.

Était-ce ce qu'il lui disait à *elle* ? Ce qu'il lui murmurait avant de *la* baiser ? Avant que Mercedes commence à le sucer ?

Il se leva, la serrant encore plus fort contre lui.

— Tu es tellement belle, bordel.

Mirren ferma les yeux pour bloquer la voix, forçant son esprit à l'emmener ailleurs.

Toujours avec douceur, lentement, il déposa de petits baisers le long de son cou, léchant, taquinant, jusqu'à ce que l'envie de se débattre disparaisse et qu'elle commence à céder à la sensation.

Mon Dieu, ça lui avait manqué. Le contact de ses lèvres, de sa peau, le fait d'être désirée… mais c'était différent. Elle ne voulait pas faire ça avec lui.

— Non, Jack, murmura-t-elle. Pas ce soir.

L'expression horrifiée de son mari montra qu'il avait aussitôt compris, mais l'érection contre sa hanche resta dure, implacable.

Elle ne pouvait pas. Elle ne pouvait pas être intime avec lui. Pas après ce qu'il avait fait. Pas avec Chloe endormie à l'étage.

Mais si elle ne le faisait pas, qu'adviendrait-il ? Repartirait-il ? Retournerait-il vers Mercedes ? Devrait-elle laisser ses enfants pour faire face à un divorce ? Chloe n'avait-elle pas déjà assez souffert ?

Et pourtant…

Elle ne pouvait même pas envisager de faire l'amour. Pour le moment, c'était impossible. Mort. Mais elle devait essayer, elle devait lui faire croire qu'elle en avait envie, qu'elle pouvait encore être sa femme. À tous les niveaux.

Il n'y avait qu'une seule façon d'y parvenir. Il ne pouvait pas être Jack.

Il devait être quelqu'un d'autre.

Or il n'y avait eu qu'un seul *autre*.

Soudain, son corps était là, mais sa tête était ailleurs. Avec *quelqu'un* d'autre. Elle l'embrassait à nouveau, cette fois avec passion, mobilisant toutes ses forces pour entretenir l'illusion : l'illusion pour elle-même d'être avec un autre homme, l'illusion pour Jack qu'elle pouvait encore faire ça avec lui.

Les yeux complètement fermés, Mirren se concentra sur son propre plaisir, sur son corps, sur les sensations, sur la scène dans sa tête, sur la voix qui l'accompagnait, une voix pas tout à fait réelle. Une voix qui remontait à vingt ans plus tôt. L'accent écossais qui lui disait tout ce qu'elle voulait entendre.

— *Tu es belle. Magnifique. Incroyable. J'ai envie de toi depuis si longtemps. Tellement longtemps.*

Pendant un instant, Mirren ne voulut plus bouger, déterminée à savourer chaque seconde de… Puis la pression de la bosse dans le jean de Jack brisa le fantasme. Elle tenta de le ranimer mais non, il avait disparu. *Il* avait disparu. Le souvenir, la voix dans sa tête, les sensations qu'il lui donnait, les choses qu'il lui disait, tout avait disparu, et elle aurait pleuré de nostalgie pour les retrouver.

Dévastée, elle s'écarta des lèvres de Jack.

— Je comprends, bébé. On peut y aller doucement, gémit-il.

Cela suffit à déclencher la première vague de honte, comme si elle s'était tenue en embuscade tout ce temps.

Pour la première fois de sa vie, elle avait embrassé son mari en pensant à quelqu'un d'autre. Et pas à n'importe qui. À *lui*. Oh, mon Dieu, d'où ça sortait, ça ?

Elle ne pouvait pas regarder Jack dans les yeux, même si ça n'avait pas vraiment d'importance. Il se pencha vers elle pour l'embrasser.

— Je t'aime, bébé. Et je ne ferai plus jamais de la merde, promis. Je te le jure.

Comme aucune réponse ne venait, il la lâcha à contre-cœur et murmura :

— Je vais prendre une douche rapide, puis filer au lit. Tu montes ? Je veux te serrer dans mes bras, bébé. Toute la nuit.

Mirren hocha la tête.

— Dans une minute. Laisse-moi juste le temps de ranger un peu ici et de vérifier si Chloe va bien.

Il l'embrassa à nouveau puis ouvrit la porte pour monter à l'étage. Mirren attrapa une serviette dans le placard à linge avant de laisser tomber ses vêtements par terre.

Elle l'enroula autour d'elle, puis sortit par la porte arrière, descendit le sentier qui traversait le jardin et s'arrêta devant la cabane au bout de sa propriété. À l'intérieur, elle la laissa tomber et enfila un maillot de bain, avant de reprendre le sentier jusqu'au sable, puis de franchir la courte distance qui la séparait de l'océan. L'eau glacée piqua ses pieds, ses genoux et ses hanches au fur et à mesure qu'elle y entrait, et ce ne fut qu'une fois immergée jusqu'au cou que son corps s'habitua à la température, que les frissons cessèrent et que la chair de poule disparut. Mirren se coucha sur le dos et se laissa flotter, l'eau salée apaisant son mal de crâne, ses épaules tendues, et lavant la souillure des lèvres de son mari sur son corps.

Si seulement elle pouvait continuer à flotter. Juste dériver, jusqu'à atteindre un endroit où il n'y aurait ni incertitude, ni douleur, ni inquiétude.

Un endroit où *il* serait là.

La pensée la fit se redresser aussitôt, ses orteils touchant à peine le fond marin. Ses cuisses luttèrent contre la marée descendante alors qu'elle regagnait la rive. Dans la cabane, elle rinça le sel de son corps sous la douche, puis prit deux serviettes propres : elle fit un turban pour ses cheveux avec l'une et une toge improvisée avec l'autre. De retour à la maison, elle verrouilla la porte arrière, puis monta à l'étage, bifurquant à gauche au demi-palier où l'escalier se divisait en deux directions. L'escalier de droite menait à leur suite parentale de deux cents mètres carrés. Celui de gauche, à un endroit bien plus important. Arrivée devant la porte ouverte de la chambre de Chloe, elle s'arrêta et observa l'infirmière de nuit qui lissait encore une fois la couverture de sa fille.

Mirren appréciait cette femme, une Allemande à la poigne de fer qui ne faisait aucune concession au fait que c'était Mirren qui réglait les factures.

— S'il vous plaît, ne pas la réveiller. Elle vient juste de retourner dormir.

— Elle était éveillée ?

La culpabilité la frappa en plein ventre, l'étouffant. Son bébé était réveillé et elle, en bas, avait laissé Jack l'embrasser. Quel genre de mère était-elle, bordel ?

— En effet. Elle a ouvert les yeux quelques instants. Elle marmonnait. Difficile de distinguer ce qu'elle disait exactement. Elle appelait quelqu'un.

— Moi ? Elle demandait après moi ?

— Non, je ne crois pas. Ça ne ressemblait pas à « maman ». C'était autre chose. Quelque chose que je n'avais jamais entendu. Comme Ander. Ou Sander. Oui, Sander. C'était ça.

Le cœur de Mirren s'arrêta. Complètement. Soudain, elle était de retour dans le passé. Elle. Davie. Zander. Leur ancienne vie.

Son esprit revint à l'appel de Davie. À ce moment-là, ça l'avait troublée, mais, au milieu du désastre que sa vie devenait, elle l'avait rangé dans un coin et avait choisi de l'ignorer.

Mais ça ?

Impossible de faire semblant.

Sa fille réclamait quelqu'un, et avec une certitude qui la glaçait d'horreur, Mirren savait de qui il s'agissait.

Zander.

Pourquoi diable Chloe réclamait-elle Zander Leith ? Elle devait le découvrir. Elle voulait connaître la vérité.

Depuis leur naissance, Mirren avait toujours su qu'elle était prête à aller jusqu'au bout du monde pour protéger ses enfants de son passé.

Avec un mélange viscéral de peur et de panique, elle comprit que cette théorie allait être mise à l'épreuve.

38

« When We Are Together »

Texas

Les superstars n'étaient donc pas si inaccessibles que ça. Sarah savait qu'elle avait été follement optimiste en espérant parvenir à parler à Davie Johnston, mais il était bel et bien là, assis au bar, complètement bourré, à se lamenter sur son sort, désespéré de se confier à une parfaite inconnue.

À sa plus grande surprise, elle éprouvait presque de la pitié pour lui. Cette prise de conscience la fit revoir son plan initial, qui consistait à aller droit au but, à le prendre par surprise : entrer, sortir, partir, ne pas faire attention aux victimes. Passer directement à Zander Leith. Non, clairement, il valait mieux y aller en douceur dans le cas présent, du moins pour commencer.

— À mon tour de t'offrir un verre, dit-elle. On dirait que tu en as besoin.

— Purée, ta voix est incroyable. Je crois que j'ai le mal du pays. Ce qui est vraiment bizarre, parce que ça ne m'est pas arrivé en vingt ans.

Sarah attendit que le barman ait rempli leurs deux verres.

— Vraiment ? Pendant tout ce temps, tu n'as jamais eu envie de rentrer ?

Davie éclata de rire.

— Sérieusement ? Au départ, je n'ai même jamais voulu venir ici. J'avais fait une demande pour une maison à

Cumbernauld, mais c'était complet, alors je suis venu ici, plaisanta-t-il.

Sarah laissa échapper un rire venant du fond de sa gorge. Mignon. Étonnamment mignon.

Davie secoua la tête, le sourire aux lèvres.

— Finalement, c'était une bonne décision. J'aime le soleil. J'adore mon métier. Y a trop de bonnes choses ici.

Lui faire remarquer que l'homme qui prétendait avoir une vie formidable avait l'air d'une des personnes les plus tristes qu'elle ait jamais rencontrées lui parut mesquin. Comme c'était étrange de penser que seulement quelques jours plus tôt elle discutait avec sa mère. Une petite partie d'elle voulait lui dire, lui donner quelque chose de familier et de réconfortant pour lui remonter le moral. Une toute petite partie. Tous ses autres instincts lui disaient que son déséquilibre actuel était sa meilleure chance de lui soutirer des informations. La crise, le conflit et le chaos étaient les trois meilleurs amis des journalistes.

— Alors, tu sais qui je suis, hein ? lui demanda-t-il.

Comment la jouer ? La fille un peu naïve et pleine d'espoir ou la professionnelle désinvolte et blasée ? Il n'y avait pas photo.

— Bien sûr. *American Stars* passe sur une chaîne obscure au Royaume-Uni. On dirait que c'est assez populaire ici.

Ça suffirait pour l'instant. Flatter un peu son ego, mais pas besoin de préciser qu'elle connaissait parfaitement son statut de puissance médiatique américaine.

Ou devrait-on dire ex-puissance médiatique, désormais communément appelée « trouduc » ?

Quand il lui avait demandé plus tôt ce qu'elle faisait en ville, il avait accepté son esquive trop facilement ; il ne devait donc pas se soucier beaucoup des autres. C'était son monde et le reste ne faisait qu'y vivre.

— Plus si populaire aujourd'hui, dit-il en secouant la tête d'un air accablé.

Oh, Seigneur, quel drama ! Il avait tous les tics d'une tête d'affiche de feuilleton de l'après-midi.

— Mauvaise semaine ?

— Mauvais mois. Tu n'es pas au courant ?

Sarah fut tentée d'avouer la vérité, mais à quoi bon ? Les portes se fermeraient instantanément et elle n'obtiendrait rien. À la place, elle secoua la tête.

Davie leva son verre.

— Eh bien, félicitations. Tu dois être la seule personne dans le monde libre à ne pas savoir que le karma m'a rattrapé.

— Qu'est-ce qui s'est passé ?

Il vida sa boisson, puis fit signe au barman qu'il lui en apporte une autre.

— J'ai été viré d'*American Stars*. Le monde entier me prend pour un connard. Ma femme pense que je suis un enfoiré. Voilà, ça résume bien la situation.

Sarah réfléchit un instant.

— Et tes amis ?

Il se pencha vers elle.

— Sais pas. Tu es ma nouvelle meilleure amie. T'en dis quoi ?

Oh, bordel, il la draguait. Il lui faisait vraiment des avances, tous les feux au vert.

Ce n'était pas le plan. Ou peut-être que si, étant donné que sa seule stratégie était d'improviser et d'espérer que quelque chose de bon en sorte.

Elle se rendit compte qu'il attendait une réponse à sa question.

— Je ne sais pas. Pour l'instant, je trouve que tu es plutôt sympa. Tu es la première personne que je rencontre ici, donc je n'ai pas beaucoup de points de comparaison, répondit-elle, veillant à rester du côté amical du flirt, confiante dans sa capacité à gérer ça.

Combien de fois, en quête de scoop, avait-elle eu affaire à des types ivres ? Trop pour tenir les comptes.

Il se pencha encore plus vers elle.

— Tu veux sortir d'ici ? Aller autre part ?

Et voilà…

— Ça dépend.

Davie haussa les sourcils, surpris. Il n'était visiblement pas habitué à faire face à la moindre résistance. Rien d'étonnant. Il était beau, riche et célèbre. Et, même complètement bourré, il avait indéniablement quelque chose de séduisant.

— De quoi ? demanda-t-il, clairement amusé.

— Eh bien, voilà. J'ai un copain en Écosse. Il est très costaud et pourrait te tuer avec ses pouces.

— Aïe.

— Exactement. Et puis, tu es marié, et ça, pour moi, c'est rédhibitoire. Donc si tu cherches quelque chose… d'intime… alors je ne suis pas la bonne personne. Mais si tu veux juste passer du temps ensemble, manger un bout, là je suis partante.

— Et si je te jure que ma femme s'en fiche ?

— Ça reste impossible. Et tu n'as pas entendu la partie où mon copain pourrait te tuer ?

Derrière le comptoir, le barman astiquait le même verre depuis dix minutes, complètement absorbé par la conversation. Même par les parties prononcées avec un accent si fort qu'il ne comprenait pas tout. Il se promit de regarder *Braveheart* à nouveau.

Davie réfléchit si longtemps à sa réponse que Sarah crut avoir tout gâché. Merde. Elle savait à quel point ça relevait du miracle qu'elle ait réussi à lui parler ce soir. En tant que journaliste, entrer dans le même bâtiment qu'une star n'était pas trop compliqué, mais arriver à provoquer une conversation personnelle ? C'était le genre d'événement unique dont les journalistes parlaient jusqu'à ce qu'on répande leurs cendres sur le bureau de rédaction. Avait-elle tout gâché en se montrant trop froide ? Trop glaciale ? Il était crucial de s'assurer qu'il ne voyait pas ça comme de la drague, mais en même temps, elle voulait que la rencontre continue. Il le fallait. Elle commença à penser à un plan B dans sa tête. S'il la lâchait maintenant, elle pourrait appeler son assistant le lendemain, passer par la voie officielle, mentionner qu'elle avait parlé à Davie la veille. Plan C : traquer son prochain événement, y aller et espérer une deuxième chance.

— Avec ses pouces ? finit-il par dire.

— Absolument.

— Et si je t'emmenais juste boire quelques bières et peut-être manger un burger ?

— Là, il serait peut-être un peu contrarié, mais il te laisserait sans doute vivre.

— Bon. Peut-être des frites aussi, alors. Tant qu'à faire, que ça vaille le coup.

Le barman les observait toujours. Astiquant toujours le même verre. Profitant toujours de la conversation. Sarah aussi, à sa grande surprise.

Davie glissa de son tabouret, plus par volonté que par accident, même si c'était tout juste.

Lorsqu'il se redressa, Sarah se rendit compte qu'il était en fait légèrement plus petit qu'il ne paraissait à la télé. Peut-être un mètre soixante-dix-huit, à peu près la même taille qu'elle sur ses talons de dix centimètres.

— Vous pourriez aller voir si ma voiture est bien devant, mec ? Prévenez-les que je descends.

L'ironie de la situation n'échappa pas à Sarah. La semaine précédente, elle avait rencontré la mère de ce type dans un bus de soupe populaire. Cette semaine, c'était limousine à Los Angeles. Niveau fossé social, elle venait de franchir le Grand Canyon.

Davie parla au chauffeur alors qu'ils montaient dans la voiture. Enfin, plutôt « s'y affalaient comme dans un canapé ». L'intérieur était en cuir blanc ; une bouteille de champagne non ouverte refroidissait dans un seau à glace, deux verres entre celui-ci et une sélection de chocolats emballés individuellement. Rien à voir avec le métro de Glasgow, le moyen de transport habituel de Sarah.

Davie ouvrit la bouteille et versa deux coupes.

— Alors, dis-moi ce que je loupe.

— Ce que tu loupes ?

— À Glasgow.

— Qu'est-ce que tu veux savoir ?

— J'sais pas. J'ai juste envie d'écouter.

Sa question la prit complètement de court. Il n'avait fait que parler de lui toute la soirée, oscillant entre l'auto-admiration et l'autoapitoiement, lui expliquant à quel point il était génial et à quel point les autres gens du milieu pensaient la même chose de lui. Du moins avant. Maintenant, d'après lui, le monde entier le détestait.

— OK, y a le Royal Concert Hall, qui est vraiment magnifique. Surtout à Noël, quand le ballet vient. C'est sympa d'y passer la soirée, d'aller voir les lumières sur George Square puis de marcher jusqu'au Concert Hall. Et...

— T'es sûr que tu veux pas coucher avec moi ? bredouilla-t-il, renversant du champagne alors qu'il essayait de se resservir.

— Positif. Écoute, si tu veux me déposer, pas de souci. Je comprendrai tout à fait.

— Nope, je veux que tu restes. Mais je risque de te le redemander. Plein de fois. C'est pas grave ?

— Non, répondit Sarah en riant. Tant que tu n'attends pas une réponse différente.

— Ouais. Mais juste une question, quand même : il y a, genre, une échelle ?

— Une quoi ?

— Une échelle. Avec ton petit ami, celui qui va me tuer avec ses pouces. Si on se contente, genre, de s'embrasser, ce serait, disons, une commotion légère ? Une fellation, un poignet cassé ? S'il y a une échelle, ça vaut peut-être le coup de peser mes options. J'ai une haute tolérance à la douleur.

— Non, je pense que c'est plutôt une politique stricte du genre « si tu la touches, tu meurs ».

Sarah peinait à retenir son rire et à rester impassible.

Même dans cet état, ce type était vraiment drôle et étonnamment difficile à détester.

— Ah, OK, d'accord. Il a l'air un peu inflexible, ton mec. Je pense vraiment que tu devrais le quitter.

— Je vais prendre ça en considération. Merci du conseil. Je vais y réfléchir sérieusement.

— Très bien. Maintenant, ne le prends pas mal, mais il faut que tu te couches.

— Où ça ?

— En dessous de la ligne de la fenêtre. Et ensuite, je vais mettre une couverture sur toi. On est sur le point d'arriver chez moi et je parie qu'il y a une sacrée bande de pourris de paparazzis qui nous attend.

Waouh, chez lui ? Ça ne figurait ni dans le plan A ni dans le B ni dans le C. Sarah jeta un coup d'œil par la fenêtre et s'aperçut qu'ils avaient quitté la ville. Cette rue était bordée d'arbres, sinueuse et ponctuée de temps à autre par de grands portails encastrés dans de hauts murs ou des haies épaisses.

— Tu n'avais pas dit qu'on allait manger un bout ?

— Sandra…

— Sarah.

— Déso, Sarah. Écoute, je te promets qu'il n'y aura rien de louche. C'est juste que la situation est un peu compliquée et que je ne peux pas me faire prendre en photo le soir de mon anniversaire de mariage en train de manger un burger chez In-N-Out avec une autre femme. Ma cheffe cuistot fait des burgers excellents. Promis. Baisse-toi, s'te plaît.

— Mais les vitres sont teintées.

— Parfois, les flashs captent quand même les silhouettes. Je ne veux prendre aucun risque.

— Merde, souffla Sarah, en glissant sur le plancher, aussitôt plongée dans l'obscurité par un plaid en fourrure noire qu'elle avait remarqué plus tôt sur la tablette arrière.

Elle bloquait les flashs, mais n'atténuait en rien le bruit.

— Davie, est-ce que ta carrière est finie ? Baisse la vitre. Parle-nous, mec !

— Jenny, t'es là ? Tu couches encore avec lui, Jenny ?

— Baisse la vitre ! Deux minutes ! Juste deux minutes ! Quelques mots.

La voiture était maintenant à l'arrêt. Sarah supposa qu'ils attendaient l'ouverture des grilles. Le bruit formait un véritable mur sonore, incessant, agressif. Et pourtant elle pouvait distinguer des phrases, des cris, des insultes mêlées à presque chaque exigence.

— Allez, Davie, t'es foutu de toute façon. On le sait tous. Tu veux présenter tes excuses à tes fans ?

— Tu sais que ta femme couche avec quelqu'un d'autre ?

— Tu comptes lui coller un procès, Jenny ?

— Dis quelque chose, Jen. Allez, juste une petite vidéo. Largue-le, il est foutu.

Alors que la chaleur montait, sous la couverture, Sarah se rendit compte que ses poings étaient crispés et que son cœur battait la chamade. À côté de ces vautours, elle avait presque l'air de mère Teresa dans l'art de la cruauté. Elle pouvait gérer l'agressivité, encaisser les insultes – Dieu savait qu'elle en avait eu sa dose au *Daily Scot* – mais subir ça chaque fois qu'on sortait ou rentrait chez soi ? Ça devait être usant.

La voiture redémarra, le vacarme s'éloigna et soudain, elle put respirer de nouveau.

— Ça va ? s'enquit Davie en retirant la couverture.

Sarah remonta sur la banquette.

— Ouais, ça va. Ils étaient un peu hostiles, quand même. Pas des fans, j'imagine.

Davie haussa les épaules.

— Ils cherchent juste à se faire leur salaire. Plus ils me foutent en rogne, plus ils ont de chances de décrocher une réaction. Un cliché de moi en train de péter les plombs peut leur rapporter des milliers. Parfois des centaines de milliers.

Sarah savait déjà tout ça, mais préférait ne pas partager cette information pour l'instant. Se faire jeter hors de la limo, devoir redescendre l'allée à pied et escalader un portail de six mètres sous les flashs d'une dizaine de vautours et de leurs caméras ne l'enchantait pas. La soirée prenait de plus en plus des airs de train lancé hors de contrôle et elle tenait à tout prix à éviter qu'il déraille, la ridiculisant sur la place publique.

Quand la voiture s'arrêta finalement entre une fontaine ostentatoire et la porte d'entrée, elle hésita.

— Ils peuvent nous voir ? Avec des téléobjectifs ?

Il secoua la tête.

— Non. La vue est complètement bloquée par ces arbres.

Rassurée, elle descendit quand le chauffeur lui ouvrit la portière. Elle suivit Davie à travers une nouvelle porte, cette fois celle de la maison, tenue ouverte par une blonde superbe en minirobe noire pailletée et talons de vingt centimètres.

— Voici Alina. Ma gouvernante. Excellents burgers.

— Enchantée, répondit Alina avec un fort accent et d'un ton qui laissait à penser qu'elle ne l'était pas du tout.

Waouh ! Le hall d'entrée était à couper le souffle, comme sorti d'un décor de film des années 1940. Un sol en marbre crème, des murs ivoire scintillants qui montaient jusqu'au plafond voûté à double hauteur. Un escalier monumental à double volée en bois sombre. De grands portraits de Davie, Jenny et leurs enfants tapissaient les murs incurvés.

La vue la figea, la poussant à poser la question évidente.

— Davie, est-ce que ton épouse ne va pas être furieuse que tu ramènes une femme étrange chez vous ?

— Parce que tu es étrange ? rétorqua-t-il.

Dans un éclair de lucidité absurde, Sarah eut l'image d'un vieux film en tête. Oui, elle était Liza Minneli. Lui, Dudley Moore. C'était *Arthur*.

— Ce n'est pas vraiment la question.

Il continua d'avancer, l'incitant à le suivre.

— Ma femme s'en fout complètement. Bon. Alina, deux burgers, s'il te plaît. Bien chargés en mayo. Et demain, nie en bloc que tu m'as servi des glucides.

— Oui, monsieur Johnston.

Il marchait toujours, et elle continuait de le suivre, jusqu'à une sorte de salon avec deux immenses canapés en cuir semi-circulaires et un écran géant accroché au mur.

Davie sortit une bouteille de scotch du bar et servit deux doigts d'un liquide couleur miel à chacun, avant d'avaler le sien cul sec.

Ce type avait un sérieux problème.

— Je peux te demander quelque chose.

— Vas-y.

— Tu ramènes souvent des femmes ici ? Je veux dire, je ne veux pas te vexer, mais ça ne me paraît pas être la chose la plus sûre à faire.

— Non.

— Non, ça ne l'est pas ou non, tu ne le fais pas souvent ?

Bordel, Arthur était de retour.

— Les deux. Tu es la première nana que je ramène ici, et c'est justement parce que t'as raison. C'est dangereux.

— Alors pourquoi tu l'as fait ?

Pendant un instant, Sarah crut qu'il ne l'avait pas entendue, parce qu'il resta immobile, fixant droit devant lui. Figé.

— Parce que ton accent m'a rendu nostalgique. Parce que tu m'as fait rire. Parce que je ne voulais pas rentrer chez moi seul. Parce que ma vie est déjà pourrie et ne peut pas vraiment empirer. Sauf si ton copain et ses pouces débarquent.

Sa tentative pour ajouter un peu de légèreté ne réussit pas à masquer la vérité douloureuse. Ce type avait tout. Absolument tout. Et pourtant, en à peine quelques heures, Sarah avait compris qu'il était l'une des personnes les plus malheureuses qu'elle ait jamais rencontrées.

Alina arriva, vacillant sur ses talons, un plateau avec deux assiettes bien garnies à la main. Des burgers, des salades et des sauces. L'odeur fit crier l'estomac de Sarah de famine.

À en juger par le teint de Davie, elle produisit un effet bien différent chez lui.

— Je reviens dans une minute, annonça-t-il, se redressant maladroitement avant de repartir par où ils étaient arrivés.

Sarah attendit son retour quelques minutes. Rien. Elle croqua un bout de son burger. Ça lui paraissait impoli de commencer sans lui, mais elle mourait de faim. Une autre bouchée. Puis une autre. Bientôt, elle avait tout mangé, toujours assise là, sans savoir quoi faire.

Bon, quelles étaient les options ? Elle pouvait aller à sa recherche, mais, et si elle déclenchait une alarme ? Ou se retrouvait dans la chambre des enfants ? Ou, pire, tombait sur sa femme ? Ce serait une belle occasion pour la gouvernante hostile de la poignarder en affirmant qu'elle avait cru à une intrusion.

D'un autre côté, elle était journaliste. Fouiner, c'était son job. Chercher la vérité. Trouver les faits. Mais… là, c'était carrément hors de sa portée. Qu'est-ce qu'elle fichait ici, bordel ? Jamais dans ses rêves les plus fous elle n'aurait imaginé que la soirée tournerait ainsi. Certes, elle n'était pas experte en vie de stars, mais il y avait fort à parier qu'il allait péter un câble quand il découvrirait qui elle était. Merde.

OK, elle pourrait tout lui expliquer. Elle n'avait pas menti. Juste omis quelques vérités. Il ne pouvait pas vraiment le lui reprocher, en fait. Et puis, il était tellement bourré que même si elle lui disait la vérité, il ne la retiendrait sans doute pas. Mais mentir n'était pas une option pour elle. Quand elle lui avait dit son prénom, elle avait pensé à moitié qu'il ferait le rapprochement. Après tout, elle avait laissé une dizaine de demandes d'interviews sur le répondeur de son assistante, et sa mère connaissait aussi son identité. Heureusement, il semblait soit ne pas avoir reçu le message, soit ne pas avoir fait le lien. Mais ça ne durerait pas. Dès qu'elle donnerait son nom de famille, il lui suffirait de le taper sur Google et, en quelques secondes, il tomberait sur tous les articles qu'elle avait signés.

La fatigue et le dernier whisky l'assaillirent, alors elle s'allongea, enleva ses bottes et se recroquevilla, tirant sur elle un plaid du dossier du canapé.

Ça ne servait à rien. Elle devait tout lui dire. Il allait probablement piquer une crise, mais elle saurait encaisser le contrecoup.

Au fond, qu'est-ce qu'elle risquait ?

39

« The Honeythief »

Hipsway

Glasgow, 1988

Si quelqu'un décidait un jour de faire la bande-son de sa vie, il pourrait oublier la mélodie et se contenter d'une tête de lit qui tape conte un mur, en boucle.

Mirren s'assit à la table de la cuisine, essayant de se concentrer sur la préparation de son examen d'anglais. Est-ce que George Orwell avait écrit ses classiques avec sa mère qui baisait son mec à l'étage en bruit de fond ? Est-ce que Jane Austen avait pondu ses meilleurs romans en entendant sa mère supplier son amant d'aller plus fort et plus vite ?

Bordel, elle ferait n'importe quoi pour partir d'ici. N'importe quoi. Dès que ses examens seraient terminés, elle ferait ses valises et chercherait un boulot et une colocation. Peu importe où, tant que c'était hors de portée des gémissements de sa mère. Non pas que Marilyn s'en rendrait compte, et si c'était le cas, elle en serait probablement ravie. Elle remettrait sa nuisette rose préférée et déplacerait ses parties de jambes en l'air de la chambre au canapé. Beurk. Rien que d'y penser, Mirren en frissonna.

Les mots qu'elle devait écrire pour sa dissertation se bloquèrent sous l'énervement, alors elle mit ça de côté et sortit son carnet noir A4 de son sac d'école. Il suivait Mirren partout où elle allait, documentant tout. Sa jour-

née à l'école. La permanente catastrophique qui lui donnait l'air de s'être battue avec une tondeuse Flymo. Ses pensées sur tout, de la musique aux bouquins en passant par la nullité puante de The Hit Man and Her. *Bon, après quelques canettes de Diamond White, ce n'était pas si mauvais.*

Et, bien sûr, elle notait aussi des trucs personnels. Ce que ça faisait quand il la touchait. À quel point elle détestait dire au revoir. Comment Zander et Davie étaient les seuls à la faire rire, que sa mère l'ignore ou qu'elle se balance au lustre métaphorique.

Pouah, une autre image mentale dégueulasse. Elle prit son stylo et rédigea le titre.

La Tête de lit.

— Qu'est-ce que t'écris là ?

Elle sursauta, manquant de faire voler la tasse de thé à côté de sa main gauche.

Le dieu du sexe de sa mère entra dans la cuisine, vêtu d'une simple serviette autour de la taille. Mirren résista à l'envie de vomir.

— Mes devoirs.

Réponse glaciale. Sans le regarder. C'était déjà assez horrible d'avoir à supporter de l'entendre depuis des années, elle n'avait pas besoin de l'apprécier.

En fait, l'ambivalence en elle se transformait peu à peu en une véritable aversion. Ambivalence. Voilà un mot à caser dans sa prochaine dissertation.

Crétin. Encore un autre mot. Nom : un mec qui pense être attirant alors qu'il est en réalité un connard répugnant. Autrefois, il y avait de cela des années, elle aurait dit qu'il était pas mal, mais plus maintenant. Les vannes qu'elle trouvait drôles avant la faisaient maintenant grimacer. Les conversations qu'elle jugeait sans complexe et marrantes frôlaient désormais le glauque.

Elle avait de plus en plus de mal à cacher son hostilité, surtout parce que ça mettait sa mère de mauvaise humeur. C'était toujours un bonus.

— Oh, tiens donc, mademoiselle Parfaite. Tu vas bientôt être trop bien pour nous, c'est ça ? Tu vas nous laisser, nous les pauvres ploucs, pas vrai ?

Mirren l'ignora, la tête penchée sur son cahier. Elle continua d'écrire. Il finirait par s'éloigner. Comme toujours. Une grande gueule sans couilles. Elle le méprisait.

— Tu crois qu'tu pourrais m'apprendre un truc ou deux, alors ?

Il était à présent derrière elle, deux canettes de bière qu'il venait de sortir du frigo à la main.

— Oh, je parie que oui, répondit-il à sa propre question.

Toujours en train de parler. Pourquoi était-il toujours en train de parler ? Et pourquoi sa voix était si... bizarre ? Il chuchotait presque maintenant. Elle regarda droit devant elle, figée. Ne pas mordre à l'hameçon.

— Et j'parie que je pourrais t'apprendre un truc ou deux, moi aussi.

L'odeur de bière et de clopes emplit les narines de Mirren. Elle se rendit compte qu'il se penchait derrière elle, la tête presque posée sur son épaule.

— Ta mère dit qu'tu baises maintenant. Elle a trouvé une capote dans ton sac. Dommage, ça. C'qui, ton mec ? Un p'tit puceau boutonneux qui éjacule avant même d'avoir enlevé ton soutif ?

Mirren serra des dents. Merde, sa mère était au courant. Elle aurait dû faire plus attention. Bon, apparemment, ça ne la dérangeait pas puisqu'elle ne lui en avait jamais touché un mot. Pas un seul.

Rien de nouveau. Ce qui aurait été étonnant, c'est qu'elle s'en soucie.

Et pourquoi était-il toujours là ? Toujours en train de parler ? Il devait avoir bu trop de bières et se croyait à présent le roi du monde. Crétin.

Mais elle resta muette. C'était la meilleure stratégie. Il verrait qu'elle ne mordait pas, s'ennuierait et remonterait au royaume de la reine des nuisettes.

— C'est pas de ça que t'as besoin, mon chou. Tu as besoin d'un vrai homme.

Son haleine était encore plus forte maintenant qu'il n'était plus qu'à quelques centimètres de son oreille. Il s'appuyait contre son épaule, sa serviette touchant Mirren. Elle eut un haut-le-cœur.

— C'est de ça que t'as besoin, chérie. De ça, juste là.

Elle sentit de l'humidité sur sa nuque, un mouvement, un... Oh mon Dieu, il était en train de lui lécher le cou. Et son... Oh putain.

Il fallut une seconde à son cerveau pour comprendre, et quand il capta, Mirren bondit sur ses pieds, faisant valser sa chaise en arrière. La serviette était par terre et il se tenait là, son pénis en érection dressé devant lui.

Sa réaction d'horreur ne fit aucune différence. Au contraire, son sourire s'élargit, son rictus devint plus prononcé.

— Ah, fais pas ta difficile. Ce sera la meilleure baise de ta vie. Viens, que j'te montre...

Instinctivement, sans trop savoir ce qu'elle faisait, Mirren attrapa quelque chose sur la table pour s'en servir pour l'arrêter. Quand sa main trouva ce quelque chose, son seul réflexe fut de le lancer : le thé chaud gicla sur lui, sur les murs, sur le sol...

— Sale garce !

Elle était terrifiée, enragée, figée. Complètement incapable de hurler. Et que se passerait-il si elle criait ? Sa mère descendrait en trombe, contemplerait la scène et, d'une façon ou d'une autre, ce serait la faute de Mirren. Cette pensée déclencha enfin sa voix.

— Ne me touche pas, siffla-t-elle. Sinon, la prochaine fois, je m'assurerai que le thé soit bouillant.

Son visage vira encore plus au rouge. Il se pencha, ramassa sa serviette sur la table et la remit autour de sa taille.

Son visage était maintenant tout proche du sien, nez contre nez.

— Ouais, fais ça et je te tuerai. Et elle avec. N'aie aucun doute là-dessus.

— Qu'est-ce qui se passe, bordel ?

La voix de sa mère perça la pièce, aiguë. Mirren ne put la regarder. Pas besoin. Elle savait que sa mère porterait son court kimono noir en soie acheté avec des bons de réduction grattés sur des paquets de clopes. Ses cheveux seraient en bataille, son rouge à lèvres probablement parti. Et l'odeur du sexe flotterait encore sur elle.

— Rien du tout, mon amour, répondit-il d'une voix légère et enjouée. Ta petite Mirren est juste un peu maladroite, elle a renversé son thé. Je lui disais juste d'être plus prudente.

— Eh bien, ne compte pas sur moi pour nettoyer ça, rétorqua Marilyn. J'sais pas ce qui t'arrive ces jours-ci. Tu passes trop de temps le nez dans tes livres.

Mais comment sa mère pouvait-elle être aussi stupide ? Comment ne pouvait-elle pas sentir l'hostilité dans l'air ? Elle ne se posait même pas la question de savoir pourquoi sa fille tremblait face à un mec à moitié nu de plus du double de son âge ? Tout était la faute de la maladresse de Mirren.

Mais Mirren n'attendait pas mieux de sa part. Si c'était la fin d'un livre, elle l'aurait vu venir.

Le regard toujours noir et rempli de menace, il passa devant elle. Son expression traduisait de la domination.

Du triomphe. En cet instant, elle n'avait jamais autant haï quelqu'un.

— Y a une serpillière dans le placard de la chaudière, lui dit Marilyn avant de pousser un petit cri enjoué quand il l'enlaça, lui attrapa les fesses et la tira vers lui pour l'embrasser à pleine bouche.

Marilyn passa les bras autour de son cou, la ceinture de son kimono se desserra et la soie laissa entrevoir la moitié de ses gros seins blancs pendants et la dentelle rouge de sa culotte. Mirren détourna le regard, mais trop tard pour ne pas voir sa mère lui prendre la main et, toujours en riant, le conduire à l'étage.

— Allez, viens. J'crois qu'on doit, euh, parler, le taquina Marilyn.

Il la suivit, son sexe montrant le chemin, sans jeter un seul regard en arrière vers Mirren.

Mirren évalua la scène sous ses yeux. La flaque sur le sol, les manuels trempés, le peu de respect qui lui restait pour sa mère qui était parti en fumée.

Elle devait foutre le camp d'ici au plus vite. C'était une obligation.

Dès que ses examens seraient terminés, elle disparaîtrait.

En attendant, elle se fit la promesse que ça n'arriverait plus jamais.

Et que, si jamais ça arrivait, elle serait prête, et pas seulement avec une tasse de thé tiède.

40

« A Girl Like You »

Edwyn Collins

Il fut réveillé par le train qui passa à côté. Le bruit, putain de merde, le bruit. Boum. Boum. Boum. Ses globes oculaires vibraient à chaque pulsation, la douleur comme une cocotte-minute, serrant sa tête de plus en plus fort, jusqu'à ce que la mort paraisse être une délivrance.

Quand il se redressa, le train s'écrasa tout droit dans le front de Davie, désespéré de trouver de l'eau pour lubrifier le sable qui semblait avoir été projeté contre les parois internes de sa bouche et de sa gorge.

La douleur. Putain de merde. La douleur.

Écrasante. Crucifiante. S'il avait été un cheval, on n'aurait pas eu d'autre solution que de l'abattre.

Comment faisaient les alcooliques, bordel ?

À tâtons, il finit par trouver le bouton sur sa table de chevet et le tourna légèrement, modifiant la transparence de ses vitres, du noir total à une lumière juste suffisante pour voir, mais pas assez pour faire exploser ses yeux.

La pièce était trop chaude. Ou peut-être trop froide. Ses récepteurs étaient trop occupés à hurler de douleur pour transmettre des informations précises.

Des bribes de pensées éclataient au hasard dans sa conscience. Des informations. La veille. Jenny. Son avocat. Sa matière grise luttait pour relier les points. Divorce. Cette garce demandait le divorce. Il était dans sa ligne de mire, elle avait aligné les avocats et ils tireraient les balles de Jenny dès qu'ils auraient passé le cap des dix ans. Incroyable. Bravo, les enfants, la journée est sponsorisée par la lettre P pour « Putain de merveilleux ». Il devait réfléchir. Gérer. Penser à ce qu'il allait faire, pas juste réagir à chaud. Et, oui, aller chez la copine de sa femme et balancer une brique dans ses fenêtres vénitiennes entrait dans cette catégorie… si jamais il retrouvait un jour la maîtrise de ses gestes.

Avec précaution, pour ne pas déclencher un choc dans son corps, il sortit du lit et tituba jusqu'à la salle de bains. Il urina debout, son corps penché en avant, sa tête appuyée contre la fraîcheur d'un des carreaux à mille dollars pièce qui recouvraient le mur derrière l'urinoir en granit. Cinquante mille dollars. Pour pisser. C'était tordu à bien des niveaux.

La vessie vidée, il laissa son pantalon tomber par terre, fit glisser son caleçon Schiesser pour le rejoindre, puis retira ses chaussettes et sa chemise pour les ajouter au tas des détritus de la veille. Prendre une douche était au-dessus de ses forces, alors il saisit le peignoir noir en cachemire épais accroché derrière la porte et l'enfila, puis lentement, prudemment, les dents serrées à chaque pas, il descendit au rez-de-chaussée.

Dans la cuisine, Alina lui tournait le dos, balançant un mélange de carottes, d'herbe, de blé, de citron et de papaye dans le blender pour son jus du matin.

Trop tard, il se rendit compte que son cerveau n'avait pas réfléchi à l'étape suivante du processus. Les lames hurlantes de la machine firent monter des larmes à ses yeux. Voilà à quoi ressemblait l'enfer.

— Monsieur Johnston, bonjour, le salua-t-elle, son accent lourd et son visage trop botoxé lui donnaient l'air de désapprouver sa simple présence.

Apparemment, la bonne cuisine et la loyauté étaient comprises dans son salaire, mais les sourires et l'amabilité étaient en supplément.

— Un jus ? Et une omelette aux épinards ?

— Le jus. Juste le jus. Merci.

— Très bien.

Toujours désapprobatrice. Bon sang, qu'on lâche un peu la grappe à un mourant.

— Et votre amie est dehors en train de prendre un café sur la terrasse.

Il lui fallut un moment, un long moment, avant d'enregistrer l'information. Encore plus avant qu'elle ne fasse sens. La mémoire pixélisée finit par former une silhouette qu'il reconnut vaguement. Une fille. Écossaise. Mignonne. De longs cheveux couleur cuivre. Au bar.

Oh, mon Dieu, qu'avait-il fait ? Et pourquoi était-elle chez lui ?

Ce n'était pas le genre de conneries qu'il faisait en temps normal. Il était bien trop prudent pour ça. Pas de drogue. Pas d'alcool. Pas de sexe avec des inconnues. Et surtout, absolument personne chez lui en qui il n'avait pas une confiance totale. C'était comme ça qu'il avait réussi à rester à flot et à prospérer dans ce business aussi longtemps. Et pour quoi ? Pour que tout parte quand même en couille.

L'anxiété et l'irritation se transformèrent tranquillement en paranoïa.

Merde, elle pouvait être n'importe qui. Et qu'avait-elle fait pendant qu'il dormait ? Une visite de la maison ? Fouillé son bureau ? Planqué un micro ou, pire, une putain de caméra quelque part ?

— Alina, peux-tu appeler la sécurité et leur demander d'organiser une inspection de la maison pour détecter d'éventuels micros aujourd'hui ?

Seules les injections dans ses lèvres l'empêchaient de les plisser dans un geste de défi signifiant « Je vous l'avais bien dit ». Si elle n'avait pas été aussi bonne cuisinière, il l'aurait définitivement virée.

Il attrapa le jus brun sur le bar du petit déjeuner, enfila une paire de lunettes de soleil Sama qui traînait sur le comptoir à côté de la porte donnant sur la terrasse.

Bon. Voilà le plan. Sortir, être sympa, s'excuser, la faire partir sans qu'elle le déteste assez pour vendre une histoire aux paparazzis ou publie tout sur Facebook.

Il la repéra avant qu'elle le voie arriver. Assise dans l'énorme fauteuil en résine tressée qui résistait aux intempéries, les genoux ramenés contre sa poitrine, les yeux fermés, la tête renversée en arrière, laissant le soleil rayonner sur son visage. Même dans son état chroniquement affaibli, il pouvait voir les contradictions. Premièrement, elle était à Los Angeles mais prenait le soleil. Pas le passe-temps le plus populaire ici, par crainte du cancer de la peau et – pire encore – des rides. Deuxièmement, en trente secondes, son esprit l'avait montée en folle manipulatrice, pourtant elle n'était pas nue. Qu'est-ce que ça voulait dire que, dans sa vie complètement démolie et nouvelle, ça soit considéré comme un bonus ?

— Salut. Je suis Davie.

Commencer avec un humour désarmant avant de doucement enchaîner avec :

— Veuillez partir avant que j'appelle une équipe d'unités spéciales.

La tasse de café qu'elle tenait, posée sur ses genoux, l'éclaboussa lorsqu'elle sursauta instinctivement. OK, donc maintenant l'intruse/inconnue avait des brûlures au second degré. Pour une évacuation en douceur, on repasserait… Il remarqua alors qu'elle portait le même haut vert que la veille, mais que son pantalon semblait manquer, révélant son shorty blanc en coton. Mignon.

— Désolé, je ne voulais pas t'effrayer.

— Non, non, ça va. C'est ma faute. Je rêvassais, je ne t'ai pas entendu arriver. Et salut, moi c'est Sarah.

— J'avais retenu ce détail.

— Ah oui ? demanda-t-elle, avec le sourire et un sourcil levé.

Waouh, des sourcils pleinement fonctionnels. Une autre anomalie.

— Eh bien, presque, admit-il timidement.

Sarah montra sa tasse de café.

— Ta gouvernante m'a préparé un café, mais elle n'avait pas l'air ravie. Aurais-je dû lui demander de le goûter d'abord ?

Davie éclata de rire, ce qui fit à nouveau exploser sa tête. Bordel de merde.

— Probablement, balbutia-t-il. Désolé, j'ai l'impression qu'on m'a mis du gel avec une batte de baseball sur la tête.

— C'est si terrible ?

— Pire que ça.

La gueule de bois avait peut-être pris le dessus sur ses sens, mais il remarqua tout de même que son sourire était magnifique. Pas un sourire de concours de beauté. Il était plus amical que ça. Chaleureux. Et il atteignait ses yeux, les faisait plisser sur les côtés. Le combo de ses yeux verts, de ses cheveux auburn foncé et de ses taches de rousseur sur le nez était inhabituel ici, et tellement différent de l'aura plus ouvertement sexy et exotique de Jenny et Vala. Mais cette fille était magnifique d'une manière originale et naturelle.

Ce ne fut que lorsque le bruit de la tasse de café déposée sur la table devant eux rompit le silence qu'il prit conscience que quelques instants s'étaient écoulés.

— Alors, lança-t-elle, rompant la pause dans la conversation, as-tu trouvé comment tu vas me faire partir sans m'offenser ?

— Pourquoi est-ce que je…

— Parce que c'est exactement ce que tu devrais faire, l'interrompit-elle. Je pourrais être n'importe qui. Je pourrais être une folle obsédée qui te suit depuis des mois et maintenant je suis dans ta maison.

— Merci. Je venais tout juste de remettre le couvercle sur ma boîte de paranoïa Alors comme ça, tu es une folle obsédée ?

— Ouais.

Il grogna, mais elle l'interrompit à nouveau :

— Mais pas de toi. Je suis obsédée par Ryan Gosling. *N'oublie jamais* me fait craquer à chaque fois. Je pense que je devrais avoir ses enfants.

Mignonne et drôle. Soudain, l'envie de la faire partir ne fut plus aussi forte que l'envie de rester là toute la journée à lui parler. La regarder lui donnait envie de sourire.

— Je connais son manager. Je peux transmettre l'offre si tu veux ?

— Oh, mon Dieu, ce serait génial. Et ça m'empêchera de te tuer et d'écrire le nom de Ryan avec ton sang. Bonus supplémentaire. Désolée, je vais trop loin ?

Il prit une gorgée de jus, puis s'arrêta pour voir s'il allait remonter.

Non, ça restait dans son estomac. Super. Il pourrait peut-être s'en sortir sans ajouter « vomir » à sa liste récente d'humiliations publiques.

— Complètement, lui assura-t-il.

Sa réponse la fit sourire encore plus largement, et la familiarité déclencha un flash-back de la nuit précédente. Elle l'avait fait rire. Beaucoup. Et Dieu savait qu'en ce moment, il en avait besoin.

— J'espère que ça ne te dérange pas que je demande, mais tes enfants vont-ils revenir bientôt ? C'est juste que… enfin, tu sais. Ce n'est probablement pas approprié qu'ils me voient ici.

Que cela ne lui ait même pas traversé l'esprit en disait long sur ses compétences de père. Le fait qu'elle en ait parlé lui fit ajouter « attentionnée » à la liste : jolie, mignonne, drôle et obsédée par Ryan Gosling.

— Non, ils sont au travail. Ils font partie d'une série ici. *Family Three.*

— Et ils travaillent le dimanche ? demanda-t-elle, l'air suspicieuse.

— Parfois. Quatre jours par semaine, c'est le deal.

— Waouh. À l'époque, il n'y avait que les pauvres qui envoyaient leurs enfants travailler.

— Ce n'est pas exactement… commença-t-il pour se défendre avant de s'arrêter.

Qu'est-ce que ça pouvait bien faire si elle le jugeait ? Elle pouvait avoir raison. Ils avaient peut-être complètement foiré leurs enfants. Macaulay Culkin. Britney Spears. Lindsay Lohan. Ce n'était pas comme si être un enfant star était réputé produire des individus stables et équilibrés.

— Peu importe, conclut-il, en agitant d'un geste dédaigneux son jus du matin, dégoûtant mais nutritif.

— Désolée, s'excusa-t-elle.

— Pour quoi ?

— D'avoir l'air d'une conne moralisatrice. Ce ne sont pas mes oignons.

— C'est pas grave. Alors, euh, c'est quoi tes oignons ? À part espionner Ryan.

L'ambiance changea instantanément lorsque son expression passa d'ouverte et chaleureuse à autre chose. De l'appréhension ?

Elle posa les pieds au sol et se redressa, joignant ses mains sur ses cuisses nues.

— Bon, écoute, commença-t-elle, hésitante, ça pourrait un peu te choquer…

— Plus que l'image de toi écrivant mon nom avec du sang ?

— C'est sûr.

— Parfait, répondit-il.

Son sarcasme fut momentanément distrait par ses cuisses. Elles étaient magnifiques. Blanches. Musclées. Et ses cheveux, raides et lisses la veille, étaient maintenant ondulés, dans ce style ébouriffé de quelqu'un qui sort tout juste du lit. Pourquoi pensait-il à ça maintenant ? Concentration. Priorités. Retour à la discussion.

— Je m'appelle Sarah McKenzie.

Même dans son état hébété, ces mots déclenchèrent des alarmes qui lui donnèrent envie de se tenir la tête jusqu'à ce que les vibrations cessent.

— Tu essaies de te rappeler où tu as déjà entendu ce nom ?

Il ne put que hocher la tête.

— Je bosse pour le *Daily Scot*. Il y a quelques semaines, j'ai appelé pour demander si je pouvais t'interviewer. Ton staff m'a envoyée me faire voir.

Aucun mot ne sortit. Il bascula en avant et laissa tomber sa tête sur la table en verre. Puis il gémit. Vraiment fort. Jusqu'à ce qu'elle reprenne la parole.

— Je suis désolée. Je sais que je suis probablement la dernière personne que tu veuilles voir en ce moment. À part ta femme. Tu m'as dit hier soir qu'elle te prenait pour un connard…

Nouveau gémissement.

— Mais je te promets que rien de ce que tu m'as dit jusqu'à présent ne sera publié, continua-t-elle. Je te le jure. Ce ne serait pas éthique, de toute manière, étant donné que tu étais complètement soûl.

Il appuya sa tête contre la table. La fraîcheur aidait à éteindre les flammes du septième cercle de l'enfer.

Une journaliste. Chez lui. Une qui était déjà après un scoop. Un sujet sur sa vie en Écosse. C'était comme inviter un serial killer et lui demander d'aiguiser les couteaux. Réfléchis, Davie, réfléchis. Il devait la jouer intelligemment. S'assurer de ne rien foirer parce que, si elle découvrait la vérité… Oh non, il allait vomir.

— Je suis désolée. J'ai pensé à mentir, mais tu aurais pu me googliser en une fraction de seconde et découvrir qui je suis vraiment, donc ça n'aurait servi à rien. Écoute, je n'essaie pas de te démolir ni de te pourrir la vie. Je veux simplement t'interviewer à propos de ta famille en Écosse. J'ai, euh, rencontré ta mère. Elle est adorable.

Cette révélation sembla donner à sa colonne vertébrale la motivation nécessaire pour redresser son corps. Son expression laissait entendre que ce n'était pas une bonne nouvelle :

— C'est toi, la journaliste qui lui a rendu visite dans le bus ?

Sarah acquiesça, les incisives supérieures visibles en se mordillant la lèvre inférieure. C'était un signe de culpabilité. Le cœur de Davie commença à faire écho aux battements dans sa tête alors que, contre son instinct qui lui hurlait le contraire, il savait qu'il devait creuser davantage, gratter une croûte pour révéler le venin de sa vieille vie.

— Et qu'est-ce que tu veux savoir ?

Elle haussa les épaules.

— Je fais juste un article *lifestyle* et j'aimerais en savoir plus sur toi quand tu étais jeune. Sur ta famille et sur ce qu'ils ont ressenti quand tu es parti. Ce que ton succès signifie pour eux.

— Pas de pluriel, l'interrompit-il sèchement. Pas de « ils ». C'est juste moi et ma mère. Ç'a toujours été comme ça.

— Désolée. Je le savais déjà. C'était juste un lapsus.

Il avait envie de la croire. Un article *lifestyle*. Innocent. Sans danger. Mais il n'était pas idiot. Impossible qu'elle ait fait tout ce chemin pour un article qu'ils auraient pu monter en dix minutes avec leur équipe de relations publiques et un photographe.

Oui, sa mère était ravie ; non, il n'avait pas perdu contact avec ses racines ; et bien sûr, ils étaient toujours aussi proches qu'avant.

Il n'y croyait pas.

En plus, elle était journaliste, pas chroniqueuse de magazine. Les journalistes cherchaient des histoires, creusaient pour trouver des scandales. Or il y en avait suffisamment dans son passé pour remplir une carrière entière.

La conversation originale qu'il avait eue avec son ancienne assistante, Jorja, lui revint en mémoire : « *Nous avons reçu une demande d'interview d'une journaliste du* Daily Scot, *Sarah McKenzie. Je sais que tu tiens à rester visible au Royaume-Uni, donc je te réserve un créneau ? Elle veut surtout parler de ta vie en Écosse, de ton enfance aux côtés de Zander Leith et de Mirren McLean. Oh, et elle a dit un truc très bizarre... elle veut rencontrer les familles que vous avez laissées derrière vous tous les trois.* »

Elle avait dit « tous les trois »... Pourquoi les associer aujourd'hui, deux décennies après les événements, alors qu'ils n'avaient absolument plus aucun lien depuis tout ce temps ?

Pendant les vingt dernières années de sa vie, il s'était demandé ce que cela ferait si les fantômes du passé revenaient le hanter. Maintenant, il savait. Écœurant. Terrifiant. Il était presque reconnaissant que la gueule de bois lui offre une distraction physique.

Mais il avait suffisamment d'expérience pour savoir qu'il devait agir comme s'il n'était pas du tout inquiet, car à la minute où elle flairerait la peur, elle saurait qu'elle tenait quelque chose.

Il devait juste espérer qu'elle était simplement partie à la pêche, que ce n'était que de la curiosité sans aucune preuve concrète.

Juste au moment où son esprit embrouillé tentait de formuler une stratégie viable, les portes-fenêtres s'ouvrirent.

Telle une superhéroïne russe en jupe crayon et talons aiguilles cloutés qui allongeaient ses pas de vingt-cinq centimètres, Alina apparut, tendant un téléphone vers lui.

— C'est Cal. Urgent.

La peur du mot « urgent » fut vite surpassée par le soulagement de l'interruption.

Il se leva et traversa calmement quelques mètres sur la pelouse parfaite, hors de portée de sa visiteuse.

— Salut, mec, qu'est-ce qui se passe ?

— Jenny. Elle passera dans *The Elaine Show* mercredi soir. On a de quoi s'inquiéter ?

Par où commencer ? Petit un, elle demandait le divorce. Petit deux, elle allait lui prendre des millions. Petit trois, ce qui lui restait encore de crédibilité disparaîtrait, car même ceux qui n'avaient pas encore décidé qu'il était l'incarnation du mal à cause du fiasco Sky Nixon le condamneraient sans procès, supposant que c'était la raison qui avait poussé Jenny à le quitter. Petit quatre, *The Elaine Show* était le seul talk-show diffusé en direct et qui attirait en moyenne cinq millions de téléspectateurs chaque soir. C'était mauvais à bien des niveaux. Non pas qu'elle parlerait de leur mariage dans l'émission. Oh non. La nouvelle saison de *Streets of Power* approchait, donc ce serait purement professionnel et elle omettrait toute question personnelle. De plus, l'élément clé du plan consistait à conserver la façade d'un mariage heureux jusqu'à au moins jeudi, jour de leur véritable anniversaire. Ensuite, elle déposerait la demande de divorce vendredi, suivant l'un des deux plans possibles : soit elle garderait la procédure secrète jusqu'à ce que la tempête passe, puis quelques mois plus tard, annoncerait qu'ils avaient décidé de se séparer, restaient meilleurs amis et ne voulaient que le bonheur de l'autre ; soit elle rendrait tout public immédiatement, irait voir la presse, utiliserait l'affaire pour se faire de la pub et expliquerait la soudaineté en disant qu'elle avait découvert un terrible secret à son sujet qu'elle ne pouvait pas partager avec le monde parce qu'il était le père de ses enfants. Il misait sur la deuxième option. Et, vu sa cote de popularité actuelle, le public international croirait en une seconde qu'il arrivait juste derrière les tueurs en série sur l'échelle des méchants.

Réfléchis, Davie, réfléchis. Un problème à la fois. Mettre la journaliste de côté pour l'instant et traiter le problème numéro deux. Multitâche. Jouer le jeu. Retourner la situation à son avantage. Il devait y avoir quelque chose à sauver dans cette affaire, un moyen de la tourner pour s'en sortir. Il entra en mode sportif, se coachant pour avancer, pour aller décrocher la victoire. *Reviens dans la partie, Davie. Allez, mec, reviens dans la partie.*

— Non, rien à craindre. Mais je pensais, Cal. Et si on faisait un épisode spécial ? Appelle la productrice d'Elaine. Dis-lui de s'attendre à un autre invité. Moi. Et dis-lui qu'on veut faire la surprise à Jenny. De l'or pour la télé. Un moment spécial. Tout ça, tout ça. Et si elle ose hésiter à accepter ma venue, dis-lui que ni Jenny ni moi ne reviendrons. Point final.

Il raccrocha, retourna à la terrasse et posa délicatement le téléphone sur la table, craignant qu'un bruit trop fort ne le fasse basculer.

Bon, retour à l'autre petit problème : le fait qu'il ait réussi à se retrouver avec une journaliste tabloïd comme invitée, capable de détruire ce qui lui restait de vie.

Comment fallait-il la jouer ? Il pouvait se mettre en colère contre le fait qu'elle ait omis de mentionner sa profession et la ficher à la porte, s'arranger même pour qu'elle quitte la ville. Ou il pouvait utiliser son charme considérable, faire en sorte qu'elle reste de son côté et lui donner ce qu'elle voulait savoir tout en la tenant éloignée de tout ce qui pourrait lui causer davantage de tort. Ou pire.

Le premier réflexe était instinctif ; le second avait plus de sens.

— Désolé. Donc, qu'est-ce que tu disais ?

Sarah leva les mains en signe de reddition.

— Écoute, tu as parfaitement le droit d'être en colère, et je suis désolée. Mais j'aimerais quand même travailler sur un article avec toi. Tu as beaucoup de fans en Écosse et ce serait un coup génial pour moi d'obtenir une interview personnelle. Tu sais, le classique « le garçon du coin qui a réussi ».

Elle mentait. Ils le savaient tous les deux. Et ils savaient tous les deux qu'il n'allait pas accepter ce qu'elle voulait. Mais pour l'instant, il devait prendre une pause pour réfléchir. Et se procurer des antidouleurs pour son crâne qui le lançait.

Juste à ce moment-là, une douleur fulgurante traversa son front, le faisant frissonner.

— Tout va bien

— Ouais, ça va. Juste les effets secondaires de trop de rafraîchissements. La dernière fois que j'ai été bourré, je veux dire *vraiment*, je devais avoir seize ans, je crois.

Ses yeux se plissèrent et son expression timide fit son apparition tandis qu'il déployait son offensive de charme à grande échelle. Ça semblait fonctionner.

— C'était à Glasgow ? Que s'était-il passé ?

Waouh, est-ce qu'il venait de se tirer une balle dans le pied ?

— Je te raconterai tout, promis. Mais on peut remettre ça à plus tard et continuer quand mon sang ne sera pas composé à quatre-vingts pour cent de Macallan ?

— Bien sûr.

Une pointe d'incrédulité s'invita dans sa voix. Elle était clairement surprise qu'il ait choisi de coopérer. Un point pour le connard bourré.

— Super, dit-il, utilisant chaque once de force mentale et physique pour passer en mode Davie Johnston l'acteur.

Reprends-toi, mec.

— Alors, où loges-tu ?

— Le Parc Suite, près de Melrose.

— OK. Et si je passais te chercher un jour cette semaine, qu'on allait déjeuner et qu'on parlait un peu ? On pourra monter l'interview et peut-être prendre quelques photos ?

— Ce serait… génial. Incroyable.

Il devinait que ce n'était pas la réaction à laquelle elle s'attendait. Bien.

— Marché conclu, alors. Mais si ça ne te dérange pas, je dois y aller maintenant. Puis-je avoir l'assurance que tu tiendras ta promesse de garder tout ce que tu as entendu jusqu'à présent confidentiel ?

— Absolument.

Soit elle était une menteuse brillante, soit elle disait la vérité.

— Merci, Sarah.

Il se leva, mettant fin à la conversation avec un ton qui exhalait confiance et chaleur plutôt que peur et horreur – pourtant plus proches de ce qu'il ressentait.

— Je vais prendre une douche. Alina te raccompagnera.

— Est-ce qu'elle va me tuer en chemin ?

— Pas aujourd'hui. Elle ne fait pas de coups le week-end.

— Bon à savoir.

Il appela Alina pour lui demander de faire venir un taxi, puis vérifia sa montre.

— Et si tu t'en vas maintenant, tu seras à l'heure pour déjeuner au Bouchon. Il paraît que c'est l'endroit préféré de Ryan.

Cette fois, son sourire était sincère.

— Tu viens d'éclairer encore plus ma journée. Merci, Davie.

— Y a pas de quoi.

— Est-ce que je peux avoir ton numéro au cas où j'aurais besoin de te contacter ?

Merde. Il n'avait pas l'intention de le lui donner, mais tant pis. Il pourrait toujours la bloquer plus tard. Ils échangèrent leurs numéros juste au moment où Alina apparut.

— Le taxi est en route.

— Super. Peux-tu emmener Sarah récupérer ses affaires puis la raccompagner, s'il te plaît ?

Sa gouvernante leva les yeux au ciel d'un air méprisant, mais Davie l'ignora.

Alors qu'il tenait la porte à Sarah pour qu'elle suive Alina, il ressentit un véritable pincement de regret. Dans un autre monde, il aurait pu aimer cette nana. Mais bon, rien n'était jamais simple. Il fallait s'assurer de mettre un terme à cette situation. Mais d'abord, il était temps de jouer un peu aux échecs avec sa femme.

Et c'était son tour.

41

« Iron Sky »

Paolo Nutini

Le tournage était plus long que prévu et Zander voulait désespérément qu'il se termine. Ils étaient sur le plateau depuis douze heures, dont dix passées suspendu dans un harnais qui lui coupait la circulation des fesses.

Ouais, le rêve éveillé.

Quand Axl Chang, le réalisateur, cria enfin « Coupez ! », il aurait pu pleurer de soulagement s'il n'avait pas encore été dans son personnage de Dunhill. Or l'espion britannique ne succombait jamais à la faiblesse et encore moins aux pleurs. Dunhill sauvait le monde des forces du mal. Il n'avait pas de crampes dans une jambe ni une compression sévère de l'aine.

La grue grinça, le descendant au sol, et Hollie apparut immédiatement à ses côtés.

— Comment tu fais ça ? demanda-t-il, épuisé.

— Faire quoi ?

— Apparaître comme ça.

— C'est un don. Bon, je sais que tu es fatigué, mais tu avais des réunions ce soir et j'ai réussi à les décaler toutes, sauf une.

Hollie parcourait ses e-mails et textos sur son iPad en parlant.

Zander leva les mains pour que les équipes de cascadeurs le libèrent de son harnais. Ce ne fut qu'une fois ses parties intimes libérées qu'il répondit.

— Laquelle ?

— Adrianna Guilloti. Leur responsable marketing est venu de New York et repart ce soir par le vol de nuit, donc je ne pouvais pas la déplacer. Tu le rencontres à vingt heures au Shutters. C'était prévu au Château mais j'ai changé pour que ce soit plus proche de l'aéroport et de chez toi. Ça te laisse plus de temps pour l'impressionner, dit-elle en lui donnant une petite tape amicale. Séduis-le, monsieur Leith. Séduis-le. À hauteur d'un million de dollars si tu réussis.

Adrianna Guilloti était une marque montante dans la mode masculine de luxe. Plus classique que Tom Ford, plus audacieuse que Dolce & Gabbana, elle gagnait des parts de marché sérieuses dans le haut de gamme. Ils avaient déjà préparé une proposition d'endossement avec leurs gestionnaires et voulaient maintenant rencontrer Zander pour conclure l'affaire. « En tête à tête, sans costume » avait été leur demande officielle.

Zander passa ses doigts dans ses cheveux, détruisant le gel qui les avait maintenus parfaitement en place toute la journée, puis s'assit sur une caisse tandis que l'assistante maquillage enlevait le dernier reste de fond de teint et de mascara.

— Hollie, je t'aimerai pour toujours si tu fais en sorte de m'en libérer. Sérieusement.

— Tu ferais mieux de m'aimer pour toujours dans tous les cas, et non, je ne peux pas. Écoute, ils sont en route pour dominer le monde, et bien qu'ils aient vu des photos de toi étalé dans un caniveau, ils veulent quand même discuter de ce contrat. C'est énorme. Je ne peux pas te laisser passer à côté, alors reprends-toi et fais ton boulot.

L'assistante maquillage se figea, bouche bée.

Hollie leva les yeux de son iPad.

— Quoi ? Trop loin ?

Zander secoua la tête, l'air triste.

— Je pensais que cette ville était pleine de lèche-bottes qui ne faisaient que se prosterner devant les talents… Comment je fais pour te remplacer par l'un d'eux ?

— Un costume Adrianna Guilloti t'attend dans ta loge, tu as moins de cinq minutes pour te changer, la voiture est déjà dehors et peut te ramener directement chez toi après, avec une salade et un smoothie protéiné dans le frigo, tes préférés, et j'ai laissé quelques DVD sur ta table basse. Tu veux toujours me virer ?

— Oui. Mais je ne le ferai pas. Faut garder les Américains en emploi. Je fais ma part pour l'économie.

Le rire d'Hollie l'accompagna dans le corridor. Dix minutes plus tard, alors qu'elle l'escortait jusqu'à la limousine, elle souriait toujours.

— Alors, comment tu vas réellement ? demanda-t-elle, scrutant son visage pour y trouver un indice. Wes veut que tu voies un psy. Celui qu'il consulte. Ce qui veut probablement dire que tu seras guéri de ton envie de boire mais que tu seras soudain obsédé par les plans à trois avec des actrices qui ont la moitié de ton âge.

Ses mots étaient désinvoltes, mais Zander resta bloqué sur la première partie.

— Je n'irai pas voir un autre psy, Holls. Tu ne peux pas le faire changer d'avis ?

Il n'était même pas énervé, plutôt fatigué et silencieusement résistant.

— T'es sûr ?

— Certain.

Il n'était pas question qu'il reprenne ce chemin. Tous les thérapeutes qu'il avait rencontrés avaient commencé par tenter de le ramener à son enfance, et s'il y avait bien une chose qui lui donnait avec certitude l'envie de boire, c'était ça.

Juste ça.

Un père ravagé, une mère dévote et son désespoir d'échapper au poids des deux.

— OK, je vais voir ce que je peux faire. Et je dis ça comme ça : il y a une réunion des Alcooliques anonymes ce soir au Venice Recovery Center, à vingt-deux heures.

— Tu continues, hein ? fit remarquer Zander.

— Juste parce que tu me paies pour ça, répondit-elle, se le permettant parce qu'ils savaient tous les deux que ce n'était pas vrai.

Ce soir, une voiture différente l'attendait. Leandro n'était pas là pour lui tenir compagnie, pas de bouteilles dans le minibar. Hollie avait fait son boulot. Presque. Il sortit une flasque de sa chaussette et avala une gorgée de vodka pure. Grey Goose. Juste un petit verre pour la route. Un. Il était sobre depuis plusieurs jours et ça n'avait déçu personne. Pas vraiment. Ce n'était pas comme s'il allait se bourrer la gueule. Même s'il essayait de se persuader tout seul, il savait qu'il se comportait comme un con. Comment avait-il pu être si concentré sur son but et déterminé il y avait quelques jours à peine et voir tout partir en vrille si vite ?

Le trajet dura plus d'une heure à cause d'un trafic infernal le long de l'autoroute 10, si bien que le reste de la vodka disparut avant qu'il n'arrive au Shutters On the Beach, un hôtel cinq étoiles emblématique, élégant, installé sur le sable de Santa Monica, avec une vue imprenable sur la grande roue célèbre de la jetée. Le maître d'hôtel le conduisit à une table en terrasse, avec un panorama sur l'océan. Une superbe femme d'une trentaine d'années l'attendait, faisant tambouriner ses ongles couleur acier sur la table. Dès qu'elle le vit, la transformation fut spectaculaire : en une seconde, elle passa d'une irritation sévère à un large sourire. Si cette nana ne réussissait pas dans la mode, elle avait un avenir tout tracé dans le cinéma. Ils étaient donc tous les deux dans le domaine de l'illusion. Elle prétendait être ravie d'être là, et lui faisait semblant d'être un citoyen sobre et respectable.

— Adrianna Guilloti. Ravie de vous rencontrer.

Un léger accent latino ou européen donnait à sa voix une touche sensuelle.

— Zander Leith. Toutes mes excuses. Je croyais rencontrer votre directeur marketing ce soir.

— C'était le cas. Je l'ai envoyé à l'aéroport et je dois moi-même partir sous peu pour le rejoindre.

Zander refusa les menus proposés par une serveuse manifestement fan de lui et commanda des boissons. Un martini pour elle, une eau gazeuse pour lui.

Ça lui donna le temps d'analyser la situation. Bordel, son cerveau ne réagissait pas aussi vite qu'il l'aurait fait sans ce trajet sponsorisé par Grey Goose. Hollie lui avait déjà parlé de la société des mois auparavant et il essaya de se rappeler ce qu'il savait de la patronne. Self-made. Moitié italienne. Ou espagnole. Basée à New York, avec de gros investisseurs, et leur marque commençait à s'imposer sérieusement sur le marché.

En observant la femme à sa tête, Zander comprenait pourquoi. Oui, elle était magnifique. De longs cheveux noirs et lisses, des pommettes si saillantes qu'on aurait pu y skier, des lèvres rouge sombre qui contrastaient avec ses yeux noisette. Mais c'était son style qui le frappait le plus. Une veste d'homme, parfaitement ajustée d'un gris profond, une chemise blanche entrouverte juste assez pour révéler quelques centimètres de décolleté couleur caramel. Une jupe assortie, coupée sous le genou mais si moulante qu'un œil averti pouvait deviner les attaches de ses bas.

C'était peut-être la vodka, mais il était convaincu que c'était la vue la plus saisissante qui lui ait jamais été offerte. Elle ne prit même pas la peine de faire semblant de poliment regarder sa montre. Une Rolex President en or rose, nota-t-il, tout en percevant l'odeur inimitable du Chanel N°5 et de l'argent qui coule à flots.

— Pardonnez-moi de ne pas passer par quatre chemins, monsieur Leith, mais je n'ai pas beaucoup de temps. Je voulais simplement vous rencontrer et vous donner l'occasion de me rassurer sur le fait que mon investissement sera judicieux.

OK, elle allait droit au but. Directe. Il pouvait gérer ça.

— Je n'ai aucun doute sur le fait que votre soutien sera bénéfique à ma marque et je pense que nous pourrions avoir un partenariat mutuellement profitable, mais, voyez-vous, j'ai été troublée par des cauchemars…

Son sourire chaleureux et son ton feutré laissaient entendre que ce n'étaient pas des cauchemars du genre morbide.

— Et dans ces cauchemars, un acteur très reconnaissable frappait quelqu'un devant une boîte de nuit, vêtu d'un costume Adrianna Guilloti.

Zander ou la Grey Goose décida de jouer. Il ne savait pas trop lequel des deux.

— Donc, tapis rouges, éditoriaux, photos de pub, tout ça, c'est parfait. Les bagarres et tout ce qui pourrait faire que vos vêtements soient accessoirisés avec des menottes, ça, c'est à proscrire.

Le rire grave d'Adrianna Guilloti fit naître un frisson dans son aine.

— Oui, exactement. Je crois qu'on se comprend.

— Super. Je suis sûr de pouvoir répondre à vos attentes, assura Zander, les yeux plissés.

Elle avait déjà joué à ce jeu-là, pensa-t-il. Dure à cuire. Professionnelle. Et sexy à mourir.

— Je suis contente de l'entendre. Je vais demander à mes avocats de préparer les contrats. Ne me décevez pas, monsieur Leith.

— Je n'oserai jamais.

Elle sembla le croire, son expression indécise s'envola.

— Maintenant, excusez-moi, mais je dois aller prendre mon vol.

Elle se leva et tendit la main.

Il la prit et l'embrassa, un geste qui aurait paru ringard venant de n'importe quel autre homme. Mais, accompagné de son expression espiègle habituelle, Zander Leith pouvait se le permettre.

La moitié du restaurant la regarda partir sans chercher à se cacher ; l'autre moitié fit semblant de ne pas la voir tout en se promettant d'améliorer son rituel de soin. Et ça signifiait quelque chose dans cette partie de la ville.

À quel point avait-il envie de la suivre ? De la persuader de rester ? Il venait de décrocher un contrat à un million de dollars pour l'année, et pourtant cette victoire était balayée par son désir fou de mieux connaître cette créature irrésistible.

Un psy lui avait dit une fois, longtemps auparavant, qu'il avait un problème de gratification immédiate et lui avait appris des techniques de thérapie cognitive pour y faire face. Il prit une profonde inspiration et tenta un peu de TCC, dans l'espoir de calmer l'envie de la suivre, de chercher à la séduire, et de finir sans aucun doute par un énorme désastre qui lui coûterait le deal et le plongerait au fond d'une bouteille de Jack. *Calme. Concentration. Tournage tôt demain. Calme. Concentration. Tournage tôt demain.*

— L'addition, s'il vous plaît.

— La dame a déjà réglé, monsieur Leith.

La grande classe. Putain, elle l'achevait. Une autre fois, se dit-il. Une autre fois.

L'envie de faire la fête ne l'avait pas vraiment quitté, alors il décida de rentrer à pied. Hollie le tuerait de sortir sans sécurité, mais le besoin d'être dehors était irrésistible, presque vital.

Il envoya un texto au chauffeur pour le libérer, sortit par les portes-fenêtres qui donnaient sur la promenade en front de mer et garda la tête baissée. Il enleva sa cravate et sa veste au passage. Dès qu'il atteignit le sable, il retira ses chaussures et ses chaussettes, retroussa ses manches. Son costume à cinq mille dollars s'était soudain transformé en tenue de plage.

Maintenant, il n'était qu'une silhouette. Pas une célébrité. Pas une star. Pour les quelques personnes allongées sur le sable dans l'obscurité, il n'était qu'un type de plus marchant au bord de l'eau.

Au loin, les lumières clignotantes d'un avion s'élevaient de l'aéroport LAX. Trop tôt pour être le vol de nuit vers New York, mais assez pour que l'image d'Adrianna Guilloti ressurgisse dans son esprit. Voilà une femme qui avait les choses en main. Qui savait ce qu'elle voulait. Avait-il jamais ressenti ça, lui ? Il n'avait jamais eu de plan ou de but. Juste de l'action et des réactions, avancer au jour le jour, foutre le bordel le soir. Plaisirs à court terme. Chaos à long terme.

Qu'avait-il à offrir à quelqu'un comme Adrianna Guilloti ? Oui, de l'argent et son visage sur les panneaux publicitaires, mais quoi d'autre ? Viendrait-elle le tirer d'affaire s'il replongeait et était photographié en train de sortir ivre du LiX avec une starlette de téléréalité à moitié nue ?

Zander Leith n'avait jamais eu une relation adulte de sa vie. Il avait enchaîné film après film, lieu de tournage après lieu de tournage, collectionnant des histoires de trois mois, souvent avec des mannequins qui passaient la moitié de leur temps dans d'autres fuseaux horaires.

Et quand il ne foutait pas en l'air sa vie sexuelle, il se détruisait, en réagissant aux provocations des paparazzis, en mordant à l'hameçon et en leur offrant exactement ce qu'ils voulaient : un crétin incontrôlable dont les frasques faisaient vendre des images.

Bon sang, il n'avait même pas réussi à aider une gamine de dix-huit ans à sortir de l'addiction. Il se demandait où était Chloe maintenant. Il l'avait renvoyée chez Mirren en utilisant le service de voitures, pensant que ça donnerait une chance à Mirren d'aider sa fille. Il espérait avoir fait le bon choix et que Chloe allait bien. Et, plus que tout, il espérait que, où qu'elle soit, quelqu'un s'occupait d'elle comme elle en avait besoin. Il n'avait jamais vraiment compris pourquoi elle était venue le voir, mais dans une ville pleine de vautours, il l'avait crue quand elle lui avait dit se sentir en sécurité avec lui. Ils se ressemblaient, peut-être. Ou peut-être était-ce parce qu'elle savait qu'il avait grandi avec sa mère. Il y avait une connexion. Un lien. Peut-être suffisant pour que Chloe voie en lui un refuge sûr. Ou peut-être qu'elle le voyait simplement comme un autre toxico ravagé, avec assez d'argent pour l'alimenter en coke pour le reste de sa vie.

L'odeur de marijuana et la musique s'échappant du front de mer lui signalèrent qu'il venait de passer de Santa Monica à Venice Beach.

Il songea à couper par la plage, remonter Rose Avenue et aller à la réunion des Alcooliques anonymes de vingt-deux heures. Il devrait. Il devrait vraiment. Il était peut-être temps de se reprendre en main. D'arrêter de fuir. De prendre des engagements. Cette pensée le fit frissonner plus que la brise marine. En plus, la dernière fois qu'il y était allé, la salle était à moitié remplie de gens qui n'avaient pas le moindre problème d'alcool, seulement avec leur carrière d'acteur à Hollywood. Ils n'étaient là que pour réseauter.

Salut, je m'appelle Chad et je suis alcoolique. J'ai aussi fait trois ans de cours de théâtre et je n'ai aucun problème avec la nudité intégrale.

Pourtant, là, il ne se sentait pas plus stable qu'eux.

Il devait sérieusement y avoir quelque chose qui clochait pour qu'un type capable de signer un deal à un million de dollars se sente malgré tout comme si rien ne valait la peine dans sa vie et, pire, ait du mal à trouver une raison d'y remédier. Zander laissa tomber l'idée du détour par la réunion des AA et marcha encore quelques centaines de mètres, puis coupa par la plage pour se diriger vers son immeuble. Il accéléra, décision prise. Dilemme moral réglé. Les Alcooliques anonymes pouvaient attendre. Pour l'instant, un rhum-Coca lui tendait les bras chez lui. Juste un. Peut-être deux. Il savait que le lendemain, il pouvait peut-être encore passer dix heures suspendu dans un harnais, et ce serait un enfer avec une gueule de bois. Mais ce n'était pas comme s'il ne l'avait jamais fait. Il avait réussi à vivre les deux dernières décennies légèrement ivre, et, dans le déni bien rodé d'un alcoolique expérimenté, il était convaincu que personne ne s'en doutait.

Il déverrouilla la porte d'entrée et monta l'escalier vers son appartement. À mi-chemin, une vague soudaine d'angoisse le submergea. Seigneur, faites qu'il n'y ait pas encore Chloe. Il avait déjà géré ça trop de fois et ne voulait pas le revivre.

En tournant au bout du couloir, l'anxiété monta, pour aussitôt se muer en confusion.

La première chose qu'il vit fut le jean gris et les bottes en cuir. Puis le sweat noir à capuche, dont s'échappaient des boucles rousses.

Merde. Sérieusement ? Encore ?

— Chloe, allez, tu ne peux pas…

Elle leva la tête, l'arrêtant net.

— Salut, Zander, dit-elle.

Sa voix n'avait pas changé. Les décennies reculèrent comme les rouleaux d'une machine à sous en marche arrière. Mirren le fixait de ses yeux d'acier qui hantaient encore ses nuits.

— Je crois qu'il est temps qu'on parle de ta relation avec ma fille.

42

« Stay Away »

Nirvana

— Tu ferais mieux d'entrer, lui dit Zander, visiblement secoué.

Et il avait raison de l'être. L'heure qu'elle avait passée à attendre avait été un supplice. Un mélange de crainte, de confusion et d'une rage noire.

Comment osait-il ? C'était un adulte et Chloe n'était… Elle n'était qu'une enfant. Au fond d'elle. Sous cette attitude bravache.

C'était la dernière personne qu'elle avait envie de voir en ce moment. Comme si la liaison de Jack et les addictions de Chloe n'étaient pas déjà assez à gérer, voilà qu'elle devait maintenant affronter l'homme qui lui avait si clairement fait savoir qu'il ne voulait plus jamais revoir son visage. Elle ne pouvait pas lui en vouloir, néanmoins. Ils étaient allés trop loin, ils souffraient trop. De l'eau avait coulé sous les ponts, une eau prête à les engloutir à tout moment, et ils le savaient tous. C'était pour ça qu'elle n'avait pas rappelé Davie. C'était pour ça qu'elle avait soigneusement évité toute rencontre avec Zander Leith depuis vingt ans. Elle n'avait pas regardé ses films. Elle détournait les yeux des panneaux publicitaires. Elle zappait les talk-shows dès l'instant où il apparaissait, bras ouverts, prêt à enlacer Jay Leno, Jimmy Kimmel ou Chelsea Handler. Et pourtant, maintenant, en voyant son visage, ce visage magnifique, elle avait juste envie de le toucher.

Ou de le tuer.

Difficile à dire.

Il lui tint la porte de son appartement et la laissa passer. Toujours gentleman. Il l'avait toujours été. Si elle avait dû imaginer où il vivait, ç'aurait été exactement comme ça, songea-t-elle en observant la pièce. Parquet en bois. Murs blancs. Des portes ouvrant sur un balcon face à l'océan. Simple. Basique. Quelques mois plus tôt, elle était tombée par hasard sur des photos du manoir de Davie dans un magazine d'architecture : tellement tape-à-l'œil, ostentatoire et extravagant. Du Davie tout craché. Bruyant, extraverti, toujours dans la démonstration. Zander était à l'opposé de l'échelle du « regardez-moi ».

— Pourquoi ici ? questionna-t-elle en traversant la pièce pour rejoindre les portes du balcon et contempler l'océan, dont les vagues étaient éclairées par les lumières de la promenade en front de mer.

Elle comprenait l'envie d'être près de l'eau ; elle comprenait le choix de vivre sans accumuler les biens matériels, mais cet emplacement ?

— Pourquoi ici ? répéta-t-elle. Pourquoi pas Malibu ?

Un long silence. Elle faillit se retourner pour le regarder, mais n'y parvint pas. Pas encore. Elle ne se faisait pas confiance pour ne pas s'effondrer. En l'attendant, elle avait passé tout son temps à préparer son discours. Fulminer. Hurler. Le forcer à dire la vérité. Mais maintenant, elle ne voulait que le silence, une pause pour reprendre son souffle face au séisme émotionnel de ces cinq dernières minutes.

— J'aime le bruit, répondit-il.

Bien sûr. Il serait malheureux dans un endroit calme. Coupé du monde. Là-haut, à Malibu Colony, la seule distraction était une livraison occasionnelle ou un jardinier qui faisait démarrer sa tondeuse. Ici, même avec les portes fermées, on entendait de la musique, des voix, de l'activité au loin. C'était exactement le genre de vie que Zander choisirait. Pendant une seconde, elle fut triste de ne pas avoir fait les mêmes choix.

Derrière elle, elle entendit l'ouverture d'un placard, le tintement de verres, le soupir de quelqu'un qui n'avait aucune envie de vivre ce moment.

— Un verre ? dit-il en s'approchant, un Jack Daniel's dans chaque main.

Elle le prit à contrecœur. Ce n'était pas une visite de courtoisie, et pourtant, rien ne se passait comme elle l'avait prévu.

Ils restèrent là, immobiles, à fixer l'obscurité. Les secondes passèrent avant que l'un d'eux trouve les mots.

— Elle va bien ? demanda Zander, presque dans un souffle.

La rage de Mirren remonta aussitôt.

— Qu'est-ce que ça peut te faire ? Qu'est-ce que ma fille a à voir avec toi ?

Il passa une main dans ses cheveux ondulés, coiffés exactement comme ils l'avaient été toute sa vie. C'était comme une image figée de leur passé.

— Je l'ai rencontrée en cure de désintox, dit-il, comme si ça devait tout expliquer.

— Oh, bon sang. Bien sûr. Dans ce monde, c'est complètement logique.

Son amertume et sa colère étaient impossibles à dissimuler.

— Alors quoi ? Elle a dix-huit ans, Zander.

Prononcer son prénom la cloua dans le silence.

— Je sais quel âge elle a. Tu n'as rien à craindre, Mirren. On est amis. Rien de plus.

— Tu me le jures ?

Même en le disant, elle savait qu'elle ne devait pas y croire. Et pourtant, elle n'avait pas le choix, parce qu'elle ne pouvait pas s'aventurer sur cette pente. Elle ne pouvait pas l'imaginer. Elle ne pouvait pas ouvrir son esprit aux conséquences et aux implications tordues que cela entraînerait.

— Je te le jure ! Mirren, laisse-moi t'expliquer. Je te promets…

Elle le coupa net.

— Tu ne peux rien me promettre, Zander. Les addicts ne tiennent pas leurs promesses.

Elle lui remit son verre dans sa main, et s'aperçut qu'elle tremblait autant que lui.

— Je dois y aller. Je ne peux pas rester ici.

— Je sais.

— Mais je te préviens, Zander. Je t'en supplie. Reste loin de ma fille. Loin.

Il hocha la tête. En silence. C'était bien Zander Leith, ça. Il avait toujours été comme ça. Un homme taciturne. Profond. Rien en surface. Davie disait toujours… Davie. Cette pensée la fit s'arrêter à la porte et se retourner.

— Davie m'a appelée et m'a laissé un message. Une journaliste du *Daily Scot* veut lui parler de nos familles en Écosse.

— Je sais. Elle m'a appelé aussi. Je l'ai envoyée balader. Davie aura fait pareil.

— T'en es sûr ?

— Ouais. Il est trop malin pour la laisser s'approcher.

— J'espère que tu as raison. Pour notre bien à tous.

Elle fit quelques pas dans le couloir.

— Adieu, Zander. Et s'il te plaît, ne parle plus jamais à ma fille.

Sur ces mots, elle se mit en marche et ne s'arrêta pas avant d'avoir atteint sa voiture, son esprit hurlant face aux scénarios possibles, tous trop douloureux à supporter.

Deux addicts. Tous deux dans son orbite. S'ils entraient en collision, la pluie de météores pourrait anéantir son monde.

Elle ne dépassa pas les quatre-vingt-dix kilomètres-heure pour rentrer chez elle, longeant la côte sur toute la Pacific Coast Highway. Les pensées se bousculaient dans son esprit, les images, les scénarios. Était-ce sa faute ? Avait-elle échoué avec Chloe ? Sa fille était-elle sur le point de devenir une autre victime de son passé catastrophique ?

Non. Elle ne le permettrait pas. Elle ferait ce qu'il faudrait. Ramener Chloe en cure. La remettre d'aplomb. Travailler avec elle. Reconstruire leur relation. Et peut-être, quand elle irait mieux, elle pourrait tout lui expliquer. La vérité finit toujours par ressurgir. Peut-être valait-il mieux qu'elle vienne d'elle avant que quelqu'un d'autre le fasse.

Elle ralentit à l'entrée du domaine, le garde la repéra, leva la barrière et la laissa passer, augmentant sa vitesse sans dépasser les trente kilomètres-heure. Elle n'était pas pressée de rentrer.

Le cœur lourd, elle tourna à gauche dans son allée, si différente de la maison de plage qu'elle venait de quitter.

Cette comparaison lui donna mal au ventre.

En ouvrant la portière, elle entendit d'abord la voix de Jack.

— Mirren ! Mirren. Oh, Dieu merci, Mirren. Je crois qu'elle est malade. Très malade.

Ses jambes refusèrent d'avancer, son cerveau peinant à comprendre.

— Qu'est-ce que tu veux dire par « malade » ?

— Elle a trouvé de la drogue, Mir. Elle devait en avoir planqué dans sa chambre. Elle en a pris et…

Jack gémissait, debout sur la pelouse, le visage marqué par la douleur.

Ça n'avait pas de sens. Jack. Le bruit. Derrière elle. La lumière bleue. Allumée. Éteinte. Allumée. Le claquement d'une portière.

— Excusez-moi, madame, laissez passer.

Deux ambulanciers, courant devant elle, et maintenant, elle courait après eux, à toute vitesse, en hurlant :

— Noooooooon !

43

« Crazy »

Gnarls Barkley

Pendant longtemps, Zander ne bougea pas. Il en était incapable. Plus rien ne se passait. C'était le même sentiment que lors du lendemain d'une bouteille de Jack Daniel's : la nausée, l'agonie qui s'écrasait dans sa tête, la peur, la colère, le tout bouillonnant sur une vague d'angoisse.

Pourtant, Mirren n'était partie que depuis cinq minutes.

Il ouvrit grand les portes-fenêtres pour tenter d'atténuer la claustrophobie qui faisait soudainement craquer les murs autour de lui. Et la démangeaison. La démangeaison était de retour et sa peau commençait à lui donner l'impression de ramper. Une seule chose calmait cette douleur. Il n'y avait pas de coke dans l'appartement. Il n'avait pas rechargé la figurine de cocaïne dans la voiture. Mais au loin, il entendait de la musique et il savait qu'il pouvait en trouver à cinq minutes, dans un bar ou deux, à quelques centaines de mètres de là.

Il attrapa sa veste, chercha son portefeuille, l'ouvrit et… vide.

Pas d'argent. Juste une note :

Désolée, ne me déteste pas. J'ai pris ton cash, tu sais, juste au cas où. Si tu as besoin de quelque chose, appelle-moi.
Love, H.

Aaaaargh !

La démangeaison suintait hors de ses pores à présent, passant de sous la peau à la surface, cherchant, sondant, exigeant d'être apaisée.

Une ligne. Juste une ligne. Il fit le calcul dans sa tête. Le prochain test de dépistage aurait lieu lundi. Aujourd'hui, on était mardi. Il y avait une mince chance que ça reste détectable dans son organisme, mais il s'en fichait. Il s'en fichait. Merde, il ne s'en fichait pas.

Il ne pouvait pas revivre ça. La déception dans le regard de Wes. La tristesse dans celui d'Hollie. C'était le moment dont parlaient les conseillers. Oui ou non. Dedans ou dehors.

Un brin de bon sens, quelque part profondément dans les synapses de survie de son cerveau, lui disait que la seule option possible était dehors, et il savait que ça ne serait pas possible s'il restait là. Sa volonté tiendrait peut-être une heure, voire deux. Mais il se connaissait.

Il devait se casser d'ici, sinon il serait de retour dans un nuage colombien et ça ne pourrait que mal finir.

L'idée surgit de nulle part, se précisa dans son esprit et, instantanément, il pesa les avantages et écarta les inconvénients.

Pas de match.

Le numéro répondit à la deuxième sonnerie.

— Bonsoir, monsieur Leith. Que puis-je faire pour vous ?

— Je dois me rendre à New York. Vous pouvez me préparer un jet à Van Nuys ?

— Bien sûr, monsieur Leith. Avez-vous votre code de sécurité et votre mot de passe à portée de main ?

Il énonça les deux, l'un tiré de la carte dans son portefeuille, l'autre de mémoire.

— Votre code et mot de passe ont bien été acceptés, monsieur Leith. Combien de passagers ?

— Juste un.

— Très bien, monsieur. Et quand souhaitez-vous partir ?

— Dès que possible.

Maintenant. Tout de suite. Avant qu'il fasse quelque chose de complètement stupide. Oui, ça en disait long sur sa vie, le fait que ce soit le plan le plus sensé qu'il ait trouvé…

— Bien sûr, monsieur Leith. OK, laissez-moi regarder… Monsieur, j'ai la compagnie de vol en ligne. Ils ont un Challenger 605 en attente et il peut être prêt pour vous dans une heure. Puis-je faire autre chose pour vous ce soir ?

— Pouvez-vous envoyer une voiture me chercher chez moi ? Dans vingt minutes ? Et faire en sorte qu'une voiture me récupère à Manhattan ?

— Bien sûr, monsieur Leith.

— Super, merci.

Qu'avait dit son psychologue déjà ? Chercher une autre source d'effervescence. Trouver une autre façon de planer qui ne vienne pas de produits chimiques ou d'alcool. Interrompre le besoin de coke en se concentrant sur autre chose. Le sport. L'amour. Le sexe. Le voyage.

Il cochait la case numéro quatre et gardait les trois autres en réserve.

Faire sa valise ne lui prit pas plus de dix minutes : il balança deux t-shirts, un jean, des chaussettes et une chemise dans un sac. Malgré une campagne de pub très médiatisée pour des sous-vêtements, il préférait ne pas en porter.

Prochaine étape : la tenue de voyage. Il troqua le pantalon de son costume Guilloti pour un jean noir, mais garda la chemise blanche et la veste. Avec une paire de bottes noires en cuir Armani, ça fonctionnait. Il n'était pas vraiment branché mode, mais il voulait avoir l'air présentable. Bien dans ses baskets. Rien d'un junkie prêt à aspirer une énorme ligne de poudre blanche.

Ce ne fut qu'une heure et demie plus tard, alors que les lumières de Los Angeles disparaissaient au loin, qu'il s'aperçut qu'il avait oublié de passer un appel essentiel.

Il décrocha le téléphone de bord et composa le numéro.

— Oh, par pitié, dis-moi que ce n'est pas une histoire de menottes ou de cadavre. Tout le reste, je peux gérer, lança-t-elle en guise de bonjour.

Ça faisait du bien de rire. Ça ne lui arrivait pas assez souvent ces derniers temps.

— Tu devrais peut-être revoir ta liste après ce que je vais te dire.

Hollie joua le jeu.

— OK, prise d'otage, tu as rejoint une cellule terroriste, ou bien tu as découvert un jumeau maléfique. À part ça, ça me va. C'est quoi, ce bruit de fond ? Tu es dans la voiture ? J'ai demandé à Leandro de m'appeler si tu le contactais. Dis-lui qu'il est viré.

— Pas une voiture. Et Leandro n'a rien à voir avec ça. Je suis dans un avion.

— Je n'en étais même pas encore arrivée aux moyens de transport ! Merde, putain. Oh, mon Dieu, j'ai peur de demander. Dis-moi que c'est une blague. Putain, pourquoi je n'ai pas pu travailler pour Matt Damon, déjà ? Aucun scandale avec lui ! Ce serait le paradis. C'est quel avion, Zander ?

— Je dois aller à New York.

— Non, Zander, ce que tu dois faire, c'est être sur le plateau demain matin. Ce que tu dois faire, c'est tourner un film. Ce que tu dois…

— Ça va, j'ai compris.

— Donc tu fais demi-tour ?

— Non.

— Putain.

— Désolé. Écoute, Holls, c'était moins une. C'était ça ou le côté obscur, dit-il, utilisant leur code pour désigner le coin des dealers.

Silence au bout du fil, le temps qu'elle encaisse.

— Donc, le fait que tu sois dans un jet privé en direction de New York, en claquant cent mille dollars, c'est en fait le meilleur scénario possible ?

— Exactement.

— Je suis sûre que le numéro de Matt Damon est dans l'annuaire.

— Il ne t'aimera pas comme moi.

— Oh, Flatterie, bonjour, je t'attendais, rétorqua-t-elle.

— Désolé de te laisser gérer toute la merde…

— Non, tu ne l'es pas.

— Mais tu peux arranger ça avec le studio ?

Sa réponse initiale fut un soupir étranglé, puis :

— OK, j'appellerai Axl demain matin. Mais si jamais il pète un câble sur toi façon Jackie Chan, ce ne sera pas ma faute.

— Tu me protégeras, plaisanta-t-il.

— Je l'aiderai, riposta-t-elle. Écoute, ça ne devrait pas être un drame. Tu n'étais prévu que pour deux heures de mise en place demain. On prendra une doublure. Je filmerai, je reverrai ça avec toi plus tard.

— Merci, Hollie. Je le pense vraiment.

— Je sais. Je peux te demander pourquoi tu vas à New York ?

Zander rit.

— Oups, désolé, le capitaine dit qu'on va avoir des turbulences.

— Mais…

— Désolé, Holls, faut couper les téléphones.

— Enfoiré, entendit-il juste avant d'appuyer sur le bouton rouge.

Une fois l'appel terminé, il se leva du canapé en cuir blanc et se servit un verre de Jack Daniel's au bar.

— Monsieur Leith, j'aurais pu vous l'apporter.

Le steward venait d'apparaître derrière le rideau du salon. Grand, tiré à quatre épingles, un jeune Richard Gere qui avait probablement passé dix castings dans la journée avant de prendre ce vol de nuit.

Zander était soulagé que ce ne soit pas une hôtesse. Au fil des années, il avait connu bien des vols, et si la plupart des hôtesses étaient d'un professionnalisme irréprochable, certaines avaient volontiers participé à la fête. De bons souvenirs, mais pas pour ce soir. Ce soir, il avait besoin de tout autre chose.

— Pas de problème. Je vais emmener ça avec moi et dormir un peu. Pouvez-vous me réveiller une demi-heure avant l'atterrissage ?

— Très bien. Il y a un bouton pour m'appeler sur la table de chevet si vous avez besoin de quoi que ce soit.

— Merci, mec.

La chambre était petite mais luxueuse, suffisamment grande pour contenir un lit double et de l'espace pour circuler. Les draps de lit en soie couleur crème, linge Frette, oreillers et coussins parfaitement disposés en jacquard doré. Zander retira ses bottes et sa chemise, avant de s'allonger, Jack Daniel's à la main, et d'allumer la télé avec la télécommande posée à côté du lit. TMZ passait en boucle les images d'un joueur de NFL surpris dans un strip-club pendant que sa femme très enceinte se rendait à la maternité. Puis ce fut au tour de Davie Johnston, filmé devant les grilles de son manoir, alors que sa femme et sa collègue de tournage Darcy Jay disparaissaient derrière la porte de cette dernière. Les insinuations étaient claires, même si rien n'était directement dit.

Harvey Levin, le patron de TMZ, aimait rappeler qu'il était avocat.

Puis l'attention se porta sur une bagarre à LAX entre un paparazzi et la mère de Lex Callaghan, l'hilarité montant d'un cran. Mme Callaghan avait un crochet droit redoutable. Ils en parlaient encore, avec la bande-son de *Rocky* en fond, quand Zander finit par s'endormir, ratant la suite de l'émission.

Pile trente minutes avant l'atterrissage à l'aéroport de Teterboro, le jeune Richard Gere le réveilla avec une omelette aux blancs d'œufs, des fruits, du jus et du café. La compagnie connaissait ses préférences.

Dans la salle de bains, il prit une douche, se rasa et remit son jean, cette fois avec un t-shirt blanc Prada. Ça irait bien sous la veste Guilloti. Ses lunettes de soleil sur le nez, il descendit l'escalier vers la voiture qui l'attendait sur le tarmac, comme prévu.

Sept heures du matin. La circulation vers Manhattan était étonnamment fluide. Parfait.

Il avait déjà noté l'adresse sur son iPhone pour la donner au chauffeur. Cinquième Avenue, à deux pâtés de Central Park.

Le chauffeur mit les feux de détresse pour s'arrêter devant la porte de l'immeuble et déposer Zander. Le portier, un sexagénaire en uniforme gris, l'ouvrit avant même qu'il arrive.

— Bonjour, monsieur. Puis-je vous aider ? Oh. Monsieur Leith, dit-il, ne pouvant cacher sa surprise lorsqu'il le reconnut. J'ai regardé *Dunhill : la triple menace* hier soir. Excellent film. Ma femme est fan, il va sans dire.

— Ravi de l'entendre.

Zander marqua une pause, parfaitement conscient de la tournure que prenaient toujours ce genre de situations. Le visage du portier en disait long.

— Vous avez un bout de papier ? ajouta Zander.

— Bien sûr.

Il fila à son bureau et revint avec une feuille A4 et un stylo. Zander prit les deux.

— Comment s'appelle votre femme ?

— Janice. Janice Crane.

Zander griffonna quelques mots sur le papier.

— OK, vous avez votre téléphone ?

Le portier sortit son smartphone de sa poche pendant que Zander levait la feuille devant lui.

— Parfait, allez-y.

Soixante secondes plus tard, quelque part dans le rayon surgelés d'une supérette du Queens, une ménagère allait voir apparaître sur son écran un selfie de son mari et de Zander Leith, son acteur préféré, brandissant une feuille où il était écrit : « Bonjour, Janice ».

Sa vie allait être comblée. Son mari allait assurément s'envoyer en l'air ce soir.

Pendant ce temps, sur la Cinquième Avenue, George, le portier, vivait un des meilleurs débuts de journée de toute sa carrière, ce qui n'était pas rien pour quelqu'un qui avait travaillé comme portier à Manhattan depuis qu'il était ado.

Il serra la main de Zander avec un enthousiasme féroce, presque trop, avant de la relâcher et de se rappeler soudain que si Zander Leith était là, c'était pour une raison.

— Excusez-moi, monsieur Leith, que puis-je faire pour vous ce matin ? Et surtout, je vous en supplie, qui que vous soyez venu voir, ne mentionnez rien de tout ça, sinon je finirai à vendre des hot dogs au coin de la rue, dit-il avec un clin d'œil complice.

— Pas d'inquiétude, George. Votre secret est bien gardé. Je suis venu voir…

Ses mots furent interrompus par la sonnerie de la porte. Il n'eut même pas besoin de lever les yeux pour savoir de qui il s'agissait. Pour une fois dans sa vie chaotique, les choses se déroulaient comme dans un film.

— Mince !

George fonça vers la porte, rouge de honte devant cet oubli flagrant dans ses fonctions.

La nouvelle arrivante ne le remarqua pas. Son regard était fixé sur Zander, appuyé nonchalamment contre le comptoir d'accueil, comme si tout cela n'avait rien d'inhabituel.

Il la contemplait aussi. Ses cheveux d'un noir de jais brillaient et ses énormes lunettes de soleil Yves Saint Laurent filtraient les rayons d'hiver. Ses talons aiguilles vertigineux en acier et sa jupe en cuir tranchaient avec son manteau en cachemire crème et le sac Hermès Birkin gris qu'elle portait au creux du bras.

C'était une photo du *Vogue* qui venait de prendre vie.

— Bonjour, dit-elle, avec l'assurance de quelqu'un pour qui ce genre de choses arrivaient naturellement dans la vie.

— Bonjour, répondit Zander. J'étais dans le quartier…

Elle éclata de rire, et, quand elle renversa la tête, elle devint encore plus belle qu'avant.

— Mais comment saviez-vous que je serais ici aujourd'hui ? Et si tôt ?

— Parce que vous étiez absente du bureau depuis quelques jours, et vous me semblez être le genre de femme qui arrive tôt le premier jour de son retour au boulot pour rattraper tout ce qu'elle a manqué. Déduction logique. Et un peu d'optimisme fou.

Adrianna Guilloti rit à nouveau, en s'approchant à présent de lui.

— Et vous êtes venu en… ?

— Challenger 605. Et je dis ça factuellement, pas pour me la raconter.

— J'apprécie, approuva-t-elle en ôtant ses gants, doigt par doigt, totalement inconsciente de l'effet incroyable que ça lui faisait.

Zander sentit un frisson familier lui traverser l'entrejambe. Bordel, même George perçut la tension sexuelle, ce qui ne lui arrivait pas souvent sans un léger coup de pouce d'une petite pilule bleue.

Ils étaient à présent face à face, presque nez à nez.

— Et puisque vous semblez avoir toutes les réponses ce matin, comment aviez-vous envisagé exactement la suite de la journée ?

Zander sourit et haussa les épaules.

— Je ne suis pas allé aussi loin. Je me suis dit que je ferais le premier pas et laisserais le reste entre vos mains.

George, l'incarnation de la discrétion, détourna les yeux lorsque Adrianna leva la tête, son visage encore plus près, puis encore plus, jusqu'à ce que leurs lèvres ne soient plus séparées que par quelques centimètres. Puis elle marqua une pause, comme un serpent évaluant sa proie.

Mais sa proie bougea la première. Zander effleura le cou d'Adrianna de sa main, doucement d'abord, puis remonta pour encadrer son visage. Il attira ensuite sa bouche vers la sienne. Leurs lèvres restèrent immobiles un instant, avant de s'animer ensemble, en parfaite synchronisation.

Après un baiser bien trop long pour être autre chose qu'une promesse de quelque chose de plus, Zander recula doucement.

— Alors, c'est quoi la suite ?

Le regard d'Adrianna et le sourire en coin de ses lèvres ressemblaient presque à un défi.

— Ça dépend de vous. Où logez-vous ?

Il n'avait pas réfléchi plus loin que ce moment, mais la question n'était pas compliquée. Il se tourna vers George.

— George, vous pouvez appeler le Carlyle et leur dire que j'arrive ?

— Bien entendu, monsieur Leith. Je le fais tout de suite.

— Ça vous va ? demanda-t-il à Adrianna, absolument certain que la réponse serait positive.

Elle haussa les épaules d'un air nonchalant.

— Je peux vivre avec ça.

Il l'embrassa à nouveau, et ils rirent tous les deux.

— Alors, allons-y.

Ils se dirigèrent vers la porte. Une main posée légèrement dans le dos du manteau d'Adrianna, Zander tendit la deuxième vers son nouveau copain :

— George, ravi de vous avoir rencontré.

Les deux hommes se serrèrent la main.

— Le plaisir est pour moi, monsieur Leith, répondit George, affichant une fois de plus une poigne de fer bien huilée.

De l'autre main, il ouvrit la porte et observa, incrédule, Zander Leith et Adrianna Guilloti grimper ensemble dans une limousine.

Ce ne fut qu'une fois le véhicule disparu qu'il prit la mesure de la situation. George retourna derrière son bureau, rembobina la vidéo de surveillance et effaça les trente dernières minutes.

Le mari de Mme Guilloti possédait l'immeuble et George n'avait aucune envie d'être dans les parages si les images des événements de ce matin tombaient entre ses mains.

En supprimant les vidéos, George savait que ça pourrait lui coûter son emploi, voire ses jambes. Mais bon, il s'en sortait pour le moment avec une épouse comblée et une histoire incroyable à raconter un jour à ses petits-enfants. Le matin où il avait rencontré Zander Leith.

44

« No Mean City »

Maggie Bell

Glasgow, 1988

— Tu t'es lavé les mains, Davie ? demanda la mère de Zander, comme elle le faisait avant chaque repas qu'il prenait chez elle depuis qu'il était gamin.

— Ouais, madame Leith. Deux fois, répondit-il, l'air complètement innocent.

Zander lui flanqua un coup de pied sous la table et, les épaules secouées de rire, ils enfouirent leurs visages dans leurs mains jointes, tandis que Mme Leith passait à la deuxième étape du rituel d'avant-dîner.

— Seigneur, bénis cette nourriture que nous allons recevoir, sachant que nous la prenons avec reconnaissance et gratitude envers ton fils Jésus-Christ, qui nous a offert les fruits de son abondance...

Davie dut lutter pour ne pas éclater de rire. Les fruits de son abondance ? Ils mangeaient du jambon et des frites. Le seul fruit en vue, c'étaient les rondelles d'ananas qu'elle avait sorties d'une conserve pour les poser sur le jambon avant de le passer sous le gril.

— ... et pardonne-nous pour les péchés que nous avons commis. Ô, Seigneur, accorde-nous la force de te servir, au nom de Jésus. Amen.

— Amen.

Le mot résonna autour de la table.

— Allez, les garçons, servez-vous avant que je rafle tout. Je meurs de faim et rien n'est en sécurité.

Davie sourit alors que Jono ressortait sa plaisanterie habituelle, mais il remarqua que Zander, lui, n'en fit pas autant. Tout le monde savait que son pote haïssait son père, mais Davie n'arrivait pas à ressentir la même chose. M. Leith était marrant, même si la moitié de la cité avait peur de lui. Davie préférait l'avoir dans la poche, l'amuser, éviter de faire des vagues. Du coup, alors que Zander restait silencieux, les yeux fixés sur la table, Davie s'appliquait à divertir tout le monde avec un flot constant d'histoires et de ragots. Il aimait faire ça, prendre un événement banal et lui rajouter des détails jusqu'à en faire une sacrée histoire qui n'avait plus grand-chose à voir avec la vérité. Et après tout, pourquoi pas ? Ça faisait rire tout le monde. Et il aimait que Jono lui accorde de l'attention. Ça lui donnait un aperçu de ce que ça faisait d'avoir un père.

— Encore des petits pois, Davie ?

— Non merci, madame Leith. Je suis allergique aux légumes. C'est mauvais pour ma santé.

Le père de Zander éclata de rire, mais Zander lui lança ce regard, celui qui voulait dire clairement : « Ferme ta gueule, espèce de crétin. » Rien de nouveau. Davie lui fit un clin d'œil, juste pour l'agacer encore plus.

Le premier fracas fut si violent que Davie pensa d'abord qu'une voiture était entrée dans la façade de la maison. Ça s'était produit au numéro 1, quand le camion de glace était monté sur le trottoir et avait traversé leur double vitrage tout neuf. La police et l'ambulance avaient été appelées, mais seulement après que tous les gamins du quartier eurent bourré leurs poches, leurs bonnets et leurs pulls de bonbons pillés à l'arrière du fourgon.

À cet instant, surpris par le bruit, trois d'entre eux avaient bondi, le père de Zander étant le seul à rester immobile. Même le deuxième fracas, aussi fort que le premier, ne le fit pas bouger. En y repensant, Davie se dirait qu'il savait ce qui allait arriver et s'y était préparé.

Sa mère parlait toujours du « temps qui s'arrête », mais il n'avait jamais compris ce que ça voulait vraiment dire, jusqu'à ce moment. Ils restèrent là, figés, sans dire un mot, puis soudain la porte vola en éclats et trois hommes firent irruption, cagoulés et armés. Il est possible que Davie se soit un peu fait pipi dessus à ce moment-là.

La mère de Zander hurlait, mais Jono restait assis, immobile, en silence. À quoi bon ? Ils étaient trois, et étaient de putains de gorilles. Des gorilles avec d'énormes couteaux et une batte de baseball au bout planté de clous. Une arme meurtrière.

Cette fois, il se pissa clairement dessus.

C'est alors qu'il remarqua que Zander s'était jeté devant sa mère et avait brandi le couteau à pain qui était posé sur la table quelques secondes plus tôt. Mme Leith, les yeux fermés, priait à voix basse, ses lèvres bougeant sans qu'aucun son en sorte.

Toujours à l'écoute de ses émotions, Davie comprit très vite qu'il était officiellement mort de trouille. Ça ne sentait pas bon.

L'un des types cagoulés attrapa Jono par les cheveux et lui renversa la tête en arrière pendant qu'un autre lui flanquait un coup de poing en pleine bouche. Toujours aucune réaction de la part de Jono. Bordel, ce mec avait des couilles en acier.

Le cagoulé numéro trois observa la scène et ne prit la parole que lorsque Jono retrouva une position à peu près normale.

— Où est-elle, Jono ?

— Sais pas de quoi tu parles.

Bam. Un autre coup de poing. Cette fois, des dents volèrent et du sang éclaboussa la table. Tout ce que Davie fut capable de penser, c'est que ça ressemblait à du ketchup sur son jambon. Oh putain, ils allaient tous mourir. Pris de panique, il lorgna la porte. Il pouvait l'atteindre. Il était rapide. Vif.

— N'y pense même pas, fiston.

Apparemment, le cagoulé numéro trois pratiquait la télépathie en plus de l'intimidation et de la torture.

Il allait mourir. Et il n'avait même pas dit au revoir à sa maman. Les larmes lui montèrent aux yeux et il lutta pour ne pas les laisser couler.

Le visage du père de Zander était en bouillie maintenant, le sang coulant de sa bouche, de son nez et de son front.

— Dernière chance, Jono. Et toi, fiston, lança-t-il à Zander, ne t'avise pas de te servir de ce couteau, sinon je te le prends et ta mère le portera en boucle d'oreille. Compris ?

Zander ne répondit pas, les yeux en flammes, serrant le couteau à s'en faire pâlir les phalanges.

— Dernière chance, Jono. Sinon, un de ces braves garçons dînera avec du foie. Le tien. Cru.

Le type cagoulé éclata de rire, ce qui le rendit encore plus terrifiant que lorsqu'il n'était que menaçant et meurtrier.

L'un des acolytes plaqua la main de Jono sur la table à manger et tint le couteau au-dessus. Puis, lentement, il fit descendre la lame à gauche de son pouce, puis à côté du doigt suivant, et ainsi de suite, accompagné d'un « bam » entre chaque phalange chaque fois que la pointe frappait la table. Plus vite. Plus vite. Il recommença d'un côté à l'autre, puis encore, et encore, le bruit n'ayant d'égal que les battements lourds du cœur de Davie.

— Où est-il, Jono ? Où est-elle ? Où est-elle ?

Il parlait de plus en plus vite, sa voix épousant le rythme de ce jeu tordu qui se déroulait à table.

— Où est-elle ?

— Aaaargh, espèce de connard ! hurla Jono quand la lame transperça son majeur, l'empalant sur la table.

— Voilà ta main de branleur foutue, dit le chef, apparemment amusé par sa propre blague avant d'ordonner à son acolyte taré de continuer.

Le martèlement recommença, entre les doigts, de plus en plus vite...

— Aaaargh.

L'index, cette fois. Le sang en giclait.

— Sainte Marie, mère de Dieu, priez pour nous, pauvres pécheurs...

Derrière Zander, sa mère avait monté le volume et se balançait d'avant en arrière, les yeux fermés, comme si elle s'était complètement coupée de la réalité.

Davie aurait voulu faire pareil.

Bam, bam... Encore et encore, jusqu'à ce que les cinq doigts aient été empalés et rejettent des gerbes de liquide rouge épais. Davie avait envie de vomir. Sur place. Tout de suite. C'était la chose la plus horrible qu'il puisse imaginer.

— Attrapez le gosse.

Son imagination hurla et se recroquevilla en position fœtale. L'un des cagoulés se détourna de Jono et réfléchit à ses options. L'adolescent avec le couteau ou celui avec la tache humide sur le devant de son pantalon gris ?

Pas de débat.

— Non. Non. Non, gémit Davie, reculant jusqu'à buter contre le meuble en Formica.

Il ne pouvait pas quitter le couteau des yeux, celui qui approchait de son visage, puis de son cou maintenant, la pointe appuyant sur sa peau, la perçant. Un filet de sang, un cri qu'il ne reconnut même pas comme le sien.

— Papa, dis-lui. Dis-lui tout de suite !

Zander pointait son arme droit sur son père à présent, le visage déformé par la rage.

— OK, enfoiré ! hurla Jono, stoppant le type à cagoule avant que l'éraflure ne devienne une décapitation.

Le soulagement de Davie fut instantané, mêlé à l'envie de traverser la pièce pour se charger lui-même de l'autre main de Jono. Pourquoi avait-il mis autant de temps pour intervenir, bordel ? Espèce de salaud sadique.

— Parfait. Soyons gentils, maintenant, annonça le chef psychopathe. T'as dix secondes avant qu'on recommence. Où est-elle, Jono ?

— Pas ici.

— J'ai l'impression que tu n'as pas bien compris le principe du question-réponse. Je n'ai pas demandé où elle n'était pas. J'ai demandé où elle était.

Jono cracha une énorme masse de bave sanglante sur la table. Davie eut à nouveau envie de gerber.

— Je vais t'y emmener.

Le chef éclata de rire.

— Et pourquoi t'as pas dit ça plus tôt, quand t'avais encore deux mains pour t'essuyer le cul ?

À son signal, ses complices relevèrent Jono de la table et lui passèrent des menottes sur ses mains ensanglantées. Jono redevint de pierre, visiblement déterminé à ne pas leur faire plaisir de montrer le moindre signe de douleur. Davie réprima l'envie de lui shooter dans les couilles quand ils le traînèrent devant lui, puis hors de la pièce. Ils disparurent aussi vite qu'ils étaient arrivés.

Ce ne fut qu'à cet instant que Davie se demanda où étaient les flics. Quelqu'un avait sans doute prévenu la police que trois tarés venaient de faire irruption dans la maison au bout de la terrasse, celle avec la statue de Notre-Dame dans le jardin et la fontaine d'eau bénite près de la porte d'entrée, non ?

Mais alors que la question rebondissait dans son crâne, il sut qu'il connaissait la réponse. Personne dans le quartier n'aurait appelé les flics, parce qu'il y avait une chose plus effrayante que trois maniaques armés jusqu'aux dents, et c'était l'idée de ce que Jono Leith te ferait s'il découvrait que t'avais risqué d'amener la police à sa porte.

— Ça va ? demanda une voix lointaine, vague. Davie ! Ça va ?

C'était Zander. Il lui criait dessus, tout en guidant sa mère vers une chaise pour l'aider à s'asseoir. Elle avait toujours les yeux fermés, sa bouche répétant en boucle la même prière tandis qu'elle se balançait d'avant en arrière.

— Je vous salue Marie, pleine de grâce...

Les jambes de Davie fléchirent et il s'effondra sur le sol.

— Ça va. Ça va. C'était quoi ça, bordel ?

— Billy McColl, répondit Zander.

C'était tout ce qu'il avait à dire.

Billy McColl. Le plus gros dealer de cette partie de Glasgow, un ancien pote du père de Zander. Visiblement, leur amitié avait connu un accroc. Mais pourquoi porter des cagoules si tout le monde à part lui connaissait son identité ? Puis Davie se souvint de la caméra à la porte d'entrée. Qu'est-ce qu'ils s'étaient marrés avec quand elle avait été installée, jusqu'au jour où Davie avait montré son zizi devant et où la mère de Zander l'avait traîné à la chapelle pour le forcer à se confesser. Le prêtre lui avait fait répéter l'histoire trois fois. Le vieillard devait être dur d'oreille.

— Bordel, Zander, il va le tuer. C'est sûr.

Zander serra encore plus fort sa mère, la forçant à rester immobile pendant qu'il lui caressait les cheveux, la consolait, la berçait comme un bébé.

— J'espère bien, putain.

45

« Drunk In Love »

Beyoncé (ft. Jay Z)

Sa voiture était garée juste devant le bâtiment, mais même ça, c'était trop loin. Zander ouvrit la portière la plus proche et observa Adrianna entrer, ses courbes magnifiques se glissant sur le siège en cuir. Le temps qu'il fasse le tour pour entrer de l'autre côté, il brûlait d'envie d'elle, désespéré de la toucher. Pas encore. Patience.

Il grimpa dans le véhicule et comprit aussitôt qu'elle ne jouait pas selon les mêmes règles de retenue. Elle grimpa sur lui, sa jupe remontant sur ses cuisses, et Zander jeta un coup d'œil par-dessus son épaule pour vérifier que la vitre de séparation bloquait bien la vue du chauffeur. Se donner en spectacle, ce n'était pas son truc. Surtout pas avec elle. Il la voulait pour lui seul.

Tandis qu'ils avançaient, lentement mais sûrement, sur la Cinquième Avenue, désormais bondée à l'heure de pointe, ils s'embrassaient, leurs langues s'exploraient, leurs dents se mordillaient, leurs mains parcouraient leurs corps, leur température montait, leurs souffles se hachaient en halètements courts et pressants.

Zander gémit. C'était insoutenable. Il avait envie d'elle, tout de suite. Ce fut presque un soulagement lorsque la voiture s'arrêta et qu'il aperçut du coin de l'œil un portier en livrée approcher du véhicule.

Adrianna, tout en gloussant, tira son ourlet vers le bas, rejeta ses cheveux en arrière et retrouva son calme avant que la portière s'ouvre. Ils sortirent de la limousine et se dirigèrent vers l'entrée de l'hôtel, accueillis par la responsable des services clients.

— Bonjour monsieur Leith. Madame, les salua-t-elle, suffisamment discrète pour qu'on ne sache pas si elle avait reconnu Adrianna. Le Carlyle est ravi de vous accueillir à nouveau.

Le Carlyle. L'hôtel préféré de Zander à New York. Parfois surnommé le Palais des secrets, il avait gagné la confiance de JFK, de Marilyn Monroe, d'Elizabeth Taylor, de la princesse Diana et d'une galaxie d'autres célébrités au fil des ans grâce à sa discrétion. Selon une vieille rumeur, un tunnel secret souterrain permettait à ses prestigieux clients d'entrer et de sortir de l'hôtel dans une totale discrétion. Zander, lui, était heureux d'emprunter la porte principale, surtout ce matin, où la rapidité était sa priorité.

Sans un mot, sans se toucher, ils pénétrèrent à l'intérieur. La procédure de check-in fut évitée, ses informations étant déjà enregistrées et sa suite habituelle prête. La manager des services clients les rejoignit dans leur marche en les saluant et en lui remettant sa clé. On ne faisait pas attendre les superstars à la réception.

Ils tournèrent à gauche, où la responsable les confia à un groom, posté près de l'ascenseur déjà ouvert qui les attendait. Tout fonctionnait comme sur des roulettes quand on payait des milliers de dollars la nuit pour une suite avec vue sur Central Park.

— Merci, mec, dit Zander d'un signe de tête à l'employé en uniforme qui retenait la porte.

Il laissa Adrianna entrer la première, mais elle s'arrêta à mi-chemin, l'obligeant à passer devant elle. Alors, elle le saisit par le revers de sa veste et le plaqua contre la paroi arrière, face à elle. Elle tournait le dos au groom, qui garda les yeux fixés sur les portes qui se refermaient devant lui.

Zander porta toute son attention sur Adrianna. De toute façon, il n'avait pas le choix. Elle avait déjà attrapé sa main pour la guider jusqu'à la ceinture de sa jupe, puis plus bas encore, jusqu'à ce que ses doigts sentent son humidité.

Lorsque les portes se rouvrirent, après avoir monté trente-trois étages, le groom détourna discrètement le regard, laissant à Zander le temps de se retirer – et de se reprendre.

— Merci, dit Zander en lui glissant un billet de cent dollars, ce à quoi le groom répondit d'un sourire en coin et d'un signe de tête tandis que la porte se refermait.

La suite n'était qu'à quelques pas. Une fois devant la porte, le corps de Zander se pressa contre celui d'Adrianna, la coinçant contre le bois, sa main à elle en bas, serrant ses couilles jusqu'à ce qu'il parvienne à déverrouiller le mécanisme avec la carte magnétique. Dès que la porte fut ouverte, ils basculèrent à l'intérieur, avant qu'Adrianna s'avance jusqu'à la fenêtre, l'obligeant à la suivre, ajoutant le paysage de Manhattan à leur univers.

Là, elle posa ses deux mains écartées sur la vitre tandis que les bras de Zander l'enlaçaient, son souffle sur sa nuque, la léchant, la goûtant. En quelques secondes, ils se débarrassèrent de leurs vêtements, arrachant les tissus pour se voir, pour sentir chaque courbe, chaque creux, fous de désir.

Leurs préliminaires furent explosifs. Ils en voulaient plus. Ils se déplacèrent dans la chambre, chaque pas n'étant qu'un enchaînement de corps qui se bousculaient, se tiraient, s'agrippaient, emportés par une montée de désir incroyable.

— Le lit, haleta-t-elle.

Il obéit. Il la souleva, et ses bras s'enroulèrent autour de sa nuque, lui permettant de la porter jusqu'au lit king size.

Le rythme ralentit quand il la coucha contre le matelas, leurs regards restant soudés tandis qu'il faisait glisser le bout de ses doigts le long des courbes de son cou jusqu'au haut de ses cuisses, écartant doucement ses jambes. Ils ne se quittèrent des yeux qu'au moment où il la pénétra enfin, sa bouche trouvant la sienne. Elle enroula une jambe autour de lui, puis l'autre, l'emprisonnant dans un étau de pur plaisir. Il commença à aller et venir en elle, la martelant avec force, observant les lignes d'extase se dessiner sur son magnifique visage.

En quelques instants seulement, il sentit le corps d'Adrianna se cambrer, ses yeux se fermer, ses mains agripper les draps blancs.

— Je vais jouir…

Sa voix était chargée de pur plaisir. Il poussa plus fort, plus profondément, plus vite, jusqu'à ce qu'elle crie, frémisse, l'entraînant avec elle dans une perte de contrôle commune.

Épuisé, Zander s'effondra finalement à ses côtés. Ils se faisaient face à présent.

— Tu es la femme la plus magnifique que j'aie jamais vue, lui dit-il sincèrement.

— Je sais, répondit-elle, ses yeux flamboyants contrastant avec son sourire.

— Et un sacré bon coup, ajouta-t-il en riant.

— Ça aussi, acquiesça-t-elle, l'embrassant, doucement cette fois. Et si tu restes allongé juste là, je vais te montrer toutes les autres choses que je sais faire.

Zander n'y vit pas d'inconvénient.

46

« All I Wanna Do »

Sheryl Crow

Il ne faisait aucun doute que certains aspects des deux derniers jours avaient été plutôt agréables étant donné qu'elle n'était là que pour une semaine et que c'était pour le travail, pas pour le plaisir.

Mais Sarah préférait voir ça comme des outils à réunir pour son boulot. Pour sa recherche.

L'un de ces outils se situait particulièrement haut sur l'échelle des plaisirs.

Dimanche, lorsqu'elle avait consulté le site de l'agence de location de voitures en ligne, il y avait des tas de véhicules parfaitement convenables et dans son budget. Une Ford Focus basique lui avait semblé le meilleur choix. Économique. Fonctionnelle. Tout à fait correcte. Mais comme une légion de Britanniques avant elle, quand elle était arrivée à l'agence et avait aperçu un cabriolet Mustang rouge vif, elle n'avait pas pu résister à l'envie de repartir avec.

Au diable le prix. Même si ce n'était que pour dix minutes, elle voulait absolument descendre Santa Monica Boulevard accompagnée de Sheryl Crow à la radio. L'atmosphère hors du commun des lieux avait sans doute déréglé son sens de la mesure. Ou peut-être était-ce le fait d'avoir passé la nuit dans une maison qui ne valait pas moins de quarante millions de dollars. Elle avait vérifié sur Google.

Bref, la voiture devrait bien coûter l'équivalent d'une brique du domaine gigantesque de Davie Johnston, mais Sarah avait ressenti un petit frisson de légèreté en la sortant du parking de l'agence.

C'était un petit plaisir. Et elle ne s'en autorisait pas souvent. Dépenser de l'argent n'était pas quelque chose qui la grisait particulièrement. Elle était méthodique, pragmatique. Son salaire au *Daily Scot* lui permettait de payer confortablement sa moitié des factures. Simon avait d'abord protesté, rappelant que son nom figurait sur l'acte de propriété puisqu'il avait acheté l'appartement des années plus tôt. Elle lui avait répondu de considérer ça comme un loyer. Ils reverraient cet arrangement si jamais leur relation devenait plus sérieuse, mais en attendant, il était normal qu'elle contribue à financer le toit au-dessus de sa tête.

Pour le reste de ses dépenses, les vêtements ne l'avaient jamais particulièrement intéressée. Tant qu'elle avait de quoi être présentable au boulot et quelques tenues correctes pour sortir, ça lui suffisait. Les chaussures étaient fonctionnelles et elle n'avait jamais compris l'intérêt des sacs de créateurs ou des bijoux tape-à-l'œil. Simon disait qu'elle était facile à contenter. Elle n'avait jamais su si c'était un compliment ou une insulte, mais il aurait sûrement révisé son jugement s'il l'avait vue filer au volant de son bolide.

Elle avait l'impression que ce qui serait passé pour de la prétention à Glasgow paraissait tout à fait normal ici. Porter des lunettes de soleil à l'intérieur. Promener des petits chiens comme des accessoires. Ou, pire, comme elle l'avait constaté plusieurs fois par jour, de grandes et superbes jeunes femmes se pavanant au bras de petits vieillards de plusieurs décennies leurs aînés. Soit ils représentaient une belle prise financière, soit c'était tendance de sortir papy pour la journée.

Après avoir récupéré la voiture le lundi matin, elle avait directement pris la direction du Grove, le centre commercial situé près de West 3rd Street, en périphérie de West Hollywood. Les paparazzis avaient pris Davie en photo des dizaines de fois là-bas, et elle voulait voir l'endroit de ses propres yeux. Pelouses parfaitement manucurées, une fontaine dont les jets d'eau dansaient en rythme avec la musique. Elle avait regardé le spectacle passer du swing de Dean Martin à « Celebration » de Kool & the Gang. Dans ce mélange entre galerie d'art et parc d'attractions pour adultes fortunés, on pouvait même admirer des Picasso sur les murs de l'espace d'accueil du service voiturier.

Abercrombie & Fitch, J. Crew, Nordstrom, Barneys New York, Kiehl's… Elle avait été tentée de rester pour faire chauffer sa carte bleue puis de s'arrêter pour déjeuner au Cheesecake Factory. Au moins, elle en aurait tiré un article touristique.

Mais non.

Ce n'était pas la raison de sa présence. Concentration. Retour au boulot. Un dernier arrêt chez AT&T sur la 3rd Street, Santa Monica, pour acheter un téléphone prépayé américain.

Appels, textos, photos. C'était tout ce dont elle avait besoin. Avant même de quitter le parking, elle avait envoyé un message à Davie avec son nouveau numéro, sans être certaine que celui qu'il lui avait donné en partant de chez lui était bien le sien et pas celui d'une pizzeria de South Central. Mais même si c'était vraiment son numéro, il était fort probable qu'il la bloque dès qu'il recevrait son texto.

À la grande surprise de Sarah, il avait répondu presque immédiatement :

Super. Profite de ta journée. On se capte bientôt. Content de t'avoir rencontré. P.-S. Toujours en vie ? Alina a l'air coupable.

Elle avait tapé une réplique à la hâte :

Tout juste. Au tribunal pour me défendre contre l'injonction d'éloignement demandée par la sécurité de Gosling. Il ne se rend pas compte que quand il me rencontrera, ce sera le coup de foudre, ou quoi ?

En roulant dans les rues de Beverly Hills, elle avait repensé aux événements du week-end.

Davie Johnston était très différent de ce qu'elle avait imaginé. Tout l'opposé, même. Elle s'était attendue à un type hautain, inaccessible, arrogant, charmeur et, vu ses récents exploits, franchement odieux. Mais en réalité, il s'était révélé… Elle cherchait le mot juste. Abîmé. Seul. Drôle. Presque attendrissant. Et il y avait chez lui une forme de désespoir si palpable qu'on aurait pu presque la toucher. Si c'était ça, la célébrité, très peu pour elle.

La révélation de son identité avait visiblement déstabilisé Davie, mais il s'était vite ressaisi. En général, elle se targuait de deviner ce que les gens pensaient avant même qu'ils s'en rendent compte eux-mêmes, mais Davie était plus indéchiffrable. Probablement l'effet d'une vie passée dans une ville où tout le monde faisait semblant d'être quelqu'un d'autre.

Difficile de savoir si c'était son métier de journaliste ou son intention de fouiller dans son passé qui le mettait sur la défensive, alors elle avait aussitôt rétropédalé en optant pour l'approche « interview *lifestyle* ». Entrée en douceur. Y aller calmement. Ne pas tout faire capoter avant qu'elle ait eu la chance de creuser un peu, de vérifier si son intuition d'un vrai scoop tenait la route.

Convaincue d'avoir gâché toutes ses chances, elle avait été très surprise qu'il accepte de la revoir. Qu'est-ce que ça voulait dire ? Qu'il n'avait rien à cacher ? Qu'il avait tout à cacher ? Ou qu'il était encore soûl de la veille et pas maître de ses actes ?

Quoi qu'il en soit, pour l'instant, sa mission à ce niveau était accomplie.

Changeant de cap, elle avait passé le reste de sa journée du lundi et toute la journée du mardi à passer des coups de fil, à éplucher Facebook, Twitter, Instagram et les sites à ragots, et à écumer les repaires de célébrités qui, d'après Internet, étaient fréquentés par Mirren McLean et Zander Leith.

Sans succès, jusqu'ici. Leurs attachés de presse lui servaient tous la même rengaine : pas d'interview. Les agences n'avaient aucun événement prévu pour l'un ou l'autre ce week-end. Zander avait entamé le tournage d'un nouveau film et Mirren ne figurait à l'agenda qu'à partir du mois suivant, lorsqu'elle devait intervenir à la Writers Guild sur la Doheny, à Beverly Hills. Il lui fallait trouver une autre stratégie. Quelque chose d'un peu plus radical.

Après avoir refait un tour en ligne le matin en vain sur les sites de traque de célébrités, elle se rendit compte qu'elle avait supposé que les stars étaient toutes planquées derrière les murs de résidences fermées comme celle de Davie. Et si ce n'était pas le cas ?

Dix minutes de recherches sur Google lui suffirent pour découvrir que Mirren habitait à Malibu Colony, et cinq autres pour apprendre que, légalement, même si ce n'était pas vraiment une information répandue, la plage où se trouvaient certaines des maisons les plus chères des États-Unis était en réalité un espace public. Tant qu'elle restait sur le sable, elle avait le droit de s'y promener. Google Earth ne l'aida pas du tout, l'option *street view* étant bloquée pour ce secteur. Elle réussit néanmoins à dénicher une application géniale qui indiquait les accès aux plages. Après une virée exaltante sur la Pacific Coast Highway, elle gara sa voiture rouge pétant sur Malibu Road et enjamba un muret pour descendre sur le sable. De là, elle se promena, la tête toujours levée vers les villas et les balcons perchés quelques mètres plus haut. Il n'y avait pas un chat. En fait, la plage était presque sinistrement déserte. Une, non, deux personnes promenaient leurs chiens sur tout le kilomètre et demi de plage, et une femme de ménage nettoyait une véranda vitrée. Sur une demi-heure de balade d'un bout à l'autre de la Colony, elle ne croisa personne d'autre.

Bizarre.

De retour à la voiture, elle reprit la route vers le sud, d'où elle venait. Cette fois, elle continua tout droit au lieu de bifurquer sur la route 66, et resta sur la Pacific Coast Highway qui s'incurvait à gauche vers le Santa Monica Pier, puis elle tourna à droite sur Lincoln. Merci le GPS.

Arrivée à Rose Avenue, elle tourna à droite et se gara après l'intersection avec la Pacific. De là, elle n'eut qu'une petite minute de marche pour atteindre le front de mer. Elle prit à gauche sur la promenade jusqu'à l'adresse notée sur le papier dans sa poche.

L'adresse de Zander était introuvable en ligne, mais Gemma, sa nouvelle meilleure amie de l'agence de presse, lui avait donné le tuyau. Et elle n'avait pas menti lorsqu'elle lui avait dit qu'on n'aurait jamais pu deviner que Zander Leith vivait là. Un immeuble comme les autres du quartier : joli, voire impressionnant, directement sur la plage, et puis bon, tout était plus beau sous le soleil. Mais elle était vingt kilomètres plus loin et valait dix millions de dollars de moins que la maison de Davie Johnston.

Le jour et la nuit.

Pourquoi ?

Deux types issus de la même rue, tous les deux expatriés à des milliers de kilomètres de chez eux, et leurs choix de vie se trouvaient aux deux extrémités sur l'échelle de l'ostentation.

Zander l'intriguait déjà. Elle avait lu tout ce qu'elle pouvait sur lui ces dernières semaines, et pourtant, elle avait l'impression de ne rien savoir à part qu'il buvait trop, se droguait, avait parfois des excès de colère et était sorti avec quelques-unes des plus belles femmes du monde, qu'il avait, semblait-il, poliment rendues au célibat au bout de trois mois maximum de relation.

Ce type avait des problèmes. Mais pourquoi ? Sa mère ? Son père ? Forcément, son père.

Personne ne disparaissait comme ça du jour au lendemain, encore moins quelqu'un comme Jono Leith.

Sarah retourna à sa voiture, plus déterminée que jamais. Il y avait une histoire derrière tout ça. On était déjà mercredi. Il ne lui restait plus que quelques jours, et pour l'instant, son seul vrai filon s'appelait Davie Johnston.

Elle sortit son téléphone et lui envoya un nouveau message :

Salut, toujours partant pour se voir cette semaine ?
La future Mme Gosling. Bizz.

Pas de réponse.

Mince. Elle en avait peut-être trop fait. Trop pressante. Bon, fini les textos. Elle s'arrêta dans un petit café à l'angle de Rose Avenue, au milieu de la plage, et s'offrit une bière fraîche, histoire de réfléchir pendant quelques minutes. Cette vie avait quelque chose d'enivrant. On comprenait pourquoi tant de gens débarquaient ici et ne repartaient jamais. Glasgow et ses nuits froides et sombres… ou Los Angeles et son soleil éternel et sa vie au grand air ?

Trois filles en patins à roulettes passèrent devant elle, hilares, lui donnant la réponse.

Le soleil, à tous les coups. Et si c'était un épisode étrange de *Location, location, location* avec Kirstie et Phil pour lui présenter trois maisons, le choix serait vite fait.

Elle prendrait celle de Zander. Celle de Davie était si gigantesque qu'elle en était presque terrifiante. Celle de Mirren, trop silencieuse, dans une atmosphère presque étouffante. Mais ici, oui. Ici, elle pourrait vivre. Respirer. Il y avait du monde autour, et l'océan était différent chaque jour. Parfait. Son petit cabriolet rouge et un appart sur la plage. Vendu à la dame aux lunettes de soleil achetées vingt-cinq livres à l'aéroport de Glasgow.

De retour à l'hôtel, un burger du *room service* et une sieste plus tard, Sarah se dit que sa journée de boulot n'avait pas été complètement perdue. Elle avait progressé. Elle n'était pas beaucoup plus près de décrocher un scoop, mais au moins, elle avait de quoi broder un article sur les styles de vie opposés des trois héros nationaux.

Après un léger délai, l'écran afficha la chaîne 14. Un talk-show appelé *The Elaine Show* faisait la promo depuis une semaine d'une interview avec Jenny Rico et Sarah était curieuse de voir enfin l'insaisissable Mme Johnston. Selon le guide télé récupéré à la réception, l'émission était tournée en direct avec du public et serait diffusée à vingt-trois heures.

Si elle avait su, Sarah aurait tenté de dégoter un ticket pour assister à l'enregistrement.

Dommage.

La sonnerie de son téléphone coupa court à son agacement. Pendant un instant, ses espoirs furent ravivés. Était-ce Davie qui la rappelait pour fixer une interview ? Elle fut presque déçue lorsqu'elle remarqua que c'était son téléphone britannique qui vibrait, la photo de Simon s'affichant sur l'écran.

Accepter le FaceTime ?

Elle appuya sur le bouton vert. Ils ne s'étaient pas encore parlé cette semaine. Ils avaient tous les deux tenté à plusieurs reprises, mais le décalage horaire n'aidait pas.

— Salut, mon cœur, tu es bien matinal, dit-elle, remarquant qu'il était déjà au bureau à sept heures du matin.

— J'ai un dossier à préparer et je n'arrivais pas à dormir, alors je me suis dit autant y aller tôt.

Typique. Simon était le seul homme qu'elle connaisse qui travaillait encore plus qu'elle. Il était obsessionnel. Dévoué. Marié à son boulot. Être assis à une terrasse de café sur Venice Beach en pleine journée aurait été pour lui un vrai cauchemar. Même lorsqu'ils partaient tous les deux en vacances, il fallait toujours qu'ils soient en première classe, dans des hôtels cinq étoiles, avec Wi-Fi obligatoire pour pouvoir appeler son cabinet. Ce qu'il faisait systématiquement.

Il répétait que des gens comptaient sur lui après avoir passé trois heures au téléphone avec un confrère adverse.

Elle ne pouvait rien dire contre sa logique. En droit écossais, la Commission écossaise de révision des affaires criminelles représentait le dernier recours des innocents, la dernière carte à jouer pour les coupables. Pas plus tard que deux semaines auparavant, Simon avait réussi à prouver l'innocence d'un homme emprisonné depuis quatorze ans pour le meurtre de sa femme. Complètement innocent. De nouvelles technologies en matière d'ADN avaient révélé la présence d'un autre homme sur les lieux du crime, aujourd'hui condamné pour avoir tué deux autres femmes.

L'homme innocent avait fondu en larmes lorsqu'il avait été libéré. C'étaient ses enfants, désormais adultes, qui l'avaient raccompagné chez lui.

Voilà ce que faisait Simon. Et si ça faisait de lui un type parfois froid, grincheux et obsédé par son travail, alors c'était un prix qu'elle acceptait de payer. La plupart du temps. Quand son côté « le boulot d'abord » l'irritait trop, elle se rappelait qu'elle aussi était plutôt du genre carriériste.

— Alors, c'est comment La La Land ?

— Chaud, répondit-elle en rigolant. Et magnifique. J'ai l'impression de vivre dans un épisode de… C'est quoi le titre déjà ? La série que tu regardais avec Jeremy Piven.

— *Entourage*.

— Oui, c'est ça. Je suis dans un épisode d'*Entourage*. Sans la drogue et les strip-teaseurs, mais la semaine n'est pas finie.

Elle le voyait bouger des papiers sur son bureau pendant qu'il lui parlait.

— Je t'ai appelée ce week-end, mais ç'a sonné dans le vide, dit-il.

— Oui, désolée. J'ai vu ton appel en absence, mais il était déjà minuit chez toi et je n'ai pas voulu te rappeler pour ne pas risquer de te réveiller. J'ai dû laisser mon téléphone en mode silencieux sans m'en rendre compte. Du coup, je me suis dit qu'il valait mieux envoyer des messages pour ne pas te déranger pendant un truc important.

Petit mensonge. Oui, il était en mode silencieux, mais parce qu'elle était chez Davie Johnston, en train de boire un café sur sa terrasse, et qu'un appel de son petit ami l'aurait distraite de sa mission. Et depuis, elle s'était contentée de quelques messages distraits, absorbée par sa chasse de Mirren et Zander. Maintenant, une légère culpabilité de mauvaise petite amie l'envahit et elle tenta de se rattraper.

— C'est un peu compliqué avec ce décalage horaire. Mais je t'appellerai demain matin. Vers huit heures ici, donc seize heures chez toi.

Il hésita avant de répondre. Du Simon tout craché. Chaque réponse était mesurée et réfléchie.

— Pas possible. Je suis à une réception au Blythswood Hotel. Un truc en rapport avec le programme de régénération des Jeux du Commonwealth. Invitation du lord-prévôt.

— Alors tu ferais mieux d'y aller, hein ! le taquina-t-elle.

Il ne mordit pas à l'hameçon. Sur la télé mise en sourdine devant elle, le générique de début du *Elaine Show* défilait. Une photo de l'épouse de Davie, Jenny, apparut à l'écran, suivie de l'acteur Lex Callaghan. Le monde était petit. C'était le héros de *Clansman*, la saga de Mirren McLean. En le voyant, Sarah comprit pourquoi. Son visage était si parfait qu'on aurait dit qu'il avait été sculpté dans la pierre à l'image d'un dieu grec. Les pommettes, la mâchoire, les dents parfaites, le tout sur un corps débordant de masculinité. Il y avait une raison pour laquelle chacun de ses films rapportait plus de cent millions de dollars : lui.

Le troisième à l'affiche était un rappeur qui venait de lancer une nouvelle ligne de vêtements entièrement faite de tissus blancs, en hommage à sa décision de suivre les enseignements de la kabbale.

Une autre soirée typique à Los Angeles.

— Écoute, tu peux m'appeler quand ça t'arrange, dit-elle, tendant une branche d'olivier dans l'espoir d'améliorer son humeur.

— OK, on fait comme ça.

— Bonne nuit, alors. Je t'aime.

— Je t'aime aussi.

Un peu tendu, pas leur appel le plus tendre. Mais Sarah n'était pas excessivement inquiète. En fait, pour être complètement honnête, son attitude l'agaçait. S'il était à l'étranger, en train de travailler sur une affaire importante pour lui, elle le soutiendrait inconditionnellement. Alors, d'accord, sa mission ne consistait pas à sauver un innocent d'une erreur judiciaire, mais c'était son boulot et ça comptait pour elle. Et s'il ne pouvait pas montrer d'enthousiasme et de soutien, il pouvait au moins éviter de lui faire subir sa mauvaise humeur.

Et merde !

Sirotant la bière qu'elle avait prise dans le minibar, elle monta le volume de la télé et regarda, captivée. Chez elle, elle n'avait absolument aucun intérêt pour le monde des célébrités. Elle ne regardait pas de feuilletons, se moquait totalement des émissions de téléréalité et, à part les noms célèbres qu'elle rencontrait dans le cadre de son travail, s'intéressait peu aux gens connus. Mais ce soir-là, ils étaient étrangement fascinants. Plus brillants. Plus éclatants. Plus farfelus.

Le rappeur passa en premier. Quinze minutes, publicités comprises, à parler de sa nouvelle vocation, entrecoupées de discours sur la manière dont sa nouvelle ligne de vêtements était ordonnée par Dieu. OK. Sarah ajouta « dingue » à sa liste d'adjectifs.

Ce fut ensuite au tour de Lex Callaghan, qui parla de son dernier film *Clansman*, dans un parfait équilibre entre promotion, autodérision et anecdotes amusantes. Avant même qu'il serre la main d'Elaine et parte par le côté gauche de la scène, Sarah était déjà en train de regarder la date de sortie du film au Royaume-Uni.

— *Et maintenant, mesdames et messieurs, un tonnerre d'applaudissements pour Jenny Rico !*

La foule se déchaîna et la caméra se déplaça vers la gauche, puis s'arrêta lorsque probablement la femme la plus magnifique que Sarah ait jamais vue sortit de derrière le panneau du tableau.

La série de Jenny n'était pas diffusée sur les chaînes britanniques, ou peut-être que si, mais Sarah regardait si rarement la télé qu'elle ne l'avait jamais vue. Elle se rendait compte à présent que les photos des magazines ne lui rendaient pas justice. Même les pubs L'Oréal ne montraient pas à quel point elle était réellement époustouflante. Pas juste son visage. Son corps aussi. La façon dont elle marchait. Ses seins, qui semblaient avoir leur propre vie. Elle portait une robe rouge moulante, avec un décolleté plongeant. L'ourlet lui arrivait mi-mollet, lui donnant un déhanché à la Jessica Rabbit. Inutile de chercher des éléments de comparaison : cette femme appartenait à une autre espèce.

— *Jenny !* l'accueillit la présentatrice, l'embrassant sur les deux joues avant de se reculer pour laisser l'actrice savourer les applaudissements du public et répondre d'un geste de main.

— *Vous les payez pour faire ça*, lança-t-elle timidement à Elaine quand le public se tut.

Rires en coulisse.

Waouh, elle les avait conquis sans presque ouvrir la bouche.

Elles n'étaient clairement pas des inconnues l'une pour l'autre, car Elaine lança une conversation fluide, parlant de la série de Jenny (tout allait bien : la mieux notée de la chaîne, nouvelle saison la semaine prochaine), de son contrat cosmétique (très honorée d'avoir été choisie, un rêve devenu réalité), ses enfants stars (oui, si heureux et équilibrés, elle en était très reconnaissante). Soit la bière de Sarah était périmée, soit cette femme la rendait légèrement nauséeuse. Le mot « fade » était loin de décrire ce qu'elle ressentait. Davie Johnston, quels que soient ses défauts, et il en avait sans doute beaucoup, était drôle, vif et irrévérencieux. Sa femme, elle, faisait le minimum ; elle disait tout ce qu'il fallait dire, récoltait les compliments, mais, en réalité, n'offrait rien de plus qu'un ennui mortel de platitudes et de clichés. Rien de nouveau. Change de disque.

L'image de Jenny avec Davie ne collait pas. Ces deux-là n'allaient pas ensemble. Ils n'étaient pas faits l'un pour l'autre.

— *Et nous voulions vous demander...* poursuivit Elaine d'un ton plus sérieux. *Votre mari, Davie, est un ami de longue date de l'émission et il a traversé une période difficile récemment. Comment va-t-il ?*

Ce ne fut que parce que Sarah était captivée par le visage de Jenny qu'elle remarqua le léger battement d'irritation sur le côté de son front et le faible froncement de ses sourcils. Deux minuscules mouvements, presque imperceptibles, mais qui prouvaient de manière assez concluante que cette question ne figurait pas dans le script.

— Il va très bien, dit Sarah à voix haute, à sa pièce vide.

— *Il va très bien*, répondit Jenny en écho.

Sarah leva sa bière en l'air pour célébrer ses talents de prédiction.

— Dans le mille !

— *Nos pensées vont à Sky Nixon et à sa famille, et nous prions pour qu'elle se rétablisse rapidement.*

Une ponctuation très nette terminait sa phrase, indiquant clairement que c'était la fin du commentaire.

Elaine avait déjà pris une longueur d'avance sur elle.

— *Et j'ai entendu dire que vous aviez organisé une fête très spéciale ce week-end.*

Visiblement ravie de changer de sujet, Jenny sauta sur l'opportunité et afficha un enthousiasme timide.

— *En effet ! Nous avons organisé une fête incroyable pour notre dixième anniversaire de mariage.*

— *Merci pour l'invitation*, plaisanta Elaine.

— *Vous n'en avez pas reçu ? Mon assistante va se faire virer*, rétorqua Jenny.

C'était la première remarque pleine d'esprit qu'elle faisait de la soirée.

— *En fait, ça n'a pas d'importance, car je suis certaine que j'aurai l'occasion de vous féliciter tous les deux en personne, ici même...*

Un autre tressaillement involontaire, de perplexité cette fois, peut-être avec une pointe de peur. Quoi qu'il se passe maintenant, Jenny n'en avait pas été informée.

— *Mesdames et messieurs, Davie Johnston !*

La caméra pivota vers l'entrée du plateau et Davie passa la tête. Soit les types responsables des applaudissements du studio faisaient du bon boulot, soit le public était simplement d'humeur généreuse, parce que les réactions furent assez impressionnantes. Pas à la hauteur de l'accueil enthousiaste réservé à Jenny, mais franchement encourageantes.

Sarah se surprit à sourire en le voyant marcher, la tête légèrement inclinée, les yeux levés, comme un enfant turbulent pris la main dans le sac. Il avait indéniablement quelque chose d'attachant. Elle avait hâte de pouvoir discuter avec lui, comme il le lui avait promis. Elle était impatiente de mener à bien cette interview, désireuse de lui parler, de creuser, de sonder, de découvrir ce qui rendait cet homme si tourmenté. Elle était déterminée à découvrir la vérité. Et convaincue que Davie allait être celui qui la lui livrerait. S'il y avait quoi que ce soit à découvrir, c'était elle qui le ferait craquer. Elle en était certaine.

Une chaise apparut comme par magie à côté de Jenny tandis qu'Elaine donnait à Davie une double poignée de main.

Alors qu'il saluait le public pour le remercier, Sarah remarqua le langage corporel de Jenny. Aïe. Sur la défensive. Raide. Furieuse. Sa mâchoire crispée trahissait une rage presque bouillonnante. La nana était peut-être une bonne actrice, mais le rôle de l'épouse aimante n'était pas sa meilleure performance.

Davie s'assit, posa sa main sur celle de sa femme et lui adressa un sourire radieux.

Le léger décalage dans sa réaction trahit à nouveau ses sentiments. Le soir de leur rencontre, Davie avait dit à Sarah que sa femme le détestait, mais elle avait pensé que ce n'étaient que les divagations exagérées d'un homme bourré. Maintenant, elle n'en était plus si sûre. Ce qu'elle savait, en revanche, c'était que ce serait un excellent point de départ pour l'interview. *Dis-moi, Davie, pourquoi ta femme te déteste autant, exactement ?* Si elle pouvait commencer par là, ça pourrait peut-être suffisamment détourner son attention pour lui permettre d'aborder ses autres problèmes. C'était une méthode qu'elle avait perfectionnée au fil des années à force de regarder des interrogatoires de police et des contre-interrogatoires au tribunal.

— *Bienvenue, Davie*, s'écria Elaine. *Je crois que vous avez un petit cadeau pour notre chère Jenny ?*

Le public éclata à nouveau en applaudissements lorsque Davie fouilla dans sa poche pour en sortir un écrin. Personne ne se doutait qu'il s'agissait de celui qu'il lui avait offert dans une limousine quelques soirs plus tôt.

Il l'ouvrit sous les exclamations du public tandis que la caméra zoomait sur la bague étincelante de diamants.

— *C'est une bague d'éternité*, annonça-t-il à sa femme, qui essayait désespérément de sourire malgré ses dents serrées.

Quatre-vingt-dix pour cent de la population n'y aurait vu que du feu. Pas Sarah.

Il la sortit de la boîte et la glissa au troisième doigt de sa main gauche, où elle se nicha à côté d'un diamant de la taille d'un glaçon.

— *Elle en aura une pour l'autre main dans dix ans*, plaisanta-t-il. *Mais en attendant, nous avons une autre annonce à faire. Comme vous le savez, cette semaine est spéciale, parce que demain, c'est notre dixième anniversaire de mariage. Nous avons décidé de montrer notre amour l'un pour l'autre en renouvelant nos vœux de mariage. Demain, au coucher du soleil, nous prendrons la mer et nous nous engagerons à nouveau l'un envers l'autre, comme nous l'avons fait il y a dix ans jour pour jour.*

Était-ce l'imagination de Sarah ou avait-il insisté sur le mot « demain » ?

Mais attendez… Demain ? Non, non, non. Elle espérait l'interviewer demain. Ou après-demain. Il avait clairement dit cette semaine, ce qui ne laissait que demain, vendredi ou samedi après-midi avant qu'elle parte pour l'aéroport pour prendre son vol de retour.

— *Et une autre lune de miel ?* demanda Elaine.

— *Absolument*, répondit Davie. *En fait, on pourrait prendre la mer et continuer à naviguer...*

Sarah figea sa bouteille de bière à mi-chemin vers sa bouche.

Merde. Putain. Bordel.

Son interview venait d'être torpillée et noyée.

47

« Love Will Tear Us Apart »

Joy Division

Glasgow, 1989

Tout le monde savait que c'était lui. Tout le monde savait qu'il était coupable. Tout le monde parlait de la façon dont Jono Leith avait tué Billy McColl et Jono Leith adorait ça.

Zander observa son père sortir de la voiture et se diriger vers leur immeuble, marchant avec l'assurance qu'il avait développée pour dissimuler le fait qu'il boitait depuis que les hommes de Billy McColl avaient utilisé sa jambe gauche comme trampoline. Ça ne se reproduirait plus. Billy était mort et, au cas où l'un des membres de son gang nourrirait des illusions de puissance et aurait envie de se faire un nom en commettant un acte de vengeance violent, Jono était désormais accompagné en permanence d'hommes de main, deux types imposants, l'un devant, l'autre derrière, et deux autres qui attendaient sur les sièges avant de la Rover.

Jono Leith avait clairement changé de catégorie, et Zander ne l'avait jamais autant détesté.

Deux mois. Il ne lui avait fallu que deux mois pour se métamorphoser, de petit malfrat à grand bandit, sans passer par la case départ et en gardant à portée de main sa carte « sortie de prison ».

Les détails étaient vagues. Ce n'était pas comme si le Daily Record *ou le* Daily Scot *en avaient fait état. Zander ne savait que ce qu'il avait vu, et tout le reste il l'avait reconstitué à partir de conversations entendues par hasard et de rumeurs.*

La nuit où Billy McColl et ses hommes avaient traîné son père hors de chez eux avait été la plus longue de sa vie. Sa mère avait quitté la maison en trombe pour se rendre à la chapelle et prier avec le père Cooney pour l'âme de Jono.

Mirren était venue chez lui et avait rejoint Davie à table. Ils étaient restés assis, sans rien dire. Deux bouteilles d'Irn Bru et un paquet de biscuits au chocolat les avaient aidés à passer la nuit. L'appel était arrivé à cinq heures du matin. Jono était à l'hôpital, mais en vie.

En vie. Ce salaud.

Fractures multiples : quatre doigts, trois côtes, une jambe. Il avait une commotion cérébrale, des brûlures de cigarette sur les avant-bras, trois ongles manquants aux orteils et des blessures nécessitant un total de cent vingt-quatre points de suture. Aucune mortelle. McColl était clairement d'humeur charitable, avaient déclaré les policiers, ricanant de leur propre blague. Zander, assis sur une chaise à côté du lit d'hôpital, ne dit rien. Il ne leur en voulait pas. À leurs yeux, Jono était une ordure. Il n'avait pas envie de les contredire.

Une transaction de drogue qui avait mal tourné, avaient-ils dit. McColl avait apporté de l'héroïne de Liverpool et s'était mis d'accord avec Jono pour qu'il la stocke pour lui. Au lieu de quoi, Jono l'avait revendue, empochant dix mille livres, et avait omis d'en informer le propriétaire légitime jusqu'à ce que celui-ci vienne la réclamer. Billy avait exprimé son mécontentement en s'en prenant à Jono.

Il n'avait pas imaginé une seule seconde que ce petit salaud effronté reviendrait le chercher. Ce n'était pas comme ça que ça fonctionnait. Ce n'était pas ainsi que marchait la chaîne de commandement, la règle de la hiérarchie.

Mais apparemment, personne n'en avait informé Jono. Une semaine plus tard, vêtu d'un uniforme de livreur qu'il avait volé sur la corde à linge d'un chauffeur de la poste, il avait pris une arme qu'il avait cachée sous le lit de Zander pour un tueur à gages d'Édimbourg, était entré, en boitant, tôt le matin, dans le club de snooker de Billy McColl, s'était rendu directement dans son bureau et lui avait tiré une balle dans le front.

Sans surprise, les douze personnes présentes dans le club à ce moment-là n'avaient rien vu.

Ce qui s'était produit ensuite était un cas d'école en matière de promotion dans le milieu du crime organisé. Jono avait contacté Liverpool, conclu un accord pour reprendre la route, payé la livraison suivante avec les dix mille livres de Billy McColl et s'était fait une place dans le milieu. Fini les braquages de banques et les cambriolages. L'avenir était dans la drogue. La bande de voyous qu'il appelait ses associés était désormais ses employés, tous troquant des gains occasionnels contre un salaire.

C'était du gagnant-gagnant.

Pendant ce temps, tout le monde, y compris la police, savait ce qu'il avait fait. Sans surprise, en l'absence de preuves médico-légales ou de témoins oculaires, personne n'avait fait quoi que ce soit pour obtenir une condamnation. Billy McColl ne représentait pas une grosse perte pour la société. De plus, ils connaissaient bien Jono Leith, et, pour l'instant, il préférait lui laisser un peu de liberté en espérant qu'il finirait par s'enfoncer tout seul.

Zander, lui, savait que son père avait empiré. Avant, il se prenait pour un gangster de haut vol – aujourd'hui, il l'était vraiment. Au grand désespoir de sa mère, Jono ne faisait même plus semblant de se soucier d'elle.

Il l'avait remerciée de vingt ans de dévouement et de souffrance en lui disant qu'elle était un boulet pour lui depuis le jour où il l'avait rencontrée, puis il l'avait battue jusqu'à ce qu'elle implore la miséricorde de Dieu. Zander l'avait retrouvée brisée, tant à l'extérieur qu'à l'intérieur. Elle s'en était remise, du moins à l'extérieur. La prochaine fois, ce ne serait peut-être pas le cas. Zander savait que le jour du jugement dernier approchait. Il devait simplement mettre tout en ordre avant.

Il devait s'assurer que sa mère serait prise en charge, que rien ne pourrait aller de travers. Il n'y aurait pas de retour en arrière possible après ce qu'il comptait faire. Mais cela en vaudrait la peine.

Il observa cet enfoiré approcher et son estomac se noua un peu plus. Oh oui, ça en vaudrait vraiment la peine. Il ne craignait pas le jour où il trouverait sa mère morte. Ni d'avoir à l'entendre pleurer la perte de la bête qu'elle aimait toujours.

C'était ça, le plus difficile. La mère de Zander aimait toujours Jono Leith. Voilà pourquoi il savait qu'elle était à l'étage en ce moment même, les larmes coulant sur son visage, alors qu'elle regardait son mari passer devant sa porte d'entrée et pénétrer dans la maison de la femme qu'il baisait depuis des années. La maîtresse qui le faisait passer avant tout, avant elle-même, avant Dieu, avant sa propre fille, Mirren.

Comme toujours, Marilyn McLean accueillit Jono les bras ouverts.

48

« True »

Spandau Ballet

Jenny Rico était resplendissante, vêtue de blanc, ses boucles caramel flottant derrière elle alors qu'elle s'agrippait au mât du yacht et cambrait le dos, offrant au photographe une silhouette époustouflante, le coucher de soleil en fond. Ils avaient déjà passé une heure à prendre des photos avec les enfants, la famille parfaite, avant que les nounous n'emmènent Bella et Bray se coucher tôt avant le tournage de leur émission le lendemain. Les enfants n'avaient même pas fait semblant d'être intéressés. Les séances photo étaient monnaie courante pour eux et ils n'avaient accepté celle-ci qu'en échange de la promesse faite par leur publiciste de les emmener manger chez In-N-Out sur le chemin du retour. Et oui, Davie trouvait ça complètement ridicule que ses enfants de sept ans aient leur propre publiciste, qui avait été très heureux d'accéder à sa demande que les jumeaux viennent ici aujourd'hui. Il considérait ça comme une nouvelle forme de chantage émotionnel. Jenny allait-elle vraiment briser ce qui était, jusqu'au fiasco Sky Nixon, la deuxième famille préférée des Américains après les Obama ?

Maintenant que Bella et Bray étaient partis manger leur hamburger, le temps était venu pour les photos individuelles et de couple.

Le Newport Beach Yacht Club, à quarante-cinq minutes au sud de LAX, n'était pas le terrain de jeu des millionnaires, mais celui des milliardaires. Quelle que soit la taille de votre yacht, il y en avait toujours un plus grand juste derrière. Au fil des ans, Davie avait envisagé à de nombreuses reprises d'ajouter un bateau à sa collection de jouets mais, toujours prudent, il s'était laissé dissuader par le vieil adage qui disait qu'un propriétaire de bateau n'était heureux que deux fois dans sa vie : le jour où il l'achetait et le jour où il le vendait.

À présent, vêtu d'un pantalon blanc et d'une chemise blanche, ouverte au col, les manches retroussées, les pieds nus, il se tenait à l'arrière-plan, le regard tourné vers la mer. L'image était saisissante. Elle ferait la une et la double page centrale de tous les magazines people et ferait fondre le cœur des romantiques de tout le pays. Davie attendit que le photographe s'éloigne afin de préparer la prise suivante pour s'approcher de sa femme. Avec un peu de chance, elle se serait calmée. Elle aurait pris son mal en patience. Elle aurait reconnu qu'elle avait tenté un coup fourré et avait été royalement déjouée. *Game over*, serrons-nous la main et restons amis.

— Espèce de salopard, siffla-t-elle.

Pour l'amitié, on repasserait.

— J'avoue, admit-il, gardant le sourire pour ceux qui regardaient, tout en parlant à voix basse pour que le photographe et les trois assistants qui flânaient sur le pont ne puissent pas les entendre. Je suis vraiment un type horrible d'essayer de sauver notre mariage tout en te faisant une incroyable publicité.

— Ne t'avise pas de suggérer que tu le fais pour moi. Tout ça, c'est pour toi. Pour te faire passer pour le mari de l'année. J'aurais dû te dire d'aller te faire foutre.

— Tu aurais dû, mais alors tu serais passée à côté de cette belle publicité et tu aurais eu l'air d'une idiote.

Jenny arborait le regard noir d'une femme qui participait à une séance photo organisée en quelques heures, faisant semblant d'être sur le point de renouveler ses vœux avec un mari qu'elle aurait volontiers noyé.

Il savait qu'il avait évité une catastrophe coûteuse, mais ça ne lui procurait aucun plaisir. Avant tout ça, Jenny et lui s'entendaient plutôt bien, elle avec sa vie, lui avec la sienne. À l'époque, ils avaient tous les deux les mêmes objectifs : faire carrière, gagner des millions, garder leur vie privée discrète afin de pouvoir continuer à exploiter l'image et la marque de leur famille.

— Oh bordel, un pasteur ? Tu as vraiment fait venir un pasteur.

— C'était l'idée de Cal, lui dit-il. Un de ses assistants. Il a été ordonné sur Internet.

— Je veux mourir. C'est une grosse blague, putain, cracha-t-elle.

C'était sans aucun doute ridicule, mais ce n'était qu'une question de survie. Il n'avait toujours pas de plan ni de stratégie pour se remettre au sommet. Il luttait contre l'incendie. Il tenait les loups à distance. Il avait lu un sondage sur Internet le matin même qui le classait troisième célébrité hollywoodienne la plus irritante, derrière Gwyneth Paltrow et Angelina Jolie. Troisième. Shia LaBeouf était quatrième. Quand on perd un concours de popularité face à Shia LaBeouf, c'est qu'il est temps d'abandonner et de rentrer chez soi.

— Dernière prise, Davie, lui annonça le photographe d'un ton enjoué.

Ils se tenaient à la proue du bateau, dans une pose si ringarde qu'on aurait dit que Céline Dion allait apparaître à tout moment pour entonner le refrain de « My Heart Will Go On ».

— OK, Jenny, regarde-moi. Super. Magnifique. Regardez-vous. Avec amour. Génial. Spectaculaire. Bon, je pense que c'est dans la boîte. Je vais envoyer ces photos à Cal par e-mail pour demain neuf heures.

Davie fit un calcul rapide. Cal aurait conclu les accords avec les magazines people avant la fin de la journée, donc ces photos seraient dans les kiosques dès lundi. Mission accomplie. Victoire médiatique à court terme. Bien sûr, d'ici là, elle aurait appris qu'il avait demandé le divorce la veille, mais il prenait le pari qu'elle garderait le silence à ce sujet et tirerait profit de toute cette publicité positive. Il avait trouvé un moyen de faire pression. S'il révélait au monde entier qu'elle avait prévu de demander le divorce le lendemain de leur dixième anniversaire de mariage afin d'en tirer le plus d'argent possible, une grande partie de la population la considérerait comme la reine des garces. De cette façon, il protégeait ses finances, leur offrait à tous les deux une excellente couverture médiatique avec toutes ces conneries romantiques, et dans quelques mois, lorsque sa popularité serait remontée depuis les profondeurs de la Terre, ils pourraient annoncer qu'ils s'étaient séparés à l'amiable.

Le téléphone de Jenny sonna juste au moment où elle s'apprêtait à suivre le reste de l'équipe hors du bateau. La fureur cataclysmique qui traversa son visage indiqua à Davie que c'était son avocat qui lui annonçait la nouvelle.

— Tu as demandé le divorce hier ? Espèce de salopard, hurla-t-elle avec une telle véhémence que Davie passa outre ses bonnes résolutions et se lança directement dans une défense acharnée.

— Tout à fait. J'aurais dû te laisser demander le divorce demain et me faire perdre des millions ?

Elle n'eut même pas la décence de montrer des remords. Ça le mit encore plus en colère.

— Tu pensais vraiment que je ne l'apprendrais pas ? Allez, chérie. Tu aurais dû t'en douter.

Oh, merde. Il se montrait suffisant. Être cool, intelligent et puissant, c'était bien, être suffisant, ça faisait de vous un connard.

C'était entièrement la faute de Jenny, mais ce n'était pas surprenant qu'elle ne soit pas ravie. Jenny débordait de rage à présent. Ce soir, elle aurait dû être allongée dans son lit avec son amoureuse, à planifier comment elles allaient dépenser l'une des plus grosses pensions alimentaires de l'histoire.

— Je te déteste, siffla Jenny.

— Je pense que tu me l'as suffisamment fait comprendre.

Sachant pertinemment que ça ne finirait pas bien, il décida de temporiser un peu.

— Écoute, Jen, je n'avais pas l'intention de demander le divorce avant d'apprendre ton plan à la con. Alors voilà comment je vois les choses : on peut laisser le divorce traîner un peu tout en essayant de recoller les morceaux, et, avec un peu de chance, y parvenir à temps pour arrêter les avocats. Ou on peut garder ça secret pour l'instant, puis annoncer dans quelques mois qu'on s'est séparés, qu'on reste amis et qu'on se souhaite le meilleur, toutes ces conneries habituelles. Ça me laisserait le temps de régler tout le reste.

— Va te faire foutre.

Ils allaient peut-être devoir travailler la partie « en bons termes » de leur accord.

— Allez, Jen. Fais un effort. J'ai le bateau pour vingt-quatre heures. Tu veux qu'on traîne un peu ici ? Qu'on aille manger un bout ? Qu'on voie si on peut arranger les choses ?

— T'as perdu la tête ? lâcha-t-elle en se retournant vers lui, avant d'ajouter d'une voix venimeuse. Mets les voiles et fais-moi plaisir, noie-toi.

Vraiment ? C'était comme ça que ç'allait se passer maintenant ? C'était à ça qu'allait ressembler sa vie ? Soudain, Davie se sentit épuisé. Jusqu'aux os. Quand elle partit en trombe, il ne prit pas la peine de dire un mot.

Elle était partie. C'était fini. Terminé. Il se retrouva seul, sur le yacht, à Newport Beach, se sentant comme une merde.

Il décapsula une bière. Puis une autre. Il sortit ensuite son téléphone, prêt à appeler… personne. Il n'y avait pas une seule personne au monde à qui il ait envie de parler. Voilà qui en disait long sur sa vie…

En soupirant, il composa le premier numéro de son répertoire. À sa grande surprise, elle décrocha à la première sonnerie.

— Salut, maman, dit-il. Je voulais juste t'appeler pour prendre de tes nouvelles.

Il y eut un silence à l'autre bout du fil.

— Qu'est-ce qui se passe ?

— Rien. Pourquoi ?

— Parce que tu ne m'as jamais appelé de toi-même en vingt ans.

— C'est faux !

— Non, jamais, fiston.

Le cœur serré, il se rendit compte qu'elle avait raison.

Il n'était qu'un crétin égoïste. Et pour aggraver les choses, il venait de se rendre compte que c'était le milieu de la nuit en Écosse. Si ce n'était pas l'un de ses soirs de bénévolat, elle était peut-être déjà au lit.

— Ça va, maman, juré. Et je suis désolé si je t'ai réveillée…

— Je viens de rentrer du bus de la soupe populaire.

Ça lui apporta un peu de réconfort.

— Je voulais juste savoir si… tu voudrais venir passer quelques semaines chez nous ? Les enfants aimeraient te voir.

— Et toi ?

— Moi aussi, maman. J'aimerais bien.

— Alors, je viens, dit-elle d'un ton neutre, comme s'il s'agissait d'une conversation qu'ils avaient quotidiennement.

C'était sa mère tout craché. Pas de chichis. Pas de drame. Juste un cœur bon et stoïque et une loyauté totale. Oui, elle se plaindrait de la taille de la maison de Davie, du temps que les enfants passaient en tournage et de la nourriture stockée dans son frigo industriel, mais si son fils voulait qu'elle soit près de lui, alors elle serait là.

— Comment ça s'est passé avec cette nana ? Celle du *Daily Scot*.

— Ouais, bien. En fait, elle est ici en ce moment. Je l'ai vue l'autre jour et je vais lui reparler cette semaine.

Un autre silence.

— Tu sais, chéri, tu n'es pas obligé de faire quoi que ce soit dont tu n'as pas envie. Depuis que tu es tout petit, je te dis de ralentir, de regarder autour de toi, mais tu étais trop occupé, toujours de-ci de-là. Ton père était pareil.

Ça le surprit. À sa connaissance, c'était la première fois qu'elle le mentionnait. De toute sa vie. Son père avait toujours été cette figure mythique, le type qui était parti avant sa naissance, dont on ne parlait jamais parce que ça faisait souffrir sa mère. Davie ne connaissait même pas son prénom.

— Mon père ?

— Écoute, fiston, je dois y aller.

Elle semblait confuse à présent, essayant visiblement de se remettre de ce lapsus.

— Attends, maman. Mon père. Dis-moi quelque chose à son sujet.

La pause fut si longue qu'il crut qu'elle avait raccroché.

— Il ne savait pas ce qui était important, chéri. Il traitait tout le monde autour de lui comme s'ils n'avaient aucune valeur. Personne ne lui disait ce qu'il avait besoin d'entendre. La vérité. Parfois, j'ai peur que tu commettes les mêmes erreurs.

Cette fois, elle avait vraiment raccroché, le laissant seul avec son téléphone, le regard perdu dans le vide.

Mais qu'est-ce qu'elle avait voulu dire, bordel ? Elle n'était pas bête. Elle regardait la télé, lisait les journaux. Elle avait même un ordinateur maintenant et avait été initiée au monde de Google. Il y avait fort à parier qu'elle avait entendu ce qui lui arrivait, mais jamais elle n'en aurait parlé directement. Dans le monde de sa mère, ce n'était pas comme ça qu'on faisait. Il était adulte. Il devait suivre son propre chemin, et elle ne voulait pas entamer sa fierté masculine depuis l'Écosse en s'immisçant dans sa vie.

Il s'allongea sur l'une des chaises longues au milieu du pont. Sa mère avait raison. Personne autour de lui. Rien de réel. Bordel, depuis combien de temps était-ce ainsi ? Et comment se faisait-il qu'il ne se soit jamais arrêté pour se demander pourquoi ?

Il ferma les yeux et un souvenir lui revint en mémoire. Lui, Mirren, Zander, entassés dans la cabane, à vider des bouteilles de cidre pendant que Mirren passait de la musique pourrie. Mais ils riaient. Ils riaient vraiment. De ce genre de rire qui fait mal au ventre et dont on pense qu'on n'en connaîtra jamais de plus intense.

Pour lui, ç'avait été le cas. Jamais.

Un autre souvenir. Sarah McKenzie, assise sur sa terrasse. Il y avait eu une connexion entre eux. Quelque chose de réel. N'est-ce pas ? Ou peut-être était-il simplement en train de perdre la tête. Cette femme avait le pouvoir de le détruire, alors c'était peut-être le masochiste en lui qui la trouvait intrigante. C'était possible. Mais pour l'instant, l'idée de rentrer chez lui le déprimait. Et celle de rester seul sur ce bateau, encore plus. Il n'avait nulle part où aller. Personne à voir.

C'était elle ou Shia LaBeouf. Il la choisit, elle.

Il prit son téléphone et composa son numéro.

49

« Sky Blue and Black »

Jackson Browne

Le bip était régulier, constant, répétitif, mais au lieu d'être irritant, il semblait être la seule chose qui fasse encore passer les secondes, la seule chose qui fasse tourner le monde.

S'il s'arrêtait, tout serait fini. Terminé.

Le Cedars Sinai Medical Center était une machine bien huilée lorsqu'il s'agissait de sauver des vies, mais elle ne pouvait pas faire de miracles. River Phoenix avait été déclaré mort ici. Frank Sinatra aussi. Et il était hors de question que le nom de sa fille s'ajoute à la liste.

Impensable.

Chloe. Sa Chloe brisée, abîmée.

Ils l'avaient emmenée, lui avaient fait un lavage d'estomac, puis, ironiquement, l'avaient droguée dans l'espoir que la plonger dans un coma artificiel aiderait son corps à se rétablir. Les médecins étaient prudemment optimistes, mais apparemment, les prochaines vingt-quatre heures étaient cruciales. Les scanners montraient une activité cérébrale normale, le cœur fonctionnait bien, mais rien n'était sûr après une crise aussi grave.

Tous les clichés avaient déjà traversé l'esprit de Mirren.

Elle prendrait la place de sa fille sans hésiter. Elle abandonnerait tout pour que sa fille aille mieux. Elle était prête à conclure n'importe quel pacte avec le diable. Mais les clichés n'allaient pas aider. Les prières, peut-être, mais ça faisait longtemps que Mirren ne croyait plus en Dieu.

Bip. Bip. Bip.

Logan était sur le chemin du retour depuis le Brésil. Vancouver. Toronto. Mirren avait perdu le fil. Mais il avait trois jours de pause et avait affrété un jet pour rentrer auprès de sa sœur. Sa vie était vraiment extraordinaire : un jeune homme de dix-sept ans qui avait les moyens de louer un jet, mais qui se souciait suffisamment de sa famille pour se précipiter auprès de sa sœur lorsqu'elle était malade. Ça donnait de l'espoir à Mirren. Chloe avait aussi cette bonté en elle, mais elle avait simplement été étouffée par trop d'années de chaos et de crack.

Mirren laissa tomber sa tête sur la couverture blanche, à quelques centimètres de la main qui serrait celle de Chloe, comme si le simple fait de la toucher pouvait lui transmettre la volonté de vivre, la force de se battre. Elle avait renvoyé Jack à la maison et, très franchement, se moquait de savoir si c'était la bonne chose à faire ou non. Elle lui avait dit d'aller prendre une douche, de manger, n'importe quoi pour briser le fossé insurmontable qui les séparait. Il n'avait même pas essayé de cacher son soulagement d'avoir trouvé une échappatoire. Compréhensible. Ils avaient passé les dix premières heures face à face, sans dire un mot, leur communication bloquée par la culpabilité et les autoaccusations. Si seulement elle n'était pas sortie. Si seulement elle était restée près de Chloe. Si seulement sa fille ne la détestait pas autant.

Mais c'était le cas. Et elle ne pouvait pas s'en cacher. *Bip. Bip. Bip.*

Elle posa la tête sur le haut de ses bras et essaya de se vider l'esprit, en vain. Un flash-back du passé se rejouait dans sa tête en Technicolor. Elle voulait désespérément l'éteindre, le faire disparaître, mais il ne bougeait pas. Elle était dans une autre pièce, à un autre moment. Elle se tenait devant Jordan Lang, un pistolet à la main. Et elle commettait l'erreur qui allait finir par mettre sa petite fille dans ce lit, un an plus tard.

Le bruit du moniteur cardiaque s'estompa, remplacé par sa propre voix, qui expliquait au copain de sa fille comment allait se dérouler sa tentative d'extorsion d'argent à Chloe…

— Tu n'as aucune idée de ce dont je suis capable. Tu n'as aucune idée de qui je suis. Et si tu savais ce que j'ai fait par le passé, crois-moi, tu serais assis dans une mare de ta propre pisse. Tu as poussé ma fille à se droguer, tu l'as filmée en train de coucher avec toi, et maintenant tu la fais chanter. Crois-moi, en ce moment, je suis prête à tout pour la protéger de toi. À tout. Mais vas-y, teste-moi. Vas-y. Parce que je dirai que tu m'as attaquée, je dirai que c'était de la légitime défense, et j'aurai tout oublié avant qu'ils aient fini de ramasser ta cervelle sur le tapis.

Jordan était livide. L'image mentale avait provoqué un tel choc que toutes ses fonctions semblaient s'être arrêtées, à l'exception d'une seule, celle qui engendrait un réel risque qu'il se chie dessus.

Il savait comment ça fonctionnait. Son père était l'un des plus grands producteurs du milieu. Il savait comment les pattes se graissaient, comment on modifiait les histoires et comment on contournait les lois pour satisfaire les puissants.

— Maintenant, donne-moi le téléphone.

— Il est là, dit-il en désignant la table de chevet à sa droite. Tu vas me tirer dessus si je le prends ?

— Peut-être. Mais ce qui est sûr, c'est que je te tirerai dessus si tu ne le prends pas.

Hésitant, toute prétention d'avoir le dessus ayant depuis longtemps disparu, il se pencha et récupéra son BlackBerry doré derrière une pile de jeux Xbox.

— Trouve le SMS que tu as envoyé à Chloe et affiche-le à l'écran pour que je puisse le voir. N'appuie pas sur « lecture ».

Après quelques clics, il jeta le téléphone au bout du lit afin qu'il soit à la portée de Mirren. Son estomac se noua lorsqu'elle vit l'écran. Ce fut presque suffisant pour la pousser à appuyer involontairement sur la gâchette avec son index.

— Y a des copies ? Tu l'as envoyée à quelqu'un d'autre ?

— Non.

— Si je découvre que tu mens, tu sais que je reviendrai. Et ça ne finira pas bien pour toi.

— Je le jure, personne d'autre. Je le jure devant Dieu.

C'était pour ça qu'elle avait depuis longtemps laissé tomber la religion.

Elle ramassa le téléphone de sa main libre et le glissa dans son sac Chanel.

— Je ne veux pas avoir l'air cliché, mais tu vas quitter Los Angeles.

— Hors de question.

Mirren continua comme s'il n'avait rien dit.

— Tu vas prendre l'argent et partir. Et tu ne reviendras pas. J'ai rendez-vous avec ton père demain et je vais lui montrer ça.

— Non, non, non. Tu ne peux pas faire ça.

Soudain, le jeune homme de vingt et un ans qui, dix minutes plus tôt, était encore plein d'arrogance et de défiance, était redevenu un petit garçon qui la suppliait de ne pas aller voir son papa.

Mirren l'ignora.

— Oh, si je peux. Et je lui parlerai des conséquences si tu t'approches à nouveau de ma fille. Je connais ton père depuis longtemps. Il fera ce qu'il faut. Si je ne te tue pas, il te dénoncera lui-même.

L'expression de son visage lui confirma qu'elle avait raison. Kent Kang était peut-être un des hommes les plus puissants d'Hollywood, mais il avait la réputation d'être un type bien. Il était animé par un vrai sens de la justice et s'était donné pour mission de dénoncer les atrocités du Darfour, de rappeler au monde les horreurs de la Seconde Guerre mondiale, de mettre en lumière le sort des réfugiés haïtiens. Elle était presque certaine qu'il n'hésiterait pas à défendre les droits d'une fille de dix-sept ans victime de chantage à la sextape *par le déchet qu'était son fils. Il ne laisserait jamais ce dernier salir leur nom.*

— Je téléphonerai plus tard, et il y a intérêt à ce qu'on me dise que tu es parti. Ne l'appelle pas, ne lui écris pas. C'est compris ?

— Compris, répondit-il d'une voix légèrement tremblante.

Elle glissa le pistolet dans son sac à main et sortit. Dans l'ascenseur, elle se retrouva avec six touristes japonais qui parlèrent sans discontinuer jusqu'au rez-de-chaussée. Elle tint bon.

Dans le hall, elle croisa une femme avec une poussette dans laquelle une petite fille coiffée d'un chapeau rose gloussait en regardant le monde. Elle tint toujours bon.

Elle descendit l'escalier jusqu'au parking souterrain. Elle monta dans sa voiture. Elle passa devant le gardien qui se tenait à la barrière. Elle roula jusqu'à la maison de Lou sur Beverly Drive. Elle tint toujours bon.

Lou ouvrit la porte.

— Oh, chérie... dit-elle, d'une voix remplie d'amour et d'inquiétude.

Mirren s'effondra. Elle tomba à genoux sur le pas de la porte et se mit à sangloter. Elle pleura jusqu'à ce que Lou desserre son étreinte, parvienne à la remettre sur pied et l'accompagne jusqu'au salon, où elle parla et pleura de nouveau jusqu'à la tombée de la nuit, jusqu'à avoir récu-

péré suffisamment de force pour sourire, rentrer chez elle et prendre soin de sa fille.

Le lendemain, elle rendit visite à Kent Lang dans sa propriété de Holmby Hills et lui raconta ce qui s'était passé. Tout. Il l'assura de son soutien, la remercia de ne pas être allée voir la police et de ne pas avoir rendu l'affaire publique, et lui assura qu'il veillerait à ce que son fils ne cause plus de problèmes à sa famille. Et elle se sentit soulagée. C'était terminé.

Bip. Bip. Bip.

Le souvenir se dissipa et elle se retrouva à nouveau au Cedars Sinai, tenant la main de sa fille, paralysée par la prise de conscience que le soulagement qu'elle avait ressenti quelques mois plus tôt était injustifié. Avec le recul, Kent Lang avait presque raison. Presque.

Elle n'avait pas prévu que les trois ordures présentes dans la pièce la reconnaîtraient et que l'une d'entre elles serait suffisamment lucide pour dire à Chloe que sa mère avait rendu visite à son petit copain juste avant sa disparition.

Elle avait fait face à la rage, aux larmes, aux accusations, et tout cela avait fini par s'apaiser et par se transformer en bonne vieille haine.

Mirren ne lui avait jamais parlé de la *sextape* ni de la tentative de chantage. Elle ne voulait pas laisser cette ombre planer sur la vie de Chloe, lui imposer le fardeau de l'angoisse qu'il puisse exister une autre copie et que son humiliation devienne un divertissement pour les masses malsaines. Mirren allait l'assumer.

Mais à présent, elle se demandait si elle avait pris la bonne décision. Chloe n'avait pas réussi à tourner la page et à aller de l'avant. Au contraire, son manque de Jordan et sa détermination à punir sa mère qui, à ses yeux, l'avait poussé à la quitter, avaient rendu son addiction incontrôlable, malgré tout ce que Mirren faisait pour elle, malgré le nombre de fois où elle l'avait sortie d'une situation difficile.

Il était peut-être temps de lui avouer la vérité. De la laisser assumer ses responsabilités. De laisser son cœur se briser pour qu'elle puisse ensuite guérir. Et peut-être, juste peut-être, trouveraient-elles un moyen de s'en sortir.

Le mouvement de la main qui reposait sous la sienne la fit sursauter. Il était très léger. Si elle n'avait pas été aussi immobile, elle ne l'aurait jamais remarqué, mais cela avait suffi à accélérer son cœur. Chloe essayait de lui dire quelque chose. Il n'était pas trop tard pour arranger la situation. Elles allaient s'en sortir. Elle lui expliquerait. Chloe comprendrait et elles trouveraient un moyen d'aller de l'avant.

Elle se redressa brusquement, regarda le beau visage de sa fille, se pencha et tendit la main pour lui caresser les cheveux.

Mais… la tête de Chloe bougea dans l'autre sens et s'affaissa sur le côté. Mirren ne comprit ce qui se passait que lorsque le son du moniteur changea.

Biiiiiiiiiiiiiiiiiiiiiiip.

50

« Secret Garden »

Bruce Springsteen

Au bout de trente-six heures avec Adrianna Guilloti, Zander se rendit compte qu'aucune drogue n'avait jamais eu le même effet. Aucune goutte d'alcool ne l'avait jamais autant fait planer qu'elle.

Ils n'avaient pas quitté leur suite depuis qu'ils s'y étaient précipités un jour et demi plus tôt. Ils avaient passé au moins la moitié de ce temps à s'envoyer en l'air, et Zander était proche d'être amoureux lorsqu'il répondit enfin au cinquante-huitième SMS d'Hollie l'informant qu'un jet l'attendrait à Teterboro à vingt-deux heures pour le ramener à Los Angeles. La persévérance était sans aucun doute l'une des qualités les plus remarquables d'Hollie. Il appela la réception et demanda qu'on organise son transport vers l'aéroport. Le temps de trajet devait être réduit au minimum. Il ne voulait pas perdre une seule minute qu'il pouvait passer ici, même si, après avoir atteint le climax, ils étaient à présent dans la phase de descente brutale après l'ivresse exquise et l'adrénaline.

Le ciel new-yorkais s'assombrissait déjà alors qu'Adrianna s'habillait à la lumière de la lampe de chevet et se préparait à partir. Zander était allongé dans le lit, une cigarette dans une main, l'autre bras derrière la tête, et la contemplait en train de récupérer ses sous-vêtements sur la chaise Louis XV dans le coin.

— Tu es vraiment incroyable.

Adrianna rejeta la tête en arrière en riant, comme un mannequin dans une publicité Cover Girl.

— Ah, tu me dis tant de choses que je sais déjà.

Impossible de faire mieux que cette assurance.

— Alors, comment va-t-on faire, maintenant ? demanda Zander en expirant, le torse nu détendu, sa silhouette parfaite et magnifique de muscles toniques.

Son expression lui indiqua immédiatement qu'elle comprenait ce qu'il voulait dire et que sa réponse n'allait pas correspondre à ses espoirs.

— Oh, Zander, mon cœur, ronronna-t-elle en s'approchant de lui, vêtue uniquement d'un string en dentelle noire, d'un soutien-gorge balconnet assorti, de jarretelles attachées à des bas en soie cinq deniers et de talons aiguilles Manolo noirs. Cette rencontre restera à jamais gravée dans ma mémoire. Mais ce n'était rien de plus qu'une rencontre. Mon mari tolère mes petites aventures tant qu'elles restent frivoles et brèves, mais il est bien trop jaloux pour laisser les choses aller plus loin.

Stop. Rembobinage. Son mari ? Il aurait peut-être mieux fait de se renseigner avant de parcourir quatre mille kilomètres pour jouer les Roméo. Il n'avait jamais, au grand jamais, touché la femme d'un autre. Ce n'était pas son genre. Merde. Il n'avait pas beaucoup de principes moraux, mais c'était l'un des rares. Quel idiot, se réprimanda-t-il. Mais un idiot à la bite rouge et enflée après le meilleur coup qu'il ait jamais tiré. Parfois, avoir des principes avait des inconvénients.

— Oh, tu n'étais pas au courant de l'existence de mon mari ? demanda Adrianna, remarquant sa surprise.

— Non.

— Alors tu devrais peut-être te renseigner avant de rêver d'une autre rencontre. Je serai à Los Angeles la semaine prochaine. Je peux t'accorder une heure, peut-être deux, histoire qu'on s'amuse un peu.

— S'amuser ? répéta-t-il avec un sourire, alors qu'elle rampait sur le lit dans sa direction tandis qu'il se remettait au garde-à-vous.

De toute évidence, son pénis n'avait pas de principes, lui.

Elle se pencha, prit son sexe entre ses seins, les serrant l'un contre l'autre jusqu'à ce que Zander explose dans un gémissement. Adrianna se retira juste au bon moment pour éviter de gâcher son maquillage tout neuf.

La nouvelle concernant son mari avait été un coup dur, mais s'il devait être rejeté, c'était sans aucun doute la meilleure façon de procéder.

Une fois entièrement habillée, elle revint vers le lit et l'embrassa sur les lèvres.

— Je suis contente que notre accord ait été accompagné de ce bonus inattendu, dit-elle, leurs nez se touchant, la voix teintée d'amusement et ses mouvements trahissant une réticence certaine à mettre fin à cet interlude.

Finalement, elle s'éloigna, puis disparut. Il resta là, allongé, nu, épuisé et un tout petit peu triste. Son mari. Bordel. Il ne l'avait pas vue venir, celle-là.

La vibration de son téléphone interrompit sa déprime mentale. Un SMS.

Tu es en route pour l'aéroport ?
Ne m'oblige pas à te traquer.

Il secoua la tête, puis se leva du lit. Bon sang, il avait l'impression d'avoir participé à une scène de combat au corps à corps. Il avait mal partout. L'idée que quelques verres de Jack Daniel's et une ligne de coke pourraient soulager sa douleur lui traversa l'esprit, mais il la chassa aussitôt. Il n'allait pas céder. Il ne pouvait pas. Il devait subir des tests de dépistage cette semaine et, de toute façon, le contrat d'un million de dollars avec la femme la plus sexy et excitante qu'il ait jamais connue n'était-il pas assorti de la condition de rester clean ?

Il prit à nouveau le combiné pour informer la réception qu'il quitterait l'hôtel dans la demi-heure. Vingt-huit minutes plus tard, après avoir pris une douche, s'être habillé et avoir dissimulé les cernes sous ses yeux derrière des lunettes de soleil Dolce & Gabbana noires, il aperçut un flash lorsqu'il monta dans la limousine qui l'attendait. Un paparazzi, de l'autre côté de la rue. Zander espérait simplement qu'il était là pour une mission générale et pas parce qu'il avait entendu une rumeur concernant une star de cinéma et une magnat de la mode mariée.

Pas besoin de s'en inquiéter. C'était comme ça, et défier le type ne ferait que donner l'impression qu'il cachait quelque chose d'énorme. Mieux valait l'ignorer et espérer que, comme la plupart des photos prises, cela n'aboutirait à rien.

Il était déjà complètement passé à autre chose lorsqu'il sortit de la voiture et se dirigea vers l'héliport de la 30th Street.

Neuf minutes plus tard, il atterrissait à l'aéroport de Teterboro, où un représentant de la compagnie aérienne le conduisit à son jet.

Les muscles de ses fesses étaient endoloris lorsqu'il monta les marches, en haut desquelles l'attendait le jeune Richard Gere avec une serviette chaude.

— Content de te voir, mon pote, le salua Zander en lui serrant la main avant de prendre la serviette. Tu peux aussi m'amener un Jack Daniel's avec des glaçons ?

— Non, il ne peut pas, répondit la femme assise à l'intérieur, sur le canapé en cuir blanc le plus proche de la porte.

— Je voulais dire, un jus d'orange, s'empressa de corriger Zander en se penchant pour l'embrasser sur la joue. Bonsoir, ma belle.

Il rit lorsqu'elle ignora ses salutations.

— Est-ce que quelqu'un t'a déjà fait remarquer que t'avais vraiment du mal à contrôler tes impulsions ?

— Ouais, mon assistante. Mais je ne l'écoute pas, elle porte trop de jugements.

— Trop de jugements, mon cul, rétorqua Hollie. Je te jure que tu vas finir par me faire faire une crise cardiaque.

— Je suis désolé, Holls. Vraiment.

— Non, tu ne l'es pas, lança-t-elle, lissant ses cheveux bruns attachés en queue-de-cheval.

Elle arborait un look à la James Bond girl, ses courbes généreuses mises en valeur par un pantalon en similicuir noir, un pull à col roulé noir et une chaîne en or autour de la taille.

— Je te jure que si. Alors, dis-moi, combien de personnes ai-je énervées ? demanda-t-il en jetant sa veste sur une chaise et en s'affalant sur le canapé d'en face, où le jeune Richard Gere l'attendait déjà avec un grand verre de jus frais.

— Wes n'est pas ravi, mais c'est parce qu'il est presque sûr que tu as fait la fête et que tu es en train de pourrir dans une prison de Tijuana, à baigner dans tes fluides corporels.

— Ça, c'était le week-end dernier, répondit Zander d'un ton impassible.

— Axl a réussi à travailler sans toi hier et aujourd'hui. Je lui ai dit que tu n'étais pas là parce que ton médecin t'avait prescrit du repos pour soigner tes irritations à l'intérieur des cuisses.

— J'ai les cuisses irritées ?

— Oui, à cause du harnais. Pas sûre qu'Axl m'ait crue, mais le toubib du plateau est dans tous ses états et ne cesse de mentionner les manquements à la sécurité, le temps passé suspendu et… Bref, tout un énorme micmac d'irritations causées par des cuisses qui ne sont même pas irritées !

Zander était trop gentleman pour souligner qu'elles l'étaient probablement maintenant.

Hollie changea de sujet.

— Alors, Adrianna Guilloti.

— Comment tu le sais ?

— Déduction. Je l'ai déjà rencontrée. Je suis hétéro, et pourtant, je ferai l'aller-retour jusqu'à New York pour la baiser moi aussi.

Elle prit son silence pour une confirmation et continua :

— Tu sais qu'elle est mariée…

— Maintenant, oui. Je ne le savais pas mardi.

— … à Carlton Farnsworth ?

Zander fut pris au dépourvu.

— Le type de l'immobilier ? Mais… mais…

— Je crois que « Putain de merde » est l'expression que tu cherches.

Ils ne s'étaient jamais rencontrés, mais Zander savait qui était Carlton Farnsworth. Il l'avait découvert quelques années plus tôt, alors qu'il faisait des recherches pour un rôle sur un magnat de Wall Street devenu voyou. Farnsworth était un self-made man. Construction. Actions. Fonds spéculatifs. Aujourd'hui incroyablement riche. Sans casier judiciaire. Plus impitoyable que Trump. Plus intense que Shvo. Plus louche que n'importe quel grand nom. Il possédait une grande partie du Queens, de Brooklyn et plusieurs propriétés prestigieuses à New York. Au fil des ans, de nombreuses rumeurs avaient couru : mafia et argent sale, mais rien qui ait jamais été confirmé devant les tribunaux.

— Elle a gardé son nom de famille quand ils se sont mariés, mais ils sont ensemble depuis une éternité. Ils forment un couple très puissant. Ils sont dans tous les journaux. Rien de tout ça n'a déclenché d'alarme dans ton cerveau ?

— Je ne suis pas sûr que mon cerveau fonctionnait correctement, admit-il avec regret.

Merde. Carlton Farnsworth. La seule fois où il avait enfreint la règle « pas de femmes mariées », c'était avec la femme de Carlton Farnsworth. Quelques heures plus tôt, les quatre mille kilomètres qui séparaient Adrianna de Los Angeles lui semblaient énormes. Soudain, New York lui paraissait ridiculement proche.

— Attends, dit Hollie en le fixant du regard. Je veux juste immortaliser l'expression exacte de ton visage pour que la prochaine fois que tu m'énerves, je puisse me la remémorer et jubiler.

Zander éclata de rire puis avala son jus d'orange. Et puis merde. Ce qui était fait était fait. C'était terminé. Une belle… rencontre, comme disait Adrianna, pas besoin d'un deuxième acte. Cette pensée ne lui brisa pas le cœur, mais elle rendait clairement le monde moins excitant.

— Bon, même si je suis ravi de te voir, à quoi dois-je cet honneur ? demanda Zander alors qu'ils se dirigeaient vers leurs sièges et bouclaient leur ceinture de sécurité après qu'on leur eut annoncé que l'avion se mettait en route.

Hollie haussa les épaules.

— Je ne savais pas où tu étais, je ne savais pas si ç'allait mal tourner, alors je me suis dit que ce serait mieux que je vienne au cas où je devrais te sortir d'un repaire de drogués ou identifier ton corps, dit-elle d'un ton désinvolte. Donc je suis venue hier en avion, en première classe, merci beaucoup…

— De rien, répondit Zander.

— Et j'ai passé la nuit au Plaza. À nouveau, merci…

— Pas de problème.

— Et tu m'as offert une soirée au théâtre, Jersey Boys, et une nouvelle pochette Chanel. Oh, et ce pantalon. Tu sais à quel point c'est difficile de trouver des vêtements de créateurs pour une femme qui fait plus qu'une taille quarante ? C'est de la discrimination pure et simple. Heureusement que celui-ci est extensible. Même si le prix m'a fait pleurer.

Tu es vraiment très généreux. Je ne pense pas que Matt Damon pourrait rivaliser.

— J'essaie. Tu le mérites.

Le jet prit de la vitesse et ils fermèrent tous les deux les yeux lorsque le nez de l'avion se souleva, les comprimant légèrement dans leurs sièges.

— Bon, alors, raconte. Comment c'était ? Ça valait le coup de passer le reste de ta vie sans rotules ? demanda Hollie en prenant une tasse de café sur le plateau que le jeune Richard Gere tenait devant elle.

Pas de réponse.

— Zander ?

Pas de réponse.

— Zander ? répéta-t-elle.

Toujours rien.

51

« Come Fly With Me »

Frank Sinatra

Rien. Juste un petit ronflement. Hollie leva les yeux au ciel, puis regarda sa montre. Elle fit un calcul rapide. Six heures avant l'atterrissage. Et vu l'état des cernes sous les yeux de Zander, il dormirait probablement jusqu'à ce qu'ils aient regagné la terre ferme.

— Puis-je faire autre chose pour vous ? demanda le jeune Richard Gere, avec une pointe d'espièglerie évidente.

— N… Euh, en fait, quel âge avez-vous ?

— Vingt-trois ans, répondit-il, visiblement un peu perplexe.

Un autre calcul. Non, ça ne respectait pas sa règle des dix ans.

— Ah, né un an trop tard. Merci, ça ira comme ça.

— Vous êtes sûre et certaine ?

Le jeune Richard Gere n'abandonnait pas si facilement.

Il était canon et il montrait clairement qu'il était partant pour s'amuser un peu. Mais il était indiscret. Il lui avait déjà raconté tous les potins pendant l'heure qu'ils avaient passée à attendre. Il lui avait avoué préférer les rock stars aux clients d'affaires : les groupies, l'alcool et les invitations fréquentes à se joindre à la fête. Les acteurs étaient les pires, en général. Complètement obsédés par leur personne. Un type qu'il avait vu dans une douzaine de films lui avait un jour demandé s'il pouvait avoir une alimentation en air différente de celle des journalistes qui voyageaient à l'arrière. Un autre voyageait une fois par semaine pour voir sa fille, dont personne ne connaissait l'existence, accompagné de sa maîtresse qui lui chantait des chansons pendant qu'ils faisaient l'amour. Et puis il y avait cet acteur propret devenu politicien, qui insistait sur le fait que les deux secrétaires qui ne le quittaient jamais étaient diplômées de Harvard. C'était peut-être vrai. Mais à la seconde où l'avion décollait, avait-il raconté à Hollie, elles se déshabillaient toutes les deux complètement et le restaient pendant tout le vol, arborant une pilosité qu'on n'avait plus vue depuis les années 1970. Des buissons immenses. Des poils frisés sous les aisselles. Ils se rendaient ensuite tous les trois dans la chambre et n'en sortaient qu'après l'atterrissage.

Ce n'était pas le boulot auquel il aspirait, mais en attendant que Spielberg l'appelle, ça lui convenait bien.

Hollie le repoussa gentiment.

— Merci, mais ça ira.

Dès qu'il eut disparu derrière le rideau, Hollie se leva et ouvrit le compartiment à bagages à l'avant du fuselage. Elle avait pris ce jet avec Zander assez souvent pour savoir où se rangeait ce dont elle avait besoin. Elle en sortit une couverture, la déplia et l'étendit sur son patron, qui avait maintenant la tête penchée sur le côté, une petite goutte de bave cristallisée au coin de la bouche. Si seulement ses fans pouvaient le voir maintenant… Il y avait un lit à l'arrière du jet, mais il n'avait pas tenu jusque-là. Il s'était simplement effondré là où il était déjà assis.

Hollie se rassit, sortit son ordinateur portable de son sac et se mit à bosser un peu sur ses e-mails, envoyant des réponses automatiques à ceux auxquels elle pouvait répondre et marquant comme prioritaires ceux pour lesquels elle devait consulter Zander. Il n'y avait pas de surprises majeures. Son emploi du temps pour la semaine suivante était arrivé. Des invitations à plusieurs événements. Une analyse de l'activité des fans par l'administrateur de ses fan-clubs officiels sur Facebook et Twitter. Et puis les demandes habituelles des tabloïds et des émissions de télévision. Zander pouvait-il commenter la rumeur selon laquelle il sortait avec Cameron Diaz ? Était-il vraiment allé à Hawaï le week-end précédent avec Jennifer Lawrence ? Souhaitait-il répondre aux accusations qui prétendaient qu'il se montrait difficile sur le tournage de *Dunhill* et qu'il y avait des tensions croissantes entre lui et Axl Chang ? Voulait-il contester leur source qui affirmait que M. Leith avait des implants pectoraux et prévoyait de subir un lifting après la fin du tournage ? Que des conneries, qui obtenaient toutes la même réponse rapide et ferme :

Rumeur démentie, catégoriquement fausse.

Pas la moindre rumeur concernant New York ou Adrianna Guilloti. Dieu merci. Il avait pris des risques cette fois. Hollie estimait qu'il avait plus de chances de survivre dans un repaire de drogués à Compton qu'à une confrontation avec Carlton Farnsworth. Quel idiot ! Mais, pensa-t-elle en le regardant toujours profondément endormi, un idiot adorable.

Tant que Zander voudrait d'elle, elle ne le quitterait jamais, songea-t-elle en souriant.

Elle classa, tria ou répondit à une dizaine d'autres e-mails avant d'arriver au dernier. Sarah McKenzie. Ce nom lui était familier. Après un rapide coup d'œil, elle comprit pourquoi. C'était la journaliste écossaise qui avait demandé une interview quelques semaines auparavant. Elle avait transmis la requête à Zander, mais il avait répondu par un refus catégorique. Ça l'avait marquée parce qu'il avait été inhabituellement vif à ce sujet. Ça ne lui ressemblait pas. Mais bon, il venait de sortir de cure de désintoxication et n'était pas au meilleur de sa forme.

Peut-être que cette fois, il serait plus enclin à accepter. Elle verrait ça avec lui plus tard.

Une fois les e-mails traités, elle mit à jour l'agenda de Zander, commanda ses repas pour la semaine, qui seraient tous délivrés sur un plateau dans des plats hermétiques, à température contrôlée, planifia son programme de sport, prit rendez-vous chez le dermatologue et organisa une réunion avec l'équipe de Guilloti pour le premier essayage de ses costumes pour la saison des remises de prix. Il avait encore quelques mois devant lui, mais c'était le temps qu'il fallait pour tout préparer. Ce ne fut qu'une fois qu'elle eut terminé tout ça qu'elle sortit un livre, un thriller de Denise Mina. Elle s'était mise à lire des romans policiers écossais quand elle avait commencé à travailler pour Zander, et elle était désormais accro.

Une vingtaine de minutes avant l'atterrissage, après quelques heures de pur bonheur, elle tourna la dernière page et réveilla Zander. L'homme cerné et épuisé qui était monté à bord de l'avion avait disparu et laissé place à un type aux yeux brillants, au clin d'œil charmeur et à la voix sexy d'un fumeur de vingt Marlboro par jour.

— Bonjour, murmura-t-il. Alors, t'as pris ton pied ?

— Dans tes rêves. Tu as du jus d'orange là, tes vitamines sont sur la table, et le café et le pain grillé arrivent.

— Je t'aime.

— T'as intérêt.

La nuit tombait lorsqu'ils atterrirent, et Leandro les attendait sur le tarmac quand ils descendirent de l'avion.

Hollie savait que ça ne dérangeait pas Zander de voyager sur des vols commerciaux lorsque le timing le permettait, mais il était indéniable que voyager en jet était plus que génial.

Leandro tint la porte ouverte à Hollie, chargée de son sac Birkin crème (le dernier cadeau de Noël de Zander), d'un iPad et de plusieurs sacs provenant des boutiques de la Cinquième Avenue, dont l'un contenait sa nouvelle pochette Chanel.

— Je te dépose d'abord, puis je rentre chez moi, dit Hollie à Zander.

— T'es sûre ? Ça ne me dérange pas de passer chez toi d'abord.

L'appartement d'Hollie à Marina Del Rey se trouvait à dix minutes en voiture du sien. Quand elle avait commencé à travailler pour lui, elle vivait en périphérie de la ville, mais ils avaient décidé ensemble que la vie de Zander serait plus facile si la personne qui la gérait, l'organisait et l'empêchait de sombrer dans le chaos vivait à proximité.

— Non, ça va. Parce que si on passe d'abord chez moi, quand tu rentreras chez toi, il y aura une urgence grave qui m'obligera à revenir, puis le manque de sommeil et mes symptômes prémenstruels feront leur effet et j'aurai envie de tuer quelqu'un.

— Je ne comprends vraiment pas pourquoi tu es célibataire. Vraiment. Pas la moindre idée.

Zander haussa les épaules, l'air innocent.

— Parce que je bosse pour toi, rétorqua-t-elle. Je n'ai pas de vie. Aucune. C'est comme une sorte de bénévolat permanent. Je le fais pour la bonne cause. N'est-ce pas, Leandro ?

À l'avant, Leandro acquiesça.

— Absolument. Alors que moi, je fais ça pour l'argent. Sans vouloir vous offenser, monsieur L.

— Pas de souci.

Ils quittèrent l'aéroport de Van Nuys et prirent directement l'autoroute vers le sud.

Les haut-parleurs diffusaient les notes discrètes d'une chanson de Blake Shelton. Hollie se pencha et monta le volume de ce qu'elle savait être l'une des chansons préférées de Zander. « Mine Would Be You ».

Ils étaient tous les deux en train de chanter en chœur lorsque Leandro prit la parole :

— Monsieur Leith, on dirait qu'on est suivis. La même voiture est derrière nous depuis qu'on a quitté l'aéroport.

Hollie se retourna pour regarder à travers la vitre.

— Ça ne ressemble pas à un paparazzi. Ce n'est pas leur style. Un seul conducteur. Une femme. Je pense donc qu'on peut affirmer sans risque que ton ami de New York n'a pas envoyé de tueurs à gages. Pour l'instant. C'est qui ? demanda Hollie à voix haute. Je ne l'ai jamais vue. Ce n'est pas vraiment une voiture discrète. Zander, tu connais quelqu'un qui conduit une Mustang décapotable rouge ?

Il haussa les épaules.

— J'crois pas.

Hollie était stupéfaite de voir à quel point ce genre de choses ne le dérangeait pas. C'était presque devenu normal.

— Bon, voyons ce que ça donne. Leandro, poursuis ta route, mais ne quitte pas le Lincoln Boulevard avant que je t'en donne l'ordre.

Hollie attrapa son iPhone, le plaça contre la vitre arrière et utilisa l'appareil photo pour zoomer sur la plaque d'immatriculation. D'habitude, ils attendaient d'arriver à Venice et, si la voiture les suivait toujours, ils la signalaient à la sécurité.

Mais cette fois-ci, elle avait l'impression que c'était différent, alors, par précaution, elle appela John Wood, le chef de la sécurité du studio, qu'elle mit sur haut-parleur.

— John, c'est Hollie Callan. Mais tu le savais probablement déjà, puisque tu m'as collé une puce de localisation sur le dos.

— On fait ça que pour les clients très spéciaux, donc oui, tu as raison. Qu'est-ce que le petit champion a fabriqué, cette fois-ci ?

— J'ai entendu, s'écria Zander en riant. Tu sais que j'ai une arme ?

Hollie ramena la conversation à leurs affaires :

— Écoute, une voiture nous suit. Je vais t'envoyer sa plaque par SMS. Une décapotable rouge, conduite par une femme. Je veux juste m'assurer que ce n'est rien de grave. On est à environ quinze minutes de Venice. Tu peux me rappeler ?

— Pas de problème. Ne quitte pas Lincoln Boulevard avant d'avoir de mes nouvelles.

— Je sais. Ce n'est pas la première fois que je fais ça. Mais bon, la puce dans mon dos t'a déjà donné l'info.

Il mit cinq minutes avant de rappeler.

— Voiture de location. Sarah McKenzie. Ça vous dit quelque chose ?

Hollie acquiesça.

— Ouais, c'est une journaliste britannique. Ça fait quelques semaines qu'elle essaie d'obtenir une interview avec Zander. Qu'est-ce qu'elle fout là, bordel ? C'est un peu radical juste pour un article.

— Tu veux que j'envoie des gars surveiller le bâtiment ?

— Non, ça va. Une nana toute seule, je peux m'en occuper. Avec ou sans le petit champion.

John éclata de rire.

— Je n'en doute pas. Rappelle-moi si tu changes d'avis. Tu sais où me trouver.

Hollie raccrocha.

— Bon, attendons d'arriver à Lincoln, accordons-lui le bénéfice du doute. Si elle n'a pas abandonné d'ici là, j'appellerai les flics et leur demanderai de l'intercepter. Ils ne pourront pas l'accuser de quoi que ce soit, mais ça la tiendra à l'écart pendant un moment. Au moins suffisamment longtemps pour te ramener chez toi et te mettre hors de sa vue. Je devrais toucher une prime de risque pour ce genre de merde.

Hollie se retourna, sur ses genoux, pour observer la voiture rouge qui continuait à les suivre. Grâce aux vitres teintées, la journaliste ne pouvait pas voir qu'ils l'avaient repérée. C'était mieux ainsi.

La voiture fit une embardée lorsque Leandro tourna sur Lincoln et Hollie composa le numéro privé du département de police de Venice. La plupart des commissariats locaux en avaient désormais un, strictement réservé aux risques très élevés. Il n'aurait pas fallu qu'un harceleur dérangé s'en prenne à une célébrité dans le quartier. Ce n'aurait pas été bon pour les affaires.

Quatre minutes.

Allez, madame, disparaissez. Deux minutes.

Dernière chance, ma belle.

Hollie était sur le point d'appuyer sur l'écran pour lancer l'appel lorsqu'elle vit leur poursuivante porter son téléphone portable à son oreille. Bavardage. Sourire. Bavardage.

Hollie décida que ça devait être un homme.

Un autre sourire, un autre échange puis… *Yes !*

La voiture rouge mit son clignotant à droite, ralentit, puis fit demi-tour pour reprendre le chemin inverse. Si cette nana se lassait un jour de la presse, elle pourrait toujours se reconvertir dans les cascades.

52

« I Knew You Were Waiting »

Aretha Franklin et George Michael

— Je crois que les félicitations sont de mise, dit Sarah lorsqu'elle répondit à son appel, avant même qu'il ait le temps de dire bonjour. Tu ne devrais pas être occupé à renouveler tes vœux en ce moment ?

Elle avait donc regardé son passage dans *The Elaine Show*. Davie était soudain trop épuisé pour faire semblant.

— Officiellement ou officieusement ?

— Officieusement.

— OK, alors peut-être que tout n'est pas exactement comme les apparences le laissent croire. Tu fais quoi ce soir ?

— Oh, tu sais. Je me promène, c'est tout. Je traque Ryan Gosling dans les rues de Santa Monica. Je pense que je vais lui demander de m'épouser ici. Le cadre est charmant.

Elle était folle. Dans le bon sens du terme. D'une manière qui lui donnait envie qu'elle soit là, ici, tout de suite.

— Ça semble être un bon plan. Écoute, si ça ne te dérange pas de faire faux bond à M. Gosling, faisons l'interview ce soir.

— Vraiment ?

Elle sembla surprise, avec juste une pointe de méfiance.

— Ouais. OK, laisse-moi réfléchir. Va à l'hôtel Parker, sur Ocean Avenue. J'enverrai un hélico te chercher.

Pause.

— C'est un mot de code hollywoodien ?

— Mignon. Mais non. Le Parker a un héliport. L'hélicoptère sera là dans une heure.

Il lui suffit d'un coup de fil à son concierge privé pour tout organiser, et ce ne fut qu'après avoir raccroché qu'il s'interrogea sur ce qu'il était en train de faire et sur la raison pour laquelle il le faisait. Pendant soixante-quinze minutes et cinquante secondes, il n'avait pas eu la moindre idée de ce qui lui avait pris. Mais pendant les dix secondes qu'il lui fallut pour remonter la passerelle, les yeux plissés pour l'apercevoir dans la pénombre, il comprit exactement pourquoi il l'avait appelée.

Il voulait l'impressionner. La distraire. La mettre dans sa poche. Apprendre à la connaître.

Lui envoyer un hélicoptère pour un vol de dix minutes entre Santa Monica et Newport Beach lui avait semblé être un bon moyen d'y parvenir.

Néanmoins, son instinct lui criait de se méfier. Connexion ou pas, cette femme était la plus dangereuse qu'il ait jamais rencontrée. En une nuit, elle avait réussi à s'introduire chez lui, à découvrir ses secrets et à le manipuler pour obtenir un autre rendez-vous. Quelques heures plus tôt encore, il avait l'intention de la laisser tomber ou de la faire attendre si longtemps qu'elle lâcherait l'affaire. Ou peut-être de lui raconter une histoire inventée dans l'espoir qu'elle retourne en Écosse, satisfaite d'avoir été saupoudrée de poussières d'étoile hollywoodienne à Tinseltown.

Même à ses propres oreilles, il se trouvait odieux. Quand les choses avaient-elles déraillé ? À quel moment s'était-il endormi en étant un garçon honnête et désireux de plaire pour se réveiller en étant un vrai connard ?

À présent, alors qu'elle s'avançait vers lui vêtue d'un t-shirt blanc à encolure dégagée qui tombait d'une épaule, d'un pantalon capri blanc et de tongs argentées, il se rendait compte qu'il serait si facile de ne pas se soucier de son histoire ou de ses motivations. Il allait devoir se montrer prudent. Surveiller ce qu'il lui confiait. Mais peut-être était-il temps de faire face à la réalité, et si ça signifiait jouer avec le feu, tant pis. Il avait déjà été bien brûlé.

— Bonsoir, la salua-t-il, prenant soudain conscience qu'il était toujours habillé comme s'il allait à un mariage.

Il était peut-être temps d'enfiler un jean.

Il lui tendit la main pour l'aider à monter dans le bateau.

— Salut. Est-ce que je m'incruste dans ta deuxième lune de miel ?

— Je l'ai bien mérité, répondit-il en rigolant. Mais non. Ma femme est partie chez… En fait, je ne sais pas où elle est allée. Soulève ton haut.

— Quoi ?

— Soulève ton haut.

Elle posa les mains sur ses hanches et leva le menton d'un air de défi, tout en gardant un ton léger, presque provocateur.

— Désolée, mais j'ai besoin de connaître la personne bien mieux que ça avant que la nudité fasse partie de la relation.

— Mignon. Je veux juste vérifier que tu n'as pas de caméra cachée. Laisse aussi ton téléphone sur la table.

Il la vit réfléchir avant d'obéir.

— C'est ça ou rien, à toi de choisir.

— Tu ne me fais pas confiance ?

— Absolument pas.

Elle haussa les épaules, jeta son téléphone sur la table et leva son haut pour révéler un soutien-gorge de sport blanc.

— Satisfait ?

— Absolument.

— Assieds-toi, lui dit-il. Y a du champagne au frais. Je l'avais apporté pour ma femme. Mais elle n'était pas d'humeur. Qui l'eût cru ?

— Je suis plus bière que champagne, répondit-elle. Désolée. Moins classe.

Davie se pencha vers la glacière derrière lui, en sortit une Bud et la lui tendit. Refuser une bouteille de champagne à cinq cents dollars était la chose la plus classe qu'il ait jamais vue. Il prit une bière pour lui aussi, puis sauta du pont, défit la corde d'amarrage et remonta à bord. Il appuya ensuite sur le bouton pour remonter l'ancre. Le moteur vrombissant, il éloigna lentement le bateau du quai, fit demi-tour et avança avec plus de confiance en ses compétences nautiques qu'en son jugement personnel. Il naviguait depuis son arrivée à Los Angeles. Le fait de vivre dans un lotissement d'une ville densément peuplée vous donnait envie de campagne ou du bord de mer. Il avait choisi la deuxième option.

— On peut sortir là-dessus la nuit ? demanda Sarah, l'air un peu déconcertée.

— Bien sûr. Les criminels le font tout le temps. Comme ça, personne ne les voit jeter les cadavres.

— Tu es hilarant, dit-elle, un sourire aux lèvres, sans aucun signe de peur désormais.

Ils burent de la bière et bavardèrent pendant une heure tout en sortant du port pour rejoindre le Pacifique, avant de tourner vers le nord pour suivre la côte.

Finalement, juste au nord de Santa Monica, il jeta l'ancre et se dirigea vers la chaise longue à côté d'elle. Il s'assit sur le bord, face à elle, et lui dit :

— Je peux être honnête.

— Oh. C'est jamais bon signe, ça, dit-elle avec un sourire désarmant.

Purée, elle était forte.

— Je ne sais pas ce que tu me veux, continua-t-il. Alors je voudrais que tu me le dises. Et si je te crois, je t'aiderai.

Tout en prononçant ces mots, il retint son souffle. Elle ne pouvait pas savoir. Personne ne pouvait rien savoir. Sa démarche devait être motivée par une intention innocente : elle écrivait un article complètement frivole et elle venait de s'en servir pour obtenir des vacances gratuites.

— Je veux savoir comment c'était, à l'époque, commença-t-elle, hésitante. Je veux connaître ta vie à Glasgow, pendant ton enfance. Ce qui t'a fait venir ici, ce qui t'a façonné. Je veux en savoir plus sur ta famille.

Ils savaient tous les deux qu'elle ne disait pas encore toute la vérité, mais c'était un début. OK, il pouvait y arriver. Parler. Juste parler. Lui en dire assez. S'arrêter quand il arriverait au moment qu'il ne pourrait jamais partager.

— D'accord, mais voilà le marché : je déciderai plus tard ce qui sera rendu public et ce qui ne le sera pas.

Elle y réfléchit pendant un moment et il vit qu'elle s'apercevait qu'elle n'avait pas le choix. Mieux valait avoir quelque chose sur quoi s'appuyer que rien du tout.

— Marché conclu, accepta-t-elle.

— Par où veux-tu commencer ? demanda-t-il en déboutonnant sa chemise.

Il la jeta sur le côté et enfila un sweat-shirt. La température avait baissé. Il faisait maintenant environ dix degrés. Il sortit une épaisse couverture en fourrure de sous le siège et la lui tendit.

Elle regarda le ciel pendant quelques instants, réfléchissant.

— Parle-moi de ta première vraie petite amie.

— J'avais seize ans.

— Tardif.

— Oui.

— OK, alors parle-moi de la première fois que tu es tombé amoureux.

— Ah, c'était la même fille.

— Vraiment ?

Qu'est-ce que ça pouvait faire ? Il pourrait toujours changer les règles du jeu plus tard. Pour l'instant, il voulait juste parler.

— Il n'y en a eu qu'une seule.

— Quoi, tu veux dire, avant ta femme ?

— Non, répondit-il honnêtement. Je n'ai été amoureux qu'une seule fois et ce n'était pas de ma femme. C'était avant. De quelqu'un d'autre.

— Vous êtes restés ensemble combien de temps ?

Il y réfléchit un instant.

— Six ans, environ.

— Qu'est-ce qui a coincé ?

Il haussa les épaules.

— Des trucs. Des choses. Des gens.

Avec douceur, en prenant clairement soin de ne rien dire ni faire qui puisse interrompre cette révélation, elle insista.

— Et où est-elle maintenant ?

Il marqua une pause. Une longue pause. Il ne pouvait pas le dire. En vingt ans, il n'avait jamais regardé en arrière, jamais abordé le sujet ni discuté de ça. C'était comme si la porte avait été fermée et que rien ne pouvait plus l'ouvrir.

Mais maintenant, il en avait envie. Il était temps. La réalité, comme avait dit sa mère.

Il avait besoin d'un peu de réalité.

— Elle est quelque part par là, dit-il en pointant le doigt vers les lumières de Malibu au nord. La seule personne que j'aie aimée, c'est Mirren McLean.

53

Silence

Glasgow, 1989

Mirren sentit l'odeur de l'alcool dès qu'il prit la parole.

— Tiens tiens, notre petite miss studieuse. Le nez dans ses livres comme une petite maligne qui se croit supérieure à nous.

Mirren garda la tête baissée. Pas de réplique sarcastique. Pas de contact visuel. Rien qui puisse le provoquer. Si elle avait appris une chose en côtoyant Jono Leith, cette présence malveillante dans leur foyer pendant toutes ces années, c'était que le défier ne finissait jamais bien. La gifle occasionnelle. La bousculade. Les insultes cinglantes. Après l'incident du thé l'année précédente, il n'avait plus jamais tenté quoi que ce soit d'inapproprié sur le plan sexuel, mais elle se sentait toujours menacée. Vulnérable.

Quand bien même elle aurait passé sa vie à y réfléchir, ce n'aurait pas été encore suffisant pour lister toutes les raisons pour lesquelles elle le méprisait.

Ou toutes les raisons pour lesquelles elle méprisait sa mère.

Comment Marilyn pouvait-elle vivre comme ça ? Une vie consacrée à un salaud, dont la femme vivait à quelques maisons de là ? C'était déjà assez pénible à l'époque où Jono venait ici seulement deux ou trois soirs par semaine et où elle devait les entendre faire l'amour toute la nuit, mais maintenant qu'il avait emménagé à plein temps, c'était bien pire. Elle aurait préféré que Billy McColl ait tué ce salaud plutôt que l'inverse.

Mais non. Il était là, et son égoïsme avait atteint un tout autre niveau. Comment sa mère pouvait-elle être attirée par cet homme ? Il s'était depuis longtemps remis des coups que Billy McColl lui avait infligés l'année précédente : ses dents avaient été remplacées, ses os réparés, et ses cheveux avaient repoussé. Mais aux yeux de Mirren, il restait un connard répugnant. Sa mère ne partageait pas son avis, apparemment. Tout comme la femme de Jono et d'innombrables autres, Marilyn était tombée sous le charme de ses paroles mielleuses, de son attitude arrogante et de ses promesses d'une vie glorieuse à ses côtés. Elle se faisait des illusions parce qu'elle croyait fermement qu'il était leur ticket de sortie de la pauvreté, et elle s'accrochait à cette idée de toutes ses forces. Maintenant, il lui racontait qu'il allait leur acheter une grande maison à Milgavie et lui offrir une BMW. Ce n'étaient que des conneries. Ça n'arriverait jamais. Dans les banlieues chics, Jono Leith serait traité comme de la merde, quelqu'un que l'on méprisait comme la racaille qu'il était. Ici, en revanche, tout comme cet autre salopard, Manny Murphy, il était admiré, craint et même respecté et vénéré par les imbéciles drogués.

Tout ça rendait Mirren malade. Mais ça ne durerait plus très longtemps. Une autre vie l'attendait. Elle n'était pas naïve au point de croire qu'elle pourrait aller vivre dans une chambre mansardée quelque part et écrire le prochain classique de la littérature, mais elle avait des rêves et un vague projet. Travailler, vivre dans un endroit sûr, écrire pendant son temps libre. Peut-être un roman. Peut-être des nouvelles, comme elle le faisait depuis des années. Peu importait. Le simple fait de coucher des mots sur le papier était une libération, une évasion de la réalité. Ça l'apaisait. La réconfortait. Quand elle écrivait sur Davie, ça rendait leur amour réel. Indélébile. Quand elle écrivait sur ses peurs et sur sa douleur, ça lui permettait de les mettre dans une boîte, d'en libérer son âme. Quand elle écrivait sur Jono Leith, ça lui permettait d'imaginer toutes les façons dont elle aurait voulu le dépecer, dans la plus lente des tortures.

— Tu ne réponds pas à tonton Jono ?

Merde, il était toujours là. Mirren ne leva pas les yeux. C'était inutile. Quoi qu'elle dise, ça finirait mal. Son corps se raidit dans l'attente du coup. La semaine précédente, il l'avait frappée si fort derrière la tête que son visage avait rebondi sur la table, faisant saigner son nez abondamment.

Quand Marilyn était arrivée et avait vu les dégâts, elle avait presque présenté ses excuses à son mec.

— Oh, elle saigne tout le temps du nez, avait-elle dit à Jono. Fais attention à ne pas mettre de sang sur ta nouvelle chemise, mon chéri. Mirren, penche la tête en arrière et nettoie tout ça quand ce sera passé.

Sur ces mots, elle avait disparu dans le pub du coin, main dans la main avec son amant souriant.

Mirren avait eu envie de vomir. Et elle ressentait la même sensation maintenant qu'elle comprenait qu'il ne la laisserait pas tranquille.

Il traversa la cuisine d'un pas assuré, son regard lubrique et répugnant déformant ses traits rendus encore plus laids. Son anxiété grandit quand elle sentit ses doigts s'enfoncer dans ses cheveux, tordant ses boucles de plus en plus fort jusqu'à ce que... il lui tire la tête en arrière pour la forcer à lever les yeux vers son visage narquois.

— Tu te crois trop bien pour moi, c'est ça ? Trop prude, putain. Tu sais de quoi t'as besoin ?

Le sous-entendu était clair. Tout était possible. C'était une chose de garder le silence pour éviter de le provoquer, mais il n'allait pas poser un doigt sur elle sans qu'elle se défende de toutes ses forces.

— Ne me touche pas, putain ! cracha-t-elle.

Elle leva brusquement la main droite pour essayer d'attraper son visage, tout juste hors de sa portée. De sa main gauche, elle tenta d'attraper la main qui tenait l'arrière de sa tête comme un étau. Sans s'en rendre compte, elle laissa le haut de son corps sans protection. Il en profita pour déchirer son t-shirt et glisser sa main sous le tissu en coton de son soutien-gorge et pour lui saisir le sein.

Lorsque Mirren se rendit compte de ce qu'il était en train de faire, son corps se cabra, envoyant valser la chaise sous elle. La table suivit, volant à travers la pièce sous ses coups de pied.

Elle tomba, hurlant de douleur physique et d'angoisse mentale, Jono toujours agrippé à ses cheveux. Elle se débattait, donnait des coups de poing, tordait chaque partie de son corps... mais rien n'y faisait. Il était trop lourd pour elle, trop fort.

Il était sur elle désormais, à califourchon, lui clouant les hanches au sol. Il arracha des mèches de cheveux lorsqu'il changea de prise, plaçant sa main sur sa bouche pour l'empêcher de crier tout en la forçant à le regarder, à voir son visage pendant qu'il...

Oh mon Dieu, non. Non.

Il ouvrit à tâtons sa ceinture, puis le bouton de son pantalon. Il descendit ensuite sa fermeture éclair. Puis baissa son bas.

Non ! Elle n'allait pas le laisser faire. Il ne pouvait pas...

Un rugissement retentit dans sa tête lorsqu'elle le sentit s'enfoncer en elle. Oh non. Non. Non.

Elle continuait de se débattre, d'essayer de le repousser, mais ça ne faisait qu'élargir son sourire, jusqu'à ce que...

Il riait à présent. Il riait, tout en la violant.

Mirren mourut à l'intérieur. Il ne restait plus rien.

Rien.

Quand il eut enfin inoculé en elle toutes les graines de son mal, le corps de Mirren s'affaissa, vaincu, tandis que son âme se fermait, dans une tentative désespérée pour se protéger de l'horreur.

Elle ne sentait plus rien. Son corps était engourdi, son esprit vide, son cœur brisé.

Il ne restait rien.

Juste une coquille vide. Une coquille violée.

Allongée dans une mare de sueur, de sang et de sperme toxique, Mirren suppliait son corps de réagir, de se relever, de riposter. Il était trop tard pour arrêter la douleur, mais encore temps de lui faire payer. Si seulement elle pouvait bouger, se relever, crier, hurler, tuer... Mais il était toujours là, sur elle, le visage rouge et en sueur, l'air satisfait.

— Tu n'es plus trop bien pour nous maintenant, n'est-ce pas ? Et ne t'avise pas de raconter ça à ta mère. Sinon je lui dirai que tu m'as supplié. Cette idiote me croira.

— Tu crois, Jono ?

Le murmure était chargé de tristesse. Mirren tourna la tête et vit sa mère qui se tenait là, telle une figure tragique dans sa nuisette de poupée, des larmes de mascara noir coulant sur son visage. Cette distraction donna à Mirren la fraction de seconde dont elle avait besoin pour repousser Jono, se relever d'un bond et courir vers la porte.

Et elle s'enfuit.

Mirren s'enfuit vers Davie.

54

« Just the Way You Are »

Bruno Mars

La seule personne qu'il ait jamais aimée était Mirren McLean ? Sarah ne s'attendait pas à ça.

Elle serra la couverture autour de ses épaules et prit une autre gorgée de bière pendant qu'elle examinait la question. Elle s'était doutée qu'il pouvait y avoir eu une relation amoureuse dans le trio, mais elle aurait plutôt parié sur Mirren et Zander. Sans vouloir offenser Davie, les ados étaient superficiels. Et même si Davie était un beau garçon, Zander Leith avait toujours eu un physique qui faisait de lui le fantasme de millions de femmes à travers le monde. Si les versions adolescentes de Zander et de Davie avaient dû s'affronter, Sarah n'aurait eu aucun doute sur l'issue de la compétition : c'était Zander qui serait sorti avec des filles à la discothèque du coin. Ça lui rappela qu'elle devait quelques verres supplémentaires à Gemma, la fille de l'agence de presse, pour lui avoir donné le tuyau sur l'endroit où Zander atterrissait ce soir. Apparemment, elle avait obtenu cette information de la part d'un ami d'un ami, qui lui avait révélé que Leith était son passager en provenance de New York ce soir-là et avait transmis la nouvelle à Sarah. Le réseautage dans toute sa splendeur. Mais pas aussi juteux que les ragots qu'elle était en train d'entendre, directement à la source.

— Mirren et Zander n'ont jamais eu de relation ?

Elle devait poser la question.

Davie, assis sur l'autre transat, en train de regarder les lumières de Marina Del Rey, Santa Monica et Malibu, secoua la tête.

— Non. Ils avaient un lien différent. Plus comme frère et sœur.

— Pourquoi, à ton avis ?

Sarah observa sa réaction. Au fil des ans, elle avait interrogé des centaines de personnes. Des victimes, des proches de victimes, des criminels, des avocats, des témoins… Leur seul point commun était que, parfois, la vérité ne se trouvait pas dans leurs paroles, mais dans leurs réactions. Elle voyait à présent chez Davie les signes classiques du stress, de la dissimulation et de l'affabulation. Un tressaillement. Un regard en bas à droite. Le geste nerveux de ses doigts passant dans ses cheveux. Le silence. Puis il la regarda droit dans les yeux. Bon, elle allait obtenir une version de la vérité. Pas toute la vérité, pas un mensonge, quelque chose entre les deux.

— Je suppose que c'est parce qu'ils s'entendaient bien. Aucun des deux n'avait une vie familiale particulièrement stable. Ils avaient tous les deux des difficultés. Peut-être similaires. Ils étaient proches. Très proches. Mais le couple, c'était Mirren et moi.

— Ça dérangeait Zander ? Elle était magnifique, n'est-ce pas ?

Davie sourit, et Sarah perçut la nostalgie et la tristesse sur son visage.

— Tellement belle. Je ne sais pas si tu as déjà vu des photos de sa fille, Chloe… ?

Sarah hocha la tête.

— Oui.

— Elle ressemble à Mirren trait pour trait. Je n'arrivais pas à croire qu'elle m'ait choisi. Je n'étais rien comparé à elle. Pourtant, c'était ma première fois, et j'étais la sienne. Et, non, ça ne dérangeait pas Zander. C'était notre pote et les relations amoureuses, ce n'était pas son truc. Il était plutôt solitaire. Profond.

Cela suscita une question à propos de ce qu'il lui avait confié juste avant.

— Tu as évoqué le fait qu'ils avaient tous les deux des difficultés. Qu'est-ce que tu voulais dire ?

Davie haussa les épaules et Sarah repéra que son menton se crispait et que ses lèvres se pinçaient légèrement. Il ne pouvait pas le dire. Il ne le dirait pas.

La limite était donc là. Sa réponse ne l'étonna pas :

— Tu devras leur poser la question, je suppose.

— J'ai essayé. Aucun d'eux ne veut me voir.

Ça ne sembla pas le choquer.

— C'était y a si longtemps. Certaines personnes ne veulent pas revenir sur le passé. Regarde nos vies actuelles. Zander est une star, Mirren est brillante, je suis sur un yacht avec une nana super canon…

Sa réplique était sauvée de la ringardise grâce à l'ironie qui perçait dans sa voix.

— Canonissime, confirma-t-elle en riant.

Ça permit de relâcher un peu la tension, et tant mieux. Juste de quoi ramener un peu de confort pour Davie. Maintenant, il fallait creuser un peu plus. Doucement. Gentiment. Sans l'effrayer.

— Et pourtant, vous ne vous voyez plus aujourd'hui…

— Bien sûr que si, répondit-il, un peu gêné. On se croise à des événements, des trucs du genre.

— Mais vous n'êtes plus amis.

— Non.

— Pourquoi ?

Un autre tressaillement de… quoi ? De colère ? D'irritation ? De tristesse ?

— Comme je l'ai dit, nos vies ont changé. Elles sont différentes. Nous sommes différents. Les gens évoluent et je suppose que c'est ce qui nous est arrivé.

Sarah fixait la lune au-dessus d'elle. Il mentait, c'était évident, mais elle n'allait pas insister car elle ne voulait pas qu'il se renferme et… enfin, autre chose. Il lui fallut quelques instants pour que ça remonte à la surface de son esprit. Elle avait pitié de lui. N'était-ce pas ridicule ?

Il était là, cette grande star avec sa propriété à quarante millions de dollars et sa vie fastueuse. Bien sûr, sa carrière avait connu un petit ralentissement mais, à part ça et un mariage compliqué, il avait beaucoup de chance. Pourtant, à cet instant, la tristesse se dégageait de chacun de ses pores. Il avait l'air si abattu, si vulnérable. Tout ce qu'elle voulait, c'était aller vers lui et le prendre dans ses bras.

Bordel, qu'est-ce qu'il y avait dans cette bière ? Ça ne lui ressemblait pas. Elle était dure. Impitoyable. En mission pour dénicher un scoop qui ferait la une des journaux du monde entier. Le père de Zander Leith était un gangster important de Glasgow. Cette histoire n'avait jamais été racontée. Et, plus intrigant encore, ce père semblait avoir disparu sans laisser de traces. Aucun acte de décès. Est-ce que Zander l'avait payé pour se taire ? Se cachait-il quelque part pour échapper à quelqu'un qu'il avait contrarié ? Elle voulait des réponses, comme ses lecteurs et des millions de fans de Leith à travers le monde. Ça pouvait être quelque chose d'énorme. De gigantesque. Ça pouvait propulser sa carrière.

Alors, pourquoi n'était-elle pas au sommet de son art, prête à tout ? Une partie d'elle était furieuse de son incapacité apparente à trouver la réponse, jusqu'à ce que sa matière grise émotionnelle finisse par avouer la vérité. Elle ne connaissait Davie que depuis quelques jours, mais elle l'aimait bien. Elle l'aimait vraiment bien. Il était arrogant et complètement dérangé, mais il avait quelque chose en lui qui la touchait.

Mon Dieu, comment était-ce arrivé ? Et comment pouvait-elle y mettre fin ?

Comme si les dieux du bon timing étaient aux aguets, le téléphone de Sarah sonna, brisant complètement le charme de l'instant.

Elle pensa d'abord à ignorer l'appel, mais Simon n'arrêterait pas d'essayer jusqu'à réussir à la joindre, et s'il n'y parvenait pas, il allait s'inquiéter et passerait à l'action. La dernière chose dont elle avait besoin, c'était que la police de Los Angeles débarque dans sa chambre d'hôtel.

Davie lui fit signe de répondre.

— Tu veux que je m'en aille ?

— Non, ça va, répondit-elle en prenant son téléphone pour décrocher.

Davie s'éloigna quand même dans les entrailles du bateau, cherchant manifestement à respecter son intimité.

— Bonjour.

— Salut, mon cœur. Comment ça va ? Tu vas me quitter pour une star du cinéma ou pas encore ?

Même si sa remarque était sarcastique, Sarah ne put s'empêcher de ressentir un pincement de culpabilité. Elle le refoula immédiatement.

Oui, elle était sur un bateau en pleine mer, dans le cadre le plus romantique qui soit, et oui, à sa grande surprise, elle ressentait quelque chose qui ressemblait à de l'affection pour la personne qui l'accompagnait. Mais c'était tout. Rien de plus. Pourtant, elle savait que si elle révélait cette information, Simon pourrait voir les choses différemment et tirer des conclusions absurdes et totalement erronées.

— Pas encore. Je cherche toujours. Ils ont tous ce truc qu'on appelle la sécurité. C'est une grosse épine dans le pied. Qu'est-ce que tu fais ?

— Je suis presque en route pour le bureau. J'ai une affaire à préparer.

— Simon, est-ce que ça t'arrive de faire une pause ? Il est quoi ? Six heures du matin ? Et tu es déjà au boulot.

Sa réaction la surprit complètement. Pourquoi est-ce que ça lui semblait étrange ? Si elle avait été chez elle, il y aurait eu de fortes chances pour qu'elle soit en train de faire la même chose à six heures du matin. Elle ne serait peut-être pas en chemin vers le bureau, mais elle serait debout, à faire des recherches, à se mettre à jour sur les nouvelles de la nuit, à planifier son prochain article. Excepté pendant les vacances, leurs vies étaient entièrement consacrées au travail. Priorités : le boulot, puis leur couple, puis tout le reste.

Ne devrait-ce pas être l'inverse ? Et comment se faisait-il qu'elle n'en prenne conscience que maintenant ? Comment cette semaine l'avait-elle amenée à se poser cette question ? De toute évidence, elle était à Los Angeles depuis trop longtemps. La chaleur. L'extravagance. Le glamour. Tout cela était faux, superficiel. Il y avait sans aucun doute un courant sous-jacent de noirceur qui maintenait tout ça à flot, et pourtant, cette ville dégageait quelque chose de profondément optimiste. Quelque chose d'inspirant. De positif. Comme si tout le monde se bousculait pour monter à bord et vivre la vie de ses rêves. Elle avait passé tant d'années empêtrée dans la violence, le crime et le pire de l'humanité qu'elle était soulagée de pouvoir respirer profondément l'air chaud et découvrir une vie différente.

Oh, et puis merde. Sarah posa sa bière sur la table à proximité. Il y avait clairement quelque chose dedans qui lui faisait perdre la tête.

Bon. Revenons à Simon. Son copain. Son compagnon.

Son chez-elle.

Il semblait un peu distrait à l'autre bout du fil, mais au moins, son ton était plus léger que lors de leurs dernières conversations.

— Je sais, mon cœur, mais on passe en jugement la semaine prochaine. Il est accusé de meurtre. Et je ne suis pas certain d'avoir suffisamment d'éléments pour prouver son innocence, mais on y est presque. Où es-tu ? Ç'a l'air très paisible.

— Oh, je suis juste… en train de rattraper mon retard au boulot sur le toit-terrasse de l'hôtel. Il est éclairé, donc je vois ce que je fais. Je devenais un peu claustro dans ma chambre, alors je me suis dit que j'allais venir prendre un peu l'air.

— Ça me paraît idyllique, siffla-t-il. Trop idyllique. Tu vas quand même revenir près de moi, n'est-ce pas ?

— Absolument. Je me ferai peut-être juste creuser une piscine dans le jardin pendant que tu seras au boulot la semaine prochaine et j'engagerai un majordome pour me servir du champagne toutes les heures. Tant que je peux faire ça, je rentrerai.

— Une piscine ? Y en a une au club.

Il ne l'avait pas vraiment écoutée, alors il n'avait pas compris sa blague. Elle pouvait très bien l'imaginer, à cet instant. Il avait son téléphone calé sous l'oreille, sa mallette devant lui sur la table de la cuisine. Elle devait être complètement recouverte de notes qu'il passait en revue, glissant celles dont il avait besoin à l'intérieur. Puis il la fermait, déroulait les manches de sa chemise, attachait ses boutons de manchette et attrapait sa veste accrochée à la porte, l'enfilait, tout en jonglant avec le téléphone d'une oreille à l'autre.

— Tu as raison. Je vais juste aller à la piscine du club. Écoute, je ne vais pas te retenir, j'entends bien que tu es occupé. Bonne chance pour aujourd'hui.

— Merci. Toi aussi. Plus que deux jours et tu seras rentrée. Je t'aime.

Et il raccrocha. Il fonçait vers la porte, montait dans sa voiture et partait sauver le monde judiciaire d'une nouvelle parodie de justice.

Ce ne fut que lorsqu'elle se pencha pour reposer le téléphone sur la table qu'elle se rendit compte que Davie était revenu, deux autres bières dans les mains.

— Tu lui as menti. Ça t'arrive souvent ? demanda-t-il.

Son ton était plus curieux qu'accusateur.

— Non. Jamais, en fait. J'ai plutôt tendance à être quelqu'un d'assez franc, mais il a été un peu…

Sarah marqua une pause pour trouver le bon mot.

— … contrarié ces derniers temps. Il n'avait pas envie que je vienne ici. Je ne suis pas sûre qu'il soit au clair sur la question de savoir si je lui manque ou s'il est toujours en colère que je sois partie. Je ne voulais pas qu'il panique et qu'il trouve ça bizarre que je sois sur un bateau avec un autre homme. Il sait que c'est pour le boulot, mais ça le mettrait quand même mal à l'aise.

Elle prit la bière qu'il lui tendait, puis se renfonça dans sa chaise longue, face à lui cette fois, leurs genoux à quelques centimètres.

— Devrait-il l'être ?

— Non, bien sûr que non. Il n'y a pas de raison d'être ma…

Sarah s'interrompit. Leurs regards se croisèrent, son estomac se noua, sa bouche devint soudain trop sèche pour parler.

— Quoi ? parvint-elle à articuler faiblement.

C'était inutile. Elle le savait. Ils le savaient tous les deux. Ça ne lui était jamais arrivé auparavant. Jamais. Elle n'avait jamais d'envies incontrôlables ni d'impulsions irréfléchies, mais à cet instant, quelque chose au plus profond d'elle-même était presque hypnotiquement attiré par lui. Elle le désirait.

— J'ai envie de t'embrasser, dit-il. Mais mon jugement est un peu brouillé ces derniers temps, alors j'ai juste besoin de vérifier.

Il parlait à voix basse, la voix remplie d'un désir intense, s'adressant directement aux réflexes qui contrôlaient chacune des zones érogènes de Sarah.

— Si je me penche pour t'embrasser, tu vas m'assommer ?

— Juste entre nous ? chuchota-t-elle, soudain à bout de souffle.

— Juste entre nous, répondit-il.

— Non.

Lentement, doucement, ses yeux toujours rivés à ceux de Sarah, Davie Johnston quitta sa chaise pour rejoindre celle de la journaliste. Il tendit une main et traça une ligne sur son sourcil, descendit le long de sa joue, contourna sa mâchoire puis dessina la courbe de son cou et celle de son épaule nue. Sa couverture glissa au passage, et Sarah, ses sens en alerte, eut la conscience aiguë qu'elle franchissait la limite. Complètement. Et pourtant, absolument rien ne pouvait l'arrêter.

Elle pouvait sentir son odeur à présent. Riche, naturelle, avec juste un soupçon de bière. Elle sentit son souffle sur elle puis… son goût. Ses lèvres, douces. Elle ouvrit la bouche pour accueillir la sienne et comprit que ce n'était pas suffisant. Elle en voulait plus. Sarah posa les mains sur la nuque de Davie, puis dans ses cheveux, le serrant contre elle. Sa langue effleura ses dents alors qu'elle se laissait tomber en arrière, l'attirant sur elle.

La panique surgit quelque part dans son estomac, étouffant ses poumons. Elle ne pouvait plus respirer. Impossible. Elle devait arrêter…

— Davie, je ne peux pas…

Il releva brusquement la tête pour la regarder, visiblement confus.

— Je suis désolée, dit-elle, en se dégageant de lui. Je ne peux pas faire ça. Je n'aurais pas dû. Je n'ai jamais… Mon Dieu, je suis désolée.

L'expression dévastée sur le visage de Davie faisait mal au cœur. Puis elle vit sa mâchoire se crisper, ses yeux se fermer, ses épaules s'affaisser.

— Qu'est-ce que tu attends de moi ? demanda-t-il.

Rien, voulait-elle répondre. Juste toi. Le conflit intérieur reprit de plus belle. Une voix dans sa tête, cynique, lui disait de se ressaisir. Ce n'étaient pas ses émotions qui décidaient, mais sa tête. Et puis, qu'est-ce qu'elle croyait ? C'était Davie Johnston. Il faisait tout le temps ce genre de choses et elle était tombée dans le piège. Elle était sur le point de gâcher toute sa vie pour un type qui ne se souviendrait probablement plus d'elle la semaine suivante. Non, ça n'arriverait pas. Elle ne laisserait pas ça se produire.

Elle prit une décision, fouilla dans sa poche arrière pour en sortir un bout de papier qu'elle déplia pour révéler une image imprimée qu'elle posa sur la table entre eux. Puis elle rompit le silence :

— C'est le père de Zander, Jono Leith. Je ne suis pas certaine de savoir qui sont toutes ces femmes, mais j'espérais que tu pourrais m'aider.

Davie ne dit rien, alors elle interpréta son silence comme l'autorisation de continuer.

— Il a disparu quelques années avant que Zander, Mirren et toi n'arriviez à Los Angeles. D'après ce que j'ai compris, il a fait carrière en tant que grand bandit et a énervé beaucoup de monde. C'est peut-être pour ça qu'il a disparu. Zander n'en a jamais parlé et je ne vois pas pourquoi ça changerait aujourd'hui. Alors, puisque tu me demandes ce que j'attends de toi… Eh bien, je veux que tu me dises la vérité sur ce qui est arrivé à Jono Leith.

55

« Nothing »

The Script

Zander ouvrit la porte de l'appartement, Hollie sur ses talons.

— Je vais juste vérifier ton répondeur et voir s'il n'y a pas de traces de gamines de dix-huit ans complètement bourrées. Ça te va ?

— Ouais, répondit Zander. Tu veux rester prendre une bière ?

Il remarqua sa réaction furieuse et se précipita pour proposer une alternative :

— Je veux dire, un café ?

— Tentant, mais non merci. Je veux juste me mettre au lit devant cinq épisodes de *Scandal* et m'allonger pour un moment d'intimité avec mon nouveau sac Chanel.

Pendant que Zander prenait sa douche, Hollie vérifia rapidement son répondeur, mit son téléphone et son iPad à charger et se dirigea vers la porte.

Elle était déjà à mi-chemin dans le couloir lorsqu'elle entendit son téléphone sonner. Merde. Elle songea à faire demi-tour, mais… bon, elle était son assistante, pas sa mère. C'était peut-être Adrianna Guilloti qui appelait pour une séance de sexe par téléphone pendant que son mari était dans son bain. Voilà bien quelque chose que Hollie n'avait pas envie d'entendre. Le téléphone continuait de sonner. Aaaargh. Ç'allait à l'encontre de tous ses instincts de le laisser sonner, mais il était tard, elle était fatiguée, et…

Il s'arrêta. Et comme Zander était sous la douche, il était très improbable qu'il ait répondu. La personne qui appelait devait donc avoir abandonné.

Parfait. Un appel à cette heure de la nuit ne pouvait que signifier de mauvaises nouvelles, des strip-teaseuses ou de la drogue. Mis à part l'incident avec Adrianna Guilloti, elle avait vraiment l'impression qu'ils avaient passé un cap. Tout ce que Hollie avait à faire était de garder la vie de Zander aussi ordonnée et disciplinée que possible, tout en la rendant suffisamment intéressante pour qu'il ne s'ennuie pas. Et surtout, pas de stress, pas de chagrin d'amour, alors qui que ce soit à l'autre bout du fil, il ou elle pouvait aller se faire voir.

56

« She »

Elvis Costello

C'était comme une scène d'un film d'horreur pour lequel Mirren aurait obtenu, malgré elle, le rôle principal. Sur le moment, elle ne comprit pas ce qui se passait, son cerveau était incapable de trouver un sens à tout ça.

Pourquoi l'écartaient-ils ? Pourquoi ? C'était sa fille qui était là. Ils disaient des choses qu'elle ne comprenait pas, utilisaient des mots qu'elle ne connaissait pas. Partie, disaient-ils. Partie.

Non, elle n'était pas partie. Elle était là. Devant elle.

Biiiiiiiip. Qu'on arrête cette putain de machine. Mirren se retourna brusquement, leva la jambe et envoya valser la machine contre le mur. Elle se fendit, tomba ; le câble se tendit, arrachant le clip du doigt de son bébé.

Son bébé.

Oh mon Dieu, son bébé.

Elle était partie.

— Madame Gore ! Madame Gore, s'il vous plaît.

Une infirmière l'entourait de ses bras, essayant de la calmer. Mais qu'est-ce qu'elle faisait ? Pourquoi était-elle en train de lui parler alors qu'elle devrait être là, à aider Chloe. Chloe. Oh mon Dieu, Chloe.

Mirren s'effondra à genoux et hurla jusqu'à ce que plus rien ne sorte à part des larmes. Des putains de larmes qui l'étouffaient.

Rembobinez. Recommencez. Changez le dialogue. Ce n'était pas réel. Ça ne pouvait pas l'être. Elle ne pouvait pas être à terre alors que Chloe était là, devant elle, et ne respirait plus.

Non. Elle était sa mère. Elle pouvait changer ça. La faire revenir.

Elle écarta l'infirmière et grimpa sur le lit puis glissa un bras sous la tête de Chloe et repoussa doucement ses cheveux avec son autre main.

— Tout va bien, mon bébé, maman est là. Je suis là, mon cœur. Ne t'inquiète pas.

Froide. Pourquoi Chloe était-elle froide ?

Elle se pencha en avant, son visage touchant celui de Chloe, ses joues mouillées de larmes. Son souffle la ramènerait à la vie. Si elle restait allongée là, la gardait au chaud, faisait battre son cœur pour elles deux, tout irait bien. Tout irait bien. Tout irait bien. Il fallait que tout aille bien.

L'infirmière l'observait, le visage empreint de pitié.

— Aidez-la, je vous en supplie, aidez-la, gémit Mirren. Oh, Chloe, non. S'il vous plaît, non.

Sa tête tomba contre l'oreiller, leurs cheveux, de la même couleur, les mêmes boucles, s'entremêlaient, si bien qu'on ne savait plus où les siens s'arrêtaient et où ceux de Chloe commençaient.

Elles ne faisaient plus qu'une. Une seule et même personne, avec un seul cœur qui battait. Et elles restèrent ainsi.

Pendant très longtemps.

Jusqu'à ce que l'infirmière s'en aille et que seule la lumière de la lampe de chevet de Chloe brille encore dans le silence.

Mirren n'avait aucune idée du temps qu'elle était restée là lorsque l'infirmière revint.

— Madame Gore, dit-elle doucement. Pouvons-nous appeler quelqu'un ? Nous avons une pièce où vous pouvez vous asseoir…

— Je veux rester ici. Je ne la laisserai pas.

Mirren ne reconnut pas sa voix. C'était pourtant la sienne, mais différente. Tragique. Brisée. Voilà qui elle était désormais. La mère d'un enfant mort.

— D'accord. Vous pouvez rester aussi longtemps que vous le souhaitez.

Jusqu'à la fin des temps, voulut ajouter Mirren. C'était sa fille et elle ne la laisserait pas. Jamais.

Quand l'infirmière s'en alla à nouveau, Mirren embrassa Chloe sur la joue, comme elle l'avait fait chaque soir pendant son enfance. Tous les soirs. Elle la regardait dormir pendant quelques instants puis lui faisait un bisou sur la joue.

— Bonne nuit, ma chérie. Je t'aime.

Ce soir, elle ajouta :

— Dors, mon cœur. Je vais chercher papa.

Jack. Elle devait le lui dire.

Les mains tremblantes, elle fouilla dans son sac, trouva son téléphone et composa le numéro.

Ça ne sonna que deux fois.

— Jack…

— Oh, salut, Mirren.

Ce n'était pas Jack. Oh, mon Dieu, ce n'était pas Jack.

— Comment va Chloe ? Jack m'a dit qu'il avait genre complètement dramatisé quand elle ne s'est pas sentie bien hier soir. Il est encore tout secoué. Elle va mieux ? Attends, je vais le chercher. Jack, chéri, c'est ton ex-femme au téléphone.

L'air victorieux dans la voix de Mercedes était indéniable. Donc Jack était retourné la voir. Les choses s'étaient compliquées et ce lâche s'était enfui. Mirren voulait lui dire que ça n'avait pas d'importance. Que ça ne lui faisait pas mal. Personne n'avait gagné. Parce que maintenant que sa fille était morte, personne ne pourrait plus gagner.

Elle raccrocha et appela Lou. Elle tomba directement sur le répondeur. Elle raccrocha à nouveau.

La douleur commença. Elle avait besoin que quelqu'un soit à ses côtés, que quelqu'un lui dise que tout ça n'était qu'un rêve, qu'un cauchemar.

Elle composa un autre numéro. Celui qu'elle avait trouvé dans le téléphone de Chloe, qu'elle avait enregistré, en se jurant qu'elle ne l'utiliserait jamais.

Il répondit après cinq sonneries.

— Zander, c'est Mirren. Je suis avec Chloe. Zander, elle est morte, mon bébé est mort.

Et il hurla.

57

« Clown »

Emeli Sandé

Qu'est-ce qu'on disait déjà ? Que ce n'était qu'après avoir touché le fond que notre vie pouvait changer ? Que les choses devaient empirer avant de s'améliorer.

Eh bien, se dit Davie, il devait sacrément être temps pour lui d'atteindre le paradis.

Pendant un instant, il avait cru y être. Sarah. Comment cela avait-il pu arriver ? Il ne la connaissait que depuis quelques jours, et pourtant, elle lui faisait ressentir des choses qu'il n'avait pas éprouvées depuis très longtemps. Trop longtemps.

À quand remontait la dernière fois qu'il avait vraiment eu envie de faire l'amour avec quelqu'un ? Pas un coup rapide ou une pipe opportuniste. Même la luxure des premiers jours avec Jenny n'avait pas ressemblé à ça. Il s'agissait uniquement d'une connexion physique, d'esthétique, de deux personnes motivées à emprunter la même voie. Mais ça ? C'était une connexion réelle, sincère, significative, et ça l'avait complètement pris par surprise.

Presque autant que le coup qu'elle venait de lui jouer. Un sacré coup dans les couilles. Il avait imaginé une nuit sous la couverture, bercés par le calme de l'océan, à bavarder, à s'aimer.

Merde, il commençait à parler comme dans un téléfilm à l'eau de rose.

Un de ceux qui finissaient mal.

Quand elle avait sorti cette vieille photo, il avait compris qu'il s'était fait berner. Complètement. Et la seule chose qui l'énervait plus que d'avoir été berné, c'était le fait de s'être fait avoir sans se méfier. Vingt ans à se protéger, à se convaincre qu'il avait tout ce dont il avait besoin, tout ça pour que cette fille vienne tout remettre en question.

Et maintenant ça. Tous ses cauchemars, tous ses regrets avaient commencé là, sur ce bout de papier.

À sa grande surprise, il sentit son œil gauche tressaillir. Bon sang, ça n'était plus arrivé depuis des années. Depuis l'adolescence. Depuis qu'il était gamin, à traîner avec Zander et Mirren, couchés sur le sol en désordre de la cabane en train d'écouter le hit-parade du dimanche soir tout en fumant des Embassy Regal et en riant jusqu'à en avoir mal au ventre.

Quelques années plus tard, la douleur serait pire que ce qu'il aurait jamais pu imaginer.

Son cœur battait à tout rompre et il eut soudain envie de sauter. De nager. De continuer jusqu'à ce que les courants décident de son sort.

Sarah savait qu'elle tenait quelque chose et elle n'allait pas lâcher l'affaire.

Combien de films avait-il vus dans lesquels la même chose se produisait ? Où le suspect était coincé, mis face aux preuves et contraint d'avouer les détails ? Trois solutions : révéler la vérité, la pousser par-dessus bord, plaider l'ignorance.

La première option était hors de question, parce que ce n'était pas uniquement son secret, c'était le leur à tous.

La deuxième était tentante.

Mais il allait devoir opter pour la troisième. Lui qui n'avait jamais été très bon acteur, il venait de décrocher un premier rôle. Scène 1, prise 1, le rôle de « l'homme innocent ».

— Ouais, ce sont le père de Zander, dit-il. Et nos mères.

— Vos mères ? s'étonna Sarah.

Bon, il venait de lui révéler une information qu'elle ne connaissait pas encore.

— Oui, la mère de Zander, celle de Mirren, Jono et la mienne, expliqua-t-il en les montrant du doigt au fur et à mesure.

Trois femmes, une brune et deux blondes, toutes vêtues de manteaux noirs de luxe, toutes semblant vouloir être partout sauf là. Le seul soupçon de sourire était celui qu'arborait Jono Leith, dans son costume élégant et bien taillé. Davie s'en souvenait. Il l'avait acheté chez Cecil Gee à Glasgow. Il lui avait coûté cinq cents livres et il n'avait cessé de le répéter à tout le monde. Il l'avait porté au tribunal, puis aux funérailles de la grand-mère de Zander, où cette photo avait été prise.

Le roulement de peur qui résonnait dans sa tête bloqua ce souvenir.

Pendant ce temps, Sarah fixait l'image.

— J'avais deviné que l'une d'elles devait être Maggie Leith, mais je n'avais pas compris qu'il y avait ta mère aussi. Je la reconnais, maintenant.

Elle sembla agacée d'être passée à côté lorsqu'elle ajouta :

— J'avais identifié deux d'entre elles comme des sœurs, et j'avais interverti la mère de Mirren et Maggie, dit-elle en désignant les deux femmes à droite de Jono.

Davie vit Sarah froncer les sourcils lorsque les morceaux s'assemblèrent dans son esprit. Marilyn McLean était collée contre Jono, donnant l'impression qu'ils formaient un couple, tandis que la mère de Zander se tenait légèrement à l'écart, déconnectée du groupe.

— J'ai vu cette femme aux funérailles de Manny Murphy, réfléchit Sarah. Elle était là avec…

Davie avait cessé d'écouter, les yeux rivés sur la photo. Il y avait autre chose. Quelque chose qui clochait. Mais il n'arrivait pas à mettre le doigt dessus.

Il se leva, se dirigea vers la barre, fit démarrer le moteur et virer le bateau vers la côte, indiquant clairement que pour lui, la discussion était terminée.

Sarah le suivit, refusant de lâcher l'affaire.

— Tu ne m'as toujours pas dit ce qui s'était passé.

Davie haussa les épaules.

— Je ne sais pas, mentit-il, espérant qu'il serait le seul à s'en rendre compte. Jono était toujours occupé à des conneries, à se faire tabasser, à avoir des liaisons. La dernière rumeur que j'ai entendue racontait qu'il avait rencontré une *Play-Boy bunny* à Londres et avait déménagé là-bas. À l'heure qu'il est il est probablement quelque part dans une maison de retraite dans l'Essex, en train de raconter aux autres patients des histoires sur sa vie de grand gangster à Glasgow.

Sarah se tut pendant quelques secondes, les bras croisés autour d'elle, pour se protéger ou pour se réchauffer. Davie n'était pas sûr de vouloir connaître la raison.

— Alors, c'était ça ? finit-il par dire.

Il avait deux motivations. La première, la détourner du sujet de Jono, et la seconde, essayer de lui arracher un semblant d'honnêteté.

— C'était donc juste ça ? Tu voulais en savoir plus sur Jono alors tu as fait semblant d'avoir envie de moi ?

Sarah releva la tête d'un coup.

— Non ! Ce n'était pas juste… Écoute, je t'aime bien.

Le rire sortit d'un endroit sombre au fond de son estomac. À combien de filles avait-il dit ça ? Combien de fois s'était-il débarrassé d'une aventure d'un soir avec la même phrase ? « Écoute, je t'aime vraiment bien, bébé. Je t'appellerai. »

Il ne les rappelait jamais.

— Arrête ! On n'a rien d'autre à se dire. Quand on accostera, descends du bateau et ne m'appelle plus, ne me recontacte pas, et si tu écris quelque chose sur moi, tu ferais mieux de t'assurer que tes infos sont correctes et d'avoir de bons avocats. Compris ?

— Davie, je suis désolée. Je ne voulais pas que ça se passe comme ça. Ça ne m'était jamais arrivé. Je…

Bon sang, elle était incroyable. Elle essayait toujours de se couvrir, de jouer les innocentes. Cette fois, il n'était pas dupe. Non seulement il l'avait percée à jour, mais il avait aussi compris quelque chose d'encore plus important : elle ne savait rien. Absolument rien. Parce que si c'était le cas, elle s'en servirait maintenant pour essayer de lui soutirer plus d'informations. Tout ce qu'elle savait, c'était que Jono avait disparu des radars. C'était tout. Et si la police n'était pas parvenue à résoudre ce mystère depuis toutes ces années, elle n'y arriverait pas non plus aujourd'hui.

Tout ce qu'il avait à faire, c'était de rester loin d'elle et tout ça disparaîtrait.

Et ça, il pouvait le faire.

N'est-ce pas ?

58

« Signed, Sealed, Delivered (I'm Yours) »

Stevie Wonder

Trois heures du matin. Dormir n'était pas une option. S'asseoir non plus. Ni lire un livre. Ni, encore moins, appeler chez elle.

Apparemment, les seules possibilités étaient de rester couchée dans son lit à fixer le plafond ou… En fait, c'était la seule possibilité.

Mais qu'avait-elle fait ? Pire encore, qu'avait-elle failli faire ?

Elle était en couple avec Simon depuis trois ans, ils vivaient ensemble depuis deux ans et jamais, pas même un instant, elle n'avait envisagé de lui être infidèle. Elle n'était pas ce genre de personne. Elle était quelqu'un qui prenait des décisions réfléchies et qui rendait compte du chaos dans la vie des autres. Et pourtant, si cette vague de panique ne l'avait pas submergée, elle aurait couché avec Davie Johnston.

Et même encore maintenant, des heures plus tard, elle n'était pas certaine de ne pas regretter d'avoir arrêté, sans comprendre pourquoi. Davie avait clairement de nombreux défauts. Il était superficiel. Arrogant. Il faisait l'objet de nombreuses accusations de manipulation. Le public lui avait tourné le dos. Il était marié, même si elle le croyait quand il disait que sa femme le détestait.

Et elle était presque sûre que c'était un père désimpliqué. Mais il y avait tout de même quelque chose, une vulnérabilité sous-jacente, le fait qu'elle avait reconnu une âme brisée, une connexion, une alchimie, qui lui procuraient des sensations qu'elle n'avait jamais éprouvées auparavant. Ça lui donnait envie de jeter ses propres règles aux orties et d'agir d'une façon qui l'aurait horrifiée deux semaines plus tôt.

Mais plus maintenant. Elle devait rentrer chez elle avant que la situation dégénère davantage.

Elle en avait fini ici. C'était terminé. Elle avait assez fouillé. Il était temps d'affronter la réalité. Elle n'allait rien obtenir de ces gens. Même si elle rencontrait Zander Leith et Mirren McLean autour d'une assiette de pancakes chez IHOP, ils ne lui diraient rien. Et elle ne pouvait plus s'approcher de Davie. Son visage s'enflamma rien qu'en pensant à lui. Il devait la prendre pour une vraie garce et elle ne pouvait pas lui en vouloir. Elle ne comprenait pas non plus pourquoi l'idée qu'il la déteste lui donnait la nausée. Il était temps qu'elle s'en aille, avant qu'elle perde plus encore que son intégrité et ses économies.

Son billet d'avion était réservé pour le samedi soir, mais elle allait l'avancer d'un jour. Il était temps de rentrer.

Elle se leva et chercha du regard le t-shirt de rugby trop grand qu'elle portait au lit. Non pas qu'elle puisse dormir, mais elle voulait se débarrasser de ces vêtements. Il les avait touchés. Et elle l'avait laissé faire.

Sarah repéra le t-shirt accroché à l'arrière de la porte, traversa la pièce, tendit le bras pour l'attraper, puis fit un bond en arrière en sursautant lorsqu'on frappa à la porte.

Elle se figea.

À moins que Simon ait traversé l'Atlantique pour venir ici, personne n'avait de raison de frapper à sa porte à trois heures du matin.

Qui que soit cette personne, l'ignorer était le plus raisonnable. C'était ce qu'elle aurait dû faire. Se glisser dans son lit, se réfugier sous la couette et s'endormir.

Alors, pourquoi se penchait-elle pour regarder par le judas avant d'ouvrir la porte ?

Davie ne bougea pas, se contentant de la fixer, tous deux figés, jusqu'à ce qu'il dise :

— J'ai besoin de toi.

Ses mots, sa voix si basse qu'elle avait du mal à l'entendre par-dessus les battements de son cœur.

Un pas en arrière et la décision fut prise.

Davie posa les mains sur le côté de son visage, le prenant dans ses paumes alors qu'ils reculaient vers le lit, un coup de pied bien placé refermant la porte.

Elle poussa un gémissement involontaire qui venait du plus profond d'elle-même alors que Davie remontait doucement son t-shirt et défaisait la fermeture de son soutien-gorge. Puis il se retrouva là, déposant une série de baisers sur sa poitrine, tournant autour de son téton avec sa langue, puis le suçant, lentement, tendrement, faisait naître en elle un désir enivrant.

Puis il se recula.

— Ça va ? Tu es sûre ?

Sarah répondit en l'attirant vers elle, l'embrassant, sa langue s'entremêlant à celle de Davie, dansant, l'invitant à aller plus loin.

Leurs vêtements semblaient fondre, sans qu'ils sachent vraiment qui les arrachait et les jetait. Ils révélaient une autre partie de chacun, permettant à l'autre de voir, de toucher, de sentir. Il la caressait comme si elle était faite de verre. Sarah savait qu'elle aurait dû être gênée, déchirée, tiraillée, mais tout ce qu'elle ressentait, c'était le besoin de l'avoir et le pur bonheur de le toucher.

Le sexe avec Simon était énergique et satisfaisant, mais là, c'était d'un autre niveau. Comment était-ce possible ?

Faire l'amour avec son compagnon de longue date lui semblait impersonnel, presque routinier, alors qu'être avec cet homme qu'elle connaissait à peine depuis quelques jours lui procurait une excitation qu'elle n'avait jamais ressentie auparavant.

Il l'attendit et jouit en même temps qu'elle, contemplant son visage lorsqu'elle cria son prénom.

Après, ils restèrent allongés en silence, la tête de Davie posée sur le ventre de Sarah. Elle lui caressait les cheveux, ne sachant pas quoi dire, tous ses doutes revenant. Elle savait désormais ce qu'était une relation sexuelle incroyable. Époustouflante. Que l'on ne voudrait jamais voir finir.

Mais c'était mal. Et stupide.

À quoi jouait-elle, bordel ? Elle venait de coucher avec la source de son article, détruisant au passage sa crédibilité et son intégrité journalistique. Ç'allait à l'encontre de tous ses principes. Pourtant, c'était inévitable. Dès l'instant où elle avait ouvert la porte, elle n'avait plus rien voulu d'autre. Pas même le scoop de sa vie.

Mais maintenant que les hormones étaient hors jeu, les doutes reprenaient le dessus. Il était tellement habitué à ce que les femmes se jettent à ses pieds. Et ne lui avait-elle pas facilité la tâche ? Il était probablement venu uniquement parce qu'il s'ennuyait et se sentait rejeté par sa femme, et il n'avait même pas eu à le lui demander deux fois avant qu'elle se déshabille. Ou peut-être était-ce parce qu'il savait que s'il couchait avec elle, il pourrait s'en servir comme moyen de chantage pour l'empêcher de publier un article sur lui ? C'était le genre de publicité qui mettrait un terme à sa carrière sur-le-champ. Quelle naïveté. Les coups d'un soir, ce n'était pas son truc, pas plus que tromper son petit ami. Une autre vague de culpabilité la submergea. Simon. C'était un type bien. Et elle venait de le trahir.

— Je te trouve incroyable, lui murmura Davie en levant la tête de son ventre et en l'embrassant en ligne jusqu'à son pubis.

Puis sa langue se mit à chercher, à explorer…

Elle se pencha et releva la tête de Davie, amenant ses lèvres aux siennes pour l'embrasser doucement avant de le laisser redescendre.

Sans un mot, elle se glissa hors du lit, soudain consciente de sa nudité.

Elle rassembla ses vêtements et couvrit son corps, toutes les inhibitions qui s'étaient envolées reprenant désormais le dessus. Elle enfila précipitamment son jean et son t-shirt, sans même se soucier de son soutien-gorge. Pendant ce temps, il l'observait, en silence, la couverture tirée sur son ventre, mais son torse sculpté et son magnifique visage toujours visibles.

Les reproches s'entrechoquaient dans son esprit. Comment cela avait-il pu arriver ? Elle avait un compagnon. Elle était professionnelle. Elle était ici pour un article, pas pour tirer le meilleur coup de sa vie avec un homme qu'elle connaissait à peine. Elle avait eu un instant d'égarement. Qu'elle pouvait justifier par la chaleur, le clair de lune ou je ne sais quoi. Mais elle n'était pas du genre à faire des drames et à trahir. C'était une bonne personne. Il était temps de remonter le temps, de retrouver sa dignité.

Pendant qu'elle se livrait à ce monologue intérieur, il l'observait, l'étudiant.

— Tout va bien ? demanda-t-il.

Elle secoua la tête, complètement habillée à présent, mais toujours agitée.

— Je n'aurais pas dû faire ça. Je suis là pour un reportage. J'ai un petit ami. Je ne fais pas ce genre de choses d'habitude.

Le fait de répéter l'argument qui lui était venu à l'esprit quelques instants auparavant renforça sa détermination.

Il était temps de passer à autre chose. Ce n'était qu'un accident de parcours. Rien de plus.

— D'accord, dit-il doucement. Mais je ne ressens pas la même chose.

Oh non, il avait l'air blessé. Pas encore ce visage vulnérable. Ça brisa ses défenses et elle ressentit un désir désespéré de le serrer dans ses bras. Elle devait le faire partir avant de capituler à nouveau.

— Je n'arrive pas à croire que je vais dire ça, mais…

M. Confiant, M. Showbiz avait du mal à trouver ses mots.

— Je pensais… Purée, je n'ai jamais dit ça en le pensant avant, mais je pensais qu'il y avait quelque chose entre nous.

Non, ne fais pas ça. Ne fais pas empirer les choses.

Elle avait désespérément envie de lui dire qu'elle était sur la même longueur d'onde. Oui, il y avait quelque chose. C'était toujours le cas. Mais comment pouvait-elle… ?

Reprends-toi, Sarah, se dit-elle. *Reprends tes esprits. Sois réaliste.* Allait-elle rester ici… et puis quoi ? Être la petite amie de Davie Johnston ? Bien sûr que non. Ce n'était pas réel. C'était un fantasme, un moment de folie au cours duquel elle avait perdu ses inhibitions. Si Davie était un gars normal, peut-être qu'il y aurait pu avoir quelque chose. Mais il ne l'était pas. Ce type était un coureur de jupons assumé, la situation était complètement confuse et la seule issue possible pour elle, si elle prenait cette voie, était la souffrance.

— Je vais prendre une douche, lui dit-elle doucement. Je suis désolée, mais je pense que tu devrais partir.

59

« Pray »

Take That

Affaire classée. Audience levée. Assis à l'arrière du taxi qui le ramenait chez lui, Davie se rendit compte que rien de ce qui lui était arrivé au cours des dernières semaines n'était comparable à ce qu'il ressentait à cet instant.

Et comme pratiquement toute sa vie était partie en fumée, voilà qui en disait long.

Il y avait juste quelque chose en elle. Quelque chose qui… l'avait captivé.

De toute évidence, ce n'était pas réciproque.

Le soleil se levait sur son domaine lorsqu'il arriva devant les portes, où des paparazzis endormis sur le trottoir se mirent en mouvement. Ces types avaient vraiment besoin d'une vie.

Autant leur en donner pour leur peine. Il leur fit un doigt d'honneur et leurs flashs se déchaînèrent comme des stroboscopes.

Les photos seraient sur tous les sites people à l'heure du déjeuner, accompagnées de titres sensationnalistes et une équipe d'experts citerait des informations provenant de « sources internes » pour débattre de manière éclairée de la question de savoir s'il avait perdu la tête ou non. Ils concluraient que oui. Et il n'était pas sûr de leur donner tort.

Une fois à l'intérieur, il se dirigea vers la salle de bains pour prendre une douche, laissant tomber ses vêtements à travers la pièce en chemin.

Aucun signe de Jenny, qui était manifestement chez Darcy. Si c'était le cas, les enfants y étaient probablement aussi.

Il se retrouvait donc une nouvelle fois seul ici. Le karma était une salope et se vengeait de lui.

Tout cela n'avait-il été qu'un vaste coup monté ? Une autre Lana Delasso ? Un jeu qui se terminerait par « Loser » à la fin de son nom ?

Aller à l'hôtel de Sarah lui avait semblé risqué et lui avait demandé plus de courage que de se présenter devant les journalistes pour implorer leur pardon. Faire l'amour avec elle avait été incroyable, mais elle s'était dépêchée de se débarrasser de lui après.

Il n'allait pas rester dans les parages pour subir ce genre de rejet une deuxième fois.

Fini. Terminé. Leçon retenue.

Après sa douche, il traversa la pièce, nu, jusqu'à son lit et s'effondra sur la couette. Et puis merde, il allait rester ici toute la journée. Et demain. Peut-être toute la semaine.

L'horloge à côté de son lit indiquait six heures trente lorsqu'il s'endormit. Elle indiquait onze heures trente lorsqu'il se réveilla, et onze heures trente-cinq lorsque les pensées qui flottaient dans son esprit prirent une forme compréhensible.

Sarah. La nuit précédente. Rejeté. Mais retour en arrière. Avant ça.

Sur le bateau. Il la voulait. Et puis…

La photo. Quelque chose clochait avec cette photo. Il examina mentalement l'image.

Maggie Leith. Marilyn McLean, blottie contre Jono. Ena Johnston, sa mère, de l'autre côté. De l'autre côté.

La main. Une main était enroulée autour de sa nuque, de sorte que seuls les doigts étaient visibles sur la photo.

De toute sa vie, il n'avait jamais vu un homme toucher sa mère.

Alors pourquoi laissait-elle Jono Leith la toucher comme si elle lui appartenait ?

60

« Hymn to Her »

Pretenders

Il était deux heures du matin et Zander était resté un moment debout à l'entrée de la chambre d'hôpital, les jambes figées, incapable de bouger, de faire quoi que ce soit d'autre que la regarder, la tête baissée, la main toujours serrée dans celle de Chloe.

De là, on aurait dit qu'elles étaient toutes les deux en train de dormir. Chloe, si paisible, sans le moindre froncement de sourcils maussade ou regard furieux auxquels il était si habitué.

C'était une gamine si gentille. En colère. Sauvage. Mais sous tout ça, il pouvait comprendre l'âme tourmentée qui se cachait en elle. Il n'y avait même pas besoin d'une raison pour ça. Bien sûr, la jeunesse de Zander n'avait pas été facile, mais ça ne lui donnait pas plus le droit que quelqu'un autre d'être perturbé. Et l'enfance idyllique de Chloe ne signifiait pas qu'elle en avait moins le droit.

Il avait finalement trouvé la force dans ses jambes pour avancer et pour toucher l'épaule de Mirren. Lorsqu'elle avait tourné la tête vers lui, il avait tressailli en voyant la douleur intense qui se dégageait de chacun de ses pores.

— Je suis tellement désolé, avait-il murmuré.

Il s'était agenouillé et avait silencieusement enlacé Mirren, la laissant se blottir contre lui. Sa main droite n'avait toujours pas lâché sa fille.

Zander avait senti les vibrations de son corps tremblant et savait que, même s'il la serrait très fort, elles ne cesseraient jamais.

Il le savait, car ils avaient déjà vécu ça auparavant. Mirren. Sa douleur insupportable. Zander. Se sentant en partie responsable.

Si seulement il avait pris Chloe davantage sous son aile. Si seulement il lui avait apporté plus d'aide. Si seulement il avait compris à quel point ça finirait mal.

Si seulement ils ne s'étaient jamais rencontrés, si seulement Mirren McLean n'avait pas été violée par son père, si seulement elle n'avait pas écrit le scénario, si seulement ils n'en avaient pas fait un film qui avait changé leur vie.

Si seulement. Si seulement ils n'avaient pas disparu de la vie l'un de l'autre pendant vingt ans. Mais ç'avait été trop pour lui. Il ne supportait pas la honte que leur nouvelle vie ait été construite sur l'enfer. L'enfer de son père.

— J'ai essayé, Zander, mais je n'ai pas pu l'aider. Je n'ai pas pu l'arrêter.

— Chuuut.

Il lui avait caressé les cheveux, avait écouté ses sanglots, reconnaissant la douleur qu'il ressentait tout en sachant que la sienne était mille fois pire. Du coin de l'œil, il avait vu une infirmière s'attarder à la porte avant de partir.

Le visage contre son épaule, les larmes imprégnant son t-shirt, la voix de Mirren n'était plus qu'un sanglot étouffé.

— Je ne sais pas quoi faire maintenant. Je ne sais pas comment respirer sans elle.

Tout en continuant de lui caresser les cheveux, Zander lui avait murmuré des mots apaisants pendant très longtemps, jusqu'à ce que les larmes se tarissent et qu'ils restent là, assis en silence, serrés l'un contre l'autre, sans dire un mot.

— Je resterai ici avec toi aussi longtemps que tu en auras besoin, mais on doit laisser les infirmiers travailler maintenant, Mir. Laisse-moi te ramener chez toi. Je resterai avec toi. Je ne te quitterai pas, je te le promets.

Elle avait fini par acquiescer et, la soutenant comme une enfant, il l'avait aidée à se relever. Zander avait alors tendu la main et avait doucement caressé la joue de Chloe du bout des doigts en murmurant :

— Bonne nuit, ma belle.

À côté de lui, Mirren s'était penchée et avait embrassé sa fille à nouveau. D'autres larmes silencieuses avaient coulé, et le silence de sa douleur avait fait gronder la tête de Zander.

— Je t'aime, Chloe. Je suis tellement désolée de ne pas avoir pu te sauver.

Mirren avait collé sa joue contre sa fille et était restée là, jusqu'à ce qu'il l'éloigne doucement. Ils étaient restés dans la chambre pendant encore quelques heures. Les infirmiers avaient tiré le rideau autour du lit pendant qu'ils débranchaient les machines et s'occupaient du corps de Chloe. Pendant ce temps, Mirren lui racontait entre deux sanglots ce qui s'était passé. Une overdose accidentelle. Pas intentionnelle. Elle en était certaine et Zander était presque sûr qu'elle avait raison. Chloe avait des problèmes, mais elle lui avait toujours donné l'impression d'être quelqu'un qui voulait vivre, qui croyait sincèrement qu'elle irait mieux un jour. Il était convaincu qu'elle s'en serait sortie. C'était une erreur. Une erreur stupide qui lui avait coûté la vie. Ils n'avaient toujours pas toutes les réponses. Tout ce qu'ils savaient, c'était que lorsqu'elle avait été plongée dans un coma artificiel, son cœur s'était arrêté et qu'ils n'avaient pas réussi à la réanimer. L'autopsie apporterait des réponses, mais pour l'instant, il ne supportait pas d'y penser.

Zander voulait appeler Jack, mais Mirren l'en avait empêché.

— Il savait qu'on était ici, il savait qu'elle était malade, mais il n'est pas revenu. Il est allé voir sa maîtresse. Il a fait son choix.

Zander ne savait pas quel genre d'homme pouvait abandonner sa fille malade. Un lâche. Quelqu'un qui ne savait pas gérer la douleur. Quelqu'un qui se souciait plus de lui-même, de ses propres sentiments, que de ceux qu'il aimait.

Après quelques tentatives, il avait réussi à joindre Lou, l'amie de Mirren, qui avait sauté dans un avion à Atlanta pour revenir à Los Angeles. Et Logan, le fils de Mirren, serait rentré tard dans la nuit.

Après avoir passé quelques heures dans un coin de la chambre d'hôpital de Chloe, Mirren avait finalement trouvé la force de le laisser la ramener chez elle. Elle était retournée au chevet de sa fille, lui avait dit au revoir une dernière fois, l'avait serrée dans ses bras, l'avait embrassée, puis avait pleuré avant de s'éloigner pour la deuxième fois.

Ils n'avaient fait que deux pas lorsqu'elle s'était effondrée. Avec la réactivité d'un homme sobre, Zander l'avait rattrapée, soulevée et portée jusqu'à sa voiture. Il avait alors pris une couverture dans le coffre, l'avait enveloppée dedans et l'avait installée sur le siège passager, lui tenant la main jusqu'à arriver aux portes de la Colony. Le gardien leur avait fait signe de passer. Une fois arrivé, il l'avait portée à nouveau jusqu'au bâtiment vide, dans le hall jonché des débris de l'appel d'urgence passé plus tôt. Un masque. Des gants. Une couverture abandonnée. Mirren avait fixé droit devant elle, comme en transe, ses yeux gonflés grands ouverts. Il avait repéré un coin salon à sa droite, l'y avait emmenée puis l'avait allongée sur le canapé et s'était assis par terre à côté d'elle. C'était ce qu'il aurait dû faire des années plus tôt. Prendre soin d'elle. La choyer. Rester avec elle jusqu'à ce que la douleur s'estompe.

C'était ce qu'il faisait à présent. Près de vingt-quatre heures après son appel, la lumière déclinait à nouveau et il lui posa la question qu'il lui avait déjà posée à plusieurs reprises.

— Mirren, tu es sûre que tu ne veux pas que j'appelle quelqu'un d'autre ? Dis-moi qui tu veux voir.

— Juste Chloe, chuchota-t-elle, en frissonnant malgré la chaleur humide de la nuit.

Instinctivement, Zander grimpa sur le canapé à côté d'elle et l'enlaça, la tête de Mirren posée sur sa poitrine.

— C'est tellement injuste, Zander, dit-elle, la voix monotone et engourdie. Pourquoi ma fille ? Pourquoi Dieu a-t-il pris Chloe alors qu'il a laissé vivre une garce comme Marilyn ?

61

Silent Scream

Glasgow, 1989

La porte arrière de chez Davie était fermée, mais pas à clé, comme toujours. Personne n'oserait cambrioler une maison située dans le même quartier que celle de Jono Leith. Mirren fit irruption dans la cuisine, mais elle était vide. Elle chercha à l'étage, mais il n'y avait personne non plus. De la musique provenait de la salle de bains. Sa mère. Elle emportait toujours son transistor lorsqu'elle prenait un bain.

Où était-il ? Où était-il quand elle avait besoin de lui ? L'abri de jardin.

Elle se précipita dehors et courut jusqu'au bout du chemin. Chaque os de son corps lui faisait mal, le sang coulait de sa tête, de son nez, d'entre ses jambes.

Quand elle enfonça la porte, Davie sursauta et cacha la cigarette qu'il tenait à la main derrière son dos, l'air coupable. À dix-huit ans et barman du pub local, il n'avait toujours pas dit à sa mère qu'il fumait.

Un éclair de soulagement traversa son visage.

— Merde, j'ai cru que c'était ma mère. J'ai failli...

Prise de conscience. Le sang sur son visage. Les vêtements déchirés. Les cheveux emmêlés. Les traces rouges sur ses jambes nues.

Une autre voix. Zander. Couché sur le sol à sa droite.

— C'est quoi ce bordel ?

Il était debout à présent, mais Davie arriva le premier jusqu'à elle. Son Davie.

— Qu'est-ce qui s'est passé ? Qui a fait ça ?

Elle enfouit sa tête dans son épaule.

— Mirren, qui ? Qui c'était ? Je vais le tuer, putain. Qui t'a fait ça ?

Il lui criait dessus, la choquant par sa véhémence. Davie était un gars sympa, qui détestait le conflit, facile à vivre, avec un bon tempérament, qui ne se mettait jamais en colère. Et pourtant, là, ses yeux étaient enflammés, son visage plein d'angoisse.

— Oh putain. Mirren, c'est Jono ? lui demanda Zander, la voix étranglée et méconnaissable.

— C'est lui ? gémit Davie, cherchant une réponse dans son regard. C'est Jono ?

Le sanglot involontaire, le cri guttural qui s'échappa de la gorge de Mirren, fut la seule réponse dont il avait besoin, et soudain, il disparut, sortit en trombe de l'abri de jardin, Zander avec lui.

— Laisse-moi faire, Davie. Je m'en occupe. Je m'occupe de lui, tonna Zander.

Davie ne s'arrêta pas, il continua à courir, Mirren se précipitant derrière eux.

Ce n'était pas ce qu'elle avait prévu. Davie n'avait pas la force de s'opposer à Jono Leith, mais Zander... Oh mon Dieu, Zander, oui. Ce n'était pas ce qu'elle voulait. Soit Davie allait se faire tuer, soit Zander finirait en prison, et tout serait sa faute.

— Arrêtez, s'il vous plaît !

Ses cris se perdirent dans le vent derrière eux.

Davie atteignit la porte le premier, l'ouvrit d'un coup de pied avec une force qu'elle ne lui connaissait pas. Mais il fut ensuite projeté en arrière lorsque Zander l'attrapa par le pull, le fit pivoter, le poussa par terre et se précipita à l'intérieur.

— Il est à moi, Davie. Rentre chez toi. Rentre chez toi, putain.

Zander disparut dans le couloir, mais Davie était déjà debout et se précipitait à sa poursuite. À cause de la douleur qui lui déchirait les entrailles, Mirren était trop lente pour l'arrêter. Elle ne pouvait que les suivre alors qu'ils se précipitaient dans le couloir. Au bout, elle vit Zander enfoncer la porte de la cuisine, puis se figer. Jono devait être là. Il devait l'attendre. Avec quoi ? Un couteau ? Un fusil ?

Oh, mon Dieu, c'était sa faute. Tout ce qui allait se passer maintenant serait sa faute.

Devant elle, Davie rejoignit Zander et eut la même réaction. Freinage brusque. Complètement immobile. Sous l'effet de l'adrénaline, il lui fallut une fraction de seconde pour les rejoindre, une autre pour se frayer un chemin jusqu'à eux, et une autre encore pour comprendre la scène.

Assise sur une chaise à table, sa mère. Mais ce n'était pas la Marilyn qu'elle connaissait. Celle-ci avait des traces noires qui lui coulaient sur le visage, des yeux jusqu'à la mâchoire, les cheveux en bataille, des mèches blondes s'échappant de la queue-de-cheval qu'elle portait toujours parce que Jono aimait ça. Mais ce qui coupa le souffle de Mirren, ce furent les éclaboussures. Sa mère était assise là, immobile, le visage inexpressif, couverte de gouttes et de traces de sang rouge, sur tout le visage, les cheveux, le cou et… Oh non. Mirren ne pouvait pas supporter de regarder. Pourtant, elle était incapable de détourner le visage. Une des bretelles ultrafines de sa nuisette s'était cassée, le tissu était tombé et révélait un énorme sein blanc, maculé de sang, que sa mère ne faisait aucun effort pour couvrir, comme si elle n'en avait pas conscience.

Mirren suivit des yeux le regard fixe de Marilyn, vers le bas, à sa droite, là où Jono Leith gisait au sol, un couteau planté dans la poitrine, une mare de rouge foncé grandis-

sant autour de lui. Sa poitrine ne se soulevait pas. Elle ne s'abaissait pas.

Mirren repoussa Davie et Zander et se précipita vers sa mère. Marilyn, sans quitter Jono du regard, leva la main sans dire un mot pour l'arrêter.

— Maman ? haleta Mirren.

Pas de réponse.

— Maman ? essaya-t-elle à nouveau.

Puis, ignorant l'absence de réponse, elle continua d'une voix douce et tendre :

— Je n'arrive pas à croire que tu aies fait ça pour moi.

Marilyn se tourna enfin vers elle, les yeux toujours éteints, ses gestes presque robotiques.

— Je ne l'ai pas fait pour toi, dit-elle d'une voix dénuée d'émotion. Je l'ai fait parce qu'il te voulait à ma place. Je l'ai fait pour moi.

— Non, gémit Mirren, les larmes coulant sur les joues. Non, maman, dis-moi que ce n'est pas pour ça. Dis-moi...

Davie l'enlaçait maintenant et, pour la première fois, il s'adressa à Marilyn :

— Espèce de garce, cracha-t-il.

Marilyn ne réagit pas. Zander, oui.

— Bon, qu'est-ce qu'on va faire ? C'est trop tard pour lui, mais Mirren, tu as besoin d'un médecin ? D'une ambulance ? Tu veux qu'on appelle la police ? Tout ce que tu veux. N'importe quoi.

— Non !

Mirren sut instinctivement que ça ne pouvait pas arriver. Elle comprit immédiatement les implications. Il l'avait violée, mais il était mort. L'idée que sa mère soit emmenée, qu'elle doive revivre ça chaque jour sous les regards des autres, qu'on la montre du doigt, qu'on parle d'elle. Et puis il y aurait un procès. Des preuves. Et la vie de la mère de Zander serait détruite aussi. Et le monde entier saurait que Mirren avait été violée par Jono Leith. Et pour quoi ?

La justice ? Rien n'avait été juste pour aucun d'entre eux depuis le jour de leur naissance.

Non. Elle ne voulait rien de tout ça. Tout ce qu'elle voulait, c'était partir d'ici et oublier.

— Davie, aide-moi, supplia-t-elle.

Davie était toujours le plus rapide à réfléchir, le plus vif, celui qui avait des idées, et il ne la laissa pas tomber.

— Oh merde, on va finir en prison, mais on peut s'en occuper. Mirren, reste ici et nettoie cet endroit, mets-la dans un bain, dit-il en désignant Marilyn. Tu penses que tu peux le faire ?

— Je crois. Oui, je peux le faire.

La deuxième phrase était plus ferme que la première, comme si elle avait pris la décision, trouvé une certaine détermination intérieure.

— OK, dit-il.

Il ouvrit les placards sous l'évier pour sortir du papier essuie-tout, de l'eau de Javel et des produits nettoyants, puis attrapa une serpillière et un seau dans le placard de la chaudière.

— Voilà, fais ce que tu peux. Je reviendrai avec Zander pour t'aider.

— Où allez-vous ?

Davie avait une longueur d'avance.

— Zander, attrape ses pieds. Je m'occupe de ses bras. Débarrassons-nous de ce connard.

62

« Home »

Michael Bublé

Glasgow, 2013

Sarah espérait presque qu'il ne serait pas à la maison. Elle avait juste besoin de temps. D'espace pour réfléchir. Les quatorze heures passées seule dans deux avions n'avaient pas suffi. Son cerveau était engourdi, il ne fonctionnait pas, alors qu'elle en avait vraiment, vraiment besoin. Comment allait-elle s'y prendre pour expliquer pourquoi elle était revenue un jour plus tôt que prévu ?

« Vraiment désolée, j'ai couché avec une star de cinéma, puis je me suis dit que ce serait mieux de rentrer à la maison parce que ma vie est devenue un énorme mensonge » ?

« Oh hé, Simon, tu m'as beaucoup manqué, sauf pendant ces fichues heures où j'étais nue à califourchon sur un mec que j'ai suivi à des milliers de kilomètres pour le bien de mon enquête. »

« Oh, et oui, j'ai détruit d'un seul coup mon éthique personnelle et professionnelle. Deux pour le prix d'une. Bien joué, Sarah. »

Elle se sentait vraiment minable. Elle devait bien entendu lui parler de Davie, et elle le ferait, dès qu'ils auraient un moment seuls ensemble. Elle ne pouvait pas lui cacher un secret pareil. Ça lui rongerait l'âme. Mais pour l'instant, elle ne supportait pas de lui faire de la peine. Il était en plein milieu d'une affaire importante, et elle savait qu'elle devait attendre que celle-ci soit terminée. Elle avait déjà suffisamment de poids sur la conscience. Elle ne pouvait pas risquer de provoquer un cataclysme dans la vie d'un avocat qui pourrait potentiellement avoir une incidence sur l'issue du procès de quelqu'un. C'était déjà suffisamment grave d'avoir risqué la vie qu'ils avaient construite ensemble. De l'avoir détruite.

Ça lui avait traversé l'esprit de ne rien lui dire, de continuer comme si de rien n'était. Mais elle avait rejeté l'idée. Ça ne lui ressemblait pas. Sarah ne mentait pas, du moins pas dans sa vie privée, et elle n'était pas fausse. L'honnêteté était la seule option possible. Et si ça lui coûtait Simon, alors elle ne pourrait s'en prendre qu'à elle-même.

Et puis, au fond d'elle, elle savait que c'était terminé. Elle était suffisamment consciente de ses émotions pour savoir que si son cœur avait vraiment appartenu à Simon, elle ne l'aurait jamais trompé, n'aurait jamais laissé Davie la toucher. Elle ne comprenait pas. Deux semaines plus tôt, elle était sûre d'être amoureuse de son petit ami. Mais c'était avant Davie. Avant qu'elle fasse l'expérience d'une connexion et d'une alchimie qu'elle n'avait jamais ressenties auparavant.

Cette pensée la fit grimacer. Davie. Elle avait mal au ventre chaque fois qu'elle imaginait son visage. Blessé. Furieux. Il était parti sans un mot. Elle ne pouvait pas lui en vouloir. Ce voyage à Los Angeles avait été un véritable fiasco. Elle se retrouvait avec des milliers de livres en moins dans la poche et était rentrée chez elle sans preuve, sans histoire, juste une relation brisée et une douleur au ventre chaque fois qu'elle repensait à son comportement. C'était le karma.

Le taxi s'arrêta devant l'appartement et elle eut soudain envie d'être dans son propre lit, chez elle, de boire son thé au lait au goût normal.

Elle leva les yeux et aperçut la lumière allumée dans le bureau de Simon. Rien de surprenant. Peut-être que s'ils avaient consacré autant de temps à leur relation qu'à leur travail, ils n'en seraient pas arrivés là. Non pas que ce soit la faute de Simon. Tout était sa faute, à elle.

En ouvrant la porte, elle pensa qu'elle aurait probablement dû lui dire qu'elle rentrait. Ça risquait de se transformer en l'une de ces scènes clichées de cinéma où quelqu'un rentre plus tôt que prévu à la maison et surprend son partenaire au lit avec son amant ou sa maîtresse. Elle faillit rire à cette pensée. Ce n'était pas le genre de Simon. Absolument pas. Simon était attaché à la vérité, à la justice et à l'équité. La tromperie n'était pas dans sa nature. Mais bon, jusqu'à la semaine dernière, elle aurait dit la même chose d'elle-même.

Elle laissa sa valise derrière la porte d'entrée et monta l'escalier avec lassitude, se préparant mentalement à se montrer joyeuse, normale et à jouer le rôle de la petite amie aimante qui rentre à la maison. Juste une nuit de sommeil, se promit-elle, puis elle affronterait la situation.

Au fur et à mesure qu'elle montait, elle entendait des bribes de la voix de Simon. Il devait être au téléphone. Un peu tard, mais il n'était pas rare qu'il parle à ses clients jusqu'au milieu de la nuit. Avec un peu de chance, l'appel serait long et elle serait endormie avant qu'il ait fini. La nausée monta de son estomac à sa gorge. Oh bordel, c'était horrible. Atroce. Elle songea soudain qu'elle pouvait faire demi-tour et prendre un taxi pour aller à l'hôtel. Pourquoi n'avait-elle pas pensé à ça avant ? C'était exactement ce qu'elle aurait dû faire. Elle pouvait encore partir, il n'avait pas besoin de savoir qu'elle était…

C'était quoi ça ?

Le tintement d'un rire ? Une voix de femme.

Ils étaient dans le bureau de Simon, donc ça devait être quelqu'un du boulot. Sa stagiaire, peut-être ?

La porte était entrouverte et, en s'approchant, elle put voir le sommet de la tête de Simon, assis dans son fauteuil, face à son ordinateur. C'était tellement drôle qu'elle faillit rire. Il était en visioconférence. Pas de découverte clichée. Il n'était pas en train de la tromper et elle n'était pas sur le point de le surprendre en train de coucher avec sa secrétaire, sa stagiaire ou la voisine.

L'épaisse moquette grise étouffa le bruit de la porte qui s'ouvrait, à tel point qu'il n'eut même pas le temps de se retourner.

Ce qui n'était probablement pas plus mal.

Car lorsque Sarah entra dans la pièce, elle se rendit compte qu'il était absolument seul. Il était absolument assis sur sa chaise de bureau. Et il avait absolument son pantalon baissé jusqu'aux chevilles et son pénis en main.

— Oh mon Dieu, Simon.

La voix n'était pas celle de Sarah.

Elle venait de l'écran, où Pippa, la petite amie de son meilleur ami, était à genoux, nue, en train de se masturber avec un gros gode.

— Simon… répéta Pippa, la voix horrifiée.

— Oui, chérie, oui.

Il se branlait plus vite maintenant. Sarah ne pouvait pas supporter de regarder. Oh, quelle ironie. Grâce aux merveilles de FaceTime, de Skype ou quelle que soit la plateforme qu'ils utilisaient pour leur satisfaction mutuelle, Pippa était probablement à des kilomètres de là en train de regarder Sarah, alors que Simon était si proche qu'elle aurait pu lui donner une tape derrière la tête sans qu'il en ait la moindre idée.

— Simon !

Le ton de la voix de Pippa finit par atteindre la partie de son cerveau qui reconnaissait un problème potentiel, et il s'arrêta en plein mouvement.

— Regarde derrière toi, lui ordonna Pippa en laissant tomber le gode, qui continua à vibrer.

Au ralenti, Simon tourna la tête et vit Sarah debout devant lui.

— Putain.

Sarah resta sans voix. Elle sourit et lui fit un signe de la main.

— Chéri, je suis rentrée, dit-elle, impassible, avant de tourner les talons et de ressortir aussitôt.

Une demi-heure plus tard, elle s'enregistra à l'Hôtel du Vin sur Great Western Road. Ça lui coûterait plus cher qu'elle ne pouvait se le permettre, mais le journal avait un accord avec l'établissement et elle savait qu'Ed ne lui en voudrait pas de l'utiliser.

Presque vingt-quatre heures plus tard, elle était toujours au lit. Quatorze heures de sommeil, entrecoupées de plusieurs heures de réflexion.

Elle repoussa la couette blanche, traversa la pièce à pas feutrés et prit une bouteille de bière dans le minibar, sans s'embêter à se servir dans un verre. Ça rendait Simon fou quand elle buvait à la bouteille. Au passé. Elle avait bloqué son numéro, donc s'il essayait de la contacter, elle n'était pas au courant. Elle ne savait pas non plus où il se trouvait. Pour l'instant, ça lui convenait très bien.

La colère passagère avait disparu, balayée par la certitude que lui en vouloir serait hypocrite de sa part. Elle avait fait pire. À sa connaissance, il n'avait couché avec Pippa qu'à travers un écran, ce qui était moins grave que l'échange de fluides corporels. S'il existait un classement des infidélités, elle était actuellement en haut de l'échelle.

Elle avait des décisions à prendre. Elle allait devoir déménager, trouver un logement, remettre de l'ordre dans sa vie, mais elle ne reprenait le travail que le lundi suivant et, pour l'instant, elle avait juste besoin de récupérer du décalage horaire et de remettre ses idées d'aplomb.

Elle était tellement plongée dans ses pensées qu'elle faillit louper la sonnerie de son téléphone, ne remarquant l'appel sans doute qu'une seconde avant qu'il bascule sur la messagerie vocale.

— Sarah ? dit Rob, le meilleur ami de Simon qui semblait, si elle ne se trompait pas, légèrement énervé. Sarah, c'est toi ?

OK, disons plutôt très énervé.

— Salut, Rob, ça va ? demanda-t-elle.

Oh, Rob. Elle aurait dû prendre de ses nouvelles, essayer de savoir s'il était au courant de la liaison numérique qu'entretenaient sa copine et son pote.

— Il couche avec Pippa. Je m'en doutais depuis longtemps et elle vient de me l'avouer. Elle m'a dit que ça durait depuis des semaines. Des semaines, putain.

Il savait. Et soudain, Simon la détrôna de la première place du classement des infidélités. Une liaison durable l'emportait clairement sur une aventure d'un soir.

— Je sais, Rob. Je suis désolée.

— Je peux passer ? J'arrive.

— Rob, non. Ne viens pas. Je ne suis pas à l'appartement. On se verra la semaine prochaine, mais je viens tout juste de rentrer et…

— Je tuerais bien ce salaud, mais je ne supporterais pas la prison.

— Je sais, Rob.

— Tu sais que tu aurais dû sortir avec moi ?

Sarah rit pour la première fois depuis son arrivée en Écosse.

— Tu as raison. Mais écoute, Rob, je dois y aller. Je te rappelle.

Ils savaient tous les deux qu'elle ne le ferait pas.

Après avoir ouvert la bouteille de bière, elle retourna au lit, vêtue uniquement d'un pull blanc qui lui arrivait à mi-cuisse et de chaussettes crème qui la protégeaient du froid.

Elle se glissa sous les couvertures, prit la télécommande et zappa sur les chaînes de cinéma de l'hôtel. Des comédies. Des thrillers. Des films familiaux. Des classiques. Du porno.

Si elle voulait cette dernière option, elle pouvait simplement skyper chez elle.

Elle opta pour les classiques. Il devait bien y avoir un film là-dedans qu'elle aurait envie de voir. Il lui fallut quelques instants pour faire défiler les centaines d'options commençant par A. Rien. Puis les B. Elle était presque arrivée au bout de la liste lorsque son doigt s'immobilisa sur la télécommande.

Brutal Circle (1991).

Leur film. Sarah l'avait vu quand elle était ado, peut-être dix ans plus tôt. Elle se souvenait d'avoir été complètement captivée. Mais c'était la dernière chose dont elle avait besoin à cet instant. Un thriller sombre et légèrement terrifiant sur… sur… elle ne s'en souvenait pas très bien. Un truc sur une jeune fille et un type plus vieux. Peu importait. Ce n'était pas le moment pour des histoires sombres et poignantes. La partie de son cerveau qui avait besoin de réconfort lui ordonna d'éteindre. De passer sur la chaîne des comédies. Il devait bien y avoir un épisode de *Friends* quelque part.

Pourtant, le reste de son corps ne réagit pas. Le générique défila. Glasgow. Un jeune Zander Leith. Waouh, il devait avoir environ dix-neuf ans à l'époque, mais dans cette scène, ils avaient dû utiliser des filtres pour lui enlever quelques années.

Il se pavanait sur un terrain vague en béton, entouré de quatre rangées de maisons mitoyennes. En passant devant une maison au milieu de la rangée, il apercevait une adolescente, assise sur un banc près de la porte d'entrée. Devant elle, un jeune homme, à peu près du même âge que les autres, aux cheveux longs et au sourire mignon.

Zander s'approchait juste à temps pour entendre Davie Johnston lui demander :

— *Alors, pourquoi tu es là, dehors ?*

La fille tirait une taffe de sa cigarette, le regard vide, les yeux baissés.

— *Parce qu'elle est là-dedans avec un type et que je n'aime pas les entendre.*

Sa réponse surprenait Davie et Zander.

— *Donc, tu es là tous les soirs parce que... ?*

— *Elle est là-dedans avec un type*, répétait la fille, pour se faire comprendre.

Sarah ne pouvait plus bouger, elle pouvait à peine respirer. Les minutes passèrent ; la lumière de la télévision clignota au gré des images ; la bière qu'elle tenait dans sa main perdit son pétillant.

Deux heures plus tard, elle savait. Elle connaissait toute l'histoire. Elle était là, depuis tout ce temps.

Son esprit bourdonnait, les faits tourbillonnant, se mettant en place. Son cœur se serra face à la tragique négligence dont Mirren avait été victime et à la brutalité à laquelle elle avait finalement été confrontée, face à l'éducation déchirante qui avait été celle de Zander, marquée par la violence et par la peur, et pour Davie, le garçon doux qui avait essayé de préserver tout le monde, de panser les blessures.

Tout était là. Elle tenait son histoire.

63

Screams

Glasgow, 1989

Jono Leith était si lourd. Comment pouvait-il peser autant ?

Davie respirait rapidement, haletant, alors qu'il titubait sur quelques mètres avant de poser le poids par terre.

— Attends, attends. Je n'arrive pas à bien le tenir. Donne-moi une minute.

Zander resta impassible, accordant simplement à Davie le temps dont il avait besoin.

À l'intérieur, il paniquait. Complètement. Il n'avait jamais vu un cadavre auparavant, encore moins touché un. Le sang. Et Jono, si blanc, la couleur avait quitté son visage et son corps. Comme s'il était fait de craie.

Ils avaient eu la bonne idée d'envelopper le corps dans une bâche en polyéthylène avant de le déplacer. Jono avait fait les choses en grand lorsqu'il avait engagé des décorateurs pour repeindre la cuisine de Marilyn. Aubergine. Apparemment, c'était la couleur du moment. Maintenant, la bâche qu'ils avaient laissée derrière eux était utilisée à des fins très différentes. Ils en avaient besoin. Tout ce qui sortait de lui... Beurk, Davie ne voulait même pas y penser. Il avait la tête qui tournait. Il ne pouvait plus respirer.

Davie fixa l'abri dans son jardin, essayant d'évaluer la distance. Mirren vivait dans la maison du milieu, Zander à une extrémité, Davie à l'autre. Il leur suffisait de traver-

ser deux jardins, puis de passer devant sa fenêtre pour atteindre l'abri.

Tout ça sans être vus. Ça signifiait qu'ils devaient raser les murs, traîner le corps sous les fenêtres : ramper, tirer, ramper, tirer. Il y avait des espaces entre chaque jardin pour que les éboueurs puissent entrer et collecter les sacs plastiques noirs qui se trouvaient dans des cages en acier à l'extérieur de chaque porte arrière.

Là, ils étaient clairement en train de jeter un déchet.

Les Macalister, de l'autre côté, ne poseraient pas de problème. Ils travaillaient tous les deux de nuit à l'usine de poulets congelés. Mais sa mère disait toujours que la vieille McWilliam, qui vivait entre chez Davie et chez Mirren, avait des talents de surveillance dignes d'un télescope. Il regarda sa montre. Il était presque vingt heures. Ils n'avaient plus qu'à espérer qu'elle soit tellement absorbée par Coronation Street *qu'elle ne remarque pas un cadavre enveloppé dans du polyéthylène traîné devant sa fenêtre. Ramper, tirer, ramper, tirer.*

C'était de la folie. De la folie pure. Ils allaient forcément se faire prendre, aller en prison, alors qu'ils n'avaient rien fait de mal. C'était la mère de Mirren qui était complètement timbrée et c'étaient eux qui allaient être accusés. Mais que pouvaient-ils faire d'autre ? Mirren les avait suppliés de ne pas appeler la police. Ils n'avaient pas le choix. Le cœur battant à tout rompre, les mains tremblantes, Davie essayait de ne pas regarder Jono, de ne pas penser que la masse qu'il transportait était une vraie personne, parce que s'il le faisait, il perdrait pied. Il paniquerait encore plus. Un coup d'œil à Zander ne lui apprit rien sur l'état de son ami. Il ne pouvait même pas imaginer ce que ça pouvait signifier pour lui, de transporter son propre père. Mort. Le sang suintant sous la bâche, si bien qu'il ressemblait à un paquet de steaks acheté au supermarché.

Davie se tourna sur le côté et vomit jusqu'à avoir l'estomac vide. Il ferma ensuite les yeux, prit une profonde inspiration et força l'air à revenir dans ses poumons.

— Ça va ? demanda Zander. Je prendrai la responsabilité de tout ça, Davie. Rentre chez toi. Je te jure que je ne dirai jamais que tu m'as aidé. Je leur dirai que c'était moi. Je ne parlerai ni de toi ni de Mir.

Davie secoua la tête. Combien de fois Zander avait-il dit qu'il voudrait que son père soit mort ? Tellement de fois. Mais le dire était une chose, en être témoin en était une autre. Il n'allait pas abandonner et laisser son meilleur ami se débrouiller tout seul. Ils restaient soudés. C'était comme ça entre eux.

— OK, allons-y, dit-il à Zander, soulevant à nouveau sa moitié du cadavre en attendant que son ami en fasse autant.

Cette fois, ils parcoururent une bonne distance. À petits pas rapides, maintenant qu'ils ne traversaient plus le jardin de quelqu'un d'autre.

Après un dernier demi-sprint, ils franchirent la porte de la cabane. Ils jetèrent le corps entre eux, sursautant au bruit sourd qu'il fit lorsqu'il heurta le sol.

Ils échangèrent un regard alors qu'ils glissaient le long des murs, en sueur, haletants.

— Comment ç'a pu arriver ? soupira Davie.

Ce n'était pas vraiment une question, il n'attendait pas de réponse. Il sentait les larmes dans le coin de ses yeux, prêtes à couler, mais il les refoula.

Zander écarta la tondeuse à gazon et plongea la main dans le grand trou dans le sol, celui qui avait été creusé des années plus tôt par une cigarette mal éteinte. Il tâtonna, puis en sortit une bouteille de vodka qu'il gardait toujours là, but une gorgée et reposa sa tête contre le mur. Ils étaient tous les deux sales, leurs vêtements maculés de sang et de boue, leurs visages striés là où la sueur avait étalé la crasse.

— C'est bizarre. Je le déteste. Je l'ai toujours détesté. Mais maintenant, je ne ressens plus rien, dit doucement Zander. Je ne suis même pas content qu'il soit mort. Je ne ressens rien.

Il but une autre gorgée de vodka.

Davie eut un nouveau haut-le-cœur, mais il savait qu'il n'avait plus rien à vomir.

— Alors, c'est quoi le plan ? demanda Zander.

Davie fit un signe de tête en direction du trou d'où Zander avait sorti sa vodka.

— Là. On creuse encore un peu dans le sol, on l'enterre dessous. Personne ne peut nous voir si on reste à l'intérieur.

— Tu te fous de ma gueule ? réagit Zander en passant une main dans ses cheveux. On va mettre mon père mort sous ta cabane ?

— T'as une meilleure idée ? le défia Davie.

Zander marqua une pause et réfléchit un instant.

— Non.

— OK. On va enlever cette moitié du plancher, proposa Davie en montrant à nouveau le trou, et creuser plus profondément en mettant la terre de ce côté. Heureusement que ma mère n'a pas construit ce truc sur une base de béton. Elle a dit que ce serait trop cher, donc elle a juste demandé à un type de poser une charpente en bois en dessous. On peut simplement scier quelques morceaux si c'est nécessaire. Puis, quand on aura fini, on le mettra là-dedans et on remplira à nouveau avec la terre. Demain matin, j'irai chez B&Q. Pas le magasin de Parkhead. Un autre. Plus loin. Juste pour être sûrs. Et j'achèterai du béton, celui prêt à l'emploi. Je mettrai une couche de béton sur la terre et... et... sur lui, puis on remettra le plancher. Écoute... c'est tout ce que j'ai à proposer.

Son ton était las.

Après un peu plus de vodka, Zander s'essuya la bouche avec le dos de la main avant de se relever.

— Alors, on ferait mieux de s'y mettre. Je vais chercher une pelle dans mon jardin et je commencerai à creuser. Je pensais ce que j'ai dit, frère. Je m'en occupe.

Davie secoua la tête.

— Nan, je suis avec toi.

Quelques heures plus tard, ils étaient de retour sur la moitié du plancher en bois qu'ils n'avaient pas arraché. Jono n'était plus là. Ils l'avaient enterré sous la terre fraîchement retournée. Davie tendit la main pour attraper la bouteille de vodka et, pour une fois, but une gorgée. La réaction fut immédiate. L'alcool n'eut même pas le temps d'atteindre son estomac que sa bouche le rejetait déjà, aspergeant tout le mur.

— Bordel, comment tu peux boire ce truc ? demanda-t-il.

Épuisé, la tête posée sur les genoux, Zander garda le silence pendant un long moment. Davie commençait à se demander s'il s'était endormi quand il finit par croasser :

— Merci, Davie. Vraiment.

Davie lui adressa un sourire triste.

— J'espère juste qu'on va s'en tirer. Pas envie de finir à Barlinnie.

Il ne plaisantait pas. La prison HMP Barlinnie se dressait comme une forteresse grise surplombant la ville, un avertissement qu'elle était là, à attendre les fous, les méchants et les malfaiteurs.

— Si quelqu'un nous avait vus, on le saurait déjà, murmura Zander, une lueur d'espoir dans la voix, mêlant confiance et désespoir.

Il avait presque raison.

Les Macalister étaient tous les deux au travail, comme prévu, et leur maison était donc vide. La vieille McWilliam avait raté Coronation Street, *mais uniquement parce qu'elle avait mangé un* fish and chips *pour le dîner et le repas copieux l'avait fait somnoler devant son radiateur électrique.*

Aucun promeneur de chiens dans les bois derrière eux, pas d'enfants traînant là où ils n'auraient pas dû être, pas de policiers gardant un œil discret sur le territoire de Jono Leith. Rien de tout ça.

Juste la mère de Davie, debout loin de la fenêtre, vêtue d'une épaisse robe de chambre en polaire, une cigarette à la main. Le bruit qu'avait fait Mirren en courant dans la maison à la recherche de Davie l'avait momentanément distraite du livre qu'elle lisait dans son bain. Jackie Collins. Son autrice préférée.

Elle était sortie de la baignoire, avait ouvert la fenêtre de la salle de bains et avait vu l'état dans lequel se trouvait Mirren lorsqu'elle s'était précipitée hors de l'abri de jardin, dans le sillage de son fils et de Zander.

Puis, peu de temps après, depuis la fenêtre de sa cuisine, elle avait vu les garçons transporter quelque chose dans l'abri.

Ce n'était pas difficile de comprendre ce qui s'était passé. Certaines de ses suppositions étaient légèrement erronées, d'autres tout à fait justes.

Mais ce qu'ils traînaient dans son abri de jardin ? Elle savait ce que c'était. Évidemment qu'elle le savait. C'était Jono Leith. Ça faisait longtemps qu'il l'avait mérité. Peu importait comment ils en étaient arrivés là, il ne manquerait à personne et elle ne le pleurerait pas. Pas une seule seconde.

Pendant quatre heures, elle était restée debout dans sa cuisine, à observer la lumière briller à travers la petite fenêtre opaque de l'abri de jardin, à écouter le bruit des scies et des pelles.

Mais à aucun moment, elle n'y était entrée. Ce n'était pas son travail. Son rôle consistait à observer, à surveiller, à guetter le danger, à protéger ceux qu'elle aimait, à garder leurs secrets.

N'était-ce pas ce qu'elle faisait depuis des années ?

Ce n'était qu'un secret de plus à ajouter à la liste. Et Ena Johnston aurait préféré mourir plutôt que de le révéler.

64

« Over the Rainbow »

Eva Cassidy

Mirren savait que les célébrités hollywoodiennes viendraient en masse aux funérailles de Chloe. C'était comme ça que ça se passait ici. Un autre endroit où se montrer, une nouvelle opportunité pour se faire des contacts. Dans une ville qui détestait la mort, sauf lorsqu'elle était infligée par un héros d'action et rapportait plus de cent millions de dollars au box-office, ils se présenteraient vêtus de noir, même si ça leur donnait mauvaise mine.

Elle ne pouvait pas le supporter, alors ils avaient organisé une crémation privée, juste elle, Jack et Logan, puis ils avaient organisé cette cérémonie commémorative pour la famille et les amis proches, sur invitation uniquement, pas plus de vingt personnes, juste celles en qui elle avait confiance.

La cérémonie devait avoir lieu sur la plage devant chez elle, afin de disperser les cendres de sa fille à l'endroit qu'elle avait le plus aimé quand elle était enfant. Mirren s'asseyait sur la terrasse soir après soir pour regarder sa courageuse fille de douze ans surfer sur les vagues au coucher du soleil. Désormais, elle serait là pour toujours, dans l'océan, son souffle dans chaque vague qui s'écraserait sur le sable. Et pas de noir ni de formalités. Mirren portait une chemise blanche nouée au-dessus de son jean, les pieds nus, ses cheveux roux tombant dans son dos. Tous les autres étaient dans des tenues similaires. La rebelle qu'était Chloe aurait adoré ça.

— Tu es prête, chérie ?

Lou lui enlaçait les épaules, lui transmettant son soutien et son amour par osmose.

Mirren hocha la tête. Que pouvait-elle faire d'autre ? Continuer.

— Comment tu te sens, maman ?

Continuer pour son fils. Son magnifique garçon d'un mètre quatre-vingts.

S'il y avait eu une seule bénédiction au cours des deux dernières semaines, c'était qu'il avait été là, à ses côtés. Il était arrivé le lendemain du décès de Chloe, leur permettant ainsi d'être ensemble dans leur chagrin. Certaines nuits, Mirren tenait le coup ; d'autres, c'était lui qui jouait le rôle du parent, la serrant dans ses bras, la réconfortant, lui promettant qu'ils s'en sortiraient. Jack logeait ailleurs. Elle ne s'en souciait pas suffisamment pour poser de questions.

Mirren prit Logan par la main et le laissa la guider à travers la maison. Devant eux, Lou était au téléphone, la brise marine ramenant ses paroles à Mirren.

— Et laisse-moi te dire quelque chose. Arrête. Fais demi-tour. Rentre chez toi. Je m'en fiche que tu sois devant la putain de porte. Je m'en fiche que tu sois attachée à lui par des menottes, par une corde ou par un champ de force invisible. Fais demi-tour et rentre chez toi. Si cet abruti est trop insensible pour comprendre que tu ne devrais pas être ici, alors c'est toi qui vas devoir te comporter en adulte.

Pause.

— Ne me tente pas, meuf. Parce que si tu mets le pied ici, je m'assurerai que les photos que j'ai dans le tiroir de mon bureau où on te voit en train de t'amuser avec une vieille star de téléréalité deviennent virales. Tu sais très bien de qui je parle. En fait, je pourrais les diffuser de toute façon, juste pour m'amuser.

Lou raccrocha d'un coup sec puis se retourna, sursautant lorsqu'elle vit Mirren juste derrière elle.

— Oh, chérie, je suis vraiment désolée. Tu as tout entendu ?

Mirren acquiesça.

— Pas grave. Mercedes ?

— Ah, tu es perspicace, mon amie, répondit Lou avec un sourire triste. Malheureusement, Jack ne l'est pas autant. Quand elle était sur la pente ascendante, elle a eu une liaison avec Lana Delasso. Je voudrais bien voir si elle recommencera quand elle sera en train de dégringoler.

Mirren secoua la tête.

— Ne fais pas ça, Lou. Laissons Jack se débrouiller.

Au même moment, Jack entra dans la pièce, le visage blême, paraissant avoir vieilli de dix ans. Il n'allait pas bien.

Logan salua son père froidement. Pour le bien de son fils, elle trouverait un moyen de rester courtoise avec l'homme qu'elle avait autrefois aimé, mais elle craignait qu'il n'y ait pas de retour en arrière possible pour ce qui était de la relation entre Logan et Jack.

La vérité était que Jack n'arrivait pas à faire face à la réalité. Pendant toutes ces années où il avait été absent, elle s'était occupée de tout. Elle l'avait protégé des pires ennuis et ne s'était pas offusquée lorsqu'il était parti sur des nouveaux tournages en la laissant toute seule pour tout gérer. Lorsqu'il avait finalement dû faire face aux problèmes de Chloe, il avait réagi en cherchant du réconfort et une échappatoire auprès de Mercedes. Tout pour se protéger d'une douleur qu'il ne pouvait pas supporter.

Mirren ne regretterait jamais de l'avoir épousé. Avec le recul, elle se rendait compte qu'elle avait aussi sa part de responsabilités. Était-il un pansement après Davie ? Peut-être. Mais elle recherchait de la sécurité. Un foyer normal. Elle avait besoin d'une ancre et, à l'époque, elle pensait que c'était ce que représentait Jack. Si elle n'avait pas été si déterminée à faire durer leur relation, elle aurait compris bien plus tôt que cette ancre n'avait aucune prise sur les sables mouvants.

À sa gauche, elle entendit Lou reprendre son téléphone.

— OK, tu peux entrer. Mais tu peux dire merci à Mirren. Ne l'oublie pas.

Elle raccrocha, prit Mirren par la main, tandis que Logan tenait l'autre, et ils se dirigèrent tous les trois vers le sable.

Quelques amis de Chloe étaient présents. Quelques copains de Jack. À gauche de l'arche de fleurs blanches que Mirren avait fait construire comme un souvenir permanent de sa fille se tenait Zander, sa chemise crème flottant doucement dans la brise marine. À côté de lui, Lex Callaghan et sa femme, Cara, resplendissante dans une longue robe rose pâle, des fleurs assorties dans les cheveux.

Jack prit les choses en main, tel le producteur qu'il était, remerciant tout le monde d'être venu. La gorge serrée, il évoqua avec nostalgie le souvenir de la vie de Chloe, depuis l'époque où elle était sa petite princesse jusqu'à son adolescence et au-delà. Ils ne mentionnèrent pas ses problèmes. Ils étaient convenus que ça n'avait aucun intérêt. Ça ne représentait pas leur Chloe. Elle était leur ange, leur amour. La personne qu'elle était devenue quand elle se droguait était une étrangère pour eux.

Ils célébrèrent le bon, enfouirent le mauvais. N'était-ce pas ce que Mirren avait fait toute sa vie ?

Ses larmes coulèrent en silence lorsqu'ils jetèrent les cendres dans l'océan. Ce n'était pas le moment de se laisser aller à sa douleur. Son fils avait besoin qu'elle soit plus forte que ça.

Plus tard, au coucher du soleil, elle se retrouva seule.

Jack et Mercedes étaient retournés se cacher sous le rocher d'où ils étaient sortis. Lou et Logan étaient à l'intérieur, en train de boire un chocolat chaud dans la cuisine. Leurs amis étaient rentrés chez eux, le cœur brisé, mais déjà en voie de guérison, prêts à aller de l'avant. C'était tout ce que chacun pouvait faire.

Une silhouette vêtue d'une chemise crème marchait le long de la plage dans sa direction. Zander. Elle s'était demandé où il était parti après la cérémonie, mais maintenant, ça lui parut évident. Marcher. S'éloigner. Faire face seul.

— Salut, dit-il en s'approchant d'elle.

Il avait toujours été avare de mots.

— Salut.

Au loin, la silhouette d'un surfeur se découpait contre le soleil couchant et Mirren le regarda bouger avec une telle grâce qu'on aurait dit qu'il appartenait à la mer. Tout comme Chloe, à présent.

— Tu m'as manqué, dit doucement Mirren lorsqu'il arriva à sa hauteur.

Zander hocha la tête.

— Tu m'as manqué aussi. Et pas seulement les derniers jours.

Mirren comprit immédiatement, car elle ressentait la même chose. Elle sourit.

— Parle-moi, Zander. De ce que tu veux. Mais parle, demanda-t-elle, la gorge serrée par l'émotion, à vif et endolorie après ces jours de chagrin.

Il ramassa un caillou et, d'un mouvement du poignet, le lança dans l'océan. Ils le regardèrent tous les deux rebondir plusieurs fois avant de disparaître. Ils s'étaient entraînés à faire des ricochets pendant des heures au réservoir près de chez eux quand ils étaient gamins.

— Je suis tellement désolée de vous avoir tourné le dos, à toi et à Davie. Je ne supportais juste pas ces souvenirs, avoua-t-il. Je ne supportais pas le fait que quelque chose d'aussi honteux, d'aussi horrible, ait changé nos vies, nous ait tant apporté. Ça ne me semblait pas juste. Je buvais déjà, j'étais déjà fichu. Je n'ai jamais voulu que ce film se fasse, je n'ai pas réussi à gérer la colère. Envers toi et Davie pour avoir créé un souvenir permanent, envers ma mère pour l'avoir laissé faire partie de nos vies pendant toutes ces années, et surtout, envers Jono. Ma haine envers lui m'a accompagné chaque jour de ma vie. L'alcool et la drogue étaient les seules choses qui me permettaient de l'oublier.

— Je comprends, Zander. J'ai eu du mal à l'accepter aussi, à l'époque, mais j'ai décidé que Jono me devait quelque chose. Il me devait une nouvelle vie. Et je l'ai prise.

Il acquiesça et lança un autre caillou.

— Je comprends. On l'a juste géré différemment, j'imagine. Il n'y avait pas de bonne ou de mauvaise manière. Mais j'étais peut-être trop jeune et trop stupide à l'époque pour m'en rendre compte. Et puis, ça semblait trop tard.

— Où est-elle maintenant ?

— Qui ?

— Ta mère.

— Morte. Cancer. Deux semaines après qu'on a remporté l'Oscar. Elle avait emménagé dans un couvent en Irlande. Ils ont pris soin d'elle jusqu'à la fin.

— Oh, Zander, je suis navrée.

Il haussa les épaules, non parce qu'il s'en moquait, mais parce que c'était du passé.

— Elle n'aurait jamais tenu le coup sans Jono de toute façon. Elle l'aimait. Dieu sait pourquoi, mais c'était comme ça.

Ils restèrent tous les deux silencieux pendant un moment, assis sur le sable, chacun perdu dans ses propres pensées. Finalement, Zander rompit le silence.

— Et Marilyn ?

Mirren haussa les épaules.

— Qui sait ? Après la mort de Jono, elle est partie à Liverpool, où elle a rencontré le type à qui Jono achetait de la drogue. Elle a emménagé avec lui. À ma connaissance, ils sont toujours ensemble. Elle a renoncé à ses droits sur ma vie depuis longtemps. J'ai dit à tout le monde ici qu'elle était morte. Je préfère cette version. J'aimerais juste pouvoir échanger sa vie contre celle de Chloe. Comment je vais faire pour vivre sans ma fille, Zander ?

Dans la lumière déclinante du crépuscule, sa peau était presque d'albâtre, en total contraste avec les cernes sombres sous ses yeux. Sa tristesse était presque insupportable.

Zander passa son bras autour d'elle et la serra contre lui.

— Un jour à la fois, murmura-t-il doucement. Et si tu en as envie, je serai là pour t'aider. Aussi longtemps que tu auras besoin de moi. Ou pour toujours.

65

« Let Her Go »

Passenger

Lorsque la sonnette de la porte d'entrée retentit, Davie se trouvait juste à côté et appuya automatiquement sur le bouton de l'interphone. Sa mère avait dû récupérer rapidement ses bagages. En temps normal, il serait allé la chercher en limousine, mais il avait emmené les enfants à la plage pendant une heure. Ce n'était pas grand-chose, mais c'était un début. Sa vision des responsabilités parentales avait été changée par de nombreuses choses. Toutes les épreuves qu'il avait traversées, le comportement de Jenny, le fait que le divorce était en cours, dans la plus grande confidentialité et que, si ça se transformait en guerre, il voulait montrer qu'il faisait de réels efforts pour être un bon père. Pas parce qu'il pensait que ça ferait bonne impression, mais parce qu'il le voulait. Il s'avéra que Bella et Bray étaient vraiment des gentils enfants. Mais ce n'était pas grâce à lui.

Il était déterminé à changer parce qu'il commençait à comprendre. Il comprenait ce que signifiait être présent, être un parent. C'était écrit sur toutes les photos du visage bouleversé de Mirren, qui avaient fait la une des magazines people dans les jours qui avaient suivi le décès de Chloe.

Il était dévasté pour elle. Ça ne paraissait pas réel. Il savait mieux que quiconque que rien n'était réel ici. Ce n'était qu'un autre drame sensationnel dont se nourrissaient les magazines et les émissions de divertissement. Il avait voulu aller la voir. Bien sûr. Désespérément. Mais la dernière chose qu'il voulait faire à Mirren McLean, c'était lui causer davantage de souffrance, la ramener à cet endroit.

Ils avaient essayé de faire en sorte que ça fonctionne. Au début, quand ils étaient arrivés à Los Angeles, ils avaient tenté d'agir comme avant, de s'aimer, de protéger ce qu'ils avaient. Mais les ombres étaient trop épaisses.

Zander les avait reniés, dégoûté qu'ils l'aient contraint à utiliser cette histoire. Il ne restait plus qu'eux deux dans ce nouveau monde étincelant. Ç'aurait dû être amusant, excitant, palpitant, mais tout ce qu'ils voyaient quand ils se réveillaient chaque matin, quand ils se regardaient l'un l'autre, ou même quand ils fermaient les yeux, c'était cette nuit-là.

À la fin, c'en fut trop. Ils s'aimaient, mais les souvenirs entre eux faisaient qu'ils se tuaient à petit feu.

Alors ils s'étaient dit adieu, et étaient convenus de ne plus jamais se parler, de ne plus jamais se revoir. Et elle lui avait manqué chaque jour. Pas la Mirren d'aujourd'hui, celle qui avait réussi, qui était forte et accomplie, mais la fille qu'il adorait, qui avait pleuré lorsqu'ils avaient fait l'amour pour la première fois, et qui lui avait fait croire que le véritable amour n'arrivait peut-être qu'une seule fois dans la vie.

— Bonjour, c'est Sarah McKenzie. Je… Je voudrais parler à Davie Johnston.

Appuyé contre l'évier, Davie ferma les yeux.

Il était tenté de l'ignorer, de lui dire d'aller se faire voir, mais il savait que ça le rongerait. Pourquoi était-elle là ? Avait-elle découvert quelque chose ? Était-elle revenue pour lui tendre une embuscade ? Était-elle prête à rendre publique une combinaison de faits et de fiction ? Ou allait-elle simplement le rejeter à nouveau, juste pour s'amuser ?

Dieu savait qu'il se serait volontiers passé de ça en ce moment. Quant à Mirren, elle n'avait certainement pas besoin d'une histoire qui ajouterait encore plus de douleur à ce qu'elle endurait actuellement.

L'appréhension grandissant, il appuya sur le buzzer pour ouvrir le portail, puis se dirigea vers la porte d'entrée. Alina était sortie faire des courses et il prit soudain conscience qu'il était seul. Pas le temps d'appeler un ami, si tant était qu'il en ait encore un. Pas le temps de préparer sa défense. Pas le temps d'enfiler autre chose que son t-shirt de surf et son short de bain. Pas le temps de préparer son cœur et de lui faire promettre de ne pas se ridiculiser à nouveau. Il avait retenu la leçon.

Lorsque la sonnette retentit, il était déjà derrière la porte. Sans un mot, il l'ouvrit et l'invita à le suivre dans la cuisine. Il aurait préféré discuter sur le pas de la porte, mais il était assez malin pour savoir qu'elle aurait pu faire entrer des photographes et qu'ils pouvaient être là, dehors, dans le jardin, prêts à immortaliser sa réaction à tout ce qu'elle dirait.

— Par où est-ce qu'on commence ? demanda-t-il en tirant un tabouret du comptoir et en faisant signe à Sarah d'en faire autant. Tu veux simplement me poser les questions qui t'intéressent ou tu préfères d'abord coucher avec moi pour t'assurer que je suis de bonne humeur et vulnérable, et ainsi peut-être obtenir de meilleures réponses ?

Rude. Elle réagit par un sursaut physique. Elle mit un moment à répondre et grimpa sur le tabouret, le visage rouge. De quoi ? De chaleur ? De gêne ? De colère ?

Même dans son état d'anxiété exacerbée, Davie pouvait voir qu'elle avait changé. Ses cheveux étaient détachés, en boucles cuivrées désordonnées qui descendaient jusqu'au-delà de ses épaules. Ses yeux étaient brillants, d'un vert encore plus profond qu'auparavant, s'accordant presque parfaitement avec le collier de jade qui pendait à son cou, donnant à son simple débardeur blanc et à son short en jean un aspect audacieux plutôt que simplement décontracté. Elle n'était pas maquillée, juste un léger éclat sur ses lèvres.

— Je l'ai mérité, convint-elle, les mains l'une sur l'autre devant elle, les ongles peints en gris foncé.

— Je sais.

Il ne la laisserait pas s'en tirer si facilement. Pas avant de connaître la raison de sa présence. Elle venait à nouveau à la pêche aux infos ? Un autre interrogatoire ?

— Je sais tout, dit-elle, la voix basse et calme, à l'opposé des émotions qui envahissaient Davie.

Les mots ne lui venaient pas, alors il l'écouta, et la regarda sortir une nouvelle fois cette photo sanglante de sa poche.

— Jono Leith fréquentait Marilyn McLean. C'est pour cette raison qu'ils ont l'air d'un couple marié sur cette photo. Il était son amant. Il a attaqué Mirren. L'a violée, peut-être. L'un d'entre vous l'a tué. Dans le film, Zander endosse la responsabilité, mais je ne suis pas certaine que ce soit vrai.

Réaliser un film sur leur histoire avait toujours été risqué, mais avaient-ils le choix ? Continuer à fuir, sans argent, sans qualifications, sans avenir ? Ou essayer de faire quelque chose, n'importe quoi, pour avoir une vie meilleure ?

La décision était évidente.

Le récit de Mirren sur ce qui s'était passé cette nuit-là, l'histoire qu'elle avait écrite, celle que Davie avait glissée à Wes Lomax à l'hôtel St Andrews était un compte rendu fidèle de la réalité. Au moment de l'adapter pour le grand écran, quelques changements avaient été apportés. Wes estimait que Zander, le beau et mélancolique Zander, devait être le bouc émissaire, brisant le cœur de toutes les filles dans le public. Dans le film, on leur avait proposé de se débarrasser du corps au fond d'une rivière, lesté de briques provenant d'un chantier. Et ils avaient accepté le changement, heureux d'avoir ajouté une touche de fiction à une intrigue qu'ils prétendaient venir entièrement de l'imagination de Mirren.

À l'époque, ils avaient attendu. Attendu que quelqu'un en Écosse voie le film et fasse le rapprochement. Attendu que le corps de Jono soit retrouvé d'une façon ou d'une autre. Attendu que tout s'écroule.

Mais rien de tout cela ne s'était produit.

Ce qu'ils n'avaient pas compris, c'était que presque personne ne s'en souciait. Ceux qui y prêtaient attention étaient heureux que Jono aient débarrassé le plancher et la plupart des gens étaient convaincus qu'il s'était enfui.

La mère de Zander était persuadée qu'il était parti avec Marilyn, et même si elle l'aimait, elle remerciait Dieu de ne pas avoir à vivre avec la honte quotidienne de voir l'homme avec qui elle avait prononcé ses vœux devant Dieu commettre l'adultère avec la femme qui habitait deux portes plus loin. Dieu pardonnerait peut-être à Jono, mais elle, jamais.

La communauté du crime ne s'était pas manifestée, convaincue que la disparition de Jono impliquait des bottes en béton, la rivière Clyde et une vengeance pour avoir trahi et tué Billy McColl.

Et la police ? Heureuse de se débarrasser d'un tel spécimen de racaille hors-la-loi, elle avait consacré plus d'efforts à retrouver un chat perdu qu'à enquêter sur la disparition de M. Leith.

— Et alors ? Et maintenant ? demanda Davie, sans confirmer ni nier l'histoire, cherchant frénétiquement dans sa tête un moyen de s'en sortir indemne.

— Rien.

Il pourrait nier, faire appel à ses avocats, déposer une injonction… Qu'avait-elle dit ?

— Pardon ?

— Rien. Je ne ferai rien.

C'était tellement absurde qu'il éclata de rire.

— Alors, si je comprends bien, tu penses être tombée sur un scoop énorme qui t'assurerait une vie confortable, que tu pourrais exploiter à fond, dans les journaux, à la télé, peut-être dans un livre, et tu ne vas pas le publier ?

— Non.

— Même pas dans le *Daily Scot* ?

Il écarta grand les bras, gesticulant avec incrédulité.

— Non. Je ne travaille plus là. J'ai démissionné. Et même sans ça, je n'aurais quand même pas publié l'histoire. Je n'ai pas de preuve. Aucune corroboration. Mirren a déjà assez souffert et…

Davie voyait qu'elle avait du mal à trouver ses mots.

— … et peut-être que Jono Leith n'est pas une grande perte pour le monde.

Sa colère et son anxiété se calmèrent.

Dégonflage instantané.

— En plus, tu pourrais révéler à tout le monde qu'on a couché ensemble, et ça détruirait ma crédibilité. Tout le monde y perdrait.

Il n'y avait même pas pensé. Dans son univers, coucher à droite et à gauche était si courant qu'il oubliait parfois que ça pouvait ruiner des carrières dans le monde normal.

Il fixait Sarah du regard. C'était presque comme si le fait d'avoir dit tout ça, de s'être libérée de ce poids, l'avait aidée à se redresser un peu. Il remarqua que sa mâchoire était légèrement avancée et il ne savait pas si c'était par défi ou par fierté, ou simplement par détermination à rester forte et impassible. La comprendre n'avait clairement pas été le point fort de Davie jusqu'à présent.

— J'ai démissionné de mon boulot, quitté l'Écosse et déménagé ici la semaine dernière. Je vais travailler au bureau de Los Angeles. Je m'occuperai des articles sur les voyages et le *lifestyle* pour le groupe de journaux britanniques qui possède le *Daily Scot*, pas des potins sur les célébrités, donc tu n'as pas de soucis à te faire.

— Et ton mec ?

Merde, pourquoi posait-il la question ? Pourquoi ? Qu'est-ce que ça pouvait bien lui faire, pensa-t-il, avant de se rendre compte qu'il s'en souciait soudain beaucoup.

— Il est parti. C'est une longue histoire. Enfin, pas si longue, en fait. Il a rencontré quelqu'un.

— *Il* a rencontré quelqu'un ?

Pendant un long moment, elle ne dit rien. Elle se contenta de le fixer du regard. Pas un bruit, à part les battements de son cœur.

— Et moi aussi, murmura-t-elle, les yeux rivés sur les siens.

Pour la première fois, il entendit sa voix se briser, l'émotion se bloquant dans sa gorge, alors qu'elle le regardait, attendant qu'il parle. Rien ne vint. La peur était toujours présente. Était-ce un piège ? Une autre embuscade ?

Silence. Encore du silence.

— Bon, d'accord… dit-elle en s'éclaircissant la voix. Je vais y aller. Je voulais juste que tu le saches au cas où tu t'inquiéterais ou… aurais peur. Pas besoin de t'en faire. C'est terminé.

Il avait tellement envie de la croire. Il voulait la prendre dans ses bras, la faire tournoyer, crier de soulagement et puis… mais non. Pas encore. Pas avant d'être sûr, pas avant que le nœud dans son estomac ait le temps de se défaire totalement.

— Où est-ce que tu loges ? parvint-il à crier alors qu'elle atteignait la porte.

Sa question arrêta Sarah net. Elle se retourna et, pour la première fois, sourit, presque timidement.

— Au même endroit que la dernière fois. Quand tu es prêt, viens me chercher.

Davie riait encore quand le bruit de la voiture s'éloigna, se confondant avec celui d'un autre moteur, plus familier, qui se rapprochait. Davie était là pour l'accueillir lorsque Drago freina devant lui. Il s'avança, ouvrit la portière de la voiture pour laisser sortir sa mère. Il la serra fort dans ses bras, puis, bras dessus bras dessous, ils entrèrent dans la maison.

— Tu as l'air content, mon fils. Je suis heureuse de te voir.

— Moi aussi, maman, répondit-il sincèrement.

— Mais je ne comprends pas pourquoi tu m'as réservé un billet en première classe. Tu sais bien que ça ne me dérange pas de voyager dans un siège normal. C'est de l'argent jeté par les fenêtres. Qui voudrait payer des milliers de livres pour passer quelques heures dans un siège plus confortable ?

— Tu le mérites. La prochaine fois, j'enverrai un jet privé. Ça te fera flipper.

Cette remarque lui valut un petit coup sur le bras.

— Tu n'as pas intérêt ! Oh, mon Dieu, je serais offensée. Je pourrais acheter un nouveau bus à soupe avec ce qu'ils facturent pour un seul vol.

Ils se dirigeaient vers la cuisine, tous deux ravis qu'il l'ait persuadée de venir.

— Les enfants meurent d'envie de te voir, lui dit-il. On dînera ici ce soir. Je leur ai dit que tu cuisinerais une spécialité écossaise. Je ne sais pas où tu vas pouvoir trouver de quoi faire une *steak pie* à cette heure-ci à Los Angeles.

— Ne t'inquiète pas, chéri. Même dans le désert, je réussirais à concocter ça. Bon, je prendrais bien une bonne tasse de thé. J'ai apporté mes propres sachets et des gaufrettes au caramel. Je sais que tu…

Davie sortit la tête du réfrigérateur lorsque sa mère s'interrompit, et il comprit tout de suite pourquoi. La photo. Celle que Sarah avait laissée. Elle était toujours sur le comptoir de la cuisine. Sa mère la fixait. L'image semblait lui avoir volé la parole et l'avoir giflée jusqu'à figer son visage.

Oh mon Dieu. La main de Jono autour du cou de sa mère. Il n'avait pas eu l'intention de lui en parler, mais maintenant, il n'était plus sûr de pouvoir s'en empêcher. À part sur cette photo, il n'avait jamais vu aucun homme toucher sa mère. Et elle avait toujours été très vague au sujet de son père, refusant de répondre à ses questions ou de lui dire qui il était. Elle avait peut-être une bonne raison de ne pas le faire. Une raison qui lui sautait soudain aux yeux.

— Maman ? demanda-t-il, à présent à ses côtés, son bras autour d'elle, dans l'espoir qu'elle puisse sentir son amour, désespéré de poser la question qui le tourmentait depuis la nuit où il avait vu l'image pour la première fois.

Il comprit que sa mère n'arrivait pas à parler et décida qu'il n'avait rien à perdre.

— Maman… commença-t-il, plus terrifié qu'il l'avait jamais été de toute sa vie. Est-ce que Jono Leith était mon père ?

66

« Lego House »

Ed Sheeran

C'était un coucher de soleil californien parfait. Des reflets de lumières jaillissaient de chaque vague de l'océan, leur couleur passant du blanc à l'orange brûlé lorsqu'elles captaient le reflet des rayons rouges du soleil qui disparaissait lentement à l'horizon.

Sur la plage de Malibu, devant sa maison, Mirren et Zander étaient assis sur le sable. Mirren, les jambes croisées, dans un short en jean noir et un débardeur gris, était âgée de quarante ans passés, mais n'en faisait pas plus de trente. C'était étrange, pensa Zander. Au cours des dernières semaines, elle semblait avoir remonté le temps.

Les jours qui avaient suivi les funérailles, ils avaient beaucoup discuté, vingt ans de conversations condensées en des heures et des heures à partager des histoires, à pleurer, à guérir, et même à rire. Comment était-ce possible ? La période était si tragique, et pourtant, il y avait eu des moments de lumière, brefs mais suffisants pour leur donner la force de continuer.

Pendant ce temps, Mirren lui avait raconté comment, pendant des années, elle avait passé ses nuits éveillée à écouter Chloe, à la chercher dans les rues lorsqu'elle ne rentrait pas à la maison, à paniquer à l'idée qu'elle puisse mourir sous l'emprise de la drogue ou de l'alcool.

Aujourd'hui, le sommeil lui échappait encore souvent, mais uniquement parce qu'elle était assise sur son ponton, à regarder les vagues, à discuter avec sa fille qui nageait dans l'océan.

Comme il aurait aimé être là pour elle.

Il était tellement en colère quand ils avaient emménagé ici, tellement dégoûté qu'ils l'aient poussé à faire le film, tellement effrayé par les démons que cela allait réveiller en lui. Et ils s'étaient réveillés. Vingt ans d'addiction et de chaos.

Il n'avait pas été capable d'aimer ou de se soucier de qui que ce soit. Mais comme Mirren le lui répétait, il était là à présent. Et c'était tout ce qui importait. Ils s'aimaient. Ils s'étaient toujours aimés. Pas de façon romantique, mais comme des frère et sœur, une famille, liés par deux ADN défectueux qui les avaient presque détruits tous les deux.

Presque.

— Des nouvelles de Jack ? lui demanda-t-il, en relevant les manches de sa chemise blanche puis en frottant les grains de sable sur son jean.

Mirren acquiesça.

— Il se pointe de temps à autre, vient prendre un café à la maison. Il dit qu'il envisage de suivre Logan en tournée pendant une semaine le mois prochain. Mercedes ne semble pas s'y opposer. On dirait qu'avoir une liaison avec quelqu'un est un peu différent d'être son partenaire à plein temps. Surtout maintenant qu'elle est enceinte de six mois.

Elle esquissa un sourire léger. Personne ne pouvait lui en vouloir.

— Tu penses que c'est l'enfant de Jack ? J'ai entendu dire qu'il y avait un doute. La femme de Charles Power a cité Mercedes dans leur divorce

Power était l'acteur avec qui Mercedes avait joué dans le dernier film de Jack. Ne serait-ce pas ironique que Jack ait détruit son mariage pour une femme qui le trompait depuis le départ ?

Mirren repoussa une mèche de cheveux rebelle sur le côté de son visage et haussa les épaules avec tristesse.

— Je n'en sais rien. C'est le problème de Jack. Plus le mien.

— Comment Logan prend-il la chose ?

— Perdre Chloe lui a brisé le cœur. Pas notre divorce. Il m'a dit qu'il avait plus de nouvelles de son père maintenant que jamais auparavant. Je suis contente. Mais assez parlé de moi. Comment vas-tu ? demanda-t-elle en donnant un petit coup dans la jambe de Zander avec son orteil.

— Ça va, je crois. La plupart du temps. Le tournage me permet de rester dans le droit chemin, et ton amie, Lou, m'a menacé d'envoyer à Carlton Farnsworth des photos de moi avec sa femme si je rechutais. Je ne compte pas prendre le risque.

— Sage décision, confirma-t-elle avec un sourire entendu. C'est une femme dangereuse.

Zander avait apprécié l'avertissement de l'amie de Mirren. Apparemment, Lou avait entendu parler de son histoire avec Adrianna par le paparazzi qui les avait repérés à New York. Ces types savaient très bien qui payait le mieux pour leurs histoires, et, en général, c'était Lou.

Pour rendre service à son amie, Lou avait négocié un accord, au nom de Zander et avec son argent, pour obtenir les droits exclusifs sur les photos, puis avait étouffé l'affaire.

— Oui, on ne peut que l'aimer. Mais écoute, Mir, tu sais que je ne te retomberai pas du côté obscur. Je ne te ferais pas ça. Et je ne ferais pas ça à Chloe. Elle mérite mieux. Elle mérite que je reste sobre pour elle. Et je le ferai, je te le promets. Ne crois pas avoir besoin de t'inquiéter, s'il te plaît.

— Je sais, dit-elle, sa confiance tranquille en lui rayonnant entre eux.

Il s'était fait cette promesse la nuit où Chloe était morte. C'était terminé. L'alcool. Les drogues. Il était complètement sobre pour la première fois depuis des années et c'était... étrange. Pas encore super. Même pas bien. Mais il savait que s'il empruntait de nouveau ce chemin, Mirren serait dévastée et il ne lui ferait pas ça. Elle méritait mieux.

— Et qu'en est-il de la délicieuse Adrianna ? demanda-t-elle. Tu l'as revue ?

— Tu plaisantes ? Nope. Je réserve les scènes où j'échappe de justesse à la mort pour les situations où je peux me faire doubler par un cascadeur.

Aux yeux de quiconque passait par là, une planche de surf sous le bras ou en train de promener son chien le long de la côte de Malibu, ils ressemblaient à deux vieux amis, à l'aise l'un avec l'autre, heureux d'être là.

— Tu es sûre d'être prête pour ça ? demanda Zander.

Ils savaient tous les deux ce qu'il voulait dire par là. Mirren se retourna pour regarder l'espace entre sa maison et celle des voisins.

— Trop tard, de toute façon, répondit-elle, levant la main pour faire coucou.

Zander suivit son regard et aperçut Davie Johnston, en train de marcher vers eux. Son estomac se noua, puis se détendit. C'était lui qui avait coupé les ponts avec Davie, qui l'avait rejeté, et il aurait donné n'importe quoi pour pouvoir changer ça à présent. Mais Mirren ? Il n'avait jamais vu un amour comme le leur auparavant. Solide. Complet. Tous les deux certains qu'il durerait pour toujours. Peut-être que leur vie aurait été meilleure si ç'avait été le cas. C'était l'héritage de Jono. Ce connard était mort, mais ses actions avaient encore des conséquences.

Davie arriva à leur niveau et ils perçurent sa nervosité. Son œil gauche clignait, comme toujours depuis l'enfance quand il était stressé. Cela suffit à Zander pour se lever tout de suite, lui sauter au cou et le serrer si fort dans ses bras qu'ils eurent tous les deux du mal à respirer. À en juger par la façon dont Davie lui rendit son étreinte, il ressentait la même chose.

— Quand vous aurez fini, les garçons… intervint chaleureusement Mirren.

D'un coup, ils avaient à nouveau quatorze ans. Ils se jetèrent sur elle, la faisant hurler de rire.

S'il y avait eu des passants à cet instant, ils auraient vu en eux trois adultes de la même famille. Ça ne pouvait être que ça.

— Merci, dit Davie, de m'avoir invité. Vous n'avez pas idée de ce que ça veut dire pour moi…

Il s'interrompit, la voix soudainement brisée.

— On sait, répondit Mirren. Zander et moi avons repris contact il y a quelques semaines…

— Je suis tellement désolée pour Chloe, Mir.

— Merci, et oui, c'est ce qui nous a rapprochés à nouveau. Mais ce n'était pas juste sans toi, alors on s'est dit que, si tu étais d'accord, on pourrait se donner une nouvelle chance. Être présents dans la vie les uns des autres. Juste comme amis, précisa-t-elle, le rassurant sur leur situation.

— Mon Dieu, j'adorerais, répondit immédiatement Davie, et la douleur toujours présente n'échappa pas à Zander. Mais il y a des choses que je dois d'abord vous dire à tous les deux. Il y a quelque temps, une journaliste a essayé de nous contacter…

— Oui, elle m'a appelée, confirma Mirren.

— J'ai dit à Mir que t'étais trop malin pour la laisser t'approcher, ajouta Zander.

Le silence gênant qui s'ensuivit leur fit comprendre qu'il s'était trompé. Oh merde.

— C'est une longue histoire, commença à expliquer Davie, les mots sortant comme des balles d'angoisse. Je ne lui ai rien dit, mais elle a découvert la vérité. Ou du moins, ce qu'elle pense être la vérité. Mais ça n'ira pas plus loin. Elle ne sait toujours pas où se trouve Jono, elle n'a aucune preuve concrète de ce qui s'est passé, rien pour continuer. Et même si c'était le cas, je la crois quand elle dit qu'elle ne s'en servira pas.

— Pourquoi ? laissa échapper Mirren, les yeux écarquillés, terrifiée.

— Parce que… parce que je lui fais confiance. Et elle a quitté son boulot. Elle a déménagé ici. On a… on a un truc, tous les deux. Je ne suis pas trop sûr de quoi.

Ils prirent tous les trois un moment pour digérer l'information.

— Tu es certain, Davie ?

— Oui, vraiment. Le danger est passé. Faites-moi confiance.

Une autre pause.

— Il est toujours au même endroit ? questionna Zander, chaque mot lui coûtant.

Davie ramassa un caillou et le lança vers l'océan, le faisant ricocher à la surface exactement comme Zander quelques semaines plus tôt.

— Ouais. J'en ai parlé à ma mère la semaine dernière. Il s'avère qu'elle savait depuis le début qu'il était là. Elle nous a vus ce soir-là, a soupçonné qui c'était, puis ça s'est confirmé lorsqu'il n'a plus jamais été vu. Elle pensait qu'un de nous l'avait tué, alors je lui ai dit la vérité, que c'était Marilyn et qu'on a caché l'affaire. Bref, c'est pour ça qu'elle n'a jamais déménagé et qu'elle ne déménagera jamais. Elle est restée tout ce temps là-bas pour me protéger. Pour nous protéger tous. Je suis propriétaire de la maison maintenant, je l'ai achetée pour elle il y a des années parce qu'elle insistait pour y rester. Maintenant, je sais pourquoi. Elle avait peur que quelqu'un déplace l'abri de jardin. Elle devait le surveiller. Je sais que ce n'est pas l'idéal, mais on a vécu avec cette histoire pendant tout ce temps et on doit continuer à croire que tout ira bien.

— Ça sera peut-être plus facile maintenant qu'on fait à nouveau partie de la vie les uns des autres, fit remarquer Mirren.

Zander céda à son envie de passer son bras autour d'elle et de la serrer contre lui. Elle était la femme la plus forte qu'il ait jamais connue. Ils allaient s'en sortir. Il mit un instant à reconnaître son émotion, puis il finit par comprendre que c'était de la confiance. De la confiance en l'avenir. Pour la première fois de sa vie, peut-être, il était sûr que tout allait bien se passer.

— Ta mère était fâchée quand elle a appris toute l'histoire ? demanda-t-il à Davie.

Il remarqua soudain qu'ils étaient presque habillés de la même façon : tous deux en chemise, la sienne blanche, celle de Davie bleu pâle, tous deux en jean de la même couleur, tous deux pieds nus. Il y avait une synergie entre eux. Assis de part et d'autre de Mirren, ils ressemblaient à des serre-livres.

— Non. Elle a dit qu'il avait eu ce qu'il méritait. C'est une dure à cuire. Mais je dois vous dire autre chose. Et je suis désolé, Zander, vraiment désolé si ça te fait de la peine.

— Oh merde, tout allait si bien, murmura Mirren, essayant d'apaiser la tension soudaine par une plaisanterie.

— Elle m'a dit que… que… Oh putain. Bon. La raison pour laquelle on vivait dans ce quartier, la raison pour laquelle elle n'a jamais trouvé quelqu'un avec qui partager sa vie, la raison pour laquelle elle était si stoïque et si forte, et ne se plaignait jamais…

— Était ? demanda Zander, essayant de garder confiance. Tout allait bien se passer. N'est-ce pas ?

Les lèvres de Davie bougeaient, mais il entendait à peine ses paroles.

— Jono et ma mère ont eu une aventure d'un soir, à l'époque où il voyait déjà ta mère. Quand ma mère a découvert qu'elle était enceinte, Jono était terrifié à l'idée que son père l'apprenne. Apparemment, c'était un vieux connard malfaisant. Jono a fait marcher quelques contacts et a trouvé une maison pour elle dans la même rue, puis il a payé son loyer pendant toutes ces années pour qu'elle se taise. Elle a accepté à condition qu'il n'essaie plus jamais de la toucher. Après la mort du père de Jono, il a continué à respecter leur accord, prétextant qu'il voulait garder un œil sur moi. Elle est restée pour moi. Elle pensait qu'il me protégerait. Je crois qu'il aimait juste le fait d'avoir le contrôle sur elle. Elle n'a jamais eu d'autre relation, de peur que Jono tue l'autre homme. En fait, Jono est le seul type avec qui elle ait jamais couché. On est frères, Zander.

Pendant un instant, Zander ne capta pas ce que Davie venait de dire. À côté de lui, Mirren, le souffle coupé, porta sa main à sa bouche.

Frères ? Comment était-ce possible ? Mais après tout, pourquoi ça ne le serait pas ? La fidélité n'avait jamais été le point fort de Jono, mais le contrôle, si. C'était tout à fait son genre de mettre une femme enceinte puis d'utiliser son argent et son pouvoir pour la manipuler. Soudain, Zander se souvint des cadeaux offerts à Davie pour son anniversaire et pour Noël chaque année. Son père lui donnait de l'argent pour acheter à Davie un walkman, des jeux vidéo, des trucs géniaux. C'était excessivement généreux pour le gamin de la voisine. À l'époque, Zander n'y avait pas prêté attention plus que ça. Maintenant qu'il y repensait, ça lui semblait parfaitement logique. Jono voulait avoir une option, un plan de secours au cas où Zander ne suivrait pas ses traces.

C'était pour ça qu'il avait toujours essayé de garder Davie de son côté, toujours à lui faire une blague ou à lui donner quelques billets.

— Mec, dis quelque chose, le supplia Davie. J'ai juste besoin de savoir si je dois me mettre à courir ou pas.

Du Davie tout craché. Désamorcer tout avec un rire nerveux.

Et ça fonctionnait toujours.

Un sourire se dessinant lentement sur son visage et une boule dans la gorge, Zander tendit la main à son frère.

— Bienvenue dans la famille. Je suis un vrai raté, donc tu t'intégreras très bien.

Épilogue

« Sunshine On Leith »

The Proclaimers

Los Angeles, 2 mars 2014

Des hélicoptères tournaient dans le ciel au-dessus du Dolby Theatre, juste assez haut pour ne pas enfreindre la zone d'exclusion aérienne, ce qui aurait perturbé les systèmes audio des quatre-vingt-deux équipes de tournage alignées sur le tapis rouge en contrebas. Les présentateurs en smokings et robes de bal avaient mis autant d'énergie à soigner leur apparence que les stars qu'ils tentaient de rassembler dans leur espace pour une interview de soixante secondes.

La cérémonie des Oscars avait lieu plus tard cette année, retardée d'une semaine afin de ne pas entrer en conflit avec les Jeux olympiques d'hiver de 2014. Personne ne s'en souciait. Ç'avait donné aux gens beaux sept jours supplémentaires pour transpirer, se faire malaxer, injecter et épiler dans leur quête de perfection. Davie Johnston fut le premier à arriver. Il coanimait la cérémonie aux côtés d'Ellen DeGeneres. On ne pouvait jamais tenir quelqu'un comme lui à l'écart très longtemps. Tant qu'il rapportait de l'argent à cette ville, il était bon pour les affaires. Et c'était effectivement le cas. Sa dernière production, *Beauty and the Beats*, était un énorme succès, détrônant l'émission de Lana Delasso de la troisième place. Pauvre Lana, dépassée par une émission au titre ridicule. Il avait envisagé de le changer, mais la chaîne l'adorait, alors il les avait laissé faire. Il fallait savoir choisir ses combats. Lana avait perdu les siens. Les caméras l'avaient suivie au Brésil, où elle s'était fait poser des implants fessiers, puis avait épousé le médecin qui l'avait opérée. À sa grande horreur, l'un d'eux s'était rompu, lui créant des fesses asymétriques, et le médecin avait diffusé une *sextape*, empoché l'argent et pris la fuite vers Rio de Janeiro. Davie avait bien sûr fait preuve d'empathie envers elle… mais seulement en public. En privé, il lui avait envoyé une photo des fesses de Kim Kardashian et un bon d'achat de cinquante dollars pour un chirurgien plasticien de Beverly Hills.

Mais même cette histoire n'avait pas réussi à faire disparaître l'autre scandale de la téléréalité de la une des journaux. Sky Nixon, aidée par sa mère, Rainbow, avait été prise la main dans le sac en train de tenter de faire du chantage à un politicien new-yorkais après un plan à trois sordide impliquant Sky et sa mère. Il s'était avéré que papa filmait toute la scène à l'aide d'une caméra cachée dans le lustre. Rainbow était furieuse parce qu'elle disait avoir eu le pire éclairage et les pires prises de vues. Tous ceux qui avaient, à juste titre, douté de Davie le croyaient désormais innocent. Il ne comptait pas essayer de les convaincre du contraire.

Davie fit un signe de la main à sa future ex-femme. Jenny Rico et Darcy Jay formaient désormais officiellement un couple et étaient merveilleusement heureuses. Elles partageaient la garde des enfants avec Davie. La rumeur courait qu'il avait une nouvelle relation, mais cette fois, il affirmait vouloir garder ça pour lui. Une journaliste écossaise avait toutefois obtenu l'exclusivité.

Mirren McLean fut la suivante à sortir de la limousine. Vêtue d'une robe fourreau Dior ivoire brodée de cristaux cousus à la main, les cheveux tirés en arrière comme une déesse romaine, elle était absolument magnifique. Elle était nommée ce soir dans la catégorie Meilleur scénario original pour le dernier film de la saga *Clansman*. Elle était la favorite pour remporter le prix, même si elle avait déclaré que remporter la statuette n'égalerait jamais la joie qu'elle avait ressentie le jour où elle avait annoncé son projet Chloe's Care, un centre d'accueil pour les personnes souffrant de problèmes de toxicomanie.

Juste derrière elle se trouvaient Lex Callaghan et sa magnifique épouse, Cara, vêtue d'une robe Chanel vintage. Ils se saluèrent tous les trois avec une chaleur sincère et les appareils photo se déchaînèrent, surtout lorsque les deux femmes posèrent de part et d'autre de Lex. Du pur Hollywood. Quel chanceux !

Jack Gore s'approcha. À nouveau célibataire, il avait fait la une des journaux lorsque Mercedes Dance avait fait un test ADN qui avait prouvé qu'il y avait quatre-vingt-dix-neuf pour cent de chances que Jack Gore ne soit pas le père de son enfant. Mirren posa joyeusement avec lui. La version officielle était qu'ils restaient de très bons amis pour le bien de leur fils, Logan, actuellement en tournée avec son groupe, South City, dans des stades combles à travers l'Europe.

Et enfin, le dernier à arriver, alors qu'il ne restait plus que quelques retardataires sur le tapis rouge, fut Zander Leith. Et bon sang, ça valait la peine d'attendre. Vêtu d'un smoking Guilloti, les tempes argentées de fils gris, il était plus élégant que jamais. À son bras, son assistante, Hollie, resplendissante de confiance, avait l'air d'une bombe pulpeuse sexy. Une rumeur circulait selon laquelle leur relation était plus que professionnelle. Ni l'un ni l'autre ne l'avait confirmée ni niée.

Quatre heures et cinquante-sept minutes plus tard, Mirren McLean monta sur scène et reçut avec grâce son Oscar du meilleur scénario original, le sourire aux lèvres. C'était inhabituel qu'une suite de film remporte ce prix, mais le box-office s'accordait à dire qu'il s'agissait du meilleur volet d'une série brillante.

— Je voudrais dédier ce prix à ma fille, Chloe. Le monde était un endroit plus lumineux quand elle était là et elle ne cessera jamais de me manquer, chaque instant de chaque jour.

Les caméras firent un panoramique sur le public. Nicole Kidman. Jennifer Garner. Julia Roberts. La chroniqueuse people Lou Cole. Des larmes coulaient sur leurs joues.

— Je voudrais remercier mon fils, Logan, d'être tout simplement le garçon le plus cool, le plus gentil et le plus beau du monde.

Des rires par-dessus les larmes à présent.

La boucle semblait bouclée. Un nouvel Oscar pour effacer la honte de celui qui la hantait.

— Enfin, je tiens à remercier ma deuxième famille. Celle que j'ai choisie. Ce prix est aussi pour Davie Johnston et Zander Leith.

Alors qu'ils lui envoyaient tous deux des baisers, un tonnerre d'applaudissements retentit.

Note des auteurs...

Ce roman est purement fictif, même si nous y avons inclus quelques noms, lieux et événements célèbres et utilisé notre liberté artistique pour modifier certains détails au fil du récit.

En 1993, l'Oscar du meilleur scénario original a été remporté par Neil Jordan pour son film exceptionnel *The Crying Game*.

Notre héros fictif, Davie, ne rivalise bien sûr pas avec le très réel et très célèbre Ryan Seacrest.

De la même façon, il n'a jamais rencontré Simon Cowell.

Et nous sommes presque certains que même si nos personnages existaient, Gerry Butler et Ewan McGregor feraient toujours couler plus d'encre qu'eux.

Avec toute notre affection,

Shari & Ross

À propos des auteurs...

Lorsqu'un DJ en herbe et acteur a rencontré une jeune gérante de boîte de nuit à Glasgow à la fin des années 1980, ils étaient loin de se douter que, trente ans et des milliers de kilomètres plus tard, ils seraient toujours amis.

Basé à Los Angeles, Ross King, membre de l'ordre de l'Empire britannique, est un animateur de télévision et de radio quatre fois lauréat d'un News Emmy Award, acteur, producteur, écrivain, doubleur de voix off et artiste-interprète. King a joué à West End à Londres, est apparu dans plus de dix films et a animé des émissions de télévision au Royaume-Uni, en Europe, aux États-Unis et en Australie. Il a également présenté d'innombrables émissions radio et rédige une chronique dominicale dans un journal. En 2018, la reine lui a décerné le titre de MBE pour ses services rendus dans le domaine de la radiodiffusion, des arts et des œuvres de charité.

L'autrice à succès Shari Low a fait paraître son premier livre en 2001. Depuis, elle a publié plus de trente romans et vendu plus de deux millions de livres dans le monde entier, dont les récents succès *One Summer Sunrise* et *The Story of Our Secrets.* Shari partage son temps entre Glasgow et Los Angeles mais, où qu'elle se trouve, elle est probablement en train d'écrire le prochain chapitre d'un livre.

Visitez le site web de Ross sur www.rossking.com

Visitez le site web de Shari sur www.sharilow.com

Retrouvez-nous sur les réseaux sociaux :

City Editions

www.city-editions.com
@cityeditions
www.facebook.com/cityeditions/
@CityEditions
@cityeditions

Achevé d'imprimer en décembre 2025
sur les presses de la Nouvelle Imprimerie Laballery
58500 Clamecy
Numéro d'impression : 512003

Imprimé en France

La Nouvelle Imprimerie Laballery est titulaire de la marque Imprim'Vert®